LENA KLASSEN

Der Thron des Riesenkaisers

SEHNSUCHT NACH RINLAND 3

Lena Klassen

Der Thron des Riesenkaisers

Sehnsucht nach Rinland 3

Roman

Neufeld Verlag

Die Deutsche Bibliothek verzeichnet diese Publikation in der Deutschen Nationalbibliografie; detaillierte bibliografische Daten sind im Internet über www.ddb.de abrufbar

Umschlaggestaltung: spoon design, Olaf Johannson
Umschlagbilder: © ShutterStock®
Satz: David Neufeld, Schwarzenfeld
Herstellung: Bercker Graphischer Betrieb GmbH & Co. KG, Kevelaer

ISBN 978-3-937896-82-3, Bestell-Nummer 588 782

www.neufeld-verlag.de

Die Welt

Wir befinden uns im Kaiserreich Deret-Aif, einem Staatenbund aus vierundzwanzig Königreichen. In der Hauptstadt Kirifas sitzt der gefürchtete Riese Zukata auf dem Thron und herrscht über das große Reich, das er unter seinen Getreuen – Räubern und Betrügern – aufgeteilt hat. Jeder, der sein Brandmal trägt, darf sich »Kaisergänger« nennen und tun, was ihm beliebt. Von den Küsten her kommt weitere Bedrängnis; die Inseln versinken im Meer, das Wasser steigt.

Was bisher geschah

Nachdem Mino, das Albinomädchen von den Glücklichen Inseln, ihren Jugendfreund Blitz daran gehindert hat, mit ihrem Bruder und ein paar Freunden auf das kleine Segelboot *Die Weiße Möwe* zu gehen, um die sagenhafte Insel Rinland zu suchen, bleibt nichts mehr, wie es war. Blitz läuft von zu Hause fort und fällt in die Hände des Riesenprinzen Zukata, der ihn dazu zwingt, seiner Räuberbande beizutreten. Mino verliert in einem Sturm ihr Gedächtnis und wird vom Riesen Keta, dem Wanderheiler, aufgelesen. Beide Riesen sind Söhne des gütigen Kaisers Kanuna, der soeben zum zweiten Mal geheiratet hat. Als die Geburt der kleinen Prinzessin Manina verkündet wird, verlangt Zukata von seinem Vater den Segen, der ihn zum legitimen Erben macht. Doch diesen Segen hat Keta sich bereits erschlichen; ihm verdankt er seine heilenden Hände.

Wutentbrannt entführt Zukata die kleine Prinzessin. Während Keta zusammen mit Mino und einigen Gefährten aus dem Volk der Zintas nach ihnen sucht, kümmert Blitz sich in Zukatas Räuberlager um die Kleine und beschließt zu fliehen. Mit einem Pilgerschiff kehrt er zurück ins Kaiserreich, lernt auf dem Weg die junge Novizin Ilinias kennen und lieben und bringt Manina schließlich heil nach Hause zu ihren Eltern. Blitz und Ilinias bleiben am Kaiserhof. Als Mino ihn dort trifft, findet sie ihr Gedächtnis wieder, doch da er verheiratet ist, kehrt sie tiefunglücklich nach Hause zurück.

Um sich an Blitz zu rächen, zerstört Zukata das friedliche Leben auf den Glücklichen Inseln. Er entführt Erion, den Sohn des Weinfürsten der Insel Neiara, und zwingt dessen Eltern dadurch in seinen Dienst. Erion bewährt sich in Zukatas Bande und wächst zu seiner rechten Hand heran; ihm verdankt Zukata die Hochzeit mit Prinzessin Sidini von Yos, durch die der Räuberprinz seine Macht im Osten ausbauen kann.

Mino bekommt heimlich ein uneheliches Kind, doch sie muss die kleine Maja bei ihren Freunden aufwachsen lassen und den Gutsverwalter Norha heiraten, der sich immer tiefer in kriminelle Machenschaften verstrickt. Als ihr Leben ernsthaft bedroht ist, flieht sie mit Hilfe ihrer Freunde Jamai und Kroa.

Auch Blitz und Ilinias bekommen ein Kind, Sorayn, einen missgebildeten und unter fürchterlichen Schmerzen leidenden Jungen. Sein Körper kann sich nicht entscheiden, ob er ein Mensch ist oder – durch seine Mutter, Zukatas Tochter – ein Riese. Ilinias gibt ihn fort, lässt Blitz jedoch glauben, er sei ertrunken. Sorayn wächst auf der Insel Neiara auf; von Menschen verachtet, wendet er sich den Tieren und den Büchern zu. Seine Briefe verzaubern das Mädchen Maja, in das er sich verliebt hat, doch über sein schreckliches Äußeres kann sie nicht hinwegsehen. Verzweifelt steckt Sorayn seine Energie in den Kampf gegen den tyrannischen Inselherrn. Sein Vater Blitz, der endlich herausgefunden hat, dass er noch lebt, ermöglicht ihm die Flucht, gerät jedoch in Gefangenschaft. Alle seine Freunde halten ihn für tot.

Sorayn gelangt ins Gebirge, wo er im Kampf mit den dort lebenden wilden Riesen sein wahres Wesen findet und sich zu ihrem König aufschwingt. Als Zukata nach dem Tod des Kaisers eine Armee aufstellt, um sich die Herrschaft über Deret-Aif zu sichern, macht sich auch Sorayn mit seinen Riesen auf nach Kirifas. Unterwegs findet er Maja wieder, die den nunmehr attraktiven Mann Hals über Kopf heiratet und ihn zu Keta führt, von dem Sorayn sich den Segen erzwingt. Es gelingt ihm auch, Manina dazu zu bewegen, den Thron für ihn freizumachen. Doch die Geschichte geht nicht so aus, wie Sorayn sich erhofft hat: Enttäuscht wendet Maja sich von ihm ab. Der Segen untermauert seinen Anspruch auf die Krone, macht es ihm aber unmöglich, den Tod von Menschen zu ertragen. Um einen blutigen Krieg zu vermeiden, überlässt Sorayn Zukata den Thron.

Die Personen dieser Geschichte

AIRE	eine Nonne, hat vor Jahren von ihrer Freundin Ilinias einen Eimer Waschwasser über den Kopf geschüttet bekommen
BLITZ	Ausbruchskünstler, Träumer, Krieger und Seemann, ein Mann, den man nicht so schnell vergisst
DOGLA	Kapitän eines Frachtschiffs, muss auf seine Kajüte verzichten
DREA	der Führer einer Gruppe Pilger
EDMONDA	eine Prinzessin aus dem hohen Norden, die Kälte hasst
ERION	Zukatas rechte Hand, höflich und gut aussehend, hat viele fiese Ideen
FRIA	eine Riesin, ist schon lange nicht mehr mit Sorayn zusammen
ILINIAS	Zukatas Tochter, eine verbitterte Amazone
JAMAI	ein Mann aus dem Ziehenden Volk, liebt Mino seit vielen Jahren
KANIJA	eine Fürstin am Kaiserhof mit unfehlbarem Geschmack
KETA	der Zwillingsbruder des Kaisers, ein Wanderheiler ohne Ehrgeiz, von den Ziehenden »Remanaine« genannt
KROA	ein Zwerg, unzertrennlicher Freund von Mino und Jamai
LIADETT	Norhas Gemahlin, kommt nur am Rande vor und verdient auch nicht mehr
MAJA	ein hübsches Mädchen mit Herz und Musikalität, Sorayns Frau
MANINA	eine blonde Prinzessin, Zukatas Halbschwester, war früher Kaiserin

MINO	auch »Möwe«, zieht mit ihren Freunden durchs Land und sehnt sich nach Ankunft
NORHA	war früher, als er Mino heiratete, eigentlich noch ganz nett. Jetzt nicht mehr
ODAD	ein greiser Fürst in einer Burg
OKA	der König von Wenz, unterwirft sich nicht Zukata
ORI	ein kleines Mädchen mit einem schweren Leben
PIDOR	ein Fürst, der hohen Tribut verlangt
RIN	der größte aller Riesen, hat die Welt erschaffen
RONA	eine einfache Frau, die dankbar ist
RUBAR	König von Salien, zieht den Kopf ein
RUFIN	ein Mönch, der ungern mit Frauen spricht
SCHAVILAI	früher Ilinias' Freundin, jetzt eine stolze Äbtissin
SETTAN	als engster von Zukatas Vertrauten wurde er König von Laring
SIDINI	Zukatas Frau, ein zartes Wesen, bringt ihn in Rage
SORAYN	Sohn von Blitz und Ilinias, ein Mann mit einzigartigen Talenten
STOLLO	Wirt, beschäftigt zwei Prinzessinnen und weiß nichts davon
SURESCH	ein Piratenkapitän, der einen gefährlichen Mann aufgabelt
TAMAIT	Majas Bruder, treu und kampferprobt
TORIS	ein Mann aus dem Ziehenden Volk, Majas Vater
USE	ein kranker Riese
VARITI	Ketas Frau, weise und gütig
WILU	Piratenkapitän, bekommt es mit der Angst
ZUKATA	ein reizbarer Riese, der Kaiser von Deret-Aif

Drittes Buch

1. Sorayns Boot

DAS GRAUE WASSER leckte gierig an den Steinen. Mit unzähligen Fingern und Zungen streckte es sich nach ihnen aus und glitt dann wieder zurück, nur um im nächsten Moment einen neuen Angriff zu starten.

Der schwarzhaarige Mann, der in Ufernähe auf einem moosbewachsenen Balken saß und den Wellen bei ihrem Spiel zuschaute, wirkte in seiner durchnässten, zerlumpten Kleidung wie ein Schiffbrüchiger. In seinen Augen lag das ungläubige Staunen eines Menschen, der noch nicht recht begreift, dass er entkommen ist.

Ein Windstoß peitschte ihm die Gischt entgegen; mit tausend kleinen Nadelstichen neckte und quälte sie ihn. Dennoch wandte er sich nicht ab, sondern hielt sein Gesicht dem Meer entgegen, hungrig nach der Berührung. Schließlich hob er den Blick. Über den Himmel rasten die Wolken, tief und dunkel, und wie zur Bestätigung dessen, was er längst hätte begreifen müssen, schnappte die erste Welle mit kalten Zähnen nach seinen Füßen.

Blitz stand auf. Er war müde bis in die Knochen, aber den Sturm hier abzuwarten, grenzte an Selbstmord. Lange genug war er in der schwarzen Burg, die sich über den Klippen erhob, eingesperrt gewesen; darauf, sein Leben zwischen finsteren Wassermassen zu beschließen, legte er es nicht an. Zu den schnellen, gewandten Bewegungen, die ihm sonst eigen waren, war er jetzt, nass, durchgefroren und erschöpft, nicht in der Lage. Wie ein uralter Mann fühlte er sich, während er steifbeinig über die Steine kletterte, landeinwärts. Der Wind zerrte an seinen Kleidern. Die Hütten der Fischer, in denen er jetzt gerne Zuflucht gesucht hätte, standen schon lange nicht mehr. Das Meer holte sich die Insel zurück; hier oben, wo er sich jetzt umdrehte, um noch einmal auf die aufgewühlte See hinauszuschauen, hatten früher einmal eine Reihe Weinstöcke Frucht getragen. Stümpfe ragten ins hohe, vom Wind niedergepeitschte Gras. Auf dieser Seite Neiaras gab es wahrscheinlich erst einen Unterschlupf, wenn er dem Weg nach oben in die Hügel folgte. Besondere Ansprüche hatte er keine. Auf einer Insel, die augenscheinlich verlassen war, gab es keine Hoffnung auf einen warmen Platz am Kamin, einen Teller Suppe und ein weiches Bett. Als er dem Weg zwischen den Hügeln hindurch folgte, tauchte ein baufälliges Haus vor ihm auf. Durch die große Toröffnung wankte er in einen offenen, von Schutt überfüllten Hof. Der immer stärker werdende Regen trieb ihn in einen der leeren Räume. Es trommelte aufs Dach, als würde der Sturm mit aller Macht versuchen, ihm zu folgen, aber er fand eine trockene Ecke, rollte sich zusammen und schlief.

Das Unwetter tobte die ganze Nacht. Blitz bekam nicht viel davon mit. Kälte und Nässe und das Heulen des Windes – das alles hatte er als Gefangener im Schloss fast tagtäglich miterlebt. Doch immerhin hatte er dort, wenn er morgens aufwachte, fast immer etwas zu essen bekommen. Hier jedoch konnte er seinem knurrenden Magen keine befriedigende Antwort geben. Er durchstöberte das verfallene Haus. Groß war es, viel größer als die üblichen Häuser auf den Glücklichen Inseln. Was war das hier – der Besitz des Weinfürsten Wikant, bevor er auf die Idee verfallen war, sich ein Schloss zu bauen? Und nun gab es für die Gäste nichts als Regenwasser, das nach Salz und Meer schmeckte.

Er musste unbedingt von dieser Insel herunter. Am besten noch heute, solange er bei Kräften war. Dass der Hafen nicht mehr existierte, hatte er gewusst, doch es musste doch irgendwo noch ein Boot zu finden sein, wenigstens ein kleines! Besaßen Wikant und Tinek nicht wenigstens ein einziges Schiff, um fliehen zu können? Die Antwort gab er sich selber. Sie waren nicht geflohen und sie hatten nicht den winzigsten Kahn.

Tinek! Blitz sah hoch zur schwarzen Burg; von hier aus konnte er nur die Spitze einer Zinne erkennen. Er musste die Fürstin mitnehmen, wenn er ging, so unwahrscheinlich es auch war, dass er eine Möglichkeit fand, von hier zu verschwinden. Sie hatte keine Hoffnung gehabt, das wusste er, er hatte es gesehen, wenn sie ihm die kärglichen Mahlzeiten brachte, die sie irgendwie aus irgendetwas zusammenkratzte. Zuversicht, die Tag für Tag schwand ...

Blitz schauderte, wenn er nur an dieses Schloss dachte, den Ort, an dem sie ihn wie ein seltenes Haustier eingesperrt hatten, doch er zwang sich dazu, den Weg zu wählen, der ihn darauf zuführte. Er musste Tinek sagen, dass sie nicht aufgeben durfte. Er würde einen Weg finden, ein Boot, ein Floß, irgendein Gefährt.

»Tinek!« Seine Stimme war heiser, sein Hals brannte. Da stand er, vor sich eine unüberwindbare Schlucht. Steil ging es hinunter in eine finstere Tiefe, aus der das Wasser zu ihm hinaufrauschte. Der Sturm hatte die Zugbrücke weggerissen – niemand würde diese Burg je wieder betreten. »Tinek!« Er schrie, so laut er konnte, aber keine Hand zerrte die Bretter fort, kein Gesicht, bleich und ausgezehrt, erschien an einem der zugenagelten Fenster. Schließlich gab er es auf. Er wandte der Burg den Rücken zu und ging – und drehte sich noch einmal um, rasch, falls sie sich doch entschlossen hatte, sich zu zeigen – aber niemand rief ihn zurück. Alles blieb still. Nur das Meer, niemals müde, niemals still, lockte ihn hinaus ins Ungewisse.

Was brauchte man, um ein Floß zu bauen? Bretter gab es hier genug; das Dorf schien vor seinen Augen zu zerfallen. Doch Werkzeug gab es hier keins. Am Ende würde ihm nichts übrig bleiben, als sich mit einer Holzbohle allein aufs offene Meer hinauszuwagen und dort jämmerlich unterzugehen. War er dazu aus der Gefangenschaft entkommen – um auf einer verlassenen Insel zu sterben?

»Nicht dafür«, sagte er laut, sagte es trotzig, rief es den Wolken zu, als könnte dahinter, seinen Blicken verborgen, ein Riese stehen, der ihm zuhörte – der nur die Hände auszustrecken brauchte, um sein Schicksal zu wenden. »Nicht dafür! Um hier zu sterben? Ist das deine Gnade, Rin? Erst Freiheit und dann Tod? Nie und nimmer!«

Es musste irgendwo einen Ausweg geben, eine Möglichkeit zur Rettung. »Es gibt sie!«, rief er dem unsichtbaren Riesen zu. »Ich werde sie finden, irgendwo hier ... Ich gebe nicht auf! Du hattest so viele Gelegenheiten, mich nach Rinland zu holen. Du hast sie alle nicht genutzt. Hundert Mal wäre ich fast gestorben ... und du hast mich noch nicht gerufen. Es gibt eine Möglichkeit. Zeig sie mir!«

Er durchsuchte die Häuser, erfüllt von einer Hoffnung, die so wie er einfach nicht sterben wollte, eine Hoffnung, immer ein Stück lebendiger als er selbst, ihm immer einen Schritt voraus. Die Bewohner hatten alles mitgenommen, was sich nur mitnehmen ließ. Wo waren sie hingezogen? Nach Drian, zum nächstgelegenen Festland? Oder hatten sie sich verstreut, übers ganze Kaiserreich, jeder dorthin, wohin das Schicksal ihn verschlug?

Wo Ilinias wohl war? Und Sorayn. Er setzte sich, den Rücken gegen eine Hauswand gelehnt, und dachte an seinen Sohn, an jenen unvergleichlichen Moment, in dem er den Jungen gefunden und im Arm gehalten hatte.

Rin ließ niemanden gehen, dessen Zeit noch nicht gekommen war. Wahrscheinlich war es vermessen zu glauben, dass der größte aller Riesen dieses Kind nur dafür am Leben gehalten hatte, dass Blitz es einmal umarmen konnte. Und doch war diese Erinnerung ein Schatz in seinem Herzen. Wie Gläser voller Eingemachtem bewahrte er sie in seinem Herzen auf, ein Keller, in den er hinuntersteigen konnte, um nach Belieben zu genießen. Den Duft vergangener Tage. Die Stunden, in denen er mit Mino ihr Baumversteck eingerichtet hatte ... das waghalsige Klettern an der Steinküste, dieses unvergleichliche Gefühl, das Leben selbst bezwungen zu haben ... Ilinias, wie sie vor ihm herlief, das flatternde weiße Haar ... Manchmal war er kurz davor gewesen, gerade dieses Glas auf dem Boden zu zerschmettern und alle Erinnerungen an das Mädchen, das er aus dem Kloster entführt hatte, zu vernichten, nachdem der Geschmack der Bitterkeit alles Gewesene nachträglich durchdrungen hatte. Aber da war es noch, dieses Bild, wie sie lief und wie sie lachte, und dass er geglaubt hatte, in ihr all das gefunden zu haben, wonach er sich sehnte. Er hätte mit Mino fliehen können – und war doch bei Ilinias geblieben, die den gemeinsamen Sohn weggeworfen hatte wie einen zerbrochenen Teller.

Mino. Oh nein, denk nicht an Mino. Denk nicht an dieses andere blonde Mädchen, tu dir das nicht an. Aber auch das war einer der Augenblicke, die er in seinem Vorratskeller aufbewahrte, ein Glas, in dem der Geschmack lieblicher Pfirsiche und Aprikosen sich mit der Schärfe von Pfefferschoten mischte und ihm die Zunge verbrannte. Denk nicht daran, wie du ihre Hand gehalten hast. Denk nicht an die Umarmung, an dieses Gefühl innigster Nähe, das du bei Ilinias nicht einmal dann gefunden hast, wenn ihr zusammen im Bett wart. Denk nicht an Mino. Aber er konnte nicht anders. Hier, entkommen und doch dem Tod näher als je zuvor, konnte er nicht anders, als jeden Moment hervorzuholen und noch einmal auszukosten, einmal und ein zweites Mal und immer wieder. Mino im Schlossgarten, die auf ihn zulief, seinen Namen auf den Lippen. Mino, erwachsener geworden, fraulicher, genauso gebunden wie er ... *Ahinehl.*

Was er auf dieser Welt am allermeisten liebte. Mino. Und Sorayn. Und beide hatte er nur kurz im Arm gehalten. Viel zu kurz. Liravah war es gewesen, die sich um seinen Sohn gekümmert hatte. All die Jahre war Sorayn bei ihr gewesen. Ganz in der Nähe musste ihre Hütte sein. Von dieser Seite war Blitz nie über die Insel gewandert, aber wenn er es sich recht überlegte, hatte das Häuschen seiner ehemaligen Lehrerin in jenem Waldstück gestanden. Man musste nur den Hügel herabsteigen, zwischen den Bäumen hindurch ...

Sein Herz schlug hoch auf, als er die Hütte hell durch die Stämme schimmern sah. Der Wald hatte es vor den Stürmen beschützt, die über die Dörfer der Insel hinweggefegt waren. Genauso wie damals sah es aus, als er und Ilinias hergekommen waren. Ihr Kuss brannte immer noch auf seinen Lippen. Und Sorayn, damals noch zu klein zum Laufen, hatte in Liravahs weise Augen geblickt.

Das kleine Haus war schon lange verlassen. Die Tiere hatten es für sich in Anspruch genommen, und der Wald erdrückte es fast mit seiner innigen grünen Umarmung. In den kostbaren Büchern der alten Lehrerin hatten kleine Tiere ihre Schlafstätten gebaut, in den Winkeln unter dem Dach klebten Nester. Durchs Fenster sah Blitz auf den Tümpel hinaus. Wild zugewachsen reichte der Teich beinahe bis an die Außenmauer. Die Blumen, in ein altes Boot gepflanzt, wucherten wild, vom Gestrüpp noch nicht ganz verdrängt.

Ein Boot.

Blitz starrte eine Weile auf das, was er da vor sich hatte.

Ein Teich. Blumen, die sich nicht hatten unterkriegen lassen. Ein Boot.

Er nahm sich nicht die Zeit, aus dem Haus zu laufen. Die Glasscheibe war längst geborsten; er sprang durch die Fensteröffnung und kniete mit zitternden Händen vor dem ungewöhnlichen Pflanztrog. Die größtenteils abgeblätterte Farbe war immer noch zu erkennen. Blassblau. Ein blau gestrichenes kleines Ruderboot.

Er riss die Blumen und das Kraut aus, griff mit bloßen Händen in die Erde, hob eine Handvoll nach der anderen hinaus.

»Lass es nicht beschädigt sein ... Ein Boot! Lass es heile sein, bitte! Oh Rin, bitte!«

Hunger und Müdigkeit waren vergessen, während er mit bloßen Händen die Erde hinausschaufelte und einen immer größer werdenden Haufen neben sich auftürmte. Es war tatsächlich ein Boot, das er aus dem Erdreich zog. Klein, eine Nussschale wie für ein Kind, und natürlich nicht unbeschädigt. Eine der Bohlen war zersplittert, aber das restliche Holz fühlte sich gut an und würde dem Wasser und seinem Gewicht standhalten. Zum Reparieren würde er ein paar Bretter benötigen, irgendetwas Passendes würde sich schon finden. Und etwas zum Verkleben – Pech vielleicht oder Harz? Es musste nicht lange halten. Nur eine Fahrt, eine einzige Fahrt.

Die See lag erstaunlich ruhig vor ihm, als hätte sie sich langsam vom letzten Sturm erholt und atmete tief durch, bevor das nächste Unwetter heraufzog. Noch ließen sich am Himmel keine Wolken blicken und der Wind war zwar frisch, aber nicht sehr stark. Das Meer, das er seit seiner Kindheit kannte, war unberechenbarer geworden und blieb doch vertraut. Als Blitz ins Boot stieg, wusste er, dass sich die Wetterlage innerhalb kürzester Zeit ändern konnte, doch er zögerte keinen Moment. Dies war seine einzige Gelegenheit zur Flucht. Eine zweite Chance würde es nicht geben.

Das Festland war nicht weit, aber ohne die Strömung, auf die er sich stets verlassen hatte, war nicht gewiss, wo er ankommen würde. Die Flut sollte ihn in Küstennähe tragen. Doch auf dieses unruhige, unwillige Meer war kein Verlass. Wie friedlich es tat, seine wilde, unbezähmbare Freundin! Launisch, mutwillig, vielleicht in der Stimmung, ihn zu verschlingen, vielleicht willens, ihm zu helfen. Wer konnte das wissen? Aber hier war das Boot. Hier war er, bereit, dem Tod erneut ein Schnippchen zu schlagen. Alles andere ging ihn nichts an; es würde kommen, wie es kommen musste.

Wieder einmal gab er sich ganz in die Hände des Riesen.

Glänzende Tropfen perlten von dem behelfsmäßigen Paddel. Die Sonne küsste seine trockenen Lippen. Als er um die Insel herumruderte, sah er noch einmal hoch zu Tineks und Wikants schwarzem Schloss auf der Spitze der Felsnadel. Dort, über dem Donnern der Brandung, war sein Gefängnis gewesen. Bitterkeit über die verlorenen Jahre wollte ihn erfüllen, stand schon bereit wie ein grimmiger Soldat in voller Rüstung, um in der Kammer seines Herzens wild mit der Lanze um sich zu stechen.

»Nicht verloren«, stieß er hervor, »nein, das nicht. Dort habe ich gelebt wie ein Prinz in einem Schloss. Wie ein Matrose auf seinem Schiff. Wie ein Einsiedler im Wald. Ich habe kein einziges Jahr verloren.« Und zugleich kam der Ruf aus seinem Mund: »Hilf mir. Oh Rin, bitte, hör mich an. Ich fürchte mich davor, dass mir die Zeit durch die Finger rinnt. Lass mich nicht verloren sein. Ich wünsche mir, dass kein Tag meines Lebens vergeudet war.«

Konnte er nicht einmal einen Gedanken denken, ohne dabei um Hilfe zu bitten? Er schloss für einen Moment die Augen, fühlte die Sonne auf dem Gesicht, den Wind, das Meer.

Lass mich nicht verloren sein ...

Glück füllte sein Herz. Er war frei. Was brauchte er mehr als das – frei zu sein und ein Boot zu besitzen? Was scherten ihn der Hunger, die Nadelstiche der Kälte, die nassen Füße?

Erschrocken blickte er nach unten, wo eine Pfütze sich um seine Füße ausbreitete. Ein Leck! Die Reparatur hatte nur kurz gehalten. Immer schneller drang das Wasser durch den Riss. Und dabei war das Land schon zu sehen! Dort hinten – fern und noch leicht verschwommen, die sanften Erhebungen der Küste von Drian. Es durfte nicht wahr sein!

»Was machst du, Rin?«, fuhr er auf, während er verzweifelt Wasser schöpfte, hastig, mit bloßen Händen, ein Kampf gegen einen übermächtigen Feind. »Was tust du denn? Warum nimmst du mir dieses Wunder wieder weg? Rin! Rin!«

Rin antwortete nicht. Er antwortete nie, immer blieb er unsichtbar, immer einen Schritt hinter ihm oder vor ihm, immer lag dieses wissende Lächeln in der Luft.

»Tu das nicht! Oh nein, nicht jetzt, nicht jetzt!«

So schnell, wie das Wasser stieg, konnte er nicht schöpfen. Hier, mitten im Wasser, hier versagte der Kahn, hier, zwischen der Insel und dem Kaiserreich, musste er untergehen? Blitz konnte nur noch zusehen, wie das Meer sich lachend über das winzige Gefährt hermachte und es mit gierigen Zähnen herunterschluckte. Ihn ließ es übrig, als sei er eine Gräte, ungenießbar. Oder als sei er ein besonderer Leckerbissen, den es sich noch aufsparte. Denn entkommen lassen würde es ihn nicht. Von hier aus war es unmöglich, das Land schwimmend zu erreichen, er wusste das, und doch schwamm er los.

So lange ich kann. Ein Schwimmstoß und noch einer. Langsamer. Während das finstere Wasser meine Kleidung tränkt und die Tiefe mich ruft. Ist es dein Ruf, Rin, zu dir? Hältst du deine Hände unter mir, ausgebreitet, um mich zu dir zu holen?

»Noch nicht!«, rief er, doch eine große Woge schwappte über ihn und erstickte seinen Ruf.

Zu dir. Er konnte es fühlen, Rin war da. Ein Riese, größer als alles, ein Riese mit einem Lächeln. Fast konnte er es sehen. Fast konnte er seinen Atem auf der Stirn spüren und die großen warmen Hände.

Hab keine Angst.

Fast hätte Blitz gelacht. Während er mit den Wellen kämpfte und keinen Augenblick nachließ, war es doch so, als würde er nicht im kalten Wasser um sein Leben ringen, sondern als würden ihn die Hände des Riesen über die Untiefen hinwegtragen. Er atmete Wasser ein, hustete und spuckte und würgte, und doch glaubte er dieser Stimme, die zu ihm sagte: *Gib nicht auf. Hab Mut. Sei stark. Fürchte dich nicht.*

Wie war es möglich, sich gleichzeitig der Kraft des Riesen zu überlassen und weiterzumachen? Trotz Kälte und Schwere unermüdlich Arme und Beine zu bewegen? Wie konnte er einverstanden sein mit dem, was ihn erwartete, und doch immerzu weiterschwimmen, mit einer Ausdauer, die der eines Riesen gleichkam?

»Ich hab ihn! Na los. Und hepp!«

Arme um seine Schultern. Blitz brauchte eine Weile, bis er begriff, dass die Hände, die ihn gepackt hatten, nicht dem Riesen gehörten, der ihn begleitete, sondern einem Mann, und dass auch die anderen Hände zu fremden Menschen gehörten. Dass das Boot, in das sie ihn zogen, echt war. Und dass das Schiff, zu dem sie ruderten, schon eine ganze Weile in der Nähe gewesen sein musste. Er hatte es nur nicht gesehen.

Erst als sie ihm an Bord geholfen hatten, als er an Deck saß, ein grobes Tuch um die Schultern, und einige Schlucke eines sehr starken und sehr übelschmeckenden Getränks hinuntergekippt hatte, wurde ihm allmählich bewusst, wo er gelandet war. Etwas Vertrautes war an den Gestalten, die ihn umringten, an der Art, wie sie redeten, wie sie aussahen, wie sie lachten. Seeleute hatten immer eine raue Sprache, aber diese hier waren fast zu gut gekleidet für ein solches Schiff, das nicht nach einem Handelsfrachter aussah. Schöne Hemden mit großen Knöpfen, geflochtene Ledergürtel, gefärbte Tücher. Wenn dies ein reiches Kaufmannsschiff gewesen wäre, das gerade besonders gute Geschäfte gemacht hatte, hätte der Kapitän darauf geachtet, dass an Bord alles sauber war, die Galionsfigur neu gestrichen, die Segel geflickt. Doch dieses Schiff wurde schlampig geführt, von Leuten, die lieber tranken, als die Bohlen zu schrubben. Kein nüchterner Kapitän hätte so etwas geduldet. Diese Leute hier waren nicht stolz auf ihr Schiff, und wenn sie es doch waren, dann liebten sie es nicht. Lange genug hatte er unter Räubern gelebt, um zu erkennen, zu welchem Schlag ein Mensch gehörte. Das hier waren unzweifelhaft Piraten. Er musste sich nicht einmal umwenden und zu der schwarzen Flagge hinaufsehen.

»Oh bitte, Rin«, murmelte er. »Musste das wirklich sein?«

Er fühlte immer noch das Lächeln über sich, ein riesiges, gütiges und zudem äußerst amüsiertes Lächeln.

»Kapitän Suresch will dich sehen«, teilte ihm einer der Matrosen mit. Blitz ließ die Decke liegen, obwohl ihm immer noch kalt war, doch eingewickelt wie eine melgianische Pilgerin wollte er nicht vor dem Herrn des Schiffs erscheinen. Dass er kein Hemd trug, keine Schuhe und auch seine Hosen kaum bis zu seinen Waden reichten, würde einen Piraten nicht stören. Falls der Kapitän beschloss, ihn am Leben zu lassen, würde man ihm andere Kleidung geben; falls nicht, spielte es sowieso keine Rolle, was er anhatte. Das Messer, das er im Gürtel trug, nahmen sie ihm nicht ab. Besser für sie, dass sie es nicht versuchten.

Der Anführer der Piraten war ein großer, kräftiger Kerl mit einem Bart, der in seinem Gesicht wucherte wie Unkraut. Er musterte Blitz aus dunklen, halb zusammengekniffenen Augen.

»Schiffbrüchig, eh?«, fragte er. »Und wie, bitteschön, kommst du dazu, mitten im Meer zu schwimmen, ohne ein untergegangenes Schiff weit und breit?«

»Ich hatte ein Boot«, erklärte Blitz.

»Ein Boot? Haben sie dich ausgesetzt? Was hast du ausgefressen? Sag es mir lieber gleich, ich finde es doch heraus.« Suresch ließ seinen Blick über Blitz' zahlreiche Narben wandern. »Wie heißt du? Von welchem Schiff bist du?«

»Er lügt. Weder die *Löwenbiss* noch die *Greifenklaue* sind in diesen Gewässern unterwegs«, warf ein anderer Pirat ein, bevor Blitz überhaupt antworten konnte.

Blitz schenkte dem Sprecher, einem langen, hageren Mann neben dem Kapitän, ein abfälliges Lächeln und legte die Hand ganz ruhig an den Griff seines Messers. »Du nennst mich einen Lügner? Was bist du hier, der Maat? Wenn ich mich einen Lügner schimpfen lasse, dann allerhöchstens vom Kapitän dieses Schiffes.« Wenn man solchen Leuten nicht von vornherein zeigte, dass man keine Angst hatte, war man verloren.

»Warte, du ...«

Kapitän Suresch hob die Hand, und der Maat ließ die Fäuste wieder sinken und trat einen Schritt zurück.

»Ich habe nie behauptet, ich wäre von der *Löwenbiss* oder der *Greifenklaue*«, sagte Blitz und wunderte sich darüber, wie die Piratenschiffe heutzutage hießen.

»Von welchem Schiff bist du dann?«, verlangte der Kapitän zu wissen.

»Ich bin ...«

»Er lügt«, rief der Maat, bevor Blitz zu Ende reden konnte. »Er denkt sich gerade eine Geschichte aus!«

»Mein Name ist Jakebeny.« Seinen eigenen Namen durfte er nicht nennen, nicht, wenn die Gefahr bestand, dass Zukata davon erfuhr, dass er noch am Leben war. Den Namen seines Vaters zu tragen, erfüllte ihn mit einem erhabenen Gefühl des Stolzes. Auch dies war wie ein Schlag in Zukatas Richtung. Sieh her, ich habe schon einen Vater, nach dem ich mich nenne. Nicht du. Niemals du. »Ich bin von der – äh, *Riesenfaust*.«

»Nie gehört«, knurrte der Maat, doch diesmal scheuchte ihn Suresch mit wenig sanften Worten ganz fort, und trat so nah an Blitz heran, dass dieser seinen stinkenden Atem riechen konnte.

»Ich erkenne Zukatas Auserwählte, wenn ich einen vor mir habe, Jakebeny«, sagte er. »So wie jeder hier. Denkst du, ich wüsste nicht, was ich einem Kaisergänger schuldig bin?«

Blitz sagte nichts dazu. Aber die Narbe an seinem Arm schien aufzubrennen, dieses Zeichen, das ihn für immer mit Zukata verband: das eingebrannte Z und darüber die Krone. Zukata, der Kaiser. Damals hatte der Riesenprinz noch davon geträumt, eines Tages in Kirifas auf dem Thron zu sitzen, und dieses Zeichen, das er allen seinen Gefolgsleuten eingebrannt hatte, war wenig mehr als die Verheißung von Macht und Einfluss und unermesslichem Reichtum gewesen. Schlimmer noch – für jeden, der Zukatas Zeichen, das Mal eines Verbrechers, an sich trug und von Soldaten aufgegriffen wurde, bedeutete es das Todesurteil. Doch nun war Zukata selbst der Herrscher des gesamten Kaiserreichs und das Brandmal verlieh allen seinen Gefolgsleuten die Macht, im Namen des Kaisers Befehle zu erteilen.

Blitz konnte die Narbe nicht ausstehen, doch er hatte nicht die Absicht, den Irrtum des Kapitäns aufzuklären. »Ich kann nicht erklären, wie ich hierher geraten bin«, behauptete er. »Aber ich verlange, bis zum nächsten Hafen mitzufahren.«

»Die Krone ist kaum noch zu erkennen«, bemerkte Suresch. »Du warst ein Mitglied von Zukatas alter Bande, richtig? Du warst von Anfang an dabei?«

»Das stimmt.«

»Und du hast kein Königtum bekommen wie die anderen? Keinen Thron und kein Gut?« Wieder glomm das Misstrauen in den geröteten Augen auf.

»Die letzten Jahre habe ich in einem Schloss gewohnt«, bekannte Blitz freimütig, natürlich ohne zu erwähnen, dass er dort in einem winzigen Zimmer hinter einer schweren Tür gelebt hatte, die sich niemals öffnete. »Aber ich habe das Meer vermisst und Schiffsplanken unter meinen Füßen. Sehe ich aus wie jemand, der von goldenen Tellern speist? – Wo ich gerade dabei bin, gibt es vielleicht etwas Essbares an Bord?«

Der Kapitän lächelte breit. »Das gibt es.« Er schlug Blitz auf die Schulter und rief einen Matrosen, der ihn hinunter zur Kombüse führen sollte. Vielleicht fragte Suresch sich, ob der Gerettete ein Kaisergänger war, der in Ungnade gefallen war. Aber solange das nicht erwiesen war, blieb ihm nichts anderes übrig, als jeden seiner Wünsche zu erfüllen.

Wer so ausgehungert war wie Blitz, hatte nur einen Wunsch.

Er war auf der *Adlerschwinge* gelandet, einem Schiff, das die westlichen Gestade abfuhr, um Handelsschiffe zu »begleiten« und den dafür fälligen Zoll einzuziehen. Ihr Kurs führte sie nordwärts, um die Insel der Amazonen herum, in Richtung Sandart. Kapitän Suresch fürchtete, Blitz könnte einen Auftrag haben, der sie dazu zwang, seinetwegen einen Umweg zu machen. Die Piraten mussten in den Norden, bevor die Zeit der Stürme begann, hatte er dem Geretteten erklärt und ihn dabei angefunkelt, als könnte ein einziger Blick genügen, um einen Kaisergänger dazu zu bringen, klein beizugeben. Blitz musste sich so schnell wie möglich etwas Glaubwürdiges einfallen lassen. Er wollte den Gehorsam des Freibeuters gegenüber Zukata nicht auf die Probe stellen und noch einmal die Frage aufwerfen, warum er nicht in seidenen Gewändern auf einem Königs- oder Fürstenthron saß, sondern in abgerissenen Lumpen im Meer getrieben war. Deshalb dachte er sich schnell etwas aus, das mit Sureschs Plänen beeindruckend gut zusammenpasste.

»Ihr könnt mich auf der Insel der Amazonen absetzen.«

»Für den Kaisergänger fahre ich ans Ende der Welt«, meinte Suresch großspurig und beäugte seinen Gast eindringlich.

»Im Ernst«, meinte Blitz und schaute über seine Schulter, als befürchtete er, sie könnten belauscht werden. »Die Insel ist mein Ziel. Ich habe dort – etwas zu tun.«

»Du, ein Mann, auf der Insel der Amazonen?«

Auf jeden Fall klang es geheimnisvoll genug. Nicht einmal der Kapitän eines Piratenschiffs würde darauf bestehen, alles über den Auftrag eines Kaisergängers zu erfahren. Suresch nickte und ließ ihn zufrieden. Und Blitz atmete auf. Die Amazonen kannten ihn; wenn er irgendwo Hilfe bekommen konnte, dann dort.

In der Zwischenzeit machte er sich an Bord der *Adlerschwinge* nützlich. Die Piraten hatten schon am ersten Tag den Seemann in ihm erkannt und hielten ihn für einen Freibeuter wie sie – welcher ehrliche Matrose hätte jemals Zukatas Zeichen getragen? Befriedigt nahmen sie zur Kenntnis, dass er sich nicht wie ein großer Herr aufführte, der in seiner Kajüte saß und sich bedienen ließ. All das hätte ihm zugestanden, aber seine Hände sehnten sich nach dem glatt polierten Holz der Planken, nach Tauen und Segeltuch unter seinen Händen. Der Wind brachte den Geruch von Salz und Tang mit. Über ihnen kreiste ein Möwenschwarm und wartete darauf, an ihrer Beute teilzuhaben. Der Ruf der Vögel war Musik in seinen Ohren. Das Rauschen der Wellen, das Knarren des Holzes, das Knattern und Schlagen der Segel – all das gehörte so sehr zu seinem Leben, dass Blitz sogar hier, inmitten von Verbrechern, das Glück fand. Er ließ sich sein Erschrecken nicht anmerken, wenn sie mit ihren Raubzügen prahlten, mit den Grausamkeiten, die sie begangen, und den Reichtümern, die sie errungen hatten. Ein wenig war es wie damals, als er unter die Räuber gefallen war und mit Männern aß, die eben von einem Mord nach Hause gekommen waren. Er hörte zu und seine Augen schienen ein wenig dunkler zu werden, und er lachte nicht mit, wenn sie grölten, aber er zuckte nicht zurück. Niemals wurde das Entsetzen in seinem Gesicht sichtbar. Manchmal lächelte er, als würde er träumen, aber sie sollten nicht erfahren, was er dachte.

»He, und du, Beny?« Einer schlug ihm auf die Schultern. »Erzähl! Was hast du gemacht, zusammen mit Zukata?«

»Du könntest uns Geschichten erzählen, wie?«

In ihren Gesichtern lag die Erwartung, etwas von seinen Abenteuern zu hören zu bekommen, so dass sie damit prahlen konnten. Einer von Zukatas Männern, ja, und er war auf unserem Schiff. Mit uns hat er zusammengesessen und geredet und man hat nicht gemerkt, dass er sich für was Besseres hält. Unser Kumpel ist er geworden, vielleicht wird er sogar Zukata von uns berichten ...

»Wir haben viel miteinander erlebt«, sagte Blitz vorsichtig, und ihnen musste es so scheinen, als wüsste er nicht, wie viel er verraten durfte. Von einem Zukata, den man nahe bei sich hatte, einem Zukata zum Anfassen, noch nicht der ferne Kaiser auf dem hohen Thron. »Einmal haben mich die Soldaten erwischt und man wollte mich schon hängen. Und da, Zukata, mit bloßen Händen hat er eine Schneise durch die Wachen geschlagen, mitten im Hof der Fürstenburg, vor allen Leuten!«

Jede Geschichte, die er preisgab, kehrte zu ihm zurück. Oder vielleicht kehrte er zu der Geschichte zurück, zu jenem Ereignis, zu einer Zeit, in der er so unglaublich jung gewesen war und es kaum vermocht hatte, sich gegen einen Mann zu wehren, der sein Herr und sein Vater sein wollte. Die Münder der Piraten standen offen, während er ihnen den gewaltigen Riesen vor Augen malte, einen Zukata, der wie ein Sturm durch die Wälder fegte und alles mitriss, was sich ihm in den Weg stellte.

Blitz lächelte. Und vielleicht spürten sie da, dass er keiner von ihnen war, dass er jemandem gehörte, den sie nie gesehen hatten, und dass er, auch wenn er in ihrer Mitte arbeitete, immer jemand sein würde, dem Zukata seine Zuneigung und sein Vertrauen und sein Zeichen geschenkt hatte und vielleicht auch noch ein Fürstentum oder ein Schloss. Wenn er von dem Herrn des Kaiserreichs sprach, mit einer Mischung aus Ehrfurcht und Bewunderung und Schrecken – er brauchte sich nicht zu verstellen, denn all dies war in ihm –, fühlten sie sich seltsam berührt und nickten. Nur eine Andeutung, dass er Zukata hintergangen hatte, bloß ein kleiner Hinweis darauf, dass dieser nur zufrieden sein würde, wenn Blitz irgendwann tot zu seinen Füßen lag, und sie hätten ihn in Stücke gerissen.

Je weiter sie nach Norden kamen, um so unmöglicher schien ihr Vorhaben, Sandart zu erreichen. Der Wind pustete ihnen nicht mehr bloß Salzgeruch ins Gesicht, sondern peitschte die Wellen so hoch auf, dass das Deck ständig überspült wurde. Die Wolken schienen mit dem Meer zu verschmelzen, so tief hatten sie sich über die weite See geduckt, und die *Adlerschwinge* kämpfte sich durch einen grauschwarzen Hexenkessel aus peitschendem, spritzendem, allgegenwärtigem Wasser.

»Ich kann die Insel nicht anlaufen!«, brüllte Kapitän Suresch durch das Tosen und Brüllen des Sturms hindurch. »Wir würden an den Klippen zerschellen!«

»Was tun wir dann?«, schrie Blitz zurück.

Die Antwort des Kapitäns konnte er nicht mehr hören. Eine Woge schleuderte ihn gegen den Mast. Krampfhaft hielt Blitz sich fest, während der Bug des Schiffes sich in den nächsten Wellenberg bohrte.

»Noch nicht, Rin!«, rief er in das Heulen des Orkans hinein. »Noch nicht!« Der Wind riss ihm die Stimme vom Mund und trug sie hinaus in das wirbelnde Schwarz.

2. Der Silberne Krug und eine Kette aus Eisen

DER JUNGE MANN auf der Lichtung schien so fest zu schlafen, als gäbe es nichts Böses auf der Welt. Sein Pferd, ein langbeiniger Brauner mit schwarzer Mähne, rupfte gemächlich die hohen Halme ab, so weit der Strick an seinem Halfter es zuließ. Als das Mädchen zwischen den Bäumen hervortrat, stutzte der Hengst nur kurz und ließ sich nicht weiter beim Grasen stören.

Der Schläfer lag auf dem Rücken, den Kopf auf einen aus grobem Stoff genähten Reisesack gebettet. Sein blondes Haar klebte ihm verschwitzt an der Stirn. Manina lächelte unwillkürlich. Die Spätsommersonne schien ihm voll ins Gesicht; wenn er nicht bald aufwachte, würde er sich einen schlimmen Sonnenbrand holen. Wahrscheinlich schlief er hier schon länger, als er beabsichtigt hatte. Das hieß, dass er sehr müde gewesen war, als er hier angekommen war, und es nicht einmal mehr bis ins Dorf geschafft hatte, wo es im Silbernen Krug alles gegeben hätte, was Reisende benötigten, um sich zu erfrischen und gut zu erholen. Sie betrachtete ihn und überlegte, von wo er wohl kommen mochte, aus welchem der vierundzwanzig Königreiche Deret-Aifs.

Der Fremde öffnete die Augen und blickte sie verträumt an. Er gähnte, wischte sich die Haare aus der Stirn und setzte sich auf.

»Was für ein wunderschöner Traum«, sagte er. »Oder bist du wirklich?«

Die junge Prinzessin lachte. »Ganz wirklich«, versicherte sie. Seine Stimme war ebenso angenehm wie sein Äußeres. Und ja, auch sie hatte das Gefühl, dass diese Begegnung nicht wirklich stattfand. Nie hätte sie sich träumen lassen, dass hier, auf dem Weg ins Gasthaus, in dem sie arbeitete, etwas passierte, das ihr Leben von Grund auf änderte. (Gelöscht) Sie musste nur das staunende Lächeln in seinem attraktiven Gesicht erwidern, in seine ernsten grauen Augen blicken, um zu wissen, dass nichts mehr so war wie zuvor.

Solche Dinge passierten sonst immer nur anderen. Wenn Maja davon erzählte, wie sie auf einer Lichtung ihren tot geglaubten Brieffreund getroffen hatte, senkte die ehemalige Kaiserin manchmal traurig den Kopf. Und kam doch ständig darauf zurück. Sie konnte nicht anders, als immer wieder zu fragen: Wie war es? Wie war dieser Moment, als du ihn erkannt hast? Als du wusstest, dass es Sorayn war?

Aber ihr selbst begegnete niemand, den sie hätte lieben können. Früher war sie davon ausgegangen, dass sie eine Verbindung zum Wohle des Kaiserreichs würde eingehen müssen, dass irgendein König oder Prinz eines Tages neben ihr auf dem Thron saß und mit ihr regierte; eine Aussicht, die damals nicht einmal schmerzte oder ihr Angst einjagte, so selbstverständlich war eine Pflichtheirat, wenn man im Schloss von Kirifas lebte. Doch nun war sie an diesem sonnigen Tag einem Reisenden begegnet, und nun hatte auch sie endlich eine Geschichte, in der eine Lichtung eine Rolle spielte.

»Da hinten«, sagte sie und wies nach Norden, »dort ist das nächste Dorf.« Und dann, sie wusste selbst nicht, warum, ergriff sie die Flucht. Sie eilte an seinem Pferd vorbei, über das hohe Gras zum Pfad, der durch den Wald führte, und sah sich nicht einmal um. Als sie losrannte, verwünschte sie ihre Feigheit. Hatte sie nicht mit Königen und Fürsten gesprochen, Heerführern und Würdenträgern befohlen, zu jener Zeit, als sie noch die Kaiserin von ganz Deret-Aif gewesen war? Aber jetzt lief sie vor einem blonden Fremden davon, der ihr schläfrig in die Augen geblickt hatte, floh vor dieser Lichtung und vor der Geschichte, die dort vielleicht begonnen hatte und genauso schnell wieder zu Ende sein konnte, direkt in Tamaits und Majas Arme.

Das Geschwisterpaar kam ihr bereits entgegen. Beide merkten sofort, dass etwas nicht stimmte, dass etwas geschehen war – und war heute nicht wirklich alles anders als gestern? Hatte sich nicht die ganze Welt verwandelt, zu einer neuen Welt, in der *er* lebte?

»Hat dir jemand etwas getan?«, rief Maja erschrocken. »Wirst du verfolgt?«

»Nein, nein. Bloß weiter, schnell.« Hastig zog sie ihre Freunde in die Richtung, aus der die beiden gekommen waren. »Ich will nur nicht ... ach, vergesst es.«

»Du bist spät dran«, sagte Tamait. »Stollo hat uns losgeschickt, um nach dir zu sehen.«

»Euch beide? Das sieht ihm gar nicht ähnlich.« Stollo, der Wirt des Silbernen Kruges, verzichtete nur äußerst ungern auf eine Arbeitskraft.

»Er wollte, dass ich dableibe«, gab Maja zu, »aber ich habe mir solche Sorgen um dich gemacht. Was ist nur passiert, Manina? Du verspätest dich doch sonst nie.«

Das kleine Haus im Wald, in dem die drei lebten – mehr eine baufällige Hütte als ein richtiges Haus –, lag nur wenige hundert Meter von der Gastwirtschaft entfernt, in der sie alle Arbeit gefunden hatten. Tamait kümmerte sich um die Pferde der Gäste, Maja unterhielt sie mit ihrem Flötenspiel, wenn nicht allzu viel zu tun war, und Manina half in der Küche. Es war anstrengend und schmutzig. Nichts für jemanden, der zimperlich und wehleidig war, und manchmal schüttete das blonde Mädchen seinen Freunden weinend das Herz aus. Aber sie gab nicht auf; obwohl sie behütet und verzärtelt aufgewachsen war, fand sie in sich eine Kraft, die sie selbst erstaunte.

»Nun sag schon«, bohrte Tamait, doch Maja schüttelte den Kopf.

»Lass sie in Ruhe«, befahl sie ihrem Bruder. Sie waren nicht blutsverwandt, doch sie hatten fast ihr ganzes Leben in dem Glauben verbracht, sie wären es. Niemand, der sie zusammen sah, wäre auf den Gedanken gekommen, dass sie nicht Bruder und Schwester waren, so hatte sich alles zwischen ihnen eingespielt, und da sie beide schwarzhaarig waren und ihre gebräunte Haut in einem satten Bronzeton schimmerte, war die Ähnlichkeit nahezu vollkommen.

Als das Gasthaus vor ihnen auftauchte – ein langgestrecktes Holzhaus mit einer bunt gestrichenen Tür –, zögerte Manina und blieb stehen. »Ich kann heute nicht arbeiten«, erklärte sie.

»Und warum nicht?«, fragte Tamait.

Stollo erschien auf der Schwelle. »Wo bleibt ihr denn? Marsch, marsch! Soll das Essen sich heute alleine kochen? Muss ich euch alle auf der Stelle fortjagen? Ich mach's, glaubt mir, das ist genau das, was ich machen werde, wenn ihr nicht endlich herkommt und das tut, wofür ihr bezahlt werdet!«

Maja warf ihm heimlich einen bösen Blick zu. »Manchmal wünsche ich mir wirklich, ich könnte es diesem Sklavenantreiber sagen.«

»Das tust du nicht!«, rief Manina. »Und außerdem – ich bin nichts Besonderes mehr. Wen kümmert es, was ich war? Niemanden. Also lassen wir alles einfach so, wie es ist.«

»Da bin ich mir nicht sicher, dass es niemanden kümmert«, murmelte die junge Frau. Sie schob Manina, die sich immer noch ein wenig sträubte, in Richtung Hintereingang, wo lautes Scheppern verriet, dass jemand seine schlechte Laune an Töpfen und Pfannen ausließ. »Lass dich von Tamait nicht zwingen, etwas preiszugeben, was du für dich behalten willst«, riet sie der blonden Prinzessin.

Manina blieb stehen. »Da war ein Mann auf der Lichtung«, berichtete sie.

»Hat er dich erschreckt?«, fragte Maja alarmiert. »Hat er versucht ... Bei Rin, wir sollten dich nicht allein lassen! Wollten wir nicht immer darauf achten, dass du in unserer Nähe bist?«

Maninas Augen glänzten, Röte überzog ihre Wangen. »Nein«, beruhigte sie ihre Freundin, »nein, er schlief ... Ich bin einfach nur ... ich stand da und habe ihn die ganze Zeit nur angeschaut ...«

»Meine Güte«, entfuhr es Maja. Neugierig fügte sie hinzu: »Und dann? Ist er aufgewacht?«

»Ja, ist er. Und ich ... ich weiß auch nicht, warum, aber ich konnte nicht dableiben. Was mache ich bloß, wenn er hierher kommt? Ich Dummkopf habe ihm auch noch gesagt, in welcher Richtung der

Silberne Krug liegt! Was ist, wenn er drinnen sitzt? Wenn ich ihm das Essen bringen muss? Maja, bitte hilf mir, das kann ich einfach nicht!«

Stollos leuchtend rotes Gesicht erschien am Hinterausgang. »Mädels!«, schrie er. »Das Haus ist voll!«

»Wir kommen«, versprach Maja. »Mach mich nicht wütend, sonst spiele ich ein Lied, das deine Gäste so aufregt, dass sie dich mit Krügen und Tellern bewerfen!«

»Alles nur Gerede«, brummte der Wirt und verschwand wieder.

Die dunkelhaarige junge Frau lächelte aufmunternd. »Und was wäre, wenn er den Silbernen Krug nicht beehrt? Wenn du ihn nie wiedersiehst? Wäre das nicht noch schlimmer? – Wir müssen jetzt dafür sorgen, dass Stollo merkt, wie unentbehrlich wir für ihn sind. Aber wenn dieser geheimnisvolle Fremde kommt, zeigst du ihn mir, ja? Ich muss doch wissen, wer es schafft, der unnahbaren Manina den Kopf zu verdrehen.«

Sie betraten die Küche, in der ein magerer, pickliger Junge lustlos in einem großen Topf herumrührte. Maja krempelte die Ärmel auf. »Aus dem Weg!« Sie scheuchte Stollos gänzlich zur Küchenarbeit unfähigen Sohn vom Herd fort. »Wir haben Gäste, die hungrig sind.« Sie tauchte einen Löffel in die Suppe und verzog das Gesicht. »Wie oft muss ich dir noch sagen, dass es nichts bringt, zu viel Salz zu nehmen? Die Leute trinken deshalb nicht mehr, sie werden bloß ärgerlich. Hier, nimm den Eimer, du holst jetzt Wasser. Diese Brühe müssen wir verdünnen.« Sie zwinkerte Manina zu, die sich gerade die Schürze umband und ein großes Tablett mit Tellern und Krügen belud. Silbern war keiner davon.

Tausend Gedanken gingen Maja durch den Kopf. Vergiss nicht, wer du bist, Prinzessin Manina. Wähle den Richtigen und wir könnten versuchen, Zukata vom Thron zu stürzen.

Ohne Sorayn.

Sie zwang sich, nicht an Sorayn zu denken. An den Mann, dem sie auf einer lichtüberfluteten Wiese begegnet war, den sie vor einem Bären retten wollte, und dabei hatte sie sich selbst rettungslos verloren, an eine Liebe zu einem Betrüger. Sie hatte sich ihm verbunden, hatte den Bund der Ehe mit ihm geschlossen, glücklich bis zum Zerspringen, bis sie herausgefunden hatte, dass sie ihm nur als Mittel zum Zweck diente, denn ihm war es nur um den Thron von Deret-Aif gegangen. Für Sorayn hatte Manina den Kaiserthron geräumt, hatte sich wie sie alle von seinem Charme bezaubern und von seiner unglaublichen Autorität überwältigen lassen – nur um zu merken, dass die Rücksichtslosigkeit, mit der er seine Pläne durchsetzte, mindestens ebenso groß war. Und doch war Zukata nun Kaiser, obwohl Sorayn versprochen hatte, dass es niemals dazu kommen würde. Was wirklich geschehen war, wusste niemand. Maja hatte Sorayn nicht mehr gesehen, seit sie erschrocken, weinend und wütend von einem blutigen Schlachtfeld geflohen war, auf dem Sorayn und seine Riesen sich ausgetobt hatten. Seit knapp einem Jahr lebte sie nun mit Tamait und Manina in diesem Dorf im Königreich Laring und versuchte, das alles zu vergessen. Vielleicht war ihr Ehemann tot. Vielleicht war es nicht seine Schuld, dass Zukata gewonnen hatte, vielleicht hatte er sich überschätzt und war von seinem Großvater umgebracht worden, bevor er sein ehrgeiziges Ziel erreichen konnte. Sorayn war tot oder er hatte sich, nachdem alles fehlgeschlagen war, einfach aus dem Staub gemacht. Wer konnte es wissen? Besser, sie vergaß ihn. Besser, nicht mehr an die blauen Augen zu denken, die unter den langen, schwarzen Wimpern hervorstrahlten. An sein dichtes schwarzes Haar, seine Haut, an das Glück jener ersten herrlichen Tage, als sie noch geglaubt hatte, es würde nie, niemals enden ...

Sie durfte nicht träumen, nichts bedauern, sondern musste sich auf das konzentrieren, was jetzt anstand. Die Suppe. Nein, verdirb sie nicht. Wenn Stollo uns hinauswirft, müssen wir dieses Dorf verlassen und uns etwas anderes suchen. Und Manina will hier nicht weg.

Am Anfang waren sie gemeinsam mit den Zintas in einem bunten Wagen gefahren, doch der ehemaligen Kaiserin gefiel diese Art von Leben überhaupt nicht. Manina sehnte sich nach einem Ort, an dem sie bleiben konnte; ihr gab das Leben der Ziehenden das Gefühl, auf der Flucht zu sein. Deshalb waren sie schließlich hergekommen, im vorigen Jahr, damals noch mit Mino, ihrer Mutter, und deren unzertrennlichen Freunden Jamai und Kroa. Diese drei hielten es nicht aus in dem winzigen Dorf. Die Straße lockte sie, der Wald rief sie, und irgendwann hatte Mino gefragt, ob es sehr schlimm sei, wenn sie gingen.

»Geht ruhig«, hatte Maja geantwortet. »Ich bin schon groß, nicht?«

»Wegen dir mache ich mir keine Sorgen«, hatte Mino gemeint. »Du kannst auf dich aufpassen. Aber Manina. Sie hier allein zu lassen ...«

Es gab der jungen Zinta einen leichten Stich, dass ihre abenteuerlustige Mutter so leicht dazu bereit war, ohne sie weiterzuziehen. Dass sie sich bloß um die Prinzessin sorgte.

»Sie ist keine Kaiserin mehr«, hatte sie eingewandt.

»Jemand wie sie kann nicht einfach Schankmädchen spielen und glauben, sie wäre ein Mensch wie alle. Zukata könnte sie immer noch als Bedrohung empfinden. Vergiss nicht, er war schon einmal bereit, sie zu töten. Falls er sie je in der Reihe seiner Gegner vermutet ... und bei Zukata reicht schon, dass er sich vorstellt, sie könnte ihm im Weg stehen ... Du weißt, was ich damit sagen will. Niemand darf wissen, wer sie ist. Sie braucht einen neuen Namen. Keiner darf auch nur etwas ahnen. Die richtige Verbindung – vielleicht mit dem König von Wenz – könnte aus ihr eine ernst zu nehmende Gegenspielerin für Zukata machen. Viele Leute wären auf ihrer Seite. Alle, die genug von den Riesen haben.«

An dieses Gespräch dachte Maja jetzt, während sie versuchte, das versalzene Gebräu, das Stollos mürrischer Sprössling in dem Kessel angerührt hatte, in eine halbwegs genießbare Speise zu verwandeln.

König Oka von Wenz hatte Zukata öffentlich die Gefolgschaft aufgekündigt und seinen Austritt aus dem Kaiserreich erklärt. Ein wahnsinniges Unterfangen, das natürlich keinen Erfolg haben konnte, sondern nur zu weiterem Blutvergießen führen würde. Wenn jedoch Manina sich dazu gesellte und den verwitweten König ehelichte, würde diese Rebellion auf einen Schlag ein ganz anderes Gewicht erhalten. Andere Königreiche würden sich ihnen anschließen. Das Reich würde zerfallen, und irgendwann würde selbst Zukata die Lawine, die auf ihn zurollte, nicht mehr aufhalten können.

Was für eine unglaubliche Verschwendung, wenn Manina ihr Herz einem dahergelaufenen Reisenden schenkte, nur weil sie beobachtet hatte, wie die Sonne auf sein Gesicht fiel! Andererseits war das vielleicht das Leben, das sich die junge Frau wirklich wünschte. Ein Leben ohne Kriege, ohne Verhandlungen, Streitereien, die Verantwortung für Tausende ... Ein Leben an der Seite des Geliebten, fernab von allem. Dem Krieg konnte man aus dem Weg gehen, wenn man nur wollte. Manina brauchte ihren wirklichen Namen nie wieder auszusprechen, sie konnte einfach tun, was sie wollte, leben, wie es ihr gefiel, sich ihr eigenes Schicksal gestalten. Sicherheit und Glück.

»Er ist da!« Aufgelöst stürmte das verliebte Mädchen in die Küche. »Du musst jetzt rausgehen, ich kann nicht! Er darf mich nicht sehen, nicht so!«

Maja wollte etwas sagen wie: Seit wann schämst du dich, im Gasthaus zu arbeiten? Sonst bist du doch immer so stolz darauf, dass du arbeiten kannst wie jeder andere auch. Aber sie blickte in das verzweifelte Gesicht ihrer Freundin und sah, dass es für kluge Sprüche nicht an der Zeit war. Sie musste aufpassen; am Ende führte diese Geschichte noch dazu, dass Manina ihre Identität preisgab, nur damit ein abgekämpfter Reisender sie nicht bloß für ein einfaches Schankmädchen hielt. Ehemals Kaiserin von Deret-Aif, Königin von Aifa, Erbin des Throns von Kirifas ... und immer noch Prinzessin. Immer noch die Tochter des unvergessenen Kanuna El Schattik und Halbschwester von Zukata.

»Dann füll du die Suppe in die Teller. Sie müsste jetzt schmecken, hoffe ich. Wo ist das Brot?« Mit raschen Handbewegungen ordnete sie alles auf dem Servierbrett an. »Und wie erkenne ich deinen Schläfer?«

»Er ist der schönste Mann, den ich je gesehen habe«, stammelte Manina.

»Ja, sicher. Wenn es dich schon erwischen muss, dann auch richtig, wie? Wie sieht er aus, für Leute, die nicht völlig von Sinnen sind? Dunkel, groß, oder ...?« Musste sie denn immer gleich an

Sorayn denken, wenn es um den schönsten Mann der Welt ging? Schäm dich, Maja, rügte sie sich selbst. Das Herz taugt nicht, um jemanden zu beschreiben. Das Herz kann nur sagen: Dies ist er, den ich gewählt habe. Dies ist der, der mich verraten hat.

»Blond«, flüsterte die Kaisertochter. »Er ist blond. Er sitzt da hinten in der Ecke, unter dem schwarzen Balken. Du kannst ihn gar nicht verfehlen.«

Sie lächelte verzagt und ängstlich und doch von einem Glück beseelt, das sich nicht leugnen und verbergen ließ.

»Na, dann wollen wir uns den Auserwählten einmal ansehen«, sagte Maja, hob das schwere Tablett hoch und ging hinaus in die Stube.

Mit überlaufenden Krügen kam Stollo ihr entgegen. »Dort«, er bewegte den Kopf und wies damit in die hintere Ecke des Raumes, »der Mann wartet schon länger. Wo bleibt denn endlich das Essen?«

Maja drängte sich an ihm vorbei, ohne einen Tropfen Suppe zu verschütten. Sie balancierte ihre Last vor sich her durch eine mit gut aufgelegten Holzfällern besetzte Bankreihe. Den blonden Mann unter dem geschwärzten Balken sah sie erst, als sie fast vor ihm stand.

Die heiße Suppe spritzte über ihre Schuhe. Das Servierbrett fiel krachend gegen die Bank, der Teller rollte unter den Tisch. Aber sie stand da und konnte sich einen schrecklichen Moment lang nicht rühren. Als sie endlich an Flucht dachte – zwei, drei Atemzüge zu spät –, als sie sich umwandte und rennen wollte, war er schon bei ihr und packte ihr Handgelenk.

»Nun, Maja«, sagte er, und in der plötzlich entstandenen Stille, in der alle verwundert zu ihnen hinsahen, klang seine Stimme laut und deutlich, »wohin so eilig?«

»Lasst mich los«, zischte sie.

»Ganz recht, Finger weg von meinem Mädchen!«, blaffte Stollo.

Manina erschien an der Verbindungstür zur Küche.

Lass sie begreifen und verschwinden, betete Maja im Stillen, oh Rin, er darf sie nicht sehen ...

»Rette sich, wer kann!«, schrie sie, so laut sie konnte. »Das ist Erion! Erion von Neiara!« Sie wollte Manina zurufen, dass sie fliehen sollte, dass sie so schnell wie möglich Tamait holen und mit ihm fortlaufen musste, aber sie wollte nicht Erions Aufmerksamkeit auf die Prinzessin lenken. Mit Sicherheit war er wegen Manina hier, irgendwie musste er erfahren haben, dass sie hier wohnte. Aber er hatte sie noch nicht erkannt, noch nicht bemerkt ...

Mit schreckgeweiteten Augen starrte Manina zu ihnen herüber.

»Auf der Stelle, hab ich gesagt, Finger weg!« Stollo versuchte Maja von dem Angreifer wegzureißen. Sie flog in die Arme des Wirts, als Erion sie plötzlich losließ.

»Sie gehört mir«, erklärte er mit ruhiger, selbstbewusster Stimme, die verriet, dass er es nicht nötig hatte, um seine Beute zu kämpfen. Vielleicht sah er die Mordlust in den Augen des kräftigen Gastwirtes, in den Blicken der Holzfäller, die regelmäßig hier einkehrten, von denen mehrere drohend aufstanden, jedenfalls zögerte er nicht lange, schob seinen Ärmel hoch und zeigte ihnen das Zeichen, das er an seinem Oberarm trug: ein eingebranntes Z, darüber eine Krone. Mit Befriedigung nahm er zur Kenntnis, wie die Männer zurückwichen.

»Kaisergänger«, sagte Erion stolz. »Unterwegs im Namen des Kaisers. Ihr wisst, was das bedeutet. Ich erkläre diese Frau zu meiner Gefangenen.«

Zögernd öffnete Stollo seine Arme, und nun stand Maja da, auf einmal sehr allein, und wusste kaum noch, wen sie mehr bedauern sollte, sich oder ihn oder Manina.

»Was soll ich denn machen?«, fragte ihr Arbeitgeber leise und verzweifelt. »Ich würde für dich kämpfen, oh ja ... Aber ein Kaisergänger?«

»Ist schon gut«, sagte die junge Frau. »Mach dir bloß keine Sorgen um mich.«

Obwohl ein paar Jahre vergangen waren, hätte sie Erion überall wiedererkannt. Die Schlacht um das Schloss von Neiara würde sie nie vergessen. Dort hatte sie mit ihrer Familie und der Kampftruppe ihrer Pflegemutter Alika gekämpft, gegen Erion und die Söldner, die er mitgebracht hatte. Dort an der schmalen Brücke am Abgrund. Sie hatte seinen Befehl zum Rückzug noch im Ohr, und auf immer hatte sich das Bild in sie eingeprägt, wie der schwer verletzte Hauptmann der Feinde versuchte, kriechend die Brücke zu erreichen, bevor sie hochgezogen wurde. Erion hatte keinen Augenblick lang auf ihn gewartet. Nie würde Maja vergessen, wie er als Unterhändler den Abzug seiner Männer vereinbart hatte. An seinen kalten Blick, seine Stimme, bei der ihr heute noch ein Schauder über den Rücken lief, so gefühllos, so leblos war sie ihr vorgekommen.

Manina, diese dumme, verliebte Prinzessin, stand immer noch da. Maja versuchte, nicht zu ihr hinzusehen. Sie musste doch endlich begreifen, in welcher Gefahr sie schwebte!

»Ich suche noch eine Frau«, sagte Erion. »Blond, mit auffällig blauen Augen.«

Unwillkürlich wanderten die Blicke der anderen Gäste zu der hübschen Küchenhilfe. Erion hielt einen Moment mitten in der Bewegung inne, überrascht, doch er hatte sich sofort wieder in der Gewalt.

Galant deutete er eine kleine Verbeugung an. »Ich muss auch Euch bitten, mich zu begleiten. Setzt Euch zu mir, meine Männer werden in Kürze hier eintreffen.«

»Das geht nicht!«, protestierte der Wirt unglücklich. »Meine Köchin und Flötenspielerin ... mein Schankmädchen ... Wer soll denn die Gäste versorgen?«

»Oh, ich bin sicher, wir werden alle zu gerne dem Flötenspiel der schönen Maid lauschen.« Erion verzog seinen Mund zu etwas, das fast wie ein Lächeln wirkte.

Manina trat vor ihn hin. Sie zwang sich, den Rücken gerade zu halten, den Kopf zu erheben, nicht an sein Gesicht im funkelnden Sonnenlicht zu denken.

»Lasst Maja frei«, sagte sie. »Ich werde mit Euch kommen, wenn Ihr sie hierlasst.«

Erion schüttelte den Kopf. »Nein«, sagte er einfach und zeigte deutlich, dass er nicht näher begründen wollte, welches Interesse er an Maja hatte, nicht hier und nicht jetzt. »Setzt Euch und wartet. Wenn meine Leute da sind, werden sie Euch begleiten, so dass Ihr noch einpacken könnt, was Ihr für die Reise braucht.«

»Die Reise?«, fragte Maja.

»Nach Kirifas«, antwortete er. »Wohin denn sonst. Dorthin, wo Ihr hingehört.«

Maja dachte darüber nach, ob sie aufstehen und rufen sollte: Seht her, das ist Prinzessin Manina, kämpft für sie! Aber niemand würde ihnen helfen, das wusste sie. Kaiser Zukata war nicht beliebt, doch niemand wagte es, sich seinen Kaisergängern zu widersetzen. Jeder, der das Zeichen des einstigen Räuberprinzen trug, durfte in diesem Reich tun, was er wollte, und hatte dabei Anspruch auf blinden Gehorsam.

Kopfschüttelnd drückte sie die Hand ihrer Freundin, als diese sich ergeben zu ihr auf die Bank setzte. Erion nahm ihnen gegenüber Platz und verlangte mit geradezu aufreizender Höflichkeit eine neue Suppe.

»Du hättest verschwinden können«, regte Maja sich auf. »Bei Rin, warum bist du nicht weggerannt?«

»Weshalb hätte ich fliehen sollen?«, gab Manina zurück. »Es gibt nichts, wessen ich mich schämen müsste.«

»Und da ist auch nichts, was Ihr zu fürchten hättet«, warf Erion ein. »Der Kaiser wird Euch in Ehren in seinem Palast empfangen.«

»Tatsächlich?«, fragte Maja.

»Wolltet Ihr nicht Flöte spielen, um die Gäste zu unterhalten?«, fragte er zurück. Das unzufriedene Gemurmel in der Gaststube hatte immer noch nicht aufgehört, zumal Stollo mit dem Bedienen kaum hinterher kam.

Wenn sie es wirklich gekonnt hätte, wäre jetzt die Zeit dafür gewesen, mit ihrem Spiel die Holzfäller so in Wut zu versetzen, dass sie sich auf den Kaisergänger stürzten. Aber die kleine Flöte, nach der ihre Finger tasteten – nirgends ging sie ohne sie hin –, vermochte keine Wunder zu bewirken. Sie ließ ihre Hände wieder sinken.

»Wie habt Ihr uns gefunden?«, wollte sie wissen. »Lässt Zukata ganz Deret-Aif nach Manina durchkämmen?«

»Zukata findet immer, was er sucht«, gab der blonde Mann zur Antwort. Mit einem freundlichen Nicken nahm er den Teller entgegen, den Stollo ihm reichte.

»Ich hoffe, er hat hineingespuckt«, zischte die junge Zinta wütend.

»Oh, ich hoffe nicht«, meinte Erion. »Wer einen Kaisergänger beleidigt, beleidigt den Kaiser selbst.«

Manina saß schweigend daneben, während die beiden miteinander redeten. Maja wurde immer wütender, bis sie schließlich glaubte, an ihren Gefühlen zu ersticken. Zu einem anderen Zeitpunkt hätte sie auf ihrer Flöte gespielt, um das, was in ihr brodelte, ins Lied hinauszulassen. Aber ihr Feind hatte sie gebeten zu spielen und sie wollte ihm keinen Gefallen tun. Zu nah war die Erinnerung an den Tag, an dem das Glück gestorben war. Dort auf den geliebten Inseln – der Weininsel, auf der ein blutiger Kampf getobt hatte, und der Apfelinsel, die zerstört zu ihren Füßen lag, als sie siegreich zurückgekehrt waren. Alles hatte das Mädchen verloren, durch Erion und seinen hinterhältigen Onkel Norha. Und nun hatte der Albtraum sie eingeholt, in der Gestalt dieses Mannes, der vor ihren Augen so gesittet speiste wie ein Fürst. Auf ihre Fragen antwortete er stets ausweichend, aber mit unerschütterlicher Gelassenheit. Er wirkte nicht wie jemand, der wütend werden und herumschreien konnte.

»Am meisten«, sagte Maja, »bedaure ich, dass ich Euch die erste Suppe nicht ins Gesicht geschüttet habe.«

»Oh, wie schade wäre das gewesen«, meinte er, »sie ist vorzüglich. Man schmeckt, dass Ihr von den Glücklichen Inseln kommt.«

»Ich habe nie vergessen, woher ich stamme«, sagte sie leise.

»Glaubt Ihr, ich?« Ein hochmütiges Lächeln bog seine Mundwinkel nach oben. »Wo ich doch der König von Neiara bin?«

Kaiser Zukata hatte die Inseln Neiara und Arima zum vierundzwanzigsten Königreich von Deret-Aif erklärt, das wusste sie seit langem, aber nicht, wer darüber regierte. Wie viele Scheußlichkeiten würde dieser Tag denn noch ans Licht bringen? Krampfhaft bemühte sie sich, Erion nicht zu zeigen, wie sehr es sie schmerzte, dass eine der Glücklichen Inseln ihm gehörte.

»Mehr hat Zukata Euch nicht anvertraut? Eine verbrannte Insel und ein schwarzes Schloss? Einen Felsen im Meer?«, höhnte sie, als hätte sie nicht alles dafür gegeben, wieder auf Arima zu sein und das Geld und die Macht zu haben, die Gärten wieder aufzubauen und neue Bäume zu pflanzen. »Mehr wart Ihr ihm nicht wert? Hat er nicht seine dreckigen Räuber zu Königen über Königreiche wie Torn oder Diret gemacht? Auch hier in Laring herrschen jetzt Verbrecher.«

Wenn sie bereit gewesen wäre, irgendetwas an ihrem Gegner bewundernswert zu finden, hätte sie ihm wohl Anerkennung dafür gezollt, wie gut er sein Gesicht in der Gewalt hatte. Nicht die kleinste Regung offenbarte, ob er sich getroffen fühlte, nur ihr Gespür verriet ihr, dass sie in gefährliches Gebiet eindrang.

Maja blieb erspart, mitzuerleben, wie ein dermaßen gefasster und beherrschter Mann wie Erion reagierte, wenn man seinen wunden Punkt gefunden hatte. Die Soldaten, die er versprochen hatte, polterten gerade in die Gaststube, aber ihr Blick wurde von Tamait abgelenkt, der gleichzeitig in der Verbindungstür erschien.

Sie schüttelte kaum merklich den Kopf, als sich ihre Blicke begegneten, als sie das Entsetzen in seinem Gesicht aufflammen sah. Nein. Keta, formten ihre Lippen, lautlos. Hol Keta.

Sie hoffte, dass er nicht so wie Manina einfach wartete oder, noch schlimmer, vorwärtsstürmte, um einen Kampf zu führen, den er nur verlieren konnte. Doch sie hatten genug miteinander durchgemacht; Tamait verstand sie und zog sich wieder zurück, und als die Soldaten ihren Herrn begrüßten und den beiden gefangenen Frauen abschätzende Blicke zuwarfen, war von ihrem Bruder nichts zu sehen.

»Hol Keta«, murmelte Tamait, während er aus einem Gebüsch heraus die Soldaten beobachtete. Sie hatten das kleine Haus, in dem er mit seiner Schwester und der Prinzessin gewohnt hatte, umstellt, während die Frauen sich drinnen aufhielten. Zwölf Soldaten. Er musste sie nicht zählen; er hatte sich um ihre Pferde gekümmert. Wenn es nur Erion gewesen wäre, hätte Tamait nicht gezögert. Er war sich sicher, dass er es mit diesem miesen Kerl aufnehmen konnte; Erion war kein begnadeter Fechter, das hatte Tamait selbst bei der Schlacht von Neiara miterlebt. Tamait dagegen war bei seiner Mutter in die Lehre gegangen, bei Alika, einer salinischen

Amazone, einer der besten. Doch ein Dutzend Soldaten anzugreifen, war sinnlos. Für Keta wäre das kein Problem gewesen, aber der Riesenprinz war nicht hier; er konnte am anderen Ende des Kaiserreichs sein. Ihn zu suchen, half Maja und Manina kein bisschen. Es würde, selbst wenn der junge Mann rasch auf die bunten Wagen traf und Minos Aufenthaltsort erfuhr – und dass Mino wiederum wusste, wo Keta sich aufhielt, daran bestand kein Zweifel –, viel zu lange dauern. Kaisergänger hin oder her, Tamait glaubte nicht, dass die Ziehenden viel darauf gaben, wenn es um einen der Ihren ging. Ein paar starke Brüder aus der Sippe wären eine willkommene Unterstützung, aber bis er ein paar Helfer zusammengetrommelt hatte, waren die Gefangenen längst fort.

Hol Keta. Na wunderbar, Maja, dachte Tamait grimmig, während er beobachtete, wie seine Schwester und die Prinzessin aus dem Haus kamen, begleitet von zwei weiteren Soldaten und diesem aufgeblasenen Erion. Sie setzten die Mädchen zusammen auf ein Pferd. Manina sah aus, als würde sie überhaupt nicht begreifen, was vor sich ging, wie eine Schlafwandlerin starrte sie ins Nichts. Maja dagegen schimpfte wütend auf Erion, so laut, dass er sie mühelos verstehen konnte.

»Nach Kirifas!«, rief sie ein ums andere Mal aus. »Was um alles in der Welt soll ich da? Wenn Ihr alle Leute, die je gegen Euch gekämpft haben, einsammelt und nach Kirifas bringt, können wir ein wunderbares Wiedersehensfest dort feiern. Ist das wirklich Zukatas Wunsch, oder nehmt Ihr mich nur mit, weil es Euch gerade so passt?«

Kirifas. Was hatte sie sich gedacht – dass Tamait nun, da er wusste, wohin die Reise ging, darauf verzichten würde, ihnen zu folgen, und stattdessen irgendwie Keta herbeischaffte? Dass er hier warten sollte, bis Mino, Jamai und Kroa auftauchten, so wie sie es regelmäßig taten, und mit ihnen gemeinsam einen Befreiungsversuch unternehmen? Das klang vielleicht sogar vernünftig. Warte auf Verstärkung. Ihr werdet uns einholen, irgendwie, und bevor wir in Kirifas ankommen, schlagt ihr zu. Nur, Tamait schüttelte besorgt den Kopf, gab es keinerlei Garantie, dass Maja und Manina auf diesem langen Weg nichts geschah. Er konnte nicht so lange warten.

Sobald die Reiter verschwunden waren, schlüpfte er zwischen den Bäumen hindurch zum Haus. Sie hatten die Tür angelehnt gelassen. Seine Schritte knarrten über die Holzdielen, während er seinen Blick durch die kleine Stube wandern ließ, in der er und die beiden Mädchen miteinander gelebt, gekocht und gelacht hatten. Die Hütte besaß nur diesen einen Raum, doch daran waren die Geschwister gewöhnt, nachdem sie einige Jahre bei den Ziehenden gelebt hatten, bei denen es auch nur einen Wagen pro Familie gab. Sich ausbreiten konnte man draußen, im Wald – das war das Zimmer, das jedem gehörte, der es in Anspruch nahm, der sich wie ein König fühlen wollte in einem unermesslich großen Palast. Für ihre Zwecke hatte es gereicht, nur für Manina war es natürlich gewöhnungsbedürftig gewesen, dass ihr so wenig Platz zur Verfügung stand. Hier auf der Bank hatte er geschlafen; die Freundinnen hatten das Bett hinter dem Vorhang benutzt. Damit es kein Gerede gab, hatten sie Manina als seine Frau ausgegeben. Tamait hätte nichts dagegen gehabt, wenn es wirklich so gewesen wäre. Die Prinzessin rührte etwas in ihm an, eine Art Beschützerinstinkt. Bei Maja hatte er selten das Gefühl gehabt, sie verteidigen zu müssen. Gemeinsam hatten sie gekämpft, und wenn sie sich in die Gefahr stürzte – so hatte er es empfunden, als sie darauf bestanden hatte, mit Sorayn fortzugehen –, konnte und durfte er ihr nicht helfen.

Tamait seufzte, während er sich nach den Dingen umsah, die er mitnehmen wollte, und gleichzeitig ein Auge darauf hatte, was fehlte, was Maja dabei hatte. Vielleicht war es ihr gelungen, ein Küchenmesser einzupacken? Doch nein, die Messer staken noch alle im Holzblock. Vielleicht ... Er trat auf den Vorhang zu und streckte die Hand aus, um ihn beiseite zu ziehen. Im selben Moment sprang ihm ein Angreifer entgegen und zielte mit dem Schwert nach seiner Brust.

Um ein Haar hätte es ihn erwischt. Er warf sich zurück, krachte gegen einen Holzschemel und stürzte. Der Soldat – jetzt sah er, dass es einer von Erions Leuten war – holte erneut aus. Er machte nicht viele Umstände, offensichtlich war er nur hier, um zu töten. Tamait rollte sich zur Seite, ergriff mit jeder Hand eins der abgebrochenen Beine des Hockers und sprang auf. Die Waffe traf auf das massive Holzstück; es wurde ihm aus der Hand geschlagen und fiel krachend gegen Töpfe und Pfannen. Tamait parierte den nächsten Schlag mit dem zweiten Stuhlbein, machte einen Satz rückwärts und griff sich eine schwere Eisenpfanne. Der Soldat, bisher mit schweigendem, unbeweglichem Gesicht, lachte auf. »Was soll das denn werden?«

Ein Krieger kann mit allem kämpfen, was zur Hand ist. Er erinnerte sich an diesen Satz aus dem Mund seiner Mutter, während sie einen Krieg mit Spaten und Hacken geplant hatte, bevor die Schwerter gekommen waren, die schönen, scharfen Schwerter, die Mino irgendwie organisiert hatte. Tamait würde diese Weisheit seinem Gegner schon beibringen. Der hatte sich den Falschen für seinen Mordversuch ausgesucht. Einen Krieger. Stollos Stallburschen und Rausschmeißer, doch diese Zeiten waren ab heute vorbei.

Die Bratpfanne diente ihm hervorragend als Schild, mit dem er jeden Hieb abwehrte. Tamait war sich jedoch darüber im Klaren, dass ihm noch etwas Besseres einfallen musste. Jemanden mit Küchenutensilien zu töten, war sicherlich möglich, aber der Soldat war stark; so schnell würde er sich nicht überwältigen lassen. Der junge Mann schleuderte ihm das Kochgeschirr an den Kopf, sprang noch einmal zur Feuerstelle zurück und griff sich die Eisenkette vom Haken, an der man sonst die Töpfe aufhängte. Er wickelte sie sich ums Handgelenk. Sein Gegner, nicht mehr ganz so stürmisch wie zu Beginn, beobachtete ihn misstrauisch. »Und das? Was wird das?«

Breitbeinig stand Tamait da, gut im Gleichgewicht, bereit zum Tanz. »Hat Erion dir nicht gesagt, wer ich bin?«, fragte er.

»Zukatas Feind«, antwortete der Soldat. »Das genügt.«

»Vielleicht hätte er dir etwas mehr über mich erzählen sollen«, sagte Tamait. »Hat er zum Beispiel erwähnt, dass ich Fischer bin? Und ich hatte schon ganz andere Fische an der Angel als dich.«

»Fischer?« Der Soldat blieb unbeeindruckt. »Dann werde ich jetzt dafür sorgen, dass ...« Er wollte auf Tamait losstürmen, doch dieser flog mit einem Salto rückwärts durch die Tür, etwas, das er bei den Zintas gelernt hatte. Muschelsammler, Schwertkämpfer,

Akrobat – der Arimer war schon immer ein sehr gelehriger Schüler gewesen.

Der Möchtegern-Mörder folgte ihm eilig nach draußen, um zu verhindern, dass sein Opfer in den Wald entkam. Genau dies hatte Tamait beabsichtigt. In der engen Hütte konnte er die Kette nicht so als Waffe benutzen, wie ihm vorschwebte, doch hier war genug Platz, um sie über sich kreisen zu lassen, und kaum war der Soldat bis auf wenige Schritte an ihn herangekommen, wickelte sich die Eisenkette pfeifend um seinen Arm. Mit einem Ruck riss der junge Mann ihn zu Boden, wich dem Schwert aus und vollführte eine weitere Drehung, schon fast tänzerisch. Es gab ein hässliches Geräusch, als der Knochen brach. Der Angreifer schrie qualvoll auf.

Tamait trat auf das Schwert.

»Woher«, fragte er, »wusste Erion, wo wir sind? Er hat uns nicht zufällig gefunden, hab ich recht?«

Es brauchte nur eine winzige Bewegung, um dem Soldaten unerträgliche Schmerzen zuzufügen. Die sonst so freundlichen Augen des Arimers funkelten hart und mitleidslos.

»Zukata ließ überall suchen, nach ... nach dem Mädchen ... Gasthaus am Weg ... oh verdammt!«

»Was hat er mit ihr vor?«, wollte Tamait wissen.

»Kirifas«, stöhnte der Verletzte.

»Er soll sie wirklich nach Kirifas bringen? Zukatas Schwester? Das bezweifle ich irgendwie ... Und Maja? Warum hat er auch das andere Mädchen mitgenommen, das schwarzhaarige?«

Er hatte einmal zu fest an der Kette gezogen. Der Schmerz stürzte den Mann in eine Ohnmacht, in der er keine Fragen mehr beantworten konnte.

Leise fluchend untersuchte Tamait seine Taschen, aber nichts gab darüber Aufschluss, was Erion tatsächlich plante. Er nahm das Schwert an sich, fand das Pferd des Soldaten etwas weiter vom Haus entfernt angebunden und ritt zum Silbernen Krug, wo Stollo und sein Sohn dabei waren, die Gaststube aufzuräumen und das Chaos zu beseitigen, dass die unverschämten Besucher hinterlassen hatten.

»Da bist du ja endlich!«, rief Stollo aus, als er ihn sah. »Komm, pack mit an!«

»Tut mir leid«, entgegnete Tamait, »aber ich kann nicht, ich muss ihnen nach.«

Der Wirt nickte, runzelte jedoch besorgt die Stirn. »Er ist Kaisergänger, mein Junge, da kann man nichts machen. Und selbst wenn er sämtliche Frauen und Mädchen des Dorfes mitgenommen hätte, was will man tun? Wenn wir ihm nicht gehorcht hätten, du kannst dir vorstellen, was dann passieren würde. Zukata würde noch mehr Männer schicken, sie könnten das ganze Dorf ...«

»Ich weiß doch. Niemand macht dir Vorwürfe. Und trotzdem muss ich ihnen nach.«

Geh, sagten Stollos Augen. Verschwinde lieber, bevor jemand merkt, dass ich mit einem rede, der sich gegen Zukata stellt, der sich traut, einen Kaisergänger und seine Männer zu verfolgen, einen, der nicht klein beigibt. Geh bloß, bevor ich dran bin.

»Zwei Dinge noch. Vor unserer Hütte liegt ein Soldat mit einem gebrochenen Arm, der vielleicht in Kürze aufwacht. Vielleicht solltet ihr mal nach ihm sehen. Und dann werden demnächst drei Reisende hierherkommen und nach uns fragen. Bitte erzähl ihnen alles, was hier vorgefallen ist. Wir sind auf dem Weg nach Kirifas.«

»Drei Reisende«, wiederholte Stollo. »Tamait, das hier ist ein Gasthaus. Wie soll ich denn da bloß die Richtigen erkennen?«

»Das ist nicht schwer«, sagte der Arimer. »Einer ist ein Zinta mit brauner Haut. Dann ist eine Frau mit weißem Haar dabei. Und der Dritte ist ein Zwerg.«

3. Tribut

»WIR SIND SPÄT dran«, sagte Mino und schnupperte. In der Luft lag bereits der erste Geruch von Schnee, ein frischer, scharfer Duft. Sie liebte es, wenn es schneite, wenn sich die zuckrigen Flocken über ihr weißes Haar und ihre weiße Haut legten, als kämen sie nur ihretwegen. Im Winter zu reisen war für sie immer etwas Besonderes gewesen, und dieser kalte Wind aus dem Norden brachte ihr die Zeit zurück, in der sie mit ihrem Ziehvater Keta unterwegs gewesen war, weil auch er nirgends zur Ruhe kommen konnte. Die Sippen der Zintas versammelten sich in den sonnigen Nadelwäldern des Südens, aber Keta musste weiter und sie mit ihm. Diese Zeit hatte sich so in sie eingebrannt, dass sie nur die Augen zu schließen brauchte und vor sich die langen, pelzigen Ohren ihres geliebten Esels sah. Einige Schritte vor ihr ging der Riese mit den breiten Schultern und den großen Schritten ...

»Gar nicht«, widersprach Kroa, kratzte sich hinter den Ohren und brachte damit seine langen Strähnen durcheinander. Sein Haar war mittlerweile recht schütter, aber indem er es kunstvoll um seine Glatze herumdrapierte, fiel es nicht so sehr auf. Zumindest hoffte er, dass es nicht auffiel, aber da er nicht größer war als ein fünfjähriges Kind und ihm daher die allermeisten Leute auf den Kopf schauen konnten, urteilten sie über seine Bemühungen anders als er. »Wie können wir spät dran sein? Du hast Maja nicht versprochen, dass wir sie besuchen. Also kann sie nicht auf uns warten. Oder uns vorwerfen, wir hätten uns verspätet. Selbst wenn wir erst in zwei Jahren nach Laring kommen, kann sie uns nichts vorwerfen. Siehst du das nicht auch so, Jamai?«

Der Angesprochene, ein drahtiger Mann mit schwarzem Haar und bräunlicher Haut, schlug Kroa lachend auf die Schulter. »Und wer spricht jeden Tag davon, dass wir Manina ein Geschenk mitbringen müssen? Wer bleibt auf allen Marktplätzen vor wirklich jedem Stand stehen, um ein Geschenk für eine Prinzessin zu finden? Nun?«

»Genau aus diesem Grund besteht keine Eile«, versetzte der Zwerg würdevoll. »Was nützt es uns, wenn wir müde und abgehetzt bei ihnen anlangen und haben kein Geschenk dabei? Außerdem *ist* in Laring Spätsommer. Nur die hier oben in Wenz bestehen darauf, früher mit dem Winter anzufangen als alle anderen.«

Mino runzelte die Stirn, während sie in die tiefhängenden grauen Wolken blickte. »Ich möchte am liebsten zu ihnen fliegen«, sagte sie. »So schnell ich nur kann ... Wir haben uns zu lange aufgehalten. Irgendwie habe ich das Gefühl, dass wir uns beeilen müssen ... dass wir zu spät kommen könnten.«

»Zu spät? Was meinst du damit?«, fragte Jamai. »Du warst es doch, die unbedingt noch die Tropfsteinhöhlen von Ruaning sehen wollte.«

»Ja, ich weiß. Aber auf einmal ... Wir wollten im Spätsommer oder Frühherbst wieder im Silbernen Krug sein. Daran hätten wir uns halten sollen. Der Winter wird eher dort sein als wir.« Die ersten Flocken begannen zu fallen, sie rieselten herab wie Regen, klein und schnell, als hätten sie es eilig, auf dem Boden aufzutreffen. »Ich weiß selbst«, fügte sie leise hinzu, »dass ich dachte, ich brauchte diese Reise. So weit wie möglich fort von Kirifas. Ich dachte, wenn es mir nur gelingt, nicht mehr daran zu denken, dass Zukata gewonnen hat, würde es mir besser gehen. Aber jetzt will ich nur noch vorwärts.«

»Sieht aus, als müssten wir jedenfalls erst einmal anhalten.« Kroas Stimme klang heiter, und doch blitzte in seinen Augen das Misstrauen auf, das ihn immer befiel, wenn sie es mit Uniformierten zu tun bekamen.

Vor ihnen befand sich eine Straßensperre. Ein paar bewaffnete Männer lungerten an einem Schlagbaum herum. Aus einem kleinen Holzhaus wenige Meter dahinter kam Lärm; anscheinend wimmelte es in diesem kleinen Dorf von Soldaten.

»Das gefällt mir nicht«, murmelte Jamai. »Aber sie haben uns bereits gesehen. Wenn wir jetzt umkehren, werden sie uns nachsetzen.«

»Oh, wir können problemlos verschwinden«, versicherte Kroa. »Wenn wir wirklich wollen. Was meinst du, Möwe?«

»Das ist unsere Straße.« Mino zögerte. Der Schnee wirbelte in immer größer werdenden Flocken zur Erde. »Und ich möchte nicht auf der Flucht sein, wenn ich zu Maja komme. Lasst uns erst einmal herausfinden, was das soll.«

Sie näherten sich den Wächtern, die so taten, als hätten sie die Ankömmlinge erst jetzt bemerkt. Sie grinsten, richteten sie sich zu voller Größe auf und blickten auf die Wanderer herab, als wären sie alle drei Zwerge.

»Wohin des Wegs?«, bellte einer.

»Seit wann müssen Reisende über ihr Ziel Rechenschaft geben?«, fragte Jamai. Es gelang ihm, den Ärger aus seiner Stimme herauszuhalten, doch Mino wusste, dass es bereits in ihm brodelte. Trotzdem hoffte sie, dass es nicht zu einem Streit kam. Ihre Freunde liebten hin und wieder eine handfeste Auseinandersetzung – hatten sie das von ihrem Riesenfreund Keta gelernt? –, aber sie wollte keinen Ärger. Wenn einer von ihnen sich auch nur leicht verletzte, würden sie noch später zu Maja und Manina kommen.

»Seit sie gefragt werden«, knurrte der Soldat. »Genau seit dann. Also noch einmal: Wohin des Wegs?«

Nie im Leben würde sie ihr wahres Ziel verraten. Deshalb sagte Mino: »Nach Salien, wenn's recht ist.«

Der Mann kniff die Augen zusammen. »Ob das recht ist oder nicht, das entscheiden wir. Wen haben wir da? Du bist ein Zinta, und ihr? Was seid ihr, eine Schaustellertruppe? Wo ist euer Wagen? Wo ist der Rest eurer Sippe?«

Wir sind allein unterwegs, wollte Mino antworten, aber sie biss sich rechtzeitig auf die Lippen. Dass Unterstützung unerreichbar war, gab man besser nicht zu.

»Wir sind die Vorhut«, sagte sie. »Um geeignete Marktplätze zu finden.«

»Der Fürst dieses Landstrichs erhebt den üblichen Zoll von den Ziehenden«, gab der Soldat bekannt und blickte schräg über sie hinweg, als sei es unter seiner Würde, Abschaum wie sie mit seinem Blick zu berühren.

»Was soll das denn heißen?«, fragte Kroa. »Als wir das letzte Mal hier durchgekommen sind, war davon nicht die Rede.«

»Seit Ezir Fürst von Kaiser Zukatas Gnaden ist, wird auch in diesem Wenzer Landkreis der traditionelle Tribut von allen Sippen der Ziehenden verlangt. Entweder ihr arbeitet alle für ihn, oder ihr lasst einen von euch hier in seinem Dienst.«

Mino schnappte nach Luft. Sie setzte schon zu einer heftigen Antwort an, doch Kroa drückte ihre Hand.

»Unsere Brüder und Schwestern kommen nach«, sagte er. »Wir sind bloß die Ersten, wie schon gesagt. Und nur zu dritt. Ihr solltet die anderen fragen, wenn sie hier eintreffen. Mit Sicherheit meint dieses neue Gesetz des edlen Fürsten Ezir, dass die Gebühr von einer ganzen Sippe einzuziehen ist, auch wenn sie grüppchenweise daherkommt.«

»Mit Sicherheit werdet ihr nicht jeden einzelnen Wagen als ganze Sippe behandeln«, fügte Mino hinzu, der es jedoch nach wie vor schwer fiel, ruhig zu bleiben. An ihrer anderen Seite hörte sie Jamai mit mühsam unterdrückter Wut atmen.

»He, du!«, rief ein zweiter Posten, der sie gründlich gemustert hatte. »Ist das etwa ein Bogen?« Er zeigte auf Jamai. »Ist dir nicht bekannt, dass es bei Todesstrafe verboten ist, in den Wäldern des Fürsten zu wildern? Her damit!«

»Zeigt uns, was ihr an Geld dabei habt«, befahl der erste Soldat. »Dann entscheiden wir, ob wir euren Worten Glauben schenken und es vor dem Fürsten verantworten, euch laufen zu lassen. Na los! Oder willst du«, er richtete das Wort an Mino, »dass wir nachsehen, wo du es versteckt hast?«

Mino gelang es, das Gesicht nicht zu verziehen, so als wären sie es gewöhnt, ständig ausgeraubt zu werden. Sie zog einen kleinen Lederbeutel hervor und leerte ihn in die ausgestreckten Hände des fürstlichen Wegelagerers aus. Vier kleine Kupfermünzen fielen heraus.

Der Mann grinste. »Eine«, sagte er, »für diese kleine Missgeburt hier, eine für dich, blasse Frau, und eine für den Halunken an deiner Seite. Die hier kannst du behalten.« Er gab ihr die vierte Münze zurück und nickte seinem Kameraden zu, der Jamai gerade um den Köcher und den Bogen erleichtert hatte. »Nimm ihm auch den Dolch ab. Wer weiß, wem er damit nachts auflauern will. – Und nun macht, dass ihr fortkommt.«

Sie gingen, wie befohlen. Schweigend. Erst als sie außer Hörweite waren, sagte Kroa: »Wie es aussieht, haben wir noch Glück gehabt. Wenn du ihm an die Gurgel gesprungen wärst, Möwe, säßen wir jetzt alle in einer kleinen Zelle.«

»Sie wollten uns möglichst schnell loswerden«, sagte Mino. »Damit sie zurück in ihre gemütliche Hütte können. Nur deshalb sind wir noch am Leben.«

Es schneite jetzt stärker. In Jamais dunklem Haar glitzerten weiße Flocken. »Wir brauchen einen Unterschlupf hier in der Nähe.«

»Damit du abends zurückkehren kannst, um deinen Bogen zu holen?« Kroa seufzte. »Jamai, lass gut sein. Du kannst dir einen anderen Bogen besorgen.«

»Ja, und wie? Wovon sollen wir leben, wenn ich nicht jagen kann? Geld haben wir auch keins mehr. Was will dieser Fürst denn – dass die Ziehenden betteln und stehlen müssen, bis die Leute sich lauthals beschweren, und dann nehmen sie den Ziehenden noch mehr weg und machen es ihnen noch schwerer, so dass sie noch mehr betteln und stehlen müssen? Das sind meine Waffen, Kroa. Ich gehe hier nicht ohne sie weg.«

»Was meinst du, Möwe?«, fragte Kroa. »Legen wir uns mit ihnen an?« Seine Stimme klang hoffnungsvoll, obwohl er eben noch versucht hatte, Jamai sein Vorhaben auszureden. Er wusste, wie es ausgehen würde, auch wenn er hin und wieder den Vernünftigen spielte.

Mino warf einen Blick in Jamais finsteres Gesicht. »Ohne Waffen und ohne Geld kommen wir nicht weit. Da gebe ich dir recht.« Sie zögerte. »Wir sollten uns über etwas im Klaren sein. Dieser Ezir ist einer von Zukatas Räubern. Er hat dem ganzen Verbrecherpack Fürstentümer und Throne gegeben. Während wir unterwegs waren, hat sich einiges verändert. Sie werden an jeder Landesgrenze Zoll verlangen. Es wird wahrscheinlich schwieriger werden, Maja zu erreichen, als wir dachten.«

»Das alte Gesetz«, flüsterte Jamai. »Dieser Tyrann hat alles, was Kanuna El Schattik für die Ziehenden getan hat, wieder aufgehoben. Wir haben keine Rechte mehr. Sie werden uns bluten lassen, bis wir vernichtet sind.«

»Zukata weiß, dass unser Volk gegen ihn ist. Er weiß, dass er mit jedem Schlag gegen die Zintas auch Keta trifft.«

Kroa winkte sie unter das dichte, verflochtene Gezweig eines großes Baumes, unter dem kein Schnee lag. Hier waren sie einigermaßen geschützt. Sie schüttelten den Schnee aus ihren Kleidern und setzten sich. Noch hatten sie Reste von der letzten Jagd in ihrem Beutel, ein paar trockene Kuchen vervollständigten die Mahlzeit. Schweigend aßen sie, in düstere Gedanken vertieft.

Die Dunkelheit kam früh. Um keine Aufmerksamkeit auf sich zu ziehen, hatten sie kein Feuer gemacht – sie waren zu nah am Dorf. Die lauten Stimmen der Soldaten drangen bis zu ihnen durch den stillen Wald.

»Da feiern sie«, knurrte Kroa.

»Ich gehe jetzt«, kündigte Jamai an, aber der Zwerg hielt ihn zurück.

»Noch nicht. Warte, bis sie schlafen. Und außerdem bin ich dran.«

»Womit bist du dran?«

»Mit einer Heldentat. Ich bin an der Reihe. Ich hole deine Waffen zurück.«

»Nein, Kroa, das ist doch ...«

»Bin ich etwa zu alt?«, unterbrach Kroa ihn. »Bin ich zu klein? Wolltest du das sagen? Bin ich etwa nicht in der Lage, es mit dieser Handvoll Soldaten aufzunehmen?«

»Es sind meine Waffen und ich gehe selbst.«

»So ist er!«, rief Kroa aus. »So ist er immer, Möwe! Immer muss er alles alleine machen! Denkt er jemals an andere, he? Tut er das? An seine besten Freunde?«

»Ach, seid doch still, beide«, zischte Mino. An anderen Tagen fand sie die ständigen Dispute der beiden erheiternd, heute jedoch ärgerte sie sich nur darüber. »Es ist sowieso noch zu früh. Wenn wir in der Nacht fliehen, sollten wir jetzt ein wenig schlafen. Also seid einfach still. Und später gehen wir alle zusammen.«

In dem Unterschlupf, eng aneinandergekuschelt unter ihren drei Decken, die zusammen eine wärmende dicke Schicht ergaben, war es fast behaglich. Trotzdem wäre ein Feuer schön gewesen. Oder eine Unterkunft in einem richtigen Haus. Bevor sie einschlief, wanderten Minos Gedanken zu dem Haus auf Arima, in dem sie fast ihr ganzes Leben verbracht hatte, das Haus ihrer Kindheit und ihrer unglücklichen Ehe. Nein, dort hatte das Glück nicht gewohnt. Es war hier unter diesem Baum, hier bei Jamai und Kroa ...

Kroa schlüpfte unter den Decken hervor. Er hatte darauf bestanden, die erste Wache zu übernehmen, damit er seinen Plan ausführen konnte, bevor ihm Jamai zuvor kam. Seinem Freund war ohne weiteres zuzutrauen, dass er alleine aufbrach, um sich unnötig in Gefahr zu begeben. Vielleicht hatte sogar Möwe vor, heimlich die Waffen und das Geld zurückzustehlen. Hielten ihn die beiden für alt? Er lächelte grimmig in sich hinein, während er die Decke sorgsam wieder zurechtstopfte. Möwe und Jamai schliefen Rücken an Rücken, so wie sie es immer taten, wenn die Kälte sie dazu zwang. Innerlich schüttelte er den Kopf über diese beiden. Ob sie ihn wohl vermissen würden, wenn er nicht wiederkam, wenn irgendetwas schiefging? Sie gehörten so sehr zusammen ... aber das war nicht seine Sache. Kroa duckte sich unter den Zweigen hindurch. Schnee rieselte ihm in den Kragen, als er trotz aller Vorsicht an einen Ast stieß. Aus den Wolken kam glücklicherweise im Moment nichts nach. Die Nacht lag sternenklar über ihm. In den nächsten Tagen würde es noch kälter werden. Bis dahin mussten sie alle möglichen Verfolger abgeschüttelt haben; sie brauchten unbedingt ein Feuer, wenn es ihnen nicht gelang, einen Unterschlupf in einer Scheune oder einer alten Hütte zu finden.

Während er sich dem Wachhaus näherte, verabschiedete er alle Sorgen und Überlegungen, die die Zukunft betrafen. Jetzt zählte nur noch sein Vorhaben. Ein Kribbeln in Armen und Beinen erfüllte ihn mit Vorfreude und Angst zugleich, sein Herz begann schneller zu schlagen. Das war immer so, bei jedem waghalsigen Abenteuer, bei jedem Auftritt, ganz gleich, wie lange man dafür geprobt hatte.

Licht fiel durch die Fenster und malte helle Rechtecke in den Schnee. Es war noch nicht spät genug, andererseits bezweifelte er, dass es eine Stunde gab, zu der wirklich alle schliefen. Ein frierender Soldat wanderte am Schlagbaum auf und ab und rieb sich dabei die Oberarme. Diese Männer kannten ihren Herrn; das war kein fetter, verweichlichter Fürst, der in einem Schloss saß und nichts von dem wusste, was in seinem Land und auf den Straßen vor sich ging. Zukatas Räuber. Nun herrschten sie über Deret-Aif, über das große Kaiserreich, das unter dem guten Riesen geblüht hatte ...

Es gab keinen richtigen Zeitpunkt. Der Blick in die Stube verriet es ihm. Nicht alle tranken. Ein paar Männer saßen an einem Tisch und spielten Karten. In den schmalen Betten an der Wand schliefen einige, ohne sich von dem Gebrüll der Spieler, die einander lautstark Betrug vorwarfen, stören zu lassen. Auf einer langen Holzplatte lag ein buntes Sammelsurium von Dingen, anscheinend Gegenstände, die Reisenden abgenommen worden waren. In der kleinen Truhe, schätzte Kroa, wurden die Münzen aufbewahrt, daneben verschiedene Waffen – ob Jamais Bogen und Dolch dabei waren, konnte er von hier aus nicht sehen, aber er nahm es stark an –, Umhänge aus seidigem Stoff, sogar ein verzierter Reitsattel fand sich dort.

Kroa, der sich mit den Händen am Fensterrahmen festgekrallt hatte, um ins Haus hineinsehen zu können, ließ sich wieder auf den Boden hinunter und überschlug alle Möglichkeiten. Lärm machen, so dass alle, die wach waren, nach draußen liefen und er in dieser Zeit ins Zimmer gelangen und die Sachen holen konnte? Doch die

Schläfer würden wahrscheinlich gerade zu diesem Zeitpunkt aufschrecken. Besser war es, sie alle völlig zu überrumpeln. Durchs Fenster brechen, sich den Bogen und den Dolch schnappen und wieder zurück, und bis die Soldaten sich von ihrer Überraschung erholt hatten, war er schon über alle Berge. Er würde Jamai und Möwe wecken – ja, auch sie würden staunen – und gemeinsam würden sie das Weite suchen. Ohne auch nur einen Kratzer davongetragen zu haben.

Kroa trat ein paar Schritte zurück. Von hier musste er springen, wenn er mit den Füßen voran durch das dünne Glas brechen wollte, dann ein Satz über den Tisch mit den Kartenspielern – wie gut, dass er so passend mitten im Raum stand – hinüber zu den Beutestücken und ... Für den Rückweg brauchte er eigentlich beide Hände ... Kroa überlegte. Den Dolch konnte er zwischen die Zähne nehmen, Bogen und Köcher nicht. Früher hätte es ihm keine Mühe bereitet, sich mit einer Hand zum Sprung abzustoßen. Er hatte es schon länger nicht mehr getan, aber er war sicher, dass er es immer noch konnte.

Du bist zu alt, sagte eine Stimme in ihm. Beim Wandern tun dir schon die Knie weh, morgens kannst du kaum die Beine bewegen ...

Ach was.

Seine Lippen bewegten sich lautlos. Das ist eine meiner leichtesten Übungen. Ich werde jetzt nicht kneifen. Ich bringe Jamai sein Eigentum zurück.

Er musste es jetzt tun, jetzt sofort, bevor seine Füße im Schnee zu frieren begannen, bevor es seinem inneren Spielverderber gelang, sich Gehör zu verschaffen. Bevor er nichts war als ein alter, etwas zu klein geratener Mann, dessen Familie Zukata nach Belieben berauben konnte. Dabei war er immer noch Kroa, Herr der Wälder, Fürst der Akrobaten ...

Er warf sich nach hinten, stieß sich mit den Händen vom Boden ab und schnellte durchs Fenster. Klirrend barst die Scheibe, als er mit den Füßen voran in den Wachraum stürzte, mit einer eleganten Drehung über den Tisch wirbelte und vor dem Diebesgut aufkam. Einer der Soldaten war vor Schreck hintenüber vom Stuhl gestürzt, die anderen sprangen gerade auf, als Kroa sich schon den

Dolch zwischen die Zähne schob, den Bogen packte – in der Eile verfehlte er den Köcher, aber er hatte keine Zeit, zweimal zuzugreifen – und zurück auf den Kartentisch hechten wollte. Während er hochschnellte, merkte er schon, dass seinen Beinen die nötige Kraft fehlte, und als er sich mit der freien Hand abstützen wollte, krachte er mit dem Rücken gegen die Holzkante, schlug mit den Beinen gegen eine Stuhllehne und sah nur noch eine Faust auf sich zukommen, die seinen missglückten Flug in eine andere Richtung lenkte – leider nicht in dic gewünschte.

Die bunten Wagen rumpelten über die holprige Straße. Die Pferde, die sie zogen, waren klein und kräftig. Der dunkelhaarige Mann, der das letzte Gefährt lenkte, blickte sich um, als der Weg in einer langgezogenen Kurve den Wald verließ. Dieser Idiot folgte ihnen immer noch!

Toris seufzte und zog sacht an der Leine. Der Braune mit dem breiten Hinterteil ging ein paar Schritte weiter, bevor er beschloss zu gehorchen. Während der Zinta auf den Mann wartete, der schon wer weiß wie lange hinter ihnen herlief, nutzte das Tier die kurze Rast und zupfte ein Kraut zwischen den Steinen hervor.

»Na gut.« Toris nickte dem jungen Mann zu. »Du kannst mitfahren, Sorayn. Aber ich werde dir nicht sagen, wo Maja ist. Und du wirst mich nicht mehr fragen. Einverstanden?«

»Es macht mir nichts aus zu laufen.« Sorayn lächelte. »Es geht mir nur darum, mit dir zu reden.«

»Von mir erfährst du nichts. Das habe ich dir schon tausend Mal gesagt.«

»Das hast du, in der Tat. Aber ich bin hartnäckig.«

»Das habe ich gemerkt, glaub mir. Nun steig schon auf, wir verlieren sonst den Anschluss.«

Auch wenn es Sorayn nichts ausmachte, hinter der Kolonne herzugehen – mit seinen langen Beinen war er sehr schnell, und er kam nie zu spät, wenn sie am Abend ihr Lager aufschlugen –, konnte Toris es nicht gut haben, dass sein Schwiegersohn hinter dem klapprigen grünen Wagen herrannte. Obwohl der Zinta sich standhaft weigerte, Sorayn zu verraten, wo Maja sich aufhielt, war es unmöglich, den jungen Mann abzuschütteln. Eigentlich durfte man ihm gar nicht verwehren, hier zu sein, bei den Brüdern und Schwestern der Ziehenden, an ihren Gesprächen und Tänzen teilzunehmen. Hatte er nicht rechtmäßig in diese Sippe eingeheiratet?

Sorayn tätschelte den Braunen und flüsterte ihm etwas zu, bevor er sich neben Toris auf die Bank setzte, die als Kutschbock diente. »Dein Pferd ist hierüber nicht erfreut«, sagte er. »Ich werde sowieso bald wieder laufen müssen.«

»Ach ja«, meinte Toris kopfschüttelnd, »ich vergesse immer wieder, dass du mit den Tieren reden kannst.«

Der Mann, den seine Tochter sich ausgesucht hatte, war ohne Zweifel ein wenig verrückt. Oder machte er, dass alle anderen irre wurden? In seiner Nähe geriet alles durcheinander, aber es fiel schwer, ihm lange böse zu sein. Obwohl er so groß war, trotz seiner breiten Schultern und seiner imposanten Erscheinung hatte er etwas anrührend Jungenhaftes an sich. Er kam einem vor wie jemand, der alles zum ersten Mal sieht. Manchmal sagte er Dinge, die keinen rechten Sinn ergaben – eine der Zinta-Frauen behauptete, es wären Gedichte – und dass er mit Pferden, Hunden und Spatzen flüsterte, war erst recht wenig vertrauenerweckend. Aber er war nun einmal sein Schwiegersohn, und nachdem alle seine Versuche, ihn wegzuschicken, auf taube Ohren gestoßen waren, musste Toris sich etwas anderes einfallen lassen.

»Maja ...«, begann Sorayn.

»Ich werde dir nichts über Maja sagen. Sie wird ihre Gründe gehabt haben, dich zu verlassen. Wenn sie nicht von dir gefunden werden will, mische ich mich nicht ein.«

Eine Armee von wilden Riesen hatte diesem jungen Mann gehorcht. Auch allein war mit ihm, so hatten die Zintas aus zuverlässiger Quelle gehört, nicht gut Kirschen essen. Aber er hatte hier niemanden bedroht und nicht einmal eine Andeutung gemacht, dass er Majas Aufenthaltsort mit Gewalt herausbekommen könnte. Wenn es stimmte, was man sagte, war es ihm sogar gelungen, Remanaine zu besiegen, den Wanderheiler, der in Wirklichkeit, wie mittlerweile fast jeder wusste, Zukatas Zwillingsbruder Keta war. Sorayn dagegen hatte nichts von einem Riesen, das sah man auf den ersten

Blick. Obwohl er recht groß war, kam er an einen ausgewachsenen Angehörigen dieses grobschlächtigen Volks nicht heran. Überdies waren seine Gesichtszüge viel zu fein, selbst für einen Menschen war er ungewöhnlich attraktiv. Die himmelblauen Augen erinnerten an Remanaines stechenden Blick, und von daher stammte wohl das Gerücht, er gehörte zur Familie des Kaisers. Aber während Toris den Heiler als ruppig und eigenbrötlerisch kannte, war Sorayn die Freundlichkeit und Sanftheit selbst.

»Maja hatte ihre Gründe«, gab der junge Mann zu, obwohl man kaum glauben mochte, dass es mit jemandem wie ihm Streit geben konnte. »Aber sie ist immer noch meine Frau. Und es hat sich sehr viel geändert. Ich werde sie finden, Toris, ob mit deiner Hilfe oder ohne sie.«

»Dann geh und such sie. Ich halte dich nicht auf.«

Sorayn lachte leise. »Erzähl mir von ihr. Von der Zeit, als sie hier in der Sippe gelebt hat.«

Toris grub in seinem Gedächtnis, aber ihm fiel nichts ein, was er berichten konnte. Über seine Tochter, von deren Existenz er so lange nichts geahnt hatte. Er hatte sie das erste Mal getroffen, als sie schon eine wunderschöne junge Frau war, mit glänzendem schwarzen Haar, mit dunklen Augen, in denen so viel Traurigkeit lag, dass sie kaum zu ermessen war. Lange hatte es gedauert, bis sie den Verlust der beiden Menschen, bei denen sie aufgewachsen war und die sie bis vor kurzem für ihre Eltern gehalten hatte, überwinden konnte. Bis es ihr gelang, die brennenden Gärten von Arima zu vergessen.

»Es ging ihr hier gut«, entfuhr es ihm. »Du hättest sie niemals von ihrer Familie wegreißen dürfen.«

»Wirklich?«, fragte Sorayn mit einem leisen Lächeln, und Toris schämte sich sofort dafür, dass er sich wie ein strenger Vater benahm, der seine erwachsene Tochter für immer behüten wollte.

Der Braune blieb stehen, als die Wagen vor ihnen hielten. »Was ist denn jetzt los?«, fragte Toris. »Warte, du brauchst doch nicht ...« Aber Sorayn war schon vom Bock gesprungen und ging an der Kolonne vorbei, um herauszufinden, was passiert war. Darauf zu hoffen, dass vielleicht ein Rad gebrochen war, war nicht nett, aber

Sorayn wünschte sich nichts mehr als eine Gelegenheit, den Zintas zu helfen. Ihnen irgendwie zu beweisen, dass er kein Fremder war, der sie mit seinen Fragen belästigte, sondern einer, der zu ihnen gehörte. Falls jemand, der ihnen erst seit einigen Wochen folgte, überhaupt einer der Ihren sein konnte. Aber er machte es ihnen schwer, ihn zu ignorieren. Er drängte sich nicht in ihre Mitte, war jedoch immer in der Nähe, und Toris bekam langsam ein schlechtes Gewissen, ihn außen vor zu lassen, und rief ihn immer öfter zu sich. Dass er ihn jetzt das erste Mal zu sich auf den grünen Wagen gebeten hatte, war ein gutes Zeichen. Irgendwann hatte Sorayn ihn soweit, dass er ihm Majas Versteck verriet. Hartnäckigkeit war eine Eigenschaft, mit der alle Riesen geboren wurden. Toris war sich höchstwahrscheinlich nicht im Klaren darüber, dass er einen solchen vor sich hatte, aber falls er überhaupt irgendetwas von Keta über sie gelernt hatte, würde er irgendwann merken, dass Sorayn alles, was einen Riesen auszeichnete, im Übermaß in sich trug.

Kein gebrochenes Rad hatte die Zintas zum Anhalten gezwungen. Sondern eine Straßensperre. Die Männer und Frauen aus den vordersten Wagen stritten lauthals mit zwei bis an die Zähne bewaffneten Soldaten.

»Tribut? Wieso denn das? Kanuna hat uns schon vor Jahrzehnten davon befreit!«

»Fürst Pidor ist der Herr dieses Landes«, sagte der Soldat, ohne eine Miene zu verziehen. »Und Kaiser Zukata hat selbstverständlich das Recht, die Gesetze des Kaiserreichs nach seinem Belieben zu erlassen. Glaubt es oder nicht, aber der traditionelle Wegezoll wurde wieder eingeführt. Entweder ihr arbeitet eine Jahreszeit lang für unseren Fürsten oder ihr lasst einen von euch hier. Wenn ihr euch nicht entscheiden könnt, wählen wir jemanden aus.«

»Gibt es ein Problem?«, fragte Sorayn und trat näher. In seinen Fingern juckte es bereits. Hier war endlich die ersehnte Gelegenheit, Majas Familie beizustehen.

Der Soldat wandte sich ihm zu, doch der nächststehende Zinta zischte: »Halt du dich da raus!«

Sorayn hatte nicht die Absicht, sich aus irgendetwas herauszuhalten, erst recht nicht aus einem Streit oder einem Kampf. Er hatte nicht gewusst, ob er jemals wieder kämpfen würde, nachdem ihn der Segen im Krieg mit einem solchen Mitleid erfüllt hatte, dass er niemandem etwas zuleide tun konnte. Doch jetzt fühlte er etwas in sich brodeln, das sich sehr vertraut anfühlte. Er hatte gedacht, dass er es nie wieder verspüren würde: das dringende Bedürfnis, jemanden zu Boden zu schlagen. Er konnte kaum an sich halten.

»Dieser Fürst Pidor verlangt einen aus der Sippe? Als Leibeigenen? Und das mit der Erlaubnis des Kaisers?« Natürlich wusste Sorayn, dass es solche Fälle auch unter seinem Urgroßvater gegeben hatte. Aber dann hatten die Landesherren hoffen müssen, dass ihre Dreistigkeit dem Herrscher in Kirifas nicht zu Ohren kam. Wenn diese Soldaten jetzt mit neuen Gesetzen auftrumpfen konnten, bedeutete das nichts Gutes. Was tat Zukata auf seinem Thron? Hatte Sorayn ihm nicht gesagt, er habe Kanunas Weg fortzuführen?

Der Soldat musterte ihn abschätzend. »Die Sippe, die vor euch hier durchgekommen ist, hat sich zuerst auch gesträubt. Aber wir haben denen schon beigebracht, wie der Hase läuft. Ihr könnt es so oder so haben, wie ihr es wünscht.«

»Geh einfach«, sagte einer der Zintas zu Sorayn. »Geh, das hier ist schwer genug für uns.«

Sorayn rührte sich jedoch nicht von der Stelle. Er hörte zu, während sie sich berieten. Einige waren dafür, umzukehren und einen anderen Weg zu nehmen; andere, hitzigere Gemüter wollten eine solche Behandlung auf keinen Fall dulden und stimmten dafür, die beiden Soldaten so zu verprügeln, dass ihnen Hören und Sehen verging.

»Soldaten treten niemals zu zweit auf«, gab ein anderer zu bedenken. »Sie werden Verstärkung rufen, und dann haben wir das Nachsehen.«

»Eine Jahreszeit«, meinte eine Zinta-Schwester, schon halb am Weinen, »was heißt das? Was sollen wir tun? Wenn wir für diesen Fürsten arbeiten, wovon sollen dann wir leben? Und unsere Kinder?«

Auch die Zintas aus den hinteren Wagen waren herbeigekommen und erfuhren die schlechten Neuigkeiten.

»Umkehren ist keine Lösung«, sagte Toris sofort. »Wenn dies ein Gesetz ist, das ganz Deret-Aif betrifft, werden wir an jeder Grenze vor dieser Wahl stehen.«

Verzweiflung machte sich in den braunen Gesichtern breit. Sorayn beobachtete die Soldaten, die mit verschränkten Armen und breitem Grinsen abwarteten. »Mit denen werde ich fertig«, bot er an. Das Jucken in seinen Händen verstärkte sich zu einem Brennen. Wie hatte Zukata es nur wagen können, Kanunas Werk anzutasten?

»Was?«, rief Toris. »Du willst mit ihnen kämpfen?«

»Das können wir selbst.« Stolz warfen sich ein paar junge Männer in die Brust. »Wir brauchen deine Hilfe nicht. Wir werden ihnen zeigen, was es heißt, uns versklaven zu wollen!«

»Merkt ihr es nicht?«, fragte Sorayn leise. »Wie unruhig eure Pferde geworden sind? Sie wittern ihre Artgenossen. Diese Soldaten sind nicht zu zweit. Ihr könnt nicht sehen, wie viele sich in dem Wäldchen dort verbergen.«

Die älteren Zintas schüttelten voller Bedenken die Köpfe. »Lange ist es her, dass wir vor einer solchen Entscheidung standen.«

»Und damals war Remanaine bei uns.«

»Jetzt bin ich da«, mischte Sorayn sich wieder ein. »Zieht ihr weiter und ich werde mich darum kümmern.«

»Nein.« Toris' Stimme klang scharf. »Du allein? Wir sollen fliehen, während du sie zurückhältst? Wenn es nur diese zwei wären, brauchten wir dich nicht dazu, und wenn es ein ganzer Trupp ist, zwanzig oder fünfzig, kannst du uns auch nicht helfen. Sie werden dich töten und uns nachsetzen. Wenn du sie angreifst, werden sie unter uns wüten und keine Rücksicht auf Kinder oder Alte nehmen. Wir werden niemanden opfern. Wenn es nicht anders geht, werden wir die Arbeit verrichten müssen, zu der sie uns zwingen.« Er blickte in der Runde. »Ich wüsste nicht, was wir sonst tun könnten. Das werde ich ihnen jetzt sagen.«

Sorayn konnte sehr gut mit den jüngeren, heißblütigen Burschen mitfühlen, die sich damit nicht abfinden wollten. Auch er überlegte fieberhaft, wie man diese Demütigung vermeiden konnte. Natürlich musste er zum Kaiser und ihn dazu zwingen, dieses Gesetz wieder zurückzunehmen. Doch bis er in Kirifas angekommen war und mit seinem Großvater gesprochen hatte, bis die Kunde von der neuen Regelung die Landesherren erreicht hatte, würde Majas Sippe in Knechtschaft leben müssen.

»Nein!«, rief er aus. »Warte, Toris. Gebt ihnen einen der Euren.«

»Ich habe bereits gesagt, so etwas tun wir nicht.«

»Biete ihnen einen großen, starken Kerl an. Sie werden unmöglich ablehnen können.«

»Du?« Toris starrte ihn ungläubig an. »Du willst, dass wir dich alleine hier lassen? Meine Tochter wird mich schlagen, wenn ich so etwas zulasse.«

Sein Herz machte einen kleinen Sprung. Selbst Toris glaubte also daran, dass Maja ihn immer noch liebte, dass es ihr etwas ausmachte, wenn ihm etwas geschah.

»Ich gehe mit ihnen«, verkündete er. »Nicht, dass ich vorhätte, besonders lange zu bleiben. Sobald ihr weit genug weg seid, mache ich mich aus dem Staub.«

»Und du glaubst, das geht so einfach?«

Er sagte ihnen nicht, was er mit seinen Händen tun konnte. Eisenketten zerreißen und Bäume fällen, und dass er wie im Rausch die wilden Riesen des Gebirges unter sich gezwungen hatte. Sie hätten es doch nicht geglaubt.

»Und an der nächsten Grenze«, schlug er vor, »machen wir es wieder so. Wenn ihr mir sagt, wohin ihr zieht, werde ich euch einholen.«

»Das tun wir ganz gewiss nicht«, meinte Toris trotzig, »wir lassen nie einen von uns im Stich.«

Und da war es wieder, das Glück. *Einer von uns*. Als wäre er wirklich ein Zinta, für den das galt, was jedem von ihnen zustand: der Schutz der Gemeinschaft.

»Wir sollten es ihnen mitteilen, bevor sie ungeduldig werden«, drängte Sorayn. Er konnte geradezu fühlen, wie die Soldaten ihre Macht genossen. Es würde ihm sehr schwer fallen, nicht sofort loszuschlagen, sondern sich in ihre Hände zu begeben, bis die Sippe in Sicherheit war.

»Und, was ist bei euren Überlegungen herausgekommen?«, fragte einer der Soldaten höhnisch.

»Wir werden nicht ...«, begann Toris, aber Sorayn unterbrach ihn: »Sucht euch einen aus für euren Herrn.«

Die beiden Soldaten musterten die kleine Gruppe, zu der noch ein paar ältere Männer und Frauen und einige Halbwüchsige gehörten. Man musste kein Hellseher sein, um zu erraten, wen von ihnen sie ihrem Fürsten mitbringen würden.

»Du!« Der Soldat zeigte mit dem Finger auf den großen Kerl, der aussah, als könnte er gut mit anpacken. »Du bleibst hier. Die anderen können gehen.«

Sorayn verkniff sich ein Lächeln, das sie vielleicht misstrauisch gemacht hätte. Er nickte Toris zu, der, so wie auch die anderen Ziehenden, ein glaubhaft entsetztes Gesicht machte. »Bis bald«, formte er mit den Lippen. Er hatte keinen Zweifel daran, dass sie sich in Kürze wiedersehen würden, und dann verriet ihm sein Schwiegervater hoffentlich, wo er Maja finden konnte.

4. Kein Entrinnen

EIN GUT GEZIELTER Schneeball traf Kroa voll ins Gesicht. Er schüttelte sich und prustete und spuckte. Die Soldaten lachten laut auf. Der nächste bückte sich und formte eine Kugel. Er drückte den Schnee zusammen, bis er hart war wie ein Stein.

»Er ist ein alter Mann«, flüsterte Mino. »Ich kann das nicht länger mit ansehen.«

»Warte noch einen Moment.« Jamai legte seine Hand auf ihre.

Sie hockten in einem Gebüsch, dicht am Haus der Soldaten. Als Jamai in dieser Nacht erwacht war und feststellen musste, dass Kroa verschwunden war, hatte er nicht lange herumgerätselt, sondern sofort Mino geweckt. Inzwischen schneite es nicht mehr und Kroas Fußabdrücke konnten die Feinde jederzeit zu ihrem Versteck führen. Mit einem Tannenast hatten sie alle Spuren verwischt, so gut es ging, und waren in einem weiten Bogen zum Wachhaus zurückgekehrt. Als sie Kroa im Baum entdeckten, durchfuhr es Mino kalt. Doch dann erblickten sie die Soldaten, die sich damit vergnügten, ihr Opfer zu quälen. Sie hatten den kleinen Mann an den Füßen in die Äste gehängt und bewarfen ihn vorerst mit nichts Schlimmerem als Schnee, doch allein daran, dass Kroa verbissen schwieg, erkannte sie, dass es ihm nicht gut ging. Ein anderer Kroa, jünger und stärker, hätte die Feinde als das verhöhnt, was sie waren, als Feiglinge. Der Kroa von früher hätte sich hochgeschwungen und die Fesseln gelöst. Doch dieser Gefangene, den sie dort verspotteten, tat gar nichts. Vielleicht wollte er vermeiden, Mino und Jamai herzurufen. Dabei hätte er wissen müssen, dass sie ihn niemals im Stich lassen würden.

Diesmal war es ein Stein. Sie hatte es genau gesehen. Mino ächzte leise, so sehr fühlte sie den Schmerz mit.

»Warte«, flüsterte Jamai dicht an ihrem Ohr.

Worauf denn?, hätte sie ihn am liebsten angeschrien. Das können wir doch nicht zulassen!

Sie waren nur zu zweit, und hier trieben sich mindestens zwanzig Soldaten herum. Um es mit einer solchen Übermacht aufzunehmen, hätte man ein Riese sein müssen. Und sie hatten nicht einmal mehr ihre Waffen. Um einen genialen Plan zu entwerfen, blieb keine Zeit. Noch spielten die Feinde wie eine Katze mit der Maus, aber Mino machte sich keine Illusionen darüber, was sie vorhatten. Sie ging davon aus, dass Kroa bereits verletzt war, sonst hätten die Männer ihn gar nicht gefangennehmen können.

Sie zwang sich, den Blick von dem grausamen Schauspiel zu lösen. Was konnten sie anderes tun, als sich in einen aussichtslosen Kampf zu stürzen, in dem sie alle sterben würden? Keinen Moment zweifelte sie daran, dass es so kommen musste, wenn ihnen nichts anderes einfiel.

»Wir müssen schnell sein«, flüsterte Jamai. »So schnell wie nie. Das ist unsere einzige Chance.«

»Was soll ich tun?«, fragte Mino leise.

»Du lenkst sie ab«, sagte er, und sie konnte sich gut vorstellen, wie schwer es ihm fiel, das vorzuschlagen. »Bring sie dazu, dich zu verfolgen. So viele wie möglich. So weit weg wie möglich. Ich muss da hochklettern, um Kroa loszuschneiden. Ich brauche Zeit.«

»Die verschaffe ich dir«, versprach sie, ohne irgendeine Ahnung davon zu haben, was sie tun würde.

Das Bündel, das im Baum hing, wimmerte. Nur ein Laut, doch er fuhr ihr durchs Herz. Sie nahm all ihren Mut zusammen und trat aus der Deckung.

Die Steine, die Mino immer bei sich trug, fanden wie von selbst den Weg in ihre Hände. Sie sprangen hoch in die Luft und kamen anhänglich zurück zu ihr.

»He, was will die denn hier?« Der erste Soldat hatte sie bemerkt.

Sie sagte nichts. Still und geheimnisvoll trat die weißhaarige Frau zwischen die Männer, nichts bei sich als die tanzenden Steine. Drei waren es, nein vier, dann sogar fünf, sie verwirbelten vor den Augen der Zuschauer. Einen Moment lag ein Zauber über ihnen allen, in einer Schneewelt des Schweigens, dann streckte der Erste die Hand nach ihr aus.

Sie warf. Hart. Schneller, als man zusehen konnte, zielgenau, mit einer Sicherheit, die von innen heraus kam, die nichts zu tun hatte mit der Angst um den Zwerg im Baum und ihrer Wut auf die grausamen Männer. Fünf Steine. Und fünf Soldaten fielen, niedergestreckt. Dann drehte sie sich um und rannte.

Tausende schienen nach ihr zu greifen, unzählige Arme streckten sich nach ihr aus. Mino tauchte unter ihnen hindurch, stieß einen Soldaten beiseite, huschte gewandt zwischen den zupackenden Händen des nächsten hindurch und verschwand im Wald. Sie drehte sich nicht um, sie zählte nicht, wie viele sie auf ihre Spur gelockt hatte, wie viele sie von Kroa wegführte. Es interessierte sie nicht, wie groß ihre Chance war, ihnen zu entkommen, ohne Vorsprung, ohne sich hier auszukennen, nichts als ein Wild, gehetzt von der Meute. Das Leben, das sie führte, hatte sie gestählt, stark und ausdauernd gemacht und gewiss kam sie nicht so bald außer Atem, aber ihre Verfolger waren kräftige, im Kampf geübte Männer und voller Wut.

Ihr einziges Heil lag in der Flucht. Sie sprang durch Büsche, unter Ästen hindurch, sprang wie ein Reh, schlug Haken wie ein Kaninchen, und hörte die Feinde doch immer noch hinter sich. Es blieb ihr nichts übrig, als zu rennen, in die Nacht, durch den Schnee. Nicht einmal die Hoffnung war ihr vergönnt, die Soldaten im Schutz der Dunkelheit abschütteln zu können, denn schon zog im Osten der Morgen herauf. Ihre Spuren waren im Schnee deutlich zu erkennen. Die Schnellsten waren so dicht hinter ihr, dass ihr sowieso keine Zeit blieb, sich zu verstecken. Dafür verbarg die dicke weiße Schicht alle Wurzeln, Löcher und Äste, über die man stolpern konnte. Mino strauchelte, rappelte sich nach Atem ringend auf, sah plötzlich auch von der anderen Seite einen Mann auf sich zukommen. Sie wich zurück, bis sie mit dem Rücken an einen Baumstamm stieß.

»Nun haben wir dich«, sagte einer, und das Ganze kam ihr vor wie ein Traum, in dem man laufen will, laufen, nur laufen, aber die Füße versinken im Schnee und es gibt kein Entrinnen.

Sie blickte ihnen entgegen, dann wandte sie sich um und sprang hoch, bis sie den nächsten Ast greifen konnte. Von dort aus zog sie sich weiter nach oben, und schließlich blickte sie keuchend auf die Soldaten hinunter, die sich unter dem Baum versammelt hatten.

»Die hole ich da runter«, versprach einer, aber ein anderer lachte: »Lass sie. Von da aus kann sie uns nicht entwischen. Ein falscher Schritt und sie rutscht aus und bricht sich das Genick. Bewacht den Baum. Wir kehren zu den anderen zurück.«

Zu den anderen. Nun wusste sie, dass sich nicht alle an die Verfolgung gemacht hatten, dass noch etliche Soldaten bei Kroa geblieben waren. Sie horchte auf den Lärm eines Kampfes, aber der Wald lag ruhig da, ins graue Licht der Dämmerung gehüllt, und nichts verriet ihr, ob ihre Freunde bereits tot waren oder ob es Jamai gelungen war, mit Kroa zu fliehen. Ihre Gelassenheit, was ihr eigenes Schicksal betraf, wunderte sie selbst. Aber nachdem ihr Herzschlag sich beruhigt hatte, kam es ihr nicht mehr ganz so schlimm vor, dass sie nicht weiterfliehen konnte. Sie hatte ihr Bestes gegeben, nun würde geschehen, was auch immer geschehen musste.

Der Waldboden unter ihr war unendlich weit entfernt, sie hatte keine Ahnung, wie sie überhaupt den glatten Stamm und die eisglatten Äste hochgekommen war. Ihre steifgefrorenen Finger wurden rot und taub, und sie bezweifelte, dass sie es aus eigener Kraft schaffen würde, vom Baum herunterzusteigen. Trotzdem konnte sie den herrlichen Sonnenaufgang genießen, wie sie noch nie irgendeinen Morgen genossen hatte. Vielleicht war es der letzte. Das Licht, das durch die kahlen, schneebedeckten Wipfel kroch, schien den Wald zu entflammen. Rötliche Glut verzauberte die überfrosteten Zweige. Funken spielten in ihrem weißen Haar und küssten es mit demselben rosigen Glanz wie den Schnee.

»Mino?« Dort unten am Fuß des Baums stand Jamai. Sie sah sein Gesicht wie aus weiter Ferne. »Geht es dir gut?«

Keine Soldaten mehr. Wo waren sie hin?

»Du kannst jetzt herunterkommen.«

Ihre Finger ließen sich nicht biegen.

»Ich kann nicht.«

»Was?«, schrie er von unten herauf.

»Ich kann nicht!«, rief sie zurück und lehnte ihre Wange an die kalte Rinde. Sie wusste nicht, wie lange sie sich noch festhalten konnte. Hier oben, wo es nicht vor und nicht zurück ging ...

»Mino.« Er war auf dem Ast unter ihr. Sie hatte gar nicht gemerkt, wie er den Baum hochgestiegen war. »Mino, gib mir deine Hand.«

»Was ist mit Kroa?«

»Er ist in Sicherheit. Komm. Höher kann ich nicht hinauf.«

Sie wagte es, kurz zu ihm hinunterzuschauen. Er streckte den Arm nach ihr aus und konnte doch nicht einmal ihre Füße erreichen. »Mino, komm.«

Ihre Kraft reichte kaum noch aus, um den Ast zu umklammern. Sie hatte sich völlig verausgabt und nun brachte sie es nicht einmal fertig, ein winziges Stück hinunterzuklettern. Tränen liefen ihr über die Wangen, als sie zugab: »Wenn ich loslasse, falle ich.«

»Ich habe hier einen ganz guten Stand«, sagte Jamai. »Ich fange dich auf. Komm, lass los. Kroa geht es gut. Ich hatte ihn gerade geholt, da kamen die Männer des Königs. Ezirs Soldaten haben nicht gekämpft, sie sind einfach vor der Übermacht geflohen. Komm, meine Liebe.«

»Des Königs?«, fragte sie, ohne zu begreifen. »Was für ein König?«

»König Oka«, erklärte Jamai. »Oka wirft alle Fürsten hinaus, die Zukata ihm zugeteilt hat. Er entfernt sie wie Flöhe aus seinem Pelz ... Komm, Mino. Jetzt, bevor ich auch noch hier einfriere. Sie haben ein Feuer angezündet, siehst du es dort durch die Bäume? Kroa ist verletzt, er braucht dich so schnell wie möglich.«

Dieser Satz drang endlich durch ihre Erstarrung. Mino löste vorsichtig eine ihrer Hände vom Ast. Sofort rutschten ihre Füße über die eisüberzogene Rinde. Sie schrie auf, als sie fiel – und dann waren Jamais Arme da. Er lachte leise vor Erleichterung, während er sein Gewicht ausbalancierte. »Komm. Wir müssen da hinunter.

Ich kann dich nicht tragen, dann fallen wir beide. Hier, setz deinen Fuß genau dorthin ...«

Es dauerte lange, sehr lange, aber sie verbot sich zu zweifeln. Gehorsam folgte sie seinen Anweisungen. Er hielt ihre Hände fest, als er sie auf einen tiefer liegenden Ast hinunterließ. Während er ihr dabei in die Augen sah, sprach er mit seiner angenehmen tiefen Stimme beruhigend auf sie ein. Ihre Knie zitterten, als sie endlich festen Boden unter den Füßen spürten. Sie lehnte sich gegen Jamai und schloss die Augen.

»Mein Wintermädchen«, flüsterte er. »Schneemädchen. Meine Schneeeule.«

»Eule?« Sie öffnete die Augen wieder und sah sein Grinsen.

»Bist ihnen einfach davongeflogen.«

»Möwe, wenn ich bitten darf.«

Er lachte wieder, dann nahm er ihre Hände in seine und rieb sie sanft. »Komm. Bist du in der Lage, nach Kroa zu sehen? Und ein paar von den Männern des Königs sind reichlich angeschlagen.«

Auf dem Weg zurück hielten sie den Schritt Abstand zwischen sich nicht ein, den sie sich auf ihren Märschen angewöhnt hatten. Kroa, der blass und nach Luft ringend im Wachhaus lag, hob vielsagend die Brauen, als er die beiden Hand in Hand hereinkommen sah.

»Nun?«, fragte Mino betont munter. »Wo tut es weh?«

»Mir tut alles weh«, beschwerte Manina sich, als sie am Abend von den Pferden stiegen. Wieder waren sie einen ganzen Tag fast ununterbrochen unterwegs gewesen. Die Prinzessin schwankte und stützte sich gegen ihre Freundin.

»Es tut mir leid, Euch Unannehmlichkeiten zu bereiten«, sagte Erion steif.

»Ach ja?«, fragte Maja. »Und warum müssen wir dann so rasch voran? Ihr könntet auch eine Kutsche bestellen und die Schwester des Kaisers angemessen reisen lassen. Eure nichtssagende Höflichkeit macht mich krank!«

Immer wieder brach der Zorn aus ihr heraus. Am Anfang hatte Manina versucht, sie zu beruhigen, indem sie ihr die Hand auf den

Arm legte und sie um Mäßigung bat. Aber falls Erion sich über die aufbrausende Art der Arimerin ärgerte, ließ er es seine Gefangenen nicht spüren. Er war stets zuvorkommend und unerbittlich.

»Der Winter steht vor der Tür«, erklärte er. »Falls Ihr diesen Ritt schon als unangenehm empfindet, dann wartet, bis es erst richtig kalt wird.«

»Zukata hätte die Prinzessin ja auch im Frühling zu sich bitten können.«

»Kaiser Zukata bittet nicht«, entgegnete Erion.

»Lass gut sein«, murmelte Manina, die es nicht leiden konnte, wenn Maja mit ihm stritt. Als Erion den Besitzern des Hauses, vor dem sie hielten, mitteilte, dass sie es für diese Nacht dem Kaisergänger und seinen Leuten zur Verfügung stellen mussten, wandte sie sich an ihre Mitgefangene. »Er führt nur Befehle aus. Du solltest ihm nicht so zusetzen.«

»Ach, er ist nur ein armer, bedauernswerter Diener, wie? Ha!« Maja wollte sich nicht länger anhören, wie Manina immer wieder versuchte, Erion zu verteidigen. »Für jemanden wie ihn solltest du dir wirklich keine Entschuldigung ausdenken. Nur weil Erion nicht grob zu uns ist, heißt das noch lange nicht, dass er ein freundlicher Mensch ist. Er müsste das nicht tun. Das weißt du so gut wie ich. Er könnte uns auch laufenlassen, wenn er wollte.«

»Du verstehst das nicht«, sagte die ehemalige Kaiserin. »Du bist immer frei gewesen. Aber ich weiß, wie es zugeht bei den Mächtigen. Wenn man Befehle erteilt, die nicht jedem schmecken, und trotzdem erwartet, dass sie ausgeführt werden. Wir sind nicht seine Gefangenen, sondern Zukatas. Also hör endlich auf, ihm böse zu sein. Was tut er denn schon? Er bringt mich zu meinem Bruder, damit ich bei ihm im Palast lebe. Das ist zwar nicht das, was ich mir ausgesucht hätte, aber wenn er das verlangt, habe ich doch keine Wahl.«

Maja schüttelte den Kopf. »Wie kann es sein, dass ich mehr über Zukata weiß als du? Haben sie dir nie erzählt, wie er ist?«

»Was meinst du damit?«, fragte Manina scharf. »Ich war es schließlich, die von ihm entführt wurde. Und ich habe ihn auch als Erwachsene getroffen.« Sie würde niemals den Todestag ihres

Vaters vergessen. Den Augenblick, als aus der brüderlichen Umarmung des Riesen, den sie für Keta hielt, der brutale Griff eines Feindes wurde.

Maja schüttelte nur den Kopf.

»Meine Damen.« Erion öffnete ihnen die Tür des Hauses, als gehörte es ihm. Es blieb ihnen nichts anderes übrig, als der Aufforderung nachzukommen. Die Soldaten hinter ihnen, wie immer mit unbeweglichen Gesichtern, als ginge sie das Ganze nichts an, ließen ihnen keine andere Möglichkeit. Drinnen waren eine ältere Frau und zwei Mädchen damit beschäftigt, Speisen aufzutragen. Manina bemerkte den Schweiß auf ihrer Stirn, die zitternden Hände, während die drei sich um das leibliche Wohl der unverhofften Gäste kümmerten.

»Schön habt ihr es hier«, sagte sie und ließ sich auch nicht davon irritieren, dass Maja die Augen verdrehte. »Wir bedanken uns für eure Freundlichkeit.«

Die Frau nickte nur kurz, sie vermied es, irgendjemanden von ihnen anzusehen. Nur ihre Töchter warfen verstohlen ängstliche Blicke auf die Fremden.

Erion störte das nicht im Geringsten. Er verteilte Wachposten im Haus; vor allen Türen und Fenstern platzierte er jemanden. Auch am Stall, das sah Manina durchs Fenster, nahmen einige Männer Aufstellung.

»Ich habe nur neun gesehen«, überlegte sie. »Sind wir nicht mit zwölf losgeritten? Es waren ein Dutzend Soldaten, als sie uns aus dem Silbernen Krug geholt haben. Außer Erion.« Es gelang ihr fast, seinen Namen so auszusprechen, als würde er ihr nichts bedeuten. »Am ersten Tag waren es nur noch elf. Das weiß ich genau, ich habe sie mehrmals gezählt. Warum sind es jetzt nur noch neun? Schickt er sie aus, um Kunde von unserer Ankunft zu geben?«

»Dann hast du es also auch gemerkt«, sagte Maja leise und nahm dankend einen Becher Wasser entgegen. »Wir haben einen unsichtbaren Begleiter.«

»Ich habe daran gedacht, aber es kann doch nicht sein ...« Manina wollte es immer noch nicht glauben. »Das würde er nicht tun. Nicht Tamait.« Sie hatte Majas Bruder als guten Freund kennengelernt, als jemanden, auf den immer Verlass war, auch wenn er sich hin und wieder mit ihr zankte. »Er ist doch kein Mörder. Er würde nie aus dem Hinterhalt auf Menschen schießen. Es muss eine andere Erklärung dafür geben.«

»Es ist Tamait«, widersprach die Arimerin.

»Wie kannst du das wissen? Hast du ihn gesehen?«

Ihre Freundin schüttelte den Kopf. »Ich weiß es.«

»Du traust deinem Bruder wirklich zu, dass er diese Soldaten hinterrücks ermordet?«

»Ermordet?« Die junge Frau lachte grimmig. »Wie sonst soll ein Einzelner kämpfen? Ich hatte gehofft, er würde Keta holen, aber dazu ist nicht genug Zeit. Manina, mein Bruder versucht, dich zu retten, sonst nichts.«

»Zukata will, dass ich im Palast lebe. Das ist zwar ärgerlich, aber ich kann es nachvollziehen. Er kann nicht riskieren, dass ich mich mit seinen Gegnern verbünde. Maja, dafür sollte niemand sterben. Wir müssen Tamait irgendwie mitteilen, dass er aufhören soll!«

Ihre Freundin blickte sie nachdenklich an, mit ihren großen dunklen Augen, die oft zu viel von ihren Gefühlen verrieten. Das, was sie jetzt sagen würde, wollte sie eigentlich für sich behalten.

»Glaubst du wirklich, Zukata kann riskieren, dich in Kirifas wohnen zu lassen? Dich, die ehemalige Kaiserin?«

Manina schluckte. »Er würde mich nicht umbringen. Nein, das glaube ich nicht. Selbst wenn er es wollte. Es würde seinem Ansehen zu sehr schaden.«

»Ich habe viel darüber nachgedacht, warum ich auf dieser Reise dabei sein muss«, sagte Maja. »Mittlerweile glaube ich, dass Erion eine Zeugin braucht. Eine Zeugin der Gegenseite. Jemanden, der beschwören kann, dass Zukata seine Schwester nicht töten ließ, dass er unschuldig ist. Dass es nur ein Unglücksfall war, während er sie in Ehren nach Hause bringen ließ.«

»Nein«, flüsterte Manina. »Nein, Maja, nein, bestimmt nicht!«

»Wenn Tamait dasselbe annimmt – meinst du nicht, dass er diesen Kampf um deine Rettung genauso führen würde, wie er es gerade tut? Genauso heimlich und genauso gnadenlos?«

Ihr Entführer beriet sich am anderen Ende des Raumes mit einem seiner Soldaten. Wenn die junge Prinzessin ihn ansah, machte ihr Herz einen Sprung, wurde ihr heiß und kalt, war sie glücklich und traurig zugleich.

»Dafür würde Fürst Erion sich nicht hergeben«, beteuerte sie.

Vielleicht spürte er, dass die Mädchen über ihn redeten, denn er sah kurz zu ihnen herüber durch die erleuchtete Stube. Ohne zu lächeln. Ein Blick, kühl und abschätzend; er hätte Manina Tränen in die Augen getrieben, wenn sie daran geglaubt hätte, dass Erion nicht mehr fühlte als das, weniger als nichts. Aber das tat sie nicht. Sie so anzuschauen, war nichts als seine Methode, diese Reise irgendwie zu überstehen, ohne überwältigt zu werden von dem, was zwischen ihnen war, was dort auf jener Lichtung begonnen hatte. Damals war ihm nicht klar gewesen, wer sie war. Und jetzt – wie hätte er, der König einer verlorenen Insel, sich Hoffnungen machen dürfen auf die Schwester des Kaisers? Er verbarg seine Gefühle, aber sie waren ganz bestimmt da. Durch den Raum hindurch konnte sie wahrnehmen, wie sein Herz schneller schlug.

Sie starrte auf den Tisch, in ihren Becher, und unterdrückte ein Lächeln. Oh, er wusste, dass sie es wusste. Dass sie alles wusste. Es war wie ein Spiel, nur zwischen ihnen beiden.

»Du bist verloren«, sagte die Arimerin traurig. »Ich werde mein Bestes tun, um dich zu retten. Hoffen wir, dass es reicht.«

Wenn verloren sein hieß, in Erions Nähe bleiben zu dürfen, dann wollte Manina nicht gerettet werden.

In der Nacht, die beide Mädchen auf dem kleinen Dachboden verbrachten, wurden sie von lautem Geschrei geweckt. Maja stürzte an das winzige Eulenloch und spähte hinaus. Im Mondlicht rannten mehrere Gestalten hin und her, doch von hier aus war nicht erkennen, was da vor sich ging. Am liebsten hätte die junge Zinta ein Loch ins Dach geschlagen und wäre nach unten geklettert, um zu laufen, immer weiter zu laufen, in den Wald, zu Tamait. Aber aus dieser Schlafkammer gab es kein Entkommen, unten wachten zu viele Soldaten, und sie hatte keine Waffe. Selbst das beste Schwert hätte ihr nicht viel genützt, musste sie sich eingestehen, denn sie war nicht die herausragende Kämpferin, die es mit mehreren Gegnern gleichzeitig aufnehmen konnte. Erst als es irgendwann wieder ruhig wurde, legte sie sich wieder hin. Der Schlaf wollte nicht kommen, so viele Fluchtpläne, einer waghalsiger als der andere, tanzten durch ihren Geist und zogen bunte Fäden hinter sich her, bis sie sich in dem immer komplizierter werdenden Muster unauflösbar verstrickte.

»Was war heute Nacht los?«, fragte Manina, als die ersten Sonnenstrahlen die unzähligen Staubkörnchen in der Luft des Dachbodens zum Funkeln brachten.

»Dann hast du doch etwas gehört? Ich dachte, du schläfst wie ein Stein und träumst etwas Schönes.«

»Sind die Damen wach?«, erklang von unten Erions Stimme. »Dann möchte ich Euch bitten, herunterzukommen.«

Maja beugte sich über den Rand der Luke. »Warum stellt Ihr dann nicht die Leiter wieder hin?«

»Es gibt keine Leiter«, sagte Erion.

»Gestern gab es doch noch eine.«

»Sie wurde heute Nacht beschädigt.«

»Ach.« Hatte Tamait es wirklich geschafft, bis ins Haus einzudringen? »Und wie sollen wir dann nach unten gelangen?«

»Wir werden Euch dabei behilflich sein.« Zwei Soldaten schoben den schweren Holztisch unter die Öffnung. Erion stieg hinauf und streckte ihr die Hände entgegen. »Kommt.«

»Das fehlte noch, dass ich mich von Euch anfassen lasse.« Das Zinta-Mädchen schwang die Beine über den Rand, drehte sich auf den Bauch und sprang leichtfüßig auf den Tisch. Manina dagegen starrte mit schreckgeweiteten Augen nach unten. »Das kann ich nicht.«

»Ihr könnt«, befand Erion.

»Aber …« Die Prinzessin sah in seine ernsten grauen Augen. Sie entdeckte kein Lächeln darin, kein ermutigendes Zuzwinkern, nur die Last, die er trug. Als wäre es das ganze Kaiserreich – und war es nicht nur die winzigste seiner Inseln?

Erion wartete ohne ein Zeichen von Ungeduld, obwohl seine Anweisungen sonst immer ohne Zögern ausgeführt wurden. Manchmal staunte sie darüber, dass er nur mit einem befehlenden Blick seine Männer dazu bringen konnte, alles zu tun, was er verlangte.

Sie setzte sich auf den Rand der Luke und sprang in seine Arme.

Er hielt sie nicht länger als nötig. Er schwankte nur leicht und ließ sie dann sofort wieder los.

»Wie gut, dass ich keine Riesin bin, nicht wahr?« Sofort schämte sie sich, dass ihr diese Bemerkung so herausgerutscht war. Natürlich hätte eine Riesin keine Schwierigkeit damit gehabt, von diesem Dachboden herunterzuspringen. Und sie hätte Erion, wenn er denn trotzdem so vermessen gewesen wäre, sich ihr in den Weg zu stellen, unter sich begraben. Mit dem Blut der Sterngeborenen in den Adern wäre sie immer noch Kaiserin und würde nicht unter Geleitschutz nach Kirifas gebracht werden. Alles wäre anders gekommen. Nein, Erion lachte nicht über den misslungenen Scherz. Aber seine Mundwinkel hoben sich doch, ein klein wenig – wenn es keine Täuschung war – und da war wieder dieses Gefühl, dass sie einander verstanden, dass da etwas zwischen ihnen war, bereit, zu beginnen, wie ein Keim, den der Gärtner bereits in die Erde gelegt hatte, eine Blumenzwiebel, die den Frost und den Winter nicht fürchten musste, sondern dazu bereit war, bei den ersten wärmeren Sonnenstrahlen bunt und blühend hervorzukommen.

Manina hielt erschrocken die Luft an.

Auf der Küchenbank lag ein Toter. Einer der Soldaten. Aus seiner Brust ragte ein gefiederter Pfeil. Maja beugte sich gerade über ihn.

»Ja, schaut ruhig genau hin«, meinte Erion grimmig.

»Ein toter Soldat«, sagte Maja. »Nun, Ihr habt Prinzessin Manina entführt. Überrascht es Euch, dass diejenigen, die ein solches Verbrechen begehen, mit dem Leben bezahlen müssen? Ich wundere mich nur, dass Ihr die Leiche hier im Haus aufbahrt. Wolltet Ihr uns damit Angst einjagen? Oder dachtet Ihr, kleine Mädchen wie wir würden in Ohnmacht fallen?«

»Oh, von Euch habe ich sicherlich nicht erwartet, dass Ihr zusammenbrecht«, sagte Erion. »Zunächst einmal wollte ich sehen, ob Ihr überrascht seid. Das ist offensichtlich nicht der Fall. Ihr wisst genau, dass Euer Bruder dafür verantwortlich ist, Prinzessin. Und Ihr werdet dafür sorgen, dass er damit aufhört.«

»Zunächst einmal: Nennt mich nicht so!«, fauchte Maja. »Ich bin keine Prinzessin. Meine Mutter wurde zwar zur Königin von Arima gekrönt, aber sie hat diese Krone abgelehnt und dort zurückgelassen. Sie ist keine Königin und ich keine Prinzessin. Ärgert mich nicht mit diesem völlig unnötigen ›Ihr‹ und ›Euch‹ und dem ganzen Kram. Und zum Zweiten: Glaubt Ihr wirklich, ich würde Euch helfen, Eure üblen Pläne auszuführen? Warum sollte ich? Womit wollt Ihr mir drohen, was Ihr nicht sowieso tun werdet?«

Sie warf Manina einen schnellen Blick zu, wie um ihr mitzuteilen: Sieh genau hin. Hör genau zu. Du wirst sehen, wer er wirklich ist. Verpass es ja nicht.

Erion schüttelte den Kopf wie über ein ungezogenes Kind, das nicht begreift, was die Erwachsenen reden.

»Prinzessin Maja«, sagte er und bewies ihr somit, wie wenig er auf ihre Worte und ihre Wünsche gab, »was ich tue und was nicht, liegt ganz allein in meinem Ermessen. Aber auf manche Dinge habt Ihr durchaus Einfluss. Wir werden gleich weiterreiten, und ich rate Euch, meine Anweisungen ganz genau zu befolgen.«

»Ihr wisst nicht, mit wem Ihr Euch angelegt habt«, flüsterte sie. Mit den Kindern der Amazone. Mit den beiden, die Mino für geeignet hielt, Manina zu beschützen. Und das würden sie tun, sie und Tamait, koste es, was es wolle.

»Oh doch«, widersprach er. »Das weiß ich.«

»Wenn Ihr nicht den Rest dieser Reise auf diese Weise zurücklegen wollt, überlegt Euch, wie Ihr unseren unerwünschten Begleiter zurückpfeifen könnt.«

Maja hätte ihrem Widersacher am liebsten ins Gesicht gespuckt, aber er sah aus sicherer Entfernung zu, während einer der Soldaten ihr die Hände hinter dem Rücken zusammenband. Sie durfte nicht mehr mit Manina auf einem Pferd sitzen. Die Prinzessin hatte eins der nun herrenlosen Tiere bekommen und war ebenfalls gefesselt. Es bereitete Maja eine wilde Genugtuung, dass Erion Tamait so fürchtete, dass er sich um seine Gefangenen ernsthafte Sorgen machte.

Die Anzahl seiner Männer war auf acht geschrumpft. Immer noch genug, um die Mädchen Tag und Nacht sorgfältig zu bewachen. Aber diese acht waren unruhig und blickten ständig um sich. Von überall her konnte ein tödlicher Pfeil angeflogen kommen. Erion wich an diesem Tag erstmals vom Weg ab, der sie noch lange durch den Wald geführt hätte, und lotste seine Truppe hinaus aufs offene Feld. Maja musste feststellen, dass es gar nicht so einfach war, fest im Sattel zu sitzen, auf diesem unwegsamen Gelände, mit gefesselten Händen, die es einem nicht erlaubten, sich am Sattelknauf festzuhalten und der Bewegung des Pferdes zu folgen. Sie war keine geübte Reiterin. Manina, die halb im Stall aufgewachsen war, hatte es da leichter. Maja sah ihren blonden Zopf vor sich auf und ab hüpfen. Vielleicht genoss sie es ja sogar, trotz der Fesseln, wenn nur ihr ach so geliebter Erion in der Nähe war.

Bei der ersten Rast sprang Maja alles andere als elegant ab und stürzte rücklings ins Gras.

»Erlaubt doch, Euch zu helfen«, tadelte ihr aufmerksamer Entführer. Er schickte einen seiner Soldaten zu Manina und verfolgte stirnrunzelnd, wie dieser die goldhaarige Prinzessin vom Pferd hob.

»Warum tut Ihr es nicht selbst?«, fragte das Zinta-Mädchen. »Fürchtet Ihr Euch vor der Macht, die sie über Euch ausüben könnte?«

»Niemand hat Macht über mich«, widersprach der Kaisergänger und wandte sich ab, als hätte sie ihn beleidigt.

Sieh einer an, dachte Maja. Aber als sie und Manina danach beieinander saßen und sich die tauben Handgelenke rieben, während die Soldaten den Platz sicherten, verriet sie ihrer Freundin nicht, worüber sie grübelte. Erion war nicht leicht zu durchschauen; dass es ihn störte, wenn ein anderer Mann die Hände auf die Hüften einer wohlgebauten Frau legte, bedeutete noch gar nichts. Die Arimerin nahm sich jedoch vor, ihn genauer zu beobachten. Sein Anblick erfüllte sie immer noch mit einer solchen Abscheu, dass sie es kaum aushalten konnte. Der Kampf auf Neiara, der Tod ihrer Eltern – all das war mit seiner Person verbunden, und deshalb betrachtete sie lieber die Landschaft und überlegte, wie sie Tamait unterstützen konnte. Doch ihre Augen würden Erion ertragen müssen, wenn sie so vielleicht herausfinden konnte, dass Manina recht hatte – dass dort auf der Lichtung nicht nur ein Herz angerührt worden war.

Am Abend schlugen sie ihr Lager mitten in den Wiesen auf. Einer der Soldaten wollte Maja vom Pferd helfen, aber es gelang ihr – diesmal etwas geschickter –, selbst auf den Boden zu springen. Hastig drehte sie sich um, gerade rechtzeitig, um zu sehen, wie Erion Manina aus dem Sattel hob. Er wandte ihr den Rücken zu, doch sie zweifelte nicht daran, dass seiner Miene keine Gefühle anzumerken waren. So sehr achtete er darauf, immer dasselbe Gesicht zu tragen ... Maninas Wangen dagegen röteten sich, und sie lächelte verlegen, als ihr Traumprinz ihre Fesseln löste.

»Siehst du«, flüsterte die blonde Prinzessin, als sie nebeneinander saßen und zusahen, wie die Soldaten eine Feuerstelle vorbereiteten. Es gab hier kaum Holz, nur trockenes Gras, in dieser weiten, leicht hügeligen Ebene, wo der Herbst das Land bereits duften ließ und die goldenen und roten Ähren und Rispen des Grases wie eine Flaumschicht über dem Boden ausbreitete. Erion stellte gerade fünf seiner acht Soldaten als Wachen auf.

»Was soll ich sehen?«, fragte Maja grimmig. »Wie freundlich er ist? Wie höflich? Dass er sich nichts herausnimmt, was er sich nicht herausnehmen darf?« Sie rieb sich die schmerzenden Handgelenke. »Oder dass er es nicht erträgt, wenn jemand anders dich berührt? Dass er danach giert, in deiner Nähe zu sein? Soll ich dir versichern, dass er mindestens ebenso schlimm dran ist wie du?«

»Wie du das alles sagst, klingt das nach einer Beleidigung.« Mit Tränen in den Augen wandte Manina sich ab.

Das Schweigen, das zwischen ihnen begann, tat weh. Aber das war nicht das Schlimmste. Die Unstimmigkeit zwischen ihr und ihrer besten Freundin konnte sie beide ernsthaft in Gefahr bringen, wenn es darauf ankam. Denn Tamait war da. Irgendwo da draußen in der Dunkelheit, ganz in ihrer Nähe, sie konnte es fühlen ...

Maja ließ sich nichts anmerken. Sie beobachtete, wie das Feuer in Gang gesetzt wurde, wie die Soldaten Wasser aus einem nahe gelegenen Bach holten, wie einer von ihnen sich daran machte, Mehl in einem Topf zu verrühren und einen Brei zu kochen, der zweifellos nicht schmecken würde ... Und da, unverhofft wie ein Blitz, der über den Himmel zuckt, sah sie, wie Erion zu Manina herüberschaute. Er kniete neben dem Feuer, um die Glut anzufachen, und warf der blonden Schönheit nur einen kurzen Blick zu, von dem er wohl dachte, er würde unbemerkt bleiben. Aber sein Gesicht verriet alles. Einen flüchtigen Moment lang war er der junge Mann, den Manina auf einer Lichtung entdeckt hatte, der attraktive Prinz, in dessen Augen Sehnsucht und Träume blühten.

Alles, was sie in so verletzend spöttischem Ton zu ihrer Freundin gesagt hatte, stimmte. Der Pfeil der Liebe hatte auch das kalte Herz von Zukatas Diener durchbohrt. Maja wartete, bis er sich wie immer abseits von seinen Soldaten hingesetzt hatte, dann stand sie auf und ging um das Feuer herum zu ihm. Unaufgefordert nahm sie neben ihm Platz.

»Prinzessin?«, fragte Erion verwundert.

»Lasst sie gehen.«

»Wie bitte?« Erstaunt hob er die Brauen. Sein Lächeln war wieder das überhebliche Lippenkräuseln, das er immer zur Schau stellte.

»Ich habe Euch ertappt«, flüsterte Maja. »Ich sah, wie Ihr sie angeblickt habt.«

»Ihr täuscht Euch«, widersprach der Herr von Neiara ruhig.

Aber sie war sich ganz sicher, alles passte zusammen. »Die Leiter«, fuhr sie fort. »Als wir oben auf dem Dachboden festsaßen ... Sie war nicht beschädigt, nicht wahr? Ihr wolltet nur eine Gelegenheit, um die Prinzessin zu umarmen.«

»Die Leiter war sehr wohl beschädigt.«

»Wirklich? Dann habt Ihr es selbst getan, nehme ich an.«

»Was wollt Ihr, Prinzessin Maja?«, fragte er. »Ich werde keinen von Euch gehen lassen.«

»Sie soll sterben, nicht wahr?« Maja versuchte, hinter seine undurchdringliche Maske zu blicken. Dabei war sie wohl die Letzte, die mit der Gabe auftrumpfen konnte, andere zu durchschauen. Mit Bitterkeit dachte sie daran zurück, dass sie auch Sorayns wahre Absichten nicht erkannt hatte. »Tut es nicht. Ihr könnt Euer Herz nicht abtöten – nicht so. Wenn das, was Zukata Euch befiehlt, so offenkundig falsch ist, dürft Ihr ihm nicht gehorchen.«

»Ich werde tun, was immer Zukata befiehlt«, sagte Erion leise, und zum ersten Mal hatte sie das Gefühl, dass er völlig aufrichtig war, und sie erschauerte. Der Kaisergänger sah sie voll an. »Ich werde tun, was er verlangt«, wiederholte er, und war da nicht in seinen Augen das, was sie gehofft hatte zu sehen und was sie jetzt doch mehr erschreckte als alles andere – Bedauern? »Es gibt keinen anderen Weg.«

Maja fühlte die Kälte in Schauern durch ihren Körper rinnen. »Bei Rin«, wisperte sie, »dann ist Manina verloren.«

Wie eine Schlafwandlerin stand sie auf und ging zurück zu ihrer Freundin, wie eine Träumende, und war doch so wach wie nie.

»Was ist?«, fragte die Kaisertochter argwöhnisch. »Was hast du mit ihm geredet? Was ist los, Maja? Sieh mich bitte nicht so an!«

»Du wirst auf dieser Reise den Tod finden«, sagte Maja.

»Das hat er gesagt? Das glaube ich nicht!«

»Er hat es angedeutet ... Manina, wir müssen fliehen. Heute Nacht noch. Wir müssen hier weg, bevor er uns noch stärker bewachen lässt. Sieh nicht zu ihm hin. Bleib ganz ruhig. Versuch ein bisschen zu schlafen, wenn du kannst.«

»Aber ...«

»Fünf Soldaten hat er um das Lager verteilt ... Die drei am Feuer achten nicht ununterbrochen auf uns. Dort sind die Pferde, sie sind angebunden, aber man kann den Pflock aus der Erde reißen, das müsste kein Problem sein. Du kannst ohne Sattel reiten, oder?«

»Ja, aber ...«

»Ich sagte, lass dir nichts anmerken, schau nicht zu den Pferden, wenn wir von ihnen reden. Ich weiß nicht, ob ich mich ohne Sattel halten kann, wahrscheinlich eher nicht. Wenn wir ein Pferd zusammen nehmen? Wird das wohl gehen? Wenn ich hinter dir sitze, und du reitest?«

»Im Dunkeln?«, fragte Manina. »Ohne zu wissen, wohin?«

»Das ist unsere einzige Chance. Vielleicht die letzte. Was wissen wir, wie lange er dich am Leben lässt?« Sie drückte die Hand der Prinzessin.

»Gib mir Zeit«, bat diese leise. »Vielleicht kann ich sein Herz gewinnen.«

Du hast es schon, wollte Maja sagen. Du hast es schon, doch das wird dich nicht retten! Aber sie sagte es nicht, denn jeder Funke Hoffnung würde Manina nur noch widerspenstiger machen, noch blinder für die Gefahr, in der sie schwebte.

»Lass uns erst etwas essen, wir brauchen eine Stärkung. Auf mein Zeichen laufen wir los. Du darfst nicht zögern, hörst du?«

Manina seufzte, aber dann nickte sie schließlich.

»Deinetwegen«, sagte sie. »Nur deinetwegen werde ich fliehen. Du hast mit Zukata nichts zu tun, und wer weiß, wie diese Sache für dich ausgeht ... Na gut. Versuchen wir es.«

Der Brei war warm; dass er nach nichts schmeckte, fiel Maja in ihrer Aufregung kaum auf. Sie lag neben ihrer Freundin und horchte in die Nacht hinaus, auf die Geräusche dort draußen unter dem dunklen Himmel. Der Mond war eine schmale Sichel unter rasch vorbeiziehenden Wolken. Irgendwo heulten Wölfe, der Laut ließ ihr das Blut in den Adern gefrieren. Auch die Pferde bewegten sich unruhig.

Als das Feuer fast heruntergebrannt war und nur noch schwach glomm, war der richtige Moment gekommen. Maja fühlte es, so wie sie wusste, dass Tamait auf sie wartete.

»Ich bin schon wach«, flüsterte Manina, als sie ihre Schulter berührte. Nur wenige Meter entfernt verwandelte das kalte Licht der Sterne ihre schlafenden Begleiter in dunkle Schemen.

»Jetzt.«

Sie sprangen auf und rannten zu den Pferden; Maja riss den Holzpflock des nächstbesten Tieres aus der Erde. Die Prinzessin stolperte ihr nach, dicht hinter sich einen der Soldaten. »Maja!«, schrie sie, als er die Hand nach ihr ausstreckte. Die Zinta zögerte nicht, sie lief zurück und schmetterte die Faust in sein Gesicht, mit einer solchen Kraft, dass der Schlag ihn zu Boden schleuderte. Dann zog sie die Kaisertochter mit sich.

»Zu mir!«, hörte sie Erion brüllen. Von ferne, dort, wo die Wachen ihre Runde gingen, ertönte ein weiterer Schrei, und dann durchbrach der wunderbare Klang von Stahl auf Stahl die Nacht.

»Das ist Tamait!«, rief Maja. »Er lenkt sie ab. Komm!«

Da war schon das Pferd. Sie griff in seine Mähne, zog sich hoch und wandte sich um. »Manina!«, schrie sie. »Schnell! Komm!«

»Reite, Maja!«, rief Manina die gerade das zweite Reittier losmachte, als Erion sie erreichte. »Flieh! Flieh doch!« Gleich würde er sie packen – doch der Kaisergänger stieß sie nur zur Seite und hielt auf Maja zu. Diese wollte das Pferd dazu bringen, ihm auszuweichen, aber es scheute, und im nächsten Augenblick sprang Erion hoch, schlang seine Arme um ihre Taille und riss sie herunter. Sie stürzten beide zu Boden, und dann sah Maja nur noch, wie Manina nach dem lose herunterhängenden Führstrick des erschrocken sich bäumenden Pferdes griff. »Komm! Maja, komm!«

Wie eine Wildkatze wehrte die Arimerin sich gegen Erion, aber es nützte nichts. »Reite!«, schrie sie. »Nun reite schon! Los, reite!« Sie lachte laut auf, als Manina sich auf den Rücken des Pferdes schwang und in der dunklen Nacht verschwand.

»Reite!«, rief sie und jubelte, wild und froh. »Ja, ja! Reite zu!«

»Ihr nach!«, rief der Kaisergänger zwei Soldaten zu, die von irgendwoher aus der Dunkelheit auftauchten, aber sie konnte ihn nicht dazu bringen, sie loszulassen, so sehr sie sich auch sträubte. Sie hatte nicht gedacht, dass dieser Kerl so stark war. Mit allen Kniffen, die sie von ihrer Pflegemutter Alika gelernt hatte, versuchte sie ihn auszutricksen, aber gegen seine pure Kraft kam sie nicht an. Ihre Hoffnung, Manina doch noch irgendwie folgen zu können, wurde zunichte, während sie in Erions kräftiger, unerbittlicher Umarmung lag. Und trotzdem lachte sie in sich hinein.

»Eure Soldaten werden Manina niemals einholen«, sagte sie. »Sie kann reiten wie keine Zweite.«

»Wir werden sie kriegen«, sagte er, und seine Stimme verriet, wie sehr ihn der Kampf mit ihr angestrengt hatte. Auch wenn sie nicht gewonnen hatte, so bereitete es ihr doch eine gewisse Befriedigung, dass sie ihm wenigstens Schwierigkeiten bereiten konnte. Er gab sich die größte Mühe, sie nicht loszulassen, während er sie zurück zum Lager schleppte.

»Ihr habt Euch auf die Falsche gestürzt«, frohlockte sie. »Oder sollte das Absicht gewesen sein? Hat Euer Herz Euch am Ende doch verraten, so dass Ihr die, die Ihr liebt, entkommen ließet?«

»Ich habe genau die Richtige erwischt, Prinzessin Maja«, widersprach er.

Natürlich konnte jemand wie Erion sich eine Niederlage nicht eingestehen.

Die ersten Männer trudelten ein. »Der Kerl ist uns entwischt, verdammt.«

Wenig später kamen auch die Reiter, die Manina verfolgt hatten, wieder zurück. Sie schüttelten mit düsteren Mienen die Köpfe.

Der Kaisergänger fluchte. »Na schön. Aber sie werden zurückkommen, ihretwegen.« Er hielt Maja fest, während er ihre Hände von einem der Männer fesseln ließ.

»Ich soll Eure Geisel sein?«, fragte sie und versuchte zu lachen. »Das wird nicht klappen. Mein Bruder wird die Prinzessin in Sicherheit bringen. Er weiß, was wichtig ist. Dass ich immer noch hier bin, wird Euch rein gar nichts nützen.«

Erion runzelte die Stirn und überlegte. »Wie weit ist es von hier zum Fluss? Dann tun wir Folgendes.« Er besprach mit seinen Männern einen Plan, der sich für Maja äußerst verrückt anhörte – wozu dieser Aufwand?

»Ihr werdet sie nicht kriegen!«, rief sie. »Darauf fallen sie nie herein! Lasst mich einfach gehen!«

Aber natürlich hörte er nicht auf sie. Er stieg auf sein Pferd; einer der Soldaten half ihm, die übriggebliebene Gefangene vor sich in den Sattel zu heben. Dann ritt er mit ihr davon, in die Nacht hinein.

5. Ein alter Bekannter

ZERZAUST UND BESCHÄDIGT lag die *Adlerschwinge* auf dem Sand. Sie hatten es geschafft, die Klippen zu umschiffen, waren aber vom Sturm zu nah an die Küste von Wenz getrieben worden und auf Grund gelaufen. Auf wackeligen Beinen stakten die Piraten ans Ufer, durchnässt, erschöpft und zugleich erleichtert.

Lauthals schimpfend zählte Kapitän Suresch seine Männer. »Wie viele fehlen? Zwei? Verdammt!«

Die Wolken waren aufgerissen und entblößten einen hellgrauen Himmel, unter dem der Wind jetzt nur noch verspielt tanzte.

»Nach Sandart kommt ihr wohl nicht mehr«, meinte Blitz. »Und auf der Insel der Amazonen werden sie vergeblich auf mich warten.«

»Du kannst jetzt damit aufhören, Beny«, knurrte der Kapitän. »Wir beide wissen, dass es um Wenz geht. Um Wenz und immer um Wenz und um nichts sonst. Und hier sind wir nun.«

Blitz hatte das Gefühl, etwas ganz Entscheidendes nicht mitbekommen zu haben, aber er ließ sich seine Unwissenheit nicht anmerken.

»Das Königreich Wenz«, murmelte er, um den Kapitän dazu zu verleiten, weitere Informationen preiszugeben.

»Ja«, knurrte Suresch, »widerspenstig wie eine Frau, die man gegen ihren Willen verheiratet. Aber sie muss sich fügen, verflucht noch mal! Wenn es uns nicht gelingt, die Küste zu überwachen, wird Zukata uns in Grund und Boden stampfen.«

Eine Frau, die nicht heiraten wollte? Das Bild war aussagekräftig genug, um ihm zu verraten, dass Wenz sich nicht ohne Widerstand in ein Kaiserreich unter Kaiser Zukata einfügen ließ. Natürlich! Bestimmt waren sie deswegen hier. Um den König daran zu hindern, Unterstützung über den Seeweg zu rufen. Oder vielleicht war die Hilfe sogar schon unterwegs, eine Flotte Kriegsschiffe von wer weiß wo.

Aber Zukata würde niemals allein auf ein abgewracktes Schiff wie die *Adlerschwinge* bauen.

»Wie viele von uns sind noch hier?«, fragte er. »Sind die anderen schon da?«

Suresch hob die Schultern. »Wer weiß das schon. Dieser Sturm hat alle gehörig durcheinandergewirbelt, wetten?« Er blickte zu seinen Piraten hinüber, die nass und erschöpft auf den Steinen hockten und trübsinnig vor sich hinstarrten. »Wir müssen hier weg. Wenn die Soldaten kommen, will ich ihnen bestimmt nicht in diesem Zustand begegnen.«

Soldaten? Das hieß, dass der König die Küste überwachen ließ. Entweder erwartete er einen Angriff seiner Feinde – oder vielleicht seine Verbündeten? So oder so hatte Blitz nicht die Absicht, Uniformierten in die Hände zu fallen. Seine Erfahrungen mit Männern im Dienste eines Fürsten oder eines Königs waren alles andere als angenehm. Solche Leute glaubten grundsätzlich nie, dass man auf ihrer Seite war.

»Dann sollten wir so schnell wie möglich von hier verschwinden«, schlug Blitz vor. »Und sehen, dass wir irgendwie mit den anderen zusammentreffen.«

Suresch krauste die Stirn. »Manchmal ist es, als wenn ein böses Schicksal einem alle Pläne durchkreuzt. Na los, gehen wir.«

Sie waren kaum über die Steine geklettert und hatten einen Kiesweg, von struppigem Gras überwachsen, gefunden, als sie schon einen Trupp auf sich zumarschieren sahen. Es gab hier keine Möglichkeit, sich zu verstecken. Nur das Meer hinter ihnen, die steinige, windumtoste Küste, den blassen Himmel über sich. Der Wind fuhr in ihre nassen Kleider und ließ sie frösteln, und doch fühlte Blitz, wie das Blut ihm heiß durch alle Adern rann. Er tastete nach seinem Messer.

»Zum Donnerwetter!«, schrie der Kapitän auf. »Ihr seid es!«

Nun, da sie näherkamen, sah man, dass es mit Sicherheit keine Soldaten waren. Vielmehr handelte es sich um Seeleute wie sie selber, nicht ganz so nass und abgerissen, sondern gut gekleidet und noch besser bewaffnet. Trotzdem waren sie unzweifelhaft vom gleichen Schlag wie die Gestrandeten.

»Das sind die Männer der *Greifenklaue*«, verriet einer der Piraten Blitz. »Wusste ich's doch, dass sie vor uns hier sind.«

Die beiden Anführer boxten sich kameradschaftlich in den Bauch und auf die Schultern.

»Suresch, alter Hund! Ich dachte, du bist ertrunken!«

»Wilu, du verdammtes Narbengesicht! Wo hast du deinen Fischkutter gelassen?«

»Fischkutter! Nennt der Kerl die *Greifenklaue* Fischkutter!«

»Sei froh, dass ich euch nicht Fischfutter nenne!«

Nach der lautstarken Begrüßung nahm die Mannschaft der *Greifenklaue* die Besatzung der *Adlerschwinge* mit zu ihrem Lager. Sie wohnten in einem kleinen Dorf in einer stillen Bucht, wo sie ihr Schiff rechtzeitig vor dem Sturm geankert hatten, und obwohl das Unwetter auch hier gewütet und ganze Teile der Küste überflutet hatte, war der Piratensegler unbeschadet davongekommen. Suresch und seine Leute füllten sich die Bäuche und wärmten sich am Herdfeuer. Bedient wurden sie von ängstlich dreinblickenden Dörflern. Die Freibeuter hatten kurzerhand ein ganzes Dorf eingenommen und es zu verhindern gewusst, dass sie jemanden um Hilfe ausschickten.

»König Oka wartet auf die Schiffe aus Velas«, sagte Kapitän Wilu und grinste, während er einen frisch gebratenen Fisch kunstvoll entgrätete. »Da kann er lange warten.«

»Warum sollte Velas Schiffe schicken?«, fragte Blitz verwundert und biss sich sogleich auf die Lippe.

Wilu hob die Brauen und starrte ihn an.

»Was für einen vorlauten Kerl hast du dir denn da aufgegabelt?«, fragte er seinen Kollegen.

Suresch öffnete den Mund, aber da der Kaisergänger ganz sacht den Kopf schüttelte, schloss er ihn wieder, schnitt ein paar Grimassen und seufzte. »Buchstäblich aus dem Meer gefischt. Aber mich würde es auch interessieren. Warum, verdammt noch mal, schicken die Velaner Oka Kriegsschiffe? Velas ist am Ende der Welt und hat mit uns nichts zu schaffen.«

»Außer, dass sie Nachbarn von Sandart sind und seit Jahren darauf warten, dass Zukata sie schluckt?« Wilu lachte dröhnend. »Der arme Oka hat keine Ahnung, dass wir seinen Boten abgefangen haben.« Er beugte sich vor. »Und das Beste kommt noch. Oka wird hierher kommen, um seine Verbündeten zu empfangen. Und nun ratet mal, wer ihm hier einen Empfang bereiten wird.«

Suresch lachte so laut, dass ihm Tränen in die Augen stiegen. Blitz versuchte mitzulachen, aber er konnte nicht, obwohl er sich dessen bewusst war, dass man ihn beobachtete. Natürlich fiel es auf, wenn er als Einziger mit versteinerter Miene dabeisaß.

Wilus Lachen brach ab, er stieß den anderen Kapitän in die Seite und beugte sich vor. »Was ist das für ein Kerl?«, flüsterte er. »Junge, ich habe ja schon viel erlebt, aber der da jagt mir einen Schauer über den Rücken. Er hat nicht einmal gelächelt. Er sieht mich an, als wollte er mir gleich das Messer in die Brust stechen. Du solltest mir besser sagen, wer das ist.«

»Das ist Zukatas Bote«, flüsterte Suresch zurück. »Er hat mir nichts über seinen Auftrag verraten, aber ich glaube, Zukata hat ihn uns geschickt, um diesen Einsatz zu überwachen.«

»Bist du sicher, dass das alles ist?«

Der Kapitän der *Adlerschwinge* winkte dem Herrn der *Greifenklaue*, mit nach draußen zu kommen. Sie gingen ein paar Schritte von den Häusern fort. Dort wischte Suresch sich über die Stirn. »Wie wirkt dieser Beny auf dich?«, fragte er. »Höflich und freundlich, aber nicht zu sehr? Wie einer, der Fragen stellt, obwohl er genau weiß, was Sache ist?«

»Worauf willst du hinaus?«, wollte Wilu wissen.

»Er versucht, sich wie ein normaler Matrose zu benehmen, aber das ist er nicht. Die Narben überall auf seinem Körper sprechen eine andere Sprache. Und ich habe gesehen, wie er das Messer hält.«

»Ein Mörder?«, wisperte der Pirat erschrocken.

»Zukata traut uns nicht. Deswegen schickt er uns seinen Kaisergänger.«

»Um Oka zu töten?«

»Und vielleicht nicht nur Oka. Wir dürfen keinen Fehler machen.«

Wilu atmete tief durch. Winzige Schweißtröpfchen standen auf seiner Stirn und sammelten sich über seinen Brauen. »Und wenn wir schneller wären als er?«

»Schneller als ein Meuchelmörder? Vergiss nicht, Zukata selbst hat ihn ausgesucht. Glaubst du, er würde uns einen Stümper schicken?«

»Vielleicht täuschen wir uns. Vielleicht hat er einen ganz anderen Auftrag.«

»Du hast seine Augen gesehen. Der verbirgt etwas. Dieser Mann steckt vom Scheitel bis zur Sohle voller Geheimnisse. Wenn du den für einen einfachen Piraten hältst, bist du gleich verloren.« Ein Schauer durchfuhr ihn. »Seine Augen sind so schwarz wie die Sturmnacht, die wir hinter uns haben. Ich sage dir, das ist ein eiskalter Mörder. Ich hab noch nie so jemanden wie ihn an Bord gehabt. Er sagt, Zukata hat ihm ein Schloss gegeben. Ich dagegen glaube, er bekommt erst noch eins.«

»Okas Schloss? Wenn er ihn getötet hat?«

»Könnte doch sein.«

Wilu knirschte mit den Zähnen. »Wir sollten dieses Königreich kriegen.«

»Wir haben nicht mal das Zeichen! Zukata wird uns nie eine Krone geben, wenn er uns nicht vorher das Zeichen verliehen hat! Aber wenn wir uns aus dieser Sache zurückziehen oder es vermasseln, kann er seinem Bluthund alles anvertrauen. Vielleicht hat Beny die Anweisung, uns beim kleinsten Fehler zu beseitigen? Weißt du's? So oder so, wir haben keine Wahl. Wir müssen weitermachen. Lass dir bloß nicht anmerken, dass wir wissen, was er ist. Gehen wir zurück.«

Als sie sich zurück zur Hütte wandten, sahen sie den schwarzhaarigen Mann, über den sie gesprochen hatten, an der Tür stehen und ihnen entgegensehen.

»Er weiß es«, flüsterte Wilu bang. »Er weiß, dass wir über ihn reden.«

»Na, Beny?«, fragte Suresch betont munter. »Auch ein wenig frische Luft schnappen?«

»Ganz schön stickig da drinnen«, gab Beny zurück und ließ seinen Blick forschend über sie gleiten, einen Blick, hart und schneidend wie ein Messer.

Sie wussten es. Irgendwie ahnten sie, dass er nicht der war, der er vorgab zu sein. Blitz wunderte sich nur, dass sie ihn weiterhin in Ruhe ließen und ihn nicht einfach packten und umbrachten. Vielleicht waren sie sich doch nicht ganz sicher, anders war ihre Zurückhaltung nicht zu erklären. Das Klügste war es, sich einfach aus dem Staub zu machen, bevor irgendwann einer aus Zukatas alter Bande hier auftauchte und ihnen mitteilte, dass der angebliche Beny in Wirklichkeit Blitz hieß und sie den Todfeind des Kaisers mit gebratenem Fisch, schlechtem Wein und wertvollen Informationen versorgten.

Blitz wartete in der Hütte, in der er untergebracht war, bis die Piraten nach und nach einschliefen. Endlich wurde die vom Alkohol beflügelte Prahlerei von lautem Schnarchen abgelöst. Er selbst hatte nur wenig getrunken. Damit man ihn nicht für ein Weichei hielt, hatte er allerdings vortäuschen müssen, dass er mithalten konnte. Unauffällig leerte er seinen Becher unter den Tisch, wo der Wein von den Binsen aufgesogen wurde; der säuerliche Gestank fiel in dem übelriechenden Raum mit Sicherheit nicht auf. Zum Glück hatte er nicht dort schlafen müssen, sondern hatte sich ein paar Piraten angeschlossen, die ein weiter draußen stehendes Fischerhaus wählten.

Nun schliefen sie. Vielleicht träumten sie vom Sturm, denn einer wimmerte wie ein kleines Kind, das unter Albträumen litt. Blitz war schon halb zur Tür hinaus, als ihn ein heiserer Schrei zusammenzucken ließ. Auf leisen Sohlen huschte er zu der Bank, auf der einer der Schläfer sich unruhig hin und herwälzte, und fasste ihn an der Schulter.

»He!«, flüsterte er. »Du träumst! Weck hier nicht alle!«

»Ich ertrinke«, stöhnte der Mann. »Überall Wasser, Wasser! Ich ertrinke!«

»Nein, tust du nicht. Du liegst hier im Haus. Du bist nicht auf dem Schiff.«

Gefangen in seinem Traum, umklammerte der Pirat Blitz' Hand. »Rette mich! Zieh mich raus! Ich ertrinke!« Er ertastete einen Ärmel, krallte sich darin fest und ließ sich nicht abschütteln. »Ich ertrinke!«

»Nein, du träumst!« Aber der Arimer kannte dieses Gefühl. Wenn einem bewusst wurde, dass man nicht nur mit den Füßen keinen Grund mehr erreichen konnte, sondern dass das schwarze Wasser so tief war, dass jegliche Vorstellungskraft versagte. So hoch der Himmel reichte, so weit ging es hinunter ins Dunkle. Und dieses Wasser kam von allen Seiten, um einen mit sich zu ziehen, unerbittlich, hinunter in diese Nacht, die man nicht kennenlernen wollte, und man wusste, dies ist die Stunde. Jetzt. Jetzt passiert es, jetzt bist du dran. Noch nicht. Dein Schrei, immer wieder: Noch nicht. Bitte noch nicht. Und es passiert doch.

Blitz umfasste die hilfesuchende Hand des träumenden Piraten mit beiden Händen. »Ja«, sagte er. »Jetzt geschieht es. Hör auf zu schreien. Wehr dich nicht. Lass das Brett los. Lass alles los.«

»Wasser, überall ...«

Der Albtraum des Seemannes. Jedes Matrosen. Kein Freibeuter hatte Angst davor, im Kampf zu sterben, beim Entern eines anderen Schiffes, von einem Gegner geschlagen, der stärker war als erwartet. Dies war das Einzige, was sie fürchteten: den dunklen Abgrund, der sich unter den blauen, spielerisch zuschnappenden Wellen verbarg.

»Lass los«, befahl er. »Und halt nicht die Luft an. Lass dich sinken. Noch tiefer, in einen anderen Traum. Und da ist die Hand, unter dir, eine große Hand, die dich auffängt. Kannst du es spüren? Eine Hand, größer als ein Schiff?«

»Da ist keine Hand«, murmelte der Pirat.

»Doch, sie ist da. Fühlst du sie nicht? Lass dich sinken. Da ist sie. Sie hält dich fest. Das Wasser ist nicht schwarz, sondern blau. Siehst du die Hand jetzt, genau unter dir?«

»Da ist ... nichts ... nichts.« Der Träumende entließ Blitz aus seinem Griff. Seine Hände fielen herab, sein Kopf neigte sich zur Seite, der Atem wurde schwerer, tiefer.

Der Arimer richtete sich auf und schlich zur Tür. Jetzt schliefen sie alle.

Draußen warf der Mond sein Licht auf die Bucht und verwandelte die See in glitzerndes Silber. Er lächelte, als eine kühle Brise ihm das Haar aus der Stirn strich. Die *Greifenklaue* schien auf ihn zu warten, ihn zu einer geheimnisvollen Reise einzuladen. Mein Schiff nach Rinland ... Mit eisigen Fingern fasste eine Windböe unter sein Hemd. Blitz fröstelte. Nein, die *Greifenklaue* war bestimmt nicht das Schiff, das ihn der verlorenen *Weißen Möwe* hinterher bringen würde. Wie mit weißen Schwingen waren seine Freunde Lexan, Jußait und Bajad nach Rinland gesegelt. Die *Adlerschwinge*. Ja, das würde schon besser passen!

Ruhig, als würde er nicht seine Flucht planen, die ihn vor skrupellosen Verbrechern in Sicherheit brachte, betrachtete er den felsigen Strand und hörte auf das unermüdliche Rauschen und Raunen des Meeres. Nur keine Eile zeigen. Tu, als wäre es dein Recht, hier zu stehen. Sie hatten garantiert Wachen aufgestellt, und auf nichts reagierten diese empfindlicher als auf verdächtiges Herumschleichen.

Da kam der Posten schon! Blitz wollte ihm gerade einen Gruß zurufen, als er sah, dass derjenige auf die Hütte zuhielt. Geduckt wie ein Mörder im Dunkeln. Er war so auf sein Ziel fixiert, dass er den anderen Mann, der wenige Schritte von ihm entfernt stand, nicht bemerkte.

Was schlich der Kerl hier herum? Der ehemalige Amazonenschüler erkannte sofort, was vor ihm im Mondlicht aufblitzte. Ein langer Dolch. Also wussten sie doch, dass er sie belogen hatte, und nun war der Zeitpunkt gekommen, an dem sie ihn töten wollten. Heimlich und hinterrücks. So waren diese Halunken, aber sein Stil war das nicht. Auch wenn er den Attentäter wahrscheinlich mit einem Überraschungsangriff hätte erledigen können, kam das für ihn nicht in Frage. Dann lieber einen richtigen Kampf, Mann gegen Mann, trotz des ungewissen Ausgangs. Nach seiner langen Gefangenschaft war Blitz aus der Übung, was das Kämpfen anbelangte – das letzte Mal hatte er gegen die Männer gestritten, die seinen Sohn Sorayn umbringen wollten.

»Was für eine schöne Nacht, Kapitän Wilu.«

Der Angesprochene fuhr herum und japste erschrocken. Er sog so heftig die Luft ein, dass es sich anhörte, als würde er gleich ersticken.

»Nein, das ist ... es sieht nur so aus, es ist nicht ...«

»Wie sieht es denn aus, wenn jemand mitten in der Nacht zu der Hütte schleicht, in der ich schlafe?«

Merkwürdigerweise blieb Blitz ganz ruhig. Sein Herz schlug ein klein wenig schneller, aber er hatte keine Angst. »Warum willst du mich töten, Kapitän Wilu?«

»Oh nein, nein«, beteuerte der Pirat, mit einer Stimme, die in ein leises Winseln überging. »Ich wollte über dir wachen, bevor Suresch ... Nein, ich ...« Und dann sank er erstaunlicherweise auf die Knie. »Dein treuer Diener. Nur lass mich am Leben, bitte!«

»Warum sollte ich dich am Leben lassen?«

»Bitte, ich kann dir noch nützlich sein! Ich kann dafür sorgen, dass Oka in deine Hände fällt und dir niemand in die Quere kommt. Wenn du es wünschst, ist die Krone dein. Ich kann dafür sorgen, dass Suresch ... über Suresch musst du dir keine Gedanken machen!«

»Warum sollte ich mir über Suresch Gedanken machen?«, fragte Blitz, der einfach die Stichworte aufgriff, die ihm geliefert wurden. Er war weit davon entfernt, diese seltsame Situation zu durchschauen.

»Ich glaube, er hat genau das geplant«, wisperte der Seeräuberkapitän. »Dass ich dich angreife und dafür mit dem Leben bezahle. Hat er dich gewarnt, Herr? Nein, ich weiß, niemand muss dich warnen. Du bist wie der Wind, der durch unsere Köpfe fährt. Aber erlaube mir … Wenn Suresch wollte, dass ich sterbe, dann hofft er darauf, dass du ihm den Thron überlässt. Dass du ihm Wenz gibst. Aber wenn es für dich ist … Ich bin auf deiner Seite, Herr. Ich kämpfe für dich. Ich bin nicht so töricht wie Suresch, glaub mir, solche Spielchen spiele ich nicht mit.«

Blitz hielt es nicht für nötig, den Mann daran zu erinnern, dass er hier mit einem Dolch stand, um ihn zu ermorden. Sie dachten also, dass Zukata ihn geschickt hatte, um Okas Rebellion zu ersticken, den König zu töten und den Richtigen für den Thron auszuwählen. Natürlich hielt jeder der beiden Piratenkapitäne sich selbst für den Richtigen. Offenbar hatte Suresch gehofft, in dieser Nacht einen seiner Gegenspieler loszuwerden – entweder den angeblichen Kaisergänger Beny oder seinen guten Kumpel Wilu. Spekulierte er wirklich darauf, dass eines Tages ein trinkfester König namens Suresch den widerspenstigen Oka ersetzte?

Der Gedanke an den König von Wenz war für Blitz mit einer Reihe unguter Erinnerungen verbunden. Oka. Damals ein junger, bärtiger Mann, dem er die Tochter aus den Armen gerissen hatte, ein kleines, verschrecktes Mädchen. In jener Stunde war ein König geboren, der niemals vor Zukata den Kopf beugen würde, der immer gegen ihn kämpfen würde, bis zum letzten Atemzug.

Möglicherweise war doch nicht der richtige Zeitpunkt, um zu fliehen. Er konnte die Chance nutzen, eine alte Schuld abzutragen. Kein dreckiger Pirat sollte diesen aufrechten Herrscher in die Hände bekommen.

»Wann wird der König hier eintreffen?«, fragte er.

»Seine Späher werden unsere Schiffe einlaufen sehen«, gab Wilu zur Antwort. »Wir warten noch auf die anderen, damit wir ihm eine eindrucksvolle Flotte präsentieren können.«

»Die *Löwenbiss*?«

Der Freibeuter nickte. »Die wird in Kürze hier eintreffen, sie kommt aus Sandart. Wir werden die Flagge von Velas über dem Mast wehen lassen. Oka wird uns genau in die Arme laufen.« Er zögerte. »Was befiehlst du, Herr? Willst du ihn befragen?«

»Ja, unbedingt.« Der Arimer nutzte die Macht, die ihm hier zufiel, sofort aus. »Dem Rebell soll kein Haar gekrümmt werden, bevor ich nicht mit ihm ...«, er machte eine unheilvolle Pause, »... gesprochen habe.«

»Ich möchte nicht in seiner Haut stecken.« Der Pirat wagte ein vorsichtiges Grinsen.

»Ich fürchte, er wird sich über unsere Unterredung nicht halb so sehr freuen, wie ich es mir wünsche«, umschrieb Blitz seine Befürchtung und lächelte voller Bedauern.

Sein Gegenüber missverstand dieses Lächeln, stolperte von Grauen gepackt rückwärts und hastete fort.

»Oka wird in ein Schiff steigen und den Gästen entgegenfahren«, erklärte Kapitän Wilu. Nervös streiften seine Augen den unheimlichen Kaisergänger und seinen Rivalen Suresch, aber genauso schnell zog er seinen Blick auch wieder zurück. »Den vermeintlichen Gästen. Und dann kommen wir mit unseren Schiffen und schneiden ihm den Rückweg ab. Wir nehmen ihn in die Zange und entern sein Schiff!« Beifallheischend sah er sich um.

»Warum sollte König Oka das tun?«, fragte Blitz. »Er könnte die Velaner genauso gut am Ufer erwarten.«

»Könnte er wohl, wird er aber nicht. In seiner Antwort bat ihn der König von Velas, an Bord zu kommen und dort die Verträge zu besiegeln.«

»Wie konnte er denn antworten, wenn er die Nachricht gar nicht erhalten hat?«

Wilu grinste selbstgefällig. »Man braucht nur einen Mann, der schreiben kann. Oka hat es geschluckt. Warum sollte er nicht? Seit einigen Wochen schon halten seine Späher Ausschau. Wir mussten so lange warten, wie Velas brauchen würde, um eine Kriegsflotte zusammenzustellen. Außerdem dauerte es eine Weile, alle Piratenschiffe von Deret-Aif hier zu versammeln. Die Stürme werden immer schlimmer. Die *Adlerschwinge* ist nicht das einzige Schiff, das repariert werden muss, andere sind gar nicht erst angekommen.«

»Sehr viel Aufwand, um einen einzigen Mann zu töten«, bemerkte Blitz. Ihm entging nicht, wie die beiden sich ansahen.

»Das ist uns schon klar«, gab der Kapitän der *Greifenklaue* zu. »Aber Wenz ist kein Königreich, das einfach einzunehmen ist. Im Gebirge gibt es unzählige Höhlen. Dann die vielen Schluchten und Täler und der Schnee ...«

»Ihr wisst also nicht, wo der König sich aufhält. Wie konntet ihr ihm dann die gefälschte Nachricht zustellen?«

»Wir wussten, wem wir sie überreichen mussten.« Wilu platzte fast vor Stolz über seine Genialität. »Natürlich haben wir versucht, dem Überbringer zu folgen, aber wir haben ihn verloren. Wir sind Piraten, Herr, keine Spione. Wir kämpfen lieber auf dem Meer, als dass wir auf Felsen herumklettern.«

»Und auf dem Weg zur Küste? Da könnte man ihn überfallen.«

»Mit dem Risiko, dass er entkommt und wieder in eine seiner Höhlen schlüpft? Er ist von den Bergen heruntergestiegen. Sein Lager ist groß. Wir könnten es angreifen, doch selbst wenn wir ihn überraschen, besteht die Gefahr, dass Oka uns entwischt. Aber wenn er erst auf dem Schiff ist, wohin will er dann fliehen? Auf See haben wir die Oberhand. Wir erledigen nicht nur den König, sondern alle seine Würdenträger, die ihn begleiten.« Er grinste breit und wiederholte: »Wir sind Piraten.«

Blitz versuchte fieberhaft, eine Schwachstelle in dem perfiden Plan zu entdecken, die es König Oka ermöglichte, Zukatas Gesindel zu entkommen.

»Ich will mit ihm sprechen, bevor er auf sein Schiff geht.« Er sah erst Wilu und dann Suresch in die Augen, um seiner Forderung Nachdruck zu verleihen.

»Aber wir dachten ... auf dem Schiff. Du kannst ihn befragen, wenn wir sein Schiff geentert haben, Herr.«

»Habt ihr überhaupt eine Ahnung, worum es hier geht?«, fragte Blitz mit gefährlich leiser Stimme. »Glaubt ihr wirklich, es geht nur um Oka? Was ist, wenn er bereits einen Nachfolger ernannt hat, dem die Leute folgen werden, wenn er nicht wiederkommt? Wir sind nicht hier, um einen König zu töten, sondern um sicherzustellen, dass sich dieses Königreich in die Ordnung des Kaiserreichs einfügt. Ich muss mit Oka reden, bevor er seinen Fuß auf das Schiff setzt. Was er weiß, ist viel wichtiger als sein Tod. Glaubt ihr, Zukata hätte mich hergeschickt, wenn es nur darum ginge, einem alten Mann den Schädel einzuschlagen?«

»Aber wenn du mit ihm geredet hast, geht er nicht mehr auf das Schiff!«, wagte Suresch einzuwenden. »Und überhaupt, wie willst du an ihn herankommen? Er wird mit großem Gefolge an die Küste kommen. Auf dem Meer werden wir ihn schlagen. Hier an Land brauchten wir ein viel größeres Heer.«

Sie sahen ihn fast angstvoll an. Blitz war es nicht gewöhnt, die Macht eines Kaisergängers tatsächlich auszuüben. Sie würden seinen Befehlen folgen, aber nur, solange sie ihren eigenen Gewinn nicht gänzlich schwinden sahen. Wenn er es zu weit trieb, würden sie mit Sicherheit noch einmal versuchen, ihn umzubringen.

»Kein Kampf an Land, darin stimme ich euch zu«, sagte er schnell. »Es muss alles genau so ablaufen, wie ihr es mit den anderen Piraten besprochen habt. Ich werde mich ganz unauffällig in Okas Lager schleichen. Und glaubt mir, es gibt Mittel, eine Befragung so durchzuführen, dass derjenige später nichts mehr davon weiß.«

Hatte er jetzt nicht doch zu dick aufgetragen? Aber an ihrer Reaktion merkte er, dass sie ihm noch viel mehr zutrauten. Wilu war blass geworden, Suresch betrachtete eingehend seine schwarzen Fingernägel. Seinem Blick wichen sie aus. Wofür hielten ihn die beiden Kapitäne? Für einen Folterer, einen Henkersknecht? Kein vernünftiger Mensch würde einem derart riskanten Vorhaben zustimmen. Aber die Piraten trauten sich nicht, dem gefährlichen Kaisergänger zu widersprechen.

»Er wird auf das Schiff gehen, ohne zu ahnen, was ihn erwartet«, versprach Blitz. »Und in die Falle tappen. Dann werdet ihr ihm zeigen, wer über das Meer herrscht. Doch nun weist mir den Weg zu Okas Lager.«

Der aufmüpfige König musste sich tatsächlich sicher sein, dass seine Verbündeten in Kürze eintrafen. Die Zelte, von den Wenzern zwischen den Ausläufern der Berge errichtet, weniger als eine Tagesreise vom Hafen entfernt, waren nicht so zahlreich, wie Blitz erwartet hatte. Das Gelände dahinter war dermaßen zerklüftet, dass es geradezu zum Verstecken einlud. Kein Angreifer konnte hier ein Gefecht bis zum bitteren Ende erzwingen.

Die drei Beobachter duckten sich hinter die kleineren Felsen auf der Seeseite.

»Und wenn ...«, begann Wilu, aber der Arimer sah ihn nur an, und da sagte der Pirat etwas anderes als das, was ihm zuerst auf der Zunge gelegen hatte. »Ja, Herr. Tu, was immer du tun musst.« Und etwas leiser fügte er hinzu: »Wie viele von deiner Sorte hat der Kaiser in seinen Diensten?«

»Du meinst, wen er als Nächstes schicken wird, falls ich versage?« Blitz lächelte, obwohl ihm alles andere als zum Lachen war. Entgegen seiner prahlerischen Ankündigungen hatte er keine Ahnung, wie er unbeschadet zu König Oka vordringen sollte. »Glaub mir, für jemanden wie mich gibt es kein Versagen.« Nur den Tod durch Okas Männer. Nur eine einzige Gelegenheit, um eine alte Schuld abzutragen. Nur diesen einen Versuch. Aber Versagen? Alles, was sonst noch passieren konnte, lag in Rins Hand.

Wilu beeindruckte dieses großspurige Versprechen sehr. Er nickte und zog sich vorsichtig zurück.

»Wartet nicht auf mich«, lautete die Anweisung. »Greift nicht ein, wenn ich nicht wiederkomme. Vielleicht, wenn alles gut geht, bleibe ich bei ihm und führe ihn eigenhändig auf das Schiff.«

Dass er sich nicht fürchtete, beeindruckte die Piraten wohl am meisten.

»Allein unter Feinden«, murmelte Suresch. »Und wenn sie es merken? Und wenn sie Zukatas Zeichen entdecken?«

»Allein unter Feinden«, wiederholte Blitz grimmig. »Was auch geschieht, bleibt bei unserem Plan.«

Seine Begleiter zogen sich zurück. Sobald er auf sich gestellt war und niemandem mehr etwas vormachen musste, überrollte ihn die Angst. Jetzt spürte er auch die Kälte. Der Stein, hinter dem er kauerte, war kalt wie ein Eisblock. Schnee bedeckte die Hänge, die letzten weißen Tupfer reichten fast bis hinunter zu den Zelten. Heimeliger Rauch drang aus den Abzügen. Ein paar dunkel gekleidete Gestalten wanderten umher. Für ein warmes Plätzchen am Feuer hätte er bald alles gegeben, aber einfach ins Lager zu marschieren und ein Gespräch mit Oka zu fordern, war Selbstmord. Überdies zweifelte er nicht daran, dass die Piraten weiterhin alles beobachteten. Den Aufruhr über eine Gefangennahme würden sie mitbekommen, und was sie dann tun würden, war nicht abzusehen.

Seine Hände und Füße waren taub, als Blitz sich schließlich dazu durchrang, sich näher an die Wenzer heranzutasten. Die überall verstreuten Steinbrocken boten etwas Deckung, aber nicht viel. Das Lager war klug ausgewählt; im Hintergrund die schützenden, schnell zu erreichenden Berge, nach vorne hin lief das Gelände flach aus und war gut zu überblicken. Blitz hoffte, dass er für die scharfen Augen der Wächter unsichtbar blieb, wenn er sich nur vorsichtig genug bewegte. Genauso gut konnte es aber sein, dass sie ihn schon längst entdeckt hatten und gelassen darauf warteten, dass er so nah herankam, dass sie ihn mühelos ergreifen konnten.

Auf dem Bauch vorwärts zu robben, war in dieser Kälte erbärmlich schwer. Der feine Rauch des Lagers lockte ihn unwiderstehlich weiter. Seine Zähne klapperten. Dann hörte er die Pferde schnauben. Jetzt erst bemerkte er sie, da sie auf der kargen Weide hinter den Zelten grasten. Die Piraten hatten nichts davon gesagt, dass die Wenzer Tiere dabei hatten, die ihn verraten konnten, aber er hätte daran denken müssen. Wusste er nicht, dass Oka die schönsten Rösser des Königreichs züchtete? Niemals würde er den schwarzen Hengst vergessen, der ihn einen Teil der Flucht mit Manina begleitet hatte. Vorsichtig hob Blitz den Kopf und versuchte, die kleine Herde zu zählen. Doch die dunklen Leiber verschmolzen fast mit den Felsen und dem dürren Gestrüpp dazwischen. Einmal noch ein solches Pferd reiten! Zu wissen, wie schnell ihn die langen Beine tragen würden, weit, weit fort von allen Feinden und allen Pflichten. Frei durchs Kaiserreich zu streifen, so wie er es als Junge erträumt hatte, zusammen mit Mino ... Blitz fühlte kaum noch, wie die Kälte sich in seinem Körper ausbreitete. Er würde reiten, so schnell wie der Wind. Niemand erwartete von ihm, dass er einem König gegenübertrat, der ihn hasste. Niemand ...

»Steh auf!«

Niemand außer Rin. Rin, der Unerbittliche. Der ihn antrieb wie ein Reiter ein lahmes und müdes Pferd. Der ihn vorwärts trieb, immer weiter voran, der ihn niemals in Ruhe ließ ...

»Na los, wird's bald.«

Jemand riss ihn hoch. Männer in Umhängen aus schwarzem Pelz. Glänzend und dick und weich. Er starrte auf die Felle und dann in ihre von struppigen Bärten gespickten Gesichter.

»Bringt mich zu König Oka.« Seine Zähne klapperten, sein Kiefer ließ sich kaum bewegen. »Leise. Unauffällig. Ich ...«

»Keine Sorge«, zischte einer der Wächter. »Wir machen bestimmt kein großes Getue darum, dass wir einen von Zukatas Spionen gefangen haben. Einen seiner Piraten, die sich hier herumtreiben.«

Sie schleiften ihn mit. Blitz konnte jedoch nur Dankbarkeit empfinden, als sie ihn in eins der dunklen Zelte stießen. Eine Schale glühender Kohlen erfüllte den Raum mit Wärme und Licht. Er streckte die Hände danach aus, aber jemand warf ihn rücklings zu Boden. Über ihm bleckten zwei große wilde Gesellen die Zähne.

»Einer der Spione. Na endlich. Wir wussten, dass ihr hier seid. Aber jetzt drehen wir den Spieß einmal um. Nun wirst du uns ein paar Auskünfte geben.«

»Du wirst uns mit Freuden alles sagen, was du weißt!«, kündigte der zweite Wenzer mit einem gehässigen Lächeln an.

Blitz schloss für einen Moment die Augen. »Ich bin kein Pirat«, sagte er nur. Er atmete die Wärme, das goldene Licht. Wenn er nur seine Füße ein wenig näher heranhalten durfte ... Er beugte sich nach vorne und begann seine Stiefel aufzuschnüren. Seine Zehen waren rot, aber noch nicht so dunkel, dass er Grund zur Sorge gehabt hätte. Die Schmerzen nahmen ihn völlig gefangen, als es in ihnen zu kribbeln begann.

»Wir sollten ihm die Füße gleich ganz ins Feuer halten«, sagte der eine Wächter.

»Macht doch«, sagte Blitz ungerührt. Er widmete sich völlig der Wärme. »Habt ihr vielleicht etwas Heißes zu trinken? Dafür wäre ich dankbar.«

Die beiden grimmigen Kerle sahen ihm fassungslos zu.

Schließlich steckte der eine den Kopf durch die überlappenden Stoffbahnen am Ausgang und rief etwas; es klang beinahe, als würde er um Hilfe schreien.

Als wenig später ein dritter Wenzer das Zelt betrat, widmete Blitz sich immer noch seinen Füßen. »Habt ihr mir wirklich etwas gebracht?«, fragte er erfreut.

Sein Blick fiel leider nicht auf eine Magd mit einem Krug dampfender Brühe.

Ein Mann, der, als er die Kapuze zurückschlug, einen haarlosen Schädel entblößte. Sein Gesicht zierte ein kurz gehaltener grauer Bart. Kein Schmuck, keine ausgefallene Kleidung hob den neu Eingetretenen von den anderen ab, aber Blitz erkannte ihn sofort.

»Unverschämt und merkwürdig, dieser Gefangene«, sagte der Wächter, der Blitz Folter angedroht hatte. »Zieht sich hier die Schuhe aus, als wäre er zu Hause. Er behauptet, er sei kein Pirat.«

»Das ist auch kein Pirat«, bestätigte der König.

Blitz stellte seine Stiefel zur Seite und kniete nieder. Nicht die Demut vor dem Rang eines Monarchen trieb ihn dazu. Es war vielmehr die Entschuldigung für eine vor vielen Jahren begangene Tat, für einen Tag, an dem er ein kleines Mädchen gepackt und aus einer Kutsche gezerrt hatte.

»Du wagst es, herzukommen und mir unter die Augen zu treten?«, fragte Oka mit vor Zorn zitternder Stimme.

»Ihr kennt ihn?«, fragte einer der Wenzer alarmiert.

»Raus. Ich will allein mit ihm reden«, befahl der König.

»Aber Herr!«, protestierten seine Getreuen. »Er könnte einer von Zukatas Verbrechern sein, er …«

»Genau das ist er. Lasst uns allein.«

Blitz kniete immer noch, als die Wächter das Zelt verlassen hatten. Er hörte sie dicht vor dem Eingang leise reden, vielleicht damit er nicht vergaß, dass ihr Anführer nicht schutzlos war.

»Du brauchst nicht zu knien«, sagte Oka. »Wir wissen beide, das ist nichts als eine Farce. Beleidige mich nicht, indem du tust, als würdest du mir Respekt erweisen.«

»Es tut mir leid.«

»Was? Du kommst her, um mich zu ermorden, und bittest mich um Verzeihung?«

Der König hob die Brauen. In seinem Gesicht war nur Zorn zu lesen, keine Angst.

»Ich bin nicht hier, um Euch etwas anzutun, sondern um Euer Leben zu retten.«

»Hast du nicht aus demselben Grund damals meine Tochter in Zukatas Arme gelegt? Um Blutvergießen zu verhindern?«

Von diesem edlen Mann verachtet zu werden, war schwer zu ertragen, und mehr noch das Wissen, diese Geringschätzung zu verdienen.

Im Palast von Kirifas, vor mehr als zwanzig Jahren, hatte Blitz schon einmal versucht, sich bei König Oka zu entschuldigen. Aber er hatte nicht die richtigen Worte gefunden. Vielleicht gab es sie auch nicht, die richtigen Worte, und er war nur hergekommen, um seine Strafe zu empfangen. Dann würde Oka sterben. Mitsamt seiner Rebellion.

»Ich bin nicht Zukatas Mann«, widersprach der Arimer. »Ihr wisst, dass ich Kanuna gedient habe und Manina. Vielleicht habt Ihr auch davon gehört, dass Zukata einen Preis auf meinen Kopf ausgesetzt hatte.«

»Bist du deshalb hier? Um dir die Anerkennung dieses Räubers zu erkämpfen? Das wäre ja nicht das erste Mal.«

Blitz konnte nicht länger knien, seine Beine schmerzten zu sehr. Mühsam suchte er sich eine bequemere Stellung und zog ein paar Kissen näher an die Glut heran. »Möchtet Ihr Euch nicht setzen?«

Ein ungläubiger Ausdruck zog über Okas Gesicht, als der gefangene Spion ihm wie ein Gastgeber einen Platz anbot. Vielleicht war es das Erstaunen über diese Dreistigkeit, was ihn dazu brachte, sich tatsächlich gegenüber seinem Feind am Feuer niederzulassen.

»Ich würde Euch etwas anbieten, wenn ich könnte«, meinte der jüngere Mann, dem immer noch recht kalt war.

In den Augen des Königs funkelte etwas auf, aber dann bellte er einen kurzen Befehl in Richtung Ausgang.

»Ich diene keinem Kaiser und keinem König.«

»Ach. Dann bist du also frei?« Oka schüttelte den Kopf. »Was hast du vor? Willst du dich hier anbiedern und deinen letzten Unterschlupf in Wenz finden? Und mich dann, wenn du merkst, dass die Sache nicht so gut ausgeht wie gehofft, doch noch verraten? Ich dulde niemanden in meiner Nähe, der jemals für Zukata gearbeitet hat.«

»Ich bin nicht frei.«

»Wem dienst du dann? Dir selber? Dem Angebot, das dir am verlockendsten erscheint? Ein käuflicher Diener, Verräter an allem und jedem? Ich habe keinen Bedarf an so einem.«

»Ich diene Rin«, sagte Blitz und senkte dabei den Blick, denn es schien ihm vermessen, es auszusprechen, als meldete er damit einen Anspruch an, den unmöglich jemand erfüllen konnte.

»Du dienst Rin?«, wiederholte der König und stieß ein gequältes Lachen aus. »Was willst du sein, ein Priester? Und was tust du dann hier? Was schleichst du um unser Lager herum? Warum trägst du ein Messer an deinem Gürtel?« Er beugte sich vor. »Du bist gekommen, um mich zu töten. Ich weiß das, also rede keinen Unsinn. Menschen nach Rinland zu schicken, macht dich nicht zu einem Diener Rins. Du bist hier und ich bin hier und wir sind allein. Aber lass dir gesagt sein: Wahrscheinlich erscheint es dir im Moment sehr einfach, mich umzubringen. Vielleicht wunderst du dich, warum ich mich nicht fürchte und meine Wachen hinausgeschickt habe. Ich habe die ganze Zeit darauf gewartet, dass Zukata einen Attentäter herschickt. Gut zu wissen, dass er endlich da ist. Und ihm in die Augen zu sehen.«

In diesem Moment wurde die Klappe am Eingang geöffnet und eine hübsche junge Frau mit einer schweren Kanne und zwei Bechern trat ein. Ohne nachzudenken sprang der Gefangene auf, um ihr zu helfen. Gleichzeitig fuhr der König hoch und packte ihn am Handgelenk.

Das Mädchen zuckte erschrocken zusammen.

Oka starrte auf Blitz' Hände. »Kein Messer? Na gut.« Er seufzte und ließ ihn los, und der wohlerzogene Arimer nahm dem Mädchen freundlich nickend die Kanne ab, stellte sie auf einen Stein in der Nähe der Feuerstelle und nahm auch die beiden Trinkgefäße dankend entgegen. Die Wenzerin sah verwirrt von einem zum anderen und verließ wieder das Zelt.

Oka hatte sich wieder gesetzt. Stumm sah er zu, wie sein alter Feind ihnen beiden eingoss.

»Du willst mich also wirklich nicht töten«, stellte der König fest. Er sagte es, als wäre es etwas, das ihm äußerst unangenehm war.

»War das Eure Tochter? Sie ist hier nicht sicher.«

»Niemand ist irgendwo in Sicherheit, solange Zukata Kaiser ist.«

Oka nippte an seinem Becher und starrte Blitz an, als könnte er in dem Gesicht seines seltsamen Besuchers erkennen, was er wissen wollte.

Diesmal wich Blitz dem funkelnden Blick des Königs nicht aus. Die schwarzen Augen und die meeresgrauen trugen ein Duell aus, in dem keiner der beiden Kontrahenten aufgab und die Waffen streckte. Lange und ernst schauten sie sich an. Sie beide kannten keine Furcht, sie beide schraken vor der Wahrheit nicht zurück. Doch schließlich geschah etwas in Okas Gesicht. Er schüttelte den Kopf und knurrte: »Ich werde dir nie verzeihen, was du getan hast.«

»Ich bin nicht gekommen, um Eure Verzeihung zu erlangen«, sagte Blitz. »Ich bin hier, um Euer Leben zu retten.«

»Mein Leben wird in Gefahr sein, solange ich gegen Zukata kämpfe. Und damit werde ich nicht aufhören, solange ich atme.«

»Steigt nicht auf das Schiff, Majestät.«

Der Rebell runzelte die Stirn. »Was weißt du von dem Schiff?«

»Es ist eine Falle. Die Flotte, die Ihr in Kürze sichten werdet, kommt nicht aus Velas. Es sind Piraten. Lasst Euch von ihrer Flagge nicht täuschen. Sobald Ihr ihnen entgegenfahrt, werden sich weitere Seeräuberschiffe von der Küste aus in Bewegung setzen. Man wird Euch einkreisen und entern.«

Ein feines Lächeln umspielte die Lippen des Königs. »Und woher weißt du das, wo du doch weder Zukata noch sonst jemandem dienst?«

»Von Kapitän Wilu und Kapitän Suresch natürlich«, verriet Blitz.

»Was willst du für diese Information?«

»Ich bin nicht hier, um etwas zu verkaufen.« Er probierte das Getränk, das durch die Becherwand hindurch seine Hände wärmte. Es war Tee. Heißer, würziger, duftender Tee. Er rann stark und bitter seine Kehle hinunter, unendlich wohltuend. Fast hätte der Arimer hinzugefügt: mit einem Platz am Feuer und dieser Bewirtung habt Ihr mich schon genug bezahlt. Aber da war dieses Lächeln ...

»Habt Ihr das etwa schon gewusst?«, fragte er.

»Nein«, entgegnete Oka und lächelte immer noch so rätselhaft, dass einfach mehr dahinterstecken musste als die Freude darüber, knapp dem Tod entkommen zu sein. »Oh nein, das wusste ich nicht.«

»Habt Ihr nicht gehört? Die Hilfe wird nicht kommen. Ihr dürft nicht fahren. Ihr müsst zurück in Eure Berge.«

»Du bist also hier, um mir zu sagen, was ich tun soll?«

Blitz' Gedanken wirbelten durcheinander wie Wellen, über denen der Sturm aufzog, ein kreiselnder, wütender Wirbelsturm. König Oka rechnete trotzdem mit seinen Verbündeten. Er konnte das gar nicht verbergen. Etwas betroffen hatte er bei der Nachricht dreingeblickt, aber anscheinend nur, um einen kurzen Entschluss zu fassen, der ihm Freude bereitete. Vorfreude – worauf? Auf den Sieg?

»Ihr denkt, sie kommen doch? Aber die Velaner wissen nichts von Eurer Not. Euer Bote wurde abgefangen, die Antwort war eine Fälschung. Oder ... Sagt nicht, Ihr habt zwei Boten ausgesandt!«

König Oka schwenkte seinen Tee sacht hin und her und betrachtete nachdenklich die spiegelnde Flüssigkeit. »Klüger wäre es gewesen, du hättest das, was du denkst, nicht ausgesprochen.«

»Sie sind wirklich unterwegs?«, rief Blitz begeistert. Die Drohung ignorierte er vorerst lieber. »Eure Verbündeten aus Velas? Das heißt, die Piraten werden zwischen ihnen und Euch eingeschlossen sein. Auch wenn Ihr zusätzlich von hinten angegriffen werdet, könnt Ihr sie mit der Übermacht Eurer Schiffe aufreiben!« Er hob die Hand, um dem schlauen Rebellenanführer zuzuprosten. Und wunderte sich, dass der Becher aus seinen Fingern glitt, dass er nicht die Kraft aufbrachte, ihn festzuhalten ...

6. Schläge ins Gesicht

SIE MUSSTE EINGESCHLAFEN sein, ohne es zu merken, gegen die Brust ihres Entführers gelehnt. Als Maja die Augen aufschlug, sah sie vor sich die graue, sandige Straße in der aufziehenden Dämmerung eines neuen Tages.

»Guten Morgen, Prinzessin«, grüßte Erion freundlich.

»Sind wir die ganze Nacht geritten?« Sie fühlte sich völlig steif, alles tat ihr weh. Aber ihre Freundin war frei. Das allein zählte.

»Wir sind bald am Fluss, Prinzessin Maja«, sagte er.

»Hört endlich damit auf«, fuhr sie ihn an. »Ich habe Euch bereits gesagt, ich bin nicht die Prinzessin von Arima. Warum lasst Ihr mich nicht endlich gehen? Wir haben auf verschiedenen Seiten gekämpft, aber das ist Jahre her. Euer Herz hat gesiegt und Manina entkommen lassen. Wollt Ihr Euch dafür an mir rächen?«

»Ihr täuscht Euch«, meinte er mit dieser ruhigen, gelassenen Stimme, die in ihr die Wut zum Kochen brachte. »In allem.«

»Ach ja?«

»Ich soll Euch gehen lassen? Nachdem ich durch das halbe Kaiserreich gereist bin, um Euch zu finden? Und dann die glückliche Fügung, dass Prinzessin Manina mit Euch zusammen war. Euch beide zum Kaiser zu bringen, wäre die Krönung meiner Laufbahn gewesen ... Aber mein Auftrag seid Ihr. Ich habe heute Nacht mit Sicherheit nicht die Falsche festgehalten.«

»Ich bin was?« Sie fand es schwierig, sich mit jemandem zu unterhalten, dessen Gesicht man nicht sehen konnte. Log er? Seine

Stimme verriet immerhin etwas von seinen Gefühlen – Triumph ja, da war ein ungeheurer Triumph in ihm, den er kaum zurückhalten konnte, den er mit ihr teilen musste. »Warum? Zukata kennt mich nicht. Will er sich an meiner Mutter rächen, für die uralten Geschichten von Maninas Entführung? Was kann der Kaiser von mir wollen?«

»Wisst Ihr denn selbst nicht, wer Ihr seid, Prinzessin Maja?«

»Ich bin nicht ...«

»Was seid Ihr nicht? Die Prinzessin von Arima? Glaubt mir, wenn ich Euch mit Eurem Titel anrede, dann habe ich nie gemeint, dass Ihr *das* seid. Ich spreche Euch als Prinzessin von Kirifas an, wie es Euch gebührt.«

»Von Kirifas?« Warum nannte er sie so? Als wäre sie mit der Kaiserfamilie verwandt gewesen, als wäre sie ...

»Sorayn«, flüsterte sie.

»Dafür habt Ihr bemerkenswert lange gebraucht«, fand er. In seiner Stimme schwang immer noch eine beunruhigende Freude mit. »Natürlich. Prinzessin von Kirifas, durch Eure Heirat mit Prinz Sorayn von Kirifas. Sagt jetzt nicht, dass Ihr das nicht wusstet.«

»Doch«, musste sie zugeben. Ihre Gedanken überschlugen sich. Darauf wäre sie nie von selbst gekommen – dass man sie im ganzen Reich suchen ließ, weil sie Sorayns Frau war! Was konnte der böse Riese von ihr wollen? Hatte ihr Mann ihn vielleicht darum gebeten? Gegen ihren Willen glomm ein Glücksgefühl in ihr auf, ein Funke, der heiß und wild in ihr brannte. Wollte Sorayn sie sehen? Dann lag ihm etwas an ihr!

Die Ernüchterung folgte auf dem Fuß. Würde einer, der sie liebte, den Befehl geben, sie in Fesseln in die Hauptstadt zu schleppen? Ganz gleich, ob sie wollte oder nicht?

»Was will Zukata von mir?«, fragte sie unsicher. Vielleicht erfüllte der Kaiser seinem Enkel diesen Wunsch, ohne dass dieser davon wusste, was hier mit ihr geschah? »Er hätte mich auch höflich fragen können, ob ich mitkommen will.«

»Ich habe Euch höflich gefragt«, sagte Erion zufrieden.

Nun ja, was einer wie er unter Höflichkeit verstand.

»Ist Sorayn in Kirifas?«

»Dort vorne ist der Fluss.« Erion antwortete nicht auf ihre Frage. »Wir werden ihm eine Zeitlang stromaufwärts folgen, damit wir so nah wie möglich an Aifa herankommen.«

Sorayn war nicht Kaiser geworden. Das war das Einzige, was sie wusste. Hals über Kopf war sie damals fortgeritten, fort von dem Blutvergießen, fort von der Armee der wilden Riesen, fort von dem Mann, den sie liebte, der sich in einen gewalttätigen, vom Ehrgeiz zerfressenen Soldat verwandelt hatte, in einen blutrünstigen Riesen ... Mit dem Versprechen, Zukata nie an die Macht gelangen zu lassen, sondern selbst weise und gerecht zu regieren, hatte Sorayn die junge Kaiserin Manina dazu gebracht, abzudanken. Maja wollte mit alldem nichts zu tun haben. Ihr lag nichts an Herrschaft und Reichtum, erst recht nicht zum Preis eines blutigen Krieges. Sie war gegangen und hatte dabei ihr Herz auseinandergerissen. Und diese Entscheidung trotzdem nicht bereut ... eine Weile jedenfalls. Bang hatte sie beim Ziehenden Volk auf die Nachricht gewartet, dass Sorayn zum Kaiser ausgerufen worden war, dass er das Heer aus Yos zurückgeschlagen hatte. Doch stattdessen wurde im ganzen Land Zukatas Sieg verkündet, der Beginn einer neuen Ära unter dem Riesen, der sein Erbe antrat. Was war mit dem Gesegneten geschehen? Als sie erfuhr, wer sich als neuer Herrscher über Deret-Aif auf den Thron von Kirifas gesetzt hatte, stand sie da wie gelähmt. Sie hörte auf zu atmen, auch ihr Herz schlug nicht mehr. Es fühlte sich an, als hätte die Welt aufgehört zu existieren, und sie selbst nahm Teil an dem Tod, der über sie alle kam.

Zukata war Kaiser.

Und Sorayn?

Kein Wort von dem Mann, dem sie ihr Herz geschenkt hatte. Nichts. Nichts über ein Gefecht, einen Kampf, über einen Toten, den sie hätte beweinen können. Rein gar nichts.

War sie eine Witwe? Oder würde der Geliebte eines Tages vor ihrer Tür stehen, unverhofft, und sie wieder einmal überraschen? Sie wusste nicht, was sie denken, was sie fühlen sollte. Weinte sie? War sie erleichtert, weil er nicht in Kirifas herrschte und von ihr erwartete, das mit ihm gemeinsam zu tun? In ihr war eine merkwürdige Stille. Bis in ihre Lieder floss dieses Schweigen, dieses seltsame Leben, das wie ein Nicht-Leben war und doch weniger als Sterben. Es flocht sich in die Melodien, die sie wie einen Schutzgürtel um ihr Herz wob, einen Teppich aus dem, was vielleicht eine Klage war und vielleicht auch nicht. Manina weinte manchmal, wenn sie ihr zuhörte. »Ich halte das nicht aus!«, rief sie dann. »Was soll das? Kannst du nicht etwas Fröhlicheres spielen?« Tamait blickte sie wissend an. Und wenn Mino, ihre wunderschöne hellhaarige Mutter, das Lied vernahm, formten ihre Lippen, vielleicht ohne dass sie selbst davon wusste, einen Namen.

»Ist Sorayn in Kirifas?«, wiederholte Maja ihre Frage, versuchte, es beiläufig klingen zu lassen. Ihr Widersacher durfte nicht wissen, wie viel davon abhing. Jemandem wie ihm wollte sie nicht auch nur den kleinsten Einblick in ihr Herz gewähren.

»Und wenn es so wäre?«, fragte Erion zurück. »Würdet Ihr dann freiwillig mitkommen?«

»Mein Gemahl würde nie jemanden wie Euch ausschicken.«

»Seid Ihr Euch da sicher?«

Da hatte er ihren wunden Punkt getroffen! Nur gut, dass er ihr Gesicht nicht sah. Vielleicht bemerkte er, dass ihr heiß wurde, und lächelte über die Röte, die über ihren Nacken kroch. Was wusste sie schon über Sorayn? Hätte sie wirklich beschwören können, wem er Befehle erteilte und wem er diente? Sie hatte ja nicht einmal eine Ahnung davon, was aus ihm geworden war! Was war er nicht schon alles gewesen? Ein Ungeheuer, vor dessen Anblick sie mit Entsetzen zurückgezuckt war ... ein Schmied der goldenen Worte ... einer, der mit einem Bären spielte und Riesen befahl ... der sie umarmte und küsste und sich dabei, während sie an nichts anderes denken konnte als an ihn, seinen Weg zum Thron bahnte. Viel wusste sie und doch viel zu wenig. Aber zu keinem der Sorayns, die sie gekannt hatte, hätte es gepasst, irgendetwas von Wert jemandem wie Erion anzuvertrauen. Oder bedeutete sie dem Mann, von dem sie fast jede Nacht träumte, gar nichts? War sie nie mehr als eine Figur auf einem Spielbrett gewesen, die man hierhin und dorthin schob? Die ihren Zweck – ihn zu Keta und dem Segen zu führen – erfüllt hatte?

»Ganz sicher«, antwortete Maja, obwohl sie sich alles andere als sicher war. Sich mit dem Feind zu verbünden, war bestimmt nicht

Sorayns Art, aber was wusste sie, wozu sein Ehrgeiz ihn alles trieb? Und trotzdem, Erion gegenüber wollte sie ihre Zweifel nicht zugeben. »Er hätte niemals Euch dazu ausgesandt. Bei Rin, wir kommen alle von den Glücklichen Inseln, und Sorayn hat auf Neiara gelebt, wo Ihr und Eure Familie gewütet haben! Er hat gegen Euch gekämpft und Eure Pläne zunichte gemacht. Wisst Ihr nicht mehr, wie er Euer Schiff und die Waffenladung verschwinden ließ? Sorayn hat ganz gewiss keine Ahnung davon, dass Ihr hier bei mir seid.«

Erion lachte stumm in sich hinein. »Wie gut kennt Ihr ihn überhaupt?«, fragte er. »Wisst Ihr beispielsweise von Fria?«

»Fria? Die Riesin? Ich kenne sie.«

»Tatsächlich? Habt Ihr vielleicht sogar freundschaftlich mit ihr geplaudert? Und es hat Euch nicht gestört?«

»Was?«

Aber er lachte nur, und in diesem Moment hasste sie diesen hinterhältigen Kerl so sehr, dass sie ihn am liebsten umgebracht hätte. Was deutete er da an?

Maja konnte sich gut an Fria erinnern, an diese wilde Riesin mit dem langen blonden Zopf, mit den Verzierungen am Kleid. Sie war so oft in Sorayns Nähe gewesen, hatte manchmal stundenlang mit ihm gesprochen …

»Und Euch ist nie ein Verdacht gekommen?«, fragte Erion übertrieben freundlich und fürsorglich.

Sorayn war in Kirifas und vertraute diesen Leuten alles an. Seine Geheimnisse, seine Liebschaften, seine Frau … Wie war das nur möglich? Was war das für ein Fremder, dessen Bild Erion ihr da zeichnete, einer, der mit dem Feind paktierte?

»Wofür braucht er mich dann?« Ihre aufflammende Sehnsucht war wie mit einem Schwall kalten Wassers gelöscht worden. Fria. Was sollte sie denn noch alles über Sorayn erfahren?

Auf dem breiten Fluss zog ein langgestreckter, flacher Frachtkahn vorüber. An seiner Seite tauchten eine ganze Reihe von Rudern mit raschem Schlag ins Wasser.

»Er fährt ins Landesinnere hoch«, erklärte Erion. »Die Strömung ist stark, aber er kommt gut voran. Damit werden wir bis nach Aifa reisen.«

»Mit diesem Schiff? Auf dem Fluss?«

»Das ist der Rianang. Bis nach Kirifas bringt er uns leider nicht, er kommt aus den Torner Bergen, aber eine Zeitlang wird er unser Zuhause sein. Ich muss nur diesen Frachter anhalten.«

Es gab hier keine Anlegestelle, keinen Hafen. Aber sie zweifelte nicht daran, dass der Kaisergänger fertigbringen würde, was auch immer er sich vorgenommen hatte.

Seitdem sie wusste, dass er in Sorayns Auftrag unterwegs war, fühlte sie sich wie gelähmt.

Fria. Das war so niederträchtig, so gemein. Während ihr Herz voller Glück gewesen war, während sie die wunderbarsten Tage ihres Lebens genossen hatte, war Sorayns Geliebte zusammen mit den anderen Riesen in der Nähe gewesen. Nur um den Segen zu stehlen, hatte er sie geheiratet, bloß dafür ... und Fria hatte es geduldet, weil es allein diesem einen Zweck diente. War es so gewesen? Sie wünschte sich, Erion hätte ihr nicht die Augen geöffnet. So hatte er sich also gerächt dafür, dass sie Manina zur Flucht verholfen hatte.

»Was soll ich in Kirifas?«, fragte sie noch einmal. Erion hatte gerade ein paar Frühaufsteher entdeckt, Fischer, die mit ihren kleinen Booten vom Ufer ablegten, und winkte ihnen.

»Ihr seid Sorayns Frau, oder nicht?« Er hatte jetzt keine Zeit mehr für sie. Erion musste den Fischern klar machen, dass sie dem Kahn nachrudern und ihn anhalten sollten. Er zeigte ihnen das Zeichen auf seinem Arm, und Maja merkte, wie ihre Gesichter sich veränderten.

Sie saß immer noch auf dem Pferd, mit gefesselten Händen, müde und zerschlagen, und sehnte sich nach einer Gelegenheit, um sich zu waschen und richtig auszuruhen. Sie wollte sich bewegen, sich strecken, atmen und einfach alles vergessen, was sie gehört hatte, und das Unglück abschütteln ... Während der hochmütige Kaisergänger seine Befehle erteilte, wandte sie das Gesicht ab und weinte.

Das Schiff war zu groß, um am Ufer anzulegen, deshalb mussten sie in Booten übersetzen. Erions Pferd bohrte trotzig die Beine in den schlammigen Untergrund, aber Maja stand wie willenlos daneben und wartete. Ihr Kampfgeist hatte sie verlassen. Das war gut, denn in diesem Moment hätte er sie schlecht aufhalten können, wenn sie es sich in den Kopf gesetzt hätte, ihm Schwierigkeiten zu machen. Ihr Geschrei hätte den Braunen noch ängstlicher gemacht. Ja, er hatte es ihr genau zum richtigen Zeitpunkt erzählt.

Erion überließ es den Fischern, das störrische Tier mit harten Schlägen aufs Boot zu treiben. Er selbst stieg mit Maja in ein zweites, half ihr beim Einsteigen und Hinsetzen und konnte nicht umhin, den Anblick ihrer Verzweiflung zu genießen. Noch war sein Auftrag nicht erfüllt, noch waren sie nicht in Kirifas, aber besser hätte es gar nicht laufen können. Dass Manina entkommen war, war natürlich ein Wermutstropfen ...

Denk nicht an die hübsche blonde Prinzessin. Er zwang sich, ihr Bild aus seinem Geist zu vertreiben, wie eine kleine Fliege, die man sich aus den Augenwinkeln wischt, einen schmerzhaften Fremdkörper, der einen dummerweise zum Weinen bringt. Manina ist im Moment unwichtig. Konzentrier dich auf dieses Mädchen hier.

Maja. Ja, diese kleine Wilde musste mit Vorsicht behandelt werden. Er betrachtete ihr schönes Profil, während sie zum Schiff hinübersah. Dogla, der Kapitän des Frachters, erwartete sie an der Reling, ein dicker, bärtiger Mann, der grüßend den Kopf neigte, während in seinen Augen die Wut funkelte. Erion hatte durchaus Verständnis dafür, dass der Mann es nicht schätzte, dazu gezwungen zu werden, Passagiere und ein Pferd mitzunehmen, aber der Macht eines Kaisergängers konnte sich niemand widersetzen.

Ein paar Matrosen pfiffen, als Erion Maja an Bord half. Blitzschnell war er bei dem nächsten und schlug ihn hart mit der Handkante ins Gesicht.

»Diese Dame«, sagte er laut und deutlich, so dass jeder im Umkreis es mitbekam, »steht unter dem Schutz Kaiser Zukatas persönlich. Ich erwarte, dass ihr sie mit dem gebührenden Respekt behandelt. Jede Frechheit werde ich aufs Schärfste ahnden.«

Der Flusskapitän sog scharf die Luft ein. »Ihr habt es gehört. Kümmert euch um das Pferd und um eure Arbeit und um nichts sonst.«

»Ich habe bereits mitteilen lassen, dass ich einen abschließbaren Raum für meine Begleiterin benötige.«

»Natürlich.« Dogla nickte, er wagte kaum, das Mädchen mit einem Blick zu streifen. »Ich stelle ihr selbstverständlich meine eigene Kajüte zur Verfügung.«

»Sehr gut.« Erion nickte. »Dann werde ich sie jetzt dorthin begleiten. Wenn du uns den Weg zeigen könntest?«

»Sicher.« Der Kapitän war nicht gerade eifrig, aber er bemühte sich, keinen Unwillen zu zeigen. Er führte seine Besucher unter Deck. In einer winzigen Kammer, die wenig mehr als ein schmales Bett, eine Truhe und einen Tisch enthielt, löste Erion Majas Fesseln.

»Wir sind auf einem Frachter und nicht für Reisende eingerichtet«, entschuldigte sich ihr unfreiwilliger Gastgeber. »Ich hoffe, alles ist zu Eurer Zufriedenheit. Wenn die Dame irgendetwas braucht, wäre ich glücklich, ihr behilflich zu sein.« Dogla sah allerdings alles andere als glücklich aus.

Das störte Erion nicht. Er war es gewöhnt, dass die Leute zähneknirschend gehorchten. Hauptsache, sie gehorchten. Sie mussten sich dabei nicht vor Begeisterung überschlagen, er erwartete nur, dass sie ihm keine Steine in den Weg legten.

»Lasst mich einfach in Ruhe«, fauchte Maja.

Eine wie sie würde nie lange brav sein. Der Kaisergänger winkte den Kapitän aus dem Raum, verriegelte lächelnd die Tür und prüfte sorgfältig, wie gut sie schloss.

»Dies ist die einzige Kajüte. Zu Eurer eigenen Bequemlichkeit kann ich Euch nicht viel bieten.«

»Das macht nichts. Ich bin mit einer Hängematte bei der Mannschaft zufrieden. Allerdings würde ich dir raten, einen Posten vor dieser Tür aufzustellen. Das Bullauge lässt sich öffnen? Dann solltet du es vernageln lassen. Du wirst mit mir die Verantwortung für das Mädchen tragen, solange wir an Bord sind. Ich rate dir dringend, sie nicht entkommen zu lassen. Sehr, sehr dringend.«

Kapitän Dogla nahm die Mütze vom Kopf und strich sich über das verschwitzte Haar. »Darf ich erfahren, wer sie ist?«

Erion schüttelte den Kopf. »Das ist nicht nötig. Es muss reichen, wenn ich dir sage, dass Kaiser Zukata dich und deine Mannschaft und dein Schiff in den Schlamm dieses Flusses bohren wird, wenn ihr etwas zustößt oder wenn sie entkommt. Wie viel kann ein Mensch wert sein? Ein Königreich oder zwei? Ein halbes Kaiserreich? Das nur dazu, um wie viel es hier geht. Ich brauche jetzt etwas Schlaf und überlasse sie deiner Obhut.«

Der Kapitän nickte. Als Erion schon in der Hängematte lag, hörte er, wie ein paar Matrosen flüsternd vor der Kajütentür Stellung bezogen.

An die kostbarsten Momente seines Lebens erinnerte Erion sich immer wieder gerne. Er holte sie hervor, abends beim Einschlafen, morgens beim Aufwachen, und ließ die Bilder vor seinem inneren Auge vorüberziehen. Eins davon bereitete ihm besonderen Genuss. Zukata. Zukata in einem langen, seidenen Mantel, wie er unruhig in einem der riesigen Säle des Palastes auf und ab marschierte, mit großen Schritten, die Fäuste geballt. Die Ränder unter seinen Augen verrieten, dass er schon seit einer geraumen Weile nicht mehr gut schlief. Seine großen Füße traten ein neues Muster in den Teppich – Riesenspuren.

»Ihr habt mich rufen lassen?«, fragte Erion, nachdem er eine angemessene Zeit lang gewartet und Zukatas Wanderung zugesehen hatte.

Der Riese blieb stehen und starrte ihn an, mit einem Blick voller Wut aus seinen funkelnden blauen Augen. Sein Diener – nein, er würde es nie wagen, sich Freund oder gar Sohn zu nennen – hoffte nur, dass dieser Zorn nicht ihm galt.

»Mein Reich«, sagte der Kaiser. »Das ist es doch, nicht wahr? Mein Reich. Meine Stadt. Mein Thron. Meine Krone.«

»Gewiss, Majestät.«

»Warum fühlt es sich dann nicht so an?«, brüllte Zukata. »Warum, verdammt noch mal, merke ich nichts davon?«

»Ich weiß nicht, was Ihr meint«, gab Erion vorsichtig zu.

»Mein Schloss! Mein Kaiserreich! Es gehört mir! Nicht ihm! Es ist meins!«

»Natürlich, Herr. Wem sollte es sonst gehören?«

»Er beobachtet mich.« Selbst das Flüstern des Riesen klang bedrohlich. »Bei jeder Entscheidung, die ich treffe, bei jedem Gesetz, das ich verkünde, bei allem, was ich tue ... Wo ist er? Treibt er sich hier irgendwo herum? Lungert er hier im Palast herum? In Kirifas? In Aifa? Verdammt, wo ist er?«

»Wer?«, wagte Erion zu fragen.

»Sorayn!«, schrie Zukata. »Verdammt! Sorayn, wer sonst? Ist er hier?«

Seit sein Herr sich kurz vor seiner Krönung mit seinem geheimnisvollen Enkel getroffen hatte, hatte Erion nichts mehr von diesem gehört. Der schwarzhaarige junge Prinz schien wie vom Erdboden verschluckt.

»Ist er nicht mit den wilden Riesen gegangen? In den Süden, ins Gebirge?«

»Ist er das?«, fragte Zukata zurück.

»Ich weiß nicht«, musste Erion zugeben.

»Du weißt es nicht! Ha! Niemand weiß es! Er könnte genauso gut hier sein. Er hat gesagt, dass er ein Auge auf mich haben wird. Mir ist, als wäre er da ... als würde er mir über die Schulter blicken ... Deret-Aif gehört mir. Ich bin Kaiser. Ich und niemand sonst.«

Mit wirrem Haar und zerzaustem Bart baute sich der Riese vor Erion auf und starrte ihn an, als sei er persönlich an allem schuld.

»Warum weiß ich nicht, wo mein Feind ist? Ich muss es wissen. Ich muss alles über ihn wissen. Wo er ist, was er tut, was er denkt ... Alles muss ich wissen. Ich bin der Kaiser. Nicht er. Sorayn mag den Segen haben, aber mir gehört der Thron.«

Erion erschrak; er hatte nicht gewusst, dass dieser Sorayn im Besitz des Segens war. Nun verstand er besser, warum Zukata ihn als eine solche Bedrohung empfand, doch das war eigentlich trotzdem kein Grund, sich so aufzuregen.

»Ihr braucht den Segen nicht, um zu regieren«, wandte er ein. »Sitzt Ihr nicht auf dem Thron? Was habt Ihr von Sorayn zu fürchten?« Sobald er es ausgesprochen hatte, verwünschte er seine Dummheit. Zum Kaiser von Furcht zu sprechen, konnte alles Unheil dieser Welt auf einen herabziehen.

Doch der Riese hatte es nicht einmal bemerkt; er verzog den Mund, als hätte er Schmerzen. »Setz dich hin, mein Junge«, befahl er. Dann ließ er sich selbst auf einem breiten, für jemanden seiner Größe gebauten Lehnstuhl nieder – auf dem jeder andere wie ein Kind gewirkt hätte – und verbarg das Gesicht in seinen mächtigen Pranken. »Von seinen Gnaden«, murmelte er. »Ich fühle mich, als säße ich hier mit seiner Erlaubnis, die er mir jederzeit wieder entziehen kann. Jeden Tag und jede Stunde rechne ich damit, dass Sorayn hier auftaucht und zu mir sagt: So nicht. Du hast versprochen, es richtig zu machen.« Er schüttelte den Kopf. »Und mache ich es richtig? Sind die Leute zufrieden? Beklagt sich irgendwer? Ich sitze hier und regiere und frage mich die ganze Zeit: Ist er wohl zufrieden damit?«

Erion wagte kaum zu atmen. Es geschah äußerst selten, dass Zukata sein Innerstes bloßlegte und jemandem seine Sorgen anvertraute, die so menschlich klangen und ganz und gar nicht riesenhaft.

»Er hat mir gesagt, er vertraut mir dieses Reich an. Deret-Aif, das große Kaiserreich. Wenn ich Kanunas Werk fortführe, wenn ich gerecht regiere und weise. Und so frage ich mich: Bin ich das? Gerecht genug? Weise genug? Bin ich, was er von mir erwartet? Oh, nicht, dass ich mich danach richten würde.« Zukata lachte auf. »Ich habe meinen Männern gegeben, was ich ihnen versprochen habe. Königreiche. Fürstentümer. Es gibt schließlich genug davon, wenn man nur die alten Könige und Fürsten entfernt. Ich tue, was ich will. Ich bin Kaiser. Ich bin niemandes Knecht. Ich bin niemandes Schüler. Ich bin niemandem Rechenschaft schuldig.« Er sprang wieder auf. »Niemandem! Auch nicht ihm! Auch nicht Sorayn!«

»Soll ich ihn für Euch beseitigen lassen?«, fragte Erion, denn darauf schien es hinauszulaufen. Nie im Leben würde Zukata zulassen, dass jemand eine solche Macht über ihn hatte.

»Beseitigen? Du willst Sorayn töten? Du?« Zukata lachte wieder wild. »Du willst ihn umbringen? Meinen Erben? Glaubst du, er wird sich von dir töten lassen, von irgendjemandem? Von einer Handvoll Soldaten? Von einem Heer? Nein, mein Junge. Sorayn ist mehr wert als alle meine armseligen Getreuen. Sorayn ist das Schwert, das ich in das Herz meiner Feinde stoßen könnte ...«

»Aber dann ...«

»Er soll mir gehören«, sagte der Riese grimmig. Er lachte nicht mehr, aber in seinen Augen brannte das Feuer eines neuen Wunsches, mindestens ebenso stark wie sein früheres Verlangen, die Kaiserkrone zu tragen. »Ich will, dass er mir dient. Er soll sich vor mir beugen. Das ist das, was ich wirklich will. Das, wobei du mir helfen wirst.«

Erion runzelte die Stirn. »Hat er eine Schwachstelle? Irgendetwas, woran sein Herz hängt?«

Zukatas Lächeln entblößte seine weißen Zähne. »Ich sehe, du denkst mit. Wie immer. Genau darum geht es. Ich muss alles über Sorayn wissen. Warum hat mein nichtsnutziger Bruder ihm den Segen gegeben? Was verbirgt er? Welche Geheimnisse trägt er mit sich herum?« Er sagte es noch einmal: »Was ist es, woran sein Herz hängt?«

»Ich finde es für Euch heraus, Herr.«

Zukata nickte. »Du weißt, warum ich dir nur ein winziges halbes Königreich gegeben habe? Nur diesen Felsen, der im Wasser versinkt?«

»Ihr gebt jedem, was Ihr wollt«, entgegnete Erion, in dem immer noch die Enttäuschung darüber brannte, dass andere Räuber, die Zukata lange nicht so gut gedient hatten wie er, mit lukrativen Fürstentümern und Ämtern belohnt worden waren und er nichts anderes bekommen hatte als eine wertlose Insel. Nicht einmal als König der beiden Glücklichen Inseln konnte er sich bezeichnen, denn König von Arima war sein Onkel Norha.

»Ein König sitzt in seinem Schloss, in seinem eigenen Land, und regiert und verwaltet und urteilt und verschwendet seine Zeit mit tausenderlei Dingen«, erklärte Zukata, seine Stimme klang beinahe liebevoll. »Dich brauche ich hier, mein Junge, hier bei mir. Es gibt nur wenige, denen ich einen Auftrag wie diesen anvertrauen kann. Du bist hier, im Herzen der Macht, nur wenig unter mir. Meinst du nicht, dass das mehr ist, als König von Laring, Diret oder Mindonien zu sein?«

»Ja, Herr.« Er neigte den Kopf.

»Wenn du das für mich tust«, sprach Zukata weiter, »wenn du der Mann bist, der Sorayn vor mir in die Knie zwingt, werde ich dich zum König von Aifa machen. Das ist doch ein Königreich, das dir hoffentlich groß genug ist? Nun, willst du König von Aifa werden?«

»Aber«, stammelte Erion, »das seid Ihr! Das ist immer der Kaiser!«

»Das war bisher so«, bestätigte der Riese ungerührt, er lächelte über die Aufregung, die seine Worte bewirkten. »Aber mir gehört ganz Deret-Aif. Herrscher zu sein über die halbe Welt ist keine Kleinigkeit. Ich habe gar nichts dagegen, wenn du dich um einen Teil meines Landes kümmerst. Das hat den Vorteil, dass der König von Aifa hier in Kirifas residiert. Du würdest also als mein engster Vertrauter und Ratgeber in meiner Nähe bleiben.«

»Ihr ehrt mich, Herr.« Diese Aussichten waren überwältigend. »Aber – und Eure Tochter Ilinias?«

»Wieso Ilinias? Was hat das mit ihr zu tun?«

»Sie ist die Prinzessin von Kirifas, ist sie dann nicht eigentlich die rechtmäßige Anwärterin auf Aifa?«

»Das entscheide immer noch ich«, sagte Zukata. »Und ich gebe es demjenigen, der Sorayn für mich besiegt. Seine Mutter Ilinias wird das wohl kaum tun.«

Erion verneigte sich fast bis zum Boden.

»Dann geh«, beschied sein unvergleichlicher Herr. »Mach, dass ich wieder schlafen kann. Sorayn soll mir dienen, so wie du es tust, und er soll seine Knie vor mir beugen. Dann erst werde ich wahrhaft Kaiser sein.«

Majas Flötenspiel konnte niemand auf dem ganzen Schiff entkommen. Sogar die Ruderer verhielten, wenn es gar zu schlimm wurde, was zur Folge hatte, dass der Rhythmus, der den Frachter die Strömung hinauftrieb, stockte. Die Männer lauschten gebannt der wilden, stürmischen Melodie, die einen Orkan auf sie herabzurufen schien. Es hörte sich an, als ob jemand schrie.

»Solche Lieder bringen Unglück«, presste Kapitän Dogla zwischen zusammengebissenen Zähnen hervor. Er fügte hinzu, dass die Dame, die mehrere Königreiche wert war, gefälligst damit aufzuhören hatte, wenn sie ihr Ziel erreichen wollten.

Maja saß auf dem Bett, die Knie angezogen, in ihrer Hand die kleine Flöte, dieses so unschuldig aussehende Stück Holz. Ihre Finger tanzten auf den Löchern. Sie spielte einfach weiter, als Erion hereinkam.

»Schluss damit«, befahl er streng.

»Sonst was?« Die Zinta blickte ihn herausfordernd an. »Werft Ihr mich sonst über Bord?«

Er konnte sie nicht ausstehen. Solche Frauen machten nichts als Ärger.

»Nichts lieber als das«, knurrte er, und sie lachte. »Nun zeigt Ihr endlich einmal Euer wahres Gesicht, Herr Halber König von Neiara.«

Ihm war danach, sie zu verprügeln, in ihr herausforderndes Lächeln zu schlagen, aber er hatte sich vollkommen in der Gewalt. Er streckte die Hand aus.

»Gebt mir die Flöte.«

»Nein.« Sie hielt sie mit beiden Händen fest. »Nein!«

»Dieses verdammte Musikinstrument hat Euch schon einmal verraten.«

»Was?«

Eigentlich wollte er es ihr nicht sagen. Die Reise würde viel leichter sein, wenn sie dachte, dass Sorayn sie in Kirifas erwartete. Andererseits würde es mit Sicherheit nicht lange dauern, bis sie sich dafür entschieden hatte, lieber nicht zu diesem treulosen Sorayn zurückzukehren, von dem er ihr erzählt hatte. Vielleicht war es unklug – und Erion hasste es, etwas Unkluges zu tun, nur weil ihn seine Gefühle dazu verleiteten –, aber er konnte einfach nicht widerstehen. Er wollte ihr Entsetzen sehen, wenn sie endlich erfuhr, worum es ging. Ihm fiel kein anderes Mittel ein, um ihr die Frechheiten ein für alle Mal auszutreiben, um ihr wehzutun, ohne blaue Flecken zu hinterlassen.

»Sorayn hatte eine ungewöhnlich musikalische Frau bei sich, als er mit seinem Riesenheer unterwegs war«, sagte er. »Das war nicht schwer herauszufinden. Man muss nur den richtigen Personen die richtigen Fragen stellen. Euch zu finden, hat eine Weile gedauert, aber als meine Spione von einem schwarzhaarigen Mädchen berichteten, das in einem Gasthaus in Laring die Gäste mit Flötenspiel unterhält, da wusste ich, dass Ihr das seid, Prinzessin Maja.«

»Es gibt unzählige Spielleute im ganzen Land.«

»Tatsächlich? Wenn man die Leute über Euer Spiel reden hört, könnte man glauben, es gäbe nur eine einzige Frau auf der Welt, die es vermag, so damit zu verzaubern. Auf diese Weise habe ich Euch gefunden. Schneller, als Sorayn es vermochte. Er sucht nach Euch, wusstet Ihr das? Überall fragt er nach Euch.«

»Er sucht nach mir?« Ihre Augen weiteten sich.

»Natürlich. Schon lange. So viel ich weiß, ist er mit den Ziehenden unterwegs. Aber sie kommen nicht gut voran, seit der Kaiser den alten Tribut wieder gestattet hat. Meine einzige Hoffnung war es, schneller zu sein als Sorayn. Und Euch nach Kirifas zu bringen, bevor er weiß, dass Ihr in meiner Hand seid.«

»Was will Zukata von mir?«, fragte sie. »Ich kann ihm nie so gefährlich werden wie Manina. Und wenn er glaubt, ich könnte es, warum bringt Ihr mich dann überhaupt zu ihm? Ihr hättet mich auch gleich umbringen können. Werdet Ihr mich töten?« Sie versuchte immer noch, furchtlos und trotzig zu klingen.

»Keineswegs, Prinzessin. Ich werde Euch kein Haar krümmen«, versicherte Erion. »Euer Gemahl wird keinen Grund haben, sich über Eure Behandlung zu beschweren, wenn er in den Palast kommt. Und das wird er, sobald er erfährt, dass Ihr dort seid. Nie wird jemand so schnell angerannt kommen wie er. Und nie wird jemand so eifrig darum betteln, Zukata aus der Hand fressen zu dürfen.«

Es überlief sie eiskalt.

Erion sah, wie sie langsam anfing zu begreifen. Sehr langsam. Bei Rin, war sie gutgläubig und naiv! Hatte sie nicht gewusst, dass die Liebe das Schlimmste war, was einem Menschen widerfahren konnte?

»Wenn Sorayn bis jetzt dachte, er könnte Zukata kontrollieren«, fuhr er mitleidslos fort, »wenn er glaubte, er könnte der heimliche Herrscher über Deret-Aif sein, während sein Großvater auf dem

Thron sitzt, dann hat er sich geirrt. Dann hätte er besser darauf achtgeben müssen, dass ihn niemand mit irgendetwas erpressen kann. Und deshalb, meine Liebe, seid Ihr die Fessel, mit der wir Sorayn binden werden. Die Kette, an die wir ihn legen werden. Wie fühlt es sich an, Prinzessin Maja? Königin über ein sehr kleines, aber sehr wichtiges Königreich zu sein – über das Herz des Mannes, den Ihr vernichten werdet?«

»Ich bin ... und Fria?«

»Fria?«, fragte Erion verächtlich. »Eine Zeitlang glaubte ich tatsächlich, sie könnte der Schlüssel sein. Aber er brach bereits mit ihr, bevor er Euch traf. Er tötete ihren Bruder. Glaubt Ihr, er würde Euch jemals solchen Schmerz zufügen? Oh nein, mit Sicherheit nicht. Er würde lieber sterben, als Euch zum Weinen zu bringen.«

Ihr Gesicht. Diese Stille, die über sie gekommen war, während sie jeden seiner Schläge aushalten musste. Fast hätte sie ihm leidtun können. Und er würde jedes seiner Worte bereuen, wenn sie gleich anfing, gegen ihn zu kämpfen. Er sah schon die Wut durch all den Schmerz und den Schrecken der Erkenntnis schimmern.

»Ihr seid ein mieses kleines Scheusal«, flüsterte Maja. »Ich verfluche Euch.« Und dann sprang sie mit einem Mal auf und stürzte sich auf ihn. Nur weil er darauf gefasst gewesen war, gelang es ihm, durch die Tür zu schlüpfen, bevor sie ihm das Gesicht zerkratzen konnte, und draußen lehnte er sich gegen die Bretter und hörte zu, wie sie drinnen in der Kajüte tobte. Erion lächelte.

7. *Die Last auf den Schultern*

DIE SOLDATEN HATTEN Sorayn einen Strick um die Handgelenke geschlungen und führten ihn daran hinter sich her. Mit Leichtigkeit hätte er ihn zerreißen können, doch natürlich tat er es nicht. Dafür war es noch zu früh. Erst musste er sehen, wohin sie ihre Gefangenen verschleppten, was mit denen geschah, die aus ihren Sippen herausgerissen wurden, um einem fremden Fürsten zu dienen.

Zunächst brachten sie ihn zu einem unerwartet großen Haus am Waldrand. Ein Kampf der Sippenbrüder hätte, so sah Sorayn nun, keine Chance gehabt. Hier waren mindestens dreißig oder vierzig Männer untergebracht. Im angrenzenden Stall hörte er ihre Pferde stampfen. Vor dem Gebäude lungerten ein paar gelangweilte Kerle herum.

»Wen bringt ihr denn da mit?«, rief einer, der ihnen mit aufgerissenen Augen entgegensah. »Da habt ihr euch einen Burschen gekrallt, wie?«

»Zinta«, sagte der Soldat, der die Leine hielt, verächtlich.

»Ach, werden die so groß?«

»Die gibt es in allen Größen, glaub mir.« Sie redeten über ihn, als hätten sie im Garten ein besonders beachtliches Exemplar einer Gemüsesorte gefunden. Keine außergewöhnliche Spezialität, die man auf den Tafeln der Reichen finden würde, sondern etwas Schlichtes, nahrhaft und kräftig, für das einfache Volk.

Der Mann trat näher und befühlte Sorayns Oberarm. »Dafür wird Pidor uns ein Fass öffnen lassen.«

»Fürst Pidor?« fragte Sorayn. »Nie gehört. Ist er schon lange im Amt?«

»Du, ich glaube, der dreckige Zinta redet mit uns.«

»Das scheint mir auch fast so.« Sie musterten ihn aus zusammengekniffenen Augen. Wahrscheinlich ließ seine Größe sie davor zurückschrecken, ihn zu misshandeln. Obwohl sie ihn für sicher gefesselt hielten, ließ der Soldat, der schon den Arm zum Schlag hob, die Hand wieder sinken.

»Fürst Pidor hat es nicht gern, wenn sie beschädigt sind.«

»Wo bringen wir ihn diese Nacht unter? Heute schaffen wir es nicht mehr bis zum Fluss.«

Der andere zeigte auf den Stall. »Da, wo sonst? Glaubst du, ich schlafe mit einem Ziehenden unter einem Dach?«

Bei jeder abfälligen Bemerkung, bei jeder Beschimpfung war Sorayn froh, dass er hier war und nicht einer aus der Sippe. Toris hätte sich wahrscheinlich schon längst brüllend auf sie gestürzt, und einen der jüngeren Brüder hätten sie bestimmt schon zusammengeschlagen, wenn er sich empört gewehrt hätte. Der Riesenprinz ließ sich dagegen ohne Gegenwehr zu den Pferden schubsen, die ihn neugierig beäugten. Zwischen ihnen an einen Pfahl gebunden, verbrachte er die Nacht. Der warme Geruch der Tiere lullte ihn ein, ihr Schnauben und Stampfen, war sein Schlaflied. Lang ausgestreckt lag er im Stroh und fühlte die trägen Gedanken der freundlichen Stallbewohner durch seinen Geist treiben. Grüne Wiesen erstreckten sich vor ihm, Apfelbäume lockten mit duftenden roten Früchten. Süßer Hafer füllte seinen Mund, duftendes Heu, würzig, mit vielen Kräutern durchmischt, war sein Kissen.

»He!« Ein derber Fußtritt weckte ihn. »Aufstehen, es geht los!«

Sorayn gähnte, setzte sich auf und merkte, dass er gar nicht mehr gefesselt war. Im Schlaf musste er den Strick aus Versehen zerrissen haben. »Oh, Verzeihung. Der schöne Strick.« Er fuhr sich mit den Fingern durchs Haar und zupfte sich Strohhalme von der Kleidung.

»Komm, wird's bald?«

»Ohne Frühstück?«, hakte er nach.

»Aufstehen!«, bellte der Soldat. »Gegessen wird erst nach der Arbeit!«

Trotz seiner intensiven Träume davon, was Pferde glücklich machte, hatte der junge Prinz keinerlei Appetit auf Heu und Gras. »Nicht einmal eine Tasse Tee? Schön heiß?«

Seine gute Laune schien den Mann glauben zu machen, dass er es mit einem Schwachsinnigen zu tun hatte. »Noch mal schön langsam: Du – jetzt – aufstehen! Gehen. Arbeiten. Dann essen. Kapiert?«

»Wird man so, wenn man in Fürst Pidors Diensten steht? Dass man nicht mehr die einfachsten Sätze zustande bringt? Welch bedauerliches Schicksal.«

Er rappelte sich auf und streckte sich. Mit Befriedigung nahm er zur Kenntnis, dass der Soldat einige Schritte zur Seite wich und unwillkürlich nach seinem Schwert griff. Auch wenn Sorayn nicht wie ein Riese aussah, war er immer noch größer als jeder andere hier. Nun, sollten sie sich ruhig von seinem freundlichen Auftreten täuschen lassen.

»Du läufst.« Sein Bewacher sattelte eins der Pferde, machte aber keinerlei Anstalten, den vermeintlichen Zinta noch einmal zu fesseln. »Und vergiss nicht: Du gehörst jetzt dem Fürsten. Weglaufen nützt gar nichts. Du bist zu Fuß, wir sind beritten. Bis jetzt haben wir noch jeden erwischt, der es versucht hat.«

Wenn man freiwillig gefangen war, konnte man dazu nicht viel sagen. Er hatte nicht vor zu fliehen. Wenn er genug gesehen hatte, würde er einfach wieder gehen. Sollten sie ruhig versuchen, ihn aufzuhalten!

Der Weg führte durch einen lichten Wald, in dem der Herbst bereits Einzug gehalten hatte. Ihre Schritte raschelten durch Unmengen von Blättern, und es roch nach Moder und Pilzen. Sehnsüchtig dachte Toris' Schwiegersohn an die Gemeinschaft der Ziehenden, die nun ohne ihn das Land durchquerten und vielleicht gerade jetzt um ein Feuer saßen und miteinander schwatzten. Vielleicht brieten sie Eier und Pilze zum Frühstück, garniert mit Kräutern.

»Dort ist der Rianang«, sagte der Soldat stolz.

Und Sorayns gelöste Stimmung fiel von ihm ab wie ein goldenes Herbstblatt.

Am Ufer schufteten Menschen. Etwa zwei Dutzend Arbeiter wankten dort mit gebeugtem Rücken unter der Last riesiger Säcke. Eine niedrige Mauer hatten sie daraus bereits errichtet.

»Was tun sie da? Bauen sie einen Deich? Wozu?«

Der Zinta-Verächter ließ sich ausnahmsweise dazu herab, ihm Auskunft zu geben. »Weil der Fürst es angeordnet hat. – Heda! Schau, was ich hier habe!«

Der Aufseher, der sie bemerkt hatte und ihnen entgegentrat, unterzog den Neuen einer kurzen Musterung und nickte zufrieden. »Mit wie viel Nachschub können wir noch rechnen?«

»Ein oder zwei Wagenkolonnen müssten noch bei uns durchkommen, bevor der Winter beginnt.«

»Das ist zu wenig. Ich brauche mehr Leute. Ein Mann von jeder Sippe ist nicht genug. Bringt mir jeden, der mit anpacken kann, ist das klar?«

Der Soldat verzog das Gesicht, aber er nickte. »Du wirst doch dem Fürsten mitteilen, wie gut wir die neuen Arbeiter auswählen?«

»Natürlich«, versprach der Aufseher kühl. Er war ein kleiner, hagerer Mann mit wenig Haaren. »Und jetzt muss ich weitermachen.« Er winkte Sorayn mit einer kaum sichtbaren Kopfbewegung, mitzukommen.

»Da liegen die Säcke. Die Weiber befüllen sie, du wirst sie mit den anderen Männern ans Ufer bringen.«

Obwohl sie jetzt am frühen Morgen gerade erst mit der Arbeit angefangen haben konnten, wirkten die Frauen an der Sandbank erschöpft. Eine von ihnen hätte vom Alter her seine Großmutter sein können, sie erinnerte den Prinzen an Liravah. Mit langsamen, gleichmäßigen Bewegungen schaufelte sie den Sand in einen Sack, den ein kleines Mädchen offen hielt.

»Dich hat uns Rin geschickt«, sagte einer der zerlumpten Männer, der sich gerade einen frisch gefüllten Sack auf den Rücken lud. »Jetzt geht es hoffentlich etwas schneller.«

Nicht alle waren Zintas. Einige von ihnen gehörten unzweifelhaft zum Ziehenden Volk; ihre braune Haut, ihre dunklen Augen und ihr schwarzes Haar wiesen sehr stark darauf hin. Falls diese Ähnlichkeit zufällig war, mussten sie jedenfalls trotzdem damit rechnen, als der letzte Abschaum behandelt zu werden. Andere Gefangene jedoch, wie die grauhaarige Frau und ihre blonde Enkelin, kamen wahrscheinlich aus dieser Gegend.

»Warum seid ihr hier?«, fragte Sorayn, während er sich gleich zwei Säcke griff. »Was ist das für ein Fürst, dieser Pidor?«

»Sehr hohe Steuern verlangt er«, antwortete die alte Frau und seufzte laut. »Nicht jeder kann sie zahlen.«

»Sag ihm nichts«, rief die Arbeiterin neben ihr. »Vielleicht ist er geschickt worden, um uns auszuhorchen.«

Sorayn trug die Säcke zu der langsam wachsenden Mauer und wuchtete sie obenauf. Er sah am Flussufer entlang. Der Rianang grub sich hier in einer langen Krümmung ins Land hinein. Man konnte sich gut vorstellen, dass es hier Überschwemmungen gab, sobald die Herbststürme begannen.

»Ist das Dorf sehr nah?«, fragte er.

Einer der Männer schnaubte durch die Nase. »Das Dorf? Welcher Idiot würde so nah am Fluss ein Dorf anlegen? Der Fürst hat dort hinter der Biegung sein Domizil. Die Dörfer liegen höher.«

»Still«, warnte ein braunhäutiger, glutäugiger Bursche. »Nichts über den Fürsten, zu niemandem! Haben wir nicht schon genug Ärger?«

»Von welcher Sippe bist du?«, erkundigte sich Sorayn.

»Warum fragst du? Was kümmert dich das Ziehende Volk? Sie haben uns gesagt, sie würden einen Zinta bringen, aber du bist keiner von uns.«

»Ich habe gesagt, sie würden uns aushorchen lassen«, warnte ein dritter Mann. »Lasst euch bloß zu nichts hinreißen.«

Sorayn schüttelte besorgt den Kopf. Zintas waren normalerweise nicht ängstlich. Sie gaben nichts auf Könige und andere Würdenträger, hatten nur Spott übrig für ihre Gesetze und ihre Macht; normalerweise fürchteten sie sich nicht davor, alles auszusprechen, was ihnen in den Sinn kam. Auf den Märkten verhöhnten Puppenspieler und Liedermacher die Mächtigen, ohne sich darüber Sorgen zu machen, dass sie dafür im Kerker landen könnten. Welcher Landesherr hätte sich eine Blöße gegeben, indem er sie ernstnahm? »Wer dem Sänger auf den Mund schlägt, wird schon wissen, warum«, hieß es. Und wenn jemand doch seine Soldaten schickte, waren sie schon wieder weitergezogen.

»Wie lange seid ihr schon hier?«, fragte der Riesenprinz. Er versuchte zu erkennen, wie weit die aus Sandsäcken aufgestapelte Mauer reichte.

»Seit dem Frühling.«

»Sag ihm nichts!«, fuhr der andere dazwischen, doch der Erste starrte Sorayn herausfordernd an.

»Seit dem Frühling«, wiederholte er. »Aber für mich ist es, als wären meine Fußknöchel gebrochen und als würde die ganze Welt ohne mich weiterwandern. Wird es für dich auch so sein, wer auch immer du bist? Mein Rücken schmerzt und ich kann mich kaum aufrichten, aber es sind meine Füße, die wehtun, weil ich nicht fortgehen kann.«

»Warum nicht?«, fragte Sorayn. »Warum bist du nicht geflohen? Deine Sippe ist längst weit fort und in Sicherheit. Keiner der Soldaten wird dich von dort zurückholen. Da ist der Fluss. Es wäre ein Leichtes, sich hineinzuwerfen und wegzuschwimmen. Warum bist du noch hier?«

Die beiden Männer sahen sich an.

»Er wüsste es, wenn Pidor ihn geschickt hätte«, sagte der Zinta.

»Was wüsste ich?«

»Wir können nicht fliehen. Für jeden, der es versucht, muss einer der anderen dran glauben.«

»Was?« Er starrte seinen Mitgefangenen an, der Sandsack glitt ihm vom Rücken. »Da fehlen mir die Worte.«

»So ist es«, sagte der junge Ziehende. »Was meinst du, weshalb wir keine Fesseln tragen? Dort hinten sind die Soldaten. Einer könnte möglicherweise an ihnen vorbei, vielleicht, wenn er viel Glück hat, sich sogar ein Pferd schnappen ... Aber wer wird für ihn sterben? Die Frauen an der Sandbank tragen Fußfesseln.« Er schüttelte den Kopf. »Glaubst du immer noch, es wäre so einfach?«

Der Aufseher stolzierte auf sie zu, in der Hand etwas, das wie eine Reitgerte aussah. »Weitermachen! Was starrst du in die Luft?«

Sorayn hörte ihn gar nicht. Er sah zu den Frauen hinüber, von denen keine es wagte, aufzublicken und die Aufmerksamkeit des Hageren auf sich zu ziehen.

»Nimm den Sack, schnell!«, zischte der Zinta hinter ihm. »Wenn du dir Ärger einhandelst, bekommen wir alle nichts zu essen.«

Der junge Riese bückte sich und schleppte den schweren Sandsack zum Deich, und auch er vermied es, das dürre Männlein mit einem Blick aus seinen zornigen Augen herauszufordern. Die Wut begann bereits in ihm zu kochen, aber immer noch hatte er sich in der Gewalt.

Gegen Mittag gab es einen dünnen Getreidebrei, dem weder Salz noch Honig beigefügt worden waren. Danach arbeiteten sie bis zum Abend. Bei Anbruch der Dunkelheit wurden sie in einem Schuppen eingeschlossen, in dem sie sich aus Haufen von Stroh ihre Nachtlager bereiten konnten.

»Sag mir deinen Namen, Bruder«, forderte Sorayn den Zinta auf, neben dem er sich einen Platz im Stroh wählte.

»Ich bin nicht dein Bruder. Schweig still. Wenn der Wachsoldat draußen hört, dass wir reden, bekommt jeder einen Schlag auf den Rücken.«

»Jeder?«

»Jeder. Hast du es noch nicht begriffen? Wir werden immer alle bestraft.«

»Welches dunkle Herz hat sich dies alles ausgedacht«, flüsterte Sorayn. »Und doch bin ich dein Bruder. Ich suche Maja, meine Frau, eine Zinta.«

Der andere sog scharf die Luft ein.

»Der Name sagt dir etwas? Ich kann kaum glauben, dass ihr die Namen von allen aus den vielen Sippen kennt.«

»Manche Namen«, flüsterte der Ziehende, »kennt jeder von uns. Jetzt weiß ich, wer du bist. Aber das ändert überhaupt nichts. Du gehörst nicht zu meinem Volk. Du hast gegen Remanaine gekämpft, und der ist einer von uns.«

»Ich bin nicht sein Feind. Wenn du so vieles weißt, solltest du auch das wissen.«

»Schweig endlich still! Wenn du nur ein Quäntchen Mitgefühl hast, sprich nicht so viel mit mir. Denn falls du doch daran denkst zu fliehen, möchte ich ungern derjenige sein, den sie umbringen.« Der Zinta drehte ihm demonstrativ den Rücken zu, doch vielleicht spürte er Sorayns bohrenden Blick, denn er seufzte leise und erzählte so leise, dass er kaum zu verstehen war, von der letzten Flucht.

»Das war einer, der den Fürsten irgendwie beleidigt hatte. Hatte ihn einen Banditen genannt und wurde dafür hier zu uns geschickt. Der Mann hielt sich für besonders mutig, so wie du, und hat sich gewundert, warum wir gehorchen, warum keiner sich traut, wegzulaufen. Ihm waren die anderen gleichgültig, er hat mit kaum jemand geredet. Mit mir ein paar Mal, mit einem anderen Kerl zuweilen. Als er geflohen ist, haben die Soldaten den anderen Gefangenen ausgewählt. Sie hätten auch mich nehmen können, weißt du? Aber ich hatte Glück.«

»Wie ist er gestorben?« Nur noch das eine wollte er wissen.

»Zu Tode geprügelt haben sie ihn. Hier vor uns allen. Sogar das Kind musste zusehen.«

Sorayn starrte in die Dunkelheit.

»Frag mich nicht nach meinem Namen. Sonst rufst du mich damit und sie denken, ich wäre dein Freund. Fragen kannst du mich, wenn du dich damit abgefunden hast, dass du hier bist. Für immer.«

»Ich bin nicht hergekommen, um zu bleiben.«

Der Zinta antwortete ihm nicht. Und der Riesenprinz lag lange Zeit da und spürte die schwere Müdigkeit in seinen Knochen, das ungeduldige Knurren seines Magens, und die Wut, die in seinem Herzen aufbrannte und seinen ganzen Körper in Flammen stehen ließ.

Mehrere Tage, während er Sandsäcke schleppte, sich mit dem schlechten Essen zufriedengeben musste und sein Hunger immer größer wurde, grübelte er darüber nach, wie er der ganzen Gruppe zur Freiheit verhelfen konnte. Der junge Zinta versuchte eine Weile, den Neuen mit ausdauerndem Schweigen dazu zu bewegen, seine Gedanken für sich zu behalten, aber schließlich zermürbten ihn die hartnäckigen Fragen und er wandte sich seinem unbelehrbaren Mitgefangenen ärgerlich zu.

»Was glaubst du, wie es für den Aufseher aussieht, wenn du pausenlos auf mich einredest? Als würdest du versuchen, mich zu etwas zu bringen, was ich nicht will. Was das wohl sein könnte?«

»Und er hätte recht«, sagte Sorayn. »Natürlich möchte ich, dass du fliehst. Ich will, dass wir alle gemeinsam die Flucht wagen.«

»Vergiss es.«

»Warum? Nur so können wir verhindern, dass jemand stirbt.«

»Sie werden nicht mitkommen. Wohin auch? Wohin würdest du sie führen?«

»Wo es besser ist.«

»Ach, und wo soll das sein?«

»Ich weiß nicht. Auf meinem Weg mit der Sippe sind wir durch viele schöne Gegenden gekommen.«

Sie waren beide lauter geworden. Hastig senkte der erfahrenere Arbeiter die Stimme. »Und dort willst du diese Leute hinbringen? Von denen einige so alt sind, dass sie kaum gehen können? Während uns vierzig Soldaten auf den Fersen sind, beritten und bewaffnet?«

»Wir nehmen die Pferde.«

»Ach, dass ich darauf nicht gekommen bin! Natürlich, wir nehmen die Pferde. Abgesehen davon, dass manche von diesen armen Leuten noch nie geritten sind, ist das ja kein Problem. Wir reiten einfach fort. Falls wir an der Landesgrenze aufgehalten werden, lässt man uns bestimmt einfach durch, wenn wir erklären, was wir wollen. Und irgendwann kommen wir in einem Land an, in dem alle freundlich sind und wo es nichts ausmacht, dass wir nichts besitzen und manche alt und krank sind. Wo man uns Häuser zur Verfügung stellt und wir Brot satt zu essen haben. Vielleicht auch noch Braten und Wein?« Er stieß die Silben hervor, kaum fähig zu sprechen, den schweren Sack auf dem Rücken, aber er war jetzt in Fahrt und hörte nicht auf.

»Willst du nicht zu deiner Sippe?«

»Fragt der Kerl mich doch glatt, ob ich zu meiner Familie will! Du bist ein wahrer Familienmensch, wie?« Der Zinta funkelte ihn an. Er warf seine Last mühsam ab und bohrte dem großen, starken Neuen den Zeigefinger in die Brust. »Ich werde dir sagen, was du bist. Du bist ein Idiot. Du bist der dümmste Mensch, der mir je begegnet ist. Und jetzt tu deine Arbeit und lass mich in Ruhe.«

Sorayn hatte gedacht, dass der Schmerz ihn verlassen hatte, doch er war da, ein Schmerz, der immer zu ihm gehören würde. Du Idiot ... Seht her, den Idioten, was für ein Schauspiel!

Warum hatte er nicht jemand anders in die Gefangenschaft gehen lassen? Einen dieser heißblütigen Burschen, die für Stolz und Ehre lebten? Sie hätten, sobald sie durchschaut hatten, wie es hier zuging, die gleiche Wahl getroffen wie sein Mitgefangener. Man ließ andere nicht für sich sterben. Selbst wenn man in den Staub gedrückt wurde, konnte man den Kopf hoch erhoben tragen, solange man sich nur als Beschützer der Schwachen verstand. Aber er konnte nicht bleiben. Und es stimmte, er konnte alle diese Menschen nicht mitnehmen. Trotzdem musste er es wenigstens versuchen. Er konnte doch nicht zulassen, dass sie hier lebten und unter der Last ihrer Arbeit wankten, er konnte doch nicht ...

Sorayn schuftete wie ein Tier. Er schleppte die Säcke so eilig, dass die Frauen kaum hinterherkamen damit, sie zu füllen. Der Deich wuchs in die Höhe und in die Länge wie eine mächtige Schlange, die sich neben den Fluss legte. Manchmal sah er hinaus auf das Wasser und sehnte sich danach, den Schmerz zu kühlen, so wie früher. Sich den Staub abzuwaschen von der Haut, den Sand aus den Augen zu reiben, und darauf zu warten, dass alles, was ihn quälte, weggespült wurde.

Oft sah er den Frachtkähnen zu, die an ihm vorbeizogen, flussabwärts zum Meer, zur Laringer Bucht, flussaufwärts nach Torn und Aifa. Vielleicht war das eine Möglichkeit. Alle Gefangenen auf ein solches Schiff zu bringen und aus der Reichweite der Soldaten zu entkommen. Aber die meisten konnten nicht schwimmen. Sie konnten gar nichts – nicht reiten und nicht schwimmen und sich nicht wehren. Niemand gab dem lächerlichen kleinen Aufseher Widerworte, und Sorayn, der ein einziges Mal seine Zunge nicht im Zaum halten konnte, war mit einem Hungertag für sie alle bestraft worden, genau wie der Zinta gesagt hatte. Das Kind, ein Mädchen von acht oder neun Jahren, hatte sich weinend an seine Großmutter gekuschelt, und er hatte sich geschämt.

»Auf die Knie!« Ein paar Soldaten preschten auf ihren Pferden am Flussufer entlang und trieben die erschrockenen Arbeiter zusammen. »Der Fürst kommt, um den Deich zu besichtigen.«

Pidor, ein schon älterer Mann mit grauem Haar, kam sehr langsam und sehr hochnäsig angeritten, ohne die Gefangenen überhaupt zu beachten. Seine Aufmerksamkeit galt dem Rianang.

»Schon fast fertig!«, rief er erfreut aus, während er den Deich in Augenschein nahm. »Dann können die Stürme kommen, wir fürchten sie nicht.«

»Es ehrt uns, dass alles zu Eurer Zufriedenheit ist«, sagte einer seiner Begleiter.

Der Adlige musterte die Gefangenen. Sorayn hätte sich dazu zwingen müssen, demütig den Kopf zu senken, aber er konnte nicht, und so trafen sich ihre Blicke, und Fürst Pidor zuckte zurück.

»Ein Neuer?«, bemerkte er leichthin.

»Und der Grund, warum wir so schnell fertig wurden.« Der hagere Aufseher drängte sich nach vorne, um auch etwas vom Lob abzubekommen. »Der arbeitet für drei, aber es ist hartes Brot, ihn zu beaufsichtigen.«

»Dann achtet gut auf ihn, dass er nicht abhanden kommt. Den will ich für meine Mühle. Und wenn er einen Fluchtversuch macht, sterben drei. Hört ihr? Zwei von dem Lumpenpack und einer von euch Soldaten. Also bewacht ihn gut.«

»Ja, Herr.«

Der junge Riese merkte, wie die Wachen näher an ihn heranrückten.

»Drei«, wiederholte der Fürst mit leisem Lachen, und der Schmerz in Sorayns Brust schien förmlich zu explodieren.

Er stand auf. »Weiß der Kaiser eigentlich, was hier läuft?«

»Wie?« Pidor hob pikiert die Brauen und wandte sich an den Mann mit der Gerte. »Wissen deine Leute nicht, dass sie mich nicht anzusprechen haben?«

»Runter!«, bellte dieser und versetzte dem aufsässigen Neuen einen Schlag auf den Rücken, der jeden Menschen in den Staub gezwungen hätte.

»Was würde Zukata sagen, wenn er wüsste, was hier geschieht?«, fragte Sorayn, ohne auf die Prügel zu achten. »Und er wird es erfahren, dafür werde ich sorgen.«

Der Fürst beugte den Oberkörper zurück, als der unverschämte Gefangene die Zügel seines Pferdes ergriff. »Wachen!«, kreischte er.

Sorayn griff hinter sich und entriss dem Aufseher die Peitsche. Er zog sie dem Fürsten übers Gesicht, während die Soldaten schon heranstürmten.

»Die Fürsten unterstehen den Königen«, sagte er. »Und die Könige dem Kaiser. Wie kannst du dir erlauben, deine Untertanen so zu behandeln?« Doch schon richtete sich ein Dickicht von Schwertern und Speeren auf ihn und grobe Hände fassten nach ihm.

»Bringt ihn nicht um!«, rief Pidor und befühlte seine Wange, auf der ein roter Streifen aufbrannte. »Den will ich lebend. Den brauche ich für die Mühle.« Er schnaufte. »Habe ich nicht gesagt, ihr sollt auf ihn aufpassen? Bringt ihn in die Mühle. Schmiedet ihn ans Rad. – Du dachtest wohl, du könntest deinem Schicksal entgehen? Dachtest, ich würde es gleich hier und jetzt beenden, wenn du mich reizt? Das haben schon andere versucht. Du wirst nicht sterben. Du wirst so lange leben, wie ich dich leben lasse.« Er blickte über die übrigen Arbeiter hin, die sich ängstlich wimmernd vor ihm beugten. »Ihr wollt euch beim König beschweren? Vielleicht gar beim Kaiser? Ha! Versucht das doch! Ich bin der Herr dieses Landes. Und wie überall in ganz Deret-Aif werden hier die Gesetze des Kaisers aufs Sorgfältigste befolgt.«

»Das kann nicht sein.« Der Riesenprinz hatte das Gesicht des Fürsten die ganze Zeit über beobachtet. Er wollte die Zeichen von Angst und Unsicherheit nicht verpassen, wenn er den Tyrannen daran erinnerte, dass der Kaiser Rechenschaft von ihm fordern könnte. Doch entgegen seiner Erwartung bekam er weder ein Erbleichen zu sehen noch hörte er das geringste Zittern in der Stimme des grausamen Fürsten. Dieser war sich einfach zu sicher, dass weder König noch Kaiser ihn bestrafen würden. »Das darf Zukata nicht zulassen!«

Sorayn fühlte kaum die scharfen Spitzen der Schwerter, die sich ihm durch seine schäbige Kleidung hindurch in die Haut bohrten. Das Beben, das ihn durchfuhr, das ihm den Schmerz zurückbrachte, fühlte sich an, als würde es ihn auseinanderreißen. Er war kurz davor, sich auf seinen Gegner zu stürzen und die Hände um seinen Hals zu legen – und ihm zu zeigen, was es hieß, in einer Welt des Schmerzes zu leben.

Aber seine Wut galt nicht nur Pidor. Zukata war es, der den kleinen Fürsten solche Macht gegeben hatte, der Schrecken und Leid über die einfachen Menschen gebracht hatte. Zukata hatte dies zu verantworten. Zukata – und Sorayn selber. Wie hatte er einem Räuber und Entführer nur den Thron überlassen können, ihm gestatten, ungehindert nach Kirifas zu ziehen! Gerecht und weise wie Kanuna – hatte er wirklich geglaubt, der böse Riese könnte diesen Anspruch erfüllen?

Er musste nach Kirifas. Sofort. So konnte es nicht weitergehen. Er hatte vermeiden wollen, dass einer seiner Mitgefangenen getötet wurde, und war deshalb zu lange geblieben. Nun waren es schon drei, die für ihn sterben würden. Aber hatte er eine Wahl? Wenn er Zukata nicht aufhielt, würden noch viel mehr Menschen sterben.

»Sehe ich Mord in deinen Augen?«, fragte Pidor munter. »Der Kaiser darf tun, was ihm beliebt. Und wenn er der Ansicht ist, dass ihr dreckigen Zintas die Flöhe im Pelz seiner Untertanen seid, dann gebe ich ihm recht. Genau das seid ihr. Und jetzt schafft ihn fort.«

Vierzig Soldaten. Der Prinz hatte in den vergangenen Tagen darüber nachgedacht, sie alle zu töten. Vierzig Mann. Dann konnten die Arbeiter fliehen, ohne verfolgt zu werden, jedenfalls eine Zeitlang, bevor König Settan von Laring davon erfuhr und seine eigenen Truppen schickte. Aber die Flüchtlinge konnten nur sicher sein, solange Sorayn bei ihnen war. Und wie hätte er sie mitnehmen können, auf dem Weg, den er gehen würde, rasch, mit den ausgreifenden Schritten eines Riesen?

Vierzig Mann. War es nicht entsetzlich, alle umzubringen? Nicht nur vierzig Mann, sondern vierzig Männer, vierzig Menschen ... Er mochte gar nicht daran denken, dass er im Krieg über seine Feinde geweint hatte, über jeden, der starb. Vielleicht war er gar nicht in der Lage dazu, mit irgendjemandem zu kämpfen. Hatte der Segen ihn in einen Schwächling verwandelt? Ein wenig fürchtete er sich davor, zu erfahren, ob er tun konnte, was getan werden musste, oder nicht.

Vierzig Mann. Er hatte gehofft, dass es einen anderen Weg gab, dass ihm eine andere Möglichkeit einfiel, nicht nur selbst zu fliehen, sondern den Tod der Zurückbleibenden zu verhindern. Er wollte gar nicht feststellen müssen, ob er zu einem solchen Gemetzel fähig war. Vierzig Mann! Gegen drei.

Sorayn senkte den Kopf.

Drei. Drei werden sterben. Nur drei, wenn du ruhig bist, wenn du dich zusammenreißt. Du kannst es. Du kannst dich beherrschen ...

Sie führten ihn ab. Er ging in ihrer Mitte, gebeugt, wie einer, der besiegt war, und besiegte doch nur sich selbst. Drei. Es werden nur drei sein ...

Die Blicke der anderen waren feindselig. Er hatte damit gerechnet. Auch damit, dass es kaum zu ertragen sein würde, ihren Schmerz und ihren Zorn zu fühlen und zu wissen, dass er ihn verdiente.

»Musstest du das Maul so aufreißen?«, hielt ihm eine der Frauen entgegen. »Und was hast du nun davon?«

Hunger. Ständig. In den vergangenen Tagen hatte Sorayn erlebt, was es bedeutete, nie richtig satt zu sein und dabei noch hart arbeiten zu müssen. Doch die anderen litten darunter noch weit mehr als er. Dass es jetzt zur Strafe gar nichts gab, tat ihm für seine Mitgefangenen leid. Für sich selbst hatte er längst mit allem hier abgeschlossen.

»Na, siehst du.« Der Zinta setzte sich neben ihn ins Stroh. »Genau das habe ich gemeint.«

Das Kind weinte. Diesen Laut zu hören, dieses untröstliche Jammern und Schluchzen, war schlimmer als alles andere.

»Ich werde gehen«, sagte der Riesenprinz laut.

Ein paar lachten ungläubig. Er war gefesselt; die Soldaten hatten ihm, damit er auf gar keinen Fall entkam, Arme und Beine mit einer Eisenkette gefesselt und diese um einen der dicken Balken der Scheune geschlungen.

»Du wirst nirgendwohin gehen.« Bis jetzt hatte keiner mit ihm reden wollen, doch der heutige Tag hatte sie alle so aufgewühlt, dass sie ihre Vorsicht vergaßen. Die Wut auf ihn funkelte in ihren Augen. »Morgen bringen sie dich in die Mühle.«

»Und wir dachten«, sagte die alte Frau, »wir dachten, dass Rin dich geschickt hat, um einen Teil der Last von uns zu nehmen.«

Sorayn bewegte vorsichtig die Handgelenke und horchte auf das Klirren der metallenen Fesseln.

»Ihr dachtet, Rin schickt euch jemanden, der eure Gefangenschaft teilt? Glaubt ihr wirklich, dass er so handeln würde? Würde er euch nicht vielmehr jemanden schicken, der euch befreit?«

Er zog etwas stärker an der Kette und durch das hohe Gewölbe der Scheune lief ein Seufzen.

Fingerdickes Eisen. Es ließ ihn an den goldenen Halsschmuck vornehmer Damen denken, so zart und fein. Das war nichts gegen die riesigen Schlingen der Ankerkette, an der er seine wahre Kraft erprobt hatte. Das knirschende Geräusch von Metall auf Metall klang wie Musik in seinen Ohren.

»Ich habe dir gesagt, dass wir nicht fliehen können«, sagte der Zinta.

»Und du, Großer«, höhnte ein anderer, »wirst auch nirgendwohin gehen.« Warum klangen ihre Stimmen so hasserfüllt? War es die Angst um ihr eigenes Leben oder der Neid auf einen, der es wagte, den Kopf zu heben und dem Fürsten ins Gesicht zu schlagen?

»Kommt mit mir«, forderte er sie auf. Die Balken stöhnten auf, als er die Eisenkette prüfend straffte. Trauriger und bedrängter schienen sie zu sein als die Menschen.

Sorayn fühlte die ganze Last des Mitleids mit ihnen und ihrer Schwäche und ihrer Verzweiflung. Wie viele würden sterben, wenn er floh? Und trotzdem konnte er nicht bleiben. Er konnte sich nicht selbst zum Gefangenen machen. Wie hätte er sein eigenes Leben dafür opfern können – für Menschen, die weiterhin in Knechtschaft lebten? Leiden, damit sie weiterhin leiden konnten? Er horchte in sich hinein, ob der Segen, der ihm schon einmal einen Strich durch die Rechnung gemacht hatte, ihm befahl, alles aufzugeben und hier zu bleiben, aber er fühlte nur das unwiderstehliche Bedürfnis in sich, aufzustehen und in der Dunkelheit zu verschwinden. All das und alle diese Menschen hinter sich zu lassen.

Er konnte sich nicht für sie opfern.

»Ich nehme jeden von euch mit, der mich darum bittet«, zwang er sich zu sagen, obwohl er davon träumte, allein zu gehen, obwohl er mit raschen Schritten Toris und seiner Sippe nacheilen wollte. Aber wenigstens das konnte er noch für diese Arbeiter tun. Vielleicht hatte ja tatsächlich Rin ihn zu ihnen geführt, um ihnen den Weg in die Freiheit zu bahnen. »Auch wenn ich befürchte, dass die meisten von euch zu feige sind, um die Gelegenheit zu nutzen, wenn sie sich bietet.«

»Nicht alle sind so stark wie du«, flüsterte der Zinta.

»Wie stellst du dir das vor?«, rief einer, und zwei Frauen schrien erschrocken auf, als auf einmal Staub und Spinnweben von der Decke auf sie herabregneten.

»Er darf nicht fliehen! Wachen!« Sie drängten sich doch tatsächlich an den Ausgang und riefen verzweifelt. »Wachen!«

Als Sorayn aufstand und die Arme auseinanderriss, fiel die Kette rasselnd von ihm ab. Im nächsten Moment schon öffneten einige Soldaten die Tür, um zu sehen, was der Lärm sollte.

Merkwürdigerweise spürte er keinen Zorn in sich, als er auf sie zutrat, die Kette schwingend, als er sie auseinandertrieb und durch sie hindurchschritt, nach draußen. Er fühlte sich dabei nicht froh. Kummer hing an ihm wie ein weinendes Kind, das sich an seinen Rücken klammerte.

Das Mädchen! Er wandte sich noch einmal um. »Gib mir deine Enkelin«, sagte er zu der Alten, die mit den anderen an die Rückseite der Scheune gewichen war und mit schreckensgeweiteten Augen seinen Ausbruch beobachtete. »Man soll mir nicht nachsagen, ich ließe Kinder für mich sterben.«

»Geh«, flüsterte die alte Frau.

»Nein!« Ein paar hysterische Arbeiterinnen hielten die Kleine fest. »Nein! Wenn sie geht, muss noch jemand sterben! Dann bringen sie noch einen um!«

Sorayn schüttelte den Kopf. Die Traurigkeit kroch ihm in den Nacken und krümmte ihn, schwerer als jeder Sandsack, den er geschleppt hatte. Mit einigen raschen Schritten war er bei den Gefangenen, die sich an das Mädchen klammerten, die Hände in seine Arme krallten, in sein Haar, als wollten sie es nie wieder loslassen. Musste er jetzt schon gegen Frauen kämpfen, gegen hungrige, geschwächte, versklavte Frauen, um ein Kind zu retten? Seine Wut verlieh ihm sonst eine rauschhafte Sicherheit im Kampf, doch jetzt, während er nichts als diese dumpfe Bedrücktheit fühlte, kam ihm jede seiner Bewegungen ungelenk vor. »Gebt sie mir«, befahl er.

»Nein!« Ihre Augen weit aufgerissen, hasserfüllt, fast wahnsinnig vor Angst und Verzweiflung. Hatte Fria, die Riesin, ihm nicht beigebracht, eine Frau zu schlagen? Und doch fiel es ihm schwer, er zögerte, er wünschte sich, sie würden ihm einfach gehorchen, so wie sie dem Aufseher gehorchten und den Wünschen des Fürsten Folge leisteten.

Er verlor zu viel Zeit. Die Soldaten, die er in die Flucht geschlagen hatte, würden in Kürze mit Verstärkung wiederkommen. Wenn er nicht wollte, dass alle vierzig für ihn starben, musste er jetzt verschwinden.

Die Augen des Kindes. Ohne Hass. Erschrocken, ja, aber ohne jene panische Angst, welche die anderen dazu gebracht hatte, sich auf es zu stürzen.

Er wandte sich um. Hinter ihm rief die Großmutter: »Bitte, bitte, nimm sie mit!«

»Soldaten!«, schrie jemand. »Wo bleiben die Soldaten?«

Sorayn trat vor den Balken, der die Scheune trug, umarmte ihn wie einen langvermissten Freund, wie einen zweiten Riesen. Nein, Maja würde er so nicht umarmen, mit einer Kraft, die ihr die Rippen gebrochen hätte. Staub und Heu rieselten von oben herab, ein Ächzen und Wimmern tönte aus allen Winkeln, das Holz kreischte auf ...

Die Frauen ließen das Mädchen endlich los und rannten um ihr Leben. Sämtliche Gefangenen strebten kreischend zum Ausgang. Nur die Alte und ihre Enkelin blieben in der hintersten Ecke, als hätte er ihnen befohlen, dort zu warten.

Die hohen Holzwände wankten und wackelten ... Er gab dem Balken einen letzten Stoß, lief zu den beiden, die auf ihn warteten – hatte er dieses Vertrauen verdient, dass sie dazu brachte, nicht mit den anderen zu fliehen? –, und warf sich gegen die Bretter. Er zog seine Schützlinge durch die entstandene Öffnung, bevor die ganze Scheune mit einem tiefen Seufzer zusammenfiel.

»Geh mit ihm, Kind«, sagte die Alte. »Ich würde euch nur aufhalten. Kümmert euch nicht um mich! Flieht!«

»Großmutter! Nein!«

Er wartete nicht länger, hob das Mädchen hoch und verschwand in die Nacht hinein.

Er war es nicht gewohnt, Rücksicht zu nehmen. Sie kamen viel zu langsam vorwärts und die Kleine weinte viel. Sorayn war gezwungen, ständig darauf zu achten, dass er sie nicht irgendwo hinter sich verlor. Sie rief nicht, wenn er aus ihrem Blickfeld verschwand, und einmal musste er sie suchen, nachdem er sich länger nicht nach ihr umgedreht hatte.

»So geht das nicht«, sagte der Riesenprinz. »Du musst etwas sagen, wenn du nicht so schnell kannst. Bei Rin, kannst du nicht sprechen?«

Sie sah ihn nur an und Tränen quollen aus ihren Augen.

»Soll ich dich tragen?«

Aber als er die Hände nach ihr ausstreckte, wich sie vor Schreck wimmernd zurück. Auf keinen Fall wollte sie getragen werden.

Es dauerte mehrere Tage, bis er aus ihr herausbekam, wie sie hieß.

»Ori.«

»Was? O-ri?« Er fragte mehrmals nach, denn dieser Name kam ihm merkwürdig vor, aber er war, wie sie ihm versicherte, durchaus üblich.

»Zwei meiner Freundinnen heißen auch so«, sagte sie und dachte dabei vielleicht an die Zeit, in der sie in einem Dorf gelebt hatte, ohne irgendetwas von Fürst Pidor zu wissen, eine Zeit, bevor sie mit ihrer Großmutter in der Knechtschaft gelandet war, denn sie versank wieder in ihr Schweigen, aus dem er sie lange Zeit nicht befreien konnte.

Eine Weile gingen sie auf der Straße, denn Ori fiel es schwer, über Gestrüpp und Dornenranken zu steigen, doch immer wieder ritten Soldaten vorbei. Sorayn hoffte, einen Kampf vermeiden zu können. Er musste sich darauf konzentrieren, für die Verpflegung zu sorgen. Da ihre Verfolger immer noch in der Nähe waren, durfte er kein Feuer anzünden. Jetzt im Herbst bot der Wald Nahrung im Überfluss, Beeren, Pilze, Nüsse, Wurzeln. Sorayn brachte Ori Hände voll schwarzer, süßer Beeren, überreif und köstlich. Gemeinsam sammelten sie Bucheckern und knackten Nüsse. Obwohl die Nächte jetzt schon empfindlich kalt wurden, konnte er dem Mädchen nichts anderes anbieten als eine Kuhle im Waldboden, zugedeckt mit Blättern und Zweigen, und weiches Moos als Kopfkissen. Manchmal weinte sie stundenlang, bis sie vor Erschöpfung einschlief, und am Morgen waren ihre Augen tränennass. Der Prinz hatte nicht das Gefühl, sie gerettet zu haben. Sie schien von einer Gefangenschaft in die nächste geraten zu sein, ausgeliefert einem dunklen Schicksal, dem sie nicht entrinnen konnte, und mehr als alles andere wünschte er sich, endlich die bunten Wagen des Ziehenden Volks vor sich zu sehen, wo sie sich am Feuer aufwärmen konnten, wo Gesang und Gelächter hoffentlich selbst dieses verschlossene, traurige Kind davon überzeugen konnten, dass es in dieser Welt mehr gab als Hunger, Müdigkeit und Kälte. Mit Maja zusammen, so träumte er manchmal, wäre diese Reise herrlich gewesen. Ori dagegen war wie ein Sack Sand, wie etwas, das er Tag und Nacht schleppen musste, ohne je das Ziel zu erreichen.

Obwohl sie so langsam vorwärtskamen, zweifelte er nicht daran, dass er die Sippe einholen würde. Toris und seine Brüder und Schwestern waren spät dran; in den Süden würden sie es vor dem Winter sowieso nicht mehr schaffen. Bald würden sie für längere

Zeit das Lager aufschlagen, und dann war es nicht schwer, sie zu finden.

»Halte durch«, sagte er zu Ori. »Bald sind wir da.«

Die Grenze von Pidors Herrschaftsbereich überquerten er und das Mädchen nicht auf der Straße – wo man sie zweifellos an einem Schlagbaum aufgehalten hätte –, sondern im Dickicht, wo keine Soldaten lauerten. Und erst jetzt atmete er wirklich auf. Das Fürstentum ihres Peinigers lag hinter ihnen, weiter durfte er seine Wachen nicht schicken. Sie hatten es tatsächlich geschafft, ohne aufgehalten und in weitere Kämpfe verwickelt zu werden.

Sorayn wagte es auch wieder, den befestigten Weg zu benutzen. Unverkennbare Anzeichen wiesen darauf hin, dass die Zintas hier durchgekommen waren. Wagenspuren, die Hinterlassenschaften von Pferden und Vieh, die Stellen, an denen sie angehalten hatten – all das hatte ihn auch schon beim ersten Mal, als er nach der Sippe gesucht hatte, geleitet.

»Riechst du es?«, fragte er und führte seine kleine Begleiterin von der Straße weg in einen lichten Wald. »Den Geruch von Feuer und Gebratenem? Kinder spielen dort, und hörst du die Hühner und die Ziegen?«

»Ja«, rief das Mädchen aufgeregt.

Da leuchteten schon die bunt angestrichenen Wagen zwischen den Stämmen hervor, ein paar Frauen rührten in den Töpfen über ihren Feuerstellen, lang vermisste Düfte lockten ihn aus dem Wald heraus.

War er jemals irgendwohin gekommen und zu Hause gewesen – außer damals, als er bei Liravah lebte? Doch jetzt fühlte es sich an wie eine Heimkehr, und mit einem Mal verstand er sehr viel besser, warum Keta die Gemeinschaft mit diesen Menschen dem Leben in einem Palast vorzog.

Die Kinder riefen seinen Namen, sobald sie ihn sahen, und wenig später kam ihm sein Schwiegervater entgegen. »Sorayn!« Die Erleichterung stand in sein Gesicht geschrieben. »Rin sei Dank, du bist ihnen entkommen!«

Toris drückte ihn fest. »Kommt alle her, er ist wieder da!«

Ori versteckte sich hinter seinem Rücken. »Später«, versprach der Prinz, wenn die Zintas nach ihr fragten. Viel erzählte er nicht. Wie hätte er davon sprechen können: dass nun, da er geflohen war, drei Menschen für ihn umgebracht wurden. Sogar für das Kind würde ein anderer sein Leben lassen müssen. So sehr hoffte Sorayn, dass die anderen Gefangenen die Gelegenheit genutzt und das Weite gesucht hatten, aber so mutlos, wie er sie erlebt hatte, bezweifelte er das.

»Seid ihr gut über die Grenze gekommen?« Es war ihm lieber, sich über die Erlebnisse der Sippe zu unterhalten.

Toris nickte. »Als du mit den Soldaten mitgegangen bist, gaben sie uns ein Siegel für freies Geleit. Das haben wir vorgezeigt und wurden ungehindert durchgelassen. – Danke, Sorayn.« Und dann sagte er auf einmal: »Maja ist auch in Laring. Gar nicht weit von hier.«

Sein Herz schlug hoch auf. »Tatsächlich? Sie ist hier?«

»Du bist ein guter Junge.« Im Blick des dunkelhaarigen Mannes lag sehr viel Wärme. »Du hast es verdient, dass sie dir noch eine Chance gibt. – Bei Rin, bis heute wusste ich nicht, dass ich es dir sagen würde. Aber ich will erleben, dass diese Geschichte ein gutes Ende nimmt. Geh zu ihr und bring es in Ordnung.«

Sorayn nickte. »Das werde ich tun.«

Am nächsten Morgen gackerten die Hühner besonders laut. Der Prinz, der Toris' Angebot angenommen hatte, in seinem Wagen zu schlafen, schreckte hoch und blickte aus dem Fenster. »Das kann nicht wahr sein!«

»Was ist los?«, fragte sein Schwiegervater verschlafen.

Der junge Riese nahm sich nicht die Zeit zu antworten. Er stürmte nach draußen.

Schwer bewaffnete Soldaten hatten das Lager umstellt. Ihre Gesichter verrieten viel zu wenig, als warteten sie noch auf die Erlaubnis, sich ungeniert darüber zu freuen, dass sie die Zintas überrumpelt hatten.

»Was fordert der Herr des Landes von uns?«, fragte einer der älteren Brüder. Er trug den gleichen Ausdruck auf dem Gesicht wie Sorayns Mitgefangene, dieselbe resignierte Traurigkeit wie Ori.

»Oh nein«, murmelte Toris. »Nicht schon wieder! Wie sollen wir jemals in den Süden kommen, wenn sie ständig alle etwas von uns wollen?«

»Ich bin da«, beruhigte Sorayn ihn. Und laut sagte er: »Der Fürst kann sich gerne unsere Aufführung am nächsten Markttag ansehen. Sicher besteht kein Bedarf daran, jetzt schon ein Schauspiel zu erleben.«

»Das ist der Kerl, ohne Zweifel«, sagte einer der Soldaten. »Sehr groß, schwarze Haare, blaue Augen. Fürst Pidor wird zufrieden sein.«

»Das hier ist nicht sein Gebiet!«, rief der Riesenprinz empört. Er hatte es bis hierher geschafft – es konnte doch nicht möglich sein, dass es selbst hinter der Grenze kein Entkommen vor diesen Leuten gab!

»Das Land gehört ihm nicht, aber du schon.« Der Sprecher gestattete sich endlich ein Grinsen. »Wirel, der Fürst dieses Landes, ist ganz und gar nicht zufrieden damit, dass sich hier Diebesgesindel niedergelassen hat, das versucht, die Edlen des Königreiches Laring um seinen Tribut zu betrügen. Du wirst uns unverzüglich folgen. Des Weiteren verlangt Fürst Wirel den üblichen Wegzoll von diesem Pack.«

Er hatte sich umsonst geopfert, hatte umsonst tagelang in der Knechtschaft ausgeharrt. Es hörte nicht auf. Es hörte einfach nicht auf!

»Wie lange soll das noch so gehen?«, fragte Sorayn. »An der nächsten Grenze wieder? Und dann wieder? Wird jeder Landesherr sich einen Leibeigenen aus unserer Mitte nehmen? Wie sollen wir so je in den Süden kommen?«

»Sei ruhig«, bat Toris. »Reize sie nicht noch mehr. Siehst du nicht, wie viele es sind? Das ist eine halbe Armee. Dagegen hast selbst du keine Chance.«

»Wir können keinen von uns opfern«, sagte eine der Zinta-Frauen gequält. »Haben wir nicht beim letzten Rat beschlossen, dass wir uns nicht trennen wollen? Wir werden für den Fürsten arbeiten, wenn es nicht anders geht, aber wir bleiben zusammen.« Tränen füllten die feinen Gräben in ihrer braunen Haut.

»Eine kluge Entscheidung.« Der Soldat nickte. »Aber der Große dort wird bestimmt wieder Schwierigkeiten machen. Kreist ihn ein.«

Die Männer schienen nur auf diesen Befehl gewartet zu haben; sofort ritten sie auf ihn zu. Ihre Pferde trampelten über alles hinweg; eins der erhobenen Schwerter durchtrennte eine Wäscheleine.

»Rasch!«, riefen ein paar Zintas. »Lauf, Sorayn! Du kannst uns doch nicht mehr helfen! Lauf, bevor alles noch schlimmer wird!«

Er hatte nicht die Absicht, wegzulaufen. »Bringt die Kinder in den Wagen. Lasst sie nicht zusehen.« Die Soldaten versuchten, ihn zu umkreisen. Er blieb stehen und wartete, bis sie Stellung bezogen hatten. »Ergib dich!«, brüllte einer, der wohl ihr Anführer war.

»Es wird nur schlimmer«, rief Toris. »Immer nur noch schlimmer! Kämpf nicht für uns, das bringt nichts. Denk an Maja. Lauf! Lauf!«

Aber Sorayn konnte diese erneute Androhung von Gewalt nicht hinnehmen. »Versucht es«, sagte er. »Ihr werdet sehen, was ihr davon habt.«

»Glaubst du, du hast auch nur den Hauch einer Chance? Wenn sie dich an die Mühle geschmiedet haben«, kündigte der Hauptmann an, »werden sie dich blenden. Man braucht keine Augen, um das Rad zu drehen.«

Der Schmerz brach aus ihm heraus. Der junge Riese brüllte auf, griff nach einem der Speere, die auf ihn gerichtet waren, und wirbelte herum. Die Soldaten, die um ihn herumstanden, fegte er zusammen wie Unrat. Der Rappe des Offiziers stieg; Sorayn pflückte den Mann herunter und schleuderte ihn gegen die Angreifer, mitten hinein in die scheuenden, wiehernden Pferde. Irgendwo kreischten ein paar Frauen, während Sorayn wie ein Sturm über die Feinde kam, ein Herbststurm, wie ihn noch keiner erlebt hatte. Seine Wut entlud sich über ihnen. Er merkte nicht einmal mehr, ob sie schrien, ob sie schnell starben oder nicht und ob sie ihn um Gnade anbettelten. Blitze zuckten durch seine Adern, seine Faust krachte wie der Donner in sie hinein, ein Unwetter, das nicht enden wollte. Den Flüchtigen setzte er nach, riss sie von den Pferden, stampfte sie in den Boden.

»Oh bitte! Oh bitte, bitte, bitte!«

Aber er musste tun, was der Schmerz ihm befahl.

Irgendwann erreichte die Stimme sein Ohr.

»Oh bitte!«

Da standen die Ziehenden und schauten ihn an. Männer und Frauen und Kinder.

Nun würde man auch sie jagen wie tollwütige Füchse ... Nun gab es erst recht keinen Ausweg mehr. »Es wird immer nur noch schlimmer«, flüsterte er. »Du hattest recht, Toris.« Er starrte auf seine blutigen Hände.

»Du musst damit aufhören«, sagte sein Schwiegervater leise. Der Einzige, der noch neben ihm stand, der sich traute, in seine Nähe zu kommen, ins Zentrum des Sturms. »Du musst aufhören, Sorayn.«

Er blickte in die dunklen Augen des Zintas und las das gleiche Entsetzen darin, das er selbst empfand.

»Was bin ich?«, fragte er. »Ein Ungeheuer?«

»Du kannst nicht jeden töten«, sagte Toris. »Auch wenn sie uns gefangen nehmen wollen, auch wenn sie uns quälen und umbringen ... Du kannst sie nicht alle töten. Was willst du tun? Gegen ganz Deret-Aif kämpfen?«

»Nein. Nur gegen einen. Ich werde nach Kirifas gehen und Zukata vom Thron stürzen.«

Toris sah ihn an und schüttelte besorgt den Kopf.

»Grüß Maja«, sagte Sorayn. »Bitte sie in meinem Namen um Verzeihung für alles. Aber ich kann jetzt nicht zu ihr, ich kann unser Glück nicht über die furchtbaren Dinge stellen, die in diesem Land geschehen.«

Toris nickte.

»Vertrau mir. Ich bringe alles wieder in Ordnung. Das verspreche ich dir.«

»Versprich nicht zu viel«, sagte Toris und ging zurück zu den anderen, und Sorayn wandte sich ab von dem, was er getan hatte, und verschwand im Wald.

8. Das Herz der Königin

VON DER ANHÖHE aus konnten Tamait und Manina die Soldaten beobachten, wie sie in einer Reihe den schmalen Weg hinaufgeritten kamen. Die Gefangene saß hinter einem von ihnen auf dem Pferd, den Kopf gesenkt. Langes, schwarzes Haar fiel über ihr Gesicht.

Der junge Mann blickte sich nervös um. »Erion ist nicht dabei«, flüsterte er. »Schon seit Tagen. Ich frage mich, was er vorhat.«

»Glaubst du, er kommt aus einem Hinterhalt gesprungen?«, fragte die Prinzessin. Sehnsüchtig musterte sie die Reiter. Einer von ihnen war blond und trug keinen Helm, und doch war sie sich selbst aus dieser Entfernung sicher, dass es nicht der Mann war, für den sie schwärmte. Sie hätte ihn erkannt, an seiner Haltung, an der Art, wie er das Land überblickte, immer wachsam. Diese Reiter sahen dagegen alles andere als wachsam aus. Nein, keine Spur von Erion.

»Warum hat er Maja bei ihnen gelassen? Ich wette, er will, dass wir in der Nähe bleiben. Und dann kommt er mit einem Dutzend Männer und nimmt uns in die Zange.« Tamaits Hand zuckte zu seinem Schwert, als hinter ihm ein Zweig knackte. Doch nur ein kleiner Vogel hüpfte durchs Gebüsch. »Das macht mich wahnsinnig. Ich sollte sie endlich angreifen und es beenden.«

»Du allein gegen sechs Soldaten?«

»Maja kämpft sehr gut.«

»Maja ist gefesselt. Und du kannst nicht angreifen, ehe sie nicht in Sicherheit ist.« Besänftigend legte Manina ihm die Hand auf den Arm. »Es wird eine Gelegenheit kommen. Bestimmt. Wenn sie durch die Furt müssen ...«

»Dort werden sie wachsamer sein als irgendwo sonst.« Tamait biss sich grimmig auf die Lippe. Nie würde die junge Prinzessin vergessen, wie fassungslos er gewesen war, als er in jener Nacht ihrer Flucht feststellen musste, dass seine Schwester es nicht geschafft hatte. Nur mit Mühe und Not hatte Manina ihn dazu bewegen können, nicht blindlings zurückzustürmen. Am Morgen hatte er sie um Verzeihung gebeten dafür, dass er sie nicht in Sicherheit bringen konnte, bevor er nicht alles Menschenmögliche für Maja getan hatte.

»Glaubst du, ich kann mich verkriechen, während meine Freundin in Gefahr ist?«, hatte sie entgegnet und war ein wenig beleidigt gewesen, weil er so tat, als sei er der Einzige, der unter dem Verlust litt. Die zusammen verbrachte Zeit bei den Zintas und im Dorf hatte sie alle drei so verbunden, dass die ehemalige Kaiserin das schwarzhaarige Mädchen als ihre zweite Hälfte empfand, als unentbehrlich, die einzige Freundin, die sie je besessen hatte.

Der junge Mann atmete tief durch. »Tut mir leid. Dich zu beschützen ist das, was in diesem Moment das Wichtigste ist. Für uns alle. Für ganz Deret-Aif. Auch Maja hätte es so gewollt. Dass ich so weit wie möglich mit dir fliehe. Aber ich kann nicht. Verstehst du das? Es geht einfach nicht. Ich kann sie nicht im Stich lassen.«

»Das Wichtigste für Deret-Aif«, flüsterte Manina. Sie betrachtete ihre Hände, rau geworden von der Küchenarbeit im Silbernen Krug, die Hände einer Magd. Sie war keine Regentin mehr. Sie hatte ihren Rang abgestreift wie den goldenen Kopfschmuck, der ihr von Anfang an zu groß gewesen war. »Das«, meinte sie, »ist für jeden etwas anderes. Ist es nicht so? Und heute ist Maja wichtig. Nur Maja.«

Sie hatten einander zugenickt.

Die blonde Prinzessin hasste es, ständig beschützt zu werden. So war es schon im Palast gewesen. Von Anfang an war sie wie ein Schatz behandelt worden, ein wertvolles Objekt, um das man sich stritt. Es kam auf gar keinen Fall in Frage, dass Tamait mit ihr floh, während Erion Maja in die Hauptstadt brachte. Manina wünschte sich nur, sie hätte ihm helfen können. Während ihrer Ausbildung in Kirifas hatte Blitz, ihr unvergleichlicher Lehrer, sie zwar auch mit dem Schwert bekannt gemacht, aber sie hatte lieber seinen Geschichten gelauscht, als sich mit einem Stück Metall in der Hand im Dreck zu wälzen. Nie würde sie vergessen, wie überrascht ihre Rieseneltern gewesen waren, als sie herausfanden, dass ihre menschliche Tochter sich nicht gerne prügelte. Schon als Kind konnte sie körperliche Gewalt nicht ausstehen, und sie wäre gar nicht auf die Idee gekommen, zum Spaß jemanden zu schlagen und sich über Gegenwehr, Gerangel und eigene blaue Flecken zu freuen.

Letztendlich war sie für alle eine Enttäuschung gewesen. Für ihren Vater Kanuna, ihre Mutter Fanes, sogar für das Volk von Deret-Aif, dem zu dienen sie geschworen hatte. Nur in Majas und Tamaits Nähe fühlte Manina sich akzeptiert, so wie sie war.

»Es wird eine Gelegenheit kommen«, wiederholte sie. »Verdirb es nicht durch Ungeduld, mein Freund.«

Er knurrte etwas. Sie hielten beide still, als die Reiter, ohne sie zu bemerken, an ihnen vorüberzogen und über die Kuppe des Hügels in der nächsten Senke verschwanden.

»Komm.« Tamait zog sie durch das Gebüsch auf den Weg. »Da unten ist die Furt ... Vielleicht werden sie dort versuchen, uns zu fassen. Wenn es nur nicht so viele wären!«

Manina hatte ihm verboten, die Soldaten aus dem Hinterhalt abzuschießen. Deswegen war sie etwas empfindlich, wenn er auf die Zahl ihrer Gegner zu sprechen kam. Wenn es ihnen nicht gelang, Maja zu retten, war sie schuld, das wusste sie. Sie konnte dem jungen Krieger nicht wirklich helfen und behinderte ihn auch noch in allem, was er unternehmen wollte. »Am Ufer.« Sie hatte nur diesen einen Vorschlag. »Sie müssen absitzen und die Pferde dazu bringen, durch den Bach zu schwimmen. Dann reiten wir los und ...« Die Erwartung ließ ihr Gesicht aufglühen. Tamait sah sie an und schüttelte den Kopf. »Ist das ein Befehl, Prinzessin?«

Sie hatte nichts mehr zu befehlen. Warum er überhaupt etwas auf ihre Meinung gab, war ihr ein Rätsel. »Nur eine Idee. Eine bessere habe ich leider nicht.«

»Ich auch nicht.« Tamait wirkte finster und sehr erwachsen. Er erinnerte sie immer mehr an Blitz, seinen Onkel, wenn diesen die Schwermut plagte. »Dann wollen wir mal.«

Es war natürlich eine dumme Idee, aber sie hatten einfach keine bessere. Seit Tagen verfolgten sie diese Soldaten und es ergab sich nicht die geringste Gelegenheit zum Angriff. Maja war ständig von Wachen umgeben. Sie hatten keine Möglichkeit gefunden, ihr ein Zeichen zu geben. Sie konnten auch keine Falle errichten oder einen Platz vorher inspizieren, denn die Reise ging kreuz und quer übers Land. Es sah nicht danach aus, als würden sie auf Kirifas zuhalten oder sonst ein Ziel verfolgen. Die Furt war der erste Ort, den sie sich schon vorher angesehen hatten, einfach weil die Männer mit ihrer Gefangenen über diesen Bach mussten, wenn sie nicht umkehren wollten. Und das hatten sie, wie es schien, auch nicht vor.

Die beiden Verfolger holten ihre Tiere, die sie etwas weiter weg vom Pfad versteckt hatten, und saßen auf.

»Wir stürmen auf sie zu«, sagte Manina noch einmal. »Du setzt Maja zu mir aufs Pferd und ich reite weg, während du sie aufhältst.«

Es klang so einfach, dass es fast genial war, und dennoch wussten sie beide, dass es nicht gelingen konnte. Wenn man sich gestattete, darüber nachzudenken, war es geradezu idiotisch. Zweifellos waren sie dabei, sehenden Auges in eine Falle zu tappen.

»Ja«, sagte Tamait. »So machen wir es.«

Er war wütend auf sie, das wusste sie, wütend auf die ganze Situation, wütend auf Erion, in dem er seinen Todfeind sah und dessen Namen sie nicht über die Lippen brachte. Erion. Sie hatte sich geirrt, als sie dachte, Tamait hätte nicht gemerkt, was sie fühlte. Doch jetzt mussten sie sich beide auf ihr Vorhaben konzentrieren. Die junge Frau wandte sich dem Fluss zu.

Erions Männer hatten begonnen, die ersten Pferde durchs Wasser zu führen. Das schwarzhaarige Mädchen saß am Ufer und machte keinerlei Anstalten, wegzulaufen. Niemand schien auf sie zu achten.

»Na los«, sagte Tamait. »Tun wir ihnen den Gefallen.«

Sie trieben die Pferde an und sprengten den Hang hinunter. Die Soldaten riefen einander Warnungen zu und zogen ihre Schwerter. Fünf waren es jetzt; der sechste war schon fast drüben und würde nicht schnell genug umkehren können. Die Prinzessin suchte das jenseitige Ufer nach weiteren Feinden ab – vielleicht versteckte Erion sich dort mit einem ganzen Heer? –, aber noch zeigte sich niemand. Oder er wartete ab, bis die beiden so dicht dran waren, dass sie nicht mehr entkommen konnten.

»Maja!«, schrie Manina. »Zu mir! Lauf!«

Die Gefangene hatte sich aufgerappelt und rannte zwischen den Soldaten hindurch, ihr entgegen. Das schwarze Haar wehte hinter ihr her wie die Mähne eines galoppierenden Pferdes. Nur – es war gar nicht Maja.

Tamait senkte den langen, starken Ast, den er mit seinem Schwert zurechtgehauen hatte. Ein einziger Stoß fällte den ersten Gegner.

Die junge Frau hatte keine Zeit, weiter auf ihren Mitstreiter zu achten. Sie streckte dem fliehenden Mädchen die Hände entgegen und zog es hoch, bäuchlings über den Pferderücken, dann riss sie ihre Stute herum und jagte den Hang wieder hoch. Niemand verfolgte sie; die Soldaten umkreisten Tamait.

Manina ließ die Gerettete oben am Waldrand ins Gras rutschen. »Warte hier. Ich muss ihm helfen.«

Die Fremde krallte sich in ihren Arm. »Nein! Nein, lass mich nicht hier allein!«

Tamait zog gerade sein Schwert, stellte sich auf den Pferderücken und sprang von dort aus über die Köpfe der Männer.

»Lass mich los!« Sie versuchte das Mädchen, das sich mit seiner ganzen Kraft an sie hängte, abzuschütteln. Sie fielen beide zu Boden. Tretend und um sich schlagend machte die junge Prinzessin sich frei, war im nächsten Moment wieder auf dem Pferderücken und hetzte zurück zum Bach, dorthin, wo Tamait gleichzeitig gegen fünf Soldaten focht. Dort unten lag der zersplitterte Ast, den Tamait hatte fallen lassen. Manina bückte sich danach, ohne langsamer zu werden; das Holzstück war recht schwer, aber sie wuchtete es hoch und stürmte damit auf die Kämpfenden zu.

»Vorsicht!«, schrie einer und drehte sich zu ihr um, aber da war sie schon über ihm und schmetterte ihm ihre Waffe auf den Schädel. Den zweiten erwischte sie an der Schulter und brachte ihn schreiend zu Fall. Die braune Stute stieg erschrocken. Der Dritte wich den Pferdehufen aus und achtete dabei nicht auf Tamait. Die letzten beiden Soldaten warfen sich ins Wasser und retteten sich ans andere Ufer.

Der siegreiche Krieger lachte auf. Blut rann ihm aus einer Wunde an der Stirn und er hinkte, als er versuchte, sein Pferd wieder einzufangen.

»Das war ... alle Achtung, Manina. Eine Amazone hätte es nicht besser gemacht. Wo ist Maja? Ich dachte, sie würden dich ihretwegen verfolgen, aber sie haben sich alle einfach auf mich gestürzt.« Er wischte sich den Schweiß aus dem Gesicht und betrachtete seinen blutigen Ärmel. »Nur schnell weg hier.«

Die junge Prinzessin zitterte so, dass sie sich kaum im Sattel halten konnte.

»Keine Verstärkung«, meinte Tamait zufrieden. Sie konnte seine Müdigkeit spüren, aber die Freude überlagerte alles. »Es war doch keine Falle.«

»Doch«, widersprach Manina und wünschte sich, sie brauchte sein Glück nicht zu vernichten. Müde und leer fühlte sie sich, und sie hätte es ihm so sehr gegönnt, froh und stolz zu sein über ihren gemeinsamen Triumph, statt ihn in die Niedergeschlagenheit herunterzuziehen. »Es war eine. Sie haben uns gründlich hereingelegt.«

»Aber ...« Er blickte zu der Gestalt hinüber, die oben am Waldrand auf sie wartete. Ein Mädchen mit langem, schwarzem Haar. Selbst aus dieser Entfernung ähnelte sie Maja. Und war doch eine andere.

»Das ist nicht meine Schwester«, sagte er gepresst. Verzweiflung und Wut glommen in seinen Augen auf. »Bei Rin, du bist die Falsche!«

Die Fremde zuckte vor seinem Zorn zurück. »Ich kann nichts dafür!«, rief sie und hob die Hände, um sich gegen die erwarteten

Schläge zu wehren. »Sie haben mich entführt! Ich konnte doch nichts machen!«

Tamait atmete tief durch. Er hatte nicht vor, sie zu schlagen, aber offenbar war sie es gewöhnt, misshandelt zu werden. »Wer bist du – Schwester?«

Sie war eine dunkelhäutige Ziehende. Und sie sah übel zugerichtet aus. Ihr rechtes Auge begann anzuschwellen, ihre Lippe war aufgeplatzt, und die tiefen Kratzer in ihrer Wange bluteten. »Bei Rin! Wer hat dich so zugerichtet?«

Das Zinta-Mädchen warf Manina einen wütenden Blick zu. »Die da.«

»Du?«, fragte Tamait überrascht und hob die Brauen. »Du hast sie dafür geschlagen, dass sie nicht Maja ist?«

»Tut mir leid«, sagte die Prinzessin, ohne im Mindesten zerknirscht zu klingen. »Aber es ging nicht anders.« Sie sagte ihm nicht, dass sie zu spät gekommen wäre, um ihm zu helfen, wenn sie die Gerettete nicht niedergeschlagen hätte. Immer noch taten ihr die Hände davon weh.

»Dazu könnte ich noch etwas sagen, aber wir müssen hier weg«, bestimmte Tamait und musterte sie verwundert. Die Enttäuschung über den Ausgang ihrer Aktion brannte in seinen schwarzen Augen. »So schnell es geht. Aus welchem Dorf kommst du?«

»Sie haben mich aus dem Lager geholt«, erklärte die Zinta und warf Manina feindselige Blicke zu.

»Aus was für einem Lager?«

»Des Landesherrn natürlich. Wo er die Armen, die keine Steuern entrichten können, arbeiten lässt. Und meine Sippe«, fügte sie mit leiserer Stimme hinzu.

»Deine ganze Sippe arbeitet für einen Fürsten? Wo gibt es denn so etwas?«

»Überall«, gab sie zurück. Nun war sie es, die erstaunt dreinblickte. »Wisst ihr das denn nicht? Entweder man lässt eine Person zurück oder alle bleiben. Wir sind zusammengeblieben. Und das ist der Ort, an den ich zurück muss.« Sie sah von einem zum anderen. »Ich erwarte nicht von euch, dass ihr das versteht.«

Sie weigerte sich, eins der herrenlosen Soldatenpferde zu nehmen. Der junge Mann bot ihr an, sie zu begleiten, aber nach einer gemeinsamen Mahlzeit und ein paar Stunden Ruhe verschwand sie spurlos mitsamt dem restlichen Proviant.

Die Kraft, die Manina und Tamait bis zu diesem Zeitpunkt aufrecht gehalten hatte, fiel von ihnen ab, als wären sie Bettler, denen ein ungestümer Fußtritt die Krücken weggerissen hatte. Es fühlte sich an wie ein Sturz, tief und schmerzhaft.

»Maja ist längst weg«, stöhnte die ehemalige Kaiserin. »Und ich bin schuld. Ich hätte sie nie allein lassen dürfen, bei *ihm*. Wie sollen wir bloß ihre Spur wiederfinden?«

»Wir werden Erion nicht mehr einholen.«

»Dann gehen wir eben nach Kirifas!«

»Und holen sie aus Zukatas Palast?« Tamait schüttelte den Kopf, und es gab ihr einen Stich, daran erinnert zu werden, dass ihr Zuhause nun einem anderen gehörte. »Was hast du vor – dich anzubieten gegen ihre Freilassung?«

»So in der Art«, gab Manina zu.

»Nein, Prinzessin«, widersprach er sehr ernst. Sonst benutzte er nie ihren Titel. »Nein. Schlag dir das aus dem Kopf. Ich werde dich nicht nach Kirifas bringen. Wir müssen Maja verloren geben.« Er zwang die Worte über seine Lippen.

»Das kann ich nicht glauben! So etwas auch nur zu sagen ... das kann nicht dein Ernst sein!«

Sie erschrak vor der Entschlossenheit in seinem Gesicht. Da war so viel Zorn und Trauer – was lag noch darin? Mitleid?

»Manina.«

»Ja?«, fragte sie bang.

»Ich werde dich in Sicherheit bringen. Das hätte ich von Anfang an tun sollen. Das ist meine Aufgabe. Ich weiß, dass meine Schwester das genauso sehen würde. Das ist das, was sie von mir erwartet.«

»Du bringst mich weg – und dann rettest du sie alleine?« Sie wollte es nicht glauben. »Und was ich darüber denke, ist dir egal?«

»Nein«, sagte er langsam. »Du hast natürlich die Wahl. Aber nicht die, nach Kirifas zu gehen. Als du deine Krone aufgegeben hast, hast du dich schon entschieden. Aber was du jetzt tust, wird das Schicksal des Kaiserreichs beeinflussen. Zukata hat dich einmal aufgespürt, er kann es auch ein zweites Mal. Vielleicht wärst du in einem Kloster sicher. Ich weiß nicht, ob er so weit gehen würde, dich bis hinter die Mauern eines heiligen Hauses zu verfolgen. Und es wäre ein klares Signal an ihn, dass du nicht vorhast, ihm seine Macht streitig zu machen.«

Manina schluckte. »Du schlägst mir vor, ich soll mich bei den Nonnen verkriechen? Ich wollte ein normales Leben. Ich wollte sein wie alle. Ich will das, was wir im Dorf hatten, wir drei ...«

»Damit ist es vorbei«, unterbrach Tamait streng. »Du kannst kein normales Leben führen. Du bist Kaiser Kanunas Tochter. Entweder du gehst nach Salien ins Kloster und sagst dich von allem los. Vielleicht lässt Zukata dich dann in Ruhe. Eine Garantie dafür gibt es nicht.«

»Oder?« Sie wollte es nicht hören. Sie wusste jetzt schon, dass es ihr nicht gefallen würde, und trotzdem zwang sie sich dazu, ihn bis zum Ende anzuhören.

»Oder du gehst nach Wenz und stellst dich auf Okas Seite. Hast du nicht mitbekommen, dass er Schwierigkeiten macht? Wenn du dort hingehst, wissen alle, woran sie sind. Damit würdest du Zukatas Feinden Auftrieb verschaffen. Alle, die rebellische Gedanken hegen, würden sich unter deinem Banner sammeln.«

»Wenz«, wiederholte sie tonlos.

»Ganz recht. Wenz. Du wusstest, dass Mino und Maja darüber gesprochen haben. Eine Ehe mit König Oka ist vielleicht die einzige Hoffnung für Deret-Aif, Zukata jemals wieder loszuwerden.« Er sah sie nicht an dabei, wofür sie ihm dankbar war.

Der Mann, über den sie sprachen, war doppelt so alt wie sie, er hatte schon erwachsene Töchter. Ein Königreich im unwirtlichen Norden. Wenn sie ihn heiratete, würde die Rebellion der Wenzer höchstwahrscheinlich in einem langen, blutigen Krieg enden. Hatte Sorayn nicht Frieden versprochen? Aber ihr Neffe hatte ihr auch zugesichert, dass Zukata den Thron niemals besteigen würde. Nur weil sie auf ihn hereingefallen war, würde alles in Finsternis und Chaos enden.

König Oka. Sie versuchte, nüchtern darüber nachzudenken, was ihre Entscheidung nach sich ziehen mochte. Dazu musste sie das Bild des blonden Mannes auf der Lichtung aus ihrem Herzen verbannen. Wie er schlief; die Strähnen in seiner Stirn, und dann sein Blick, dieser unvergessliche Blick aus seinen grauen Augen, verträumt wie ein kleiner Junge ... So würde es sein. Jeden Morgen würde er erwachen und sie so anschauen, und sie würde sich über ihn beugen und ihn küssen. Ein neuer Tag. Was tun wir heute?

Jemanden in Zukatas Auftrag entführen, zum Beispiel?

Ein Traum. Erion war nichts als ein Traum, sie wusste das. Sie zwang sich dazu, es zu wissen, eine mühsame Aufgabe, als müsste sie einen schweren Stein einen hohen Berg hinaufrollen. Erion ist Zukatas Kaisergänger. Es gibt keine Zukunft für diese Liebe. Auch ohne König Oka nicht.

Sie hatte ihren Rang weggeworfen, aber ihre Herkunft konnte sie nicht so leicht abschütteln. Des Kaisers Tochter. Des neuen Kaisers Schwester. Wem sie ihre Hand gab, interessierte das ganze Reich. Wie hatte sie nur jemals glauben können, sie könnte sich in einem winzigen Dorf niederlassen und lernen, wie man hungrigen Waldarbeitern Suppe servierte? Wie naiv war sie gewesen zu denken, ihr Leben könnte so aussehen – eines braven Mannes Frau in seiner Hütte?

Die Prinzessin sah Tamait an. »Ich könnte ja auch dich heiraten. Und dann laufen wir weg, irgendwohin in den Süden, wo Zukata uns niemals findet.«

Er lächelte. Bitterkeit und Zuneigung stritten in seinem Gesicht, das Blitz so ähnelte, und ihr war, als würde immer etwas in ihm uneinig sein. Fischer und Krieger. Majas Bruder und doch nicht Majas Bruder. Die Freundschaft zwischen ihm und Manina war fast so etwas wie Liebe, und doch stellte er sie vor eine Entscheidung, die ihr Herz brechen musste.

»Kloster oder König?«, fragte er.

»Ich könnte es auch wie meine Mutter machen und nach Rinland fahren.«

»Ja«, gab Tamait zu. »Das könntest du. Wenn du ein Schiff findest, das dich dorthin mitnimmt.«

Aber es gab keine Schiffe, die nach Rinland fuhren. Kaiserin Fanes hatte eines für diese Reise ausrüsten lassen, ihrer Tochter blieb diese Möglichkeit verwehrt. Sie hatte kein Geld, keine Gefolgsleute. Nichts besaß sie, niemand stand zu ihr. Außer ihrem besten Freund. Und dieser fragte: König oder Kloster? Und erwartete ihre Antwort.

Oder Kirifas. Manina stellte sich vor, wie sie vor Zukata hintrat und Majas Freilassung verlangte. Und dann würde er ihr mitteilen, dass Erion um ihre Hand gebeten hatte, und erwarten, dass sie erbleichte, und sie würde ihr Erröten verbergen, damit er es sich nicht anders überlegte.

Tamait würde das nicht zulassen. Nicht einmal, um seine Schwester loszukaufen. Er war mit Sicherheit der unbestechlichste junge Mann im ganzen Kaiserreich, und er würde sie beschützen, ganz gleich, was es ihn kostete.

So wie Blitz es getan hätte.

Wie Maja es verlangt hätte.

Diese ganze Familie von den Glücklichen Inseln, bis oben hin angefüllt mit Edelmut und Treue.

»Verdammt«, fluchte sie leise und erwartete halb, ihn mit Blitz' Stimme sagen zu hören, dass sich solche Worte für eine Prinzessin nicht schickten.

»Du brauchst dich nicht sofort zu entscheiden«, sagte Tamait nach einer langen Pause. »Wir reiten nach Norden. Ich schätze, der Weg nach Wenz über Salien ist der sicherste. Du hast also noch Zeit.« Er zögerte. »Du bist stark genug. Glaub mir. Du bist stark. Du wirst die richtige Entscheidung treffen. Für dich und für Deret-Aif, für uns alle.«

Stark sein. Stärker als die Träume, die Hoffnungen, die Sehnsüchte. Stark wie eine Kaiserin, wie eine Riesin. Stärker als ihr Herz.

Sie nickte nur kurz, um nicht zu weinen. Und sie wollte nicht wissen, was er verbarg, wenn er wegblickte. Welch unmenschliche Kraft in ihm war, was es ihn kostete, sich abzuwenden und nach Norden zu reiten und Maja einem ungewissen Schicksal zu überlassen.

Minos Finger berührten die Holzmöwe und streichelten über die fein gearbeiteten Schwingen, zum Flug ausgebreitet, die winzigen Füße. Sie hatte immer etwas in der Tasche, mit dem sie herumspielte. Mit ihren neuen Steinen war sie noch nicht zufrieden, sie wollte an die Küste, um sich dort schöne, glatte Kiesel zu suchen, diese neuen waren nichts als vorläufige Lückenbüßer. Die Möwe nahm sie gar nicht mehr bewusst wahr, doch während sie den kleinen Vogel ertastete, wie ein Wesen, das sich ganz still verhielt und gleich, wenn sie nicht achtgab, die Flucht ergriff, fiel ihr wieder ein, wem diese Figur eigentlich gehörte.

»Jamai?«, fragte sie. »Hier, das ist deine. Ich wollte sie dir schon lange zurückgeben.«

Das Feuer malte zitternde Lichtstreifen über sein Gesicht. »Behalte sie.«

»Nein! Ich möchte, dass du sie hast.«

Sie griff nach seiner Hand und legte die kleine Möwe hinein. Er duldete es, dass sie seine Finger darum schloss.

»Was hast du eigentlich gedacht?«, wollte sie wissen. »Damals, als du sie in deinen Sachen gefunden hast?«

»Damals? Ich habe mich gefragt, was es wohl zu bedeuten hat.« Er lachte leise. »Ich habe falsch geraten.«

»Vielleicht nicht ganz so falsch.«

Sie erschraken beide. Jamai zog seine Hand vorsichtig zurück, aber sie fing sie wieder ein und hielt sie fest.

»Heirate mich«, sagte Mino.

Er wandte den Kopf ab. Ein dunkler Schatten fiel über seine Wange.

»Ich weiß, dass du mich schon lange fragen willst. Schon viel zu lange. Und ich weiß nicht, was dich davon abhält. Deshalb tue ich es jetzt. Willst du mich heiraten, Jamai?«

Man merkte ihm an, dass er sich wünschte, er könnte sich unsichtbar machen. Doch schließlich knurrte er etwas, was sie nicht ganz verstand.

»Was ist dein Problem, Jamai?«

Noch tat seine abweisende Haltung nicht weh. Aber bald würde der Schmerz darüber beginnen. Er wollte sie nicht ... Nein, das konnte sie nicht glauben.

»Du liebst mich«, sagte sie. »Schon immer. Leugnen ist zwecklos.«

»Und er?« Endlich hob er den Blick.

»Blitz?« Der Name durchzuckte sie wie ein Messerstich.

Der Zinta verzog das Gesicht; vielleicht durchfuhr auch ihn ein alter, nie vergessener Schmerz. »Ich meinte Norha«, sagte er. »Du bist verheiratet, soviel ich weiß.«

Komisch, dass sie nie daran gedacht hatte. Sie hatte den selbsternannten König von Arima verlassen, und daraufhin war er so vollständig aus ihrem Leben verschwunden, wie es nur möglich war. Dass sie sofort an Blitz gedacht hatte, versetzte ihr einen zweiten Stich, sie fühlte, wie dunkle Röte ihren Hals hochkroch.

»Norha ist nicht das Problem«, sagte Mino. »Wir könnten zu Keta gehen, damit er diese Ehe auflöst. Ich hätte ihn schon längst darum bitten sollen, ich habe einfach nie daran gedacht. Tut mir leid. Wir brauchen allerdings einige Wochen, bis wir ihn aufgespürt haben. Ich glaube, so lange will ich gar nicht warten ... Oder ich lasse mich einfach von irgendeinem Priester für geschieden erklären. Kommen wir nicht bald nach Salien? Da wimmelt es doch von Mönchen.« Sie lachte, um ihre Verlegenheit zu überspielen. »Na gut. Den nächsten Heiratsantrag bekommst du, wenn ich das geklärt habe. Oder vielleicht traust du dich ja mal, mich zu fragen.«

Er wagte es diesmal, sie direkt anzuschauen. Seine schwarzen Augen versenkten sich in ihren Wolkenblick.

»Du musst dich vor meiner Antwort nicht fürchten«, sagte Mino.

»Ich werde mich immer vor deiner Antwort fürchten«, gab er zurück.

»Das musst du nicht«, versprach sie leise. »Ich bin mir sicher.«

»Wirklich?«

Immer noch stand der Name zwischen ihnen. Nicht Norha. Blitz. Und sie wusste nicht, wie sie es über sich bringen sollte, über ihn zu sprechen, seinen Namen noch einmal über die Lippen zu bringen, ohne rot zu werden. Ohne zu weinen. Was sollte Jamai von ihr denken?

Sie blickte ins Feuer. Knisternd sprühten winzige Fünkchen auf, als ein Holzscheit zerbrach. »Blitz ist tot«, sagte sie schließlich.

»Von Sorayn hieß es auch, er sei tot. Und plötzlich war er da. Niemand hat Blitz' Leiche gesehen. Niemand war dabei, als er starb. Du kannst nicht wissen, ob er tot ist.«

»Er ist tot!« Sie konnte nicht verhindern, dass ihre Stimme brach.

»Ob lebendig oder tot«, sagte der Zinta, »solange dein Herz ihm gehört ...«

»Nein«, widersprach sie heftig. »Ach, Jamai, das ist so lange her. Wir waren Kinder. Warum quälst du dich damit? Das hier ist mein Leben. Unser Leben. Die Sache mit ... mit Blitz ist ein Kapitel, mit dem ich längst abgeschlossen habe.« Warum fiel es ihr nur so schwer, diesen Namen auszusprechen? Warum traf sie diese kurze Silbe jedes Mal wie ein Schlag, ein kurzer Schmerz, der sie von Kopf bis Fuß durchzuckte?

»Wenn ich das nur glauben könnte«, meinte er.

Statt einer Antwort lehnte sie sich vor und küsste ihn. Zärtlich berührten ihre Lippen die seinen, warm und weich.

»Du bist hier«, sagte sie. »Du bist hier, bei mir. Blitz war ein Traum. Längst ausgeträumt. Man kann nicht nur von Träumen leben. Du bist meine Wirklichkeit.« Eine Welle der Zuneigung durchflutete sie. »Ich möchte mit dir alt werden, Jamai. Das hier soll unser Leben sein. Unseres, das niemand uns streitig machen kann.«

»Bist du dir sicher?«, fragte er. »Wirklich sicher? Kannst du Ja sagen zu mir, ohne dass dieser Traum oder was immer es ist, diese erste Liebe, zwischen uns steht?«

»Du bist meine erste Liebe«, verbesserte sie. »Nein, widersprich mir nicht. Als ich Möwe war und von nichts etwas wusste, da warst du es, den ich geliebt habe. Und jetzt, wo ich wieder Möwe bin ...«

»Ähem.« Kroa räusperte sich vernehmlich, als er mit beiden Händen voller Brennholz zwischen den Bäumen hervortrat. »Wie schön doch dieser, äh, Abend ist.«

Sie waren versucht, auseinanderzufahren, doch sie taten es nicht. Die Hände ineinander verschränkt, blieben sie dicht nebeneinander sitzen, und Mino lehnte ihren Kopf gegen Jamais Schulter.

Der Zwerg legte die Äste nach und nach ins Feuer und beobachtete, wie die Flammen gierig an ihnen leckten.

»Warum so schweigsam?«, fragte Mino munter. »Hat es dir die Sprache verschlagen?«

Der dritte der Freunde schüttelte den Kopf. »Ich bewundere deinen Mut, Jamai«, meinte er schließlich.

»Hallo, Kroa?« Mino lachte. »Ich bin's, Möwe. Keine tollwütige Bestie. Keine wilde Riesin. Nur ich. Warum Mut? Ein Herz genügt.« Sie wiederholte es, leise und zärtlich und froh. »Ein Herz genügt.«

»Und wohin jetzt?«, wollte der kleinere Mann wissen, ohne darauf einzugehen. »Bleiben wir bei unserem Plan, Manina aufzusuchen? Oder willst du zu Keta und um ihre Hand anhalten?« Er stöhnte auf. »Ihr habt es richtig eilig, oder?«

Mino und Jamai wechselten einen Blick. Daran mussten sie sich noch gewöhnen, sich wie Liebende anzuschauen und nicht wie Freunde. Ein Paar zu sein, so gut wie verlobt, während alles andere so vertraut war. Ungewohnt auch, dass Kroa auf einmal ein Außenstehender war, ein anderer, der nicht so zu ihnen gehörte wie sie zueinander.

»Wir sind bald in Salien«, sagte Jamai zögernd.

Der Zwerg schlug sich mit der Hand gegen die Stirn. »Salien. Natürlich. An jeder Ecke Priester und Mönche. Hoffen wir, dass sie nicht zu sehr mit den Vorbereitungen für das Brückenfest beschäftigt sind.«

»Es ist auf dem Weg. Wir verlieren auch keine Zeit«, versprach Mino.

»Klar«, brummte Kroa und schüttelte den Kopf. »Na klar. Das musste ja irgendwann kommen.«

Mino wusste, dass er schon seit Tagen auf diese Gelegenheit gewartet hatte. Mit grimmigem Gesicht trottete ihr treuer Freund hinter ihnen her und versuchte sich den Anschein zu geben, als ob nichts wäre. Aber als Jamai endlich einmal auf die Jagd ging und die beiden anderen gemeinsam das Lager vorbereiteten, schlich der Zwerg besonders auffällig herum, begierig auf eine Aussprache und doch zurückzuckend, als wäre die Albinofrau eine Fremde, deren Reaktion er nicht abschätzen konnte.

»Nun spuck's schon aus, Kroa«, sagte sie schließlich. Eigentlich hatte sie warten wollen, bis er selbst den Mut dazu fand, und sie genoss es, ihn ein bisschen zappeln zu lassen, aber je länger es dauerte, um so angespannter wurde sie selbst. Was war so schlimm, dass er sich nicht traute, es ihr zu sagen?

»Brich Jamai nicht noch einmal das Herz«, bat er. Seine dunklen Augen funkelten sie an, als wäre sie der Feind, sie, die doch immer seine Freundin gewesen war.

»Warum glaubst du, ich würde es ihm brechen? Ich liebe ihn.«

»Wirklich? Du magst ihn. Aber mich magst du auch, hoffe ich doch. Mich liebst du auch. Es gibt viele Arten von Liebe.«

»Was willst du damit sagen? Dass die Art, wie ich ihn liebe, nicht die richtige ist?«

»Freundschaft. Zuneigung.« Aus Kroas Mund klangen diese Worte wie Beschimpfungen.

»Es ist mehr, mein Freund. Du weißt, dass es mehr ist.«

»Bei ihm schon«, gab er zu. »Aber bei dir?«

»Was ist los mit dir?«, fragte Mino ärgerlich. »Bin ich dir nicht gut genug für ihn? Oder bist du eifersüchtig?«

»Eifersüchtig?« Der Zwerg lachte amüsiert auf. »Weil du dich für den Mann entschieden hast, der besser aussieht? Glaub mir, das nehme ich dir nicht übel. Such dir aus, wen du willst. Aber muss es Jamai sein? Ausgerechnet Jamai?«

Sie wurde langsam wirklich wütend. »Ja«, sagte sie. »Es muss Jamai sein. Um was geht es überhaupt? Ich darf heiraten, wen ich will, aber nicht Jamai?«

»Ganz genau«, sagte Kroa. »Denn du bist eine von den Frauen, die irgendwen heiraten, wenn sie den nicht kriegen, den sie wollen. Dagegen habe ich nichts, es ist deine Sache und ich habe dich deswegen nicht weniger gern. Aber lass Jamai dabei aus dem Spiel!«

»Ich bin eine von was für Frauen? Die irgendwen heiraten?« Mino war sprachlos. Sie hätte ihn am liebsten geschlagen, mitten ins Gesicht, für diese bodenlose Frechheit. »Ich will Jamai!«

»Du willst Blitz.«

Sie atmete tief durch. Dieser Name, immer wieder, wie ein Fluch, der sie nicht losließ, wie eine Krankheit, die nicht heilen wollte.

»Blitz ist tot«, sagte sie bemüht ruhig.

»Höchstwahrscheinlich«, gab Kroa zu. »Aber nicht in deinem Herzen.«

Mino stieß einen wilden Schrei aus. »Was habt ihr nur alle mit Blitz? Steht es auf meiner Stirn geschrieben: auf ewig verbunden mit Blitz und keinem anderen? Steht es da? Siehst du es? Warum glaubst du, dass ich immer noch an Blitz denke? Wir haben unsere Kindheit miteinander verbracht. Und? Ich habe mein Gedächtnis wiederbekommen, als ich ihn getroffen habe. Und? Jeder andere aus meiner Vergangenheit hätte wahrscheinlich dasselbe bewirkt. Warum glaubst du, dass ich ihn so geliebt habe, dass ich nie wieder für irgendeine andere Liebe frei wäre? Wir waren nie ein Paar. Warum sollte er in meinem Herzen sein? Fragst du jeden Menschen, der irgendwann einmal irgendetwas für einen Kinderfreund empfunden hat, ob seine neue Liebe echt sein kann? Blitz ist tot! Ich bedaure es zutiefst, ja, weil ich ihn früher gut gekannt habe, aber unsere Wege sind auseinandergegangen.« Sie musste nach Luft schnappen, so schnell kamen die Worte aus ihr heraus. »Meine Güte, warum fragst du mich nicht nach Norha? Immerhin bin ich immer noch mit ihm verheiratet. Wir haben viele Jahre miteinander geteilt und sie waren anfangs sogar recht gut. Ich habe einige sehr schöne Erinnerungen an ihn. Warum fragst du nicht, ob ich darauf hoffe, dass Norha sich ändert? Dass er als ein Mann zurückkommt, dem es leid tut, was er getan hat? Der sich von Zukata lossagt und mit mir ein neues Leben anfangen will – warum fragst du nicht danach?« Am liebsten hätte sie mit dem Fuß aufgestampft, aber das wäre ihr irgendwie lächerlich vorgekommen. »Bei Rin und Rinland, warum fragen mich alle ständig nach Blitz!«

»Tja.« Kroa seufzte und scharrte mit den Füßen in der Erde. Er wirbelte ein paar trockene Blätter auf. »Du hast recht, Mino. Entschuldige.«

»Dann glaubst du mir?«

Der Zwerg nickte.

Sie atmete schon erleichtert auf, als er fragte: »Und du? Glaubst du das auch?«

»Ich liebe Jamai«, sagte sie schlicht.

»Ja, ich auch. Deswegen sage ich es noch einmal: Brich ihm nicht das Herz. Oh, es ist furchtbar, dass ein Mensch solch eine Macht haben kann über einen anderen!«

»Es war nicht meine Schuld«, verteidigte sich die hellhaarige Frau leise. »Warum ist er Hals über Kopf davongelaufen, nur weil ich einen Jugendfreund begrüßt habe? Wenn wir zusammengeblieben wären, wir drei ... wenn er nicht so blind gewesen wäre in seiner dummen Eifersucht ...«

»Er war nicht blind«, meinte Kroa. »So wenig, wie ich blind bin. Du bist es, Mino, die nicht sehen und nicht hören kann. Du fragst mich, ob es auf deiner Stirn geschrieben steht? Es steht überall, glaub mir. In deinen Augen, in deinen Händen, in deinem Gang ... Du kannst ja nicht einmal seinen Namen aussprechen, ohne dass deine Stimme bebt. Du hast nie das Leuchten in deinen Augen gesehen, wenn die Rede auf ihn kommt. Das Erröten, das über deine Wangen huscht. Die Art, wie du lächelst, wenn du glaubst, dass niemand es bemerkt ... Du müsstest dich sehen, wenn es Gewitter gibt und du auf die Blitze wartest, als wäre jeder davon er, als wäre es Blitz selbst, dessen Gesicht du draußen am Himmel aufleuchten siehst. Wenn es donnert, zuckt es in deinen Füßen, als müsstest du tanzen.«

»Das wusste ich nicht«, murmelte sie betroffen.

»Jamai ist wahnsinnig, dass er sich darauf einlässt.« Es klang nicht mehr zornig, nur traurig. »Du bist nicht frei. Er weiß das, so wie ich es weiß, aber er möchte sich täuschen lassen. Er ist sogar mit dem bisschen Liebe zufrieden, das du ihm vielleicht geben kannst, diesem kleinen Rest, der aus Freundschaft und Wärme besteht. Er weiß, dass du Trost suchst, aber auch wenn er es nicht wahrhaben will, weiß er genau wie ich, dass er dich nicht trösten kann. Er ist so verzweifelt, dass er nach dem greift, was er bekommen kann. Aber ich kann doch nicht zulassen, dass er sich zugrunde richtet. Dass ihr euch beide belügt und vernichtet ...« Etwas in Kroa schien zu brechen. Er war den Tränen nahe. »Ich kann es doch nicht zulassen. Ich bin euer Freund. Ich kann doch nicht zusehen, wenn ich genau weiß, wie es ausgehen wird.«

Mino wollte nicht mehr reden. Sie wollte in den Wald laufen, so wie Keta immer verschwand, wenn ihm ein Gespräch zu viel wurde, sich in die Stille flüchten, aus der, je länger man horchte, immer mehr Gesang erblühte. Denn sie konnte ihren Weggefährten nicht so stehenlassen und sie konnte ihm auch nicht recht geben. Seine Worte als Wahrheit anzuerkennen hieß, sich selbst den Dolch ins Herz zu stoßen. Blitz ... und Blitz war tot.

»Du irrst dich«, sagte sie mit fester Stimme. »Niemand weiß je, wie es ausgehen wird. Wir lieben einander. Wir gehören zusammen. Wenn das nicht reicht, wie könnte jemals etwas reichen? Du solltest aufhören, mich zu beobachten und dir Gedanken zu machen. Vielleicht gebe ich dir Rätsel auf, aber wer bist du, dass du glaubst, du könntest sie lösen? Du kennst mich, aber du kannst nicht in mein Herz schauen. Lass die Vergangenheit endlich los. Wir sind deine Freunde. Kannst du uns beiden nicht einfach ein bisschen Glück gönnen?«

Sie wich seinem forschenden Blick nicht aus. Und schließlich gab der Zwerg nach und nickte.

»Verzeih mir.« Wie bei seiner ersten Entschuldigung war sie sich nicht sicher, ob er nicht einfach kapitulierte, um ihre Freundschaft nicht zu beschädigen, aber ihn danach zu fragen, hätte bedeutet, diesen Streit wieder von neuem anzufachen.

»Ja«, antwortete sie nur.

Während sie auf Jamai warteten, sprachen sie nicht mehr, aber das Schweigen zwischen ihnen war wieder das alte, vertraute Schweigen langjähriger Freundschaft.

9. Schlafmut

MAJA HATTE AUFGEHÖRT zu toben. Sie bestrafte ihren Entführer mit Schweigen und einer Verachtung, die ihn in Stein verwandelt hätte, wenn es möglich gewesen wäre. Das wilde Lied ihrer Flöte, das immer wieder über das Schiff hinwegflutete und bis in die Herzen der Ruderer drang, klang wie ein endloser Schrei; doch wenn ihr Widersacher die Tür zu ihrer Kajüte öffnete, saß sie auf dem Bett und starrte ihn an voller Zorn und Hass.

Es störte ihn nicht besonders. Erion war es gewohnt, sich Feinde zu machen. Ihre Wertschätzung hätte ihn gefreut, aber natürlich konnte er von einer Gefangenen keine Zustimmung erwarten. Auch der Kapitän und seine Mannschaft entwickelten keine große Begeisterung, obwohl sie allen seinen Anordnungen Folge leisteten. Aber er konnte fühlen, wie sie aufatmeten, als sie sich dem Hafen von Borianon näherten, der Stelle, wo sie von Bord gehen würden, um über Land nach Kirifas zu reisen.

Als er in Majas Kajüte trat, begegnete sie ihm wieder mit ihrem trotzigen, wütenden Blick, aber genauso wenig wie ein unartiges Kind konnte sie irgendetwas an ihrem Schicksal ändern.

»Seid Ihr fertig, Prinzessin Maja?«, fragte er, stolz auf seine unerschütterliche Höflichkeit.

»Womit?«, knurrte sie. »Euch den Hals umzudrehen? Damit bin ich noch lange nicht fertig.«

»Eure Hände, bitte.«

»Wozu? Damit Ihr mich bequem fesseln könnt?« Sie versteckte die Arme hinter ihrem Rücken. »Schämt Euch!«

Erion schüttelte den Kopf. »Macht es Euch nicht schwerer als nötig. Soll ich ein paar Matrosen dazu bitten, damit sie Euch festhalten?«

Die junge Frau trat an das Bullauge. »So macht Ihr es immer, nicht wahr?«, sagte sie leise. »Die Leute dazu bringen, dass sie sich selbst fügen. Dass sie sich fesseln und gefangen nehmen lassen. Indem Ihr sie bittet, Euch die Arbeit abzunehmen. Es macht wesentlich mehr Mühe, wenn jemand nicht aufhört, sich zu wehren. – Nun gut.« Sie streckte ihm ihre Hände hin. Erion legte den dünnen Strick um ihre zarten Handgelenke. Ihre Wut hätte ihn verbrennen sollen, aber er zuckte nicht einmal zurück, als sie ihm zuzischte: »Verflucht sollt Ihr sein.«

»Kommt, Prinzessin.« Er fasste sie am Arm und zog sie zur Stiege, die nach oben an Deck führte.

Die Matrosen sahen zu, wie Erion seine hübsche Gefangene zum Landesteg leitete. Das Pferd wartete bereits am Kai, von einem Seemann gehalten. Unruhig tänzelte es und warf stolz den Kopf zurück. Kapitän Dogla stand mit düsterer Miene an der Reling.

»Willst du mir keine gute Weiterreise wünschen?«, fragte Erion.

Der Blick des dicken Mannes wanderte ganz kurz zu Maja, als könnte er sich an ihrem Anblick verletzen – oder etwas sagen, was er niemals aussprechen durfte.

»Natürlich«, sagte er steif. »Gute Reise, Herr.«

Erion nickte zufrieden und schob das Mädchen auf das wackelige Brett zu, das über das Wasser hinüber zum Land führte. Es war so schmal, dass sie vor ihm gehen musste. Ohne auch nur einen Moment zu zögern, warf sie sich zur Seite, ins Wasser hinein, trotz ihrer gefesselten Hände. Erion, der ihren Arm gehalten hatte, stürzte mit ihr hinunter, ging unter, kam wieder hoch.

»Helft mir!«, schrie er.

Bevor ihm jemand nachsprang, warfen die Flussmatrosen ihrem Kapitän einen fragenden Blick zu. »Sollen wir ...?«

Dogla seufzte schwer. »Holt sie beide da raus.«

Die Frachtschiffer bekamen Erion, der wild mit den Armen ruderte, bald zu fassen und zogen ihn ans Ufer. Triefend nass lag er im Gras und rang nach Luft, dann setzte er sich auf und beobachtete, wie die Männer in der Nähe der Anlegestelle immer wieder tauchten. Wutentbrannt rappelte er sich auf, als er merkte, dass sie aufgeben wollten.

»Wie, ihr kommt schon zurück?«, fuhr er sie an. »Ohne das Mädchen? Wo ist sie, verdammt?«

»Tut uns leid, Herr.« Einer der Schwimmer übernahm die undankbare Aufgabe, Bericht zu erstatten. »Wir haben sie nicht gefunden.«

»Wie kann das sein? Sucht, verdammt noch mal, sucht!«

»Die Strömung kann stärker sein, als es den Anschein hat«, versuchte einer der erfahrenen Flussschiffer zu erklären. »Sie kann schon weiter abgetrieben sein.«

Auch durchnässt und gerade vor dem Ertrinken gerettet, war Erion kein Mensch, der es nötig hatte, sich für irgendetwas zu bedanken. Als der Kapitän herbeigeeilt kam, um sich nach seinem Wohlbefinden zu erkundigen, wurde er höchst ungnädig empfangen.

»Auf keinen Fall, unter gar keinen Umständen gebe ich mich damit zufrieden. Du und deine Leute werden das Mädchen suchen, bis ihr es gefunden habt.«

»Ihre Hände waren gefesselt«, sagte Dogla, und zum ersten Mal erlaubte er, dass etwas von seinen Gefühlen in seine Stimme hineinsickerte. »Und wenn sie lieber den Tod gewählt hat, als mit Euch zu gehen ...«

»Sie lebt«, entgegnete der Kaisergänger kühl. »Dieses Biest versucht mich auszutricksen. Aber das wird ihr nicht gelingen. Ich glaube nicht, dass sie tot auf dem Grund liegt. Sichere das Ufer! Von beiden Seiten. Deine Mannschaft soll alles absuchen. Ich werde nicht ohne die Prinzessin abreisen. Und du ebenso wenig. Wenn meine Gefangene durch deine Nachlässigkeit entkommt, wirst du es bitter bereuen.« Er musste nicht sagen, welches Schicksal dem Kapitän und seinen Leuten blühte. Seine kalte Stimme, in der die Ungeduld zitterte, verriet alles.

Und Euch haben wir aus dem Wasser gezogen, sagten die Augen des Frachtkapitäns. Jemanden wie Euch. Aber er sprach es nicht aus. Er erteilte seinen Männern Befehle und ließ sie ausschwärmen. Der ganze Hafen geriet in Aufruhr, als die Nachricht sich verbreitete, dass jegliche Arbeit sofort einzustellen sei.

»Jeder«, gab der Fremde aus der Hauptstadt laut bekannt, »jeder sucht dieses Mädchen. Ungefähr so groß«, er hielt die Hand an seine eigene Schulter, »langes, schwarzes Haar, dunkle Augen.«

»Was hat sie an?«, fragte jemand.

Erion starrte den Fischer an, der es gewagt hatte, diese Frage zu stellen. »Das ist unwichtig«, blaffte er ihn an. »In jeder Verkleidung werdet ihr sie erkennen müssen. Wenn nicht, möchte ich nicht in eurer Haut stecken.« Ein paar schleimige grüne Stängel krönten sein nasses Haar, doch niemand wagte, ihn auch nur schief anzusehen. Niemand wagte es, über seine schmutzige, durchweichte Kleidung zu spotten, die so gar nicht zu seinem entschiedenen Auftreten passte.

»Kaisergänger«, flüsterten die Leute einander zu. »Er ist Zukatas Kaisergänger. Tut, was er sagt. Sucht das Mädchen!«

Maja war, flink wie ein Fisch, unter Wasser um das Kaufmannsschiff herumgeschwommen und hatte sich an der Bordwand festgehalten, wo niemand sie sah. Als sie hörte, wie die Matrosen Erion nachsprangen, holte sie tief Luft und tauchte eine Strecke, bevor sie es wieder wagte, zum Atmen den Kopf aus dem Wasser zu stecken. Sie war noch nicht weit gekommen, das Schiff war immer noch viel zu nah. Zum Glück war die Besatzung mit ihrem gemeinen Entführer beschäftigt, niemand stand an Deck und hielt nach ihr Ausschau. Die gefesselten Hände hinderten sie daran, schnell zu schwimmen, ihr Rock sog sich mit Wasser voll. Es gelang ihr nicht, die festgeschnürten Schuhe mit den Füßen abzustreifen, wie Bleigewichte hingen sie an ihren Knöcheln.

Vielleicht schaffe ich es nicht. Der Gedanke kam ungebeten, konnte jedoch das Triumphgefühl, dass sie Erion entkommen war, nicht völlig auslöschen.

Sorayn. Sie dachte an Sorayn, während sie darum kämpfte, nicht unterzugehen, während sie sich darum bemühte, das Gefühl wiederzufinden, das sie beim Schwimmen immer so geliebt hatte, dieses völlige Einssein mit dem Wasser. Dies ist mein Element ... Ihre Beine erlahmten, ihre Kleider blieb an Wasserpflanzen hängen. Die Hände, immer noch gefesselt, brachten sie nicht mehr vorwärts. Alle ihre Bewegungen wurden langsamer, und die Kälte legte sich wie ein schweres Samtkleid um ihre Haut, schwerer noch als der lange Rock, der sich ihr um die Knie wickelte.

Sorayn ... Ich liebe dich. Nie habe ich aufgehört, dich zu lieben. Ich kann gar nicht anders. Und besser, es geht so zu Ende, als dass Erion mich dem Feind übergibt. Besser so, als dass sie dich mit mir erpressen. Besser so ...

Einige dünnstämmige Bäumchen, die in den Uferbereich hineinwuchsen, boten ihr einen Halt mitten in dem Dickicht von Schlingpflanzen. Sie klammerte sich an einen Ast und hielt ihren Kopf so weit über Wasser, dass sie atmen konnte. Das Schilf stand hier recht hoch. Von Ferne hörte sie Männerstimmen. Man suchte nach ihr, natürlich. Erion würde nicht so schnell aufgeben, das hatte sie gewusst. Vielleicht, wenn sie ganz still hielt, würde niemand sie sehen. In dieses verwachsene Gebiet kam kein Boot hinein. Vielleicht konnte sie, wenn es dunkel wurde, heimlich ans Ufer und doch noch entkommen. Hoffnung glomm in ihr auf, eine unauslöschliche Kerze in der Dunkelheit.

»War da nicht etwas?« Die Stimmen am Ufer wurden lauter. »Nein, ein Frosch. Da springen sie, siehst du nicht? Hier wimmelt es von diesen Viechern.«

»Schlangen soll es hier auch geben.«

»Das Mädchen ist längst tot. Warum suchen wir hier eigentlich?«

Maja biss fest die Zähne zusammen, damit sie nicht klapperten. Ja, Frösche, dachte sie. Springt, was ihr könnt ... Von irgendwoher kam der hohle Ruf eines Vogels. Ein anderer antwortete ihm. Vielleicht ein paar. Und sie wünschte sich, sie hätte Sorayn rufen können, sie wünschte sich, er wäre so nah gewesen, dass ein einziger Schrei – »Sorayn!« – ihn an ihre Seite gebracht hätte. Er hätte die Verfolger vertrieben, die Fesseln gelöst, sie von diesen fürchterlichen Schuhen befreit ...

Sie lehnte die Stirn gegen die kratzige Rinde des Baumes. Träumte von einer Lichtung in der Sonne. Sorayn im Gras, im Spiel mit seinem Bären. Dann der Moment, in dem seine unglaublich blauen Augen ihren begegneten und sie wusste, dass sie etwas gefunden hatte, wenn sie auch noch nicht ahnte, was ... Ich bin hier. Alles hätte sie darum gegeben, ihn jetzt diese Worte sagen zu hören. Ich bin hier ...

Stimmen. Diesmal von der Flussseite her. Träum nicht, schalt sie sich, aber ihr war so kalt, dass die Gedanken sich wie eingefroren durch ihren Geist kämpften. Sie tauchte den Kopf ins Wasser, bis nur noch ihre Nasenspitze hervorschaute. Der Rianang floss zärtlich über ihr Gesicht.

Träum nicht. Denk an Sorayn. Träum nicht, träum nicht ...

Das Boot fuhr vorüber. Ein Schwarm Enten stieg schnatternd auf. Mit einem leisen Plumpsen ließ sich eine Schildkröte von einem niedrigen Ast ins Wasser fallen. Insekten tanzten durchs Schilf.

Dunkelheit legte sich sacht über den Fluss.

Maja richtete sich vorsichtig wieder auf. Am anderen Ufer hüpften kleine Lichter auf und ab. Vielleicht die Laternen der Suchmannschaft? Glaubte Erion wirklich, sie könnte mit gefesselten Händen so weit schwimmen?

Ihre Finger wollten sich kaum von dem mageren Baumstamm lösen, an den sie sich seit Stunden geklammert hatte. Sofort zog alles sie nach unten. Aber das Ufer war nah, so wunderbar nah. Das Mädchen kämpfte sich vorwärts, hielt sich an Schlingpflanzen fest, um sich nach vorne zu ziehen. Das Wasser schwappte und gluckste. Sie hielt inne. Jedes Geräusch schien die Stille so schmerzhaft zu zerreißen, dass ihr fast übel davon wurde. Da – Grund unter ihren Füßen, weich und schlammig. Sie kämpfte sich durch das Schilf. Scharfe Gräser schnitten durch ihre Haut, aber sie spürte nichts. Nur weiter. Nur weiter, mit letzter Kraft. Dorthin, als würde Sorayn dort auf sie warten, dort, wo sie wieder festen Boden unter den Füßen hatte. Dort ... Sie wankte vorwärts, fiel mit dem Gesicht in den Schlamm, Blätter kitzelten sie an den Ohren. Noch etwas weiter.

Der Fluss hielt sie fest, sie musste ihre Füße gewaltsam herausziehen. Schmatzend gab der Morast sie frei. Sie wälzte sich vorwärts, blieb liegen. Der Traum war nah. Es wäre so leicht gewesen, einen Schritt in diesen Traum hinein zu tun, Sorayn vor sich zu sehen, seine warmen Hände auf der Haut zu spüren ... Viel leichter, als sich weiterzuschleppen, als den Fluss abzuschütteln und ihn doch mitzutragen, einen Panzer aus Kälte, festgeschmiedet an ihre Haut.

Der Himmel über ihr war nachtblau. Der Ruf eines Wasservogels, der im Schlaf aufschrie – erschreckt wovon?

Und dann eine Hand, eine warme Hand, die über ihre Wange strich.

»Prinzessin.« Sie erkannte die Stimme selbst in diesem gehauchten Flüstern.

Ihre Tränen fühlten sich überraschend heiß an.

Zwei Männer zogen sie hoch. Sie hatte keine Kraft, sich zu wehren. Nass und halb erfroren hing sie zwischen ihnen.

»Bringt sie in jenes Haus dort hinten«, befahl Erion. Seine Stimme verriet keinen Triumph, keine Freude. Als sei es für ihn selbstverständlich, dass er sie immer wiederfinden würde, egal, wie weit sie vor ihm floh.

Der Kaisergänger herrschte auch hier, wie in jedem Haus, das er betrat. Die beiden Frauen, die hier lebten – eine ältere und eine jüngere – hatten schon einen großen Badezuber mit heißem Wasser gefüllt und halfen dem Mädchen dabei, die nassen Kleider auszuziehen. Während sie sich aufwärmte, konnte sie Erions Schritte nebenan auf dem mit Binsen bedeckten Boden hören, raschelnd, auf und ab, auf und ab. Doch sobald sie, in warme, trockene Tücher gewickelt, im Bett lag, trat er hinzu, betrachtete mit gerunzelter Stirn ihr bleiches Gesicht und setzte ihr eine Flasche an die Lippen.

»Trinkt das.«

Maja spürte, wie die brennende Flüssigkeit ihren Mund füllte und durch ihren Hals rann. Wärme breitete sich in ihr aus. »Weiter«, befahl er. Sie hustete, aber er ließ nicht locker, bis sie alles ausgetrunken hatte, und schaute ihr beim Einschlafen zu. Sie fühlte seine Blicke auf sich, und so war er es, den sie in ihre wirren Träume mitnahm. An ihren geliebten Riesenprinzen wollte sie denken, aber stattdessen verfolgte ihr verhasster Feind sie bis in den Schlaf. Wo sie sich auch versteckte, wohin sie auch floh, er war überall.

Die ältere Frau saß stickend neben dem Bett, mehrere Garnknäuel auf dem Schoß. Maja richtete sich auf und ließ den Blick durch den kleinen Raum wandern. Von Erion war nichts zu sehen.

»Ah, Ihr seid wach?« Die Gastgeberin nickte freundlich lächelnd und räumte ihr Stickzeug fort. »Dann müsst Ihr Euch jetzt fertig machen für die Weiterreise. Hier, ich habe Euch die Kleider meiner Tochter gebracht, sie müssten Euch passen. Eure eigenen Sachen waren vom Flusswasser verdorben. Ich weiß, es ist nicht angemessen für eine Dame Eures Standes, aber …«

Das Zinta-Mädchen unterbrach sie. »Wo ist er?«, flüsterte sie. »Draußen?« Das Fenster ging nach hinten in den Garten. Wenn sie nur schnell genug war, konnte sie vielleicht davonreiten, ehe er merkte, wie gut sie sich erholt hatte. »Wo ist das Pferd?«

»Daran würde ich nicht denken, Prinzessin.« Die Frau schüttelte den Kopf. Sie klang sehr besorgt, als sie hinzufügte: »Nicht, wenn Ihr wenigstens ein bisschen Herz habt für einfache Leute wie uns. Und jetzt werde ich Euch helfen, das Kleid anzuziehen – oder möchtet Ihr lieber dieses hier?«

Die Arimerin wischte ihre Hand freundlich, aber bestimmt fort. »Danke, das kann ich alleine. Und nenn mich nicht Prinzessin. Hör mir bitte zu, dieser Mann hat kein Recht, mich fortzubringen. Er hat mich entführt. Er hat …«

»Davon will ich nichts hören! Lasst mich die Bänder schnüren.«

Das Mieder musste am Rücken zusammengebunden werden. Anders als bei den praktischen Kleidern der Zinta-Frauen war hier tatsächlich Unterstützung nötig. Maja hasste es, sich wie eine feine Dame zu fühlen, die bedient wurde. Prinzessin. Zu einer anderen Zeit hätte dieser Titel sie gar nicht so sehr gestört, aber seit Erion sie so nannte, wurde ihr davon fast schlecht. Weil du Sorayns Frau bist. Weil du mit Zukata verwandt bist. Weil nur noch das zählt und nicht, wer du bist und was du fühlst und wovon du träumst.

»Bitte«, flüsterte sie, »kann ich das Pferd erreichen, ohne dass er mich sieht?«

Die Tür öffnete sich knarrend. Das Gesicht ihres Entführers war freundlich und nichtssagend wie immer, seine Stimme höflich und kühl.

»Guten Morgen. Ihr seid wohlauf, wie ich sehe.«

»Mir wäre noch viel wohler, wenn mir Euer Anblick erspart bliebe«, sagte Maja.

Eine kaum sichtbare Kopfbewegung des Kaisergängers genügte, um die Hausbesitzerin aus der Stube zu scheuchen.

»Mich wundert ein wenig, dass Ihr noch nicht durchs Fenster auf und davon seid«, sagte er.

»Das hatte ich schon noch vor«, gab Maja wütend zurück. »Ich wollte mich nur erst anziehen.«

Der Schlag ins Gesicht kam ohne Vorwarnung. Obwohl ihr die Tränen in die Augen stiegen, gelang es ihr, ohne zu wanken stehenzubleiben und seinen Blick trotzig zu erwidern. Sie widerstand auch der Versuchung, zu rufen: Dafür bringt Sorayn Euch um!

»Tut das nie wieder«, warnte Erion. »So etwas wie gestern will ich nie wieder erleben. Ich bringe Euch nach Kirifas, ob Ihr wollt oder nicht. Wenn Ihr nicht so widerspenstig wärt, könnte es eine viel angenehmere Reise werden.«

»Ja, das glaube ich schon«, stimmte das Mädchen zu. »Für Euch wäre es mit Sicherheit viel angenehmer, wenn Ihr Euch darauf verlassen könntet, dass ich Euch wie ein Hund an der Kette brav folge.«

Er schüttelte ärgerlich den Kopf. »Ihr wollt es einfach nicht begreifen. Ihr seid in meiner Gewalt. Es gibt keinen Ausweg. Ihr habt nur die Wahl, *wie* Ihr diese Reise verbringen wollt. Aufrecht an meiner Seite, wie es einer Prinzessin zukommt, die klug genug ist, einzusehen, wann sie sich fügen muss – oder als meine Gefangene.«

»Vielleicht in einem Sack?«, schlug die Zinta angriffslustig vor.

»Darüber habe ich bereits nachgedacht«, sagte Erion. »Glaubt mir, wenn es nötig ist, werdet Ihr den Rest des Weges verschnürt und geknebelt verbringen. Aber ich habe mir etwas anderes ausgedacht.«

»Und was?« Möglichst unauffällig sah sie an ihm vorbei zur Tür. Als sie die Frau dort auftauchen sah, seufzte sie innerlich. Von ihr war keine Hilfe zu erwarten. Groß sprach die Angst aus ihren Augen.

»Was habt Ihr diesen Leuten gesagt, Fürst Erion?«, fragte Maja. »Dass Ihr ihnen das Dach über dem Kopf anzünden werdet, wenn sie mir helfen? Oder habt Ihr gedroht, sie in den Fluss zu werfen?«

»So langsam lernt Ihr mich kennen.« Er schien zufrieden damit, dass seine Gefangene sich Grausamkeiten überlegte, zu denen er fähig sein könnte. »Kommt in die Küche. Setzt Euch. Stärkt Euch für die Reise. Wir haben gestern viel Zeit verloren, wir brechen gleich auf.«

Die alte Frau stellte ihr einen Teller mit Getreidebrei vor. Die Arimerin hätte lieber nichts gegessen, wenn Erion ihr dabei zusah, aber sie konnte nicht leugnen, dass sie Hunger hatte. Um einen weiteren Fluchtversuch zu wagen, musste sie bei Kräften sein.

»Und?«, fragte sie ihren Feind, der sich auf einen Schemel gegenüber gesetzt hatte und sie beobachtete, als könnte sie jeden Augenblick unter dem Tisch verschwinden und sich in einen heimlich gegrabenen Tunnel stürzen. »Fürchtet Ihr nicht, ich könnte aufhören zu essen, so dass ich verhungert bin, bevor wir Kirifas erreichen?«

Dieses Lächeln, das sie so verabscheute, leicht und kühl, über Dinge, die nur jemand wie er lustig finden konnte.

»Oh, glaubt mir, das befürchte ich ganz und gar nicht«, sagte er. »Selbst Gänse kann man dazu zwingen, mehr zu schlucken, als sie wollen. Warum sollte das mit Prinzessinnen anders sein?«

Nach dem Brei reichte die Frau ihr einen dampfenden Becher, der nach Kräutern duftete. »Was ist das für Tee?«, fragte die junge Zinta. Erinnerungen an Minos Kräuterküche stiegen in ihr auf, an heimliche Krankenbesuche, wo ihre Mutter – damals hatte sie sie bloß für eine gute ältere Freundin gehalten – Tränke für Hustende oder Salben für Verletzte hergestellt hatte.

Das Mädchen nahm einen tiefen Schluck. So kam die Vergangenheit zu ihr, unter Erions wachsamen Augen, ein Stück Arima, eine verlorene Zeit, in der trotz aller Heimlichkeit das Glück gewohnt hatte. Süße, duftende Blumen, würzige Kräuter, der bittere Geschmack von Brennnesseln, das schwere Aroma von Schlafmut ...

Sie hielt inne. Der Becher zitterte ganz leicht in ihrer Hand, der aufsteigende Dampf wärmte ihre Haut.

Schlafmut.

Über dem Tisch begegnete sie Erions gierigem Blick.

Maja schleuderte den Becher fort, scheppernd krachte er gegen die Wand. Ihr Hocker stürzte um, als sie aufsprang und zur Tür lief. Der Kaisergänger setzte ihr sofort nach und erreichte sie, während sie noch mit dem schweren Riegel kämpfte. Mit beiden Armen umfasste er sie und hielt sie fest.

»Schlafmut?«, rief das Mädchen, außer sich vor Zorn und Entsetzen. »Ihr gebt mir Schlafmut?«

»Du hast gesagt, sie würde es nicht schmecken«, rief er zornig.

Am Fenster stand die Gastgeberin mit hilflos herabhängenden Armen, ein Bild des Jammers. »Das hätte sie eigentlich auch nicht dürfen ...«

»Lasst mich los!« Maja wand sich aus Erions Griff. Sie rettete sich auf die andere Seite des großen Esstisches und sah sich hastig nach einer Waffe um. Der hölzerne Schemel fiel ihr als Erstes ins Auge; sie packte ihn und hielt ihn, mit den Beinen voran, abwehrend vor sich.

»Nehmt doch bitte Vernunft an, Prinzessin«, bat ihr Widersacher, wieder so höflich wie immer. »Es geht nicht anders. Ihr werdet Euch nicht brav nach Kirifas bringen lassen, das habt Ihr mir deutlich genug gemacht.«

»Und deshalb wollt Ihr mich betäuben?« Verzweifelt wandte Maja sich an die Frau. »Wie kannst du dich nur dafür hergeben! Hilf mir, zusammen können wir ihn überwältigen! Dann kann er dir und deiner Tochter auch nichts tun. Oh bitte, bitte, hilf mir und nicht ihm!«

Erion lachte leise. »Was soll das werden? Wollt Ihr mit Möbelstücken auf mich losgehen, Prinzessin?«

Sie stand da und schwenkte den Hocker. Zum Lachen konnte sie das nicht finden. »Kommt mir nicht zu nahe!« Wenn sie nur ein Schwert gehabt hätte. Ihre Mutter Alika hatte ihr beigebracht, wie man damit umging. Ein Schwert, wie der Mann vor ihr es an seinem Gürtel trug. Wenn sie nur nah genug an ihn herankam ... Dazu musste sie ihn glauben lassen, sie würde aufgeben.

»Na schön.« Maja stellte den Stuhl wieder ab. »Aber gebt mir nicht Schlafmut. Ich will nicht betäubt werden. Dann komme ich lieber so mit.«

»Wie bewundernswert einsichtig, meine Liebe.«

Er ging auf sie zu. Sie sah ihm entgegen, in sein Gesicht. Nur ja nicht nach dem Schwert schauen, er darf nicht merken, worauf du aus bist ... noch ein Schritt, jetzt streckt er die Arme aus ... Sie sprang nach vorne, packte den Griff des Schwertes –

»Jetzt«, sagte Erion zu jemand hinter ihr.

Maja hatte gedacht, sie würde das Schwert ziehen, zurückspringen und sich dann mit der Waffe den Weg nach draußen erkämpfen. Dass ihr jemand von hinten einen Sack über den Kopf stülpte, machte all diese Pläne zunichte.

»Ich habe doch gesagt – selbst bei Gänsen ...« Erion, sichtlich am Rande seiner Geduld, konnte seinen Triumph dennoch genießen. Seine Helferin lächelte unentwegt entschuldigend.

»Unser Haus«, flüsterte sie in Majas Ohr. »Ich kann doch nicht ... Wohin sollen wir dann, meine Tochter und ich?«

Und was, wollte das Mädchen am liebsten fragen, würdest du noch alles tun für dein Haus? Deinen Gästen eins überbraten? Ihnen Gifttränke brauen? Gebrandmarkten Verbrechern die Arbeit abnehmen?

Aber sie konnte nichts von alldem fragen. Erion hatte ihr die Arme an den Leib gebunden, über dem schmutzigen Leinensack, und dann oben ein Loch hineingeschnitten, so dass nur ihr Kopf herausschaute. Dann zwang er sie dazu, den Mund zu öffnen. Majas Hoffnung, dass sie den ganzen Trank verschüttet hatte, erwies sich als ungerechtfertigt. Die offensichtlich heilkundige Frau hatte eine große Kanne davon hergestellt. Wie viel musste man schlucken, um stundenlang zu schlafen? Die ersten Tropfen versuchte die Gefangene auszuspucken, sie würgte und musste doch schlucken. Obwohl sie nicht weinen wollte, konnte sie nicht anders. Heiße Tränen liefen über ihre Wangen.

»Na endlich, jetzt ist Ruhe«, sagte Erion schließlich.

Ihre Arme waren schwer, die Beine wollten ihr nicht mehr gehorchen. Es war unmöglich, die Augen offenzuhalten. So lange sie konnte, wehrte sie sich gegen den mächtigen Schlaf, der sich ihr aufzwingen wollte. So wie sie sich am Vortag gegen das kalte, lähmende Wasser des Rianang gewehrt hatte. Ich bin stark, ich bin stärker als das. Ich werde nicht schlafen ... ich werde nicht ... ich ...

Manchmal sah sie die Landschaft an sich vorbeiziehen. Wälder. Licht, herbstlich, duftend. Den Kopf an Erion gelehnt, seine vertraute Gegenwart. Immer. Sie versuchte etwas zu empfinden, doch bevor Verzweiflung und Hass an die Oberfläche gelangen konnten, setzte er ihr wieder den Becher an die Lippen. Der Geschmack von Arima ... Sie trank die Glückliche Insel. Irgendwo war Mino. Irgendwo waren Alika und El Jati, ihre geliebten Eltern, und ihr Bruder Tamait mit dem fröhlichen Lachen. Ein kleines Segelschiff auf den Wellen. Das Gefühl, ins Wasser einzutauchen ... immer wieder dieses Gefühl: einzutauchen ins Dunkle. Die Hand ausstrecken. Eine Muschel, geriffelt, rau, kostbar – greif nach ihr, halte sie fest. Streck die Hand aus in der Finsternis. Düfte wehen aus dem Garten, die Nacht ist mild. Mild und finster. Und eine Hand, eine warme Hand, die nach meiner greift ...

Manchmal kam Maja zu sich und fand sich in irgendeinem fremden Haus wieder. Schläfrig aß sie, was Erion ihr brachte, und er half ihr, wenn ihr der Löffel aus der Hand fiel. Immer waren es andere Frauen, die ihr das Haar wuschen, die es kämmten, die ihr das Kleid anzogen, das alte oder ein neues, das fremd roch, sich ungewohnt über ihre Haut legte. Erion nickte ihr zu. Erion hielt ihr den Becher an die Lippen.

Manchmal gelang es ihr, »nein« zu sagen, es zu flüstern, aus dieser Dunkelheit heraus, aus ihrem Garten, in dem sie nach jemandem rief. »Nein, nein, nein ...«

»Schön brav, Prinzessin«, sagte der höfliche blonde Fürst. »Bald sind wir da.«

Eine Zeitlang fuhr sie in einer Kutsche. Sie spürte das Holpern der großen Räder über der steinigen Straße. Der Wind bauschte die Vorhänge vor den Fenstern und gab den Blick auf Wiesen oder Dörfer frei. Bewaffnete Männer in Uniformen ritten zu beiden Seiten. Wozu brauchten sie Soldaten? Sie wollte fragen, aber wenn sie den Mund öffnete, war es, als würde das schwarze Wasser hineinströmen, dort unten im Dunkeln, wo sie tauchte, nach Muscheln suchte und sie nicht finden konnte. Dann wieder war sie mit Erion allein, auf seinem Pferd, und ihre Hände krallten sich um etwas, das sich in einem klareren Moment als Sattelknauf entpuppte.

Eine Hand in einem Garten.

Ich bin hier ...

Dort, wenn sie hinuntertauchte in die Dunkelheit, in die der Becher sie schickte, war jemand. Sie wusste das. Sie war nicht allein hier unten. War es ihr Bruder, der mit ihr schwamm? War es die Stimme im Garten? Sie konnte nicht unterscheiden, wo sie sich befand, ob im Wasser oder hinter dem Haus, wo der Wind die Sträucher streichelte, wo jemand auf sie wartete. Es gelang ihr nicht, den Namen zu finden.

Ich bin hier ... Eine Stimme, warm und tief und kräftig, und obwohl sie so leise war, war sie überall. Ich bin hier ... Fürchte dich nicht. Du bist bei mir. Hab keine Angst. Du bist bei mir, bei mir ...

»Bald«, sagte Erion zu ihr, »bald sind wir am Ziel.«

Sie wusste – aus den festen Klauen des Schlafes für eine Weile entlassen –, dass sie das Bein über den Hals des Pferdes schwingen musste und rennen. Rennen, ohne aufzuhören, nur rennen. Sie wusste nicht einmal, warum, allein dass es so war, dass dies ihre Aufgabe war, ihre einzige. Aber dann fand sie sich bloß auf dem Boden wieder, auf der steinigen, staubigen Straße, und fühlte die Arme eines Mannes um sich, der sie aufrichtete. Ein fester Griff, warm und vertraut und trotzdem falsch.

»Wohin, Prinzessin? So eilig? Wollt Ihr etwa schon vorauslaufen?«

Das Ziel. Sie wusste undeutlich, dass es das war, wovor sie sich fürchtete, wovor sie fliehen wollte, aber es kam mit einer Unausweichlichkeit näher, die ebenso selbstverständlich war wie die Unmöglichkeit zu fliehen.

Wieder eine Kutsche. Maja fand sich auf der Rückbank liegen, richtete sich auf. Eine Straße, das Rattern der Räder über Steinen. Pflastersteinen. Eine Stadt. Sie zog die Vorhänge beiseite und spähte nach draußen. Tatsächlich, eine sehr große Stadt sogar. Neben ihrem Fenster ritt ein Mann, der ein Schwert an der Seite trug. Vielleicht konnte sie auf der anderen Seite hinausspringen? Nein, auch dort ritt jemand. Ihr wurde schwindlig, sie fasste sich an die Stirn. Komm zu dir. Es ist wichtig, sammle dich, schlaf jetzt nicht wieder ein …

Aber sie war nicht müde. Nur etwas benommen. Ihre Hand zitterte. Sie starrte auf ihre Hände, als hätte sie sie lange nicht mehr gesehen.

Sorayn. Zukata. Kirifas. Erion bringt mich nach Kirifas. Sie rüttelte an der Tür, fand sie verschlossen. Durchs Fenster beobachtete sie, wie sie sich einem Tor aus hohen, eisengeschmiedeten Stäben näherten.

»Öffnet.« Erions Stimme, klar und befehlend.

Die Hufe der Pferde klapperten über das Pflaster.

Das konnte doch nicht wahr sein. Waren sie schon in Kirifas? Waren sie da? Jetzt schon? Jetzt?

Als die Wagentür von außen geöffnet wurde, bot der blonde Fürst ihr seine Hand, um ihr beim Aussteigen zu helfen, aber Maja ignorierte ihn und kletterte mit wackeligen Knien aus der Kutsche. Das Licht eines sonnigen Herbsttages blendete sie. Vor ihr ragten die Mauern in den Himmel und formten ein Gebäude, das sie, wenn sie unter anderen Umständen hergekommen wäre, wohl überwältigend gefunden hätte.

»Kommt, Prinzessin«, sagte Erion und fasste sie am Arm. »Der Kaiser erwartet Euch.« Er ließ sich nicht abschütteln. Als könnte sie ihm jetzt noch entkommen, jetzt, bevor sie das hohe Portal durchschritten und die gewaltige Eingangshalle betraten. Als könnte jetzt noch etwas geschehen, das ihr Schicksal wendete – jetzt – oder jetzt!

Maja hörte, wie das Tor hinter ihr zuschwang, wie die großen Türen ins Schloss fielen. Die Lanzen der Wächter pochten mit Nachdruck auf den Boden. Ihre eigenen Schritte kamen ihr dagegen nahezu unhörbar vor, so leicht und leise, als flöge sie eine Handbreit über den marmorierten Steinfliesen. Nur Erions Hand hielt sie unten fest. Der dumpfe Druck in ihrem Kopf löste sich allmählich auf und schien sie nach oben zu ziehen, schwebend. Sie merkte selbst, dass sie noch weit davon entfernt war, klar zu denken. Das erste Gefühl, das sich aus dem Wust an Dumpfheit herausschälte, war erstaunlicherweise Neugier. Als die Wächter die Tür in der goldgeschmückten Wand vor ihr öffneten – eine viel zu große Tür für gewöhnliche Menschen –, blickte sie erwartungsvoll der hohen Gestalt entgegen, die mit großen Schritten auf sie zu kam.

Keta. Er sah genau aus wie Keta.

Sie hatte natürlich gewusst, dass Zukata der Zwillingsbruder ihres Großvaters war, aber die Ähnlichkeit war unglaublich. Als wäre es Keta, hier im Palast von Kirifas, Remanaine, der gütige Heiler aus den Wäldern.

»Das ist sie?« Selbst die Stimme war kaum vom kraftvollen Organ des Riesen, den sie kannte, zu unterscheiden.

Erion war stehengeblieben. Er neigte den Kopf. Aber Maja starrte den Kaiser von Deret-Aif an, ohne vor ihm auf die Knie zu fallen, ohne mit der Wimper zu zucken. Diese Augen, wie aus dem Himmel gepflückt ... Nein, das war nicht Ketas Blick, forschend, und nicht Ketas Begrüßungslächeln. Ketas Gesicht und Ketas Körper, aber der, der darin wohnte, war ein Fremder.

»Prinzessin Maja«, stellte ihr Entführer sie vor. »Das ist Sorayns Frau, mein Herr und Kaiser.«

Ein Blick ohne jede Freundlichkeit. Ein Lächeln, das nicht ihr galt. Kaiser Zukata streckte die Hand aus – seine gewaltige Riesenpranke – und fasste sie am Kinn.

»Hübsch«, bemerkte er kurz, bevor er sich wieder an seinen treuen Diener wandte. »Dann haben wir ihn. Ich freue mich schon auf Sorayns Gesicht, wenn er herkommt.«

»Er wird kommen«, versprach Erion. »Verlasst Euch darauf.«

Er. Sorayn. Der Name brach wie ein Blitzstrahl durch den Nebel. Sorayn. Und Maja wusste auf einmal wieder, warum sie hier war. Wie viele Möglichkeiten zur Flucht hatte sie verschlafen? Ihr Geliebter würde sich fragen, wie sie das hier hatte zulassen können. Für ein Mädchen, das seinen Feinden in die Hände spielte, würde er keinen Finger rühren. Für eine, die ihn verlassen hatte. Für eine, die er sowieso nur geheiratet hatte, um an den Segen zu kommen. Warum sollte er für sie irgendetwas opfern?

Und trotzdem war die Liebe noch da. Konnte sie sie noch fühlen, schwer und schmerzvoll, eine Liebe, größer als dieser Palast, und sie konnte nicht ertragen, der Köder in der Falle zu sein.

»Es wird Euch nichts nützen«, sagte sie. »Gar nichts. Ich bedeute ihm nichts. Ihr könnt mich genauso gut wieder gehen lassen.«

Zukata wechselte einen Blick mit Erion.

»Sie versucht es immer wieder«, entschuldigte dieser sich hastig.

»Nicht in meinem Palast«, sagte der Kaiser streng. Dann wandte er sich wieder dem Mädchen zu. »Was mir etwas nützt oder nicht, entscheide ich. Ich allein. Behalte deine Meinung für dich.«

Seine funkelnden blauen Augen bedeuteten ihr zu schweigen. Auch Erion nickte ihr warnend zu. Aber Maja schüttelte den Kopf. Sie lachte leise. Beide Bewegungen taten weh, und gleichzeitig fühlte es sich gut an.

Nein zu sagen.

Zu lachen.

Und sich nie, nie, nie zu ergeben.

»Was sonst?«, fragte sie frech. »Werdet Ihr mich verprügeln? Mich ins Verlies werfen? Mich mit Schlafmut abfüllen, damit ich schön still bin? Was wollt Ihr tun – mich eine Prinzessin nennen und mich wie den allerletzten Hund behandeln?«

Zukata hob die Brauen, überrascht.

»Verzeiht, Herr«, sagte Erion schnell. »Sie wird natürlich in ihrem Zimmer bleiben und Euch nicht stören.« Erklärend, mit unterdrückter Wut in der Stimme, fügte er hinzu: »Ein Zinta-Mädchen. Sie hat in einem Gasthaus gearbeitet, sie ...«

»Das ist die Prinzessin von Kirifas«, unterbrach der Riesenkaiser ihn scharf. »Wagst du es, so über ein Mitglied meiner Familie zu reden? Selbst wenn ich dir die Königskrone über Aifa gebe und dich zum zweitmächtigsten Mann meines Reiches mache, ist sie immer noch eine Prinzessin aus meinem Hause und du nicht. Du willst sie in ein Zimmer sperren? Meine Schwieger-Enkelin? Wie kannst du es nur wagen? Der ganze Palast steht ihr zur Verfügung. Sie wird an meinem Tisch speisen. Fürstinnen sollen ihr die besten Kleider anlegen und ihr Haar schmücken.«

Erion wurde sichtlich kleiner, er duckte sich unter Zukatas Zorn.

»Das ist die Frau meines Enkelsohns«, wiederholte Zukata mit Nachdruck. Er wandte sich an seinen unfreiwilligen Gast. »Hat dieser Mann hier dich in irgendeiner Weise beleidigt oder dir irgendetwas zuleide getan? Hat er dich auf der Reise hierher behandelt, wie es deinem Rang zusteht?«

Erion erbleichte.

Aber obwohl sie den hochmütigen Widerling für all das, was er ihr angetan hatte, hasste und verabscheute, konnte sie ihn nicht Zukatas Wut ausliefern. Sie schüttelte den Kopf. »Erion hat mich höflich und zuvorkommend behandelt«, sagte sie steif.

Der Riese nickte zufrieden. »Sorayns Herz. Das kostbarste Kleinod in meiner Krone ...« Er betrachtete sie wie einen Edelstein, den man extra für ihn aus dem harten Gestein des Gebirges geborgen hatte. »Fühl dich heimisch hier. Dies ist nun dein Zuhause.«

Und seinem Diener schenkte er ein Lächeln.

»Gut gemacht«, sagte er zu ihm und legte ihm die Hand auf die Schulter.

Wieder zeigte Erions Gesicht einen Ausdruck, den sie noch nie bei ihm gesehen hatte. Zum ersten Mal, seit sie ihn kannte, lächelte er aus tiefstem Herzen, seine Wangen röteten sich, und Glück strahlte aus seinen Augen.

10. Gefangen sein

BLITZ ERWACHTE UND fühlte sich wunderbar ausgeschlafen. Er lag auf einem weichen Fell und wurde von einem weiteren zugedeckt. Herrlich warm war es darunter. Er konnte das Feuer riechen und den würzigen Tee, und die Erinnerung kam zurück. Leise lachend richtete er sich halb auf und entdeckte ein Mädchen, das mit einer Näharbeit in seiner Nähe saß. Herausfordernd streckte sie das Kinn vor.

»Und was ist so lustig?«, fragte sie schroff. »Ich hätte dich auch vergiften können, wenn ich gewollt hätte. Wer ist so dämlich, im Haus seines Feindes etwas zu sich zu nehmen?«

»Ich glaube, ich habe seit ...«, er zögerte kurz und rechnete zurück, »seit vier Jahren nicht mehr so gut geschlafen. Ohne zu frieren und ohne mir Sorgen zu machen.«

Ihr zorniges Gesicht erinnerte sehr an ihren Vater. »Kapierst du es nicht? Du bist unser Gefangener. Wir hätten dich umbringen können!«

»Ich weiß, verehrte Prinzessin«, entgegnete Blitz. »Glaubt Ihr, ich bin hierher gekommen und wusste das nicht?«

»Jetzt verstehe ich, warum alle dich merkwürdig finden. Du bist völlig verrückt.«

Der Arimer reckte sich. »Warum sollte ich mich nicht gut fühlen? Ich habe gut geschlafen ...«

»Weil in deinem Tee etwas war, du Idiot!«

»... jedenfalls habe ich gut geschlafen, mir ist zum ersten Mal, seit Tinek mich in ihrer schwarzen Burg eingesperrt hat, richtig warm, und wenn ihr mich hättet umbringen wollen, hättet ihr das schon längst tun können. – Darf ich fragen, warum Ihr es nicht höchstpersönlich getan habt?«

Unwillig stach die Königstochter eine lange Nadel durch das Fell auf ihren Knien. »Ich vergifte niemanden, der an einem unserer Feuer sitzt«, gab sie schließlich zu. »So wie wir niemanden verprügeln können, der an unserem Feuer sitzt, selbst wenn er es verdient hätte. Wir foltern auch niemanden ...«

»... der am Feuer sitzt«, ergänzte Blitz. »Das Prinzip ist mir jetzt klar. Etwas seltsam finde ich allerdings, dass nichts dagegen spricht, einen Gast, der am Feuer sitzt, hinterrücks mit einem Schlafmittel zu betäuben.«

»Es ist gegen die Ehre, einem Gast, der an unserem Feuer sitzt, etwas anzutun«, fuhr die Prinzessin fort, ärgerlich über die Unterbrechung. »Auch wenn du nicht die geringste Ahnung davon hast, was Ehre bedeutet.«

Jetzt verstand er, warum die Wächter nicht mit der Befragung hatten beginnen können, nachdem er sich ans Feuer gesetzt und seine Stiefel ausgezogen hatte.

»Wie könnt Ihr denn allein mit einem fremden Mann in einem Zelt sitzen, der Eurer Meinung nach nichts von Ehre weiß?«

»Ich kann kämpfen«, erklärte das Mädchen. Ihr Tonfall ließ keinen Zweifel daran, dass sie sich mit allem, was ihr zur Verfügung stand, zur Wehr setzen würde. Unwillkürlich blickte er auf die lange, gebogene Nadel zwischen ihren Fingern.

»Das wird nicht nötig sein, Königliche Hoheit.« Er senkte ehrerbietig den Kopf. »Prinzessin Edmonda.« Und er sagte ihr, was er ihr schon lange, lange hatte sagen wollen: »Vergebt mir.«

»Du weißt also, wer ich bin.« Sie ließ ihre Näharbeit ruhen und betrachtete ihn nachdenklich. »Mein Vater hat dir schon gesagt, dass er dir nie verzeihen wird.«

»Ihr habt gelauscht, edle Prinzessin?«

Sein Lächeln schien sie maßlos zu ärgern. »Natürlich!«, fuhr sie ihn an. »Glaubst du, ich lasse den König allein mit einem Spion, der ein Mörder sein könnte und ein Pirat und was weiß ich was? Und ich hatte recht, das alles bist du. Ein Räuber und ein Lügner und ein Verräter. Mein Vater verabscheut Verräter. Nicht einmal untereinander ist das Gesindel zu Ehre und Treue fähig. Er ist dir nicht dankbar, dass du ihn gewarnt hast. Und es gibt auch keine Belohnung für Verrat. Gar nichts gibt es, also mach dir keine Hoffnung.« Nachdem sie ihrem Zorn Luft gemacht hatte, noch bevor Blitz sich überlegen konnte, was er auf ihre Anschuldigungen antworten sollte, fragte sie: »Hätte der Riese mich wirklich umgebracht? Ein kleines Mädchen, eine Königstochter?«

Der ehemalige Räuber zögerte, er dachte an den Zukata von damals. An dessen Raserei und die blinde Wut. Und an die Angst, die der junge Blitz um jene andere Prinzessin empfunden hatte, um Manina, jene Angst, die ihn schließlich zur Flucht trieb.

»Ich weiß es nicht«, sagte er schließlich. »Ich möchte daran glauben, dass er es nicht getan hätte, aber wie hätte irgendjemand das mit Sicherheit sagen können? Vielleicht wusste nicht einmal Zukata selbst, was er tun würde. Aber er hätte keinen Augenblick gezögert, Erwachsene umzubringen, die sich ihm widersetzten. Das weiß ich gewiss, ich habe es mit eigenen Augen gesehen. Euer Vater mag sagen, was er will, aber ich habe ihn dazu gebracht zu gehorchen, und nur das hat Eurer Familie das Leben gerettet. Eurer ganzen Familie. Ich bin sicher, man hat Euch die Geschichte oft genug erzählt.«

Prinzessin Edmonda legte den Kopf schief und starrte ihn eine Weile an. Blitz tat, als machte es ihm nichts aus, wie sie versuchte, bis auf den Grund seiner Seele zu blicken.

»Warum entschuldigst du dich dann andauernd, wenn du das Richtige getan hast?«

»Kein Kind sollte zu einer Geisel in Zukatas Händen gemacht werden.« Er hielt ihren Blick aus. Und schließlich seufzte Edmonda.

»Na gut. Ich verzeihe dir. Aber du bist trotzdem ein Verräter und ein Gefangener und ich werde dich nicht laufen lassen.«

»Ihr habt mich nicht gefesselt«, sagte Blitz. »Warum?«

»Ein Gast, der an unserem Feuer sitzt ...«

»Ja, ja, ich weiß. Aber Ihr hättet es ebenso sanft tun können wie das Schlafmittel im Tee.«

»Du kannst sowieso nicht weg«, erklärte das Mädchen und widmete sich wieder der Näharbeit. »Wenn du so, wie du bist, in die Berge läufst, erfrierst du. Falls du zurück zu den Piraten gehst, wird mein Vater einen Boten hinter dir herschicken und ihnen mitteilen, wer du bist. Niemand schätzt einen Verräter.«

Wie oft wollte sie dieses Wort noch aussprechen? Langsam hatte er genug davon. »Damit sie euch möglichst schnell angreifen? Das wird er nicht tun.«

»Dann geh doch zu deinen Freunden«, sagte Edmonda schnippisch. »Du wirst ja sehen, was du davon hast.«

»Was ist mit dem Weg nach Süden?«

»Was sollte damit sein?« Aber sie legte wieder den Kopf schief, so dass eine Haarsträhne über ihre Wange fiel.

Der dunkelhaarige Krieger verbarg sein Lächeln hinter der vorgehaltenen Hand. Sie kamen der Sache langsam näher. »Irgendeine Straße nach Süden wird es doch geben.«

»Ohne Pferd kommst du sowieso nicht weit.«

»Dann gebt mir eins.«

»Ha! Weißt du, was unsere Tiere wert sind? Und ich soll dir, mir nichts, dir nichts, ein Pferd geben?«

Jetzt waren sie schon fast da, wo sie ihn haben wollte. Er sah es an ihrem Gesicht, an der Art, wie ihre Finger ganz leicht zu zittern begannen, wie sie es vermied, ihn anzusehen.

Den letzten Schritt musste er auf sie zugehen. »Was soll ich tun, damit Ihr mir ein Pferd gebt, Prinzessin?«

»Bring mich zur Insel der Amazonen.«

»Was?« Damit hatte Blitz nun doch nicht gerechnet. »Ihr wollt ... was?«

»Du hast mich verstanden. Die Insel der Amazonen. Da will ich hin. Du bist dort gewesen, das weiß ich. Ich weiß alles über dich. Mein Vater hat sich oft genug darüber aufgeregt, was Kaiser Kanuna dir alles erlaubt hat. Du warst der Erzieher der Prinzessin Manina. Du wurdest auf der Insel zu ihrem Leibwächter ausgebildet. Du bist der einzige Mann, der überhaupt je dort gewesen ist. Wenn mich irgendjemand dort hinbringen kann, dann du.«

Er konnte es immer noch nicht fassen. »Ihr wollt eine Amazone werden?«

Ihre Augen verengten sich. »Und was genau ist daran so erstaunlich?«

»Ich meine ...«, stotterte Blitz und konnte doch nicht sagen, was er meinte. Er kannte dieses Mädchen ja kaum, aber von ihrer Art her konnte er sich nicht vorstellen, dass sie zur Kriegerin geboren war. Unwillkürlich verglich er sie mit Ilinias. »Ihr seid zu alt«, sagte er schließlich. »Man muss viel, viel früher mit der Ausbildung beginnen.«

»Mein Vater hatte jahrelang Amazonen in seinen Diensten, die mir viel gezeigt haben. Ich müsste also nicht von vorne anfangen.« Sie stach wieder wild mit der Nadel herum. Wenn er den dicken Faden nicht gesehen hätte, hätte er glauben können, es ginge ihr nur darum, möglichst viele Löcher in das Fell zu bohren. »Denk darüber, was du willst. Es geht dich ja gar nichts an.«

»Wenn ich auf der Insel für Euch sprechen soll, tut es das wohl.« Blitz ließ sich von ihren wütenden Blicken nicht einschüchtern. Er schlug seine Decke zurück und griff nach seinen Stiefeln, die sich, da sie in der Nähe des Feuers gestanden hatten, schön warm anfühlten.

»Du kannst nicht einfach gehen!«, fuhr die Prinzessin ihn an. »Wie oft soll ich es dir noch sagen? Du bist hier ein Gefangener!«

»Ich wollte mich nur nach etwas zu essen umsehen.« Er lächelte sie freundlich an, auf ihren Zorn gefasst. Diese junge Frau würde ihm helfen, hier wegzukommen, daran zweifelte er nicht. Er musste sie nur noch davon überzeugen, dass es für sie klüger war, hierzubleiben.

»Da ist Suppe.« Edmonda nickte in Richtung eines großen Eisentopfes. »Greif zu.«

»Ich bin ein Gast, der am Feuer sitzt, und werde nicht bedient?«

»Ich sollte dich umbringen, weißt du das?«

Blitz schnupperte an der Brühe. »Fischsuppe? Ich hoffe, Ihr könnt so gut kochen, wie Ihr Teekräuter zu mischen versteht. –

Warum wollt Ihr zu den Amazonen? Ich werde Euch nicht mitnehmen, wenn es keinen guten Grund dafür gibt. Euer Vater braucht Euch hier. Und ich habe nicht vor, seinen Zorn auf mich zu ziehen, indem ich Euch entführe.«

Das Mädchen seufzte. »Mein Vater will mich mit dem König von Velas verheiraten. Einem fetten, alten Mann.«

»Dieses Bündnis ist sehr wertvoll für Wenz«, gab der Krieger zu bedenken. »Es könnte das Geschick des gesamten Nordens wenden. Wenn es Krieg gegen Zukata gibt, könnte Deret-Aif zerbrechen. Wenz ist der Keil, der ...«

»Ich werde Amazone oder ich gehe ins Kloster«, unterbrach ihn die Prinzessin, nicht allzu sehr an den politischen Folgen ihrer Entscheidung interessiert. »Wenn sie mich auf der Insel nicht ausbilden wollen, gehe ich ins Kloster. Ich habe noch ein paar Schwestern. Soll er die doch verheiraten.« Und auf einmal standen Tränen in ihren Augen. »Ich kann das nicht«, flüsterte sie. »Ich würde sterben. Ich würde mich ins Meer werfen. Ich bin hier aufgewachsen, in diesem wilden Land. Auf Pferden und in den Bergen, und immer hat man mir davon erzählt, wie der Riese mich festhielt. Niemals, das habe ich geschworen, wird mich noch einmal irgendjemand gegen meinen Willen festhalten. Ich bin frei. Verstehst du? Ich brauche keine Krone und keine Burg. Ich brauche niemanden.«

Der Arimer blickte sie nachdenklich an. Ich bin frei ... Keiner konnte das besser verstehen als er.

»Erzählt Ihr mir das, weil Ihr mich für einen Verräter haltet?«, fragte er. »Ich bin hergekommen, um Euren Vater zu warnen. Ich wünsche ihm sehr, dass er sich gegen Zukata behaupten kann. Und nun soll ich ihn betrügen und ihm die Tochter stehlen, die er braucht, um Verbündete an sich zu schmieden?«

»Du hast gesagt, du hast keinen Herrn. Du dienst niemandem. Du bist frei. Und ich bin auch frei.«

»Ihr könntet diese Entscheidung aus freien Stücken treffen«, sagte der Arimer. »Eurem Vater zu gehorchen und Eurem Königreich zu dienen.«

»Ich weiß.« Sie wischte sich mit dem Handrücken über die Augen. »Ich weiß, es hört sich richtig an. Zum Besten aller. Wenn es meine

Freundin wäre, der das Schicksal diese Aufgabe stellt, würde ich ihr gut zureden und ihr viel Kraft wünschen. Und zusehen, wie sie sich opfert. Ja, ich könnte ihr von weitem dabei zusehen und mich dann abwenden und mein eigenes Leben weiterleben. – Nimmst du mich nun mit oder nicht? Wir haben nicht viel Zeit. Einer der Boten meines Vaters kam vorhin zurück. Die Flotte wurde gesichtet, wie sie an den Todesfelsen vorbeigesegelt ist. Wir werden den Velanern heute oder morgen entgegenziehen. Im Aufruhr, wenn das Lager aufbricht, wenden wir uns nach Süden. Bis sie merken, dass wir fort sind, werden wir einige Stunden Vorsprung haben. Mein Vater kann nicht viele Männer entbehren, wenn der Kampf mit den Piraten unmittelbar bevorsteht. Wenn wir Glück haben, schickt er uns nur einen kleinen Trupp nach.«

»Und falls wir eingeholt werden?«, fragte Blitz. »Wie stellt Ihr Euch das vor? Soll ich gegen die Leute Eures Vaters kämpfen? Sie töten? Mir einen Feind schaffen, den ich niemals als Feind wollte?«

»Ich habe gedacht, dass du vielleicht der Einzige bist, der den Mut dazu besitzt. Wenn ich mich da geirrt habe, tut es mir leid.« Die Prinzessin wandte das Gesicht ab, und er spürte ihre Verzweiflung durch all ihren Trotz und ihre Herablassung.

Der Arimer versuchte, sich auf die Fischsuppe zu konzentrieren. Sie schmeckte überraschend gut. Er hatte schon ganz andere Varianten des überall an den Küsten beliebten Gerichts zu schmecken bekommen. Diese rief sogar eine Zeit in ihm zurück, von der er geglaubt hatte, er hätte sie vergessen. Eine Kindheit in einem Gasthaus. Seine Mutter, die ihr schwarzes Haar lachend zurückwarf und den hungrigen Gästen die dampfenden Teller auf den Tisch stellte. Der Duft öffnete eine Tür, einen winzigen Spalt nur, und dort hockte ein kleiner Junge auf einem wuchtigen Eichentisch und sah zu, wie die rauen Fischer löffelten und zu lächeln begannen.

Warum hatte Freiheit nur immer so viel mit Verrat zu tun? Konnte er denn nie das eine ohne das andere haben?

»Ich bin frei«, sagte er. »Frei, zu tun, was ich für richtig halte. Nichts von dem, was Ihr wählen wollt, scheint mir das Richtige für Euch zu sein, Prinzessin Edmonda. Weder kann ich Euch als kämpfende Amazone sehen noch als Nonne, eingesperrt in einem Kloster. Aber diese Erkenntnis müsst Ihr selbst gewinnen.«

»Dann nimmst du mich nicht mit?«

»Doch«, sagte Blitz langsam. Er wusste, dass Oka ihm das niemals verzeihen würde, dass er sich aus einem Feind, der ihn immerhin dieses Mal angehört hatte, einen Todfeind schaffen würde. Und an Todfeinden hatte er wahrlich keinen Bedarf. Ein Gast, der am Feuer gesessen hatte, durfte die Tochter des Königs nicht auf ein Pferd setzen und einfach mitnehmen. Ach, und an die gestohlenen Reittiere hatte er dabei noch gar nicht gedacht ... Aber niemals sollte ein kleines Mädchen eine Geisel sein, um ihre Eltern zu zwingen, einem Räuber zu gehorchen. Und niemals sollte eine junge Frau zu einer Kette gemacht werden, um Bündnisse zu schmieden.

»Wenn du mich hierhergeschickt hast, um Oka das Leben zu retten«, murmelte er, zu Rin gewandt, zu dem Riesen, dessen Gegenwart er so deutlich spürte wie die des Mädchens, »dann hättest du es wissen müssen. Dass ich der Falsche bin. Dass ich immer das Falsche tue und alle in Schwierigkeiten bringe. Wusstest du das denn nicht?« Es war, als ob der Riese ihm zuhörte. Blitz wünschte sich sehnlichst, irgendeine Art von Antwort zu bekommen. Ein Kopfnicken als Bestätigung dafür, dass es in Ordnung war, die Prinzessin von der Erfüllung ihrer Pflicht abzuhalten. Ein Kopfschütteln, an dem er ablesen konnte, dass es falsch war und in Blut und Tränen enden würde. Aber Rin gab ihm keinen Fingerzeig. Und hier saß er und würde Oka zum zweiten Mal das Herz aus der Brust herausreißen – und vielleicht selbst ein ebensolches Ende finden.

»Wir brauchen Proviant«, sagte er. »Für uns und die Pferde. Vor allem die ersten Tage müssen wir alles von ihnen fordern und werden alle Dörfer meiden müssen. Wir brauchen Kleidung, die uns vor dem Erfrieren schützt. Decken. Ein Packtier wäre überaus nützlich. Wir brauchen reichlich Geld. Falls wir in keinem Hafen ein Schiff finden, das uns zur Insel bringt, werden wir den weiten Weg durch Salien nehmen müssen. Wie wir über die Grenze kommen, müssen wir uns noch überlegen. Falls Ihr irgendwelche Waffen habt, nehmt sie mit. Ihr solltet mir unterwegs zeigen, was Ihr bereits könnt. Ich kann Euch prophezeien, dass wir öfter in Situationen geraten werden, in denen wir uns verteidigen müssen, als Ihr jetzt vielleicht erwartet.«

»Ich habe alles vorbereitet«, sagte Edmonda. »Drei Stuten stehen hinter dem Zelt. Ich habe hier die Gewalt über die Vorräte, also konnte ich unauffällig einpacken, was ich für nötig hielt. Was glaubst du eigentlich, was ich hier nähe? Das wird dein Mantel. Ich weiß, wie man im Winter reist, ohne zu erfrieren.«

Der Palast war groß genug, um sich nicht gefangen zu fühlen, und trotzdem fühlte Maja sich gefangen. Manche der Fürsten, die hier lebten, verließen ihn so gut wie nie, sie gingen nicht einmal hinaus in den Park. Ihr, die mit den Ziehenden gewandert war, in einem Haus im Wald gewohnt hatte, die immer noch den Ruf des Meeres in den Knochen spürte und den salzigen Wind auf ihrer Haut, konnte dieser großzügig angelegte Garten nicht reichen. Dennoch war es ein Trost, dass sie wenigstens nach draußen durfte, hatte sie doch damit gerechnet, dass Zukata sie irgendwo einsperren und bewachen ließ. Bewacht wurde sie zwar, aber auf eine Weise, die keinen vermuten ließ, dass sie eine Gefangene war. Um die Parkmauer patrouillierten Wachen, das Tor war noch nie einfach zu durchschreiten gewesen, und trotz all ihrer Überlegungen fiel ihr kein Weg ein, wie sie ungesehen hinauskommen konnte.

»Prinzessin?«

Sie hatte Erion zwischen den Sträuchern gesehen und gehofft, dass er hier nur spazieren ging, ohne sie zu suchen. Aber der blonde Fürst war gewiss niemand, der durch einen Park schlenderte, um exotische alte Bäume zu betrachten.

Maja verzog das Gesicht, als sie sich zu ihm umdrehte. »Was ist?«

»Das würde ich an Eurer Stelle nicht tun.«

Sie verstand nicht, was er meinte. »Was denn?«

»Ihr steht hier seit einer halben Stunde und starrt die Mauer an. Überlegt Ihr, wie Ihr hinüberkommt? Ich rate Euch dringend, versucht es nicht. Noch ist Kaiser Zukata Euch gewogen. Solange Ihr pünktlich an seinem Tisch erscheint, hübsche Kleider tragt und mit niemandem Streit anfangt, verzeiht er es Euch sogar, wenn Ihr hin und wieder Eure Meinung sagt. Aber wenn Ihr Euch seinen Anordnungen widersetzt, werdet Ihr einen anderen Zukata zu Gesicht bekommen.«

»Ich habe keine Anordnungen von ihm bekommen.«

»Oh doch, das habt Ihr«, widersprach Erion. »Er hat Euch gesagt, dass dies Euer Zuhause ist. Das ist ein Befehl, kein Wunsch. Zukata äußert niemals Wünsche. Es kann Euer Leben retten, wenn Ihr das immer bedenkt. Im Moment betrachtet er Euch als seine Enkelin, denn er wollte Euch hier haben und hier seid Ihr nun. Aber schon morgen kann er in Euch seine schlimmste Feindin sehen. Schaut nicht auf die Mauer. Treibt Euch nicht in der Nähe des Tores herum. Er wird davon erfahren, egal was Ihr tut. Er wird wissen, was Ihr denkt. Wendet Euch dem Palast zu. Fügt Euch in Euer neues Leben. Das ist alles, was ich Euch sagen kann.«

»Und aus welchem Grund sagt Ihr mir das?«, fragte Maja.

Ihr Widersacher zögerte. »Warum ... was habt Ihr Euch erhofft? Dass Ihr mich in der Hand habt? Dass Ihr mich dazu bringen könntet, Euch wieder hier herauszuholen? Das wird nicht geschehen. Ich teile meine Loyalität nicht auf. Das Einzige, was ich Euch anbiete, ist der eine oder andere Ratschlag, der Euch das Leben hier etwas leichter machen kann.«

»Ihr meint ...« Jetzt verstand sie, worauf er anspielte. Sie lachte ungläubig auf. »Das denkt Ihr – dass ich Euch nicht verraten habe, damit ich Euch erpressen kann?«

Erion musterte ihr Gesicht, als könnte er die Antwort darin finden. In ihrem Lachen, ihren dunklen Augen, ihrer ehrlichen, offenen Art – die Antwort darauf, ob hier sein Untergang begann.

»Ich weiß, dass Ihr mich nicht mögt«, hakte er nach. »Also warum sonst ...«

Maja unterbrach ihn. »Nicht mögen? Ha! Das ist noch untertrieben! Ihr habt mich entführt und verschleppt. Ich hätte Euch erwürgen können, dort auf dem Schiff ... Ja, und ich gebe zu, all das würde ich Euch zu gerne heimzahlen.« Sie wunderte sich selbst, wie ruhig sie ihm das sagen konnte. »Aber Euch einem Riesen überlassen, der Euch in Stücke reißen würde – so tief bin ich denn doch nicht gesunken. Glaubt mir, Erion, es gibt Menschen, die ohne Hintergedanken handeln. Es gibt Menschen, denen geht es nicht nur darum, was sie gewinnen.«

»Ich werde Euch nicht helfen, zu fliehen«, sagte Erion.

Das Mädchen schüttelte den Kopf. »Das habe ich mit Sicherheit auch nie angenommen. Ihr und mir helfen? Von jemandem wie Euch erwarte ich gar nichts.«

»Ich bin es gewohnt, dass Ihr mich beleidigt, aber treibt es nicht zu weit.« Er drehte sich um und ging.

Die junge Zinta sah ihm nicht nach. Sie schaute auf die Mauer, die den Park umgab, hoch und unüberwindbar. Leitern, Seile, vielleicht von einem Baum aus, oder das Tor, vielleicht in einem Wagen oder verkleidet oder ... Sie wandte sich ab, dem Palast zu, dem riesigen glänzenden Gefängnis, in dem sie lebte. Trotz ihres Ärgers über Erion hatte er ihr einen sehr wertvollen Rat gegeben, und obwohl sie nichts von ihm annehmen wollte, konnte sie doch nicht ignorieren, dass er recht hatte. Solange Zukata wusste, dass sie von Flucht träumte, würde es ihr nicht gelingen. In Sicherheit musste sie ihn wiegen, heimlich planen, ihn davon überzeugen, dass sie es genoss, eine Prinzessin in Kirifas zu sein statt ein armes Mädchen, das in einem Gasthaus in der Küche stand. War das so schwer zu glauben? Eine Maske musste sie tragen, eine Schauspielerin sein, bis sich die Gelegenheit ergab ...

Maja seufzte. Glück und Unglück standen ihr ins Gesicht geschrieben. Wie sollte sie nur das, was sie fühlte, in ihr Herz einschließen? Sie setzte sich auf eine Bank unter einem ausladenden mindonischen Ahorn und holte ihre Flöte hervor, die sie in ihrer Gürteltasche stets mit sich trug. Der lederne Beutel passte nicht so recht zu ihrem Seidenkleid, aber nicht einmal der modebewussten Fürstin Kanija, die ihr bei der Zusammenstellung ihrer Garderobe half, war es gelungen, sie dazu zu überreden, ihn abzulegen.

Sorayn war überrascht, dass Zukata keine Vorkehrungen getroffen hatte, um ihn von Kirifas fernzuhalten. Er hatte erwartet, dass die Wachen am Stadttor angewiesen waren, ihn aufzuhalten oder Verstärkung zu rufen, sobald sie ihn sahen. Dass man ihnen sein Aussehen beschrieben hatte, hätte eigentlich eine selbstverständliche

Vorsichtsmaßnahme sein müssen. Doch er konnte durch das große Tor spazieren wie jeder andere Reisende auch, und niemand hielt ihn an und fragte danach, was er wollte.

Vielleicht rechnet er nicht damit, dass ich komme, dachte der Prinz. Hält sich für unverwundbar, für unbesiegbar. Großer Kaiser von Deret-Aif. Und Sorayn war dafür verantwortlich. Wie konnte Zukata glauben, dass er ihm durchgehen ließ, wie die Zintas behandelt wurden? Hielt der grausame Riese sich für so mächtig, dass er glaubte, nichts könnte ihm etwas anhaben – und sein Enkel würde es nicht wagen, noch einmal vor ihn hinzutreten?

Auf dem Weg durch die Stadt, über die gepflasterten Straßen, versuchte er in den Gesichtern der Leute zu lesen, was es bedeutete, statt Kanuna oder Manina einen ehemaligen Räuberhauptmann über sich zu haben. Ging es ihnen gut damit?

Sorayn fiel ein Ladenbesitzer auf, der in den Auslagen vor seinem Geschäft Töpfe, Krüge und andere Tonwaren anordnete, und trat auf ihn zu.

»Sei gegrüßt, guter Freund«, fing er an, »ich wollte ...«

»Einen hübschen Krug?« Die Augen des Händlers leuchteten auf. »Meine liebe Frau bemalt sie, keine kann das so gut wie sie. Sieh doch, man kann sich kaum entscheiden, welcher der Schönste ist. Dieser vielleicht, dort vor deiner Nase? Mit dem roten Apfel?«

Der Riesenprinz tat ihm den Gefallen, ein wenig zu feilschen. »Würde nicht sogar der Kaiser sich über so ein Stück freuen?«, fragte er, als er bezahlte.

Das Leuchten erlosch. Der Verkäufer wandte sich abrupt einer Kundin zu, die sich interessiert eine große, mit feinen grünen Blättern verzierte Schüssel besah.

»Was ist?«, wollte Sorayn wissen. »Würde der Kaiser selbst sich nicht über die Handwerkskunst seiner Untertanen freuen?«

»Der Kaiser speist nur von goldenen Tellern.« Die Frau neben ihm drehte eine Kanne in der Hand, deren Henkel aus einem echt aussehenden Tonblumenstängel bestand. Sie warf ihm einen schrägen Blick zu. »Und von goldenen Worten.«

»Was soll das heißen?«, hakte der Prinz nach. »Darf man nicht über ihn reden? Darf ich euch nicht fragen, wie er diese Stadt regiert und ob man ihm huldigt, wenn er durch die Straßen geht?«

Er musste nicht weiterfragen. In ihren Blicken las er genug. Geh weiter, Fremder! Geh! Frag nicht! Frag nicht, bitte, und wenn du schon fragen musst, dann nicht uns!

Den Krug in der Hand, ging Sorayn weiter. Der Apfel erinnerte ihn an die Glücklichen Inseln. Das, so nahm er sich vor, würde er Zukata zeigen. Wo ist das Glück? Wo sind Frieden und Gerechtigkeit, die deine Herrschaft herbeiführen sollte, ein Baum voller Früchte, ein Obstgarten, der eine Ernte nach der anderen einbringt?

Seine Wut wuchs, während er sich dem Palast näherte. Legte er zu viel in die Blicke der Menschen hinein, die lieber zu Boden sahen als in den Himmel? Die ihren Geschäften nachgingen, ohne einander zu grüßen? Vielleicht war das schon immer so gewesen, hier in dieser Stadt, in der er geboren war und die ihm doch fremd war, vertraut nur in seinen Träumen. Eine Stadt, in der man sich nach dem Wald sehnte und nach den Bergen und nach einem Thron, von dem aus man alles ändern konnte, was einem nicht behagte. Nein, der Geruch in den schmalen, dunklen Gassen gefiel ihm nicht. Die Hunde mager und struppig. Abseits der großen Hauptstraße zeigte Kirifas ein anderes Gesicht, nicht strahlend und weiträumig, sondern eng und verzagt. Aber auch das war Kirifas, auch das ... Er sammelte, was er sah, wie Steine, mit denen er sich die Taschen füllte, um damit Zukata zu bewerfen. Wie kannst du nur. Wie ... Und doch, während er ging, war Sorayn sich immer noch nicht im Klaren darüber, was er tun würde, wenn er vor Zukata stand. Ihm drohen? Ihn angreifen? Ihm gut zureden? Ihn daran erinnern, was man aus diesem Kaiserreich machen konnte – einen blühenden Garten, in dem das Glück zuhause war?

Durch die Eisenstäbe des Tores konnte man das Palastgelände sehen. Den breiten Weg, der durch den Park führte, und hinter den Büschen erhob sich das riesige Gebäude, das den Himmel selbst herauszufordern schien, seit Alters her Wohnsitz der Riesen. Sorayn konnte nicht leugnen, dass ihn bei diesem Anblick ein Gefühl der Erregung überkam. Das Herz des Reiches ... sein Erbe. Er hatte das

Recht, durch dieses Tor zu schreiten und es in Besitz zu nehmen. Wild wallte in ihm der alte Wunsch auf, all dies zu haben und zu beherrschen. Dieses Haus, ein Mantel um meine Schultern. Diese Stadt, der Schemel zu meinen Füßen. Und Zukata hat es nicht verdient. Er hat versagt, jämmerlich versagt ...

»Dein Begehr?«, fragte der Wachposten und musterte ihn kritisch von Kopf bis Fuß. Nun ja, er sah auch nicht aus wie ein vornehmer Herr, den der Kaiser ohne weiteres empfangen würde.

Prinz Sorayn. Sein Titel lag ihm auf der Zunge. Meldet dem Kaiser, sein Enkel sei da ... Prinz Sorayn. Er wollte, dass sie es aussprachen, dass Ehrfurcht in ihre selbstgefälligen Gesichter trat. Denn er war hier, um sie zu retten, um dafür zu sorgen, dass Kirifas bis in die dunkelsten Ecken wieder eine strahlende Stadt wurde. Alle sollten wissen, dass er hier war. Und wenn Zukata ihm daraufhin alle seine Wachen auf den Hals hetzte, würde der junge Riese sich durchkämpfen – der Zwischenfall hatte seinen Hunger nach Kampf geweckt und nun verlangte es ihm nach dem nächsten – bis zum Kaiser selbst, erfüllt von Raserei, und dann ... Aber noch hatte er sich in der Gewalt.

»Zum Kaiser will ich«, sagte er.

»Das wollen viele.«

»Meldet ihm den Riesen aus Neiara«, sagte Sorayn.

Der Soldat verdrehte die Augen. »Riese? Dazu gehört wohl etwas mehr.«

»Sorg einfach dafür, dass er es erfährt.«

Der Prinz blieb freundlich. Nichts von der Wut, die in ihm brodelte, drang nach außen, von der Raserei, die wie ein immer schneller drehender Kreisel in seinem Herzen begann und sich bis in seine Fingerspitzen hinein ausbreitete, so dass sie juckten. Er schloss seine Faust und öffnete sie wieder. Er atmete tief ein, während er wartete, und betrachtete das Tor.

Warum dauerte es so lange? Musste Zukata erst seine Soldaten aus ganz Kirifas zusammentrommeln? Musste er erst seine Krone polieren lassen und seinem Thron den Anstrich von Rechtmäßigkeit und Würde geben?

Sorayn stellte den Krug auf den Boden und legte seine Hände an die Stäbe. Wagte Zukata es etwa, ihn auszuschließen? Ihn draußen stehenzulassen, um zu sehen, was er tun würde?

»Hände weg da!«, befahl der Wachposten. »Tritt vom Tor zurück!«

»Sonst was?« Unter seinen Händen fühlte das Eisen sich an, als würde es glühen. Ein Tor aus Feuer. Ein Tor aus Zukatas Macht, aus seiner Missachtung, ein Portal, das Sorayn von seinem Eigentum fernhielt, von seinem Zuhause und seinem Besitz!

»Halt!«, rief der Posten verzweifelt, als der Besucher so heftig am Tor rüttelte, dass es in den Verankerungen krachte. »So warte doch! Du darfst nicht ...«

»Was darf ich nicht?« Weitere Soldaten eilten hinzu. Es kümmerte ihn nicht. Da war der Schmerz ... Dies ist meins. Dies gehört mir, und ihr spottet nur über mich. Ihr seht mich an, als könnte einer wie ich niemals hier eintreten, einer wie ich, einer wie ich ...

Er brüllte auf. Sein Schrei umschlang die eisernen Stäbe, umrankte sie wie Efeugeflecht, uralt und unabtrennbar. Und das Tor schrie mit. Es knirschte und krachte, quietschte und stöhnte und fiel dann krachend nieder. Sorayn drehte sich nicht zu den Soldaten um, die fassungslos starrten. Er hob nur den bemalten Krug auf, stieg über das Hindernis hinweg und marschierte weiter, auf den Palast zu.

Zwei Frauen in der Tracht salinischer Amazonen eilten ihm entgegen.

»Was habt ihr vor?«, fragte er sie. Immer noch widerstrebte es ihm, Frauen zu schlagen. »Ich rate euch, mir nicht den Weg zu versperren.«

»Kaiser Zukata empfängt Euch, Herr«, keuchte die eine, atemlos vom schnellen Laufen. »Verzeiht!« Und den Soldaten, die sich an ihre Pflicht erinnert hatten und wie eine Eskorte hinter ihm herkamen, rief die andere zu: »Bleibt auf euren Posten! Der Kaiser bittet seinen Gast zu sich.«

»Das wird auch Zeit«, sagte der Prinz. »Ich hatte schon den Eindruck, ich wäre hier nicht willkommen.«

»Der Kaiser erwartet Euch im Riesensalon. Wenn Ihr uns bitte folgen wollt.«

Brav schloss er sich ihnen an. Und ja, es entging ihm nicht, wie nervös sie waren. Der feine Schweißfilm an ihrem Hals, das leichte Zittern in ihrem Gang. Er konnte ihre Furcht geradezu riechen. Geschulte Kämpferinnen voller Angst. Sie hatten gesehen, wie er das Portal zerstört hatte – oder hatten sie Erfahrung mit wilden, unberechenbaren Riesen, von denen einer hier im Palast wohnte?

Dieser herrliche Palast. Aber er hatte keinen Blick für die Wandbehänge und die kostbar verzierten Schränke, die feinen Stühle und Tische, für das Porzellan auf den Anrichten. Mit einem leichten Bedauern dachte er nur daran, was alles zu Bruch gehen würde, wenn sie kämpften. Denn ohne Kampf würde dieser heutige Tag nicht enden. Das wusste er. Einmal im Leben musste er Zukata beweisen, warum es besser war, sich an die Bedingungen zu halten, die an die Krone geknüpft waren. Was war ein Bord voller Geschirr gegen das Glück des Kaiserreichs? Ein Zimmer voller Trümmer und Scherben ... und vielleicht nicht nur ein Zimmer. Vielleicht noch mehr. Und gebrochene Knochen und Blut und Tränen. All das. Bestimmt wussten die Amazonen das, aber sie hatten keine Wahl, und zu gerne hätte er sie gefragt, ob sie darauf hofften, dass Zukata besiegt wurde.

Eine der Frauen öffnete die hohe, mit Samt und Leder beschlagene Tür.

Er trat hindurch und fand sich in einem großen, offensichtlich für Riesen ausgestatteten Salon wieder. Stühle, Bänke, Tische – alles war etwas größer als üblich, wuchtiger, von kundigen Handwerkern hergestellt, um dem Gewicht und der rauen Art eines Riesen standzuhalten. Die großen Glastüren führten nach draußen auf eine Terrasse, durch die Scheiben schimmerte das Grün des Gartens. Dort stand der Kaiser, als wollte er sich einen Fluchtweg offenlassen, hinaus in den Park und noch weiter weg, fort aus der Reichweite von Sorayns Zorns.

Doch seine Stimme offenbarte keine Furcht. »Mein geliebter Enkelsohn.«

Zukata hatte sich ein wenig verändert, seit der junge Riese ihn das letzte Mal gesehen hatte. Etwas breiter war seine Gestalt geworden, der goldene Bart trug die ersten grauen Fäden. Ernst und wachsam sah er aus, und als er auf Sorayn zuging, wuchs ein Lächeln auf seinen Lippen und wucherte dort wie Unkraut. Er streckte die Arme aus. »Mein Enkel! Bist du ärgerlich, weil du ein wenig warten musstest? Wir hatten ein paar kleine Vorbereitungen zu treffen, wie immer, wenn Besuch kommt.«

»Wie viele Soldaten hast du da draußen?«, fragte der dunkelhaarige Prinz. »Sie werden dir nichts nützen. Keine Armee der Welt kann dir noch helfen.«

Der Riesenkaiser hob die Brauen. »Du bedrohst mich? Du, meine Familie und mein Erbe, Blut von meinem Blut, kommst her, um mir zu drohen? Warum?«

»Warum?« Wütend trat Sorayn näher. »Das fragst du mich? Warum? Weisheit. Gerechtigkeit. Gnade. Kann es denn so schwer sein, dieses Reich gut zu regieren? Für alle deine Untertanen da zu sein?«

»Oh, ich bin für meine Untertanen da«, widersprach sein Großvater mit einem seidigen Lächeln, das nicht zu seinem Riesengesicht passen wollte. »Wie kannst du daran zweifeln?«

»Und die Zintas?«, rief der Prinz. »Was ist mit den Ziehenden? Wie kannst du deinen Fürsten erlauben, sie zu versklaven? All das, was Kanuna für sie getan hat – wie konntest du wagen, das rückgängig zu machen!«

»Ach, die Zintas«, sagte Zukata. »*Das* meinst du. Sollten das etwa meine Untertanen sein? Keinem Herrn wollen sie sich unterstellen, niemandem Steuern zahlen, tun, was ihnen beliebt ... das sollen Bürger Deret-Aifs sein? Fremde sind es, die durch unser Land ziehen. Sie atmen unsere Luft, sie verfeuern unser Holz und essen unser Brot. Lass sie für jeden Schritt bezahlen. Warum nicht? Was kümmert mich das?«

»Ich verbiete es!«, schrie Sorayn. »Ich verbiete es, dass du sie so behandelst!«

Und dieses Lächeln wollte nicht weichen. In Zukatas Augen war keine Angst, keine Unsicherheit.

»Was auch immer du planst«, sagte der Riesenprinz, »wie auch immer du damit durchkommen willst, es wird nicht klappen. Ich habe gesehen, was du mit diesem Reich tust. Und ich dulde es nicht. Hast du gehört, ich dulde es nicht!« Er hob den Krug in seinen Händen. »Es geht nicht um Silber und Gold und Macht. Schau her, darum geht es! Ein Krug, um denen zu trinken zu geben, die Durst haben. Um Glück und Frieden fließen zu lassen. Dafür habe ich dich Kaiser sein lassen, unter dieser Bedingung habe ich dir gegeben, was von Rechts wegen mein ist. Und ich kann es dir wieder nehmen. Das weißt du.«

Zukata machte sich nicht einmal die Mühe, darauf zu antworten. Er wandte sich um. »Erion?«

Durch die gläserne Terrassentür trat ein blonder Mann, den Sorayn sofort erkannte. Er erinnerte sich an ein Gesicht in einem dunklen Saal, in einem schwarzen Schloss auf den Felsen, an eine Stimme, die sagte: Wenn ich erst König bin, werde ich so etwas nicht dulden.

So etwas. Einen, der hinkte, einen, der hässlich war, einen, den alle für einen Idioten hielten.

»Erion von Neiara«, flüsterte der Prinz. »Mit was für Geschmeiß umgibst du dich, Großvater?

»Ist das, was ich meinem Gast zeigen möchte, bereit?«, fragte Zukata.

»Alles ist bereit«, sagte Erion. Er warf Sorayn einen merkwürdig hungrigen Blick zu. »Wenn Ihr einen Blick nach draußen werfen wollt, Prinz Sorayn? Dort auf jenen Balkon?«

Der junge Riese wollte ihr Spiel nicht mitspielen. Aber der Triumph in Zukatas Augen war unerträglich. Was wollte der Kaiser ihm zeigen? Wie viele Waffen auf den unwillkommenen Besucher gerichtet waren? Gegen wen er kämpfen musste? Davor hatte er keine Angst. Er würde sich ansehen, womit sie ihn übertrumpfen wollten, und ihnen ins Gesicht lachen, und dann würde der Kampf beginnen, für den er hergekommen war. Hatte er es im Grunde nicht von Anfang an gewusst? Dass es einen Kampf geben würde, bitter und blutig, bis zum Ende?

»Komm«, sagte Zukata freundlich, viel zu freundlich. Verräterisch freundlich.

Vorsichtig näherte Sorayn sich den beiden. Wenn es eine Falle war, worin bestand sie? Was machte diese Männer so sicher, dass sie sich sicher fühlten vor ihm?

Auf der Terrasse waren keine Soldaten.

»Der Balkon«, wiederholte Erion und wies nach oben.

Dort hinter dem schmiedeeisernen Geländer standen die Bewaffneten, nach denen er Ausschau gehalten hatte. Nicht so viele wie erwartet. Pfeile auf gespannten Bogensehnen, gezückte Dolche, Schwerter, ein paar Lanzen. Doch keine dieser Waffen war nach unten, auf ihn gerichtet, um ihn aus der Ferne zu erschießen. In ihrer Mitte stand ein schwarzhaariges Mädchen in einem blauen Kleid.

»Maja!«, brüllte er auf.

»Keinen Schritt«, sagte Erion hinter ihm, »keinen einzigen Schritt weiter, oder sie erledigen sie auf der Stelle.«

Sorayn konnte nicht aufhören, sie anzusehen. Ihre dunklen Augen, mit denen sie seinem Blick begegnete. Verzeih mir, formten ihre Lippen. Bitte, verzeih mir.

Er riss sich von dem Anblick los und wandte sich Zukata zu. »Lass sie frei. Das darfst du nicht! Was tut sie hier im Palast? Lass sie gehen!«

»Ich glaube nicht, dass du hier noch irgendwelche Befehle erteilen kannst«, meinte der Kaiser. »Oh, ich weiß, du kannst hier alles auseinandernehmen. Du kannst den halben Palast einreißen, wenn es dir in den Sinn kommst. Möglicherweise bringst du es sogar fertig, uns alle umzubringen. Aber die Erste, die stirbt, ist deine kleine Maja.«

»Wenn ihr irgendetwas geschieht ...«

»Ja, ich weiß. Dann hält dich nichts mehr, dann kannst du deinen wilden Riesen endlich herauslassen.« Mit einem verächtlichen Grinsen schaute er auf Sorayns in ohnmächtiger Wut geballte Fäuste. »Aber ihr nützt das dann nichts mehr.«

Das, was einmal ein Krug gewesen war, rieselte als trockener bunter Staub zwischen seinen Fingern hindurch. Der junge Prinz sah wieder nach oben, denn er konnte das triumphierende Gesicht seines Großvaters nicht ertragen. Dann wollte er es lieber aushalten, Maja anzuschauen. Sie stand immer noch da, unendlich hübsch und tapfer; sie weinte und kämpfte dabei gegen ihre Tränen. Aber es gab nichts, gegen das er kämpfen konnte.

»Was muss ich tun?«, fragte er leise.

»Das«, fand Zukata, »ist der erste vernünftige Satz, den du von dir gegeben hast, seit du hergekommen bist.«

»Kniet nieder«, sagte Erion, »vor Eurem Kaiser. Dem Herrn von ganz Deret-Aif, Yos, Sandart und Melgian, Herrscher der Könige und Fürsten, und auch Euer Herr.«

»Nun?« Der Riesenkaiser hob ganz leicht die Brauen, als Sorayn zögerte.

»Und dann kommt sie frei?«

»Frei?«, fragte Zukata. »Was heißt frei? Sie ist frei. Sie ist meine Familie. Sie wohnt hier. Trägt sie Fesseln? Sitzt sie etwa im Kerker? Oder meintest du mit frei, dass sie dich dorthin begleitet, wo du hingehen wirst? Das, lieber Sorayn, kann ich leider nicht erlauben. Es ist zu gefährlich, das musst du einsehen.«

»Wohin werde ich denn gehen?«, fragte er. Brüchig klang seine Stimme, staubig und zermahlen.

»Das werde ich dir sagen«, versprach der Riese. »Wenn du vor mir kniest und mir Gehorsam versprochen hast. So wie jeder meiner treuen Gefolgsleute.«

»Sorayn! Tu das nicht! Sorayn!«

Der junge Mann hörte Majas Aufschrei. Ihre liebliche Stimme drang wie ein Messer durch sein Herz. Er sank auf die Knie.

»Sprecht mir nach«, sagte Erion. »Ich, Prinz Sorayn, gelobe Treue und Gehorsam, meinem Herrn, Kaiser Zukata.«

Der Riesenprinz besaß keine Stimme, um Worte zu sprechen, und doch kamen sie irgendwie aus seinem Mund.

»Nach Wenz schicke ich dich«, teilte ihm sein Großvater mit. »Dort wirst du den Aufstand niederschlagen, den der abtrünnige König angezettelt hat. – Du kannst jetzt aufstehen.«

Aber Sorayn konnte nicht aufstehen. Da war keine Kraft mehr in ihm, irgendetwas zu tun. »Ich möchte mit ihr sprechen«, sagte er.

»Ach«, meinte Zukata. »Mit ihr sprechen? Sie zum Abschied in die Arme nehmen? Vielleicht wünschst du dir auch noch eine Nacht hier im Palast, um so Abschied nehmen zu können, wie es sich für Eheleute gehört? Steh endlich auf, Sorayn. Für wie dumm hältst du deinen Kaiser? Glaubst du, ich würde dir jetzt trauen? Ich würde dir glauben, dass du nicht einmal daran gedacht hast, dir den Weg aus Kirifas hinauszukämpfen, sobald du deine Frau in den Armen hältst?« Er schüttelte den Kopf. »Die Wachen haben die Anweisung, dich nicht einmal in ihre Nähe zu lassen, nicht auf hundert Schritt. Wenn du dich in Wenz bewährt hast – wer weiß? Vielleicht überlege ich mir eine Belohnung für die zwei Turteltäubchen, was meinst du, Erion?«

»Vielleicht wird dieser Krieg dann kürzer, als wir denken, wenn wir ihm etwas in der Art in Aussicht stellen – vielleicht einen Kuss seiner Liebsten?« Der Fürst von Neiara lächelte freundlich.

»Aber«, fügte Zukata hinzu, »würdest du deine Frau wirklich küssen wollen, während ein anderer ihr das Messer an den Hals hält?«

Sorayn schüttelte den Kopf. Er stand da, nicht länger ein Riese, staubbedeckt, ein Bettler vor seinem Herrn. Und in Erions Augen lag nun kein Hunger mehr. Satt sah er aus und überaus zufrieden.

11. Kalter Wind

IN SALIEN HATTE der Herbst Einzug gehalten. Raue Winde fegten über das Land, berührten die Gesichter mit eisigen Fingern. Edmonda zog ihren Kragen höher. »Ich hasse das«, murrte sie.

»Was ist?« Blitz lächelte. »In Eurer Heimat ist es noch kälter.«

Die Königstochter verdrehte die Augen. Ihre Wimpern waren mit Reif überzogen wie eine Wiese im Frost. »Ich hasse es trotzdem.« Obwohl diese Reise ihre Idee gewesen war, wurde sie nicht müde, sich über alle Widrigkeiten zu beschweren. »Ich finde das einfach ungerecht«, meinte sie. »Du sitzt da auf dem Pferd und lächelst ... Ist dir etwa nicht kalt? Du bist schuld, dass ich mich fühle, als wäre ich eine ewig unzufriedene Prinzessin!«

Er sagte ihr nicht, dass sie genau das war. »Zur Insel der Amazonen ist es nicht mehr weit. Wir werden bald die Küste erreichen. Und wenn Ihr erst auf der Insel seid, wird Euch warm werden, keine Bange.«

»Haben die Amazonen eigentlich schon ihre ganze Insel abgeholzt?«, erkundigte Edmonda sich.

»Warum sollten sie?«

»Na, warum wohl? Um ihre Häuser zu heizen, Dummkopf!« Hin und wieder behandelte sie ihn mit voller Absicht wie einen Diener, der einer Herrlichkeit wie ihr natürlich ganz und gar unterlegen war. Merkwürdigerweise geschah das vor allem dann, wenn sie sich unsicher und unwohl fühlte. Wenn ihr Begleiter nicht darauf einging und nicht beleidigt tat, war sie ihm dankbar, was jedoch gleich darauf zu noch größerer Unsicherheit und Unbehaglichkeit führte. Manchmal machte es keinen großen Spaß, mit Prinzessin Edmonda zu reisen.

»Die Amazonen heizen doch nicht«, widersprach Blitz und freute sich über das Entsetzen in ihrem Gesicht.

»Nicht?«

»Der Seewind pustet beständig über ihre Insel. Scharf und kühl, selbst im Sommer. Im Herbst ist es stürmisch und kalt. Und im Winter ist es, als lebte man auf einem Eisblock. Aber sie sind sehr abgehärtet. Sie sind Amazonen, versteht Ihr? Sie würden es nicht warm und gemütlich haben wollen.«

Edmonda riss die Augen auf. »Das sagst du mir erst jetzt? Ich hasse dich!«

Der Wind wurde noch stärker, als sie über eine baumlose Anhöhe ritten, und blies sie fast von den Pferden. Vor ihnen lag das Meer, eisengrau. Schaum tanzte auf den Wellen, die unruhig gegen die Küstenlinie brachen. Entsetzt starrte Edmonda auf die Brecher.

»Und hier soll ein Schiff ablegen?« Sie musste schreien, um sich verständigen zu können.

»Der Zeitpunkt ist ungünstig«, schrie er zurück.

Die Stuten drängten mit aller Macht zurück und begannen zu laufen, sobald sie dem Wind den Rücken zudrehen durften. Um sich vernünftig unterhalten zu können, musste man eine Weile reiten. Selbst bis hierher war das Donnern der Brandung zu vernehmen.

»Was soll das, Blitz?«, fragte Edmonda wütend. »Du hast von einem Hafen gesprochen. Warum bringst du mich in diese Einöde?«

»Da war ein Hafen. Das letzte Mal.« Er schüttelte den Kopf. »Es ist alles überflutet.« Er sah sie an. Mit der roten Nase war die Prinzessin nicht besonders hübsch. Ihre Augen tränten, der scharfe Wind hatte ihre Haut gerötet und gereizt. Vielleicht wäre sie wirklich eine passable Amazone geworden.

»Ich habe keine Ahnung, ob die Insel überhaupt noch angelaufen wird«, gab der Krieger zu. »Vielleicht gibt es sie ja nicht einmal mehr, vielleicht hat das Meer sie sich geholt, so wie die Glücklichen

Inseln. Wir haben niemandem von unserem Vorhaben erzählt, vielleicht war das ein Fehler. Wir waren so fixiert darauf, dass niemand uns verfolgt, dass wir etwas zu heimlich vorgegangen sind. Dass der Hafen überflutet ist, hätten wir in jedem Gasthaus erfahren können, wenn wir nur erzählt hätten, dass wir zur Insel wollen.«

»Und jetzt?« Sie putzte sich geräuschvoll die Nase.

Blitz verzichtete auf eine Antwort, bis sie den Wald erreicht hatten. Hier blies der Wind nicht mehr ganz so stark.

»Ihr solltet nach Hause zurückkehren, Prinzessin.«

»Nein!« Edmonda öffnete den Mund, um ihn mit Vorwürfen zu überhäufen. »Wenn du nur daran gedacht hättest, dass es zu dieser Jahreszeit unmöglich ist, überzusetzen! Das hättest du ja auch gleich sagen können!« Dass er unzählige Male darauf hingewiesen hatte, es könnte schwierig werden, musste er ihr nicht wieder in Erinnerung rufen. Sie schaute ihn an, und er sah in ihren Augen, dass sie es durchaus wusste und es schätzte, dass er sich nicht als Besserwisser aufspielte. Sofort erfüllte ihre Dankbarkeit sie mit Wut und sie fuhr damit fort, ihn zu beschimpfen. »Ein Wunder, dass wir überhaupt so weit gekommen sind! Ich hätte dich meinem Vater überlassen sollen. Er hätte dir die Haut abgezogen und dich bei lebendigem Leibe geröstet!« Dann hielt sie endlich inne, fuhr sich mit der Hand über die Stirn und sagte: »Sind wir nicht an einem Haus vorbeigekommen? Dort hinten im Wald?«

»Ein Kloster, ja«, bestätigte er. »Wo die Mönche leben. Man wird Euch da nicht einlassen, Prinzessin.«

»Ach nein? Das werden wir ja sehen. Mir ist kalt. Ich will etwas zu essen, was über gefrorenes Brot und Sonnenblumenkerne hinausgeht. Haben wir uns verstanden?«

Die salinischen Priester waren immer wieder für eine Überraschung gut. Vielleicht ließen sie ihn und das Mädchen tatsächlich ein. Doch seine Hoffnung schwand, als er ans Torhaus klopfte und hinter einer kleinen Klappe das hagere Gesicht eines uralten Mönchs erschien. Feindselig beäugte er das weibliche Wesen an Blitz' Seite.

»Eine Frau?«, krächzte er.

»Nun ja«, gab der Reisende zu, »so etwas in der Art.«

»Dann bring sie ins Nonnenkloster!« Die Klappe schloss sich wieder. Sie warteten, aber nichts geschah.

»Das gibt's doch nicht.« Edmonda hämmerte gegen das Tor. »Lasst uns ein! Uns ist kalt!«

»Das hat keinen Zweck«, sagte der Arimer. »Wir müssen uns eine andere Bleibe suchen.«

»Aber wir sind hungrig und müde und halb erfroren!«

»Sie haben ihre Prinzipien. Kommt, Prinzessin. Suchen wir ein gastfreundlicheres Haus.«

»Du könntest mit ihnen diskutieren«, schlug die Königstochter vor. »Über Rin. Sie sind dazu verpflichtet, seinen Willen zu tun, oder nicht? Du könntest sie in Grund und Boden reden, wetten?«

»Rin braucht sie nicht, um uns zu helfen«, meinte Blitz besänftigend. »Ich werde sicher nicht mit diesen Mönchen ein Streitgespräch über Frauen anfangen. Kommt jetzt. Er hat etwas von einem Nonnenkloster gesagt, das ist bestimmt in der Nähe.«

Der breite Weg, dem sie gefolgt waren, führte sie durch einen weiß überfrorenen Wald, in dessen Wipfeln der Wind sang. Um das andere Kloster zu finden, probierten sie ein paar schmalere Seitenpfade aus, bis sie endlich ein großes graues Haus zwischen den Stämmen erblickten.

Das Fensterchen im Torhaus öffnete sich. Ein hageres Frauengesicht, kaum zu unterscheiden von dem Mönch, mit dem sie vorhin gesprochen hatten, spähte hinaus. »Du, junger Mann«, befahl sie streng, »kannst bei den Brüdern unterkommen. Dort hinten, um die Wegbiegung. Ihr müsstet es gesehen haben. Du, junge Dame, kannst hereinkommen.« Die Frau zog Edmonda hinein, ehe er protestieren konnte, und schlug das Tor wieder zu.

Nun stand er da, mit allen drei Pferden. Es fühlte sich irgendwie gut an, die Prinzessin los zu sein. Der Wald kam ihm auf einmal herrlich ruhig vor. Der Wind streichelte über sein Gesicht.

Er hätte es vorgezogen, nicht im Kloster um Obdach zu bitten. Aber es blieb ihm nichts anderes übrig. Bis er Brennholz gesammelt und eine ruhige Ecke zum Feuermachen gefunden hätte, wären die Pferde auf und davon, und es kam ihm nicht recht vor, sie hier in der schneidenden Kälte stehen zu lassen. Ein wenig war er auch auf die Reaktion des Priesters gespannt, wenn er zum zweiten Mal klopfte. Ob wohl auch dort jemand einfach die Hand hinausstrecken, ihn packen und hineinziehen würde, so wie sie es mit Edmonda gemacht hatten?

Der hohlwangige Alte verzog das Gesicht, als hätte er Schmerzen. »Wo ist die Frau?«

»Die bin ich erfolgreich losgeworden«, verkündete Blitz, und siehe da, man ließ ihn ein.

In diesem Kloster gab es zwar keine Frauen, aber dafür war es nicht viel wärmer als draußen. Die Tiere durfte er in einem Unterstand unterbringen, in dem sie sich gegenseitig wärmten, er selbst folgte dem Mann in eine zugige Halle, wo dunkelgewandete Priester mit gesenkten Köpfen umherschlichen.

»Wir bereiten uns auf den Ansturm der Reisenden vor«, erklärte der Alte widerwillig, obwohl der Gast gar nichts gefragt hatte. »Bald werden sie hier in Scharen einfallen.«

»Kann das Fest denn überhaupt stattfinden?«, fragte der Arimer. »Bei diesem Sturm?«

Der Mönch hob die Brauen. »Es findet immer statt. Jedes Jahr. Solange Menschen zurückdenken können.«

Blitz hatte die kleine Insel, die nur durch einen Felsbogen mit dem Festland verbunden war, noch gut vor Augen. Schon bei schönem Wetter war es gefährlich gewesen, über diese unsichere Brücke zu gehen. »Der Sturm wird nicht nachlassen. Und ich würde mich nicht wundern, wenn die Insel geschrumpft ist. Der Meeresspiegel steigt. Alle Inseln und die Küstenlinie versinken im Meer. Der Hafen zur Insel der Amazonen war verschwunden. Ich bezweifle, dass ...«

»Es findet *immer* statt«, unterbrach ihn der Priester. »Wir nehmen mit einer Prozession daran teil.« Stolz wies er auf die geduckt schleichenden Gestalten, und mit einem Mal erkannte Blitz, dass sie nicht einfach nur hin und her marschierten, sondern eine Art Schrittfolge einübten, einem Tanz ähnlich. Allerdings einem sehr langsamen Tanz.

»Was haben sie denn da?«, erkundigte er sich, denn er sah, dass vier Priester einen kleinen Kasten zwischen sich trugen, aufgebahrt auf einer Sänfte mit langen, geschnitzten Stäben.

Ein Leuchten überzog das Gesicht des alten Mannes. »Das ist unser Rinlandschatz. Dieses Jahr sind wir an der Reihe. Wir bringen ihn zum Fest, begleiten die Feierlichkeiten dort und geben den Stab dann weiter.«

»Den Stab?«

»Ans nächste Kloster.« Der alte Mann verdrehte die Augen und machte sich nicht die Mühe, seine Bestürzung über die Unkenntnis des Besuchers zu verbergen. »Die im nächsten Jahr an der Reihe sind, ihren Schatz zur Insel zu tragen.«

Bei dem einzigen Brückenfest, das Blitz je erlebt hatte, war ihm eine solche Prozession nicht aufgefallen. Aber er hatte damals auch mehr nach seinen Verfolgern Ausschau gehalten als nach verzierten Kästchen, und war lange vor Ende der Feierlichkeiten fortgeritten.

»Was ist da drin?«

Der Mönch schüttelte nur den Kopf und seufzte. »Nichts, was jemand wie du verstehen würde. Komm. Ich bringe dich zu der Zelle, in der du schlafen wirst.«

Eine Zelle. Blitz schrak zurück, als der Mann die Tür einer winzigen Kammer vor ihm öffnete. Nur eine Pritsche. Als Fenster nur ein Loch oben in der Mauer, einladend für Eulen und Schwalben. Es erinnerte ihn so sehr an sein Gefängnis in der Burg von Neiara, dass er es nicht fertigbrachte, über die Schwelle zu treten.

»Nein, dann ... dann gehe ich lieber in den Wald.«

»Im Wald wirst du erfrieren«, sagte der Priester schroff.

Blitz atmete tief durch. Du bist frei, sagte er sich. Du hast die Zeit in Neiara überstanden. Das hier ist kein Kerker, nur eine kleine Kammer, nicht mehr Platz, als man braucht.

Aber er konnte nicht. Schweiß brach ihm aus, als er den Fuß hob, Bleigewichte schienen sich daran zu hängen. Er versuchte, seine Beine vorwärtszuzwingen, aber stattdessen machte er einen Schritt rückwärts.

»Ich gehe in den Stall«, kündigte er an. »Zu meinen Pferden. Sie sind es nicht gewöhnt, allein zu sein. Ich muss mich um sie kümmern.«

»Niemand wird sie dir hier stehlen«, versicherte der Alte, der sein Verhalten falsch verstand. »In einem Kloster geschieht nichts Böses.«

»Sie gehören der Frau, die bei den Nonnen ist«, versuchte Blitz zu erklären. »Ich habe versprochen, sie nicht aus den Augen zu lassen.«

Nichts würde ihn dazu bringen, hier zu schlafen. Er erwiderte den ärgerlichen Blick des hageren Priesters mit einem Blick, dunkel und fest wie Gestein.

»Na gut. Wenn du meinst. Aber erzähl nicht herum, wir ließen unsere Gäste im Stall schlafen.«

Die wertvollen Stuten des Königs von Wenz. Edel und robust, schnell und ausdauernd. Vielleicht, dachte Blitz, als er es sich im Stroh gemütlich machte, ist es wirklich am besten so. Hier werde ich wenigstens gut schlafen.

Aber er schlief nicht gut. Trotz seiner Müdigkeit wollten ihm die Augen nicht zufallen. Die dünne Suppe, die er hier bekommen hatte, war schön heiß gewesen, hatte aber nur seinen Magen gewärmt, nicht seine Seele. Er musste wissen, was in dem Kasten war!

Ein Schatz aus Rinland. Was konnte das sein? Statt sich gewöhnlichen Nachtträumen zu überlassen, begann seine Phantasie sich den Inhalt der Holzkiste auszumalen. Kostbare Edelsteine, Gold, Rin geweihter Reichtum? Das schien dem Krieger nicht wichtig genug, um damit das Brückenfest zu beehren. Oder war es vielleicht sogar etwas, was die ersten Menschen aus Rinland mitgebracht hatten, etwas, das die Zeitalter überdauert hatte? Dann musste es uralt sein, älter als alles, was er jemals gesehen hatte, und unendlich wertvoll. Was würde viele tausend Jahre überdauern – Steine oder etwas aus Holz? Er musste es einfach wissen.

Vorsichtig erhob der Arimer sich von seinem Lager. Eins der Pferde verfolgte ihn neugierig mit den Augen, als er zur Tür schlich. Wachen hatten die Priester nicht aufgestellt, aber im Torhaus würde mit Sicherheit jemand sitzen. Andererseits war dies hier keine Festung im Belagerungszustand, sondern ein Kloster, und wie er von Ilinias wusste, gab es hier sehr strenge Regeln, was die Bettruhe betraf. Er musste also nicht damit rechnen, irgendwelchen Nachtschwärmern zu begegnen. Trotzdem hatte Blitz ein etwas mulmiges Gefühl, und er vermied es, über offene Flächen zu gehen, sondern hielt sich im Schatten unter den Säulengängen auf. Er hatte keine Ahnung, wo die Klosterbrüder ihren Schatz aufbewahrten, und steuerte als Erstes die Kapelle an, einen schlichten Bau mit Zugang zum Hof. Auch hier wachte niemand. Die Tür ließ sich geräuschlos öffnen, was kein Zufall war – Nachzügler sollten die Andacht der Betenden nicht stören. Als wäre auch er aus keinem anderen Grund hier, schritt er mit leisen Sohlen zwischen harten Holzbänken hindurch, bis zu einem hohen Podest, von dem aus einer der Priester zu den anderen sprechen konnte. Eine kleine Öllampe erhellte den Raum mit ihrem flackernden Licht. Der Krieger ließ sich auf einer der vordersten Bänke nieder und sah sich um. Die Schatten tanzten über die Wände und die schlichte Einrichtung. Er versuchte, etwas zu fühlen – Ehrfurcht, vielleicht auch nur, still zu werden und anzukommen, aber stattdessen nagte die brennende Neugier an ihm. Hier war nichts. Er musste woanders nachsehen, bevor in der Morgendämmerung das erste Gebet begann.

Lautlos schlich er wieder hinaus in den Hof. Der Saal, in dem er die schreitenden Priester gesehen hatte, lag weiter hinten, im Inneren des Gebäudes. Um dorthin zu gelangen, musste er über die große Treppe und durch einen langen, gewundenen Gang, dessen Mauern mit zahlreichen Bildern und Symbolen bedeckt waren. Am Tag waren sie zu schnell daran vorbeigegangen, um richtig darauf achten zu können, jetzt war es leider zu dunkel. Er nahm sich vor, den Malereien ein andermal mehr Zeit zu widmen, und bog zum großen Saal ein.

Ein hohes Gewölbe, leer und still. Auch hier brannte eine Lampe. Der Arimer fuhr herum, als er Schritte hinter sich hörte, aber er schaffte es nicht mehr, sich zu verstecken. Ein Mönch, in der einen Hand eine Laterne, ihm zu leuchten, in der anderen eine kleine Kanne.

»Suchst du etwas?«

»Wir alle suchen etwas, oder nicht?«, gab Blitz zurück.

Dem Mann gefiel die Antwort offenbar. Er lächelte, während er das Öl auffüllte. »Aber nicht jeder glaubt, es hier zu finden. Hier, in der Stille. In der Dunkelheit.«

Falls der Kasten irgendwo in diesem Raum verborgen war, war er jedenfalls gut versteckt. Außer der Lampe gab es hier tatsächlich überhaupt nichts. Keine Bank, keine Statuen, nicht einmal irgendeinen Schmuck. Nur die kahlen Mauern. Es war so kalt, dass Blitz befürchtete, ihm würden gleich die Füße abfrieren. Trotzdem empfand er die freundliche Art des Mönchs als wohltuend genug, um diesen Mangel auszugleichen.

»Wo sonst gedeihen Geheimnisse?«, fragte er.

»Ah, Geheimnisse. Darauf bist du aus?« Er klang immer noch so freundlich, dass Blitz es wagte, ihm anzuvertrauen, was ihn mitten in der Nacht hierher gelockt hatte.

»Als ich heute Nachmittag in diesem Saal war«, begann er, »trugen die Mönche eine unscheinbare Kiste herum – eine Übung für das Brückenfest, wenn ich es recht verstanden habe.«

Behutsam setzte der Priester die Glasglocke wieder über die Lampe. »Ja?«

»Ich gestehe, mich treibt die Neugier um. Was ist in der Kiste?«

»Dunkelheit. Stille«, sagte der Mann leise. »Geheimnisse. Wo sonst gedeihen die Samen der Sehnsucht? Rinland. Ein Wort wie ein Hauch, das an unserer Seele zupft wie ein Harfenspieler an der Saite, und einen Klang hervorruft, unseren Ton, unsere ganz eigene Melodie ... Frag nicht, mein Sohn. Verdirb es nicht. Dieses eine Wort muss dir genügen: Rinland.«

Seine Art zu reden erinnerte Blitz an den Einsiedler, bei dem er einmal einen ganzen Winter verbracht hatte. Jeder Satz ein Rätsel, jede Antwort eine Frage ... Und es reichte ihm nicht. Wie konnte das jemals genügen, sich mit Geheimnissen und verschlossenen Kisten zufriedenzugeben?

»Hm. Ich würde trotzdem gerne wissen, was darin ist.«

»Komm.« Der Mönch winkte ihm. »Komm mit, mein Sohn.« Er führte den Besucher durch den großen Saal, seine Schritte fast lautlos auf den Steinfliesen, als hätte auch er bei den Amazonen gelernt, wie man sich geräuschlos durch die Nacht bewegte. »Hier.« Eine steile Treppe ging es hinunter. Blitz fühlte das Unbehagen wie eine kalte Hand im Nacken, aber er folgte dem Mann, Stufe für Stufe, bis sie schließlich in einem unterirdischen Gewölbe anlangten. Halbrunde Nischen in den Wänden enthielten Truhen, Fässer und Kisten. Der Lichtschein glitt an ihnen vorüber und verhielt schließlich auf einem kleinen Kasten. Die Sänfte war nicht da, trotzdem erkannte Blitz den Behälter, den die Priester so vorsichtig getragen hatten.

»Was ist darin?«, fragte er. Er musste an sich halten, um das Kästchen nicht an sich zu reißen und den Deckel zu öffnen.

»Ich sagte doch. Stille. Dunkelheit. Geheimnisse. Rinland, das Wort muss genügen, muss die Sehnsucht entfesseln, hervorlocken aus dem harten Acker des Alltags, muss sie begießen, bis sie wächst und groß wird wie ein Baum, aus dessen Holz sich ein Boot bauen lässt.«

»Das ist keine Antwort.«

»Du wirst nur diese bekommen«, entgegnete der Priester und wenn seine Stimme nicht so sanft gewesen wäre, hätte Blitz sich abgefertigt gefühlt. So jedoch war er unzufrieden und musste sich deswegen auch noch schuldig vorkommen.

»Das reicht mir nicht.«

»Gehen wir wieder nach oben.« Der andere wandte sich der Treppe zu.

Es wäre so einfach gewesen. Die Kiste greifen, den Mann zur Seite stoßen, fliehen. Wenn er ihn niederschlug, konnte er nicht rufen und die anderen warnen.

Blitz seufzte, als er die steile Treppe wieder hinaufstieg.

»Hast du mich deshalb hergebracht? Um zu prüfen, wer ich bin? Ein Dieb, der sich den Schatz nimmt und sich den Weg freikämpft, oder ein ehrlicher Reisender, der nichts im Sinn hat als das Brückenfest?«

Der Priester wandte ihm den Rücken zu, so dass Blitz nicht an seinem Gesicht erkennen konnte, was er dachte. Erst als sie oben angelangt waren, drehte er sich um. Seine Augen waren freundlich und doch wachsam.

»Du wärst nicht weit gekommen«, verriet er. »Nicht jeder Mönch hier ist ein hilfloser Greis. Auf Leute, die sich weigern, die Nacht in ihrer Zelle zu verbringen, haben wir ein besonders wachsames Auge.«

Der Krieger hielt seinen prüfenden Blick aus, ohne auszuweichen. »Nun, ich bin kein Dieb«, meinte er, »nur ein Suchender. Aber viel gibt es hier nicht zu finden, jedenfalls keine Antworten. Stille, Dunkelheit, Geheimnisse.«

»Stille, Dunkelheit, Geheimnisse«, bestätigte der Priester.

»Noch eine Frage. Wird der Kasten denn beim Brückenfest geöffnet?« Das Kopfschütteln seines Gegenübers überraschte ihn nicht wirklich. »Geheimnisse. Ja, natürlich. Töricht von mir zu glauben, bei einem so wichtigen Fest könnte man darauf verzichten. Ach, und gute Nacht.«

Als Blitz sich wenig später wieder in sein Strohbett kuschelte, bekam er die kleine Holzkiste nicht aus dem Kopf. Es musste doch irgendwie möglich sein ... Morgen. Nun, da er wusste, wo sie aufbewahrt wurde, würde es nicht allzu schwer sein, an sie heranzukommen. Die angeblich kampffähigen Klosterbrüder schreckten ihn nicht ab. Mit einem gewöhnlichen Schatzräuber wurden sie vielleicht fertig, aber er hatte immerhin eine Ausbildung bei den Amazonen absolviert. Und außerdem hatte er auch nicht vor, gegen irgendjemanden zu kämpfen. Er wollte nur seine Neugier befriedigen, weiter nichts, und hatte nicht vor, mit der Kiste unter dem Arm über die Mauer zu klettern. Wenn man ihn erwischte, würde man ihn schlimmstenfalls aus dem Kloster werfen.

Doch sein Vorhaben, es in der nächsten Nacht noch einmal zu versuchen, konnte der Arimer nicht durchführen – gleich am nächsten Morgen wurde er hinausgeworfen. Man versorgte ihn mit einem sättigenden Getreidebrei, der nicht große Lust darauf machte, längere Zeit hier zu verbringen, und geleitete ihn mit höflichen Worten und freundlichem Lächeln nach draußen. Blitz schüttelte verwundert den Kopf, als das Tor hinter ihm zufiel.

Die Stuten, unwillig darüber, dass sie den Stall verlassen mussten, schienen ihm vorwurfsvolle Blicke zuzuwerfen. Aber vielleicht kam ihm das auch nur so vor, weil er sich über sich selbst ärgerte.

Wenn er nur nicht so neugierig gewesen wäre! Jetzt blieb ihm nichts anderes übrig, als Edmonda abzuholen und das wahrzumachen, was sie überall verkündet hatten: zum Brückenfest zu reisen. Jede Nacht an einem anderen Platz zu übernachten. Und nach dem Fest, wenn der Winter noch härter zuschlug – falls das überhaupt möglich war –, sich eine Bleibe zu suchen, bis der Frühling kam und die Schiffsverbindung zu den Amazonen wieder aufgenommen wurde.

Langsam wird das zur Gewohnheit, dachte er, als er ans Tor des Nonnenordens pochte. Da ihm nicht sofort jemand öffnete, musste er eine ganze Weile gegen das dicke Holz hämmern. Schließlich blickte ein rotwangiges Gesicht durch das Fenster am Torhaus und blaffte ihn an.

»Ruhe! Dies ist ein Haus des Gebets!«

»Ich bin hier, um meine Begleiterin abzuholen«, erklärte er. Sie mussten damit gerechnet haben, eine allzu große Überraschung konnte es eigentlich nicht sein. Trotzdem starrte die Frau ihn an, als hätte er den Verstand verloren, und schlug die Klappe wieder zu.

Er wartete. Horchte. Kein Laut drang aus dem Gebäude oder aus dem Hof nach draußen. Es begann sacht zu schneien, aber sie ließen ihn ungerührt draußen stehen. Als Blitz gerade die Hand hob, um sie daran zu erinnern, dass er hier wartete, öffnete sich endlich das Tor. Eine Frau schlüpfte heraus und machte sorgsam hinter sich zu. Er hörte, wie der Riegel erneut vorgeschoben wurde.

Leider war es nicht Edmonda. Nur eine große, breitschultrige Nonne, das Haar unter einer Haube verborgen. Die grauen Augen rechts und links ihrer Adlernase musterten ihn so streng, dass er sich am liebsten schuldig gefühlt hätte, wenn er nur gewusst hätte, weswegen.

»Wo ist das Mädchen?«, fragte er.

»Sie wird nicht kommen«, verkündete die Nonne.

»Gar nicht?« Nachdem es der Prinzessin so wichtig gewesen war, eine Amazone zu werden, wunderte ihn diese Nachricht doch ziemlich. »Hat sie sich dazu entschlossen, den Winter hier zu verbringen?«

»Wozu die junge Dame sich entschlossen hat oder nicht, geht dich nichts mehr an. Die Pferde befinden sich übrigens immer noch in ihrem Besitz.« Verlangend streckte sie die Hand aus.

Blitz rührte sich nicht von der Stelle. »Falls meine Reisegefährtin entschieden hat, hier zu bleiben, möchte ich das aus ihrem Mund hören.«

»Du hast hier gar nichts zu bestimmen!« Die Nonne starrte ihn an, als hätte er etwas Ungeheuerliches vorgeschlagen. Gebieterisch streckte sie die Hand aus, als erwartete sie, Blitz würde ihr die Stuten übergeben und sich dann ohne weiteres zurückziehen, allein aufgrund ihrer Autorität. Er dachte jedoch nicht daran. »Ich will sie sehen«, beharrte er. »Und hören, was sie zu sagen hat.«

»Ich bin Äbtissin Schavilai. Mein Wort muss dir genügen.«

Wenn sie auch nur ein wenig davon verstand, wusste sie, was ein Verkauf dieser Tiere bringen konnte. Drei Zuchtstuten aus Wenz, zwei Braune und ein Grauschimmel. Es gab Menschen, die dafür töten würden.

Ganz gelassen drehte er sich um, wandte ihr den Rücken zu und ging.

»Warte!«, rief sie ihm nach. »Unverschämter Bursche! Wenn du jetzt gehst ... soll ich dich im ganzen Land wegen Diebstahls verfolgen lassen? Du bleibst hier und sprichst mit mir!«

»Mit dem Mädchen«, gab er zurück. »Nur mit ihr.«

»Na schön.« Sie schnaubte wütend durch die Nase. »Warte hier, ich lasse sie holen. Obwohl ich nicht weiß, womit du es verdient hast, mit einer solch edlen Dame auch nur zu sprechen.«

Der Krieger kehrte nicht zurück. Er wartete am Weg, bis die Klappe sich öffnete und das Gesicht der Prinzessin erschien. Dann erst trat er näher.

»Edmonda?«, fragte er vorsichtig.

»Ich bleibe hier«, sagte die junge Wenzerin. »Jetzt tu doch nicht so, als würde dich das überraschen. Hatte ich das nicht von Anfang an gesagt? Dass ich lieber ins Kloster gehe, als diesen König zu heiraten, den mein Vater für mich ausgesucht hat? Die Insel der Amazonen ist von der Außenwelt abgeschnitten. Sie haben sie aufgegeben.«

»Was? Das ist doch nicht möglich!«

»Das haben die Nonnen mir erzählt, Blitz, und es gibt keinen Grund, daran zu zweifeln. Die Amazonen sind irgendwo in ganz Deret-Aif verstreut, sie dienen an Königshöfen und beschützen Kaufleute. Es gibt keine Ausbildungsstätte mehr. Sie nehmen niemanden mehr auf, sie unterrichten nicht mehr. Deshalb ist meine Reise hier zu Ende. Gib den Nonnen die Pferde, Blitz. Damit werde ich meinen Aufenthalt hier bezahlen.«

Dieses Gesicht, das er mittlerweile so gut kannte. Wie eine Fremde auf einem Bild kam sie ihm vor.

»Das muss nicht sein. Wir finden eine andere Lösung.«

»Und welche? Blitz, lass es gut sein. Ich bin angekommen. Du hast getan, worum ich dich gebeten habe. Jetzt trennen sich unsere Wege.«

Er nickte, obwohl er sie lieber gepackt und geschüttelt hätte. Aber er nickte und sagte nichts mehr und ging zurück zum Weg, wo die Stuten auf ihn warteten. Wieder streckte die Äbtissin begehrlich die Hand aus, aber er saß auf und ritt los, ohne sich nach ihr umzusehen, ohne die Stricke, mit denen die reiterlosen Pferde angebunden waren, loszulassen.

»Komm zurück!«, kreischte die Nonne. »Das wagst du nicht! Dieb! Dieb!«

Der Arimer machte sich nicht einmal die Mühe, schneller zu reiten. Erst als das Kloster hinter den Bäumen verschwunden war und sie ihn nicht mehr sehen konnte, trieb er sein Reittier an. Dieb. Der Vorwurf traf ihn hart. Dieses Wort, das er aushalten musste. Dieb. Räuber. Zukatas guter Junge ...

Nein, er würde diesen Nonnen die kostbaren Rösser nicht überlassen. Und ebenso wenig die nicht minder wertvolle Prinzessin, so sehr ihre Art ihn auch immer wieder ärgerte. Dass das temperamentvolle Mädchen mit so einem Leben – Stille, Dunkelheit, Geheimnisse – zufrieden sein konnte, glaubte er keinen Moment. Diese garstigen Frauen hatten ihr mit Sicherheit zugeredet, bis Edmonda dachte, es gäbe keinen anderen Ausweg. Das Kloster oder zu ihrem Vater zurückzukehren. Ihr Traum, eine Amazone zu werden, war geplatzt, und das musste sie natürlich erst einmal verarbeiten. Aber nicht, indem sie sich selbst zu einer Gefangenen machte. Sie, die Tochter eines Königs, ein Kind der Schneeberge!

Er führte die Tiere durch den Wald. Nebel hing zwischen den schwarzen Stämmen. Alle Vögel schwiegen, nur seine Schritte durch die gefrorenen Blätter knirschten laut in der Stille. Er musste ein gutes Versteck finden, wo man ihn und die drei Stuten vom Weg her weder sah noch hörte, wo er in Ruhe die Dunkelheit abwarten konnte. Blitz lächelte bei dem Gedanken, dass er schon wieder dabei war, ein Mädchen aus einem Kloster zu entführen. Merkwürdigerweise konnte er nicht an Ilinias denken, daran, wie er sie durch den Wald verfolgt hatte ... Er hatte Schwierigkeiten, sich ihr Gesicht vorzustellen und wie es damals auf ihn gewirkt haben musste. So jung und hübsch und dieses helle Haar, wie ein Umhang aus Schnee über ihrem Haupt, ein Schleier über ihrer Schönheit. Wenn er die Augen schloss, sah er das weiße Haar, aber das Gesicht gehörte Mino. Minos blasse Haut, ihre Wolkenaugen ... Mino hinter Wänden und Türen. Sie war es, die er hätte retten müssen. Aus einem Haus aus Stein, hinter der Mauer ... und hatte es nicht getan.

Aber wenigstens für Edmonda konnte er noch etwas tun.

In einer Senke, geschützt von den gewaltigen Wurzeln eines umgestürzten Baumes, errichtete der Arimer ein Lager, wo er und die Pferde ein wenig vor dem eisigen Wind geschützt waren. Es dauerte lange, bis er genug trockenes Holz gesammelt hatte, um ein kleines Feuer zu machen. Während er seine Vorbereitungen für die Entführung traf, beobachtete er die Flammen, horchte in die Stille. Niemand schien nach ihm zu suchen, und wenn er Glück hatte, verzichtete die Äbtissin darauf, ihn als Dieb anzuklagen, doch verlassen konnte er sich darauf nicht.

Erst als es völlig finster war, machte der Krieger sich auf den Rückweg zum Kloster.

Die Führstricke der Pferde hatte er abgenommen, zu einem Seil zusammengebunden und mit einem kräftigen Stück Wurzel an einem Ende versehen. Diesen behelfsmäßigen Enterhaken warf er nun an der Mauer hoch, in der Hoffnung, durch eine der vielen glaslosen Fensteröffnungen auf dieser Seite – dahinter musste ein

Wandelgang sein ähnlich dem im Männerkloster – nach oben klettern zu können. Die knorrige Wurzel machte zum Glück nicht viel Lärm, wenn sie an den Steinen abprallte. Dagegen hätte eine Kralle aus Metall wahrscheinlich schon längst in eine Vertiefung gegriffen. Blitz versuchte es geduldig weiter, bis sein improvisierter Wurfhaken schließlich durch eine schmale Öffnung hindurchfiel und sich brav verkantete. Rasch kletterte er nach oben. Er konnte nicht anders, als sich dabei recht beschwingt zu fühlen. Der Triumph über die Klostermauer verdrängte seine Sorge, wie er Edmonda davon überzeugen sollte, mit ihm zu fliehen. Es konnte genauso gut sein, dass sie sich stur stellte und er entweder Gewalt ausüben oder ihre Entscheidung akzeptieren musste. Hoffentlich kam es nicht dazu.

Der Gang war leer. Wie drüben führte er in einen großen Saal. Damit, dass sich die beiden Klöster von ihrer Architektur her ähnelten, hatte er also richtig gelegen. Dann waren die Schlafkammern dort ... Blitz zögerte.

Wenn alles übereinstimmte, dann gab es auch hier eine Treppe ins unterirdische Gewölbe. Und einen Klosterschatz aus Rinland. Jedoch niemanden, der ein Auge auf ihn hatte. Was wog mehr – die Prinzessin? Die Neugier? Wenn alles gut ging, gelang es ihm vielleicht sogar, beides zu erobern. Geheimnisse ... Wenn sie in jedem heiligen Haus etwas aus Rinland aufbewahrten, was mochte es hier sein?

Hin- und hergerissen, horchte er in die Dunkelheit. Dann, fast ohne sein Zutun, schlich er am großen Saal vorbei, dorthin, wo die Stufen steil hinunter in die Schatzkammer führten.

Die Gänge lagen verlassen. Seine vorsichtigen Schritte waren kaum zu hören, lautlos wie eine Katze schlich er über den Steinboden. Um die Ecke hörte Blitz zwei Nonnen leise miteinander reden, aber sie standen bei einer Lampe, wie er sich mit einem kurzen Blick überzeugte, und würden vielleicht noch länger dort bleiben und sich unterhalten.

Er huschte die Treppe hinunter. In der Finsternis musste er sich mit vorgestreckten Händen vorantasten wie ein Blinder. Seine Hände stießen an ein Hindernis, das es im anderen Kloster nicht gegeben hatte. Eine große, hölzerne Tür versperrte ihm den Weg, eisenbeschlagen, er fühlte ein Vorhängeschloss. Blitz wollte schon umkehren, doch dann griff er noch einmal nach dem Schloss, tastete, zog schließlich sein Messer aus dem Gürtel. In der Stille hörte er das Kratzen von Metall auf Metall, ein Schaben nur, angespannt horchte er auf das Schloss ... Dann ein Klicken und es öffnete sich bereitwillig. Die Dunkelheit verbarg sein Grinsen. Ja, Stille und Dunkelheit waren bis jetzt seine Freunde gewesen. Die schwere Tür ließ sich geräuschlos öffnen. Dank den Nonnen, die keine quietschenden und knarrenden Türen mochten! Hier unten roch es nach Stein und Kühle. Nicht feucht. Nein, sie hätten ihren größten Schatz niemals in einem feuchten Keller aufbewahrt.

Der Eindringling zählte die Nischen ab. Wie in einem Traum glitten seine Finger über den kalten Stein, über raue Mauern, eingravierte Symbole. Hier, genauso ein Kästchen wie jenes, das er nicht hatte öffnen dürfen. Was, wenn es verschlossen war? Er kniete sich nieder und fühlte mit den Fingern die feine Ritze, die den Deckel vom unteren Teil trennte ... und hob ihn hoch, ohne Widerstand. Sein Herz schlug aufgeregt, als er die Hände in der völligen Dunkelheit der Gruft ins Innere des Kastens tauchte. Ein leises Rascheln.

Keine Edelsteine, kein Gold, keine Münzen. Nur eine Papierrolle. Das ganze Geheimnis, das rätselhaft blieb.

Er hatte kein Licht, um hier zu lesen. Entweder musste er sich damit zufrieden geben, wenigstens einen Teil des Geheimnisses zu kennen, oder er musste die Rolle mit nach oben nehmen und eine Lampe finden, in deren Schein er das Schriftstück ungestört untersuchen konnte. Bestimmt hatte er nicht so viel unternommen, um jetzt aufzugeben, selbst wenn er sich damit erst recht zum Dieb machte. Woher kam dann das Gefühl, dass er ein Anrecht auf diesen Fund hatte, dass seine Neugier gerechtfertigt war? Dass er einfach wissen musste, woraus dieser Schatz aus Rinland bestand, koste es, was es wolle?

Vorsichtig schob Blitz die Rolle in sein Hemd, schloss den Kasten wieder und tastete sich zurück zur Tür. Das Schloss ließ er offen, falls er später noch einmal wiederkam, um seine Beute zurückzubringen.

Lautlos wie ein Schatten stieg er die Treppe wieder hinauf. Aus dem Nebengang kam immer noch das leise Gemurmel der Stimmen. Er wollte sich schon zurück in den großen Saal schleichen, weil es dort eine Lampe gab, als er innehielt.

Edmonda. Sprachen sie über die Prinzessin, über *seine* Prinzessin?

»Das kannst du nicht tun«, sagte die eine Frau. Das leise Zischeln ihres Flüsterns trug weit genug, um sie einigermaßen zu verstehen. Blitz lehnte den Kopf an die Mauer und schloss die Augen, damit ihm ja nichts entging. »Ich dachte, du meintest es ehrlich. Bei Rin, wir sind ein Ort der Stille und des Gebets, ein Ort der Zuflucht!«

»Und das wollen wir auch bleiben«, sagte die andere. »Manchmal muss man Opfer bringen, um größeren Zielen zu dienen.«

»Ich hätte nie ... Wenn ich das gewusst hätte! Und ich bestärke sie noch darin, hierzubleiben! Ein so hübsches, junges Mädchen, mit einem finsteren Mann unterwegs, da fällt es einem nicht schwer, Argumente zu finden.«

»Ich habe die Botin schon losgeschickt. Wir können das nicht mehr rückgängig machen. Sobald die Leute des Fürsten erfahren, dass sie hier ist, werden sie kommen. Ich rechne damit, dass sie heute Nacht noch jemanden herschicken.«

»Aber Edmonda steht unter unserem Schutz, Schavilai! Du darfst sie nicht ausliefern!«

»Ich habe es schon getan. Das Mädchen wird ...«

»Was tust du hier?« Eine dritte Stimme. Nicht leise. Nicht aus dem anderen Gang. Leider ganz in der Nähe, direkt vor ihm. Blitz hatte sich so darauf konzentriert, das Gespräch zu belauschen, dass er vergessen hatte, wachsam zu sein. Die Nonne, die ihn entdeckt hatte, begann lauthals loszukreischen. »Ein Räuber!«

Er konnte nichts tun, um sie zum Schweigen zu bringen. Um die Ecke kamen schon die anderen beiden gerannt, die Äbtissin und eine ältere Nonne. Er drehte sich um und floh.

»Haltet ihn!« Schavilai schrie so laut, dass sie es ihm in den Ohren gellte. »Er darf nicht zu ihr! Haltet ihn auf!«

Blitz stürzte den Gang hinunter. Aus den Türen lugten die ersten Mädchen mit schlaftrunkenen Gesichtern, um herauszufinden, was los war.

»Wo ist Edmonda?«, rief er ihnen zu. »Die Neue? Wo ist sie?«

Verwirrt zuckte die eine Novizin mit den Schultern, eine andere knallte die Tür ihrer Kammer zu. Manche waren mutiger. Ein paar junge Frauen gehorchten sofort den lauten Rufen der Äbtissin, die immer noch durch das ganze Gebäude schallten. Hände griffen nach ihm. Er hatte keine Zeit, die Finger sanft von seinen Ärmeln zu lösen, sondern befreite sich, ohne Rücksicht zu nehmen. Ein Mädchen stürzte rücklings auf den Boden, und kurz sah er das Entsetzen und den Schmerz in ihren Augen. »Tut mir leid!«, rief er schnell, dann hastete er weiter. »Edmonda!« Durch das Geschrei und das Trappeln unzähliger Füße in allen Fluren hallte seine Stimme, laut und ungeduldig. »Edmonda!«

Plötzlich stand sie vor ihm auf dem Gang. Sie blinzelte ins Licht, ihr braunes Haar fiel ihr offen über den Rücken. Barfuß war sie und trug nichts als ein langes Nachthemd. »Blitz? Was wird das denn? Was tust du hier?«

»Dich retten«, sagte er. Ein paar ältere Nonnen, die im Gang auftauchten und das Mädchen von ihm wegziehen wollten, stieß er brutal zur Seite. Er zog Edmonda in die Kammer und warf die Tür zu. »Zieh dich an. Schnell.«

»Ich denke nicht daran!« Die Prinzessin funkelte ihn wütend an. Von draußen hörte er die Frauen schreien; sie teilten sich gegenseitig mit, wo er war.

»Wir haben keine Zeit.« Wie alle Türen der Novizinnen ließ auch diese sich nicht abschließen; er musste sie zuhalten, bis das Mädchen fertig war, aber Edmonda hatte immer noch nicht begriffen, worum es ging. »Mach endlich. Du musst hier raus.«

»Aber ich habe dir doch gesagt ...«

»Du dumme Gans!«, schrie er sie an. »Zieh dich an! Sie werden dich an Zukata ausliefern, begreifst du das endlich? Wie konntest du ihnen sagen, wer du bist?«

»An Zukata?« Die Königstochter wurde bleich, rührte sich aber immer noch nicht von der Stelle. »Was? Das glaube ich nicht. Das sagst du jetzt nur, damit ich mitkomme.«

»Edmonda.« Er musste sich zur Ruhe zwingen, obwohl die Eile unter seinen Füßen brannte. Die Nonnen warfen sich mit Wucht gegen die Tür, ihr Geschrei war so laut, dass er seine eigenen Worte kaum verstehen konnte. »Sie haben dich schon verkauft. Zukatas Leute sind bald hier. Komm endlich!«

Hatte sie nicht eine Amazone werden wollen? Aber jetzt starrte sie ihn nur an wie gelähmt. Ein neuerlicher Ansturm der selbsternannten Retterinnen ließ Blitz ins Innere des Zimmers fliegen. Offenbar der Überzeugung, sie müssten die Neue vor einem schlimmen Schicksal bewahren, stürzte eine ganze Schar aufgeregter Frauen herein. Der Arimer bezweifelte, dass sie ahnten, was mit dem Mädchen wirklich geschehen sollte, doch es blieb keine Zeit, es ihnen zu erklären und auf ihr Verständnis zu hoffen. Nun musste er sich einen Weg hier heraus prügeln, ohne Rücksicht auf Verluste. Es ging um viel mehr als um Edmondas Schicksal.

Als der Krieger sein Messer zog, wichen die Nonnen vor ihm zurück. Die Königstochter schrie auf, als er ihren Arm packte und sie nach draußen zog. Es war keine Kleinigkeit, sowohl mit dem sich sträubenden Mädchen als auch mit hysterischen Novizinnen und gestandenen Nonnen zu kämpfen. Alle waren fest entschlossen, die hübsche Dunkelhaarige vor dem bösen Einbrecher zu retten. Friedliebenden Ordensschwestern gebrochene Nasen und blaue Flecken zu verpassen, war nichts, worauf er stolz sein konnte. Er hatte sich diese Entführung wesentlich eleganter und unauffälliger vorgestellt. Stattdessen musste er sich mit einer Brutalität, die ihm selbst in der Seele schmerzte, gegen einen Haufen wütender Frauen zur Wehr setzen. Er warf sich Edmonda über die Schulter, ignorierte ihre Fäuste auf seinem Rücken und rannte durch die Gänge des Klosters, das sich in dieser Nacht von einem Ort der Stille und des Gebets in einen Kampfplatz verwandelt hatte. Nachdem er eine breite Treppe hinuntergehastet war, gelangte er auf den Hof. Edmonda wand sich so sehr, dass er sie loslassen musste. Die Befreite wollte zurückstürzen, doch er bekam gerade noch ihren Fuß zu fassen. Sie fielen beide auf den kalten Lehmboden, als es ans große Tor pochte.

Laut. Nicht zu überhören, trotz des Geschreis der Nonnen, die ihnen ins Freie folgten.

»Aufmachen! Im Namen des Kaisers, öffnet!«

»Ha!« Eine der Frauen rannte zum Tor. Blitz fluchte, packte das Mädchen an der Hand und riss es hinter sich her, wieder zurück ins Innere des Klosters. Die Prinzessin wehrte sich nicht mehr, sie stolperte neben ihm her.

»Der Kaiser?«, fragte sie atemlos. »Aber wieso?«

Eine Schar von Novizinnen stob auseinander, als sie mitten hindurch rannten. Hinter sich hörten sie Hufschläge. Und eine Stimme, klar und befehlsgewohnt: »Wo ist das Mädchen?«

Da war der Gang, da das Seil im Fenster, das noch niemand entdeckt hatte. Der Arimer stieg über die Brüstung und streckte die Hand nach Edmonda aus. »Komm.«

»Ich – ich kann das nicht!«

»Du musst«, sagte er schroff, »leg die Arme um mich.«

»Ich habe Angst!«, jammerte die Prinzessin.

Sie festzuhalten und mit einer Hand hinunterzuklettern, konnte nicht klappen. Blitz zog rasch das Seil hoch, band es ihr um den Leib und zwang das Mädchen, das sich verzweifelt sträubte, über die Kante. Der Boden war in der Dunkelheit nicht zu sehen, nicht einmal zu erahnen, was vielleicht sogar besser war.

»Wenn du unten bist, musst du den Knoten lösen. Edmonda! Hörst du mich?«

Sie schrie auf, als er ihre Hände von der Mauer löste und das Seil hinunterließ. Der Strick war straff gespannt; ihm war, als würden ihm gleich die Arme aus den Gelenken gerissen. Er stöhnte auf, während er sie Stück für Stück nach unten sinken ließ, stemmte die Füße gegen die Mauer, spürte, wie ihm die Haut von den Händen gerissen wurde. Bedrohlich schabte das rettende Seil über die Kante. Blitz sah sich nicht um, obwohl er den Lärm im Kloster hörte, die Rufe, dann die Schritte.

»Hier ist er! Da!« Ein paar Nonnen, die, mit Lampen in den Händen, auf ihn zeigten. Und hinter ihnen die Männer des Kaisers.

»Wo ist die Prinzessin?«

»Ich bin jetzt unten«, drang Edmondas Stimme herauf.

»Halt!«, schrie einer der Männer, ein hochgewachsener Kerl mit rotem Haar, als Blitz sich schon über die Brüstung schwang. »Ich befehle dir hierzubleiben! Im Namen des Kaisers! Mit der Macht des Kaisergängers, du bleibst!«

Ihre Augen trafen sich, kurz bevor Blitz sich hinunterließ. Für einen Moment war es wie eine Stille zwischen ihnen, ein Kennenlernen – graue Augen, schwarze Augen –, dann rutschte Blitz am Seil hinunter, ohne auf den Schmerz in seinen Händen zu achten.

»Durchtrennt das Seil! Schnell!«

Er raste dem Boden entgegen, dann gab die Spannung plötzlich nach und er fiel ein kurzes Stück, überschlug sich und kam wenig elegant auf dem Boden auf.

»Blitz?« Edmondas zaghafte Stimme in der Dunkelheit, ihr weißes Nachthemd schimmerte.

»Komm. Rasch!« Er nahm ihre eiskalte Hand, zog sie mit sich, in den Wald hinein. »Sie werden vorne herumkommen, sie werden uns einkreisen.«

»Ich kann nicht mehr«, japste das Mädchen, ihre Knie knickten ein, doch mitleidslos zog er sie wieder hoch.

»Wir können nicht ausruhen! Komm! Komm!«

»Ich kann nicht mehr. Mir ist so kalt. Lass mich hier, bitte!«

Er zog seinen Mantel aus, hüllte sie hinein und hob sie auf. Sein Atem reichte nicht, um ihr zu erklären, warum Aufgeben auf keinen Fall in Frage kam. Der Krieger lief mit ihr durch den Wald, stolperte voran, bis er schließlich das Lager erreichte, wo die Stuten warteten. Hinter sich sah er bereits Lichter. Viele Lichter.

»Sie werden suchen, bis sie uns haben. Unsere Spuren im Schnee. Wir müssen reiten, schnell sein.« Er stieß die Sätze einzeln hervor, während er ihr aufs Pferd half. Bevor er selbst aufstieg, zog er seine Stiefel aus und gab sie ihr. Es ärgerte ihn immer noch, dass sie sich nicht angekleidet hatte, als sie die Gelegenheit dazu gehabt hatte, aber jetzt war nicht der richtige Moment, um ihr Vorwürfe zu machen. Er lenkte seine braune Stute zwischen den Baumstämmen hindurch. Dass Edmondas Grauschimmel und das Packtier folgten, darauf musste er sich verlassen. Der Schnee schimmerte hell zwischen den dunklen Stämmen. Er blickte sich um: Edmonda saß zusammengesunken auf ihrem Reittier, eingehüllt in seinen Mantel, in dem sie fast verschwand. Klein und bleich wirkte ihr Gesicht. Hinter ihnen kroch bereits die Dämmerung über den Horizont.

12. *Ein wichtiges Schriftstück*

EIN DORF. STILL und verlassen lag es unter der grauen Decke der Dämmerung, die sich langsam über den Himmel breitete.

Der Arimer wählte das nächstbeste Haus und klopfte laut. Dem verschlafenen Mann, der ihm öffnete – vorsichtshalber einen Spaten in der Hand –, schmetterte er sofort seine Forderungen entgegen.

»Brennt euer Herdfeuer noch? Weck deine Frau und deine Mägde. Wir brauchen sofort warme Kleidung für das Mädchen, etwas Heißes zum Trinken, sie ist halb erfroren. Lebensmittel zum Mitnehmen, was immer ihr habt. Jemand soll sich um die Pferde kümmern. Ich will nicht, dass sie von der Straße aus zu sehen sind.«

»Ähm«, fing der Dörfler an, »warum sollte ...«, doch bevor er Einwände erheben konnte, unterbrach Blitz ihn.

»Kaisergänger«, sagte er knapp. »Weck deinen Haushalt. Und Beeilung, Beeilung!«

Edmonda starrte ihren Begleiter entgeistert an, während ihr auserwählter Gastgeber rufend durchs Haus eilte. »Was? Du berufst dich auf Zukata?«

»Jetzt ist nicht die Zeit für Skrupel«, entgegnete der Krieger und zog sie ins Haus. Schon kam ein junger Bursche und nahm ihm die drei Stuten ab. »Sie werden in Kürze hier sein. Ich hoffe, sie suchen noch eine Weile, bevor sie auf unsere Spuren stoßen. Mit viel Glück haben wir vielleicht eine Stunde, wenn wir Pech haben, stehen sie gleich vor der Tür.«

Die Frau des Hauses, noch im Nachtmantel, ein Bündel Kleider im Arm, winkte dem zitternden Mädchen. »Hier, ich weiß nicht, ob es gut genug ist?«

»Geht mit ihr«, befahl Blitz. »Rasch, zieht Euch um. Tut diesmal einfach, was ich Euch sage.«

Der Hausherr führte ihn in die Speisekammer, wo der selbsternannte Gesandte seinen Reisebeutel auffüllte. Der Arimer hätte gerne dafür bezahlt, aber ihr ganzes Geld war zusammen mit Edmondas anderen Sachen im Kloster geblieben.

Als er in die Stube zurückkehrte, wartete die Prinzessin schon auf ihn. Sie trug ein schlichtes langes Kleid und gefütterte Stiefel. Der Mantel sah nicht so warm aus wie ihr eigener Pelz aus Wenz, sollte aber reichen. Auch hier in Salien wussten die Leute, wie man sich zu dieser Jahreszeit anzog. Während Edmonda eine dampfende Tasse Tee entgegennahm, zog Blitz sich wieder seine eigenen Stiefel an.

Bevor sie zur Tür hinaustraten, sah er in die Gesichter der Saliner. Abwehrend, voller Angst, wie erstarrt kamen sie ihm vor. Vielleicht würden sie für ihre Hilfe bitter bestraft werden. Davor konnte er sie leider nicht schützen.

»Danke.« Nur ein Wort, mehr hatte er nicht. »Wartet noch einen Moment hier.« Bevor er Edmonda nach draußen brachte, hielt er Ausschau, um sicherzugehen, dass die Verfolger das Dorf noch nicht gefunden hatten. Der Bursche führte die Pferde wieder vor, sie saßen auf und ritten weiter, westwärts.

Es dauerte eine Weile, bis Edmonda endlich wieder sprach.

»Ich erkenne dich nicht wieder«, sagte sie.

»Ach nein?«, fragte er wütend zurück.

»Bisher warst du immer so höflich und zuvorkommend«, beklagte die Prinzessin sich. »Die ganze Reise über, von Wenz hierher, dachte ich, du verdienst es wirklich, dass man dir vergibt. Ich war tatsächlich bereit, dir zu verzeihen, dass du mich als Kind entführt hast. Ich habe geglaubt, du wärst kein Räuber mehr.« Ihre Stimme wurde leiser, sie warf ihm einen fragenden Blick von der

Seite zu. So hatten ihn auch die Leute im Dorf angesehen, abwehrend, noch nicht ganz sicher, wie sehr sie sich fürchten mussten.

»Als ich freundlich zu Euch war«, sagte Blitz, mühsam beherrscht, »da hatte ich auch noch den Eindruck, dass Ihr eine Amazone sein wollt.«

»Aber das geht jetzt doch nicht! Und ich kann wirklich nichts dafür. Warum bist du so schroff zu mir?«

»Schroff?« Er lachte. »Verprügeln sollte ich Euch, Prinzessin! Wisst Ihr denn nicht, was es bedeutet, eine salinische Amazone zu sein? Ehre. Ehre und Treue. Das muss man mitbringen, das kann man nicht lernen.«

»Aber ich ... Ehre und Treue? Wann habe ich denn gezeigt, dass ich das nicht habe? Nur weil ich im Kloster bleiben wollte?«

»Wie konntet Ihr ihnen sagen, wer Ihr seid!«, rief er. »Wie konntet Ihr nur so dämlich sein!«

Edmonda schluckte. »Aber ... Sie haben doch nur gefragt, was mich nach Salien verschlagen hat. Und ich habe es erzählt ... Wie hätte ich ahnen können, dass sie das ausnutzen wollen? Ich konnte es nicht wissen! Die ganze Reise über habe ich nie jemandem verraten, woher ich komme. Ich dachte, im Kloster, ich dachte, bei den Dienerinnen Rins ...«

Blitz fuhr sich mit der Hand über die Stirn. Sie hatte recht. Und hatte nicht er selbst einmal einer Äbtissin anvertraut, wer er war und dass es sich bei dem kleinen Mädchen in seinem Arm um eine Prinzessin handelte, von der das Schicksal des Kaiserreichs abhing? Hatte er damals nicht darauf vertraut, dass die Wahrheit ihn weiter bringen würde als eine Lüge?

»Und ich?«, fragte er schließlich, etwas sanfter. »Habt Ihr ihnen auch verraten, wer ich bin?«

»Nein.« Die junge Wenzerin schüttelte den Kopf. »Nein, ganz bestimmt nicht. Sie wollten nur wissen, ob du und ich ... ob da irgendetwas zwischen uns ist. Dass du mein Leibwächter bist, habe ich gesagt, mehr nicht.«

»Wenigstens etwas. Wenn Zukatas Männer erfahren sollten, wer ich bin, schicken sie uns eine Armee hinterher. Das können wir jetzt wirklich nicht gebrauchen.«

»Nach dir werden sie wohl kaum mehr suchen als nach mir«, versetzte Edmonda etwas schnippisch.

Blitz wollte sie nur ungern in ihrem Stolz kränken, auch wenn er anderer Meinung war. »Wenn Ihr meint. Aber solange wir zusammen sind, ist das unerheblich.«

»Wohin reiten wir eigentlich?«, erkundigte Edmonda sich. »Das hier ist meine Reise! Wohin es jetzt geht, entscheide immer noch ich!« Sie zügelte ihr Pferd. »Wieso nach Westen? Was wollen wir da? Wenn hier alle nach mir suchen, ist es wohl das Klügste, wir kehren nach Hause zurück.« Herausfordernd blickte sie ihn an und hob das Kinn. »Darauf wartest du doch, oder? Dass ich endlich aufgebe und zu meinem Vater zurückkrieche? Und ihn entscheiden lasse, wie meine Zukunft aussieht?«

»Dazu ist es zu spät.« Der Krieger erkannte die Unsicherheit hinter ihren trotzigen Worten, aber selbst wenn sie ihre Flucht tatsächlich bereute, war der Weg zurück versperrt. »Unsere Feinde werden die Grenze dichtmachen. Gerade in Richtung Wenz werden sie nach uns Ausschau halten. Jeder dieser Kerle weiß, was Eure Ergreifung für Zukata bedeutet, und erhofft sich eine saftige Belohnung. Seine Getreuen liegen auf der Lauer, sie werden sich diese Chance nicht entgehen lassen. Sie werden uns jagen, bis wir zusammenbrechen.«

»Werden sie mich töten?«, fragte Edmonda mit fast zu ruhiger Stimme.

»Nein, darüber macht Euch keine Sorgen. Wenn sie Euch etwas antun, wird Zukata ihnen dafür den Hals umdrehen. Es wird Euch nichts geschehen, bis klar ist, ob König Oka für Euch seine Rebellion aufgibt. Ich habe keine Ahnung – wird er das tun? Wenn nicht, dann wird Euch niemand retten können. Und wenn ja, dann ist der einzige ernstzunehmende Gegner, den Zukata hat, auf den Knien, und das Kaiserreich ist verloren. Und Ihr nehmt mir übel, dass ich die Nonnen geschlagen und den Leuten vorhin ein Kleid und einen Schinken abgeknöpft habe? Glaubt mir, wir haben ganz andere Sorgen.«

Das Mädchen wurde noch ein wenig blasser. »Du wirst aber nicht zulassen, dass sie mich kriegen, oder? Blitz?«

»Das Brückenfest steht unmittelbar bevor. Wir werden versuchen, uns unter die Pilger zu mischen. Wenn wir Glück haben, ist der Hafen dort noch nicht überflutet und die Pilgerschiffe aus Velas liegen vor Anker.«

»Ich muss also doch zurück nach Wenz«, sagte sie leise.

»Natürlich. Ich war ein Idiot, dass ich Euch dort weggebracht habe. Es gibt Schlimmeres als eine arrangierte Heirat.«

»Und wir haben gar kein Geld«, klagte Edmonda. »Haben wir überhaupt eine Chance, bis an die Küste zu kommen?«

»Wir brauchen kein Geld.« Der Krieger berührte die Stelle an seinem Oberarm, wo das Brandzeichen ihn immer noch als Zukatas Gefolgsmann auswies. »Glaub mir, ich habe keine Skrupel, das auszunutzen. Und keine Wahl.«

Erst am Abend, als sie ihr Lager mitten im Wald aufschlugen und sich darüber stritten, ob ein Feuer sie verraten würde oder nicht, fiel Blitz die Rolle wieder ein, die er aus dem Kloster entwendet hatte. Er hatte auf einem Feuer bestanden, obwohl Edmonda ihn deswegen fast tätlich angriff, mit dem Fuß den kleinen Haufen Brennholz durcheinander brachte und nur deswegen nicht herumschrie, weil sie zu große Angst hatte, jemand könnte sie hören.

»Kein Feuer!«, wiederholte sie wieder und wieder. »Sie werden uns entdecken. Sie werden uns finden.«

»Ohne Feuer erfrieren wir«, gab er zurück. »Dieses Land ist groß und sie wissen nicht, wo wir sind. Noch konnten sie nicht die Hundertschaften aufbringen, die sie brauchen, um die Wälder zu durchkämmen. Wir brauchen dieses Feuer.«

»Wenn wir enger zusammenrücken ...«

»Nein!«

Schmollend beobachtete die Prinzessin, wie er die kleinen Zweige anzündete und die Flammen hütete, bis sie gleichmäßig brannten. Er konnte ihre Angst geradezu spüren. Sie versuchte krampfhaft so zu tun, als wäre nichts. Mit ihm zu sprechen, ohne ständig Blicke über die Schulter hinweg in den Wald zu werfen, ohne zu rufen: Da! Hast du das gehört? Doch sogar ihre Beine zitterten, während sie die Pferde abschirrte, der kleinste Handgriff schien ihr unüberwindliche Schwierigkeiten zu bereiten. Zu gerne hätte er den Arm um ihre Schulter gelegt, sie tröstend gedrückt und ihr versichert, dass alles gut werden würde. Aber er tat es nicht. Er ignorierte ihre verzweifelten Blicke. Er zwang sie, die Amazone zu sein, die sie nicht sein konnte und sein wollte: stark und unabhängig.

»Ein Mann und eine Frau«, sagte er. »Allein auf einer langen Reise. Nein, ich halte es für keine gute Idee, enger zusammenzurücken.«

»Das sollte keine Einladung sein«, fuhr Edmonda ihn an, beleidigt. »Zu was auch immer du denkst.«

Er hatte sich ihr gegenüber gesetzt, auf die andere Seite des Feuers. Sie wandte den Kopf und horchte. Auf Schritte. Auf das Krachen von Zweigen, das Knirschen schwerer Füße im Schnee. Blitz hatte ihr Profil vor sich, ihre schönen Züge. Die Hälfte ihres Gesichts lag im Schatten. So jung und verletzlich sah sie aus, so verwirrt ... Es wäre so einfach, sie zu beruhigen und zu trösten und ihr ein Gefühl von Sicherheit zu geben. Sie sehnte sich danach, das wusste er. Doch er hatte schon einmal den Fehler gemacht, das Begehren des Körpers für Liebe zu halten. Ein Mann und eine Frau, allein auf einer langen Reise. Nein, das war noch lange nicht Liebe. Das war etwas, was beinahe zwangsläufig geschah. Nur ein Funke, der alles zum Brennen brachte ... Nein.

Er zwang sich, den Blick von ihr abzuwenden, er starrte in die Flammen. Und erinnerte sich an die Rolle. Dankbar über etwas, das gut dazu geeignet war, ihn abzulenken, holte er sie hervor und betrachtete sie.

Auf einmal wusste er nicht, ob er überhaupt das Recht hatte, das Band zu lösen und das Schriftstück zu öffnen. Ihm war, als könnte es unter seinen Händen zerbröseln und zu Staub zerfallen. Sehr vorsichtig strich er das vergilbte, brüchige Papier glatt und las die Worte. Und dann ein zweites Mal und noch einmal ... Vielleicht eine Stunde saß er so da, ohne sich zu rühren, bis Edmonda schließlich sagte: »Das Feuer geht aus. Warum kümmerst du dich nicht darum, wenn es dir so wichtig ist?«

Er hob den Blick. Besorgt und verwirrt und gekränkt sah sie aus, alles auf einmal. »Was hast du denn da so Wichtiges? Einen Brief deiner Geliebten?«

Ohne eine Antwort rollte Blitz den Schatz aus dem Kloster wieder zusammen und verbarg ihn wieder in seiner Kleidung. Seine Gedanken rasten, überrannten ihn wie eine Herde wildgewordener Pferde, mit stampfenden Hufen, ohne anhalten zu können.

»Ich dachte, du willst nicht, dass wir erfrieren«, meinte die Prinzessin mit ihrer allergiftigsten Stimme, aber er bemerkte es nicht einmal. Er starrte sie an, als sähe er sie zum ersten Mal, und als er die Worte schließlich über seine Lippen zwang, zitterten ihm dabei die Knie.

»Wir haben keine Zeit« sagte er leise, immer noch erstaunt und überwältigt. »Wir haben viel weniger Zeit, als wir dachten ... viel, viel weniger.«

»Was ist denn los?« Edmonda sah sich hektisch um. »Glaubst du, sie haben uns gefunden?«

»Es ist, als wären wir auf einem Schiff«, murmelte er, »auf einem sinkenden Schiff. Und wir wussten es nicht.«

»Blitz?«

»Unsere Verfolger«, sagte er, »König Oka, der Krieg gegen Zukata ... das alles ist nicht mehr wichtig. Das Kaiserreich wird untergehen, Edmonda. Es hat schon begonnen. Das Meer wird sich die Inseln holen und dann das Land, und nichts wird übrigbleiben.«

Um ihre Mundwinkel zuckte es, sie wusste nicht, ob sie lachen oder weinen sollte. »Blitz, was redest du denn da? Stand das etwa in dem Brief, den du da hattest?«

»Ja«, bestätigte er. Und fragte sich, wie er Worte finden sollte für die Erkenntnis, die über ihn gekommen war mit der Macht eines Sturms. »Dort stand es. Zuerst die Inseln und dann alles andere. Und es wird schneller gehen, als irgendjemand erwartet. Wenn die Inseln verloren sind, bleibt keine Zeit mehr. Dann geht es nur noch darum, seine Haut zu retten. Edmonda, nicht Zukatas Leute sind jetzt unser größtes Problem. Wir brauchen Schiffe. Hunderte, was rede ich, Tausende von Schiffen.«

Die junge Wenzerin schüttelte den Kopf. »Bist du verrückt geworden? Weißt du eigentlich, wie sich das anhört?«

»Ich bin nicht verrückt.« Das Blut rauschte in seinen Ohren. »Ich bin ... oh Rin, und dabei hätte ich es wissen müssen. Ich hatte es einfach vergessen. Wie konnte ich es vergessen? Diesen Brief aus Rinland, den der weiße Vogel mir brachte ... Worte von der Angst und der Dunkelheit und dem Wasser, das über uns kommen würde ... Glaubt Ihr, ich hätte noch ein einziges Mal daran gedacht? Nicht einmal in Neiara, als ich dem Steigen des Meeres zusehen musste, bin ich auf den Gedanken gekommen, dass es geschieht. Jetzt. Mit uns, zu unserer Zeit ... Hier. Lest selbst.«

Der Arimer reichte ihr die Rolle. Beobachtete ihr Gesicht, während sie las, verständnislos die Stirn runzelte, sich mit der Zunge über die Lippen fuhr. Schließlich ließ sie das Papier sinken.

»Blitz, du hast mir wirklich Angst eingejagt. Aber das bedeutet doch gar nichts. Ein paar Worte. Sie klingen nach einem uralten Lied, nach einem Gedicht. Die Flut kommt, das Meer tritt über die Ufer ... Das heißt gar nichts. Wo hast du das überhaupt her?«

»Das ist ein Brief aus Rinland«, sagte der Krieger. »Ich habe ihn aus dem Kloster gestohlen. Die Nonnen haben nicht das Recht, so etwas verborgen zu halten! Es geht um unsere Zukunft! Diese Warnung betrifft uns alle. Wie konnten sie das nur verstecken?«

»Du hast was?« Edmonda ließ den Brief fallen, als könnte sie sich daran verbrennen. »Das durftest du nicht! Was soll ich eigentlich von dir halten? Du bist unglaublich. Ich bin schockiert. Das musst du zurückgeben, unbedingt!«

»Merkwürdig, wie sich die Dinge von einem Augenblick auf den anderen ändern können, nicht wahr?« Blitz rollte die Botschaft wieder zusammen, behutsam, als sei jedes der Worte kostbarer als ein Schatz. »Ich habe um die Glücklichen Inseln geweint ... und es war nur der Anfang. Nur der Anfang von etwas, das bereits begonnen hat.«

»Du zweifelst kein bisschen?«, fragte das Mädchen vorsichtig. »Du glaubst auch nicht einen Moment lang, du könntest dich irren? Das kannst du doch nicht machen, Blitz ... Sei bitte vernünftig. Woher soll der Schreiber das alles wissen? Kannst du mir das auch mal erklären? Und sag jetzt bitte nicht, du hast da einen Brief aus Rinland. Das kann ja jeder behaupten. Wahrscheinlich lassen die Priester und Nonnen genau aus diesem Grund das gemeine Volk so etwas nicht sehen. Weil eine Panik ausbrechen würde. Weil alle es falsch verstehen würden. Weil die Leute Hals über Kopf auf ein Schiff gehen und das Kaiserreich verlassen würden – und wohin soll das führen, bitteschön?«

»Und wenn das der einzige Weg ist?«, fragte er zurück.

»Es ermüdet mich, mit dir darüber zu reden«, erklärte die Prinzessin steif. »Ich werde jetzt schlafen. Und morgen verlieren wir kein Wort mehr darüber, ist das klar?«

Aus ihren Augen blitzten ihm Zorn und Ablehnung entgegen. Aber die Angst war immer noch da. Die Angst vor denen, die ihnen nachstellten, die ihr Lager vielleicht schon umzingelt hatten. Die Angst vor dem, was sie erwartete, wenn es ihr tatsächlich gelang, zu ihrem Vater zurückzukehren. Alle ihre Ängste hielten sie von Kopf bis Fuß gefangen, und aus diesem Käfig heraus bleckte sie die Zähne und starrte ihn an wie ein wildes Tier, das auch die Hand dessen beißt, der Futter bringt. Blitz hatte keinen Trost für sie. Und keine Hoffnung. Aber immer noch, mehr denn je, brauchte er ein Schiff.

»Jetzt sind wir in Salien.« Mino breitete die Arme aus und fing die Schneeflocken auf, so als wären sie hier etwas Besonderes. Weiße Blütenblätter im Frühling, die auf eine Braut herabregnen.

»Ich weiß ja nicht«, meinte Kroa und schüttelte den Kopf. »Ist das hier wirklich das Richtige? Manina wartet auf uns. Ich spüre es.«

Die weißhaarige Frau hatte nicht die Absicht, sich von ihm die Laune verderben zu lassen. Seine vorwurfsvollen Blicke war sie mittlerweile gewohnt. Mit dem Alter wurde er immer sturer und unleidlicher. Vielleicht war es die Angst, seine beiden besten Freunde zu verlieren, wenn diese sich zu der Liebe bekannten, die sie füreinander empfanden. Eine wunderbare Liebe, zärtlich und sanft ... Es fiel Mino schwer, Worte zu finden für das, was zwischen ihr und Jamai geschah. Er war ein Teil ihres Lebens, sie konnte sich nicht vorstellen, auch nur einen Tag ohne ihn zu verbringen. Seine

Gegenwart gab ihr Wärme und Halt und ließ sie jeden Morgen in dem Bewusstsein erwachen, dass es einen Grund gab, einen neuen Tag zu beginnen.

»Du hast immer noch kein Geschenk, mein Lieber«, lachte Jamai und boxte Kroa kameradschaftlich in die Seite.

Der Zwerg stöhnte theatralisch. »Lass einen alten Mann am Leben, du junger Springinsfeld! Außerdem stimmt das nicht. Ich habe schon einen ganzen Beutel voller Geschenke.«

»Solange du dich nicht entscheiden kannst, was davon Manina bekommt, ist es so, als hättest du überhaupt keins.«

»Was soll das denn heißen?«, ereiferte Kroa sich. »Du hast sie wohl nicht alle!«

»Hört auf«, befahl Mino. »Dort vor uns auf dem Weg sind Reisende. Was meint ihr, sehen sie aus wie Pilger?«

Nur einen kurzen Moment hatte die Hoffnung sie genarrt, es könnten Ziehende sein. Eine Sippe, bei der sie Unterschlupf finden konnten, wo sie vielleicht etwas über Keta erfuhr. Aber der Karren dieser Leute war kein bunt gestrichener Zinta-Wagen, in dem sich gemütlich wohnen ließ, sondern nur ein grob zusammengezimmertes Gefährt, von einem Esel gezogen, nicht für Menschen, sondern nur für Gepäck geeignet.

Die Gruppe der Reisenden hatte sie bemerkt und wartete auf sie. Etwa ein Dutzend freundliche Gesichter schauten ihnen entgegen.

»Wollt ihr euch uns anschließen? Gemeinsam kommen wir sicherer voran!« Der Sprecher, ein graubärtiger Mann mit einem Wanderstock, ging offenbar davon aus, dass die drei zum Brückenfest unterwegs waren. Mino hatte keinerlei Bedarf an weiteren Reisegefährten, doch zu ihrer Überraschung verbeugte Kroa sich und dankte dem Bärtigen überschwänglich. »Eure Gesellschaft – euer Schutz! Wir sind geehrt, zutiefst geehrt!« Nachdem er aus dem Anführer herausbekommen hatte, dass dessen Name »Drea« lautete, war er völlig außer sich. »Drea und Kroa! Wie das klingt! Wie das passt! Das Schicksal hat uns zusammengeführt! Wir werden uns nie wieder trennen!«

Jamai lachte in sich hinein. Mino stieß ihn an. »Was soll denn das? Was hat er vor?«

»Was er vorhat?« Der Zinta musste an sich halten, um nicht laut loszuprusten. »Uns auseinanderzubringen, was sonst?«

Sie wollte schon nach seiner Hand greifen, um ihm zu versichern, dass das niemandem gelingen würde, doch mitten in der Bewegung wurde ihr bewusst, dass zwölf Augenpaare auf ihnen ruhten. Ihr Arm sank wieder herab.

»Das ist nicht gerecht«, flüsterte sie. »Wir sind hier, um einen Priester zu finden. Ich will nicht zum Brückenfest. Davon war nie die Rede!«

»Manche Menschen greifen zu verzweifelten Mitteln, wenn sie Angst haben«, sagte Jamai, aber das Lächeln in seinem dunklen Gesicht war nicht so leicht und unbeschwert, wie es hätte sein können.

Mino seufzte. Sie wollte sich nicht unter die fremde Reisegruppe mischen, sich zu den Frauen gesellen, die ihr neugierige Blicke zuwarfen. Kroa jedoch hatte schon begonnen, die Pilger mit wilden Geschichten zu unterhalten, über ihre angeblichen Abenteuer auf dem beschwerlichen Weg nach Salien, wobei er Wahrheit und Phantasie in nicht immer gleichen Anteilen mischte. Die Heilerin beobachtete ihn kopfschüttelnd, als er mit ausgreifenden Gesten ihren Kampf mit einer Räuberbande beschrieb und dafür Elemente aus ihrer Auseinandersetzung mit den Soldaten verwendete. Nun, wahrscheinlich machte es keinen großen Unterschied, wie man diese Wegelagerer nannte.

Neben ihr lachte Jamai immer noch vor sich hin. »Bald hat er genug davon. Und immerhin kommen wir mit den anderen ins Kloster hinein.«

»Das ist schon eins?« Sie blickte überrascht auf das graue Gebäude, das zwischen den Stämmen hervorschimmerte. Sie waren in Salien, dennoch hatte sie nicht damit gerechnet, so schnell auf einen Priester zu treffen.

»Willst du immer noch?«, fragte ihr Fast-Verlobter leise. »Du musst nicht, das weißt du.«

Warum sagte er das? Warum flehte er sie nicht an, ihn zu heiraten, warum warf er sich nicht auf die Knie und schwor, er könne ohne sie nicht leben? Stattdessen war aus dem Mann, der keine

Gefahr scheute und jederzeit zu einem Streich bereit war, ein vorsichtiger Freund geworden, dem nichts wichtiger schien, als ihre Gefühle zu achten.

Er hatte Angst. Das spürte sie, während er ihr versicherte, dass sie frei war, zu tun, was sie für richtig hielt. Sorgte er sich um sie? Oder wollte er vermeiden, verletzt zu werden? Das war es, was Kroa glaubte. Dass sie sich mit ihrem langjährigen Weggefährten verbinden wollte, ohne ihn überhaupt lieben zu können. Doch was fürchtete Jamai?

Sie beobachtete den Zinta, als die Pilgergruppe vor dem Tor des Klosters anhielt. Dieses feine Lächeln ... Er sah so gut aus, selbst die anderen Frauen in der Reisegruppe bemerkten es und warfen ihm verstohlen Blicke zu. Und dennoch stand er da, als ginge ihn das alles nichts an, als wäre es allein Minos Entscheidung, die sie hierhergebracht hatte. Nicht sie beide gemeinsam, nicht die Liebe. Nur Mino.

Zorn wuchs in ihrem Herzen, während sie den anderen in den geräumigen Hof folgte. Die Mönche begrüßten sie freundlich.

»Wo ist denn das nächstgelegene Nonnenkloster? Müssten die Frauen nicht dorthin?«, erkundigte sich Drea als Sprecher der Gruppe.

»So kurz vor dem Fest seid ihr uns alle herzlich willkommen.« Die Augen des älteren Mönchs, der sie zum Wohntrakt brachte, waren gütig, doch Mino entging nicht, dass einige andere Priester das Gesicht verzogen, als hätten sie Zahnschmerzen.

Niemand fragte nach ihrem Namen, nach Woher und Wohin. Sie waren alle Pilger, das genügte. Männer und Frauen wurden getrennte Schlafsäle zugewiesen, den Esel brachte ein junger Novize in den Stall, und während sie alle sich vor dem Essen etwas frisch machten, sammelte Mino in sich Kraft. Sie suchte nach den Worten, die sie vorbringen würde. Die richtigen mussten es sein, kluge Worte, Worte, die sie von Norha befreien konnten und dennoch nicht zu viel verrieten ... Es fiel ihr schwer, überhaupt an ihn zu denken. Die Erinnerungen zuzulassen. Seinen Namen auszusprechen. Als wäre die Zeit auf Arima bloß ein Albtraum gewesen, der sie nicht Jahre ihres Lebens gekostet hätte. Sie fühlte sich, als würde ihr ein Eingriff bevorstehen, eine Operation ... und Keta war nicht da. Keta, dessen heilende Hände in ihr die Gewissheit geweckt hätten, dass alles gut werden würde.

Auch im Speisesaal saßen die Geschlechter getrennt. Sie konnte von ihrem Platz aus sehen, wie Kroa mit einem Mönch sprach und ihn zum Lachen brachte. Jamai, der daneben saß, ergriff anscheinend nicht die Gelegenheit, um ihr wahres Anliegen zur Sprache zu bringen. Das überließ er einfach ihr. Wieder verspürte sie den Ärger in sich, grollend wie ein Tier, das gleich zuschnappen würde. Sie wollte, dass er kämpfte. Dass er alle Hindernisse aus dem Weg räumte!

Ihre Sitznachbarin begann eine Unterhaltung, aber Mino hörte nur mit halbem Ohr zu. Sie merkte nicht einmal, was sie aß. Kalter Schweiß bedeckte ihren ganzen Körper. Sobald die Mahlzeit beendet war und die Mönche beide Gruppen wieder in die Schlafsäle geleiteten, ließ sie sich zurückfallen und sprach den jungen Mönch an, der sich darum kümmerte, dass keine Frau allein durchs Kloster spazierte.

»Kann ich mit dir reden? Ich habe eine Bitte.«

Er starrte sie an, ein wenig fassungslos. Vielleicht war es zu viel für ihn, dass ein weibliches Wesen es wagte, ihn anzusprechen. Er schluckte, sammelte sich und nickte schließlich tapfer. »Ja?«

»Nicht hier«, sagte Mino mit einem Blick auf die Pilgerinnen. Eine drehte sich bereits neugierig um. »Können wir irgendwo ungestört reden?«

Der Priester legte die Stirn in Falten. Röte schoss ihm ins Gesicht und stieg bis unter seine Haarwurzeln. »Das – das muss der Abt entscheiden. Ich werde ihn fragen.« Er wollte schon davoneilen, aber Mino blieb an seiner Seite. Sie hatte nicht vor, sich abwimmeln zu lassen.

»Dann bring mich doch gleich zu dem Abt.«

Mit wehender Kutte eilte der Mönch ihr voraus, als sei ein Rudel hungriger Wölfe hinter ihm her. Schließlich pochte er an eine Holztür. Keine Antwort.

»Er ist nicht da«, sagte der junge Mann unglücklich, nachdem er in die Zelle gespäht hatte.

»Soll ich hier auf ihn warten?«, bot Mino an. Sie wusste nicht so recht, ob die Verwirrung des Klosterbruders sie ärgern oder belustigen sollte. Wenn sie hier alle so waren, würde es schwierig werden, ihr Ziel zu erreichen. Doch dann dachte sie an den alten Mann mit den gütigen Augen und fühlte, wie eine innere Gelassenheit in ihr aufblühte, zart und stark wie ein Keim, der bereit war, ein Baum zu werden. Sie würde hier jemanden finden, der ihr helfen würde. Und wenn nicht in diesem Kloster, dann in einem anderen. Sie würde Norha loswerden und mit jenem unheilvollen Bund auch die schmerzhaften Erinnerungen. Und dann konnte sie aufhören, auf der Flucht zu sein. Wie getrieben von einem Ort zum anderen zu marschieren, durch Wind und Wetter, als gäbe es keine andere Möglichkeit zu leben. Sie liebte das Unterwegssein mit ihren Freunden, und doch wünschte sie sich manchmal, sie könnte endgültig irgendwo anlangen. Nicht nur reisen, sondern irgendwann am Ziel sein. Eine Insel, grün. Hohes Gras im Schatten der Apfelbäume. Aus dem Garten steigen die Düfte der Sommerblumen empor. Und das Meer rauscht. Das Meer! Hörst du, wie es ruft?

Du wirst niemals ankommen. Selbst dort, wo dein Zuhause ist, wird es dich wieder fortlocken, in die Fremde, als wärst du ein Schiff, Wind in den Segeln.

Sie strich sich das Haar aus der Stirn, dort auf dem harten Schemel vor dem Schreibtisch des Abts, und stellte sich vor, wie es wäre, an einem Ort zu bleiben. Selbst Keta hatte das getan. Hin und wieder trieb es ihn wieder hinaus, auf lange Wanderungen durch Wald und Wiesen, zu den Menschen, denen er seine heilenden Hände auflegte, doch er kehrte immer wieder zu Variti zurück, in sein kleines Heim, sein Versteck.

Konnte sie das auch haben, mit Jamai? Konnte sie endlich aufhören, fortzulaufen?

Ein hoher Stapel Papier, noch nicht zusammengerollt, sondern ausgebreitet und beschriftet, füllte den großen Tisch vor ihr. Sie hatte nicht die Absicht, in fremden Sachen zu schnüffeln, aber sie konnte ohne Schwierigkeiten Buchstaben lesen, die auf dem Kopf standen – seit Keta ihre Augen berührt hatte, konnte sie besser sehen als die meisten –, und während ihr Blick auf dem obersten Bogen ruhte, erkannte sie plötzlich, was dort geschrieben stand.

Ein Zwerg.

Wieso schrieb denn der Abt dieses Klosters etwas über Zwerge? Es gab nur einen Mann, den sie kannte, der klein genug war, dass man ihn so nannte. Kroa. Aber was interessierte das einen Mönch?

Mino stand auf und beugte sich über das Blatt. Es handelte sich um eine Liste. Jemand hatte eine kurze Beschreibung sämtlicher Gäste angefertigt, die heute hier eingetroffen waren.

Ein dunkelhäutiger Mann, höchstwahrscheinlich ein Zinta?

Ein älterer Mann mit grauem Bart, mittelgroß, braunäugig.

Das war Drea. Nach ihm kamen die anderen Pilger, und auch die Frauen waren aufgeführt. Stirnrunzelnd las sie über sich: *Eine sehr schöne, aber auffallend blasse Frau mit weißem Haar.*

Das Kompliment freute sie gar nicht. Warum um alles in der Welt hatte der Abt sämtliche Reisende aufgelistet?

Sie hob das Blatt an und entdeckte darunter eine ganz ähnliche Liste. Wie es aussah, führte dieses Kloster schon seit einer Weile genau Buch über jeden Besucher. Mino überflog die Beschreibungen der Leute, die hier gewesen waren, und stutzte.

Eine junge Frau, goldblondes Haar, auffällige blaue Augen.

Ein junger Mann, schwarzhaarig, eine Narbe über dem Handrücken.

Die beiden reisen offenbar zusammen.

Tamait. Tamait und Manina. Tamait hatte eine solche Narbe, aus dem Krieg um die Glücklichen Inseln. Aber konnte das sein? Sie waren beide in Laring, im Dorf, wo sie sich so gut eingelebt hatten. Zusammen mit Maja. Was hatten sie hier zu suchen, ohne sie? Von einem dunkelhaarigen Mädchen war auf dieser Seite nicht die Rede. Und sie würden sich doch nicht trennen, diese drei, die eine so tiefe Freundschaft verband ... fast so wie sie selbst mit Jamai und Kroa.

»Meine Tochter?«

Der Abt öffnete die Tür und kam so rasch herein, dass sie nicht mehr tun konnte, als würde sie nicht in seinen Papieren kramen. Das Einzige, was ihr einfiel, war, ihr einfältigstes Lächeln aufzusetzen. »Ich möchte mit einem Priester reden«, sagte sie.

»Da bist du richtig.«

Lächelnd kehrte Mino auf den Besuchersitzplatz zurück. Er konnte nicht ahnen, dass sie lesen konnte. Die wenigsten Leute aus dem Volk waren dazu fähig. Das hieß allerdings auch, dass sie ihm nicht verraten durfte, wer sie war.

»Hast du – habt Ihr – all das geschrieben? Und diese vielen Bücher an der Wand?« Sie riss die Augen auf, sie staunte. Aber nicht zu sehr. Sie war kein kleines Mädchen mehr, ein bisschen übertriebene Ehrfurcht musste reichen.

»Du brauchst mich nicht wie einen Fürsten anzusprechen«, sagte der Abt, immer noch ein wenig misstrauisch. »Und nein, diese Bücher sind hier zum Studieren. Selbst in meinem Alter hätte ich sie nicht alle schreiben können. Und das hier ...« Er wies auf den Tisch, auf den Stapel mit den Listen, »gehört zu den Pflichten unseres Klosters und wird von den Brüdern angefertigt. Du willst mich sprechen, hat Bruder Rufin mir gesagt.«

»Ich habe einen Ehemann, der nicht gut zu mir war«, teilte sie ihm mit. »Ich habe gehört, dass die Priester die Macht haben, eine solche Ehe wieder aufzulösen?«

Der Abt schüttelte nachdenklich den Kopf. »So einfach ist das nicht. Ich kann nicht einfach hingehen und jede Ehe für nichtig erklären, in der jemand unzufrieden ist. Dann«, er lachte, »brauchte ich bald gar nichts anderes mehr zu tun. Mein Kind, Rins Segen liegt über der Verbindung von Mann und Frau.«

»Über dieser nicht«, sagte Mino leise.

»Es geht nicht so einfach. Ich müsste auch ihn anhören. Manchmal sind es nur Missverständnisse, die sich aufklären lassen.«

»Er wollte mich umbringen.« Sie musste ihre Stimme mit Gewalt dämpfen, am liebsten hätte sie losgeschrien. »Das war mit Sicherheit kein Missverständnis.«

»Ich müsste mir auch seine Sicht der Dinge anhören«, wiederholte der Mönch unerbittlich.

»Aber versteh doch! Ich musste vor ihm fliehen, weil er mich töten will! Wir können niemals gemeinsam vor einen Priester treten, denn wenn er wüsste, wo ich bin, würde er es wieder versuchen!«

»Das glaubst du.« Die sanfte Stimme des Geistlichen blieb ruhig und gelassen. »Aber Menschen ändern sich. Vielleicht, wenn im Streit böse Worte fielen ... und jemand hob die Hand ... aber später sieht alles meist wieder ganz anders aus.«

Er nahm sie nicht ernst. Und es gab nichts, was sie vorbringen konnte, um ihn dazu zu zwingen. »Geh jetzt zu den anderen. Es wird sich alles zum Guten wenden, ganz gewiss. Spätestens beim Brückenfest wirst du erkennen, dass deine Wünsche nicht so wichtig sind, wie du glaubst, dass es viel wichtigere Dinge gibt in unserem Leben.«

Sprach er von Rin? Mino war nicht in der Stimmung, um sich eine Predigt anzuhören. Sie schob den Hocker mit einem Ruck nach hinten und stand auf.

»Das war's schon. Danke.« Doch an der Tür drehte sie sich noch einmal um. »Wie kann der Segen auf etwas liegen, das auf Lüge, Täuschung und Betrug beruht? Auf Hass und Gewalt und immerwährendem Kummer?«

»Der Segen ist unberechenbar«, erwiderte der Abt, »und nicht den Guten vorbehalten.«

Sie wollte protestieren, aber da dachte sie an den großen Segen. Den Segen, dem Keta seine heilenden Hände verdankte und den er sich mit Betrug erschlichen hatte. An Sorayn musste sie denken, diesen so schwer zu durchschauenden Gemahl ihrer Tochter, in dem sich Blitz' unvergessliches Gesicht mit Zukatas Verschlagenheit verband. Der Segen, unberechenbar.

Leise schloss sie die Tür wieder hinter sich. Bruder Rufin wartete im Gang, um sie zurück zum Frauenschlafsaal zu bringen.

»Du bist nicht glücklich darüber, dass dieses Kloster Frauen aufnimmt«, sagte sie. »Ist es denn nicht immer so, zur Pilgerzeit?«

Um die Mundwinkel des jungen Mönchs zuckte es. »Nein«, sagte er fast barsch. »Da hinten im Wald ist ein Nonnenkloster.«

»Und warum nehmt ihr dann ganze Gruppen auf?« Er antwortete nicht und sie hatte das starke Gefühl, an einen wunden Punkt gerührt zu haben. Wenn selbst die strengsten Regeln gebrochen wurden ... und dann diese Listen ... wozu, wenn nicht, um zu sehen, wer mit wem reiste? »Auf Anweisung? Von wem? Wer hätte die Macht, einem salinischen Abt zu befehlen, was er zu tun hat?«

Ihre Gedanken eilten schon weiter voraus, versuchten, die Fäden zu verknüpfen. Der König? Aber König Rubar von Salien hatte sich immer aus den Angelegenheiten der Priester herausgehalten. Zukata hatte das Amt nicht neu besetzt, da der König sich ihm ohne zu zögern unterworfen hatte. Es gab nur neue Fürsten als Landesherren ...

Sie fragte nicht weiter. Das unbehagliche Schweigen des Mönchs genügte.

Ein Fürst, der die Klöster zwang, für ihn zu arbeiten, der unter den Pilgern jemand suchte. Einen Mann und eine Frau. Tamait und Manina. Wen, wenn nicht die ehemalige Kaiserin, sollten Zukatas Handlanger aufspüren? Und sie war vor wenigen Tagen hier durchgekommen.

Die anderen Frauen sahen ihr neugierig entgegen. Bestimmt hätten sie gerne gewusst, was sie mit einem Priester zu bereden gehabt hatte. Doch Minos abweisendes Gesicht hielt sie davon ab, zu fragen. Stattdessen unterhielten sich die Pilgerinnen über das bevorstehende Brückenfest. Darüber, was sie alles hatten aufgeben müssen, um sich die lange Reise leisten zu können. Mino, die sowieso nicht hätte mitreden können, war mit ihren Gedanken ganz woanders. Sie musste die Liste, auf der Manina beschrieben wurde, unbedingt in ihren Besitz bringen. Und dann versuchen, sie zu finden. Der Abt hatte recht, es gab wichtigere Dinge, als zu träumen und zu hoffen. Ankunft, irgendwann ... Aber solange Zukata auf dem Thron von Kirifas saß, konnte sie nicht davon träumen, sich ein Heim einzurichten. Sie musste Manina beschützen, ihr bei der Flucht aus Salien helfen ... Wie hatte sie nur so dumm sein können, die junge Prinzessin allein und schutzlos in Laring zu lassen! Sei nicht ungerecht, sagte eine andere Stimme in ihr. Sie klang wie das, was Jamai vermutlich einwenden würde. Tamait ist ein Krieger, auf ihn ist Verlass. Wolltest du das junge Mädchen einsperren, hinter einem Ring schwerbewaffneter Soldaten? Es schien das Beste zu sein, es so zu machen. Ein sicherer Ort, an dem niemand wusste, wer sie war.

Die falsche Zeit für Reue und Selbstvorwürfe. Aber wenigstens konnte sie hier noch etwas tun und die Beschreibung der Prinzessin aus der Liste streichen ... oder das Blatt entwenden. Mitten in der Nacht stand Mino heimlich auf, schlüpfte aus dem Bett und huschte zur Tür. Nur um festzustellen, dass diese abgeschlossen war.

Die keuschen Mönche gingen wirklich kein Risiko ein.

Nach dem Frühstück musste die Pilgergruppe das Kloster wieder verlassen. Erst als sie sich im Hof sammelten, fand Mino die Gelegenheit, mit ihren Freunden zu reden. Kroa verzog das Gesicht, als er ihre Aufregung spürte.

»Oh nein, oh nein ... Du hast es getan? Du hast dich befreit? Du kommst, um meinem jungen Freund hier Fesseln anzulegen?«

»Sei still, Kroa«, befahl Jamai. Er suchte in ihren Augen nach einer Antwort, und es tat ihr weh, dass sie den Kopf schütteln und seine Hoffnung zerstören musste.

Das Tor schlug hinter ihnen zu und der Wald nahm sie wieder auf. Es hatte in der Nacht geschneit und eine dicke Schneeschicht bedeckte den Weg. Links und rechts davon ragten die kahlen Stämme der Bäume auf wie verkohlte Stümpfe nach einem Brand.

»Erzähl«, sagte der Zwerg schließlich, nachdem sie ein wenig Abstand zwischen sich und die Gruppe gebracht hatten. Die kalte Luft verwandelte seinen Atem in weiße Wölkchen. »Man hat dich abgewiesen, liebe Mino? Ich hätte deinen Überredungskünsten mehr zugetraut. Hast du nicht sogar ihn überredet, unseren stillen, scheuen Jamai?«

»Wir haben ein Problem«, sagte sie, ohne auf die Neckereien einzugehen, und erzählte ihnen, was sie im Zimmer des Abtes entdeckt hatte. »Wenn der Mann nur einen Moment später gekommen wäre! Dann hätte ich Zeit gehabt, die Liste, auf der Manina beschrieben wurde, an mich zu nehmen und zu verstecken. Aber diese Zeit hatte ich nicht.«

»Wie viel Vorsprung haben sie und Tamait?«, fragte Jamai. »Wir müssen sie unbedingt vor Zukatas Leuten finden.«

»Wenn es denn überhaupt Prinzessin Manina ist.« Aber Kroa tat nur so, als sei er nicht überzeugt, Mino sah es ihm an. Die Sorge legte seine Stirn in Falten, Panik trat in seinen Augen.

»Zukata hat nicht genug Leute hier«, meinte der Jüngere der beiden Zintas beruhigend. »Das Land ist groß und es gibt unzählige Klöster, große wie das hier und kleinere, in denen vielleicht ein Dutzend Mönche leben. Einsiedlerklausen. Wenn der Landesfürst überall, wo jemand Unterschlupf suchen könnte, Wachen postieren könnte, hätte er es getan. Diese Listen beweisen nur, dass er nicht weiß, wo Manina steckt.«

»Aber er vermutet sie hier«, überlegte die Heilerin. »Jemand muss ihnen die Informationen über die Pilger bringen, oder sie holen sie ab. Wir sollten in der Nähe bleiben und das Kloster beobachten.«

»Ich werde nachts einbrechen und die Sachen herausholen«, erklärte Jamai entschlossen.

»So lange können wir nicht warten!«, protestierte der Zwerg. »Wir müssen ihr nach, wenn sie es denn wirklich ist! Wir können unsere kleine Manina nicht im Stich lassen!«

Seine Verzweiflung war rührend. Aber Mino schüttelte den Kopf. »Wir wissen nicht, wohin sie gegangen sind. Es ist wichtiger, ihre Verfolger von ihrer Spur abzulenken. Dann erst macht es Sinn, sie unsererseits zu suchen.« Sie zog ihr Umhängetuch höher und wickelte es sich um den Kopf, damit ihre Haare nicht ganz nass wurden.

Immer mehr Schneeflocken begannen durch die starren Bäume zu tanzen, kleine, leichte Flocken, die in Wirbeln die Erde erreichten. Wenn sie hier noch länger in der Kälte warten mussten, brauchten sie eine Stelle, an der sie vor dem Schnee geschützt waren.

Die Pilger vor ihnen hielten an – aber nicht, um auf die Nachzügler zu warten. Zwei Reiter preschten so nah vorbei, dass eine der Frauen stürzte. Erschrocken sprang der Esel zur Seite und warf den Karren um. Jamai und Kroa eilten hinzu, um dabei zu helfen, ihn wieder aufzurichten. Mino beruhigte das Tier mit sanften Worten und strich ihm über das dicke, weiche Fell. Sie hatte die grauen Langohren schon immer über alles geliebt. Während sie ihn streichelte, hatte sie Zeit, sich über die beiden Männer Gedanken zu machen, die genau auf das Kloster zuhielten. Sie wechselte einen Blick mit ihren Freunden.

So viel zu dem Plan, in der Nacht noch einmal zurückzukehren.

Jamai kippte plötzlich den Karren, den er mit den anderen Männern gerade aufgerichtet hatte, mit Schwung wieder um.

»He!« Die Pilger, die im Weg standen, brachten sich mit einem Sprung rückwärts in Sicherheit, um von dem schweren Gefährt nicht erschlagen zu werden. Sie starrten den Zinta entgeistert an. »Was soll das denn? Bist du völlig verrückt geworden?«

»Stell den Esel hierhin, so dass sie nicht vorbeikönnen«, wies Jamai Mino an. »Kroa, hast du das Seil?«

»Was tut ihr denn da?«, rief Drea. »Was wird das? Ihr blockiert die Straße, mit unserem Karren, das könnt ihr doch nicht machen!«

»Und ob wir das können«, sagte Mino. In dem Moment, als der Wagen krachend aufschlug, wusste sie, was Jamai vorhatte. Die Freunde konnten nicht verhindern, dass Zukatas Männer die Pilgerlisten abholten, und da sie selbst keine Pferde hatten, konnten sie ihnen auch nicht nachreiten. Entweder sie handelten jetzt sofort oder gar nicht. »Bitte haltet euch da raus. Versteckt euch im Wald, so weit weg wie möglich. Je weniger ihr seht, um so besser für euch.«

»Wir dachten, ihr seid Pilger wie wir!« Der Anführer der Gruppe war fassungslos. »Und was seid ihr in Wirklichkeit? Wegelagerer, Räuber?«

»Wir haben nicht vor, euch etwas zu tun – da! Da kommen sie schon! Verschwindet, schnell!«

Einer der jüngeren Männer hatte sich offenbar vorgenommen, ein Held zu sein. Mit ausgebreiteten Armen wollte er den Reitern entgegenlaufen, um sie zu warnen. Jamai war sofort hinter ihm und riss ihn zu Boden. Es brauchte nur einen Schlag, um den einfachen Dörfler, der nichts vom Kämpfen verstand, außer Gefecht zu setzen. Die anderen zogen es vor, rasch zwischen den Bäumen zu verschwinden, nachdem sie gesehen hatten, dass die drei es ernst meinten. Mino hörte eine der Frauen hysterisch weinen, während sie rannten, um sich irgendwo im Wald zu verstecken. Sie wusste, dass es ihr später leid tun würde, unendlich leid, aber keinem dieser Leute würde etwas geschehen, und ein Schrecken wie dieser war ein geringer Preis für die Rettung Maninas.

Die Reiter näherten sich durch das Schneetreiben. Das Hindernis sahen sie erst recht spät, fluchend brachten sie ihre Tiere zum Stehen. Noch bevor ihnen aufgefallen war, dass von den Pilgern nichts mehr zu sehen war, saß Kroa hinter dem einen im Sattel und riss ihn mit Schwung herunter. Ein Pfeil zielte auf den zweiten; Jamais finsterer Blick ließ keinen Zweifel daran, dass er schießen würde.

»Absteigen«, befahl er.

»Verdammt, seid ihr lebensmüde?«, schimpfte der breitschultrige Kerl, dem man ansah, dass er sich im Wald zu Hause fühlte. »Wisst ihr eigentlich, wen ihr da überfallt?«

»Sofort. Wird's bald?« Das dunkle Gesicht des Zintas zeigte keinerlei Regung, als wäre er es gewohnt, auf Menschen zu schießen.

»Ist ja schon gut.« Der Mann saß ab, doch als Mino die Pferde zur Seite führte und der Bogenschütze kurz abgelenkt war, stürzte er sich sofort auf diesen. Das nahm auch Kroas Gegner zum Anlass, zurückzuschlagen. Doch die Freunde waren in ihrer wilden Entschlossenheit, für die Prinzessin zu kämpfen, alles andere als leicht zu besiegen. Mino entschied sich dafür, Kroa als dem älteren zur Seite zu stehen; sie ging davon aus, dass Jamai schon zurechtkommen würde.

Mit einem Holzprügel in der Hand näherte sie sich den Kämpfenden von hinten und wartete nur auf den richtigen Zeitpunkt, um ihre Waffe einzusetzen. Leider hatte sie einen morschen Ast erwischt, der am Kopf des Fremden zersplitterte. Wutentbrannt wandte der sich ihr zu, und das nutzte Kroa sofort aus, um ihn mit einem halben Salto anzuspringen und zu Boden zu werfen. Der Mann ächzte; stöhnend wollte er sich wieder aufrichten, knickte ein und konnte nicht mehr viel ausrichten, als Kroa und Mino ihn fesselten. Sie schaute zu Jamai hinüber, der seinen Reiter inzwischen ebenfalls zu Boden gezwungen hatte. Sie lächelten beide, als ihre Blicke sich trafen.

»Was habt ihr denn mit dem gemacht?«, wollte der Zinta wissen.

»Ich glaube, er hat sich irgendwas verrenkt.« Sobald sie den Kerl auch nur antippte, gab er ein mitleiderregendes Stöhnen von sich.

Kroa grinste zufrieden, rieb sich jedoch ebenfalls den Rücken. Dann durchsuchte er die Gefangenen und holte eine dicke, fest verschnürte Rolle heraus.

»Das?«, fragte der eine. »Das dürfte euch kaum interessieren.«

»Vielleicht doch.« Mino versuchte in den Gesichtern der Halunken herauszulesen, was sie wussten. »Kennt ihr den Inhalt dieser Rollen?«

»Die Prinzessin ist nicht dabei«, knurrte der Breitschultrige. »Falls ihr auf die Belohnung spekuliert ... vergesst es. Sie ist nicht hier.«

Mino stockte der Atem. Der Mann log doch – oder nicht?

»Du hast sie gelesen? Du siehst nicht aus, als ob du das könntest. Ich nehme an, du bringst die Schriftstücke deinem Herrn.«

»Der Abt hat es uns vorgelesen.« Die dunklen Augen des Gefesselten musterten sie hasserfüllt. »Sie ist nicht dabei. Also könnt ihr uns jetzt wieder losmachen?«

Kroa berührte denjenigen, den er angesprungen hatte, sacht am Arm und löste damit ein unmenschliches Brüllen aus. »Und du?«, fragte er. »Wie siehst du das? Was passiert wohl, wenn wir uns diese Listen ansehen und sie doch darauf finden ... Könnte uns das vielleicht wütend machen? Noch wütender, als wir jetzt schon sind?« Er musste nur die Hand in seine Richtung ausstrecken und der Verletzte wurde bleich.

»Sie ist nicht dabei! Seht doch nach! Da sind ein paar Schwarzhaarige, aber kein Mädchen, das vom Alter her passt ... hübsch soll sie auch sein ... sie war nicht hier!«

»Schwarzhaarig?«, fragte Jamai irritiert. »Ihr sucht nach einer Schwarzhaarigen?«

»Sag ihnen nichts«, knurrte der andere Mann. »Die wissen gar nichts. Habt wohl was aufgeschnappt, wie? Aber so findet ihr sie nie. Und ich sag euch was, eine Belohnung wird's auch nicht geben, wenn der Fürst davon Wind bekommt, dass ihr seine Leute angegriffen habt.«

»Was macht ihr da mit den armen Menschen?« Drea und ein paar andere Mutige waren zurückgekehrt und starrten voller Entsetzen auf die beiden Besiegten, die gegen den Wagen gelehnt dasaßen, die Gesichter schmerzverzerrt. »Ihr foltert sie?«

»Ich glaube, der da hat ein Problem mit seinem Rücken«, erklärte Kroa und stieß den entsprechenden Kerl leicht an. Als das Gebrüll verklungen war, nickte er zufrieden. »Kenne ich. Hab mich auch schon öfter verrenkt. Da hat man länger was davon. Aber im Kloster findet er bestimmt jemanden, der sich damit auskennt.«

Dreas Helden standen da, halb zitternd und halb entschlossen, hin- und hergerissen zwischen ihrer Angst und dem Wunsch, einzugreifen.

»Helft uns«, stieß der kräftigere Gefangene dramatisch aus.

Mino nickte Jamai und Kroa zu. Auch noch mit den Pilgern zu kämpfen, lag nicht in ihrer Absicht. Sie stiegen auf die Pferde – Mino zusammen mit Kroa, Jamai nahm das andere –, zwängten sich zwischen den Bäumen und dem Esel durch und ritten in den verschneiten Wald hinein.

»Wir holen sie niemals ein«, klagte der Zwerg. »Wenn sie zwei, drei Tage vor uns sind und wir nicht wissen, wohin sie wollen ...«

»Aber das wissen wir«, sagte Mino.

»Ach, das wissen wir?«

»Zum Brückenfest. Alle Pilgerströme gehen dorthin. Wer auch immer hier in Salien unterwegs ist, kann es sich nicht leisten, in die falsche Richtung zu wandern. Er würde allen Reisenden auffallen, denen er begegnet. Zu viele wären in der Lage, einen zu beschreiben. Nein, wenn Manina hier unterwegs ist, muss sie in dieselbe Richtung wie alle, sonst kann sie sich gleich verloren geben.«

»Dann müssen wir also einfach so schnell wie möglich nach Talen. Und hoffen, dass wir unsere Lieben früher erreichen als Zukatas Schergen.«

»Ich frage mich ...« Jamai schüttelte den Kopf. »Das schwarzhaarige Mädchen, das sie suchen – ob das wohl Maja ist?«

Als die beiden Überfallenen vor den Landesherrn traten, hielten sie die Köpfe gesenkt und wagten nicht, zu ihm aufzuschauen. Der ältere von ihnen, dessen Rücken immer noch bei jeder Bewegung schmerzte, biss die Zähne zusammen und starrte auf seine Füße.

»Zwei Pferde gestohlen?«, fragte der schlanke, rothaarige Fürst. »Und auch die Liste? Ehrlich gesagt, habe ich etwas mehr erwartet von Männern, die schon seit Jahren in Zukatas Diensten stehen.« Seine Stimme klang freundlich und enthielt noch keine Drohung, aber der Jüngere, der breitschultrige Kerl, zuckte zusammen.

»Sie haben uns überrumpelt. Aber es ist kein Schaden entstanden, Herr. Der Abt hat uns seine Aufzeichnungen vorgelesen, bevor er sie uns überreicht hat. Es war kein Mädchen dabei, das auf die Beschreibung der Prinzessin passt.«

»Das«, sagte der Fürst mit derselben ruhigen Stimme, die bei seinen Untergebenen solches Unbehagen auslöste, »entscheide ich gerne selbst.«

»Die Haare kann man vielleicht verändern, aber nicht die Augenfarbe. Das einzige Mädchen, das mit einem männlichen Begleiter unterwegs war, war blond und blauäugig. Der Abt hat geschworen, dass es so war. Er hat keinen Grund, die Prinzessin zu schützen, bei der Belohnung, die Ihr in Aussicht gestellt habt.« Er konnte nicht aufhören, auch wenn er sich um Kopf und Kragen redete, auch wenn sein Kumpel ihn anstieß, damit er endlich schwieg. »Prinzessin Edmonda ist nicht hier gewesen. Wir werden in den anderen Klöstern nachfragen. Vielleicht meiden sie auch die Pilgerunterkünfte ganz. Wir waren in einem Dorf, in dem die Leute sich sehr merkwürdig verhalten haben ...«

»Merkwürdig? Inwiefern?«

»Die wussten etwas, darauf verwette ich meinen Kopf«, sagte der Späher mit den Rückenschmerzen, und biss sich gleich darauf auf die Zunge, aber er konnte den unglückseligen Ausdruck nicht mehr zurücknehmen.

»Kaisergänger«, flüsterte der Herr und verschränkte seine schlanken Hände so fest, bis die Adern hervortraten. »Er wagt es immer wieder ... er schüchtert sie ein und zwingt sie zum Schweigen ... aber wir kriegen ihn. Wir hätten die beiden schon längst«, sagte er lauter, »wenn ich mich nicht mit solchen Schwachköpfen wie euch abgeben müsste! Ich werde nicht zulassen, dass irgendjemand sonst sich damit bei Zukata lieb Kind macht!« Unruhig marschierte er auf und ab und ließ seine Fingerknöchel knacken.

»Diese drei«, sagte der Breitschultrige hastig, so als hätte er die ganze Zeit überlegt, was er vorbringen könnte, um sich zu retten, »waren gar nicht hinter Prinzessin Edmonda her. Sie kamen mir vielmehr überrascht vor, als ich erwähnte, es sei keine Schwarzhaarige dabei gewesen.«

»Du hast ihnen gesagt, wen ihr sucht?«, wetterte der Fürst.

»Sie dachten, wir suchten jemand anders.« Sein zitternder Untergebener beeilte sich, die sensationelle Neuigkeit anzuführen, die ihn von einem Versager in einen unentbehrlichen Getreuen verwandeln sollte. »Ich hab mit den Pilgern gesprochen und ein bisschen gebohrt, und wie es aussieht, hat einer von ihnen gehört, dass die drei den Namen Manina erwähnt haben. Keiner von ihnen wollte es beschwören, aber ...«

»Manina? Manina ist in Salien?« Wie vom Schlag getroffen blieb der aufgebrachte Adlige stehen. »Sieh mich endlich an, wenn du mit mir sprichst! Manina ist hier, bist du sicher?«

Der Breitschultrige wagte es endlich, den Blick zu heben. Die grauen Augen des Fürsten schienen die Wahrheit aus ihm herausbrennen zu wollen. »Ich ... ich weiß nicht, Herr. Ich sage Euch nur, was ich gehört habe. Die drei dachten, wir würden Manina suchen. Deshalb haben sie uns überfallen und die Pferde gestohlen und die Liste mitgenommen.«

»Manina. Ich fasse es nicht. Wenn es mir gelingt, sie beide zu fangen, Manina und Prinzessin Edmonda ...« Der Rothaarige lächelte, indem er seine Mundwinkel ein Stück anhob und die Zähne fletschte.

»Ha«, sagte der schmerzfreie Späher versuchsweise, um die gute Stimmung des Fürsten auch auf sich und sein Schicksal auszudehnen.

»Diese drei, die euch überfallen haben – wie sahen sie aus? Gehörten sie zu uns? Vielleicht Zukatas Leute aus einem anderen Landstrich?«

Bisher hatten sie es geschafft, genaueren Fragen nach den drei Pferdedieben auszuweichen. Drei gegen zwei klang einigermaßen glaubhaft und nach einer, wenn auch geringen, Übermacht. Doch zuzugeben, dass eine Frau und ein Zwerg dazugehört hatten, ließ ihr Versagen unentschuldbar erscheinen. Da half es auch wenig, den Dritten als einen unbesiegbaren Krieger darzustellen statt als dreckigen Zinta.

»Sehr große, starke Kerle«, versicherte er. »Kann mir gut vorstellen, dass Zukata selbst sie auf Maninas Spur gesetzt hat.«

»Wirklich?« Der Fürst musterte ihn mit einem kühlen, fast leeren Blick. Dann winkte er der Wache. »Führ den Pilger herein.«

Der Breitschultrige schnappte nach Luft, als der grauhaarige Anführer der Reisenden das Verhörzimmer betrat. In diesem Moment wusste er, dass es vorbei war.

Der Landesherr ließ keinerlei Regung erkennen, während der Zeuge die drei beschrieb, die für so viel Unruhe gesorgt hatten.

Ein Zinta. Ein Kämpfer, Waldläufer und Schütze.

Ein Zwerg, schon etwas älter, der alle mit seinem Humor unterhalten hatte und dem keiner so eine Niederträchtigkeit zugetraut hätte. Kroa hieß er; der Pilger lachte, weil er sich das so gut gemerkt hatte.

Und eine Frau.

Als Drea ihr weißes Haar, ihre Blässe und ihre ungewöhnlichen Augen beschrieb, horchte der Fürst auf. Er presste die Lippen aufeinander und atmete heftig. Mit einer Handbewegung scheuchte er alle Anwesenden hinaus. Erst als er allein war, gestattete Norha sich, den Namen auszusprechen, der ihm auf der Zunge brannte, den Namen, den er wie eine eiternde, nie verheilende Wunde durch die Jahre geschleppt hatte.

»Mino.«

Den Namen seiner ersten Frau.

13. Mein Labyrinth

SORAYN EILTE MIT raschen, ausgreifenden Schritten voran. Er versuchte nichts zu denken, nichts zu fühlen, sich dem Lauf hinzugeben, nur das wahrzunehmen, was in ihm vorwärtsdrängte. Das Blut, das durch seine Adern kreiste, sein Herz, das kraftvoll schlug. Zu laufen und den Schmerz nicht zu spüren, ihn auf die Anstrengung zu schieben, die Müdigkeit. Er forderte alles von sich, er lief schneller und ausdauernder, als sein Riesenkörper ihm ermöglichen wollte. Von dort musste der Schmerz kommen, aus seinen Beinen, seinen Knochen, den Gelenken ... Aber es bereitete ihm keine Schwierigkeiten zu rennen, als wäre er auf der Flucht. Das, was er seinem Leib abverlangte, machte ihn nur noch stärker, ließ seine Muskeln noch kräftiger werden. Es kam ihm vor, als blühte er auf, als wäre er für diese Bewegung geschaffen: zu laufen, Tag und Nacht, bis ihn irgendwann der Schlaf überfiel, ein übermächtiger Gegner, der ihn zu Boden streckte, um ihm wenig später die Hand zu reichen, ihn hochzuziehen und weiterlaufen zu lassen, erfrischt und doch immer noch in einer Dunkelheit gefangen, die ihn nicht mehr freigab.

Der Schmerz war immer da. Er füllte den Prinzen aus von den Zehenspitzen bis zu dem Schopf dichter schwarzer Haare, in denen Blätter und Zweige hingen und ihm das Aussehen eines Waldgottes gaben. Manchmal war es wie ein scharfes Brennen, wie allerfeinste Lavaströme, die durch seinen Körper flossen und ihn versengten, manchmal fühlte er es nur dumpf und schwer in seiner Herzgegend.

Maja.

Sorayn stürmte, den Kopf gesenkt, durchs Unterholz. Er verbot sich, an die Geliebte zu denken. Irgendetwas in sein Bewusstsein hereinzulassen, was ihn an sie erinnerte. Aber er war machtlos. Der Wind in seinem Gesicht – so wie damals, als er sie das erste Mal am Strand von Arima gesehen hatte. Die Dunkelheit der Nacht – so wie an jenem Abend, als er zu ihrem Haus gekommen war, um sich ihr das erste Mal zu zeigen. Wald um ihn her, duftend und knisternd – so waren sie durch den Wald gegangen, zwei Liebende im Glück.

Er konnte nicht entkommen. Überall hätte sie sein müssen, und ihre Abwesenheit schmerzte, als hätte ihm jemand das Herz herausgerissen. Nicht irgendjemand. Zukata. Zukata, den er nicht hatte töten können, als es ihnen beiden um den Thron von Kirifas ging. Zukata, den er jetzt mit bloßen Händen zerschmettert hätte. Niemand durfte Maja gefangen nehmen und wie einen kostbaren Singvogel in einem Käfig halten, in einem Schloss, bewacht und bedroht.

Der Kaiser hatte die tödliche Wut in seinen Augen gesehen, hatte damit gerechnet und sich gewappnet.

»Wenn du mich angreifst, wird sie sterben«, sagte er, nachdem er Sorayn von der Terrasse weggeführt hatte, zurück ins Innere seines Empfangssaales. Er hatte Erion weggeschickt und damit Mut, Stärke und Gelassenheit demonstriert. Aber Sorayn fühlte, dass nichts davon echt war. Sein Großvater musterte ihn abfällig und legte ein bedrohliches Funkeln in seine Augen, aber er hatte immer noch Angst vor ihm. Sorayn konnte die Furcht förmlich riechen. Kein wilder Riese verzichtete auf eine Prügelei, kein wilder Riese glaubte ernsthaft, er könnte in einem Kampf unterliegen. Vielmehr war er begierig, seine Überlegenheit zu beweisen. Kein wilder Riese hätte sich davor gedrückt, diesen Konflikt mit den Fäusten auszutragen, Mann gegen Mann. Ohne eine Geisel, ohne den Schutz von Wachen, ohne Finten und verräterische Pläne, nur Kraft gegen Kraft, Wut gegen Wut. Auf Leben oder Tod.

Dass Zukata dem Zweikampf auswich, verriet schon viel zu viel.

»Ich bin der Kaiser«, sagte er. »Auch dein Kaiser. Und als dein Herr und der Älteste deiner Familie gebe ich dir einen Auftrag. Du wirst ihn erfüllen, Sorayn, ob es dir gefällt oder nicht.«

»Was willst du von mir?«, fragte der junge Prinz. Irgendwann würde Maja allein sein. Und er würde Mauern und Türen, Rippen und Köpfe zerschlagen, um zu ihr zu gelangen.

»Ein Mann wie du kann sehr wertvoll sein für das Kaiserreich«, meinte Zukata. »Dreiundzwanzig Könige beugen sich vor mir. Der vierundzwanzigste erweist sich als widerspenstig. Noch ist es zu früh, von Krieg zu sprechen. Aber er ist mir lästig und ich dulde nicht, dass er andere mit seiner Dreistigkeit ansteckt. Nicht einmal die Kaisergänger, die ich ihm geschickt habe, respektiert er.«

»König Oka von Wenz.«

»Ah, du hast es also schon gehört. Es spricht sich herum. Und genauso schnell wird sich seine Kapitulation herumsprechen.«

»Du willst, dass ich nach Wenz gehe?«, fragte Sorayn.

»Du bist nicht der Einzige«, sagte der Riesenkaiser. »Ich habe gute Männer, die sich des Problems annehmen ... aber ich möchte sichergehen. Wenz ist zerklüftetes Gebirgsland, aber es sollte dir keine Schwierigkeiten bereiten, ihn aufzuspüren. Lass dir etwas einfallen, um ihn in die Knie zu zwingen. Du weißt ja inzwischen, wie das geht.«

»Und dann darf Maja gehen?«

»Wenn ich mir sicher bin, dass du mir dienst – ja, dann kannst du sie zurückhaben. Dann und erst dann. Wenn ich mir sicher sein kann, dass es dir Freude macht, deinem Kaiser und Herrscher zu dienen. Wenn wir auf einer Seite stehen. Dann, Sorayn, wird es mir ein Vergnügen sein, dich mit allen meinen Reichtümern zu beschenken.«

Wenn er ihn jetzt angriff, jetzt zu Boden zwang, jetzt! Der junge Riese kam einen Schritt näher, einen halben nur, aber der Ältere wich sofort mehrere Schritte zurück.

»Ich warne dich«, sagte er leise. »Hör mir gut zu. Ich kann mir gut vorstellen, was in deinem Kopf vor sich geht. Du glaubst, du kannst mich umbringen? Es einfach wagen und die Sache schnell beenden? Meine Leute haben ihre Instruktionen. Wenn ich sterbe, wird Maja sterben. Und schlimmer noch. Für den Fall, dass deine Liebe nicht groß genug ist, dass du glaubst, ein Opfer könnte sich lohnen, wenn der Thron winkt – meine Getreuen werden das niemals zulassen.« Ein heimtückisches Grinsen zog über sein Gesicht. »Ich habe meine Kaisergänger im ganzen Land verteilt, ihnen Königreiche und Fürstentümer gegeben. Nicht nur meine Macht steht auf dem Spiel, sondern ihre ebenso. Wenn du versuchst, mich zu stürzen, werden sie sich gegen dich erheben. Sie werden alle, die auch nur im Verdacht stehen, für dich zu sein, ausmerzen. Das Blutvergießen, das beginnen würde, wäre unvorstellbar ... Willst du das? Du, der Gesegnete?«

Die Wut war immer noch da. Sie brannte in Sorayns Händen, die sich ballten, um zuzuschlagen, um dieses Lächeln auszulöschen, triumphierend, herablassend, dieses höhnische Grinsen. Aber die Angst in Zukatas Augen brachte den Prinzen dazu, demütig den Blick zu senken, um das Feuer in seinem Herzen zu verbergen. Je mehr Angst der Kaiser hatte, um so gefährlicher würde er sein. Um so größer die Gefahr für Maja.

Und nicht nur für sie. Wie grausam und hinterhältig musste man sein, um ein ganzes Volk als Geisel zu nehmen! Und so jemand herrschte über Deret-Aif!

Kein Ausweg. Kein Kampf. Die Wut war es, die Sorayn so schnell laufen ließ, dass er glaubte, seine Lunge müsste bersten. Er rief den vertrauten Schmerz zurück in seinen Körper. Und der Schmerz kam.

Maja.

Immer weiter fort von ihr. Nach Wenz. Nach Norden. Durch ein Land, für das er keinen Blick mehr hatte, das er nicht sehen wollte. Das Kaiserreich, das der Segen in sein Herz gepflanzt hatte wie eine zweite Liebe. Er wollte es nicht ... und konnte es doch nicht aussperren, das Land, das ihm gehörte und das er nicht besaß. Aifa, lieblich mit seinen Städten und Dörfern und Feldern. Torn, dann Laring, hier, wo die großen Wälder begannen. Die Grenze zu Wenz, wo die ersten Ausläufer der Berge die Erde in Falten legten. Hier wimmelte es von Soldaten, aber er stahl sich unbemerkt hindurch. Leise, ein Geschöpf der Wildnis, zu Hause unter den Ästen und in der Dämmerung. Nur die Tiere wussten davon, dass er hier war. Der Riesenprinz wollte nichts von ihnen wissen, aber sie kamen zu ihm. Ein Hirsch rannte neben ihm, eine ganze Weile, die sanften schwarzen Augen voller Freude und übersprudelnder Lebenslust. Einmal erwachte der junge Mann davon, dass zwei Eichhörnchen die Blätter aus seinem Haar zupften und ihm mit ihren kleinen Krallen die Strähnen glätteten, und an einem Tag, an dem er auf einem Hügel stand und die schneebedeckten Gipfel des nördlichen Gebirges durch die Wolken schimmern sah, fand ihn der Bär, der lange Zeit sein Gefährte gewesen war.

»Was tust du denn hier?«, fragte Sorayn, als das mächtige braune Tier sich auf ihn warf und vor Verzückung das Maul aufriss. »Ich dachte, du bist zurück nach Hause gegangen?« Unzweifelhaft derselbe Bär. Sorayn tauchte die Hände in den dichten Pelz und lehnte die Stirn gegen den breiten Kopf des Bären, er fühlte Tränen über seine Wangen laufen und wusste selbst nicht, warum. Er hatte versucht, allem aus dem Weg zu gehen. Den Menschen in ihren Dörfern, ihrem Schmerz, wenn die neuen Herren sie aus ihren Häusern vertrieben, ihren Klagen, wenn sie darüber weinten, dass Zukata über sie herrschte und der Willkür der Räuber preisgab. Er wusste das. Er wollte es nicht wissen, aber er konnte die Ohren nicht vor ihrem Weinen verschließen. Er hatte die Grenzübergänge gemieden, wo Reisende ausgeraubt wurden von den Soldaten der Landesfürsten. Einen großen Bogen hatte der Prinz um die Lager der Ziehenden gemacht; er wollte nicht mit ihnen an einem Feuer sitzen, das sie nicht ausreichend wärmte. So viele Sippen hatten es in diesem Jahr nicht in den Süden geschafft. Tapfer versuchten sie, trotzdem an ihrer Lebensweise festzuhalten; und lieber traten sie alle gemeinsam in den Dienst der grausamen Herren, als einen der Ihren zu opfern. Das alles wollte er nicht wissen. Doch als er die Arme um den Bären schlang, stürmte es auf ihn ein, so, als würde er mit dem Tier, seinem einzigen Freund, das ganze Kaiserreich umarmen. So, als hätte es ihn gefunden, sein Volk – seine Liebe und seine Aufgabe.

»Was soll ich denn tun?«, fragte der junge Riese, das Gesicht in dem dunklen Fell vergraben. »Was kann ich tun?« Er wischte sich die Tränen von den Wangen. »Komm, Großer. Wir haben eine Verabredung mit einem König.«

Der Bär folgte ihm. Zwang ihn dazu, das mörderische Tempo zu drosseln. Rasten einzulegen, zu schlafen, zu essen. Manchmal hatte Sorayn vergessen, Nahrung zu sich zu nehmen. Er konnte seinen Hunger nicht spüren, weil Schmerz und Sehnsucht alle anderen Gefühle überlagerten, weil sich alles vermischte und er das, was er fühlte, nicht mehr deuten konnte.

Maja.

Sein ganzer Schmerz hatte dort seinen Ursprung. Sein pelziger Gefährte erinnerte ihn daran, dass man den Leib füttern musste, damit er einem dienen konnte. Die bärenstarke Umarmung, die ihn fast zu erdrücken drohte, zwang den Riesenprinzen, sich einzugestehen, dass niemand so viel Schmerz alleine tragen kann. Er brauchte einen Menschen, dem er seinen Kummer anvertrauen konnte, jemanden, der zuhörte, der ihm Mut zusprach: Hab Vertrauen. Warte noch eine Weile. Maja wird nicht sterben und nicht leiden. Sie ist stark, sie wird Zukata die Stirn bieten und nicht verzweifeln. Sie wartet auf dich. Vertrau darauf.

Der Bär bemerkte die Männer zuerst. In Pelze gehüllte Krieger, die im Gänsemarsch dicht an ihrem Versteck vorbeizogen. Sorayn beobachtete sie, eine Hand im Nackenfell seines Begleiters, und folgte ihnen dann in einigem Abstand, höher hinauf in die Berge.

Er bewegte sich vorsichtig, immer auf der Hut. Das zerklüftete Gelände bot unendlich viele Möglichkeiten der Deckung. Höhlen, in denen die Krieger sich verbargen, gab es hier zuhauf. Weiter oben lebten ihre Familien, in einsamen Tälern, über denen die Adler schrien, wo der Rauch der Feuer in die Luft stieg und lockte, doch wo jeder Schritt im Schnee den Besucher verriet. Felsspalten und Abgründe drohten demjenigen, der sich nicht auskannte und nicht wusste, wo die sicheren Pfade verliefen. Eine Armee nützte hier gar nichts. Zukata hatte genau gewusst, was er tat, als er einen einzelnen Mann hergeschickt hatte, einen, der das Leben in den Bergen kannte, dessen Sinne schärfer waren als die jedes Menschen. Jemanden, den nicht einmal die besten Krieger des Königs von Wenz entdecken konnten, selbst wenn er zehn Meter hinter ihnen ging.

Doch dann waren es die Adler, die den Eindringling verrieten. Einige Tage lang kreisten sie über ihm, bis sie nicht mehr widerstehen konnten und heruntergeflattert kamen, drei, vier riesige Vögel mit tödlichen Schnäbeln und stolzem Blick, in dem jetzt vor allem Neugier lag. Sie landeten im Schnee, unweit des Unterschlupfs, den Sorayn mit dem Bären teilte, und beäugten ihn verwundert.

Der Riesenprinz streckte die Hand aus.

Der Größte der Adler machte mutig ein paar Schritte auf ihn zu, zögerte, konnte sich jedoch nicht dazu entschließen, wieder aufzufliegen. Er musterte die Hand, die ihn lockte, fasziniert, ja sehnsüchtig, und dann, mit einem gewaltigen Sprung seiner kräftigen Beine, hüpfte er neben den Fremden, dessen Gegenwart ihn anzog, und schloss verzückt die Augen, als dieser sein Gefieder berührte.

Der Bär, der bis dahin auf der Seite gelegen und die Vögel aus einem halb geöffneten Auge träge beobachtet hatte, richtete sich auf alle Viere auf und grollte. Die drei kleineren Adler flogen erschrocken auf und kreisten über dem schwarzhaarigen Mann, hin- und hergerissen zwischen Vorsicht und Zuneigung. Der Große jedoch rührte sich nicht von der Stelle und fuhr fort, das Streicheln der warmen Hand zu genießen.

Das Knurren wurde lauter. Sorayn blickte sich um und sah ein paar Krieger den schneebedeckten Pfad herabschreiten. Sie hatten ihn noch nicht bemerkt; vermutlich kamen sie, um herauszufinden, warum die Gebirgsadler sich so merkwürdig verhielten.

»Flieg«, flüsterte er. »Nun flieg schon, los!«

Doch der Vogel dachte nicht daran. Er öffnete ein glänzendes Auge und offenbarte einen wilden, unbeirrbaren Blick. *Mein. Mein Berg. Mein. Mein. Alles.*

»Na gut. Ich verlasse mich auf dich.« Rückwärts zog Sorayn sich zurück, weiter in den Schnee, an einen Felsen gelehnt blieb er stehen und wartete ab. Er hörte die leisen Stimmen der Krieger. Zuerst sichteten sie seinen braunen Freund.

»Da! Habt ihr den gesehen!«

»Wir sind jetzt nicht auf der Jagd. Das muss warten. Ich glaube, der Adler da ist verletzt. Ob der Bär ihn angegriffen hat? Warum fliegt er nicht auf?«

Solange der Adler seine mächtigen Schwingen ausgebreitet hielt, konnten sie die Spuren nicht sehen, die Sorayn im Schnee hinterlassen hatte. Der Bär floh dagegen in die andere Richtung, den Hang hinauf.

»Wie seltsam. Alle Tiere spielen zur Zeit verrückt.«

»Ob er sich den Flügel gebrochen hat? In dem Fall kann er sowieso nicht mehr jagen. Wir sollten es beenden.«

Hinter dem Felsen ballte der Riese die Fäuste. Wenn sie den Vogel bedrohten, musste er einschreiten, auch wenn er damit seine ganze Mission gefährdete. Er machte sich bereit, hervorzuspringen ... doch dann sagte einer der Männer: »Dazu ist jetzt keine Zeit, der König erwartet uns.«

Ihre Schritte knirschten kaum im Schnee. Mit ihren Schneeschuhen sanken sie nur wenig ein, leise und schnell zogen sie vorüber. Der Adler hüpfte erleichtert zu dem Menschen, den er verehrte, und lehnte den Kopf gegen dessen Bein, dann warf er sich mit einem schrillen, triumphierenden Schrei in die Luft. Und Sorayn folgte den Kriegern.

Sie stiegen nicht höher hinauf, sondern folgten dem Verlauf der Hänge, die Gipfel zu ihrer Rechten, nordwärts. Der Schnee war hier so tief, dass es immer schwieriger wurde, voranzukommen. Die Kälte zehrte an der Kraft des Prinzen, ohne das Feuer, das in ihm brannte, auslöschen zu können. Er trank Schnee, um seinen Durst zu stillen; wie lange er nichts gegessen hatte, hätte er nicht sagen können. Er spürte nichts außer dem Schmerz. Doch seine Sinne waren geschärft. Er konnte den Geruch der vielen kleinen Feuer, den Duft von Gebratenem schon von weitem wahrnehmen und wurde unwillkürlich schneller. Dann vernahm er auf einmal das Rauschen großer, ausladender Schwingen; vor ihm landete der Adler, in den Krallen etwas, das Sorayn nicht sofort erkannte. Er musste es erst in die Hände nehmen.

»Du bringst mir – Schneeschuhe? Wo hast du die denn gestohlen?«

Der schöne Vogel legte den Kopf schief und wartete darauf, ausgiebig gelobt zu werden. Sorayn tat ihm den Gefallen. Gerührt von der Intelligenz und Anhänglichkeit des stolzen Adlers streichelte er das glänzende braune Federkleid und fragte sich, warum die Tiere auf seine Hände mit solch hingebungsvollem Wohlbehagen reagierten. War es ein Nachhall des Segens, eine Wärme, die keine andere Hand weitergeben konnte als die des Gesegneten?

Der Prinz schnallte die Schneeschuhe an seine bloßen Füße. Schon lange war er ohne Schuhe unterwegs, er hatte gar nicht gemerkt, wann und wie er sie verloren hatte auf seinem Gewaltmarsch von Kirifas nach Wenz. Ich sehe aus wie ein wilder Riese, dachte er, zerlumpt und barfuß. Nicht der angemessene Aufzug, um einem König gegenüber zu treten. Doch das konnte er jetzt nicht mehr ändern. Selbst wenn er die tapferen Tiere losschickte, um Kleidung zu stehlen, würde ihm kaum etwas von einem normal großen Wenzer passen.

Mit der neuen Ausrüstung kam er noch schneller vorwärts, er folgte den Spuren der Krieger, bis er den Rauch sehen konnte, der aus einigen schmalen Kaminen in einer felsigen Wand aufstieg.

»Jetzt bist du dran«, sagte er leise zu dem Bären. »Aber sei vorsichtig, hörst du?«

Er zauste seinem Freund das Fell und ließ ihn dann laufen. Es dauerte nicht lange und Sorayn hörte Rufe durch das stille Schneetal hallen.

»Ein Bär! Dort. Das Fleisch lockt ihn an – habt Acht!«

Während sich die Aufmerksamkeit auf das Tier richtete und immer mehr Männer nach draußen stürmten, um an der Jagd teilzuhaben, beobachtete Sorayn den Felshang sehr aufmerksam. Die Eingänge der Höhlen waren mit schweren Fellen verhängt, hinter denen sich jetzt Gesichter zeigten. Manche beobachteten nur, was los war, und verschwanden wieder, andere erschienen kurz darauf wieder mit Waffen in der Hand, um sich an der Hetze auf das Raubtier zu beteiligen. Ein kahlköpfiger Mann schaute hinaus und verlangte mit lauter, befehlsgewohnter Stimme Auskunft.

»Was ist los? Ein Bär? Lasst sehen.«

Er kam nach draußen, ein hochgewachsener Mann, in einen Umhang aus dunklem Pelz gekleidet, mit einem Gesicht so kühl und aufmerksam, dass es an einen Adler erinnerte. Als er seine Höhle verlassen hatte und auf einen kleinen Vorsprung trat, von wo aus er beobachten konnte, wie die Krieger versuchten, den Bären einzukreisen, schlüpfte der Riesenprinz unbemerkt hinter den Vorhang.

Dieser Wohnraum, obwohl alles andere als luxuriös, gehörte zweifellos dem König. Das wärmende Feuer bildete den Mittelpunkt der Unterkunft, ein Abzug leitete den Rauch nach draußen. Ein schmiedeeiserner Topf darüber weckte Sorayns Neugier; er hob den Deckel, spähte in die simmernde Brühe und verspürte unbändigen Appetit. Doch zunächst wandte er sich den Waffen zu, die an den rauen Felswänden lehnten. Schwerter, Speere und Armbrüste, keine plumpen Werkzeuge zum Töten, sondern von allerbester Qualität. Er nahm eins in die Hand und drehte es prüfend hin und her. Sorayn pfiff anerkennend durch die Zähne. Die höchste Handwerkskunst. Goldene Schriftzeichen schmückten die Klingen, das Heft verzierten eingefasste Rubine. Das Lager im hinteren Bereich, mit üppigen Fellen bedeckt, ließ ihn an seine Zeit bei den Riesen zurückdenken. Eine Waschschüssel, ein Spiegel. Er betrachtete sich darin und glättete sich mit dem Kamm des Königs die Haare. Vielleicht, wenn er sich rasierte, würde er friedlicher wirken – aber dazu war keine Zeit. Sorayn hatte sich kaum ans Feuer gesetzt, als der Besitzer der Wohnhöhle zurückkehrte.

König Oka reagierte viel schneller und auch ganz anders, als Sorayn erwartet hatte. Er zog seinen Dolch und stürzte sich auf den Eindringling, statt ihn mit der gebotenen Höflichkeit zu begrüßen. Vielleicht, dachte Sorayn, als er den Arm hob, um den Angriff abzuschmettern, hätte ich mich doch rasieren sollen.

Der Kampf war so schnell vorüber, wie er angefangen hatte. Sorayn warf den König gegen die Wand und legte ihm die Hände um den Hals, bevor der Monarch um Hilfe rufen konnte. Für einen Menschen war Oka stark, ein erfahrener Krieger voller Mut, Entschlossenheit und Geschick, doch einem Riesen hatte er nichts entgegenzusetzen. So leicht würde es sein, dachte der Prinz. Nur einmal kräftig zudrücken – und vielleicht würde ein Teil des Schmerzes von ihm genommen werden. Vielleicht würde Zukata Maja freilassen.

Erst in diesem Moment, im unbarmherzigen Griff eines Sterngeborenen, war Angst in Okas Augen zu lesen, eine Angst, gemischt mit Wut und Entsetzen. Seltsamerweise hatte Sorayn das Gefühl, dass der König nicht um sich selbst fürchtete, sondern um seine Rebellion.

Das verdiente Respekt; der Riesenprinz ließ die Hand sinken. Sanft setzte er den Mann ab, der sich benommen gegen die Felswand lehnte und nach Luft rang, aber keine Anstalten machte, zu fliehen.

»Ruft Eure Leute zurück«, befahl Sorayn. »Ich will nicht, dass dem Bären etwas geschieht. Er gehört mir.«

Der König nickte und schritt zum Ausgang – würde er jetzt nach den Wachen schreien? Doch Oka krächzte nur einen Befehl, dann kehrte er zurück und setzte sich ans Feuer. Ein köstlicher Duft stieg auf, als er den Deckel vom Topf hob und eine Schale mit Suppe füllte. Seine Hände zitterten ganz leicht. Mit einem Nicken überreichte er dem wehrhaften Besucher das Essen.

Sie speisten schweigend. Der König nippte nur, immer wieder fuhr seine Hand vorsichtig an die wunde Kehle.

»Vermutlich habe ich nichts anderes verdient«, meinte er schließlich. »Es war unverzeihlich von mir, einen Gast, der am Feuer sitzt, anzugreifen.« Seine Augen sprühten Funken, als er hinzufügte: »Auch wenn ich nicht recht verstehe, wie du hier hereingelangt bist, und was dich dazu bewogen hat, dich zum Gast des Königs zu erklären.«

»Eure Kochkünste übertreffen Eure Kampfkünste bei weitem«, bemerkte Sorayn und hielt Oka die mittlerweile leere Schale zum Nachfüllen hin.

»Meine Tochter würde sich geehrt fühlen, das zu vernehmen«, sagte der Wenzer, ohnc auf die Beleidigung einzugehen. »Eine der beiden Töchter, die mir noch geblieben sind.« Er musterte den Fremden mit wachem, misstrauischem Blick, dem keine Einzelheit entging. »Bringst du mir Kunde von meinem anderen Kind?«

»Wie kommt Ihr darauf?«, fragte der Riesenprinz zurück.

»Das letzte Mal, als ich das Gastrecht respektierte und einen Feind, der sich dort niedergelassen hatte, am Leben ließ, dankte er es mir, indem er die älteste Prinzessin entführte. Seitdem warte ich auf einen Gesandten, der mir Zukatas Forderungen überbringt. Bist du dieser Bote?«

»Würdet Ihr denn darauf eingehen?«, fragte Sorayn. Okas Worte brachten einen Nerv in ihm zum Schwingen. Da war der Schmerz und spielte seine wilde Melodie ... »Würdet Ihr für Eure Tochter den Krieg aufgeben? Kapitulieren? Vor dem Kaiser in die Knie gehen?«

»Sag diesem Tyrannen, es gibt nichts, absolut nichts, was mich dazu bringen könnte, mich vor einem wie ihm, einem Räuber und Mörder zu beugen.« In der heiseren Stimme des Rebellen lag eine ungeheure Entschlossenheit.

»Dafür bewundere ich Euch, König Oka«, meinte der junge Riese. »Aber nicht jeder wird so stark sein. Könnt Ihr beschwören, dass Euer Nachfolger ebenso unbestechlich den Widerstand leiten wird? Selbst wenn Ihr ihn eigenhändig ausgesucht habt und ihm Euer vollstes Vertrauen schenkt – er ist nicht unsterblich und man kann ihn ebenso ausschalten wie Euch. Wird der Nächste an diesem Krieg festhalten, ganz gleich, was man ihm verspricht, womit man ihn bedroht? Ihr seid ein mutiger und aufrichtiger Mann, aber Zukata hat sich das ganze Kaiserreich unterworfen. Eure Auflehnung ist ihm lästig, aber um ihm gefährlich zu werden, braucht es mehr als ein verschneites Königreich in den Bergen.«

»Es gibt nichts, was du mir anbieten könntest.«

»Ich bin nicht hergekommen, um Euch irgendetwas anzubieten.« Sorayn ließ sich die Schale ein drittes Mal füllen.

Am Höhleneingang entstand eine Bewegung, ein paar Männer riefen etwas, jemand schrie: »Das kann doch nicht ...!«, und dann stürmte der Bär herein, fand seinen Herrn und warf ihn in einem Ansturm der Freude um. Die Suppe spritzte über den Boden.

Der König winkte die Wachen zurück. »Ein zahmer Bär«, sagte er schroff. »Lasst uns allein.«

»Oh, er ist nicht zahm«, widersprach Sorayn, als die Männer sich kopfschüttelnd zurückgezogen hatten. »Es macht nur den Anschein, weil er mich liebt.«

Ohne das Gesicht zu verziehen, beobachtete Oka, wie das Tier die vergossene Brühe vom Boden aufschleckte. Schweigend saßen sie da, das flackernde Feuer zwischen sich. Einmal stand der König auf, um Holz nachzulegen, und der Bär hob den Kopf und verfolgte jede seiner Bewegungen; besänftigend legte Sorayn seinem Freund die Hand auf den massigen Schädel. Gelassen wartete er darauf, dass sein Gegenüber die entscheidende Frage stellte. Aber dieser Wenzer war ein außergewöhnlicher Mann war, geduldig und besonnen, obwohl sein Angriff zu Beginn ihrer Begegnung zunächst etwas anderes vermuten ließ. Miteinander am Feuer zu sitzen, konnte zwei Gegner auf unvorhersehbare Weise zusammenbringen, das wusste Oka, so wie er auch wusste, dass sein Besucher mit einem bestimmten Ziel hergekommen war und nicht wieder gehen würde, bevor dieses nicht erreicht war.

Vielleicht fürchtete er sich aber auch nur davor, mehr zu erfahren.

Das Feuer knisterte. Unbehaglich brummend, wandte der Bär sich ab und begann damit, die Höhle zu untersuchen. Dem König gelang es, nicht die geringste Regung zu zeigen, als das gewaltige Tier es sich auf seiner Bettstätte bequem machte.

»Bei mir ist es nicht die Tochter«, sagte Sorayn schließlich. »Sondern meine Frau.«

Oka nickte. Wieder füllte er die Schale seines immer noch hungrigen Gastes. »Und du hast die Knie gebeugt.«

»Ja«, gab der junge Mann zu. Er dachte an Maja. Dort auf dem Balkon, ihre schmale Gestalt in einem Geflecht aus Stäben und stählernen Spitzen.

»Und deshalb kommst du her, um mich zu töten?«

»Euch zu töten oder zu unterwerfen. Aber ich kann es nicht. Und ich will es nicht. Aber was wird dann mit ihr? Wie könnte ich sie aufgeben?« Der Prinz seufzte. »Ich weiß nicht, was ich tun soll.«

Der Wenzer betrachtete ihn nachdenklich. »Wie stark du bist, habe ich gemerkt«, meinte er. »Nun sehe ich, wie jung du bist. Eine große Last trägst du. Und manchmal kann Kraft nichts ausrichten.«

»König Oka?« Wieder wurden sie von einem Krieger gestört. »Hier flattern ein paar aufgeregte Adler, direkt vor Eurer Tür. So etwas habe ich noch nie erlebt. Offenbar wollen sie hier rein.«

Oka hob die Brauen, nickte aber. »Lasst sie durch. Das will ich sehen.«

Diesmal brachte der große Vogel seine Gefährtin mit. Mit wilden, goldäugigen Blicken stolzierten sie zu Sorayn und begehrten Streicheleinheiten.

»Wenn ich es nicht selbst sehen würde ...«, flüsterte der König.

»Mir ist, als würde ich zermalmt«, meinte der junge Riese, »zwischen zwei Aufgaben, die wie Mühlsteine auf mir liegen. Und sie zermahlen das Korn zu feinem Staub ... Ich muss das Mädchen retten, dem ich mein Herz geschenkt habe. Ich muss tun, was immer Zukata verlangt. Ich sollte es ... aber ich kann nicht, denn wenn ich sein Handlanger wäre, was bliebe dann noch von mir übrig? Ich habe ihm den Thron überlassen, um Blutvergießen zu vermeiden. Wie könnte ich da in seinem Namen Blut vergießen?«

»Du hast ihm ...? Nun, das ist interessant.«

»Es gab eine Zeit, da sah ich meinen Weg klar vor mir. Breit wie eine Straße, und vor mir lag das Ziel und ich war bereit, jedes Hindernis hinwegzufegen ... und dann hatte ich auf einmal einen anderen Pfad vor mir. Es war, als hätte jemand mich im Nacken gepackt und meinen Kopf gedreht, so dass ich ihn erstmals vor mir sah. Dornenüberwuchert, wild und verwachsen, ein Weg durchs Dickicht, und ich wusste, wohin ich zu gehen hatte. Ich wusste es, deutlicher als alles. Glaubte jedenfalls, es zu wissen. Doch nun? War es der falsche Weg? Ich bin blind geworden, König Oka. Es gibt keinen einzigen Weg mehr, den ich beschreiten könnte. Hier stehe ich und alle meine Entscheidungen führen in eine Dunkelheit, die ich nicht verantworten kann. Mein Leben ist ein Labyrinth geworden. Jeder Pfad endet in einer Sackgasse. Wen soll ich umbringen? Die Frau, die ich seit meiner Jugend liebe, die mir mehr bedeutet als mein Leben? Euch, den Einzigen, der es wagt, Zukata Widerstand zu leisten? Hier stehe ich und kann nicht vor und nicht zurück ... Wo soll das enden?«

Oka ließ sich Zeit mit seiner Antwort. Doch schließlich sprach auch er. »Ein verschneites Königreich in den Bergen macht keinen großen Unterschied. Doch wenn dies die Flamme ist, die alles in Brand setzt ... Du – Ihr – könntet an meiner Seite in den Krieg ziehen. Wenn Ihr derjenige seid ... was Ihr da andeutet ... es wäre mir eine Ehre.«

»Was ich bin«, flüsterte Sorayn, »wenn ich es denn selbst wüsste.«

»Kanunas Erbe?«, fragte der König. Seine Stimme kaum hörbar, ein Wispern nur, als könnte diese Vermutung sämtliche Heere des Kaiserreichs herlocken. In seinen Augen leuchtete eine Hoffnung auf, die er kaum zurückhalten konnte. »Seid Ihr das? Uns allen war klar, dass es ihn geben muss. Einen anderen Sohn, einen, dem wir folgen können. Den Sohn des Gesegneten ... Ketas Sohn.«

Der junge Mann lachte leise. Er erinnerte sich an jenen Tag, an dem er Prinz Keta, den verschollenen Hoffnungsträger von Deret-Aif, dazu gezwungen hatte, ihm den Segen zu geben. Ketas Sohn? Wenn er das nur hätte sein dürfen! Sohn eines Räubers. Enkel eines Räubers. Aber er schrak davor zurück, Oka zu gestehen, wie nah er mit Zukata verwandt war. »Die Erbfolge ist ... kompliziert«, sagte er schließlich. »Und darüber reden wir hier nicht.«

»Euer Mädchen ...«, überlegte der Rebell. »Wie groß ist die Gefahr, in der sie schwebt? Hält der Tyrann sie in einem Verlies gefangen, bei Wasser und Brot? Wird sie misshandelt? Leidet sie?«

»Wie könnte sie nicht leiden, als Zukatas Gefangene?«

»Nein, wartet.« Oka hob besänftigend die Hand. »Das ist wichtig. Kommt es auf jeden Tag an? Zieht er ihr bei lebendigem Leib die Haut ab? Oder ist sie bei bester Gesundheit und würde es Euch nie verzeihen, wenn Ihr übereifrig gegen Eure Überzeugung handelt?«

»Übereifrig?«, wiederholte Sorayn verwirrt.

»Übereifrig«, bestätigte Oka gnadenlos. »Ihr hättet zuerst herausbekommen müssen, wo er sie gefangen hält.«

»Das weiß ich. Aber es nützt mir nichts. Wenn sie bedroht wird, kann ich keinen Finger für sie rühren.«

Der König unterbrach ihn. »Habt Ihr ihr eine Nachricht geschickt? Sie gefragt, wie lange sie durchhält? Ob sie bereit ist, Euch Zeit zu geben, um geschickt zu planen?«

»Nein«, gab Sorayn zu, »nein, ich habe nicht ... ich dachte nicht ...«

»Adler und Bären gehorchen Euch und Ihr wisst nicht, wie Ihr Eurer Liebsten eine Botschaft schicken sollt?«

Beschämt starrte Sorayn ihn an. Übereifrig. Nein, das war nicht das richtige Wort. Blind. Von einem Schmerz betäubt, dessen er nicht Herr werden konnte. Er war gerannt, ohne nachzudenken, ohne etwas vor sich zu sehen außer Majas Gesicht, ohne etwas zu fühlen als Verzweiflung.

»Fragt sie, wie es ihr geht, wie eilig es ist«, riet Oka. »Außerdem wäre es wichtig, jemanden in ihrer Nähe zu haben, der notfalls eingreifen kann. Ich nehme an, sie ist in Kirifas, in Zukatas Reichweite? Ja, das habe ich mir gedacht. Sonst hättet Ihr sie schon längst da rausgeholt. Kirifas also. Und es gibt im ganzen Palast, unter den unzähligen Menschen dort, die dem Kaiser dienen, niemanden, der unzufrieden ist? Der Euch Nachrichten zukommen lassen würde? Der Schritte einleiten könnte, um Eure Frau zu beschützen? Niemand, der lieber Euch als Zukata auf dem Thron sähe?« Okas meergraue Augen funkelten. »Verdammt, sagt mir nicht, Ihr habt es nicht wenigstens versucht, einen Verräter dort zu finden! Wenn Ihr Kanunas Erbe seid, müsste es Hunderte geben, Tausende, die für Euch sterben würden!«

Er schüttelte den Kopf. »Ich kenne niemanden.«

»Dann schickt jemanden dorthin! Selbst ein Hausmädchen, das Möbel abstaubt, könnte Eurer Frau helfen, wenn Gefahr droht. Könnte sie warnen, ihr zur Flucht verhelfen. Wo ist Eure Phantasie, Eure Klugheit? Habt Ihr wirklich nichts zu bieten als starke Hände?«

Sorayn schämte sich so, dass er zu Boden sah. Auf seine nackten Füße. Schmutzig waren sie, so wie seine Kleidung, abgerissen, eines Prinzen nicht würdig. Der König hatte keine Bemerkung über sein Aussehen gemacht. Dass er ihn wie einen Fürsten anredete, hatte er nicht verdient. Wie ein wildes Tier hatte er sich benommen. Nein, wie ein wilder Riese. Als seine übergroße Kraft ihm nicht weiterhalf, hatte er geglaubt, er müsste scheitern. So weit war es mit ihm gekommen, dass er alles andere aus dem Blick verloren hatte.

»Es wäre mir eine Ehre, an Eurer Seite zu kämpfen, König Oka«, sagte er schließlich. »Obwohl ich nicht der bin, für den Ihr mich haltet.«

Der Wenzer stand auf und holte ein kleines Fass aus dem hinteren Bereich der Höhle. Wieder musste Sorayn ihn dafür bewundern, dass er es fertigbrachte, den Bären nicht zu beachten. Sein Gastgeber goss eine bernsteinfarbene Flüssigkeit in einen großen Becher.

»Hier, nehmt. Das ist der Tropfen für – besonderen Besuch. Ich glaube nicht, dass ich mich in Euch täusche. Mein Alter hat mir eine gewisse Kenntnis des menschlichen Charakters geschenkt.«

»Ich bin kein Mensch«, bekannte Sorayn.

Oka zuckte nicht einmal zusammen. Er hob seinen Becher. »Fürst ...? Prinz ...?«

»Sorayn.«

»Auf Euch und den Weg aus Eurem Labyrinth.« Der König von Wenz nickte, noch nicht ganz zufrieden. »Verratet Ihr mir endlich den Titel, der Euch zusteht?«

»Prinz Sorayn von Kirifas.« Der Schmerz war nicht verschwunden. Er brannte in dem Feuer, das die Höhle wärmte, er schimmerte in dem Becher, er rann glühend seine Kehle hinunter. Aber das erste Mal seit vielen Tagen war die Hoffnung da, dass es möglich war, diesem Schmerz zu entkommen. »Aber das bedeutet nicht das, was Ihr glaubt.«

»Kanunas Erbe«, meinte Oka unbeirrt. »Nun, dann werde ich dafür sorgen, dass Ihr eine angemessene Unterkunft erhaltet, Prinz Sorayn. Mit ausreichend Platz für Eure wilden Weggenossen. Wenn Ihr nichts dagegenhabt, werde ich Euch so einkleiden lassen, wie es Eurem Rang entspricht.«

»Habt Dank, dass Ihr das Waschwasser nicht erwähnt habt.«

»Und dann soll man Euch Schreibzeug bringen. Findet heraus, wie es wirklich um Eure Frau steht, bevor Ihr irgendetwas unternehmt. Und versprecht mir, dass Ihr erst nachdenkt, bevor Ihr handelt. Ich schätze, ich will gar nicht wissen, wie schnell Ihr von Kirifas hierhergekommen seid.«

»Ihr würdet es nicht glauben.« Sorayn verzog das Gesicht zu einem leicht spöttischen Lächeln, das den König an einen anderen Mann erinnerte, an einen blonden Riesen, der vor vielen Jahren seine kleine Tochter auf dem Arm gehalten und bedroht hatte. Das Lächeln eines Riesen, dem alles gehörte, was er haben wollte, vielleicht sogar die ganze Welt.

14. Mein Lied

MAJA BLICKTE AUF die Scheibe Braten, die in einem kleinen See aus Soße schwamm, auf die runden Knödel, golden wie Äpfel. Jonglieren müsste man können, dachte sie.

Aber eigentlich war ihr mehr nach Werfen zumute. Am liebsten hätte sie ihren Teller ergriffen, mit beiden Händen, und ihn samt Inhalt Zukata ins Gesicht geschleudert.

Der Kaiser saß ihr gegenüber. Seit jenem Tag, der Zukata die blendende Laune beschert hatte, die ihn so unerträglich fröhlich und gesellig machte, musste sie im Saal mit ihm speisen. Bevor Sorayn hier gewesen war, waren ihr die Mahlzeiten in ihrem Zimmer serviert worden und sie hatte dort gegessen, so wütend, dass sie kaum etwas hinunterbekam. Doch nun musste sie an der Tafel ihres Feindes speisen, und zu gut war sie sich dessen bewusst, dass er jede Gesichtsregung wahrnahm, jedes Zucken ihrer Mundwinkel, jeden hasserfüllten Blick. Die Genugtuung, sie leiden zu sehen, wollte sie ihm nicht geben. Aber sich soweit verstellen, dass sie ein belangloses Gespräch führen konnte, ging über ihre Kräfte. Manchmal brachte sie es kaum fertig, dieses leicht amüsierte Lächeln auszuhalten. Dann beugte sie sich über ihren Teller, stocherte darin herum und sah ein anderes Gesicht vor sich. Schwarzes Haar. Augen vom Blau des Himmels, unter einem Schirm langer, schwarzer Wimpern. Und wenn sie hineinblickte, war es ihr, als würde sie in die Tiefe des Meeres stürzen ...

»Zehn Goldstücke für deine Gedanken, Prinzessin Maja«, sagte Zukata und fügte, an die übrige Tischgesellschaft gewandt, hinzu: »Sie macht sich gut, findet ihr nicht? Ein Schmuckstück an meiner Tafel. Und so lieb und wohlerzogen und gesittet!«

Nun musste sie den Kaiser doch ansehen und brachte ihn damit zum Lachen. »Wenn Blicke töten könnten! Aber es steht ihr gut, ein bisschen finster zu sein. Was meint ihr?«

Erion, der auf der rechten Seite des Riesen saß, nickte folgsam. »Eine Zierde für Euer Schloss«, bestätigte er.

Ilinias dagegen, die wie immer auf dem Platz links neben ihrem Vater saß, schnaubte böse durch die Nase. »Du bekommst Falten, wenn du die Brauen so zusammenziehst, meine Liebe«, stieß sie giftig hervor.

Das amüsierte Zukata noch mehr. Er lachte, hob das Glas und wandte sich an Erion. »Wolltest du nicht den Thron des Königreichs Aifa haben?«

Die Amazone fuhr auf. »Was ... Aber Vater! Ich bin die Prinzessin von Kirifas!«

Der Kaiser drehte sich zu ihr um und zauberte den Ausdruck unendlichen Staunens auf sein Gesicht. »Tatsächlich? Und?«

»Das ist mein Erbe«, erinnerte die blonde Schönheit mit gedämpfter Stimme.

»Erion hat mir diese entzückende Prinzessin gebracht. Findest du nicht, dass das belohnt werden sollte?«

So heftig umklammerte Ilinias ihr Tafelmesser, dass ihre Fingerknöchel weiß wurden. »Ich hätte sie dir auch bringen können. Und Manina wäre mir bestimmt nicht entwischt.«

»Manina.« Zukatas Grinsen wurde noch breiter. »Die kleine Manina ... Ja, Erion, wie konnte das nur passieren?«

»Fragen wir doch unsere liebe Arimerin«, schlug Ilinias vor. Auch sie konnte wie Zukata lächeln, wütend und bedrohlich und amüsiert zugleich.

Erions bewölkter Blick, flehend ... War er ihr Verbündeter? Nach seiner Warnung hatte Maja darauf gehofft, dass da mehr kam. Ein weiterer Ratschlag, eine Hilfe, irgendetwas. Aber er hatte sich nicht darum bemüht, sie unter vier Augen zu sprechen. Jeden Tag sahen sie sich hier im Speisesaal, aber er ließ nie wieder erkennen, dass er sich ihr für ihr Schweigen irgendwie verbunden fühlte. Höchstwahrscheinlich war es völlig verlorene Liebesmühe, diesen Widerling zu schützen. Ilinias dagegen ... Maja wollte am besten nicht daran denken, dass diese Frau ihre Schwiegermutter war. Das stolze Gesicht von einer Bitterkeit gezeichnet, die sich unauslöschlich hineingegraben hatte. Etwas Dunkles, Verzweifeltes ... Ihr zum Gefallen Erion anzuschwärzen, würde weder den deutlich spürbaren Hass der Amazone mildern noch sonst irgendetwas bringen.

»Nun, wie ist es abgelaufen?«, wollte die Tochter des Kaisers wissen. »Erion hat euch beiden angeboten, euch nach Kirifas zu begleiten, um die Gastfreundschaft eures erlauchten Verwandten zu genießen, war es nicht so? Und dann?«

»Manina kann besser reiten als jeder andere, den ich kenne«, sagte das Mädchen schließlich. »Auch ohne Sattel. Sie hat sich ein Pferd genommen und ist davongeritten.«

»Einfach so?«, hakte Ilinias nach. »Fürst Erion hat sie nicht daran gehindert? Dabei hätte er doch wissen müssen, was alles passieren kann – eine launische Prinzessin allein im Kaiserreich!«

»Ich müsste eigentlich beleidigt sein, dass meine teure Halbschwester keinerlei Interesse daran hat, mich zu besuchen«, meinte Zukata. »Und dass du sie nicht davon überzeugen konntest, zu kommen, mein Junge, obwohl du doch weißt, wie sehr ich mich nach meiner Familie sehne.«

»Ich habe mein Bestes getan«, verteidigte Erion sich. »Sie hatte Helfer.«

»Und du nicht?« Die Amazone schüttelte den Kopf. »Du etwa nicht? Kein Geleitschutz für die Schwester des Kaisers?«

»Doch, natürlich.« Der arme Mann fand keine Worte, um sein Versagen zu rechtfertigen. »Der Schutz von Prinzessin Maja hatte jedoch in jener Nacht Vorrang. Sie nach Kirifas zu bringen, hatte oberste Priorität.«

»Wie schade«, bemerkte Ilinias, »wenn der angeblich beste Mann des Kaisers es nicht fertigbringt, zwei Aufgaben gleichzeitig auszuführen.«

»Jetzt ist aber genug!«, rief der Riese streng, so als würde er zwei Kinder zurechtweisen. »Erion, du wirst deinen Fehler wieder gutmachen. Du wirst meine Schwester herholen.«

»Ich könnte das tun«, warf die hübsche Kriegerin ein.

»Du hast schon einmal versagt.«

Maja erinnerte sich noch gut daran, wie Manina auf der wilden Flucht vor ihrer mordlustigen Freundin und Leibwächterin Sorayn in die Arme gelaufen war.

»Und er doch auch!« Ilinias' Hand zitterte so sehr, dass ihr Messer gegen den Teller schlug. »Und er bekommt das Königreich, das mir zusteht? Ich kann dir besser dienen, Vater, viel besser als er. Sende mich aus, um Manina herzuholen, und ich werde dich nicht enttäuschen.«

Zukata sah von Erion zu seiner Tochter und zurück. »Was für ein schönes Paar ihr seid«, meinte er, »passt bloß auf, dass ich euch nicht miteinander verheirate.«

»Ich bin verheiratet!«

»Wirklich? Blitz ist nach Rinland gefahren. Das ist so gut wie tot. Du bist eine Witwe, mein Schatz.«

»Das bin ich nicht!«

In Erions Augen flackerte etwas auf, Maja war sich ganz sicher. Natürlich, er wusste auch, dass das nicht stimmte. Blitz war nicht auf dem Schiff nach Rinland gewesen, er war zu den Glücklichen Inseln gereist, um Sorayn zu finden. Und hatte dort beides gefunden, seinen Sohn und den Tod ... aber Erion würde nichts sagen. Am Ende brachte Zukata es tatsächlich fertig, ihn mit Ilinias zu verheiraten, um das Gezänke um die Königskrone zu beenden.

»Ich kann diese Ehe auflösen«, sagte der Riese. »Ganz gleich, ob Blitz in Rinland ist, tot oder auf einem Floß im Meer treibt. Kraft meines Amtes auf diesem Thron kann ich das für dich tun, meine Tochter.«

»Das stimmt nicht«, widersprach Maja. »Nur der Gesegnete hat das Recht dazu. Oder ein Priester.«

Alle drei starrten sie an. »Spitzzüngige Zinta-Brut«, flüsterte Zukata, heiser vor Wut. Dann wurde er lauter. »Du wagst es, mir zu sagen, wo die Grenzen meiner Macht sind? Ich lege sie fest. Ich! Ich und niemand sonst!«

Die junge Frau sah ein, dass es nicht besonders klug gewesen war, den Riesenkaiser daran zu erinnern, dass er ohne den Segen auf diesem Thron saß. Als er aufstand und mit seiner Faust auf den Tisch schlug, so dass sämtliche Teller und Becher hochhüpften und klirrten, die Gespräche an den Nachbartischen verstummten und eine Stille sich ausbreitete wie die kreisenden Ringe in einem Teich, musste sie all ihren Mut zusammennehmen, um seinem Blick zu begegnen. Nein, sie weinte nicht. Sie fuhr nicht erschrocken zurück, und sie entschuldigte sich auch nicht. Sie hielt stand. Zu mehr reichte ihre Kraft nicht und mehr war auch nicht nötig. Trotzig blieb sie sitzen und begegnete seinem zornigen Blick mit der ganzen spiegelnden Härte ihrer schwarzen Augen.

Zukata setzte sich wieder. Er lächelte, fast zärtlich. »Sieh einer an, Enkeltochter.« Er sagte nicht laut, was er in diesem Moment über sie herausgefunden hatte. Doch Maja hatte das Gefühl, eine Art Prüfung bestanden zu haben.

»Ob tot oder nicht, Blitz ist nicht mehr dein Gemahl. Ich löse diese Ehe auf. Du bist frei. Ob du willst oder nicht, du bist frei. Noch jemand?« Der Kaiser warf einen wilden Blick in die Runde, und die Fürsten an den anderen Tafeln senkten betreten die Köpfe. »Noch jemand, der frei sein will, frei, frei, und nichts als frei?«

Ilinias bedankte sich nicht. Sie warf Erion einen giftigen Blick zu, sagte aber nichts. Maja wünschte sich fast, Zukata würde die beiden Kampfhähne wirklich miteinander verheiraten, aber dieses Schicksal blieb ihnen erspart.

»Wer mir Manina bringt, erhält Aifa«, verkündete Zukata. Plötzlich ernst, fügte er hinzu: »Oder wer mir den Beweis vorlegt, dass sie diese Reise nicht antreten kann.«

»Das könnt Ihr nicht machen!« Die Arimerin fuhr auf. »Das ist Anstiftung zum Mord!« Hatte sie es nicht gewusst, hatte sie ihre Freundin nicht vor Erions mörderischen Absichten gewarnt? Dass der Kaiser ihren Tod wollte, überraschte sie nicht, aber dass er es hier so einfach befahl, vor ihr, vor allen, das war ungeheuerlich.

»Tut das nicht, dafür wird man Euch hassen. Tut das nicht. Nehmt das zurück!«

Zukata betrachtete sie verwundert, und Maja rechnete damit, dass er wieder aufspringen und sie anbrüllen würde. Aber er schüttelte nur den Kopf. »Du machst dir darüber Sorgen, dass mein Volk mich hassen könnte? Wie erstaunlich. Willst du dich zu meiner Ratgeberin aufschwingen, Prinzessin Maja? Fürchtest du vielleicht, ich bin zu dumm, um mich allein auf diesem Thron zu halten?«

Ihr war bewusst, dass die Fürsten an den Nebentischen zu ihnen hinüberschielten. Und dass jeder Einzelne von ihnen froh darüber war, nicht in der Nähe eines Riesen sitzen zu müssen. Eines aufbrausenden, reizbaren Riesen.

»Warum glaubst du eigentlich, du wärst sicher – vor mir?«, fügte Zukata hinzu, und beugte sich vor, über den Tisch, langte hinüber und berührte ihre Wange. Aber – und Maja wusste selbst nicht, woher sie die Kraft dazu nahm – die erwartete Angst wollte sich nicht einstellen. Die junge Zinta war bereit, Angst und Schrecken zu empfinden, aber in ihr war nur Zorn, vielleicht noch heißer und brennender als seiner, und, wie sie sehr deutlich fühlte, gerechter Zorn.

»Niemand darf Manina auch nur ein Haar krümmen«, hörte sie sich sagen. Ohne zu zittern, ohne den Blick zu senken, ohne auch nur einen Fingerbreit zurückzuweichen. »Niemand, nicht einmal Ihr.«

Der Riese ließ sich wieder auf seinen Stuhl fallen und lachte ungläubig. »Absolut erstaunlich ... Nun, aber was bringt dich auf den Gedanken, ich wollte meiner hochgeborenen Schwester etwas antun? Nichts liegt mir ferner. Ich genieße es viel zu sehr, meine Familie um mich zu haben. Nicht wahr?« Er prostete Ilinias zu. Und Maja fühlte, wie die Kraft sie verließ. Sie hatte keinen Hunger. Und konnte Zukatas Gegenwart nicht einen Moment länger ertragen.

»Mir reicht es«, stieß sie hervor, warf ihren Stuhl beinahe um und marschierte zum Ausgang, wobei sie die entsetzten Blicke der anderen ignorierte.

Dass sie den Kaiser mit ihrem plötzlichen Abgang mehr herausforderte als mit all ihren Worten davor, wurde ihr erst bewusst, als sie wieder in ihrem Zimmer war und aus dem Fenster auf den Park hinaussah. Sie war einfach gegangen. Hatte ihm den Rücken zugedreht und war gegangen ... und nun musste sie warten, was geschehen würde. Nie und nimmer konnte Zukata ein solches Verhalten an seiner Tafel dulden, vor so vielen Zeugen.

Sie wartete. Und ihr schien, als würde das ganze Schloss mit ihr warten, den Atem anhaltend, horchend. Auf die Schritte der Wachen, das Klirren von Waffen ... Jeden Moment würden sie kommen, um sie zu holen. Hatte sie es nicht in den Blicken der Diener gelesen, in der Art, wie sie das Mädchen anstarrten und dann schnell wegsahen, als könnten sie mit hinunter ins Verderben gerissen werden?

»Wie dumm kann man nur sein?« Ilinias stand auf der Schwelle. Dabei hatte sie Maja in der ganzen Zeit, die diese in Kirifas war, noch kein einziges Mal besucht. Was bedeutete es, dass sie ausgerechnet jetzt auftauchte – hatte der Kaiser seine Tochter geschickt oder war sie aus eigenen Stücken hier? »Ich fasse es nicht. Hast du denn gar keinen Verstand? Selbst Tiere wissen, dass man einen überlegenen Gegner nicht reizen darf.«

Maja schüttelte den Kopf. Sie fröstelte, aber in sich fühlte sie eine merkwürdige Ruhe. »Er ist nicht mein überlegener Gegner.«

»Mädchen, wenn du bezweifelst, dass Zukata dein Gegner ist, dann ist dir wirklich nicht mehr zu helfen.«

»Mein Feind – ja, das ist er wohl«, sagte die junge Zinta. »Aber überlegen – nein, das ist er nicht.«

Ilinias schnappte nach Luft. »Wofür hältst du dich? Sonnst du dich in dem Gefühl, seine Enkelin zu sein? Glaub mir, das wird dich nicht schützen. Verwandtschaft zählt nicht. Und Freundschaften gibt es hier nicht. Wenn du in Kirifas überleben willst, solltest du das einsetzen, was du hast. Charme und ein hübsches Lächeln. Wenn du Glück hast, vergisst er, dass du da bist. Vorausgesetzt, du überlebst den heutigen Tag, was keineswegs sicher ist.«

»Wenn es weder Verwandtschaft noch Freundschaft gibt, warum bist du dann hier und sagst mir das?« Maja versuchte in dem Gesicht ihrer Schwiegermutter zu lesen. Von Herzlichkeit war nichts zu sehen. Eine Frau, so kalt und starr wie ein Eisblock. Kaum zu glauben, dass jemand, der so viel Wärme in sich trug wie Sorayn, von ihr abstammte.

»Geh und entschuldige dich. Geh sofort, bevor er sich überlegt hat, was er mit dir tut. Du hast keine Zeit zu verlieren. Vielleicht bringst du ihn dazu, über dein Fehlverhalten hinwegzusehen. Je nachdem, in welcher Stimmung du ihn erwischst. Bevor du eintrittst, frag die Wachen an der Tür. Sie wissen immer recht gut Bescheid über seine Launen.«

»Warum sagst du mir das?«, beharrte das Mädchen.

Ilinias' blaue Augen verrieten nichts. Ihr Haar wie Schnee ... Es wäre leicht gewesen, sie zu mögen, wenn sie nur etwas mehr Freundlichkeit gezeigt hätte. So aber wusste Maja nie, woran sie war; sie wurde einfach das Gefühl nicht los, dass die Amazone sie nicht mochte.

»Es könnte auch ein schlechter Ratschlag sein, ihn jetzt aufzusuchen. Vielleicht ist es überhaupt das Beste, ihm aus dem Weg zu gehen. Woher soll ich wissen, ob du mir wirklich helfen willst?« Und dann fügte sie selbst die erste Vermutung ein, die ihr einfiel. »Wenn Sorayn zurückkommt – und er wird kommen, da bin ich mir sicher – und mir etwas passiert ist, wird er sich rächen. An Zukata. An Erion, weil der mich hergebracht hat. Und an dir, weil es deine Pflicht gewesen wäre, mir zu helfen. Das ist es, oder? Du fürchtest dich vor Sorayn!«

»Geh zum Kaiser«, wiederholte Ilinias, ohne zu erkennen zu geben, ob sie sich getroffen fühlte. »Jetzt. Mehr kann ich nicht für dich tun.«

Die Tür zu den Privatgemächern des Kaisers war doppelt so hoch wie gewöhnliche Türen. Das verschlungene Muster der Intarsien lud dazu ein, es stundenlang zu betrachten und mit dem Finger die Linien nachzufahren, bis man die Wellen und Blumen darin erkannte.

Die Posten hatten besorgt die Köpfe geschüttelt, als Maja den Gang hinuntergekommen war, aber das wäre nicht nötig gewesen, denn das laute Poltern hinter der Tür war nicht zu überhören. Es klang, als ob jemand mit ungeheurer Kraft Stühle und Tische gegen die Wand schmetterte.

Sie wartete, aber es schien da drinnen einen unerschöpflichen Vorrat an Stühlen zu geben. Nein, sie war nicht hier, um zu lauschen, wie Zukata seine Wut fütterte. »Macht auf«, wies sie die Wächter an.

»Das ist keine gute Idee, Prinzessin«, flüsterte der eine.

»Kommt später wieder«, murmelte der andere.

Was, wenn Zukata dort drinnen ihren Tod beschloss? Wenn er gleich losstürmte, um sie zu erwürgen, oder seine Handlanger schickte? Merkwürdigerweise erschreckte sie der Gedanke daran nicht. Sorayn würde frei sein. Wenn sie tot war, band ihn nichts mehr an Zukata. Dann konnte er aufstehen, dann brauchte er nie wieder vor dem bösen Riesen niederzuknien. Alles würde wieder gut werden, wenn sie es schaffte, umgebracht zu werden ... Maja wunderte sich über sich selbst, wie kühl und gefasst sie über diese Lösung nachdachte. Es schien ihr ein nicht zu hoher Preis, um dem Geliebten die Freiheit wiederzugeben. Nie würde sie vergessen, wie er vor Zukata in die Knie gefallen war. Und sein Blick ... sein Schmerz ... bis dorthin auf dem Balkon, wo sie gestanden hatte, hatte sie seinen Schmerz gespürt. Und deshalb wusste sie, was er bei der Nachricht von ihrem Tod fühlen würde. Sie wusste, wie der Schmerz in seinen Augen sich vervielfachen und ihn zu Boden drücken würde ... Und sie konnte nicht zulassen, dass man ihm das antat.

Entschlossen legte sie ihre Hand um den vergoldeten Griff, öffnete die schwere Tür und schlüpfte durch den schmalen Spalt, bevor die Wachen sie zurückhalten konnten.

Zukata stand mitten in einem Trümmerfeld. Gerade zerbrach er einen hochlehnigen Stuhl, groß genug für einen Riesen, über seinen Knien, und schleuderte die Bruchstücke gegen die Wand. Ein großer Spiegel regnete in feinen Scherben auf den Marmorboden.

»Das – werde – ich – nicht – dulden!« In wahnsinniger Wut stieß der Tyrann die Worte hervor. Sein langes Haar fiel ihm wirr ins Gesicht. Die Krone, die er so oft wie möglich trug, selbst bei einem einfachen Essen wie vorhin, war über den Fußboden gerollt. Maja bückte sich und hob sie auf. Sie drehte den goldenen Reif in der Hand. Die glitzernden Edelsteine, mit denen er geschmückt war, bedeuteten ihr nicht mehr als bunte Steine. Das war das Symbol der Macht, um das Sorayn hatte kämpfen wollen, sein allergrößter Traum. Nichts als gelbes Metall.

»Hübsch«, bemerkte sie.

»Fass das nicht an!«, brüllte Zukata. Im nächsten Moment war er bei ihr und riss ihr das Schmuckstück aus der Hand. Ein heftiger Stoß schleuderte das Mädchen quer durch den Raum, aber sie landete auf einem weich gepolsterten Sofa – groß genug für ein halbes Dutzend Riesen – und tat sich nicht weh. Maja lachte. »Hübsch, jedenfalls einigermaßen«, sagte sie noch einmal. »Ein sehr großer Ring für einen sehr großen Kopf.«

»Mach dich nicht lustig!«, schrie er.

Immer noch hatte sie keine Angst. Aber Sorayn wird weinen, sagte jemand zu ihr, in ihrem Herzen, eine Stimme wie von weither. Sie horchte auf die Stimme, die so leise war, dass man sie kaum verstehen konnte. Sorayns Schmerz. Vergiss das nie. Sein Schmerz wird so groß sein wie seine Liebe, genauso groß ...

Zukata kam durch den Raum auf sie zu. Ihre Hände tasteten nach etwas, mit dem sie sich verteidigen konnte, und fanden die Flöte in dem kleinen Beutel an ihrem Gürtel. Sie blies hinein, als könnte sie damit einen Sturm entfesseln, der alle ihre Feinde hinwegpustete ... Ein Ton, hell und klar und silbern wie eine Vollmondnacht, schwebte durch den Raum. Ein Ton, noch einer ... eine Melodie. Der Mond. Er schien in einen dunklen Garten. Über der Dunkelheit tanzte das Licht wie Schaum auf den Wellen. Eine Nacht, süß und duftend, unendlich süß. Sommer. In den Büschen raschelte der laue Wind. Das betörende Aroma von Alikas Sommerblumen wehte durch den Garten, durch das geöffnete Fenster. Dort draußen im Mondlicht ...

Das Lied gab keine Antwort. Es erzählte nicht, wer dort wartete, wer gleich die Hand ausstrecken würde, um zu flüstern: Ich bin hier ... Es rief nur die Nacht und die Blumen und das Licht, das wie Regen herabfiel und Pfützen unter den Bäumen bildete. Die Grillen zirpten so laut, dass es in den Ohren schmerzte. Und weiter hinten ertönte das Rauschen der Brandung. Man konnte vergessen, dass das Meer so nah war. Zu vertraut war es, man gewöhnte sich schnell daran. Bewusst horchen musste man, um es wieder zu hören, um zu wissen, dass die Wellen gegen die Felsen schlugen und über den Strand eilten und dann über den rieselnden Sand zurückliefen. Weiß glänzten die Dünen im geheimnisvollen Schein der Nachtgestirne. Irgendwo da draußen war ein Schiff. Aber es kam nicht näher. Immer, in jedem Lied und jedem Traum, schaukelte es dort hinten auf den Wellen und wartete.

Zukata saß auf dem Boden, inmitten der unzähligen Spiegelsplitter. Er hatte den Kopf in seinen Händen vergraben, doch als der letzte Ton verklang, blickte er auf und begegnete Majas unerschrockenen dunklen Augen.

»Noch nie hat mich jemand so unverschämt herausgefordert wie du«, stellte er fest. »Es ist schon vorgekommen, dass jemand es gewagt hat, mir seine Meinung ins Gesicht zu sagen. Aber nicht einmal Blitz hätte sich so benommen. Nicht einmal er hätte mir den Rücken zugekehrt und wäre einfach gegangen.« Ruhig und gelassen sprach er, und als er sie anblickte, lag in seinen Augen aufrichtige Neugier.

»Du bist ein kleines, zierliches Mädchen«, sagte er. »Und du hast, so viel ich weiß, viele Riesen in deinem Leben gesehen. Du weißt genau, wozu sie fähig sind. Keinen Moment glaube ich, dass du einfach nur zu dumm bist, um dich zu fürchten. Was soll ich von dir halten, Maja? Willst du sterben, damit Sorayn sein Versprechen nicht halten muss?«

»Daran habe ich tatsächlich gedacht«, gab sie zu und wich seinem Blick nicht aus. »Aber es würde ihm das Herz brechen und einen Krieg zwischen euch entfesseln, den ich mir nicht vorstellen möchte.«

»Was ist es dann?«, wollte Zukata wissen.

»Ich weiß nicht. Was wollt Ihr denn hören? Dass Ihr nichts seid als ein unbeherrschter alter Mann, der alle in seiner Umgebung tyrannisiert? Ihr seid es gewöhnt, dass jeder in Eurer Nähe verstummt. Dass jeder Euch nach dem Munde redet. Dass jeder geduckt schleicht, um Euch ja nicht zu stören und Euren Zorn zu wecken. Niemand in diesem Schloss will auffallen. Und diejenigen, die es wagen, in Eurem Umfeld zu leben, hoffen darauf, für diese Anstrengung und dieses Wagnis reich belohnt zu werden. Fürstentümer, Königreiche ... Ihr verteilt sehr großzügig das, was Euch nicht gehört.« Maja atmete tief durch. »Was erwartet Ihr denn? Dass ich in den Staub falle, wenn ich Euch ansehe? Ihr seid groß und stark, aber das ist nicht Euer Verdienst. Worin besteht die Kunst, größer und stärker zu sein als ich? Die meisten Menschen in meiner Umgebung sind das. Ob ich von einem Riesen getötet werde oder von einem ausgebildeten Krieger, was macht das für einen Unterschied? Ich will nicht sterben. Aber wenn Ihr meinen Tod wollt, kann ich Euch nicht daran hindern.«

»Ein unbeherrschter alter Mann.« Zukata verzog den Mund. »Das siehst du in mir? Das ist ja allerhand.«

»Seht Euch doch um. Was glaubt Ihr, wie lange ein guter Tischler für so einen Stuhl braucht? Und Ihr macht einfach kaputt, was andere mit viel Sorgfalt gebaut haben ... In meiner Achtung steigt Ihr dadurch nicht.«

Es kam nicht mehr darauf an. Sie konnte sagen, was sie dachte, ohne Rücksicht auf Verluste. Wie seltsam, dachte Maja, dass ich jetzt, so kurz vor dem Ende, endlich wieder zu mir selbst finde. Dass ich bin, wie ich schon immer war. Die Flöte in der Hand, Widerworte auf den Lippen, einen Traum im Herzen.

»Wem soll ich den Thron von Aifa geben?«, fragte Zukata unvermittelt. »Erion oder Ilinias?«

»Keinem von beiden«, sagte das Mädchen, ohne lange nachzudenken. »Der König von Aifa ist immer auch der Kaiser.«

»Ich habe aber sonst kein Königreich übrig, das ich Erion für seine Dienste geben könnte.«

»Ihr wollt tatsächlich meinen Rat?« Sie lachte ungläubig, aber im selben Moment wurde ihr bewusst, dass Zukata genau das von ihr erwartete. Er hatte niemanden hier, der ihm widersprach. Keinen einzigen Ratgeber, der etwas anderes von sich gab als »Ja, Herr«. Gegen ihren Willen empfand sie auf einmal so etwas wie Mitleid mit ihm. Ein völlig unangemessenes Gefühl, das war ihr klar. Er war ihr Feind. Er hatte sie entführen lassen und Sorayn auf eine Weise gedemütigt, die sie ihm nie und nimmer vergeben konnte. Und doch war er bloß ein armer, einsamer Mann, der nichts besaß als einen Ring aus gelbem Metall, den er sich auf die goldenen Locken setzen konnte. Hier, an der Spitze des gewaltigen Reiches, war es so einsam und kalt wie auf dem Gipfel eines schneebedeckten Berges, der in die Wolken ragte. Viel sehen konnte man von hier oben nicht.

»Wer immer König von Aifa ist, wird sich für Euren Erben halten«, meinte sie. »Bevor Ihr Königreiche verschenkt, solltet Ihr Euch über die Erbfolge im Klaren sein.«

Er nickte langsam. Mit geschlossenen Augen lehnte er an der Wand. Maja hatte das Gefühl, dass sie entlassen war. Sie pochte leise gegen die Tür und ließ sich von einem sehr erstaunt dreinblickenden Wachposten öffnen. Er hatte anscheinend nicht damit gerechnet, sie lebend wiederzusehen.

Danach zitterten ihr die Knie.

Sie musste nach draußen, an die frische Luft, musste aus diesem Schloss heraus, in dem sie zu ersticken glaubte. Dort, endlich, die Tür in den Park.

Ein kühler Wind wehte sie an, brachte Regen und den Geruch feuchter Blätter mit. Maja stapfte über die Kieswege, nur in einen leichten Mantel gehüllt. Feine Tropfen nässten ihr Haar. Sie blieb stehen und hielt ihr Gesicht in den Wind, in den milden Herbstregen, fühlte ihn auf ihren Augenlidern, unzählige Tropfen, wie die Tränen, die sie nicht weinen konnte.

Sorayn ...

Das Zittern griff auf ihren ganzen Körper über. Sie hatte Zukata getrotzt. Und war immer noch hier. Niemals würde er sie gehen lassen. Und niemals würde er Sorayn gestatten, in Kirifas zu leben. Lieber gab der Kaiser alles fort, was ihn daran erinnerte, dass Sorayn sein Erbe war. Prinz von Kirifas, der Gesegnete ... So lange hatte sie ohne ihn gelebt. Sie konnte es. Sie musste sich nur davon überzeugen, dass sie es konnte, mühelos, dass er in ihren Träumen vorkommen durfte, aber nicht in ihrem Leben. Denk daran, als wäre es nichts als ein Traum. Sorayn auf der Lichtung. Und jene Tage im

Glück, als wir durch den Wald wanderten, als ich nichts ahnte von Krieg und Verrat ... nur ein Traum.

Maja hielt ihr Gesicht in den Regen. Kalt wurde es, immer kälter ... Aber sie wollte nicht zurückgehen. Hier war sie wenigstens allein. Bei diesem Wetter schätzten die wenigsten Menschen das weitläufige Gelände hinter dem Schloss. Vielleicht wurde sie beobachtet – sehr wahrscheinlich sogar – von den Wächtern, deren Leben davon abhing, dass sie nicht verschwand. Wo sie wohl waren? Nur der Gedanke an diese unsichtbaren Beobachter hielt sie aufrecht. Sie stand da, im Regen ... statt weinend und schluchzend in die Knie zu sinken. Sorayn! Dieser Name, wie etwas, das sie zum Leben brauchte, unentbehrlich wie die Luft zum Atmen. Ihre Finger umklammerten die kleine Flöte, aber hier draußen hatte sie keine Lieder mehr, nur den einen Namen, der in ihrem Herzen war. Sorayn ...

Sie zwang sich weiterzugehen, einen Fuß vor den anderen zu setzen. Ihre Schritte knirschten auf dem Kiesweg. Aus den kahlen Ästen der hohen Parkbäume fielen dicke Tropfen, das graue Wasser des Teichs wogte wie ein Meer in Miniaturformat. Die Enten, bunte Exemplare aus allen Königreichen, wirkten farblos und schmutzig, wie sie da im Ufergebüsch Schutz suchten. Maja sah ihnen eine Weile zu. Am liebsten hätte sie sich dort bei ihnen verkrochen. Die Augen geschlossen und gewartet, bis alle Stürme vorüber waren.

Sie fuhr herum, als etwas von hinten an ihr zupfte. Ein Wächter, ein Angreifer? Nein, nichts von alledem. Nur eine Wildgans. Ein schöner, großer Vogel, der sie ohne die geringste Angst musterte.

»Was willst du denn?«, fragte sie.

Die Gans öffnete den Schnabel und stieß ein heiseres Schnattern aus. Eine Begrüßung auf Gänsisch? Maja lachte. »Tut mir leid, du musst schon deutlicher werden.«

Sorayn hatte so eine unglaubliche Gabe, mit Tieren umzugehen, er hätte gewusst, was dieser Vogel wollte. Vielleicht gab es ein Problem mit seinem Nest? Aber nein, jetzt war bestimmt nicht die richtige Jahreszeit für Eier und Küken.

Der große Vogel wedelte mit dem Kopf, ohne sie aus den Augen zu lassen. Das Mädchen sprang zurück, als er plötzlich die Flügel ausbreitete. Dann erst merkte sie, dass die Gans versuchte, auf einem Bein zu stehen. Dass sie das andere kurz nach vorne streckte, bevor es wieder auf den Boden zurückfiel. Und mit diesem Bein stimmte etwas nicht. Es hatte die falsche Farbe; schwarz hätte es sein müssen, wie das andere, nicht hell.

Sie kniete sich hin, um besser sehen zu können, und lachte laut auf, als die Gans ihr auf den Schoß sprang und sie beinahe umwarf. Ihre Hände tasteten nach dem Bein. Eine Rolle. Als sie das Papier unter ihren Fingern knistern hörte, durchfuhr sie die pure Freude, so intensiv, als hätte jemand ihr einen Schlag versetzt. Es dauerte länger als nötig, das Band zu lösen, und die Gans, die bis jetzt geduldig stillgehalten hatte, breitete sofort die Flügel aus und landete elegant im Teich.

»Wartest du? Ich bringe dir etwas zur Belohnung.« Sie hatte keine Ahnung, worüber eine Wildgans sich freuen würde.

Die kleine Rolle in ihrer Hand schien ihr Löcher in die Haut zu brennen. Sie hatte es noch nicht gewagt, einen Blick darauf zu werfen. Zögernd, möglichst unauffällig, sah sie sich um. Wo wohl die Wachen waren? Oder reichte es ihnen, die Mauern des Parks zu bewachen, um sicherzugehen, dass Zukatas Enkelin nicht verschwand? Maja stand vorsichtig auf und lehnte sich gegen eine mächtige Weide, deren Zweige bis ins Wasser hingen. Hier war sie auch vor dem immer dichter fallenden Regen geschützt. Vielleicht wäre es sicherer gewesen, die Botschaft erst in ihrem Zimmer zu lesen, möglicherweise würde aber auch gleich ein Wächter herangestürmt kommen und ihr den Brief aus der Hand reißen. Sie konnte es nicht riskieren, dass jemand ihr diesen Schatz abnahm, bevor sie wusste, was er enthielt.

Kleine verschnörkelte Buchstaben bedeckten den schmalen Papierstreifen. Sie erkannte den Schwung der Linien sofort. Sorayn hatte schon immer eine schöne Handschrift gehabt, die sie dazu brachte, sich für ihr eigenes Gekrakel zu schämen.

Meine Liebe, mein Herz, mein Leben …

Als sie in den Palast zurückging, langsam, als würde sie schweben, klebte ihr das Haar nass an den Wangen, und niemand bemerkte, dass sie geweint hatte.

15. *Das Fest der Brücke*

SIE WAREN AUS allen Ländern nach Talen gekommen, aus dem Süden und dem Osten und dem Norden und aus den fernen Königreichen jenseits von Deret-Aif. In den Straßen wimmelte es von Melgianern – den dunkelgewandeten Frauen, die ihre Gesichter hinter ihren Umhängen verbargen, den kahlrasierten Männern, die Karren mit Ziegen, Hühnern und Kindern durch die Gegend zogen – und salinischen Priestern und Nonnen. In dem unglaublichen Gedränge hatte Sorayn Mühe, vorwärts zu kommen, ohne jemandem wehzutun. Das Beste war, sich einfach treiben zu lassen. Und sich dabei in der Menge umzusehen.

Irgendwo hier war Edmonda, die Tochter, die König Oka verlorengegangen war. Der Riesenprinz war mit schnellen Schritten in einigen Tagen von Wenz hierher an die Küste Saliens gelaufen, nachdem die Botenvögel, die er ausgeschickt hatte, ihm Nachricht gebracht hatten.

»Sieh doch! Papa, da! Der Mann hat einen Vogel auf der Schulter!«

Während die meisten Pilger sich einfach an ihm vorbeischoben, waren die Kinder aufmerksamer. Wieder hatte ein kleiner Junge die Möwe mit den schwarzen Flügeln entdeckt, die auch hier, mitten in der Stadt, nicht von Sorayns Seite wich. Ihre scharfen gelben Augen spähten nach dem Mädchen aus, das hier irgendwo sein musste.

»Ihr sprecht mit ihnen?«, hatte Oka gefragt, als er gesehen hatte, wie sein Gast die Botschaft an Maja einer Wildgans anvertraut hatte. »Das ist nicht möglich.«

Sorayn war seit seiner Kindheit daran gewöhnt, dass die Tiere ihn verstanden; selten dachte er darüber nach, wie befremdlich das auf andere wirken musste.

»Wie sonst soll sie Kirifas finden? Und wie sonst soll sie wissen, wer unter all den Menschen dort Maja ist?«

»Wie macht Ihr das?« Der Wenzer trat näher. »Ihr beschreibt ihr, was sie wissen muss?«

»Ich gebe ihr Bilder«, erklärte der junge Riese und versuchte in Worte zu fassen, was für ihn eine Selbstverständlichkeit war. »Den Weg, den ich gelaufen bin, markante Punkte wie Flüsse und Hügel ... und Maja, wie sie in meiner Erinnerung aussieht. Ihr Gesicht, ihre Gestalt ... Es muss vage bleiben, sonst würde es den Vogel irritieren, wenn sie andere Kleidung trägt als in der Vision oder die Haare anders sind. Ich gebe ihm ein Gefühl für die Person, für welche die Botschaft ist.«

Der König blickte nachdenklich auf die Gans, die brav ihr Bein ausstreckte, damit Sorayn die kleine Rolle daran befestigen konnte. Sie schmiegte ihren langen Hals an den jungen Mann und schloss die Augen.

»Könnte sie jeden Menschen finden? In ganz Deret-Aif?« Das edle Gesicht des Königs war von Sorge verdunkelt, doch gleichzeitig flammte in seinen Augen die Hoffnung auf, noch vorsichtig, wie eine winzige Kerze, die der kleinste Luftzug ausblasen könnte.

»Woran denkt Ihr? An Eure Tochter oder an Euren Krieg?«

»Wir könnten über jede Bewegung des Feindes im Bilde sein«, sinnierte Oka leise. »Wir würden wissen, wann sie kommen und wie viele es sind, lange bevor die Kundschafter uns Nachricht geben können. Wir könnten ihre Gespräche belauschen und ihre Pläne vereiteln. Ja, Eure Frage eröffnet Möglichkeiten, die nahezu unglaublich sind. Doch nein, in der Tat dachte ich zuerst an meine Tochter. An Edmonda.«

Sorayn streichelte den Vogel. »Flieg«, sagte er. »Flieg und komm bald zurück.«

»Könnte das gehen?«, wiederholte der Wenzer seine Fragen, voller Gier, aber immer noch bemüht, seine Hoffnung zurückzuhalten.

»Wie viele Gänse habt Ihr denn noch in Euren Käfigen?«, fragte der Prinz.

»Genug. Ich habe Euch erzählt, dass sie uns vor Eindringlingen warnen. Sie leisten uns gute Dienste. Aber ich würde nicht zögern, sie fliegen zu lassen, wenn sie mir Kunde von Edmonda bringen könnten.«

Sorayn sah dem schwarzen Punkt nach, der zwischen den Berggipfeln verschwand. Er hatte den Adlern befohlen, die Gans ziehen zu lassen. Zunächst hatte er erwogen, den großen Raubvogel selbst zu schicken. Doch ein Gebirgsadler hätte unzweifelhaft zu viel Aufmerksamkeit in Kirifas erregt, und Maja hätte keine Chance gehabt, seinen Brief heimlich zu lesen. Wassergeflügel gab es im Schlosspark hingegen in großer Zahl und fiel nicht auf. Maja musste nur einen Spaziergang machen, aber das tat sie bestimmt regelmäßig; ein Waldmädchen wie sie hielt es sicherlich nicht den ganzen Tag drinnen im Schloss aus.

»Ich habe Edmonda nie gesehen«, sagte er.

»Ich kann Euch ein Bild von ihr zeigen«, bot Oka eifrig an.

Einen Vogel nicht an einen bestimmten Ort zu schicken, sondern nach jemandem suchen zu lassen – ob das ging? Als er Toris, Majas Vater, überreden wollte, ihm ihren Aufenthaltsort zu verraten, war Sorayn gar nicht auf die Idee gekommen, sich von den Tieren helfen zu lassen. Wie viele hätte er ausschicken sollen, und wohin?

»Ich werde darüber nachdenken«, versprach er. Die neue Idee lenkte ihn davon ab, ständig an seine gefangene Liebste zu denken. Während er durch den Schnee stapfte, die Adler immer irgendwo in der Nähe, den Bären an seiner Seite, zwang er sich dazu, über Okas Anliegen zu grübeln, statt aufzubrüllen und nach Kirifas zurückzurennen. Statt das Lager der Rebellen in Schutt und Asche zu legen. Statt hier zu wüten, wie er im Gebirge des Südens gewütet hatte, unter den Riesen ... Aber hier wohnten Menschen, zart und zerbrechlich, und die Krieger, die ihm grimmige, misstrauische Blicke zuwarfen, würden das Angebot zum Kampf rasch bereuen. Es wäre eine Erleichterung gewesen, dem Rasen seines Blutes nachzugeben, dem Schmerz, der hinauswollte, und doch widerstand er. Seine Füße trugen ihn durch den Schnee, fort von den Höhlen, damit ihm niemand in die Quere kam. Dann wieder versenkte er seine Hände im Fell seines Freundes und klammerte sich an ihn.

»Ich werde Oka nichts tun«, flüsterte der junge Riese, ein Versprechen, das er sich immer wieder gab, jeden Tag neu. »Und keinem seiner Leute. Ich warte auf Majas Antwort. Geduldig.«

Aber er war nicht geduldig. Nicht einmal Oka konnte ihn ertragen, wenn die Unruhe ihn dazu zwang, in der Höhle umherzuwandern und Dinge in die Hand zu nehmen, die ihm nicht gehörten.

»Stellt das hin, ich bitte Euch, Prinz! Und das ... und bitte, das Schwert hat meinem Urgroßvater gehört, bitte zerbrecht es nicht, es ist mir wertvoll!«

»Verzeihung.«

Dem strengen und doch immer so gelassen wirkenden König gelang es auch diesmal, nicht die Augen zu verdrehen. »Setzt Euch, da ans Feuer, und bleibt da sitzen!«

»Und Ihr habt nie in Erwägung gezogen«, fragte Sorayn und lachte auf, »mich im Schlaf zu ermorden?«

»Ich weiß, welche Gefahr Ihr für mich und dieses Lager darstellt«, sagte Oka langsam. »Ihr versucht es zu verbergen ... aber jemandem, der solche Seelenpein durchlebt wie Ihr, gelingt das nur schlecht. Ja, ein paar meiner Männer sind zu mir gekommen, um mich vor Euch zu warnen. Vor einem Wahnsinnigen mit Riesenkräften. Und dabei wissen sie nicht einmal, dass Zukata Euch hergeschickt hat.«

»Also habt Ihr es in Erwägung gezogen«, schloss der Riesenprinz und fühlte sich auf eine grimmige Art zufrieden.

»Versuchen, Euch zu töten – das wäre, als würde man einen Waldbrand legen«, meinte der Wenzer. »Ein Feuer, das niemand löschen kann, bis es alles vertilgt hat, was in seiner Nähe ist. Ja, ich habe darüber nachgedacht, und ich habe diesen Gedanken so schnell wieder verworfen, wie er mir gekommen ist. Seid gewiss, ich warte ebenso sehr auf Nachrichten von Eurer Geliebten wie Ihr. Denn falls Ihr zu der Entscheidung gelangt, dass Ihr Zukata einen

Gefallen tun möchtet – und gleichzeitig Euer wildes Herz beruhigen wollt –, sind wir alle hier verloren.«

»Die Gans!« Der Schrei von draußen ließ Sorayn sofort aufspringen. »Sie ist da!«

»Ich habe meine Männer dazu angehalten, ihre Ankunft sofort zu melden«, erklärte der Rebellenführer, doch der andere hörte ihm gar nicht mehr zu. Er stürzte nach draußen; in einer stürmischen Umarmung umschlang er den erschöpften Vogel. Oka sah kopfschüttelnd zu, wie sie stumm Zwiesprache hielten.

Der Riese kehrte nicht in die Königshöhle zurück. Er ging hinaus auf den verschneiten Hang und suchte sich eine ruhige Stelle. Von hier aus hatte er einen grandiosen Ausblick über das Tal und die weißen Berge, über denen der Himmel sich in einem so feinen Blassblau verlor, als würde er sich in nichts auflösen.

Maja. Er hielt die Rolle in seiner Hand und atmete tief durch. Wenn sie ihn nun um Hilfe anflehte, wenn sie ihn bat, sie zu retten?

Mein Liebster ...

Und sein Herz sprang und jubelte und wurde still, stiller als je zuvor, und der Schmerz fiel von ihm ab wie tauender Schnee.

Mein Liebster. Du musst ihm die Stirn bieten, so wie ich es tue. Nie wieder will ich erleben, dass du dich vor ihm beugst. Nicht für mich oder für irgendwen. Mehr als alles fürchte ich das, wozu deine Liebe dich bringen könnte ...

Keine Gefangene, verzweifelt und verheult. Sondern eine Frau, die den Kopf hoch erhoben hielt, eine Kriegerin, die bereit war, es mit Zukata aufzunehmen. Er hatte nicht das Gefühl, dass sie ihm zuliebe log, dass sie ihn mit künstlicher Fröhlichkeit aufmuntern wollte. Das war sie selbst, seine Maja. Unerschrocken, ungezähmt.

Sorayn ließ den Brief sinken und schaute wieder hinaus in die Berge, dorthin, wo die Adler kreisten, stolz und frei. Zusammen. Es tat immer noch weh, seine Geliebte so weit weg zu wissen, sie, die zu ihm gehörte. Wie eine Wunde fühlte es sich an, die niemals heilen konnte ... aber nun wusste er, dass er nicht daran zugrunde gehen würde.

Der Bär knurrte, aber der Prinz hatte die Schritte im Schnee längst gehört. »Setzt Euch zu mir, König Oka.«

Der König wischte den Schnee von einem großen Stein und setzte sich neben ihn. »Ihr schreit und tobt nicht. Ich hoffe, das ist ein gutes Zeichen, Prinz Sorayn?«

»Ja, das ist es.« Er lächelte. »Meine Frau erteilt mir Befehle.«

»Eine mutige Frau.« Oka wagte noch nicht zu lächeln. Fragend hob er die Brauen.

»Sie verlangt nur eins von mir: nicht Zukatas Wünsche zu erfüllen, sondern so zu handeln, wie ich es für richtig halte.«

»Sie weiß, was sie damit riskiert?«

»Das weiß sie, oh ja.« Sorayn atmete tief durch. »Wie es aussieht, muss ich damit klarkommen – dass ihr Leben immer auf Messers Schneide stehen wird.« Er hielt den Brief in der Hand, vorsichtig, als könnte er sich daran verletzen. »Ich werde tun müssen, als wäre ich frei. Als wäre ich nicht an sie und ihr Glück gebunden. Als wäre es mir egal, was aus ihr wird.« Abwesend kraulte seine Hand das Fell des Bären. »Denn ihr Glück liegt darin, mich frei zu wissen.« Der junge Mann blickte dem König in die Augen. »Das ist ein Knoten, der sich nicht auflösen lässt. Um sie zu lieben, muss ich tun, als liebte ich sie nicht ... Sie verlangt viel, die dunkelhaarige Schönheit von den Glücklichen Inseln. Sie befiehlt einem Gelähmten, aufzustehen. Einem Todkranken, dem Tod ins Angesicht zu lachen. Von einem Vogel, dessen Federn beschnitten wurden, erwartet sie, dass er fliegt.«

Oka nickte bedächtig. »Ich kenne sie nicht, doch schon jetzt gehört ihr meine ganze Hochachtung. Gegen eine Kaiserin wie diese hätte ich mich niemals aufgelehnt.«

»Dann ist jetzt die Zeit da, Euch zu antworten. Als Erstes werde ich Eure Tochter suchen, damit Ihr sicher sein könnt, dass niemand von Euch eine ähnliche Entscheidung verlangt, wie ich sie bereits treffen musste. Allerdings gibt es keine Möglichkeit, so viele Vögel auszuschicken, dass sie das ganze Land durchkämmen. Und sie können sich auch nicht untereinander austauschen. Ich werde den Weg finden, den Eure Edmonda gegangen ist, indem ich mich von den Tieren leiten lasse. Was könnt Ihr mir zu ihrem Entführer sagen? Wohin, glaubt Ihr, hat er sich gewandt?«

»Falls er sie nicht sofort nach Kirifas gebracht hat, um sich bei Zukata lieb Kind zu machen? Ich werde Euch eine Beschreibung von ihm geben, damit Ihr Eure gefiederten Freunde nach ihm fragen könnt.«

Sorayn hörte zu, während Oka ihm einen schwarzhaarigen Mann mit dunklen Augen beschrieb, einen Kerl, der schon immer zu den Räubern gehört hatte, einen aus Zukatas Bande, der vor nichts zurückschreckte und höchstwahrscheinlich auch das Zeichen der Kaisergänger auf seinem Arm trug.

»Er verstand es sogar, sich bei Kanuna einzuschmeicheln«, sagte der König hasserfüllt. »Und jahrelang als Zukatas Spion an seinem Hof zu leben. Blitz wurde er genannt, der Held von Arima.«

Die streichelnde Hand hielt inne, obwohl der Bär seinen Riesen auffordernd anstupste.

»Wahrscheinlich seid Ihr zu jung, um all die unglaublichen Geschichten zu kennen, die man sich damals von ihm erzählte«, fuhr der Wenzer fort. »Aber ich habe ihn nie als das gesehen, was das Volk so gerne in ihm sehen wollte. Die einfachen Leute lieben es, von geläuterten Bösewichtern zu hören. Aber dieser Blitz war ein Verräter, der es sogar vermochte, den großen Kaiser zu täuschen. Das zu akzeptieren, hätte für die Menschen bedeutet, auch an Kanuna El Schattiks Vollkommenheit zu zweifeln. Aber ich weiß, was dieser Kerl ist. Ich habe es immer gewusst.« Er räusperte sich. »Ich habe ihm tatsächlich geglaubt, als er hier bei mir am Feuer saß. Als ich ihm in die Augen sah ... Nun, auch meine Menschenkenntnis ist nicht unfehlbar.«

Mein Vater. Sorayn hütete sich, es auszusprechen. Die Geschichten kannte er zu Genüge, er hatte sie gesammelt, begierig, jedes Wort über den unbekannten Mann, der ihn nicht nur gezeugt, sondern über alles geliebt hatte. In seiner Erinnerung war immer noch die Stimme, die ihn gerufen hatte, als er sich im Wald von Neiara verkrochen hatte, um zu sterben. Sorayn ... Sorayn ... Arme, die ihn an sich zogen. Hände, die ihn hielten. Augen, die ihn anblickten, ohne vor seiner hässlichen Fratze zurückzuschrecken. Und wie sein

Vater den Verfolgern entgegentrat, um dem Jungen die Flucht hinunter ans Wasser zu ermöglichen.

Einer, der sich opferte. All die Jahre hatte der Riesenprinz dieses Bild mit sich herumgetragen, von einem Mann, der sich den wütenden Anklägern mit ihren Hacken und Schaufeln entgegenstellte.

Er war nicht tot. Es gab nur einen Blitz, und er war nicht tot!

»Zum ersten Mal, seit Ihr mir von der Entführung Eurer Tochter berichtet habt, mache ich mir keine Sorgen um sie«, meinte Sorayn fröhlich. »Welche Motive er auch immer gehabt haben mag – der Held von Arima hat mit Sicherheit dafür gesorgt, dass ihr kein Haar gekrümmt wurde.«

Natürlich glaubte er nicht daran, dass sein Vater ein Verräter war und in Zukatas Diensten stand, doch jetzt war ihm mehr denn je daran gelegen, Edmonda zu finden.

Die Spur führte nicht nach Kirifas, sondern nach Salien. Es wurde schwieriger, Auskünfte von den Tieren zu bekommen, die sich in den verschneiten Wäldern verkrochen und den Pilgerströmen nach Möglichkeit auswichen. Ein Mann und eine Frau. Drei Pferde.

Ein Fuchs begleitete den Riesenprinzen mehrere Tage lang und strich ihm um die Beine, was der Bär nur äußerst übellaunig duldete. Ganze Schwärme kleiner Meisen und Finken, die in Bodennähe durchs Gebüsch huschten, flogen auf und ließen sich auf seinen Armen und seinem Haupt nieder, zwitschernd, so aufgeregt, als hätten sie einen unerschöpflichen Futtervorrat entdeckt. Ein Hirsch brach durchs Gehölz; bebend, die Flanken schweißbedeckt, kam er heran und senkte den Kopf.

Sorayn versuchte, durch ihre Augen zu sehen. Zu erkennen, was sie gesehen hatten. Menschen, aus der Sicht der kleinen Vögel riesengroß und plump und nichtsdestotrotz bedrohlich. Jäger, klagten die Kaninchen. Gefährlicher Jäger. Der Fuchs schwieg zu seinen Füßen, unbeeindruckt.

Ein Mann, in einen Pelzmantel gehüllt. Sein Gesicht war schwer auszumachen, Furcht trübte den Blick der Tiere. Haar, schwarz wie Krähengefieder. Und das Mädchen war wütend und unzufrieden.

Er war auf dem richtigen Weg, mehr konnte er nicht aus ihnen herausbekommen. Und dann schien es nur noch ein Ziel zu geben, für jeden, der sich hier im äußersten Westen von Salien befand. Alle Reisenden kannten nur die eine Richtung. Dorthin, wo schon der Gesang weit ins Land hinaus zu hören war, wo wie jedes Jahr eine ganze Stadt entstand, mitten in der Öde, wo es das Jahr über nichts gab als ein paar Klöster und ein Dorf und einen Hafen. Talen.

Hier konnten ihm seine munteren Gefährten nicht mehr helfen, hatte er gedacht. Aber sie ließen ihn nicht im Stich. Der Bär blieb enttäuscht im Wald zurück, doch dafür wechselten sich ein paar freche Möwen damit ab, die Menge zu überfliegen und ihm Bericht zu erstatten.

Mit einem herausfordernden Schrei landete eine der weißschwarzen Späherinnen auf seiner Schulter.

»Sie sind hier? Du hast sie gesehen?« Sorayn schob sich weiter durch die Menschenmassen.

»Man hätte das Fest absagen sollen«, fand Blitz. Das Meer präsentierte sich ihm dunkelgrau und aufgewühlt, eine wilde, schaumige Masse. Die kleine grüne Insel, die seit Jahrhunderten Rinland darstellte, war noch da, obwohl er damit gerechnet hatte, dass sie ebenso untergegangen war wie Arima und Neiara. Vielleicht war sie etwas kleiner geworden, behauptete sich aber immer noch tapfer gegen die Fluten. Der Steinbogen, der als Brücke diente, würde jedoch kaum einen sicheren Übergang auf die andere Seite ermöglichen. Das Wasser stand sehr hoch und schwappte hin und wieder über den glatten Fels. Niemand, der einigermaßen bei Verstand war, würde sich auf diesen rutschigen Übergang trauen. Allerdings bezweifelte Blitz, dass die Pilger sich davon abhalten lassen würden.

»Siehst du irgendwo ein Schiff?«, fragte Edmonda und rieb sich die Oberarme. Der eisige Wind traf sie hier völlig ungeschützt. Ihre Zähne klapperten, fast konnte er sie nicht verstehen.

»Der Hafen ist ein ganzes Stück von hier entfernt. Wir müssen da lang.« Er führte sie an der Küste entlang, doch es kamen ihnen so viele Menschen entgegen, dass es keinen Zweck hatte.

»Seid ihr mit den Schiffen gekommen?« Blitz hielt einen Melgianer auf, der sich mit gesenktem Kopf vorbeidrängen wollte. »Mit den Dreimastern aus Velas? Ist der Hafen nicht überflutet?« Sein Sandartisch war, obwohl er vieles vergessen hatte, immer noch recht gut.

Der Angesprochene musterte ihn überrascht. »Die Schiffe liegen geschützt in der Bucht. Die großen mussten hereingezogen werden.«

»Ja, das habe ich auch schon einmal mitgemacht. Eine stürmische Reise von Sandart bis hier nach Talen.«

»Was hat er gesagt?«, fragte die Prinzessin, die außer Velanisch keine östliche Sprache beherrschte.

»Der Hafen ist erstaunlicherweise noch nutzbar.« Blitz' Gesicht hellte sich auf, er hatte kaum darauf zu hoffen gewagt. »Und doch passiert es wirklich«, murmelte er, während er auf die unruhige See starrte. »Es passiert jetzt.«

»Meinst du, sie bringen mich nach Wenz? Aber wie willst du einen Kapitän fragen, wenn man hier gar nicht durchkommt?« Das Mädchen klang genauso verzweifelt, wie es sich fühlte.

»Dort!« Ihr Begleiter zeigte auf eine Gruppe Männer, die mit den melgianischen Pilgern so wenig gemeinsam hatten wie nur irgend möglich. Sie scherzten lautstark, rempelten einander an und machten den Eindruck, als seien sie hier, um Spaß zu haben, nicht um fromme Lieder zu singen. »Das sind Seeleute. Komm.«

Die schöne Edmonda sah dermaßen unglücklich aus, dass es selbst den rauen Matrosen auffiel.

»Geht es deiner Frau nicht gut?«

Er ließ sie in dem Glauben, die Prinzessin sei seine Gemahlin. »Noch geht es ihr gut. Sie fürchtet nur, sie könnte seekrank werden. Später, auf dem Schiff. Wir brauchen eine Passage nach Wenz.«

Es fiel ihm nicht schwer, mit den Männern ins Gespräch zu kommen. In der Pilgerstadt gab es keine Gasthäuser, in denen man etwas Ordentliches zu trinken bekommen konnte, aber Blitz konnte den Matrosen ein von Mönchen geführtes Haus empfehlen, in dem wenigstens das Essen einen Besuch lohnte. Wenig später saßen sie alle zusammen in einer überfüllten Stube, eng aneinandergedrängt, über dampfenden Tellern und Schüsseln. Der Arimer musste seine neuen Freunde nicht danach fragen, wie es mit den Häfen im Norden aussah. Sie begannen sofort von der schlimmsten Fahrt zu erzählen, die sie je zuvor unternommen hatten.

»Es wird jedes Jahr schlimmer. Die Seestraßen sind nicht mehr zu benutzen; alle Punkte, an denen wir uns orientiert haben, versinken im Meer. Die Insel der Amazonen gibt es nicht mehr. Und Velas ... Ach, Velas!«

Die Seeleute kamen aus unterschiedlichen Königreichen. Sandarter waren dabei und ein paar Leute aus dem Kaiserreich, aber alle verstummten, als die Velaner ihre Klage anstimmten.

Edmonda, die sich bisher schweigend ihrer Suppe gewidmet hatte, horchte auf.

»Velas geht doch nicht unter. Das kann nicht sein! Velas unterstützt Wenz im Kampf gegen Zukata!«

Blitz erwartete, dass alle entsetzt verstummten, aber das Gemurmel um sie herum ging weiter, niemand hatte ihren Einwurf mitbekommen.

Die Matrosen lachten. »Als wenn das Meer sich dafür interessierte, was wir für Kriege führen! Es nimmt sich, was es will. Es fragt nicht nach unseren Wünschen. Und wenn es Velas begehrt ... und Deret-Aif ... und Sandart ... was können wir dagegen tun?«

»Das glaubt ihr? Dass das Wasser sich alles holen will?«

»Das ist nicht mehr das Meer, das wir kennen«, sagte ein älterer Matrose, graubärtig, mit einer Haut, so faltig und gebräunt, das sie an Leder erinnerte. »Das ist nicht das Meer, mit dem ich aufgewachsen bin. Fremd ist es mir jetzt. Tückisch und launenhaft war es schon immer, aber nun ist es erwachsen geworden. Es spielt nicht mehr. Es kommt, um zu erobern, um einen Krieg zu führen, den keiner von uns gewinnen kann.«

»Red du nur.« Einer seiner Freunde klopfte ihm tröstend auf die Schulter.

»Ihr habt es doch selbst gesehen.« Der Alte ließ sich nicht gerne als Verrückten darstellen. »Die Häfen. Ihr habt gesehen, was davon übrig ist. In Velas sind die Menschen bereits auf der Flucht. Die Küstengebiete mussten vollständig geräumt werden, und oben in den Schneebergen kann man nicht leben. Wohin? Ich sag euch, das nimmt kein gutes Ende.«

»Alles, was kommt, wird auch wieder gehen«, meinte einer der Velaner, doch in seiner Stimme schwang die Unruhe mit, die sie alle erfasst hatte. »Ein paar Jahre mag es viel regnen, und die Wasser steigen ... dann gibt es wieder eine trockene Zeit und wir kehren zurück. Ist es nicht schon immer so gewesen?«

»Nein«, widersprach der Alte, »so war es noch nie. So schlimm? Nicht in hundert Jahren, nicht in tausend. Das Meer kommt, um uns zu fressen, uns alle. Wie ein Ungeheuer erhebt es sich und kriecht auf unsere Strände und verschlingt die Häfen und die Boote und die Fischerdörfer. Schlägt sich den Bauch voll und kriecht weiter, immer weiter. Ich sag dir, es gibt kein Ende. Es wird weitermachen, bis es uns alle hat. Uns alle.«

Schweigen fiel über sie. Die Matrosen blickten betreten auf ihre Teller und kratzten mit den Hornlöffeln darin herum. Blitz nahm das Stimmengewirr von den anderen Tischen nur noch gedämpft wahr.

»Er hat recht«, sagte er leise. »Genau dasselbe sagen die Briefe aus Rinland.«

»Nein«, protestierte Edmonda unglücklich. »Das ist verrückt. Das können wir doch gar nicht wissen. Ein paar schlechte Jahre ... und ihr sprecht davon, dass die ganze Welt im Meer versinkt?« Sie lachte auf. »Das ist so was von verrückt!«

Und wieder schwiegen alle. Und schließlich hob einer der Seeleute den Kopf und fragte: »Und was sagen diese Briefe noch? Auch, was wir dagegen tun können?«

Blitz fuhr mit der Hand in sein Hemd und zog die Rolle hervor, die er immer dicht an seinem Körper trug. »Ich lese es euch vor, wenn ihr es hören wollt.«

Sie lauschten mit fiebrigen Augen. Und am Schluss nickte der Alte und seufzte laut. »Ich hab's gewusst. Habe ich es euch nicht gesagt? Das Wasser kommt, gefräßig wie ein Untier ...«

Einer der anderen Männer unterbrach ihn ungeduldig. »Wo hast du das her?«, fragte er den Arimer. »Du musst diesen Brief unbedingt den Mönchen geben! Sie müssen die Leute warnen!« Er zog einen beleibten Priester, der gleich mehrere Teller Suppe durch die Reihen balancierte, am Ärmel. »He, du! Das hier muss unbedingt bekanntgegeben werden!«

»Warte«, zischte Blitz. Zu spät.

Der Dicke nahm ihm die Rolle aus der Hand und las die Worte, dann blickte er auf und machte ein äußerst betroffenes Gesicht. »Das ist ein Rinlandschatz. Nicht möglich! Wie kommst du dazu, so etwas zu besitzen?«

»Darum geht es jetzt doch gar nicht.« Der Seemann, der darauf bestanden hatte, die Bruderschaft mit hineinzuziehen, war nicht gewillt, sich ablenken zu lassen. »Ist dir nicht klar, wie ernst die Angelegenheit ist, guter Mann? Diese Worte müssen unbedingt auf dem Fest verkündet werden!«

»Ihr habt das doch nicht etwa gelesen?« Fassungslos zog der schwergewichtige Priester die Augenbrauen zusammen. »Oder hat euch jemand gesagt, was da angeblich steht? Verflucht seien eure Augen und eure Ohren! Es hat seinen Grund, warum das gemeine Volk nicht damit konfrontiert wird! Nur eine langjährige Ausbildung versetzt die Auserwählten Rins in die Lage, den Sinn dieser Briefe zu verstehen.«

»Das Land wird im Meer versinken«, warnte der alte Velaner.

»Ich bitte euch, beruhigt euch. Das ist völliger Unsinn. Was wollt ihr, eine Panik hervorrufen? Mit diesen Briefen muss man sehr vorsichtig umgehen. Wenn es denn überhaupt ein echter Brief ist und nicht eine Fälschung. Wie könnt ihr euch da sicher sein? Ich werde ihn meinem Abt vorlegen. Er wird entscheiden, was davon zu halten ist.«

»Ich wusste es schon vorher!«, rief der erfahrene Seemann. »Das Meer kommt! Es frisst uns alle!«

Doch da war der Priester schon fort. Er hatte die Teller auf ihrem Tisch stehen lassen und schob sich mithilfe seines Bauchs nun eilig durch das Gedränge. Blitz sprang auf und folgte ihm; er hatte nicht vor, seine kostbare Rolle verlorenzugeben.

Edmonda ärgerte sich. »Na wunderbar. Und wie soll ich ihn in dieser Menge wiederfinden? Das sieht ihm mal wieder ähnlich. Dieser Brief ist ihm wichtiger als alles andere.« Dann sah sie in die

Gesichter der Seeleute, in ihre sorgenvollen Augen, die gerunzelten Stirnen, und die Welle von Traurigkeit, die von ihnen ausging, erreichte auch sie.

»Ist es wirklich wahr?«, fragte sie leise. »Velas ist untergegangen? Und wie viel von Wenz ist schon verloren?«

Der Krieger war dabei, als der Abt – wie ein weiser, ehrwürdiger Lehrer sah er aus – den Brief in Empfang nahm. Das pure Entsetzen verzerrte sein Gesicht, aber bestimmt nicht, weil die Botschaft so schlimm war, sondern weil die kostbare Rolle sich hier befand. Ohne ein schützendes Holzkästchen, ohne ein kühles, unterirdisches Gewölbe. Ganz ohne Stille und Dunkelheit und ohne Geheimnis. Als hätte jemand ein Küken aus seiner Eierschale befreit. Aber sie wollten das Küken nicht. Sie wollten das Ei, heil und makellos und zerbrechlich.

»Du kannst lesen?«, fragte der weise Lehrer streng, als sei allein das schon ein Verbrechen.

»Diese Botschaft gehört allen«, entgegnete Blitz und versuchte, sich nicht wie ein gescholtener Schüler vorzukommen. »Alle sollen die Wahrheit erfahren. Ihr könnt nicht so tun, als würde das alles nicht auf uns zukommen. Die Seefahrer wissen es. Sie sehen, was mit den Küsten geschieht. Die Überflutung ist nicht auf einen einzigen Landstrich beschränkt. Das Wasser steigt überall. Die kleinen Inseln wurden bereits aufgegeben. Das Königreich Velas ist fast vollständig verloren. Wir müssen ...«

Der Abt fiel ihm ins Wort. »Vor allem müssen wir Ruhe bewahren«, beschwor er und legte dem jüngeren Mann väterlich die Hand auf die Schulter. »Und keine voreiligen Schlüsse ziehen. Wir feiern dieses Fest zu Ehren Rins, und auch wenn unsere Sorgen immer Gehör finden, soll die Freude doch nicht zu kurz kommen. Geh, mein Sohn, und singe mit den anderen da draußen. Sieh dir die Prozession morgen an. Und geh über die Brücke auf die Insel. Du wirst merken, wie etwas in dein Leben tritt, von dem du dachtest, du hättest es vergessen. Eine Ruhe, ein Frieden, den du nirgendwo sonst finden kannst. Lass dich von diesen kostbaren Augenblicken verwandeln.«

Er entfernte seine Hand und sein Wohlwollen wieder und drehte sich um. Die Audienz war zu Ende.

Der Arimer stand da und erstickte fast an seiner Wut. »Der Brief«, presste er schließlich zwischen zusammengebissenen Zähnen hervor, »den hätte ich gerne zurück.«

Der ehrwürdige Vater machte sich nicht einmal die Mühe, darauf zu antworten. Und der Priester, der das Schreiben an sich gerissen hatte, zuckte nur die Achseln und folgte seinem Vorgesetzten ins Kloster. Das Tor schlug zu.

Blitz hatte keine Wahl, als einfach wieder zu gehen. Es wäre ein Leichtes gewesen, die beiden zu überwältigen und den Schatz zum zweiten Mal zu stehlen, aber was für einen Sinn hätte es gehabt?

König Rubar von Salien. Der Gedanke schoss ihm wie eine plötzliche Eingebung durch den Kopf. Der König muss das erfahren ... Kommt er nicht auch jedes Jahr zum Brückenfest? Jeder Adlige kann lesen. Ihm hätte ich die Rolle geben müssen, vielleicht hätte er mir geglaubt ... Und wenn er anzweifelt, dass sie wirklich aus Rinland stammt?

Während er zurück zu Edmonda ging – und hoffte, dass sie sich nicht von der Stelle gerührt hatte –, dachte er darüber nach, wie er die Warnung am besten weitergeben konnte, so, dass man ihm und auch der Botschaft glaubte. Auf Seeleute hörte niemand. Auch ein Schriftstück, das ein Dieb irgendwo gestohlen oder vielleicht gar selbst gefälscht hatte, würde niemand ernstnehmen.

Die Prinzessin saß immer noch zwischen den Matrosen, ihre Augen wässrig, der Rücken gebeugt. Wie ein Häufchen Elend hockte sie auf der Bank und nicht einmal sein Erscheinen brachte sie zum Lächeln.

»Wenn das Meer aus dem Norden kommt und Zukata von Süden – welche Chance hat mein Vater dann noch?«, fragte sie unglücklich, als er sich neben sie in die Reihe quetschte.

»Keine«, gab Blitz zurück, »und das spielt keine Rolle mehr.«

»Wie könnte es denn keine Rolle spielen?«

Er hatte Arima verloren. Seinen Sohn. Ilinias, an deren Liebe er so lange geglaubt hatte. Der Kaiser, dem er gedient hatte, war tot. Was aus Manina, diesem anderen Kind, an dem sein Herz hing, geworden war, wusste er nicht. Es gab nichts mehr, was er überhaupt noch verlieren konnte. Und doch konnte er die Verzweiflung, die Edmonda empfand, so gut verstehen. Dieses Gefühl des Entsetzens, das auch ihn überkommen hatte, als er gesehen hatte, dass der Hafen von Neiara überflutet war, dass ganze Teile der Insel im Wasser lagen ... Man konnte das, was man liebte, nicht festhalten, weder die Gefühle noch die Menschen, nicht die Häuser und die Häfen, nichts ... Die Wellen kamen und spülten es fort. Und das Schiff, mit dem man auf die Reise gehen wollte, wurde am Horizont immer kleiner, ein winziges weißes Segel, vielleicht nichts als das Glitzern der Sonne auf den Wellen.

»Ich habe einen Plan«, sagte er. »Für morgen. Ich möchte, dass ihr mir zuhört.«

Die Seeleute beugten sich gespannt vor. Und er erzählte ihnen von der Hoffnung, von einem Schiff, das nach Rinland gefahren und angekommen war.

16. *Briefe aus Rinland*

DAS GEDRÄNGE WAR in den vorigen Tagen nahezu unerträglich gewesen, so dass Blitz geglaubt hatte, es könnte nicht schlimmer werden. Doch am Tag der Prozession wurde er eines Besseren belehrt. Es gab überhaupt kein Durchkommen mehr, die Pilger standen dermaßen dicht aneinander, dass die Ersten ohnmächtig wurden. Sie konnten jedoch nicht umfallen, sondern blieben zwischen den anderen eingeklemmt stehen. Der Arimer war nur froh, dass Edmonda nicht bei ihm war. Er hatte die Matrosen gestern schon gebeten, das Mädchen mit aufs Schiff zu nehmen, aber die Prinzessin war damit gar nicht einverstanden gewesen.

»Du glaubst doch nicht wirklich, ich gehe mit denen da!«, hatte sie ihn wütend angefahren. »Ich bleibe bei dir!« Sie wollte nicht zugeben, dass sie Angst hatte, aber ihre Augen flehten ihn an.

Doch er hatte keine Wahl. »Geh auf das Schiff. Dort bist du in Sicherheit. Ich weiß nicht, was morgen geschehen wird. Vielleicht werde ich verhaftet. Und dich dürfen sie auf keinen Fall in die Hände bekommen.« Er nickte ihr aufmunternd zu, aber sein Mund wollte nicht lächeln. »Und was auch geschieht, du wirst leben«, fügte er leise hinzu.

Schließlich hatte sie nachgegeben. Blitz befürchtete nicht, dass sie in Gefahr sein könnte. Obwohl er die Seeleute des velanischen Schiffs noch nicht lange kannte, vertraute er ihnen, denn er hatte die Sehnsucht in ihren Augen gesehen, als er von Rinland gesprochen hatte. Sie waren noch nicht so weit, dass sie ihren Kapitän dazu überreden wollten, die Insel der Träume anzusteuern, aber vielleicht kam das noch. Und dann würde er mit ihnen fahren.

Die Prozession näherte sich, wie er am aufbrausenden Lärm erkennen konnte. Hör auf zu träumen, befahl er sich. Gleich kommen sie.

Die endlose Schlange von Mönchen, die durch die freigehaltenen Gassen schritten, zog an ihm vorbei. Aus allen Ecken des Landes kamen sie und trugen doch alle die gleichen dunklen Kutten.

Der Arimer stand in der vordersten Reihe. Hier würden die Priester mit dem Kasten vorbeischreiten, zwischen der Stelle, an der er wartete, und der Loge des Königs. Von hier aus waren die Gesichter der prunkvoll gekleideten Insassen nicht deutlich zu erkennen. Rubar hatte wahrscheinlich den mittleren Platz, neben sich weitere prächtig ausstaffierte Würdenträger.

Er machte als Herrscher nicht viel von sich reden. Vielleicht, munkelte man hinter vorgehaltener Hand, würde Zukata ihn bald entfernen und durch einen seiner eigenen Leute ersetzen, und aus diesem Grund mied er es, sich in der Öffentlichkeit zu zeigen. Blitz konnte nur hoffen, dass der König ihn anhören würde. Dass er weise genug war, um zu erkennen, worum es ging. Und dass er mächtig genug war, um Ruhe und Ordnung durchzusetzen, ohne den Ernst der Lage zu verschleiern.

Der Plan enthielt außerordentlich viele Unwägbarkeiten, aber einen anderen hatte Blitz nicht. Ich bin verrückt, dachte er, als er sich zum Sprung bereit machte. Edmonda hat recht. Das kann nicht gut gehen.

Die Mönche, die dieses Jahr das große Los gezogen hatten, trugen die langen Stäbe, auf denen der Kasten ruhte, mit würdevoller Gelassenheit. Sie blickten streng nach vorne, zum Glück, sonst hätten sie ihren ehemaligen Gast womöglich erkannt.

Stille. Dunkelheit. Geheimnis. Eine Lektion, die er nicht wirklich akzeptiert hatte. Hier, im Lärm, vor aller Augen, würde er ihnen das Geheimnis entreißen.

Er musste nur warten, bis der Schatz genau auf seiner Höhe war ... Und dann ging alles ganz schnell. Der Krieger sprang vor, rollte unter den Stangen hindurch auf die andere Seite, griff sich das Kästchen, ohne auf den vielstimmigen, ohrenbetäubenden Schrei zu achten, der um ihn herum aufbrandete, und hastete damit zur Loge des Königs.

Die Wachen stürzten sich vor ihn, gerade als er mit der kleinen Kiste vor dem Mann in der Mitte niederkniete.

»Mein König!«, rief Blitz. »Lest den Brief! Lest ihn!«

Die Prozession war zum Stillstand gekommen. Der Schrei der Menge gellte ihm in den Ohren, ihre Wut loderte auf wie ein Brand, der nicht zu löschen sein würde. Der Edelmann, an den er sich gewandt hatte, starrte den Störenfried an, verwirrt. Seine Augen waren grün wie die See und sanft wie der Frühling.

»Schafft ihn fort!«, befahl ein anderer Adliger schroff.

Während Blitz von mehreren Wachen zu Boden gedrückt wurde, erkannte er in dem Sprecher den Mann, der versucht hatte, im Kloster der Nonnen Edmonda gefangenzunehmen, und dem er um Haaresbreite entwischt war. Dort in der Dunkelheit hatte er das Gesicht des Verfolgers nicht deutlich sehen können, doch jetzt wusste er genau, wen er vor sich hatte. Der Verwalter von Arima, langweilig und streng – wie kann er mein Mädchen in den Armen halten, das so leicht und sanft ist wie eine Feder?

Norha. Der Mann, der Mino geheiratet hatte.

»Wartet«, widersprach der grünäugige Adlige. »Das, Fürst Norha, entscheide immer noch ich.« Die Abneigung zwischen ihnen war nahezu greifbar. »Stellt ihn hin. Ich will mit ihm sprechen.«

Die Wachen rissen Blitz hoch, ohne ihren Griff zu lockern. Der König bückte sich und hob den Kasten auf, gerade als der erste der Mönche die Loge erreichte.

»Majestät, bitte! Gebt es mir!«

»Ein Schatz aus Rinland?«, fragte König Rubar, während Blitz Norhas hasserfüllte Augen auf sich spürte und wusste, dass er ihn als Edmondas Retter erkannt hatte.

»Ja, Herr«, bestätigte der Arimer ruhig. »Es ist ein Brief. Sie lassen niemanden einen Blick darauf werfen, aber die Botschaft ist für das Volk bestimmt. Für uns alle.«

»Nicht! Tut das nicht!« Der Klosterbruder streckte die Hände verlangend aus.

Der König warf Norha einen Seitenblick zu und lächelte plötzlich.

»Dies«, verkündete er laut, »wird ein Fest, wie es noch keins gegeben hat.« Damit hob er den Deckel des Schatzkistchens an und griff hinein. Fast im selben Moment veränderte sich seine triumphierende Miene. »Er ist leer. Wieso ist er leer?«

Der Mönch versuchte ihm den Kasten abzunehmen, aber der König hielt ihn krampfhaft fest. Sie zogen eine Weile daran, dann besannen sich beide, mit wem sie es zu tun hatten, und ließen nahezu gleichzeitig los. Die Holzkiste fiel nach unten, polterte die Stufen herunter und blieb offen liegen. Und nun sahen alle, dass sie leer war.

Etwas verwandelte sich. Die Spannung in der Luft war greifbar, eine elektrisierende Atmosphäre wie kurz vor dem Ausbruch eines Gewitters.

Der Priester hob abwehrend die Hände. »Es gibt nicht genug Briefe für jedes Kloster!«, rief er. »Versteht doch! Es gibt sie, aber es sind nicht genug!«

Bleich und erschrocken starrte der König auf die heranrückende Menge. Die Gasse, die die Zuschauer von der Loge trennte, existierte bereits nicht mehr. Schritt für Schritt kamen die Pilger näher, eine Woge, eine Flut, vor der es kein Entkommen gab.

»Betrug! Ihr habt uns betrogen!«

Die Wachen wagten nicht, sich zu rühren, jede unvorsichtige Bewegung konnte den Angriff auslösen, der unmittelbar bevorstand. Ein Priester aus der Prozession versuchte davonzulaufen, stürzte und verschwand unter den Füßen der unerbittlich näherrückenden Menschenmassen. Die Vordersten hätten gar nicht anhalten können, selbst wenn sie es gewollt hätten. Der Zorn, der alle ergriffen hatte, trieb sie vor sich her, auf die Loge zu.

König Rubar machte einen Schritt nach vorne. »Haltet ein!«, rief er, aber seine Stimme war zu schwach, um den Lärm zu übertönen. »Haltet ein! Beruhigt euch!«

Sie hörten nicht auf ihn. Nichts konnte die aufgebrachten Pilger jetzt noch aufhalten. Blitz sah sie auf sich zukommen. Die Soldaten ließen seine Arme los, aber es war zu spät, um zu fliehen.

Doch dann fuhr ein Laut durch das Gebrüll, so schrill und scharf, dass es schmerzte. Wimmernd hielten die Menschen sich die Ohren zu. Die Bewegung der Menge stockte, als alle nach oben sahen, dorthin, wo ein Schwarm Möwen über ihnen kreiste und in den höchsten Tönen kreischte. Mit ihrem Flügelschlag lösten sie die Wut auf, ein auffrischender Wind strich durch die Straße und fegte die Hitze aus den Köpfen und den Herzen. Und als sich die Aufmerksamkeit wieder auf die Loge richtete, stand dort ein Fremder. Er überragte alle und sah doch nicht aus wie ein Riese. Ein schwarzhaariger junger Mann mit Augen wie der Himmel, eine Möwe auf der Schulter.

»Ich möchte auch einen Brief aus Rinland lesen, so wie ihr«, rief er laut. Seine kräftige, klare Stimme trug weit. Die Leute nickten zustimmend, als sie merkten, dass er für sie sprach, nicht gegen sie. »Dies ist das Fest der Brücke. Wir sind hier, um das zu feiern, was das Wichtigste in unserem Leben ist. Kamen wir nicht her, um herauszufinden, wonach wir uns am meisten sehnen? Ob Rin zu uns sprechen wird? Hier und heute?« Er wandte sich an den Mönch, der mit zitternden Lippen, die Augen halb geschlossen, ergeben auf seinen Tod wartete. »Bruder«, sagte er sanft. »Gibt es diese Briefe?«

Der Angesprochene fuhr zusammen. »Ja, ja doch, gewiss! Natürlich gibt es sie.«

»Lügner!«, rief jemand aus der Menge, doch der Fremde hob die Hand.

»Es wäre eine Bereicherung für uns alle, das nicht blind glauben zu müssen, sondern eines dieser Schriftstücke zu sehen, in der Hand zu halten, die Worte zu hören ... Ist das möglich?«

»Herr«, entgegnete der Mönch erschrocken, »die Klöster, die echte Briefe besitzen, sind im ganzen Land verstreut. Ich wüsste nicht, wie ...«

»Eine Rolle ist hier«, mischte Blitz sich ein. Er beobachtete den Fremden fasziniert. »Hier in Talen. Ich selbst habe sie hergebracht. Zur Zeit ist sie in dem kleinen Kloster dort hinten am Hafen.«

Der Schwarzhaarige nickte. »Dann sollte jemand diesen Rinlandschatz holen«, befahl er. »So schnell es geht, nicht wahr?«

Neben dem König stand ein weiterer Mönch auf. »Ich bin der Abt«, erklärte er hastig. »Ich könnte ... Aber wird es nicht zu lange dauern?« Mit bangem Blick wies er auf die wartenden Pilger. »Wenn sie mich überhaupt durchlassen.«

»Wo genau ist der Brief?«, wollte der hochgewachsene junge Mann wissen. »Eingeschlossen? Oder kann ich meine Möwe schicken, um ihn zu holen?«

»Er liegt auf meinem Schreibtisch.« Der Abt beschrieb schnell, wo sich sein Arbeitszimmer befand. »Aber die Fenster sind geschlossen. Ich weiß nicht ...«

Der Fremde streichelte die glänzend schwarzen Flügel seiner gefiederten Freundin. Ihr Auge, rund und strahlend wie die Sonne, starrte ihn ohne zu blinzeln an.

»Flieg«, flüsterte er. »Beeil dich.«

Der Vogel breitete die Schwingen aus und flatterte hoch. Sie sahen ihm nach, wie er zwischen den Häusern verschwand. Der Möwenschwarm, der immer noch über der Gasse schwebte, folgte wie ein weißes Band.

»Ihr müsst zu ihnen sprechen, bevor sie ungeduldig werden«, riet der Fremde dem König.

»Ich – ich kann nicht«, flüsterte Rubar. »Was soll ich ihnen sagen?«

»Ihr?«, wandte er sich an den Abt.

Dieser machte einen Schritt nach vorne, aber sofort schallte ihm feindselig »Lügner! Betrüger!« entgegen.

»Sie wollen nicht mehr auf uns hören«, meinte er entsetzt. »Das ist eine Katastrophe!«

»Alles, was ich zu sagen habe«, meinte Blitz, »könnte es noch schlimmer machen. Und doch ...«

Der Herr der Möwen nickte ihm aufmunternd zu. Da war etwas in seinen Augen, so als würden sie sich kennen ... als hätte er schon einmal in dieses Blau geblickt, vor langer Zeit. Als wäre es Zukata selbst, der neben ihm stand und von ihm verlangte, mutig zu sein, denn wer nicht genug Mut aufbrachte, musste sterben.

»Ich habe mit den Seeleuten aus Velas gesprochen«, fing er an, zunächst noch unsicher, wie er die Worte wählen sollte, was er sagen durfte, ohne dass eine Panik ausbrach und die Menschen sich gegenseitig zertrampelten. »Velas im Norden ist schon halb überflutet. Die Glücklichen Inseln mussten von ihren Bewohnern aufgegeben werden. Dass Meer steigt höher, es erobert sich die Küsten zurück ...« Er erzählte, was er von den Seeleuten wusste, was er aus eigener Anschauung erlebt hatte, und wusste doch nicht, ob es klug war, das alles vor einer Menge auszusprechen, die eben noch dazu bereit gewesen war, ihn und die anderen hier in der Luft zu zerreißen. Jederzeit konnte die Stimmung wieder umschlagen. Aber er spürte die Hand des Fremden auf seiner Schulter, und deshalb sprach er weiter. Die Welt würde im Wasser versinken. Aber Rin rief sie alle zu sich, über das Meer, auf seine Insel.

Gerade als Blitz die Worte ausgingen, als er nicht mehr wusste, was er noch sagen konnte, kehrte die ausgesandte Möwe zurück, im Schnabel die gelbliche Rolle, die der Arimer aus dem Nonnenkloster gestohlen hatte. Ein Seufzen ging durch die Reihen; niemand, der heute hier war, konnte anzweifeln, dass diese Botschaft wichtig war, vielleicht wichtiger als alles. Geschickt landete der Vogel auf der Schulter des großen Mannes und ließ die Rolle in seine Hand fallen.

Der Fremde öffnete sie, las und nickte langsam. Dann schaute er in die erwartungsvollen Gesichter.

»Hört mir zu«, sagte er laut.

Es schien Rins Stimme zu sein, die zu ihnen sprach. Rins eigene Stimme, in der die Macht über Himmel und Erde mitschwang, eine Stimme, die liebevoll flüsterte und donnernd befahl, die tröstete und herausforderte, die rief und lockte und lachte und ihnen ein Bild vor Augen malte: eine Insel. Grün, ein Land, in dem die Bäume gleichzeitig blühten und Frucht trugen, in dem Wasserfälle donnernd aus den Bergen herabrauschten. Ein Duft lag über allem, lieblich und würzig, der Erinnerungen heraufbeschwor. Als hätte jemand den Frühling und den Sommer in einem Glas konserviert, Aprikosen und Kirschen und Apfelblüten, und nun den Deckel geöffnet. Der Duft wehte über sie hinweg, eine Brise, die sie alle in eine andere Wirklichkeit mitnahm. Für einen Moment glaubte Blitz wieder auf Arima zu sein. Hinter ihm war der Garten, in dem Alikas Blumen blühten, und vor ihm rauschte das Meer und rief, rief ... Dort war das Schiff. Worauf noch warten? Dort war das Schiff.

Die Pilger sahen sich an, als erwachten sie aus einem Traum. Ein Glanz lag auf ihren Gesichtern, in ihren Augen strahlte etwas auf. Sie lächelten, und obwohl die Wolken über ihnen sich zusammenballten und erste Regentropfen herabfielen, zogen sie nicht die Köpfe ein. Als hätten sie alle miteinander gleichzeitig die Luft angehalten, atmeten sie jetzt alle aus, verwundert, berührt, noch ganz im Bann dessen, was sie gehört und gesehen und gefühlt hatten.

Dann schob sich ein Mann durch die vor ihm Stehenden. Kein Melgianer, sondern ein Seemann. »Ich fahre«, sagte er laut. »Die *Sturmschwinge* segelt nach Westen. Ich werde Rinland finden.«

Ein weiterer Mann, etwas weiter hinten, hob den Arm. »Ich befehlige die *Morgenglanz*. Auch ich werde nach Rinland segeln.«

Nach und nach meldeten sich alle Kapitäne der großen Pilgerschiffe, die im Hafen vor Anker lagen.

Sie hatten nicht nur ein paar Schiffe. Sie hatten eine ganze Flotte. Der Fremde nickte zufrieden. Über sein Gesicht glitt ein Lächeln, und diesmal erinnerte er Blitz nicht an Zukata, sondern an Kanuna, den großen, unvergessenen Kaiser.

»Dann lasst uns jetzt das Fest der Brücke feiern«, sagte er. Und von irgendwoher – aus wessen Mund kam der erste Ton, wer begann das Lied? – erklang Gesang, in den nach und nach sämtliche Pilger einfielen. Die Luft vibrierte von den unzähligen Stimmen. Der Regen begann immer stärker zu fallen, aber selbst er konnte diese neue Flamme nicht auslöschen, dieses Lied, dessen Worte seit unzähligen Jahren jedes Jahr im November in Talen zum Fest der Brücke gesungen wurden. Doch nie hatten sie es mit solcher Inbrunst geschmettert wie jetzt.

Der Arimer fühlte, wie die Anspannung von ihm abfiel. Er merkte, dass seine Knie zitterten.

»Darf ich eigentlich auch fahren?«, fragte König Rubar mit schüchterner Stimme.

»Natürlich dürft Ihr das«, ließ sich Norha vernehmen, säuselnd und berechnend wie eine gefährliche Schlange. »Und jetzt ... Wachen! Haltet ihn doch!«

Der Fremde hatte wieder seine Hand auf Blitz' Schulter gelegt und lenkte ihn mit sanftem Druck die Stufen hinunter und in die Menge hinein. Sie warfen beide einen kurzen Blick zurück: Fürst Norha zeigte mit ausgestrecktem Arm in ihre Richtung und redete auf die Wachen ein, die völlig verwirrt und mit glänzenden Gesichtern darüber diskutierten, auf welchem der Schiffe sie einen Platz bekommen würden.

»Hier entlang.« Der Mann mit den Augen der Kaiserfamilie von Kirifas führte ihn in eine Seitengasse, an den Pilgern vorbei, die so in ihre Lieder vertieft waren, dass sie nichts anderes wahrnahmen. »Lass uns gehen, bevor die edlen Herren auf die Idee kommen, uns zu fragen, wer wir sind.«

»Und wer bist du?«, fragte Blitz.

»Das weißt du nicht?« Sein Retter schien ein wenig überrascht. »Nun gut, das letzte Mal sah ich – anders aus. Ich habe nicht daran gedacht, dass ich mich verändert habe.« Ilinias hatte sofort gewusst, wer er war. Er hatte es in ihren Augen gelesen, damals, als er sie in die Knie gezwungen hatte, als er ihr die kostbare Gefangene abgenommen hatte. Seine treulose Mutter hatte ihn nur einmal ansehen müssen, um es zu wissen. Er ähnelte seinem Vater sehr, das wusste er, und vielleicht war das für andere leichter zu erkennen als für Blitz selbst.

»Du kannst nicht Sorayn sein.« Sein Junge, verzerrt und verkrümmt von seinem Schmerz, seiner schrecklichen Krankheit, verwachsen, missgestaltet ... Dieses zitternde, sterbende Wesen, das er im Arm gehalten hatte ... So schön war dieser Fremde. Groß und aufrecht gewachsen, ein vollkommener Mann. Sein Blick ein klein wenig spöttisch, als lachte er über einen Scherz, den nur er kannte. Und war es nicht auch so? Wer außer ihm konnte wissen, was er gewesen war? »Sorayn? Wirklich?«

»Ich wusste es. Ich wusste, dass du mich erkennst.« Dieses Lächeln. Wie konnte es ihn nur so sehr an Zukata erinnern? Merkwürdig, dachte Blitz. Von Ilinias sehe ich nichts in ihm. Wem ähnelt er? Etwa mir? »Wo hast du eigentlich die Prinzessin gelassen?«

»Das weißt du?« Nichts, was dieses Wunder von Sohn anging, sollte ihn jemals mehr überraschen. Einer, der den Tieren befahl, die tobende Menge zum Schweigen brachte und dessen Worte den Brief aus Rinland mit Duft erfüllt hatten ... Trotzdem hatte Blitz nicht erwartet, dass Sorayn auch von Edmonda wusste. Was war er, allwissend? Noch ein Punkt, der ihn an Zukata erinnerte. Auch der Räuberhauptmann hatte immer alles vorausgesehen und alles erraten. Ah, dieses Lächeln, so selbstgefällig und wissend und amüsiert!

»König Oka ist nicht gerade gut auf dich zu sprechen, Vater.«

»Du kommst aus Wenz? Was hast du vor, ihm das Mädchen zurückzubringen? Das wollte ich eigentlich selbst tun.«

Der junge Mann lächelte nicht mehr. »Zurück?«, fragte er. »Nach dem, was ich heute gehört habe, gibt es für niemanden mehr ein Zurück. Sie sollte auf ein Schiff gehen und mitfahren. Alles andere wäre ein Fehler, auch wenn Oka das vermutlich anders sieht.«

»Sie ist schon auf dem Schiff. Auf der *Wolkenwirbel.* Aber ich weiß nicht, ob sie für diese letzte Reise bereit ist.«

»Das sollte sie sein.« Sorayns Stimme konnte in einem Moment fast schroff klingen und an Steine erinnern, dunkel und unbehauen, im nächsten Moment war sie weich und samtig wie eine Nacht voller Sterne. »Die Kapitäne werden niemanden mitnehmen, der nicht bereit ist, die Segel mit seinem Gesang zu füllen. Die Zögerlichen werden es durch diese Stürme nicht schaffen.« Blitz fühlte den blauen Blick seines Sohnes auf sich, nachdenklich. »Und du? Wirst du mitfahren?«

»Auf diese Gelegenheit warte ich mein ganzes Leben«, entgegnete der Arimer.

»Dann fahr«, sagte Sorayn. »Ich werde erst glücklich sein können, wenn alle, die ich liebe, in Sicherheit sind.«

Sie schoben sich durch die Menschen hindurch, fort vom Fest und dem Gesang, hin zur Stille unter dem Regen und unter den dunklen Wolken. Hier war niemand mehr und die Luft atmete eine wilde, frische Herrlichkeit. Wassertropfen, kalt und hart wie winzige Eisbrocken, schlugen ihnen ins Gesicht und brachten den Salzgeruch des aufgewühlten Meeres mit, und doch war es nicht, als würde jemand ihnen diese Gabe ins Gesicht schleudern, sondern als wäre der, der seinen Segen in allen Dingen des Lebens versteckte, ganz in ihrer Nähe.

Sorayn zog Blitz hinter ein verlassenes Haus. »Wir werden verfolgt«, flüsterte er ihm ins Ohr.

»Das wird Norha sein. Er hat mich vorhin erkannt; er weiß, dass ich mit Edmonda unterwegs bin.«

Der Prinz nickte. Er hatte es schon eine geraume Weile gehört, Schritte, die durch die Menge tappten, ihnen nach. Vorsichtige Schritte, verhalten, zögernd. Jemand, der seinen Weg erst suchen musste, der nicht wusste, wo er hingehen sollte. Zwei Personen.

Die Verfolger tuschelten gedämpft miteinander. »Ich glaube, sie sind hier lang.«

Vater und Sohn pressten sich an die Hauswand und warteten.

Wer auch immer hinter ihnen her war, bemühte sich nicht besonders, leise zu sein. Schlamm spritzte, die Stimmen, eine männliche und eine weibliche, wurden lauter. »Hier, ich glaube, es müsste ...«

Sorayn schnellte vor und packte zu. Neben ihm stürzte auch Blitz aus der Deckung.

Die Frau schrie leise auf und lachte dann. »Blitz! Hast du mich erschreckt!«

»Manina«, erkannte ihr ehemaliger Leibwächter verblüfft. »Und – Tamait?«

Der junge Mann, der in Sorayns Griff hing, machte sich mit einem Ruck frei. Die Blicke, die er Sorayn zuwarf, waren alles andere als freundlich.

»In der Tat«, knurrte er, die Hand am Schwertgriff.

»Wie habt ihr uns gefunden?«, rief Blitz. »Wie kommt ihr nach Talen? Und wo hast du bloß das Schwert her?«

»Wie wir euch gefunden haben?« Die blonde Prinzessin umarmte ihn noch einmal ganz fest. »Wir waren dabei. Vorhin. Jeder hat euch gesehen, wirklich jeder. Aber wie wir hierher kommen – willst du es ihnen sagen?« Sie wandte sich an Tamait.

Dieser nickte. »Ja, aber nicht hier. Wollen wir uns nicht etwas suchen, wo wir es trocken haben?«

Dem Riesen machte der Regen nichts aus. Er fühlte die Kraft, die das Wasser mit sich brachte, in seinem gewaltigen Sturz vom

Himmel. Der Wind wie tausend Hände. Doch er sah, dass die drei Menschen froren, und nickte. »Kommt. Diese Hütten sind für die Pilger errichtet. Hier können wir uns unterstellen.«

Es kostete ihn einiges, seine Gefühle im Zaum zu halten. Viel lieber wäre er feindseligen Verfolgern entgegengetreten, an denen er seine Kraft beweisen konnte, als diesen Menschen, an denen er schuldig geworden war. Manina, diese hübsche junge Frau mit den blauen Augen, der er versprochen hatte, dass Zukata den Thron nicht bekommen würde. Doch nun sah er sie an, ihr von der Kälte gerötetes Gesicht, die Lippen bläulich verfärbt, das Haar hing ihr nass ins Gesicht. Und er war es, der sie aus Kirifas vertrieben hatte, er ganz allein, der sie aus einem Schloss geworfen hatte, hinein in die Wildnis.

Und dann auch noch Tamait zu begegnen! Sein Vetter wirkte, als hätte er etwas zu verbergen, und der Prinz wusste sehr gut, was es war. Dass es dem jungen Krieger nicht gelungen war, seine Schwester zu beschützen, musste immens an ihm nagen. In ihren Briefen hatte Maja davon berichtet, wie es Zukata gelungen war, sie in seine Gewalt zu bekommen, aber ihr Bruder hatte natürlich keine Ahnung, wie es ihr ging, und malte sich wahrscheinlich das Schlimmste aus.

Es wäre Sorayns Pflicht gewesen wäre, ihm sofort zu erzählen, wie die junge Frau tapfer versuchte, das Beste aus der Situation zu machen. Doch er brachte es nicht über sich, den jungen Mann, der so sehr gegen diese Heirat gewesen war, schon jetzt von seinen Sorgen zu erlösen. Fast neidisch hörte er zu, wie Blitz und Manina sich austauschten, voller Freude und warmer Zuneigung.

»Man hat mir gesagt, du seist tot!«, rief sie immer wieder, sie strahlte. Ihre Augen, ihre Gesten bekamen etwas Leuchtendes, und in ihrer Stimme war keine Bitterkeit, als sie davon berichtete, was sie und Tamait hergeführt hatte. »Eigentlich wollten wir nach Wenz, aber nach Osten hin war kein Durchkommen, also haben wir uns den Pilgerströmen angeschlossen und gehofft, dass wir hier ein Schiff finden, das uns dorthin bringt.«

Sorayns Interesse war geweckt. »Nach Wenz?«

Manina zögerte, als hätte sie eben erst gemerkt, dass er anwesend war. In ihrem Blick lag keine Angst, aber eine gewisse Vorsicht, so als wüsste sie nicht, ob er jemand war, dem man Geheimnisse anvertrauen durfte.

Tamait antwortete für sie. »Ein Bündnis mit Oka«, erklärte er. »Wo sonst können wir beginnen, wenn wir gegen den Tyrannen kämpfen wollen?«

»Du, Manina, und König Oka?«, fragte der Riesenprinz interessiert.

Die Prinzessin presste die Mundwinkel aufeinander. Deutlicher konnte es nicht sein, dass sie nichts mehr dazu sagen wollte.

»Und das Schlimmste weißt du noch gar nicht, Onkel Blitz«, fuhr Tamait fort. »Maja wurde entführt. Von Erion, der einst der Sohn des Weinfürsten Wikant war und dann Zukatas Handlanger.« Er blickte an seinem Schwager vorbei, als hätte dieser nichts mit Maja zu tun und würde sie gar nicht kennen.

Das Unbehagen dieser Menschen ihm gegenüber war so deutlich, dass Sorayn sich einen Feind herwünschte, jemanden, den er zusammenschlagen konnte. Oder einen Riesen, um an ihm seine Wut abzukühlen. Irgendjemand musste den Schmerz von ihm nehmen. Da war er wieder, scharf und so fest umrissen, dass es sich anfühlte, als müsste man ihn herausschneiden können aus seiner Brust, genau an dieser Stelle ...

Er stand auf, öffnete die Tür und stellte sich nach draußen, in den Regen. Der Wind trieb ihm die Tränen in die Augen; so scharf und gnadenlos griff er an, dass man sich ausliefern musste, ohne Gegenwehr. Dort unten an der Straße kehrten schon die ersten Pilger in ihre Unterkünfte zurück. Sie sangen immer noch, sangen trotzig gegen die Widrigkeiten des Wetters an, aber der Regen hatte kein Mitleid. Von irgendwoher, wahrscheinlich hatte sie auf dem Dach gesessen, kam eine zerzauste Möwe angeflogen und setzte sich auf seine Schulter. Sie schmiegte ihren gelben Schnabel an seine Wange und Sorayn fühlte sich ein wenig getröstet. Vielleicht war es das Tier, vielleicht auch nur der Regen in seinem Gesicht. Er brauchte sie beide, anhänglich und aufdringlich, alle, die zu ihm kamen, ohne vor ihm zurückzuschrecken. Ohne ihn anzusehen und zu rufen: Das ist er! Das ist das Ungeheuer!

Es hörte einfach nicht auf, nein, es würde niemals aufhören. Tamaits Abscheu war so alt wie Sorayns Scham und sein Entsetzen; keiner von ihnen konnte das Zusammentreffen damals im Garten vergessen, als der Prinz noch kein Prinz war, sondern die Fratze des Ausgestoßenen trug. Und deshalb war es zwecklos, auf Wohlwollen oder gar Freundschaft zu hoffen. Niemals würde dieser junge Mann, dem gutes Aussehen und angenehme Manieren in die Wiege gelegt waren, seinen ungewöhnlichen Vetter und Schwager akzeptieren. Kein Mensch würde Sorayn jemals so ansehen, wie Blitz es tat, mit einem Blick voller bedingungsloser Liebe, die sich wie ein sanftes Tuch über die Auswüchse und Verzerrungen und die Hässlichkeit legte, die dem Riesenprinzen sein ganzes Leben lang anhaftete. Keiner würde ihn bedauern. Nur Blitz, der aus der Hütte trat, sich neben ihn in den strömenden Regen stellte und schwieg. Ihm die Hand auf den Arm legte und immer noch schwieg. Und schließlich leise sagte: »Das muss sehr schwer für dich sein, mein Sohn.«

Sorayn wollte die Hand abschütteln. Und rufen: Wie kann irgendjemand wissen, was schwer für mich ist? Wie könnte irgendjemand auch nur ahnen, was ich getan habe – dass ich auf die Knie gefallen bin vor Zukata, um Majas willen?

Aber er rief nicht. Er wartete darauf, dass das kalte Regenwasser den Schmerz mit sich fortnahm. So wie damals, als er sich in den eiskalten Gebirgsbach gelegt hatte, bis der Anfall vorüberging.

»Soll ich dir erzählen, was vorgefallen ist?«, fragte der ältere dieser beiden, die sich so ähnelten. »Oder willst du Tamait und Manina selber fragen?«

»Sie sprechen nicht gerne mit mir.« Das muss schwer für dich sein. Ob sein Vater ahnte, wie schwer es ihm fiel, diesen Satz auszusprechen und ihn sanft klingen zu lassen, um ihn so klein zu lassen, wie es einem Satz wie diesem zustand, beiläufig, ein Satz wie viele. Als wären diese Worte nicht getränkt von Gift und trügen messerscharfe Klingen, die durch seine Zunge schnitten. Er hätte sie herausschreien mögen, wild und höhnisch, ein Gebrüll aus seiner Kehle.

Sie sprechen nicht gerne mit mir.

Sie sehen mich an, so wie damals. Bin immer noch wie damals. Ihre Blicke streifen mich und zucken zurück. Und sie sprechen über mich, als wäre ich nicht da. Als wären ihre Worte Bälle, die sie über mich hinwegwerfen, damit ich sie nicht auffangen kann. Als könnte ich etwas damit tun, was sie auf jeden Fall vermeiden wollen. Als wäre ich – nein, nicht der Feind. Nur einer, der seine Versprechen brach. Einer, der seine Geliebte enttäuschte und zu ihrer Familie zurücktrieb. Einer, der stolz kam und gebeugt ging, denn das ist seine wahre Natur: hässlich.

»Dann müssen sie es lernen«, sagte Blitz. »Das ist deine Familie, Sorayn. Dein Vetter und deine Tante. Meine Familie und deine Familie. Komm, bitte. Ich kann es nicht mit ansehen, wie du hier im Regen stehst.« Er hielt den jungen Riesen fest, so dass dieser sich zu ihm hinunterbeugen musste, und flüsterte ihm ins Ohr: »Bitte, mein Sohn. Sei stark. Komm.«

Der Prinz atmete tief durch. Stark sein ... Oh, er war stark. Auch wenn es darum ging, zu reden und nicht zu kämpfen. Alle Worte waren sein, als hätte er sie getrunken aus einer goldenen Schale, und nun flossen sie durch seine Adern wie winzige Diamanten, funkelnd und unvergänglich.

Gehorsam kehrte er in die Hütte zurück. Seine Verwandten sahen immer noch so aus, als wäre es ihnen lieber, wenn er für immer verschwände. Er konnte die Anklage in Maninas Blick sehen, den von Selbstvorwürfen geplagten Ausdruck in Tamaits Gesicht. Und Überraschung. Was sie so wunderte, ging ihm erst auf, als ihn die Flügel der Möwe streiften, die begonnen hatte, sich zu putzen.

»Wie machst du das?«, rief die Prinzessin schließlich aus. »Ist das der Segen? Dass die Tiere sich nicht vor dir fürchten?«

»Sie haben sich noch nie vor mir gefürchtet, solange ich zurückdenken kann«, entgegnete Sorayn. »Sie haben schon immer zu meinem Leben gehört.« Er pflückte die Möwe von seiner Schulter; als er sie in seinen großen Händen hielt, war er auf einmal dankbar. Nur noch wenige Augenblicke trennten ihn von dem, was er sagen musste, aber dieser kleine Aufschub tat ihm gut. Die Erinnerung daran, dass zu dem, was er aus seiner Kindheit mitgebracht hatte, nicht nur Schmerz gehörte.

Die junge Frau streckte die Hand aus und zog sie schnell wieder zurück, als der Vogel ruckartig den Kopf bewegte. »Wird er nicht hacken? Dieser Schnabel sieht gefährlich aus.«

»Oh, das ist er. Aber auch gefährliche Wesen können manchmal tun, als wären sie ganz zahm.«

Manina sah ihn kurz an, dann streichelte sie der Möwe über die glatten Federn, während das runde gelbe Auge sie beobachtete.

»Geh nicht nach Wenz«, bat Sorayn.

»Was?« Sie sah nicht auf den weißen Vogel, der zögernd die Kralle vorstreckte und auf ihre Hand hinüberstieg, sondern richtete den Blick auf ihren Neffen, einen funkelnden, klaren Blick voller Zorn, die Augen einer Kaiserin. »Du willst mir sagen, was ich zu tun habe?«

Er wusste, dass sie ihm nicht traute, und konnte es ihr nicht verdenken. »Vor einem Tag noch hätte ich dir zugeredet«, erklärte er. »Ich hätte dich selbst nach Wenz gebracht und zu König Oka. Dich und seine Tochter Edmonda. Ich war bereit, ihn in seinem Kampf zu unterstützen, ungeachtet dessen, was es kosten könnte. Aber jetzt nicht mehr. Wart ihr nicht dabei? Habt ihr nicht den Brief aus Rinland gehört, den die Möwen gebracht haben? Die Schiffe sind da. Geh auf das Schiff, Manina. Geht alle auf das Schiff. Wir kämpfen nicht mehr gegen Zukata, sondern gegen die Zeit. Wenn die Flut kommt, wen kümmert dann noch, wer auf dem Thron des Riesenkaisers sitzt?«

»Du hast mir schon einmal geraten, nichts zu tun«, stieß die Prinzessin hervor, heiser vor Wut. »Und du hast gesehen, was dabei herausgekommen ist.«

»Wir kämpfen nicht mehr gegen Zukata?«, fragte Tamait und mischte sich erstmals ein. »Und was ist mit Maja? Ich dachte, wenn du hörst, dass sie eine Gefangene ist, stürmst du sofort los und rettest sie! Ich dachte ...« Er murmelte, leise, aber nicht zu überhören: »Dass sie dich verlassen hat, war die beste Entscheidung ihres Lebens.« Und schien sich zu ducken, als erwartete er, für diese Worte geschlagen zu werden.

Vielleicht wünschte der junge Arimer sich ebenso sehr, seinen eigenen Schmerz an Sorayn auszulassen, wie dieser sich wünschte, gerade jetzt einen Riesen zu verprügeln. Oder besser noch ein ganzes Dutzend. Hauptsache, er brauchte nicht zuzugeben, dass er bereits in Kirifas gewesen war und seine Frau nicht hatte retten können. Ihre Briefe trug er immer mit sich. Manchmal raschelten sie leise, wenn er sich bewegte. Und vielleicht gehörten ein paar dieser Worte auch Tamait, dem Bruder, den Maja so sehr liebte. Waren sie nicht wie Zwillinge gewesen, die alles miteinander teilten? Seit der junge Riese die beiden vor einer halben Ewigkeit am Strand beim Muschelsammeln gesehen hatte, wusste er um ihre Verbundenheit. Außerdem war dieser Bruder das Einzige, was ihr von ihrem Leben auf der Glücklichen Insel geblieben war. Nur dieser eine Bruder.

Trotzdem konnte Sorayn nicht aussprechen, was er von ihr wusste, von ihrem Glück und ihrem Unglück in dem großen Palast und von ihrem eigenen ungewöhnlichen Kampf gegen Zukata.

»Du verlangst von mir schon wieder, dass ich verschwinde? Und anderen das Schicksal von Deret-Aif überlasse?« Manina konnte es immer noch nicht fassen. »Wie kannst du es wagen, mir vorzuschlagen, einfach wegzufahren? Wäre es nicht an der Zeit, dass du wieder gutmachst, was du angerichtet hast?« Hilfesuchend wanderte ihr Blick zu Blitz. »Eben noch hast du uns gesagt, es wäre unsere Pflicht, mit deinem Sohn zu reden. Hast du da schon gewusst, was er sagen würde? Nichts hat sich verändert. Er schickt uns weg, er kümmert sich um niemanden, er kämpft für keinen von uns, obwohl er es mühelos könnte. Und am Ende sitzt Zukata auf dem Thron, unantastbar und unbesiegbar.«

Ihr Zorn vertrieb die Möwe, die erschrocken aufflatterte und zu ihrem Herrn zurückkehrte. Er spürte ihre Gegenwart wie ein kleines, wärmendes Licht in einer von Sturm und Regen umtosten Hütte. Stimmen vor der Tür kündigten die Rückkehr der Pilger an, die hier ihr Lager hatten.

»Er hat recht«, sagte Blitz. »Auch wenn ihr es nicht hören wollt. Wir können Deret-Aif nicht retten. Nur noch uns selbst. Geh auf das Schiff, Manina, so wie deine Mutter es getan hat. Lasst uns zum Hafen gehen, solange es noch genügend Plätze gibt.«

»Ich kann kaum glauben, dass du das sagst.« Die ehemalige Kaiserin schüttelte den Kopf. Angst stieg in ihren Augen auf, und Sorayn wusste, was sie fürchtete: dass ihr über alles geliebter Lehrer, Erzieher, Leibwächter und Ersatzvater sich mit seinem zwielichtigen Sohn verbündet hatte und sie wissentlich falsch beriet. »Er kann die Tiere rufen und ihnen Befehle geben und sie hierhin und dorthin schicken«, sagte sie leise, »aber ich bin keins seiner Tiere. Und du? Lässt du dich betören von seiner goldenen Stimme? Ich bin schon einmal darauf hereingefallen. Für mich hat sie ihren Zauber verloren.«

»So war es auch mit Maja«, erinnerte Tamait sich. »Worte, nichts als schöne Worte. Ein Prinz aus dem Kaiserreich! Sie hat daran geglaubt und was dann in den Garten kam ... Hör ihm nicht zu, Manina. Wir wissen alle, dass er ein Betrüger ist. Zukatas Schatten und Wegbereiter. Nur das und sonst nichts. Sag ihm nichts mehr von unseren Plänen. Wir hätten gar nicht das Wagnis eingehen dürfen, dass er dich hier sieht. Am Ende fällt ihm noch ein, dass er dich zu seinem Großvater bringen könnte, zu seinem Herrn und Gebieter.«

Sorayn fühlte die Möwe dicht an seiner Wange. Ihre glatten Federn streiften seine Haut. Ihre Krallen drangen durch den Stoff seines Umhangs und berührten ihn wie winzige Nadelstiche. Er konzentrierte sich auf diese Gefühle, auf das Schlagen des kleinen Vogelherzen dicht neben seinem Ohr. Schnell und beständig. Wenn er die Augen schloss, konnte er fühlen, was sie fühlte, und sehen, was sie sah. Die See, grau und dunkel und fast braun, Schaum auf den Wellenkämmen. Das Meer warf sich gegen die Küste, immer wieder, ein ewiger, gleichmäßiger Herzschlag, so als würde jemand gegen die Tür pochen, laut und unüberhörbar.

Die Pilger stolperten durchnässt herein. Immer noch lagen die Preisungen auf ihrer Zunge, Melodien summten in ihren Kehlen, sie brachten das Lied mit, als würde sich das segnende Wasser durch die Tür in die kleine Hütte ergießen.

Der Riese schob sich an ihnen vorbei, trat über die Schwelle und ging durch den Regen davon. »Sorayn! Sorayn, bitte, geh nicht!« Er hörte, wie Blitz ihm nachrief, aber er drehte sich nicht um.

Was in den Garten kam ... was in den Garten kam ...
Wie ein Keil schnitt sein Weg durch den Gesang.

»Das kann doch nicht wahr sein!« Manina ballte die Fäuste. Es fehlte nicht viel und sie hätte mit dem Fuß aufgestampft. Doch der Kapitän der *Morgenglanz* zeigte sich gänzlich unbeeindruckt.

»Ich fahre nicht nach Wenz. Du wirst kein Schiff hier in Talen finden, das diesen Weg nimmt. Der Seeweg ist im Winter unpassierbar. Du musst bis zum Frühling warten.« Er hob die Schultern. »Oder du fährst mit mir.«

»Ich habe es dir gesagt.« Blitz seufzte. Die Prinzessin war immer noch genauso halsstarrig wie früher. Wenn sie sich etwas in den Kopf gesetzt hatte! Und seit der Begegnung mit Sorayn schien es ihr vollends unmöglich, ihre Pläne zu ändern, so als müsste sie ihm unbedingt beweisen, dass sie im Recht war und er nicht. Und zu allem Überfluss hatte er es jetzt mit zwei Prinzessinnen zu tun. Mit zweien!

»Dann reiten wir eben doch«, meinte Edmonda. Sie hatte noch nichts von Maninas Vorhaben erfahren, König Oka zu heiraten, aber allein die Tatsache, dass die ehemalige Kaiserin sich auf die Seite der Rebellen stellen wollte, gefiel ihr über alle Maßen gut. »Meine Stuten sind unvergleichlich. Und wenn Blitz nicht mitkommen will, könnt Ihr seine nehmen.«

»Die Pferde sind müde«, wandte Blitz ein. »Und dieser Herbst war schon dermaßen winterlich, dass ich mir den echten Winter nicht vorstellen mag. Man kann bei diesem Wetter nicht reisen, es ist schlichtweg unmöglich.«

»Nicht ganz so unmöglich wie eine Schiffsreise, um Rinland zu erreichen«, hielt die Wenzerin dagegen. »Aber du musst uns natürlich nicht begleiten, wenn du dich vor den Soldaten fürchtest. Außerdem haben wir schon einen Begleiter.« Sie nickte Tamait zu und entlockte dem jungen Mann ein verlegenes Lächeln.

Blitz konnte nicht mitlächeln. Er sah zu, wie eine Pilgergruppe nach der anderen über den Steg auf das Schiff wanderte. Es waren nicht so viele, wie es am Tag der Prozession noch ausgesehen hatte. Nachdem die große Euphorie abgeklungen war, hatten die meisten beschlossen, erst einmal das Brückenfest zu Ende zu feiern, für das sie die weite Anreise auf sich genommen hatten. Die jährliche Springflut, welche den Felsbogen in eine Brücke verwandelte, war vorübergegangen, ohne dass die Feierlichkeiten stattfinden konnten. Das Wasser stand zu hoch und die Priester hatten weder Hütten auf der Insel errichten noch das symbolträchtige Festessen nach drüben bringen können. Vor diesem Festakt Talen zu verlassen, schien vielen Pilgern einfach undenkbar.

Die großen Dreimaster, die ursprünglich an der Küste entlang nach Süden segeln wollten, waren schon mit Lebensmitteln für eine längere Reise ausgerüstet und einer sofortigen Abreise stand nichts im Wege. Sie waren nur noch hier, um möglichst vielen Pilgern die Möglichkeit zu geben, mitzukommen.

»Hast du dich schon entschieden?«, fragte der Kapitän, als Blitz die beiden Frauen und seinen Neffen stehenließ und zurückkam.

Ein Schiff nach Rinland. Mein Schiff nach Rinland. Welches sollte es ein? Die *Morgenglanz*? Die *Sturmschwinge* oder die *Wolkenwirbel*? Oder eins der anderen? Inzwischen hatte er mit allen Kapitänen und vielen Matrosen gesprochen und es gab keine Mannschaft, mit der er nicht gerne gefahren wäre.

»Sie haben keine Ahnung von der Gewalt des Meeres«, sagte er. »Man kann sie nicht dazu zu bringen, sich zu fürchten.«

»Nun ja, das ist von Landratten vielleicht auch etwas viel verlangt«, meinte der Kapitän. »Erst sollen sie glauben, dass das Meer dazu in der Lage ist, alles zu verschlingen, was sie kennen, das Land und die Dörfer und Städte und sogar die Berge – und dann erwarten wir von ihnen, sich auf einem Schiff ebendiesem Meer anzuvertrauen. Mit einem Ziel, das wir vielleicht erreichen werden und vielleicht auch nicht. Ich kann keine Versprechungen machen. Ich kann weder beschwören, dass wir unbeschadet durch die Stürme hindurchgelangen, noch dass die Vorräte reichen und wir satt zu essen haben, bis wir ankommen. Ebenso wenig kann ich Brief und Siegel darauf geben, dass wir dort hinter dem Horizont eine Insel finden. Ich kann ihnen nur einen Platz anbieten, mehr nicht.«

Der Arimer nickte. »Ich werde noch einmal versuchen, sie zu überreden.«

»Tu das.« Der Kapitän warf einen besorgten Blick zum Himmel. In den letzten Tagen hatte der Sturm etwas nachgelassen. Die Pilger hofften auf den Höhepunkt ihrer Feierlichkeiten, er auf guten Wind in den Segeln. »Ich kann nicht auf euch warten.«

Zwischen den Abreisewilligen, die sich dem Landungssteg näherten und ihr Gepäck hinter sich herzogen oder gebeugt auf dem Rücken trugen, fiel Blitz ein Mann auf, ähnlich verhüllt wie eine Melgianerin, der sich immer wieder umschaute, als sei jemand hinter ihm her. Auch dem Herrn der *Morgenglanz* entging die merkwürdige Gestalt nicht.

»He, du!«, rief er. »Ich nehme jeden Pilger mit, aber wenn du hoffst, auf meinem Schiff den Leuten zu entkommen, denen du vielleicht Geld schuldest oder ...«

»Pst.« Der Vermummte legte hastig den Finger an die Lippen. »Bitte, lenk die Aufmerksamkeit nicht auf mich. Sie sind hier überall.«

»Was soll das denn bedeuten?«, polterte der Kapitän los. »Verrückte nehme ich erst recht nicht mit, das wäre ja ...«

»Warte.« Blitz legte ihm beschwichtigend die Hand auf den Arm. »Nicht. Das ist kein Verrückter. Das ist Rubar.«

Der grünäugige König, dem er den kleinen Kasten in die Hände gedrückt hatte, der die Gefahr und das Glück geteilt hatte ... und nun schlich er sich hier, in eine Kapuze gehüllt, aufs Schiff. Mit gesenktem Kopf trat er ein paar Schritte näher.

»Sie sind überall«, raunte er. »Uns bleibt nicht mehr viel Zeit. Er hat seine Soldaten hier, und mit denen ist nicht zu spaßen.«

»Wer?«, fragte Blitz, aber er glaubte die Antwort zu kennen.

»Fürst Norha.« König Rubar spie den Namen aus, als würde allein der Klang der Silben ihm Übelkeit bereiten. »Er steckt seine Nase schon länger überall herein, seit Monaten warte ich darauf, dass er mir jemanden schickt, um mich im Schlaf zu ermorden. Auf jeder Reise, jeder Fahrt erwarte ich einen Überfall. Nach dem, was hier geschehen ist, wusste ich, dass es nun soweit ist. In der ganzen Stadt lässt er nach mir suchen. Talen ist von seinen Männern umstellt, niemand kommt mehr heraus. Sie werden bald hier sein, um die Schiffe zu durchsuchen. Du musst sofort ablegen.«

Der Kapitän hörte ihm besorgt zu. »Wir können nicht sofort ablegen. Ich muss warten, bis alle an Bord sind.«

»Norha sucht nicht nach Euch, mein König«, sagte Blitz leise. »Sondern nach dem dunkelhaarigen Mädchen dort drüben.«

»Dann schaff sie fort, solange du noch kannst.« Rubar zog die Kapuze tief über seine Stirn und reihte sich wieder in die Schlange der Pilger ein.

Blitz fühlte sein Herz heftig schlagen. Er hätte daran denken müssen, dass Norha ihn als Edmondas Begleiter erkannt hatte, er hätte strenger darauf beharren müssen, dass sie in der Sicherheit des Schiffsbauches blieb. Aber vielleicht war es noch nicht zu spät.

»Prinzessin, wartet!« Die junge Wenzerin hatte ihm trotzig den Rücken zugewandt. Aber das andere Mädchen fühlte sich angesprochen.

»Was ist?« Manina musterte ihn mit kühlem Blick, und sein Herz weinte darüber, dass sie sich von ihm verraten fühlte, obwohl er ihretwegen ein Leben am Rande des Abgrunds geführt hatte. »Willst du uns doch begleiten?«

»Norhas Leute suchen nach Euch, Edmonda«, sagte er. »Ihr seid hier nicht länger sicher.«

»Wann wäre ich das jemals gewesen?« Auch ihre Augen wiesen ihn ab, kalt, als wäre er der Feind, als wäre nur er schuld daran, dass sie sich in dieser misslichen Lage befand. »Wir holen jetzt die Pferde ab. Es sind bloß drei. Tut mir leid, Blitz.«

So schnell gab er nicht auf. Auch wenn er nicht daran zweifelte, dass sein Neffe Tamait ein guter Krieger war – wie hätte es anders sein können, bei der Mutter? –, war die Gefahr zu groß, um die beiden jungen Frauen im Stich zu lassen. In einiger Entfernung folgte er ihnen und suchte die Menge nach Soldaten ab. Eigentlich schien alles ruhig. Die Pilger, die sich für eine Fahrt nach Rinland entschieden hatten, stürmten den Hafen nicht, sondern kamen mit langsamen, gelassenen Schritten, als wüssten sie nicht genau, ob sie nicht doch lieber abwarten und das Ende des Festes mitfeiern wollten. Keine bewaffneten Männer. War König Rubar nicht am Ende doch ein Opfer seiner eigenen Angst geworden? Aber Tatsache war, dass Norha sich hier in Talen befand und nach Edmonda suchen lassen würde. Ihr Leben hielt er für relativ sicher, da es doch darum ging, ihren Vater zu erpressen. Aber wenn die eine Prinzessin ergriffen wurde, dann traf Manina dasselbe Schicksal. Und was Zukata tat, wenn seine Halbschwester ihm in die Hände fiel, war keineswegs vorhersehbar.

Blitz ging ihnen nach, verärgert und besorgt, und wünschte sich, Sorayn und seine Möwen wären noch hier. Die Vögel hätten ihnen vielleicht helfen können, aus der Stadt zu kommen, indem sie aus der Luft beobachteten, wo die Soldaten sich aufhielten.

Und dann sah er es auch. Ein großer Trupp berittener Wachen nahm die gesamte Breite der Straße ein und trieb die Menschen vor sich her. Schon fanden sie sich alle in einem Strom flüchtender Pilger wieder. In Maninas blauen Augen stand die Angst; sie stolperte vorwärts und wurde mitgerissen, während die Fliehenden Edmonda und Tamait unerbittlich in eine andere Richtung weiterschoben. »Wartet nicht!«, rief Blitz ihnen zu, bevor er in die menschliche Flut eintauchte. Rücksichtslos drängte er sich durch die Menge, bis er sein Mündel erreicht hatte. Schlamm war ihr bei ihrem Sturz ins Gesicht gespritzt, und der Mantel, schmutzig und durchnässt, ließ sie wie eine Bettlerin aussehen. Schweigend legte er den Arm um sie.

»Dorthin?« Das Mädchen wies mit dem Kopf auf eine andere Seitengasse, doch sie kamen nicht einmal in die Nähe jener anderen Straße; auch von dort strömten ihnen schreiende Menschen entgegen, hinter sich die undurchdringliche Reihe waffenklirrender Soldaten.

Wie Rubar gesagt hatte, gelangte niemand mehr aus der Stadt heraus. Noch mehr Soldaten marschierten auf, teils zu Fuß, teils zu Pferde, und schnitten den Pilgern auch den Weg zu den Schiffen ab, so dass sie schließlich eingekeilt auf dem freien Gelände zwischen Hafen und Pilgerstadt verharrten, eingeschlossen zwischen Wasser und Soldaten. Hinter ihnen hob sich die kleine grüne Insel aus dem Meer, bei deren Anblick sich die Gläubigen sonst ihrer Sehnsucht hingaben. Doch jetzt hing der beißende Geruch der Angst in der Luft.

»Das Fest der Brücke ist zu Ende. Jetzt und hier, es sei denn ...«

Blitz konnte zunächst nicht sehen, woher die Stimme kam, doch schließlich entdeckte er den Sprecher. Von weitem sah er aus wie einer der gewöhnlichen Soldaten, das Schwert an der Seite, das Gesicht halb verdeckt unter einem Helm, doch der Arimer erkannte die kalte Stimme sofort. Es gab mehr als einen Grund für sein aufflammendes Hassgefühl.

»Prinzessin Edmonda«, rief Norha laut, »ich weiß, dass Ihr hier irgendwo seid. Gebt Euch zu erkennen und ich lasse diese armen, unwissenden Menschen weiterfeiern.«

Stille senkte sich über die Menge. Blitz hoffte nur, dass Edmonda nicht so dumm war, sich zu melden. Er hoffte nur, dass sie sich einmal in ihrem Leben genug fürchtete.

Stille.

Und in der kalten Stimme schwang ein Lächeln mit: »Nun, Ihr habt es nicht anders gewollt. Treibt sie zum Wasser.«

17. Über die Brücke

NORHA HETZTE SEINE Soldaten wie Hunde auf die Menschen. Blitz wurde von der Woge der Fliehenden mitgerissen, als die Soldaten Schritt für Schritt näherkamen. Vielleicht hätten die Männer des Fürsten keine Chance gehabt, wenn sich die Menge geschlossen gegen sie gewandt hätte. Doch die Pilger waren friedliche Menschen, die hergekommen waren, um zu singen und zu beten, und instinktiv wichen sie vor dem scharfen Stahl und den Hufen der Pferde zurück.

Der Krieger hielt seinen Schützling ganz fest. Er konnte nicht sehen, worauf sie zutrieben, was vor ihnen geschah, er fühlte nur, wie eine Woge der Panik über die Menschen flutete, hörte, wie die Schreie aufbrandeten, als wären sie alle ein Sturm, der wirbelnd und brüllend um sich selbst kreiste.

»Sorayn hat uns verraten«, klagte Manina, er konnte sie kaum verstehen, las die Worte von ihren Lippen ab. »Er hat uns verraten! Er hat uns an Zukata verkauft!«

»Nein«, widersprach Blitz. »Ich war es. Norha hat mich erkannt, deshalb weiß er, dass Edmonda hier ist.«

Die Prinzessin starrte ihn an. Zunächst dachte er, dass der Schmerz in ihren Augen ihm galt und seiner Dummheit, aber dann sagte sie: »Und ich habe Sorayn vertrieben ... den Einzigen, der uns noch retten könnte.«

»Niemand kann uns jetzt noch retten.«

Es waren einfach zu viele Soldaten. Entschlossene, mitleidslose Männer. Was hatten sie vor? Die Pilger töten, jeden Einzelnen, bis sie Edmonda gefunden hatten? Eingeschlossen in der Masse gab es nichts, was er tun konnte. Vielleicht, wenn sie irgendwie näher an den Rand gelangten, konnte er noch versuchen, die Kaisertochter aus dem Kreis der Angreifer herauszubringen. Wenn er ein Schwert erbeutete, hatte er eine kleine, eine winzig kleine Chance. Aber aus der Menge gab es kein Entkommen. Unerbittlich wurden sie weitergeschoben.

Wieder sah er dieses seltsame Bedauern in Maninas blauen Augen. »Du kennst ihn nicht, Blitz«, meinte sie. »Oder? Du weißt gar nichts von ihm. Du weißt nicht, was er kann.«

Ihre Worte berührten ihn, als würden sie wie Hände sein bloßes, offenes Herz anfassen. Trotz ihrer Sanftheit war es unerträglich.

Du weißt nichts von ihm ...

Aber niemand war in der Lage, sie hier herauszuholen, niemand, nicht einmal jemand wie Zukata hätte das vermocht. Höchstens, wenn er sehr, sehr wütend war. Und Sorayn, dieser schöne junge Mann, sah trotz seiner beachtlichen Größe ganz und gar nicht wie ein Riese aus. Er war, wie Manina, ein Mensch; keiner konnte beides sein, Erd- und Sterngeborener.

Sorayn suchte Zuflucht bei den Tieren. Er hatte sich zu ihnen zurückgezogen wie ein verletztes Wild, den Pfeil noch im Rücken. Zu seinem Bären, zu den Rehen, die kamen und ihn mit ihren großen, erschrockenen Augen ansahen und seinen Anblick aushielten. Er hatte sich auf die Blätter gelegt, die im Schlamm versanken, wie in ein kaltes, weiches Bett, und starrte in die schwarzen, gewundenen Äste des Baumes über sich. Kleine Tropfen benetzten den Prinzen, wie behutsamem Streicheln hielt er ihnen das Gesicht hin. Manchmal fielen größere Tropfen, die sich an den dünnen Zweigen gesammelt hatten, und die kleinen Tiere zuckten zusammen und waren sofort bereit zur Flucht, aber wenn sie merkten, wie ruhig er blieb, kuschelten sie sich wieder an ihn, und er fühlte, wie ihre winzigen Herzen sich wieder beruhigten und die Melodie weiterführten, den Trommelwirbel des verborgenen Lebens im Wald.

Die Wärme, die der große Bär ausstrahlte, ging in ihn über, während die Kälte des nassen Bodens den Schmerz aus ihm herauszog, als wäre es ein Fieber, an dem er litt, eine Krankheit, die nur gelindert, aber nie ganz geheilt werden konnte.

Sorayn lauschte auf den Regen, auf das Schlagen der vielen kleinen Herzen. Wenn er weiter hinaus lauschte, konnte er sogar das Meer bis hierhin hören, das endlose Rauschen der Brandung, und manchmal wehte der Gesang der Pilger bis über die Grenzen Talens zu ihm unter die Bäume. Der Wind trug die Lieder zu ihm und legte sie bei ihm ab, eine Hymne nach der anderen, bis er die Zähne zusammenbiss und sich wünschte, er könnte seine Ohren genauso verschließen wie seine Augen. Alle wollten zu ihm, alle Worte, alle Wesen, nur nicht die Menschen, die er liebte. Nein, es gab kein Entkommen aus dem, was er von Geburt an war.

Ein Schauer durchlief den durchnässten Pelzträger, von den Ohrenspitzen bis in seine mächtigen Tatzen. Sorayn streckte die Hand aus und fuhr mit den Fingern besänftigend durch das dicke Fell, in dem der Regen glänzte. Sein Freund träumte unruhig. Majas Flöte hätte ihm jetzt gut getan. Aber die Melodien der Melgianer hatten eine ähnliche Wirkung. Auch wenn sie schwach und kaum hörbar herüberwehten, trugen sie etwas in sich, das dem Herzen wohl tat.

Sorayn horchte. Der Wind wehte von der Küste her, aber er brachte nur Stille mit. Keine Lieder. Da! Nein, das waren Schreie, Unruhe, Waffen. Rüstungen und Schwerter und das Stampfen von Hufen. Die Möwen riefen schrill und klagend, eine fremde Strophe. Nicht einmal die Vögel sangen mehr vom Sturm und vom Meer und den Verlockungen hinter dem Horizont.

Etwas stimmte nicht. Deutlicher hätte es nicht sein können. Ein Kribbeln lief über seine Haut. Er fror und schwitzte zugleich. Talen. Irgendetwas lief ganz und gar schief in der Stadt der Pilger.

Er zögerte nicht. Mit den großen, raumgreifenden Schritten eines Riesen rannte er zurück. Bis zu den ersten Häusern brauchte er nicht lange. Da waren schon die kleinen grauen Klöster, die behelfsmäßigen Hütten für die Pilger in ihrem Schatten. Und kein Gesang. Nur Schweigen, hin und wieder durchbrochen von einem Schrei. Er hastete durch die Straße, in der vor wenigen Tagen die Prozession stattgefunden hatte. Damals war der Jubel bis zum Himmel emporgestiegen, doch nun gab es hier nichts außer Schlamm und Stille und wiederum Schlamm. Der Regen wäre sacht gefallen, wenn der scharfe Wind ihn nicht mit voller Wucht herumgepustet hätte und aus den winzigen Tröpfchen scharfe Stacheln gemacht hätte.

Sorayn konnte die große Menschenansammlung nicht hören, aber er fühlte sehr deutlich, dass irgendwo dort vorne etwas vor sich ging. Kurz entschlossen öffnete er die Tür eines verlassenen Pilgerhauses und kletterte daran hoch, um aufs Dach zu gelangen. Höhere Gebäude versperrten die Aussicht, aber die Häuser standen so dicht zusammen, dass es möglich war, von Dach zu Dach zu springen, und schließlich erreichte er einen runden Turm.

Von hier aus sah er es endlich.

Soldaten. Männer mit Pferden, in Rüstungen, der matte Glanz von Helmen und Schwertern und Lanzen. Menschen, die meisten in den dunklen Gewändern der Melgianer, in den Kutten salinischer Priester, dazwischen etwas heller, aber durch den Schlamm und die Nässe fast genauso dunkel, die Reisenden aus dem Kaiserreich. Und sie alle wurden auf die kleine Insel zugetrieben, die sich halb überspült aus dem Meer erhob, auf die Brücke, die der Sturm gegen die Menschen verteidigte, diese schmale steinerne Brücke, die schon bei gutem Wetter nicht ganz ungefährlich war und bei Regen und hohem Wellengang unpassierbar.

Sorayn schaute eine Weile zu. Er wartete darauf, dass etwas in ihm geschah. Aber so, wie die Stille über der Menge lag, ein verzweifeltes, gequältes Schweigen, fühlte auch er sich still. Sehr still und sehr ruhig. Und sein Zorn, der aus dieser Lautlosigkeit geboren wurde, fühlte sich nicht heiß und brennend an, nicht wie der Schmerz, der ihn dazu brachte, zu schreien und um sich zu schlagen oder zu laufen, schneller als ein galoppierendes Pferd. Kalt war er und trug nichts Stürmisches in sich. Nie zuvor hatte er einen Zorn verspürt, der sich anfühlte, als hätte jemand das Riesenherz in seiner Brust mit eiskalten Fingern gepackt und in Schnee gehüllt, in winzige kleine Eiskristalle, die im Winterlicht funkelten.

Er war ruhig und wunderte sich darüber, wie man so ruhig sein konnte, während weinende Pilger ins Meer getrieben wurden. Dann stieg er vom Turm herunter, um die Soldaten hinwegzufegen.

»Er hat Edmonda noch nicht gefunden«, flüsterte Manina.

Die Insel lag nun vor ihnen. Sie konnten sich nicht abwenden, als die vordersten Pilger mit Schwertern und mitleidslos zustechenden Lanzen auf den schmalen Felsbogen zugetrieben wurden, unter den scharfen Augen des Fürsten. Schon wieder griffen die Männer eine Frau heraus. Die Soldaten zerrten sie vor ihn und rissen ihr die Kapuze und den Schleier herunter.

Norha betrachtete die Ausgewählte, die ihr Gesicht mit den Händen zu bedecken suchte, forschend. »Das ist die Falsche. Sie ist nicht die Prinzessin.«

Er winkte seinen Untergebenen und sie stießen die Pilgerin weiter auf die Brücke zu, und zwangen sie dazu, ihren Fuß auf die überspülten Steine zu setzen, obwohl sie so sehr weinte, dass sie kaum etwas sehen konnte.

Überraschend viele der scheinbar Verurteilten erreichten die Insel sogar; irgendwie gingen sie durch die Wellen hindurch, die über den Felsen schwappten. Die Frau duckte sich, als die nächste große Welle kam – dann stöhnte die Menge auf, als das Wasser wieder zurückkam und den Felsbogen leer zurückließ. Wenig später sah Blitz die Frau im Wasser schwimmen, nicht weit von der Insel. Dort streckten ihr die bereits Angekommenen die Hände entgegen. Der Arimer atmete erleichtert auf, als er sah, wie sie auf das kleine Eiland kletterte.

»Sie haben ihr ein Seil zugeworfen«, vermutete er. »Das haben sie bestimmt aus den Kordeln an ihren Gewändern geknüpft.«

Wieder gingen ein paar Pilger über die Brücke und verschwanden im Wasser. Blitz schaute sich suchend um; von Edmonda und Tamait war unter diesen vielen Menschen nichts zu sehen. Er zog Manina etwas näher an sich heran. Obwohl sie kein Kind mehr war, hätte er ihr am liebsten die Augen zugehalten. Sieh nicht hin, wollte er sagen. Denk an etwas anderes. Erinnere dich. Weißt du noch, damals, als du ein kleines Mädchen warst und ich dir Geschichten vorlas, draußen im Park? Weißt du noch, wie du im Stall die Pferde besucht hast und weintest, weil du nicht auf allen gleichzeitig reiten konntest? Weißt du noch ... Er dachte daran, was sie gemeinsam erlebt hatten, er wollte es festhalten. Doch als die Menge sie noch weiter vorwärtsschob, bis unter Norhas Augen, löste er den Arm von seinem Schützling.

»Geh«, bat er sie leise. Der Fürst kannte die ehemalige Kaiserin nicht, nach ihr suchte er nicht. Wenn sie alleine ging, eine blonde Frau mit blauen Augen, hatte sie vielleicht eine Chance. Die meisten Pilger schafften es auf die Insel.

Manina schluckte, aber sie klammerte sich nicht an ihm fest. Sie ging weiter, auf die Brücke zu, und er hoffte nur, dass ihre ungebeugte Haltung den Soldaten nicht auffiel, dass sie nicht als das zu erkennen war, was sie war: die einstige Herrscherin, Tochter des großen Riesen.

Norha suchte die erste Reihe nach der Prinzessin ab, die einen Thron wert war und ein Königreich ... aber Blitz' Augen hingen an Manina. Sie schritt auf die Brücke zu, unerkannt ...

Da ertönte auf einmal der Ruf: »Die da! Haltet sie fest! Haltet sie!« Die Soldaten griffen nach der Verdächtigen, aber sie war schon auf der Brücke und begann zu rennen. Ihre Füße berührten den rutschigen Stein, sie breitete die Arme aus, um das Gleichgewicht zu halten; bis zu den Knien watete sie im Wasser, arbeitete sich vor, die Verfolger streckten die Arme aus – dann kam die Woge, so hoch, so erschreckend hoch ... Blitz hielt den Atem an.

Der steinerne Bogen, leer. Und kein Mädchen zu sehen, das mit den Wellen kämpfte, kein Mädchen, das auf die Insel zulief ... Es konnte nicht sein. Er starrte auf das wilde, dunkle Wasser, in dem sie auftauchen musste, jetzt, jetzt!

Erst als ihn ein harter Stoß in den Rücken traf und er instinktiv herumwirbelte, um sich dem Angreifer zu stellen, wusste er, dass er entdeckt war. Dort saß Norha auf seinem Pferd, das Gesicht zu einem Lächeln verzogen, das seine Augen nicht erreichte. Und auch die Soldaten, die den Arimer umkreist hatten, wussten nichts von Lachen oder Glück oder Sehnsucht. Er wollte sich ihnen nicht zuwenden, wollte die Wellen nach seiner Manina absuchen, aber sie versperrten ihm den Blick. Ein Kreis von Speeren zwang ihn aus der Menge heraus, vor das stolze Ross und seinen mächtigen Reiter.

»Sieh einer an.« Norha musterte den Gefangenen wie ein Insekt, das er auf seinem Ärmel gefunden hatte. »Dich hier zu sehen, welch eine Freude! Man hätte meinen können, du wärst klug genug, von hier zu verschwinden. Aber was ist schon von einem Mann zu erwarten, der davon faselt, eine Insel, die nicht existiert, mit Schiffen zu erreichen, die niemals abfahren werden?«

Blitz hätte am liebsten gar nichts gesagt. Nur geschwiegen, nur alle Kraft, die er besaß, in den Gedanken gelegt: Manina muss es schaffen ... Sie muss es schaffen ... Doch jetzt, im Angesicht des Menschen, den er so sehr hasste, wie er ihn beneidete, fand die einzige Frage ihren Weg aus seinem Mund, die er nicht hatte stellen wollen.

»Und Eure Frau – ist sie auch hier?«

»Was kümmert dich meine Frau!«, schnappte Norha. »Was kümmert dich die Frau, die bald Königin von Salien sein wird. Wo ist die Prinzessin, wo hast du sie versteckt? Rede!« Und etwas leiser fügte er hinzu: »Oder ich werde einen Weg finden, dich zum Reden zu bringen.«

Doch dann – Blitz hatte sich gewünscht, das nie, niemals zu hören – erklang Edmondas Stimme: »Ich bin hier.«

»Nein!«, rief er verzweifelt. »Nicht! Lauf!«

Sie war gar nicht weit von ihm entfernt gewesen, eine dunkle Kapuze über dem schwarzen Haar. Nun zeigte sie ihr Gesicht, ihre schreckgeweiteten Augen, und er konnte nicht aufhören zu schreien: »Tu das nicht! Lauf! Tamait, bring sie weg! Bring sie weg!«

Ein Soldat wollte ihn niederschlagen. Der Krieger warf sich nach vorne, tauchte unter den Lanzen hindurch, riss einem der Männer die Beine weg und warf sich in die Menge, um das Mädchen zu erreichen, bevor die anderen es taten. Er konnte sehen, dass Tamait das Schwert gezogen hatte.

Blitz bewegte sich, ohne darüber nachzudenken, was er tat. Das Messer fand den Weg in seine Hand, er stürzte vorwärts, während die Pilger um ihn her versuchten, zurückzuweichen, einen freien Raum zu schaffen, wo keiner war. Jemand schrie. Edmonda war unerreichbar. Er sah, wie Soldaten sie ergriffen, wie Tamait von der Menge abgedrängt wurde, und dann fühlte er sich selbst von hinten gepackt und fortgerissen. Er hörte nicht auf, sich zu wehren, derbe Flüche begleiteten ihn auf dem Weg zurück zu Norha, aber die Männer des Fürsten ließen ihn nicht los.

»Nein, bringt ihn nicht um. Noch nicht. Ich will ihn lebend. Vor allen soll es geschehen, damit jeder weiß, was mit dem passiert, der sich mir widersetzt. Denn ich bin hier im Namen unseres Kaisers, mit der Macht und dem Zeichen Zukatas.«

Blitz lachte auf, er konnte nicht anders. Über ihnen kreisten die Möwen, kreischend, weiß, wild und frei. Und dann sah er etwas anderes, sah es wie eine Welle durch die Soldaten gehen. Obwohl vielen die Münder offenstanden, hörte man seltsamerweise kein Geschrei. In der Menge entstand Unruhe und ein Gemurmel, das die Töne der Angst überlagerte, tiefer, fragender. Doch das, was wie eine Stille war, schnitt weiter durch die Soldaten und man sah, wie sie verschwanden, genau dort, wo sie auf ihren Pferden saßen, hoch über den Menschen. Und jetzt – wie konnte es sein, dass ein Soldat durch die Luft flog wie in einem skurrilen Traum? Einen Moment lang sah es aus, als würde er mit den Armen wedeln, um davonzufliegen, doch dann stürzte er zurück, und aus dem Gemurmel stieg ein Schrei auf. Jetzt endlich wurde auch Norha aufmerksam.

»Was? Was geht da vor? Was um alles in der Welt ...?«

Wieder flog ein Mann samt Rüstung und Schwert durch die Luft, und irgendwo lachte ein Kind, überrascht und vergnügt.

»Zum Angriff!«, brüllte Norha.

Während die Männer, die ihn überwältigt hatten, noch überlegten, ob auch sie diesem Ruf folgen sollten, handelte Blitz sofort. Er sprang hoch, seine Arme immer noch in ihrem Griff, trat seitwärts gegen ihre Knie und machte einen Salto rückwärts, während sie nach vorne stolperten.

Auf einmal war wieder mehr Platz. Die Menge wich nach hinten zurück – der Kreis der Berittenen um das Gelände musste aufgebrochen worden sein, so dass die Pilger zurück in die Stadt laufen konnten. Und noch immer kam diese merkwürdige Stille auf sie zu, der Sturm, der durch die Reihen der Soldaten fegte.

»Angriff!«

Blitz löste sich mit Gewalt von dem Schauspiel und suchte nach der Prinzessin. Da! Tamait hatte die Unterbrechung genutzt und lief mit Edmonda auf die Brücke zu. Zwei von Norhas Männern waren ihnen dicht auf den Fersen, während die anderen sich der unbekannten neuen Bedrohung zugewandt hatten. Der Arimer zögerte keinen Moment, er drängte sich nach vorne und fiel dem hinteren Verfolger in den Rücken.

Der Sturm hatte nachgelassen, als wollte er diesem anderen Sturm, der sich bei den Menschen austobte, den Vortritt lassen. Die Wellen waren im Moment geradezu friedlich und der Felsbogen, obwohl nass und glitschig, im Augenblick nicht überschwemmt. Trotzdem schlug Blitz das Herz bis zum Hals, als er seinen Neffen mit dem Mädchen über die Brücke zur Insel laufen sah. Der Soldat, mit dem er gerade kämpfte und der wohl dachte, er sei abgelenkt, hob den Arm, um mit seinem Schwert zuzuschlagen. Doch der Krieger war ganz bei der Sache. Sie waren einander so nah, dass eine so lange Waffe nicht viel brachte. Ein kleines Messer hingegen, unauffällig und trotzdem tödlich, war in dieser Situation viel geeigneter.

Der Arimer wischte das Messer an seiner Hose ab und sah sich nach dem zweiten Soldaten um. Dieser hatte die Fliehenden bis auf die Brücke verfolgt und war nur noch wenige Meter hinter ihnen.

»Tamait!«, schrie Blitz, so laut er konnte, »pass auf!«

Doch der Wind trug seine Worte davon. Ein Wind, der mit einem Mal aufkam und eine Welle mit sich brachte, hoch und dunkel, eine Woge wie aus schwarzem Glas. Sie brach über dem Felsbogen, Gischt spritzte Blitz ins Gesicht, ein feiner Schauer, der seine Lippen mit Salz netzte.

Der Soldat war verschwunden; Edmonda und Tamait kamen dagegen gerade eben auf der anderen Seite an und winkten.

Manina. Der Name fuhr ihm wie eine Klinge durch und durch, wie ein heimlicher Angreifer, der sich von hinten herangeschlichen hatte. Du musst sie suchen. Du musst überall suchen, am Strand, am Hafen und im Wasser. Mit einem Boot. Die Fischer müssen dir helfen, sie alle müssen suchen, nach deinem Kind. Du hast dein Kind verloren, dort auf dem Meer ...

Blitz konnte sich einen Moment lang nicht rühren. Du hast sie verloren ... Noch ließ er den Schmerz nicht zu. Das Mädchen, das für ihn wie eine Tochter war, musste einfach irgendwo sein! Er hatte sie gehen lassen, im festen Vertrauen darauf, dass die Brücke sie retten würde, dass sie drüben auf der Insel wenigstens für eine Weile in Sicherheit war. Niemand konnte auf dieser Brücke verloren gehen. Für eine Weile hatte er, und wieder durchfuhr ihn das Entsetzen über das, was er getan hatte, diese steinerne Brücke mit der echten, rettenden Brücke nach Rinland verwechselt. Nichts als vom Wasser ausgehöhlter Fels, nichts als Stein, der auf einen bewachsenen Felsen führte, nicht mehr als das, und er hatte Maninas Hand losgelassen und »geh« zu ihr gesagt ...

Fast hätte er sich zu spät umgedreht, aber gerade noch rechtzeitig sah er den Soldaten mit erhobenem Schwert heranstürmen. Zu tief steckte der Krieger in ihm, als dass er sich so im Schmerz verlor, dass seine Sinne ihn im Stich ließen. Blitz reagierte, ohne auch nur einen Lidschlag nachzudenken. Er ließ das Messer nach vorne fliegen und warf sich zur Seite.

»Ich dachte, ich müsste dich retten. Aber wie ich sehe, kannst du sehr gut auf dich selbst aufpassen.«

Über dem Toten stand Sorayn, streckte seinem Vater die Hand entgegen und zog ihn hoch. Er wirkte ganz anders als noch vor wenigen Tagen. Dort vor der Menge, als er den Brief vorgelesen hatte, war es gewesen, als würde ihn ein goldener Glanz umspielen, und im Gespräch mit seiner abweisenden Verwandtschaft in der Hütte war Sorayn ihm irgendwie dunkel vorgekommen, dunkel und traurig. Doch nun war er wieder ein anderer. Niemals hatte es ein wilderes Geschöpf gegeben als dieses. Dazu machte ihn nicht das nasse, windgezauste Haar, die zerrissene Kleidung, schlamm- und blutbespritzt. Sein Händedruck war angenehm warm und fest. Aber in seinem Gesicht war etwas, das Blitz nie zuvor in einem Menschen gesehen hatte, und er hatte mit vielen gekämpft, die in Raserei und Wahnsinn gefallen waren. Nur von einem kannte er diesen Blick, von einem Mann, der kein Mensch war, sondern ein Riese: Zukata. Blitz wurde an jenen Tag vor vielen Jahren erinnert, als er auf dem Richtplatz gestanden hatte, die Schlinge schon um den Hals, und der

Anführer der Räuber wie ein Schnitter mit seiner Sense durch den Hof gestürmt war, wie der Tod höchstpersönlich, um das jüngste Mitglied seiner Bande zu befreien. Doch selbst dort, in all seiner Wut und seiner Kraft und seiner Leidenschaft, war Zukata nicht so gefährlich gewesen wie dieser junge Mann mit dem einnehmenden, immer leicht spöttischen Lächeln, der ihn aus dem Schlamm zog.

»Schade. Es hätte mir viel bedeutet.«

Auf einmal verstand Blitz, warum Manina und Tamait vor Sorayn zurückgeschreckt waren. Er hatte es ihnen übelgenommen, aber jetzt begriff er, dass ihre Reaktion ganz und gar natürlich war. Sie waren Menschen, die sich vor einem Riesen fürchteten. Vor einem Wesen, das nicht wie sie aus Erde gemacht war, sondern aus etwas anderem, aus der Glut der Sterne und der Kälte der Nacht. Diese Furcht war viele, viele Jahrtausende alt, älter noch als die Furcht des Menschen vor den Tieren.

»Es gibt noch genug zu retten«, tröstete Blitz. »Selbst für dich dürften hier zu viele Soldaten sein.«

Sein Sohn widersprach ihm nicht. »Die Möwen haben mir von weiteren Truppen berichtet, die auf dem Weg hierher sind. Was ist mit der Prinzessin von Wenz? Bin ich rechtzeitig gekommen?«

»Edmonda ist auf der Insel. Mit Tamait. Aber sie sitzen dort fest und der Sturm nimmt wieder zu. Und Manina ...« Der Krieger konnte nicht verhindern, dass die Angst in seine Stimme kroch und sich überall einnistete, in seinen Augen, seinen Ohren, seinem Herzen. Ich habe mein Kind verloren, auf dem Meer. Ich muss nach ihm suchen ... »Sie war auf der Brücke und dann ...«

Sorayn legte die Hand auf seine Schulter. »Wenn sie schon auf der Brücke war, ist alles gut. Ich habe Delfine ausgeschickt, um diejenigen, die von den Wellen mitgerissen wurden, in Sicherheit zu bringen. Sie sollten die Pilger gleich zu den Schiffen tragen. Wir haben nicht viel Zeit. Die Wolken hängen tief, es wird die ganze Nacht regnen. Lange wird sich auch die kleine Insel nicht mehr halten können. Wir müssen alle zurück aufs Festland holen. Und gleichzeitig die Soldaten davon abhalten, uns dabei zu stören. Du wirst dich vielleicht wundern«, er hob die Brauen und lächelte dabei, »aber es sind tatsächlich noch welche übrig, die das tun können.«

»Wenn ich Zukata wäre«, sagte Blitz leise, »dann wärst du der Einzige auf der ganzen Welt, den ich fürchten würde.«

»Und genau das tut er.« Im Gesicht des jungen Mannes leuchtete nichts auf, kein Triumph, keine Freude darüber, dass er selbst den Kaiser von Deret-Aif zu besiegen vermochte. »Und wenn er hiervon erfährt ... Er hat Waffen, die mich mehr treffen können als Eisen.« Aber dann schüttelte er den Kopf, so als könnte er die Sorgen abwerfen, und sagte entschlossen: »Tun wir, was zu tun ist. Hier. Auch wenn wir blind sein müssen für das, was in Kirifas geschieht.«

»Fürst Norha sammelt seine Soldaten.« Der alte Mann, der vor nicht allzu langer Zeit ein besonders ehrwürdiger Mönch gewesen war und die Feierlichkeit der Stunde wie eine Krone vor sich hertrug, wirkte nun ratlos und verzweifelt. Seine Wangen waren eingefallen; uralt sah er aus. »Vielleicht, wenn ihr euch zurückzieht, wird Fürst Norha die Pilger verschonen?«

»Dieser Halunke wird niemanden verschonen«, widersprach Blitz. »Geht an Bord, bevor er mit seinen Truppen zurückkommt.«

»Aber ...« Der Abt war noch nicht bereit, sich von seiner Hoffnung zu verabschieden. »Wenn wir ihm geben würden, was er will? Ein Leben gegen so viele – ist es das nicht wert?«

»Geht an Bord, wird's bald!«, wiederholte der Arimer. Am liebsten wäre er selbst schnurstracks zum Hafen gerannt. Dort war Manina. Alles in ihm rief danach, sich davon zu überzeugen, dass es ihr gutging, dass sie tatsächlich wohlbehalten aus dem Wasser geborgen worden war, aber wichtiger war es, Wache zu halten, damit die Flüchtlinge auf die Schiffe gehen konnten. Pilger, Mönche, Nonnen – der Strom riss nicht ab. Einige wenige beharrten darauf, in Talen zu bleiben, doch anderen genügte die Nachricht, dass sich ein neues Heer im Wald bildete. Die Erwartung eines neuen Angriffs reichte den meisten aus, um so schnell wie möglich den Ort des Brückenfestes zu verlassen.

»Unser schönes Fest«, jammerte der Alte. »Verdorben, ganz verdorben!«

Der erste Dreimaster ließ sich von Schlepperbooten aus dem Hafenbecken ziehen. Jetzt aufzubrechen, mitten in den Sturm hinein, der unzweifelhaft aufzog, war Wahnsinn. Und doch erfüllte Blitz eine Freude, die er sich selbst kaum erklären konnte, als er zusah, wie die *Morgenglanz* in See stach. Die *Wolkenwirbel* war die nächste. Auf welchem Manina sich wohl befand? Er hatte gehofft, dass sie die Reise zusammen machen würden, doch nun zählte allein ihre Rettung. Am liebsten hätte er in den Gesang eingestimmt. Denn sie sangen wieder, die Pilger, während sie sich Schritt für Schritt dem Landungssteg näherten und dem Aufbruch und der Fahrt zu einem Fest, das keiner von ihnen sich vorstellen konnte.

»So etwas gab es noch nie«, meinte der Abt verdrießlich. »Sie fahren einfach weg! Und dabei kommt das Beste noch!«

»Ja«, bestätigte Blitz leise, »das Beste kommt noch. Und ebenso das Schlimmste. Da sind schon die Soldaten.«

»Ich sag's doch«, klagte der alte Mann. »Wir hätten ihnen geben sollen, was sie wollten, solange noch Zeit war!«

»Lauf zu Sorayn, guter Vater!«, befahl der Krieger. »Sag ihm, dass die Feinde kommen. Na los, mach schon!«

Der ehrwürdige Alte öffnete den Mund, um zu widersprechen. Dann sah er hinter sich, dorthin, wo das Stampfen unzähliger Hufen einen erneuten Ansturm der mitleidslosen Soldaten ankündigte, raffte seine Kutte und rannte, so schnell er nur konnte, zur steinernen Brücke.

Das erste der Schiffe zog stolz mit geblähten Segeln vorüber.

Wenn Sorayn den Menschen auf der Insel mitteilen wollte, dass sie den Rückzug der Soldaten nutzen sollten, um so schnell wie möglich zum Hafen zu fliehen, musste er selbst hinübergehen. Auf dem Felsbogen reichte ihm das Wasser bereits bis zu den Knien. Die durchnässten Pilger sahen ihm ängstlich entgegen, Tamait und Edmonda liefen jedoch auf ihn zu.

»Ihr müsst hier runter«, rief Sorayn gegen das Heulen des Windes an. »Schnell! Die Vögel wissen es – der Sturm, der über uns kommt, wird unvergleichlich sein. Auf zu den Schiffen!«

»Wie kann dann irgendjemand segeln wollen?«, rief sein Vetter. »Sind denn alle lebensmüde?«

»Wenn die Schiffe aus dem Hafen heraus sind, haben sie eine Chance«, versicherte der Riesenprinz. »Wer erst aufgebrochen ist, der wird nicht untergehen.« Er sagte es, als sei es eine Verheißung, eine unumstößliche Wahrheit, und als er die ungläubigen Gesichter sah, lachte er. »Hier könnt ihr jedenfalls nicht bleiben. Kommt!«

Edmonda blickte auf den steinernen Bogen, über den wieder eine Welle donnerte. »Hier sind ein paar Kinder«, sagte sie. »Die sollten zuerst auf die andere Seite, es wird immer schlimmer.«

Sorayn winkte einer melgianischen Familie, die ihn mit vor Furcht weit aufgerissenen Augen anstarrte. Aber die Leute begriffen sehr schnell, um was es ging. Vorsichtig tastete der Mann sich auf dem unsicheren Untergrund voran, wobei er die Hand seiner Frau festhielt. Der Riese trug den Nachwuchs. Rasch brachte er die zwei kleinen Jungen auf die andere Seite, dann kehrte er zurück, um dem Paar zu helfen.

Da standen schon die Nächsten, die seine Hilfe brauchten. Der Sturm nahm einen neuen Anlauf, sang ihnen ins Ohr, eine Melodie voller Kraft und Freude, der die Wellen folgten in ihrem ungestümen Tanz. Sorayn musste eine Pilgerin mit beiden Armen festhalten, als eine Woge heranbrauste, und sie wie ein Kind auf die andere Seite tragen.

Ein zweites Schiff segelte vorüber. Er musste sich beeilen. Die Leute an der Hand zu führen, dauerte zu lange und wurde zu gefährlich. Das Wasser wurde immer unruhiger und steckte ihn mit seiner Rastlosigkeit an. Er nahm auch den älteren Pilger, der sich vorsichtig, Schritt für Schritt, über den rutschigen Felsen tasten wollte, kurzerhand auf den Arm und trug den überraschten Mann auf die andere Seite. Hin und her eilte Sorayn über die Brücke und trug sie hinüber – die schwarzhaarigen Frauen, die Norha dazu gezwungen hatte, ihm ihr Gesicht zu zeigen, ebenso wie die Männer, die vor Verlegenheit erröteten und die Situation trotz der Lebensgefahr, in der sie sich befanden, als unerträglich peinlich empfanden. Kinder, oft zwei oder drei auf einmal. Ein Mädchen, das er hochhalten musste, weil die Wellen in immer kürzeren Abständen kamen. Eine andere junge Frau, die er dazu aufforderte, sich an ihm festzuhalten und die Luft anzuhalten. Einen nach dem anderen trug er über den schmalen Steinstreifen, bis er den Abt auf sich zurennen sah, die Kutte so hoch angehoben, dass er ungestört laufen konnte, Panik in seinem zerfurchten Gesicht.

»Sie kommen! Die Soldaten!«

Sorayn setzte den melgianischen Pilger, den er in seinen Armen hielt wie einen verschreckten Säugling, auf dem Boden ab.

»Wie viele sind es?«

»Ich weiß nicht. Viele! Viele!« Der alte Mönch breitete die Arme aus, als könnte er so das ganze Ausmaß der Katastrophe verdeutlichen. Er starrte den hochgewachsenen Mann, der mit triefenden Kleidern vor ihm stand, hilfesuchend an. »Bitte!« Er wiederholte es noch einmal, leise und verzagt: »Bitte.«

Der Riesenprinz sah nach drüben zur Insel, wo Edmonda und Tamait immer noch auf ihre Rettung warteten. Er hielt sein Gesicht in den Wind und horchte. Das Meer sang, sang, laut, wild, stürmisch ... Wie viel Zeit ihnen wohl noch blieb? Kein Quäntchen davon durfte vergeudet werden.

»Dann sollen sie laufen«, sagte er. »Die Pilger, alle ... Laufen, so schnell sie können.«

»Aber die Soldaten!«, rief der Alte, als Sorayn seinen Fuß wieder auf die Brücke setzte. In Panik, ungläubig, rief es laut, als könnte es daran liegen, dass der junge Mann schwerhörig war oder blind – konnte er die Gefahr denn nicht sehen?

Der Prinz ließ sich nicht beirren. Um die Feinde würde er sich gleich noch kümmern, jetzt musste er die beiden, die zu ihm gehörten, von der Insel holen. Zwei. Während vielleicht viel mehr unschuldige Pilger niedergeritten wurden. Während Blitz kämpfte, allein versuchte, sie aufzuhalten, dringend Hilfe benötigte ... Aber der erfahrene Krieger war alles andere als hilflos. Und hier ging es um Majas Bruder. Was war gefährlicher – die Soldaten oder das Wasser? Was war schneller und was konnte man besser bekämpfen?

Der junge Riese ließ sein Herz entscheiden. Sein Herz rief ihn zu Blitz, seinem Vater, nicht zu seinem Schwager. Sein Herz wusste aber auch, dass Tamait ihn nötiger brauchte.

Der Stein unter dem dunklen, trüben Wasser war fest und gab seinem Fuß Halt. Die Wellen schlugen gegen ihn, mit aller Kraft, als hätten sie sich fest vorgenommen, die Brücke für sich zu erobern. Doch er ließ sich nicht auf diesen Kampf ein. »Ihr wollt mich nicht«, flüsterte er ihnen zu, als könnte er nicht nur die Sprache der Tiere, sondern auch die des Meeres sprechen, ihr Freund, eine Woge von vielen, ein Sturm unter seinesgleichen. »Lasst mich durch, ihr wollt nicht mich.«

Für eine Weile fing das Lied der Wellen ihn ein; fast war er versucht, stehenzubleiben und zu lauschen, Doch seine Aufgabe trieb ihn weiter, und dann fühlte er schon die Insel unter seinen Füßen. Einen großen Unterschied machte es nicht, trockener kam es ihm hier nicht vor. Die Flut stieg und warf ihn fast um, der Wind gab sich nicht mehr damit zufrieden, Regentropfen herumzuwirbeln, sondern schüttete das Wasser gleich eimerweise über alles, was im Weg stand.

»Hier, nimm Edmonda zuerst mit!«, schrie Tamait ihm ins Ohr. Aber Sorayn schüttelte den Kopf. »Du.«

Der Lärm des Sturms verhinderte eine schöne, gemütliche Unterhaltung, bei der alle offenen Fragen geklärt werden konnten. Deshalb machte der Prinz sich auch nicht die Mühe, den jungen Mann darauf hinzuweisen, dass es für die Wenzerin übel ausgehen konnte, wenn er sie hinüberbrachte und dann allein lassen musste, um ihren Begleiter zu holen.

»Ich gehe!«, schrie Tamait, als Sorayn den Arm um ihn legen wollte. Selbst jetzt noch war er stolz genug zu glauben, er könnte so über die Brücke gehen, wie der Riese es eben getan hatte. Doch dieser hatte keine Zeit für Menschen, die sich selbst überschätzten. Wenn sein Vetter von einer Welle weggerissen wurde, würde er ihn nicht mehr finden. Die Delfine hatten sich längst zurückgezogen. »Wag es nicht, mich zu tragen!«

Sorayn hielt den Oberarm seines Schwagers fest, und schon beim ersten Schritt auf den Felsbogen, als das Wasser sie beide erfasste und sofort mitreißen wollte, wurde dem Arimer fast das Gelenk aus der Schulter gekugelt. Der Riesenprinz wusste nicht, ob er sich darüber freuen sollte, als Tamait erstickt aufkeuchte und sich an ihn klammerte. Als der Mann, der zwar nie sein Feind, aber immer sein Gegner gewesen war, sich an ihn drängte, schutzsuchend. Was in den Garten kam ... Und hier war es da, das Ungeheuer, und trug ihn über die Brücke, durch die Fluten und den Wind, ohne zu wanken.

Drüben, als er ihn herunterließ, stolperte Tamait ein paar Schritte von ihm weg und fiel auf beide Hände. Er hustete und spuckte Salzwasser. Sorayn wartete nicht, bis er sich erholt hatte. Er kehrte zurück auf die Insel, wo die junge Prinzessin auf ihn wartete, eine überaus nasse, frierende Königstochter, die überhaupt nichts dagegen hatte, auf starken Armen über die Brücke getragen zu werden.

»Luft anhalten«, befahl er, als eine besonders hohe Welle nahte. Mit seinem Körper schützte er sie vor der Wucht des Aufpralls. Er kam selbst ins Schwanken, und einen Moment lang fürchtete er schon, er würde mitsamt seiner kostbaren Last vornüber von der Brücke stürzen. Doch er fing sich wieder. Und da war schon das Ufer, wo Tamait sich bereits gegen einen Soldaten zur Wehr setzen musste. Sorayn fegte den Angreifer ohne große Umstände zur Seite.

»Zum Hafen«, sagte er. »Ein einziges Schiff ist noch da, das auf euch wartet. Ich muss mich um den Fürsten und seine kleine Armee kümmern.«

Der junge Krieger nickte. »Danke.« In den Augen von Majas Bruder las Sorayn zum ersten Mal etwas, das ihm nicht vorkam wie ein Schlag ins Gesicht. Zum allerersten Mal fühlte es sich tatsächlich so an, als gehörten sie zu einer Familie. Und doch musste er ihn wegschicken, auf eine ungewisse Reise ans Ende der Welt.

Während er sich den Weg durch die immer dichter heranströmenden Soldaten suchte, so als müsste er durch tiefes Wasser waten, entdeckte er Blitz, kämpfend und immer noch am Leben. Sorayn blieb eine Weile stehen und beobachtete die unglaubliche Schnelligkeit der Bewegungen, mit denen sein Vater seine Gegner stets aufs Neue verwirrte und verblüffte, täuschte und schließlich niederstreckte. Vielleicht stammte ja doch nicht alles, was seine eigene Kampfeskunst anging, von den Riesen. Dieser Gedanke war neu und machte ihn froh, und mit einem grimmigen Lächeln warf der Prinz sich nach vorn ins Getümmel.

18. Deinetwegen

SIE WAR UNTERGEGANGEN. Und fühlte sich gleich darauf emporgehoben. Es dauerte eine Weile, bis Manina erkannte, welche Art von Wesen sie gerettet hatte. Zwei silbergraue Gestalten trugen sie an der Küste entlang, fort von der tückischen Brücke und der kleinen Insel, um die vorspringenden Klippen herum und in die lange, tief ins Landesinnere reichende Bucht, wo die velanischen Dreimaster vor Anker lagen. Sie waren riesig. Noch nie hatte die junge Frau so große Schiffe gesehen, und ein merkwürdiges, ungewohntes Gefühl stieg in ihr auf, eine Erregung, die tatsächlich dem aufbrausenden Glück jäher Verliebtheit ähnelte.

Schiffe, die nach Rinland fuhren. Auf einem solchen war ihre Mutter gewesen, hatte sich voller Erwartung und Hoffnung ins Abenteuer gestürzt, mit dem Mut einer Riesin.

Manina war nicht die Einzige, die von den schönen Tieren zum Hafen gebracht wurde. Rechts und links von sich sah sie weitere Pilger auf Delfinen reiten. Der Anblick hätte ihr Herz zum Jubeln gebracht, wenn da nicht noch die Angst gewesen wäre, das dumpfe Gefühl der Furcht. Entdeckt zu werden. Tamait. Blitz. Ach, Blitz! Ihn endlich wiederzusehen! Und die hübsche Königstochter aus Wenz ... Die Gesichter zogen an ihr vorbei. Aber sie war hier. Und hier war das Schiff. Und Menschen, die ihr aus dem Wasser halfen, ihr die Hände entgegenstreckten. Es waren Matrosen, die zur Mannschaft der *Sturmschwinge* gehörten und das Mädchen zusammen mit den anderen Geretteten gleich an Bord schickten. Der Kapitän stand an der Reling, die Stirn gerunzelt.

»Wie viele werden noch kommen?«, wollte er wissen. »Wir müssen ablegen.«

Die Prinzessin wunderte sich, dass er sich an sie wandte, nicht an die anderen Pilger. War es ihr immer noch anzusehen, dass ihr Wort einmal etwas gegolten hatte, im ganzen Kaiserreich?

»Ich weiß nicht«, meinte sie. »Aber auf jeden Fall müssen noch einige kommen, die zu mir gehören.«

Sie suchte das Wasser nach ihren Freunden ab. Tamait. Die Wenzerin. Und Blitz. Blitz! Er würde sich diese Reise niemals entgehen lassen, nicht um alles in der Welt. Dies war sein Schiff, diese *Sturmschwinge*, musste es jedenfalls werden. Es durfte nicht passieren, dass Norha ihn ergriff ... Unruhig wanderte sie auf und ab. Die Pilger gingen unter Deck, aber Manina wandte den Blick nicht von den Wellen und dem Hafengelände ab. Jemand brachte ihr eine Decke, die sie sich um die Schultern legte, ohne einen Unterschied zu spüren. Sie horchte auf Kriegsgeschrei. Doch nur die Möwen kreischten über ihr, ein tanzender Schwarm wilder Vögel.

»Du musst warten«, sagte sie und fühlte, wie der Glanz ihrer alten Autorität sie umgab. »Sie werden kommen.«

»Verrückt«, meinte der Kapitän. »Aber was an dieser Reise ist das nicht? Gut, ich warte. Wenn wir erst aufgebrochen sind, kann der Sturm uns nichts anhaben, aber hier im Hafen beschädigt zu werden, das ist unverzeihlich, das ist, als wenn ein Krieger unter seiner Rüstung zusammenbricht, bevor der Kampf überhaupt begonnen hat.«

Sie fragte ihn nicht, woher er diese Gewissheit nahm. Was hätte er antworten können außer: Es ist verrückt, aber ich werde es trotzdem tun?

Der Wind wurde stärker, die Wolkendecke über ihnen dunkler. Immer noch war nichts von ihren Freunden zu sehen.

»He!«, rief der Herr der *Sturmschwinge*. »Wartet! Wo wollt Ihr hin?«

Manina antwortete ihm nicht. Den Landungssteg hinunter, festen Boden spüren. Wie konnte sie warten, sich sicher fühlen, während die anderen kämpften und vielleicht starben? So viele Stunden ... irgendwann mussten sie doch kommen!

Sie lief auf die Geräusche zu, die sie jetzt endlich hörte, weitab vom Hafen. Waffengeklirr. Schreie. Und auf einmal kamen ihr Tamait und Edmonda entgegen.

»Wo ist Blitz?«, rief sie, als ihre Erleichterung sich in Erschrecken verwandelte.

»Wir müssen aufs Schiff«, sagte der junge Arimer. »Die Soldaten werden versuchen, uns den Weg abzuschneiden. Komm, Manina, nicht in diese Richtung!«

Sie schüttelte seine Hand ab. Eigentlich erwartete sie, dass er ihr folgte, dass er mit ihr nach seinem Onkel suchte, aber Tamait schien Befehlen zu gehorchen, von denen sie nichts wusste. Er hielt die dunkelhaarige Prinzessin am Arm und führte sie weiter, in Richtung Hafen.

»Geht auf die *Sturmschwinge*!«, rief Manina ihnen nach. »Die *Sturmschwinge*!«

Sie war sich über ihre Dummheit im Klaren, aber sie konnte nicht anders. Ohne Blitz würde sie nicht abfahren.

Der Kampflärm wurde lauter. Die junge Frau drückte sich in den Schatten eines Hauses, als eine Gruppe Melgianer mit erschrockenen Gesichtern auf sie zulief, die nassen Gewänder beim Rennen hochgehoben, so dass man haarige Beine sah. Mit klopfendem Herzen wartete sie, bis sie vorüber waren, dann eilte sie weiter. Einem Trupp Reiter musste sie ausweichen, indem sie sich seitwärts in ein Dünengewächs warf. Sie konnte nur hoffen, dass es den Pilgern gelang, den Hafen zu erreichen.

Als sie auf dem offenen Gelände vor der Insel anlangte, hatte der Orkan an Kraft gewonnen. Alle anderen Geräusche wurden fortgeweht, übrig blieb nur ein grauer Wirbel aus Regen und Gischt, steigenden Pferden, rutschenden Männern, hochspritzendem Schlamm und aufblitzenden Schwertern. Da war Sorayn, allein im Zentrum des Sturms, ein Anblick, von dem sie sich kaum losreißen konnte. Und dann sah sie Erion.

Er tauchte aus dem Nichts auf, aus den dunklen Regenschleiern, eine aufrechte Gestalt auf einem braunen Pferd. Das blonde Haar klebte nass an seinem Kopf, aber in seinem Gesicht war eine ernste Entschlossenheit, als er auf den rasenden Prinzen zuritt. »Wie kannst du es wagen!« Der Wind trug seine Worte zu Manina. »Wie kannst du! Du bist sein Diener! Du gehörst Zukata!«

Sie wunderte sich, wie der Fürst von Neiara diesen selbstmörderischen Mut aufbrachte, einem Riesen entgegenzutreten und ihm solche Dinge zu sagen. Doch keins dieser Worte erreichte den, für den sie bestimmt waren, jedes einzelne brachte der Wind allein zu ihr. Sorayn hatte Erion noch gar nicht bemerkt, seine ganze Aufmerksamkeit gehörte den Soldaten, die er daran hinderte, den Pilgern in Richtung Hafen zu folgen.

»Dafür wird sie leiden!«, schrie der Kaisergänger. »Das verspreche ich dir!«

Der Herausgeforderte schleuderte unterdessen nichtsahnend ein paar Gegner zur Seite. Und Manina wusste, wie es enden würde, wie es unweigerlich ausgehen musste. Niemand, der bei Verstand war, durfte in einem solchen Augenblick in Sorayns Nähe. Sie wusste das, fühlte es, so wie sie früher als Kind genau gewusst hatte, wann es besser war, ihren Eltern aus dem Weg zu gehen. Mit Riesen kannte sie sich aus; und dabei waren Kanuna und Fanes die geduldigsten, sanftmütigsten Riesen gewesen, die man sich vorstellen konnte. Sich einem wilden Angehörigen dieses Volkes in den Weg zu stellen, während er wütete, war nicht zu überleben.

»Erion, nein!«

Sie lief los, ohne darüber nachzudenken, was sie tat. Ihr einziges Ziel war, den Fürsten zurückzuhalten, bevor er auf den Riesenprinzen traf.

»Sie wird leiden, mehr, als du dir vorstellen kannst!«, rief Zukatas Abgesandter.

Sorayns eisige Augen. Der Tod, schön und jung mit schwarzem Haar und dem Himmel im Gesicht. Er sah aus, als hätte er sich selbst verloren.

Erion zwang sein scheuendes Pferd vorwärts. Gleichzeitig stürzte die Prinzessin vor und bekam sein Bein zu packen. »Nicht!«

Ein brutaler Tritt warf sie rücklings in den Schlamm. Doch gerade als er losreiten wollte, warf er ihr noch einen schnellen Blick zu – vielleicht um einzuschätzen, ob ihm von dieser Seite Gefahr drohte – und stutzte, als er in ihre blauen Augen schaute. Sie wusste nicht sofort, ob er sie erkannt hatte, denn so nass und verdreckt, wie sie aussah, erinnerte wenig an das blonde Mädchen, das ihm vor einigen Monaten entwischt war. Dann riss er sein Pferd herum. Und sie rappelte sich auf und rannte.

Während sie lief, dachte Manina nicht an die Gefahr, in der sie sich selbst befand. Sie wollte ihn von Sorayn fortlocken, nichts sonst, und daher achtete sie darauf, dass er sie nicht aus den Augen verlor. Aber das wäre nicht nötig gewesen. Erion war so dicht hinter ihr, dass sie ihm nur entging, weil er mit dem Braunen nicht schnell genug durch die dicht stehenden Pilgerhütten kam. Ein, zweimal blieb sie stehen, nach Luft ringend, bis sie Hufschläge hörte, und rannte dann weiter. Trotz allem war sie überrascht, als sie seine Arme um sich spürte, als er plötzlich da war und nach ihr griff und sie gemeinsam gegen die Bretterwand prallten, die ihr eben noch als Schutz gedient hatte.

»Dachtet Ihr, Ihr könntet mir entkommen, Prinzessin Manina?«

Auch er war außer Atem. Seine Stimme klang triumphierend und auch ein wenig verärgert, und seine grauen Augen verweigerten ihr das innige Erkennen, nach dem sie sich, wie sie jetzt wusste, gesehnt hatte. Ein Blick, in dem das Wunder aufblühte ... Aber Erion hielt sie nur fest, fester als nötig, wie sie fand, und zerrte sie zu seinem Pferd, das hinter einer Pilgerhütte auf ihn wartete.

»Ich wusste, dass Ihr hier in Talen seid«, meinte er. »Und diesmal passe ich sehr gut auf Euch auf.«

»Ihr meint, diesmal lasst Ihr mich nicht laufen?« Sie hätte Angst haben müssen, aber in seiner Gegenwart konnte sie sich einfach nicht fürchten. Wenn Blitz sie hier sah, würde er verzweifelt versuchen, sie zu retten. Sorayn würde nicht lange fackeln und den Kaisergänger in der Luft zerreißen. Ob der schöne Fürst wusste, wie nah er der Vernichtung gekommen war und wie knapp er dem Tod von der Schippe gesprungen war?

»Ich habe Euch nicht laufen lassen.« Seine Stimme bebte vor Ärger; sie fragte sich, warum ihn dieser Vorwurf so traf. »Ich wollte

Prinzessin Maja und ich habe sie bekommen. Und nun will ich Euch.«

Die Worte klangen nach, bedeutungsvoll, und sie konnte nicht verhindern, dass sie errötete und ihr Mund sich zu einem verlegenen Lächeln verzog. Erion fluchte leise. Er sah aus, als wollte er sie am liebsten loslassen, und es kam ihr so vor, als ob seine Hände bebten, aber vielleicht bildete sie sich das auch nur ein. Er hatte sie aufs Pferd heben wollen, aber jetzt zögerte er. Sie war nicht gefesselt und nur ein Narr hätte eine Reiterin in den Sattel gesetzt und gehofft, dass sie nicht sofort davonritt. Stattdessen hielt er weiterhin ihren Arm und führte den Braunen. Sein Ziel war nicht weit: Dort war schon ein graues Kloster, das sich unter dem Sturm zu ducken schien. Die Soldaten hatten es besetzt, wie sie feststellte, als das Tor geöffnet wurde und nirgendwo etwas von einem Mönch oder einer Nonne zu sehen war. Erion wurde gegrüßt, aber nicht so ehrerbietig, wie sie erwartet hatte, und er musste mit lauter Stimme einen Knecht einfordern, der sich um das Pferd kümmerte.

»Meldet Fürst Norha, dass ich hier bin.«

»Und wen sollen wir melden?«

Zukatas auserwählter Diener war es offensichtlich gewöhnt, erkannt zu werden. Der Ärger in seiner Stimme war unüberhörbar, als er seinen Namen nannte. Die Wirkung trat sofort ein. Der Wächter verneigte sich respektvoll und kniff die Augen zusammen, dann winkte er einem jungen Burschen und befahl ihm, den Besuch anzukündigen.

»Oh, nicht sofort«, sagte Erion wütend. »Und nicht so. Wir brauchen ein heißes Bad, das heißt, zwei«, verbesserte er sich hastig, »eins für mich und eins für meine Begleiterin, frische Kleidung und etwas Angemessenes für die Dame. Fürst Norha wird so lange warten müssen.«

Der Soldat freute sich nicht über die zusätzlichen Aufgaben. »In einem Mönchskloster gibt es keine Kleidungsstücke für Frauen. Und ich weiß nicht, ob heißes Wasser da ist.«

»Dann macht es heiß.«

Erion funkelte den Mann an, ohne von der Stelle zu weichen, bis dieser ergeben nickte und weitere Burschen losschickte.

Der Fürst führte Manina unter das große, auf Säulen ruhende Vordach. Hier ließ er endlich ihren Arm los. Vorsichtig tastete sie über den Ärmel, um zu prüfen, ob sie blaue Flecken hatte.

Er lächelte grimmig. »Vergebt die Umstände, Prinzessin.« Sein Blick war so kühl, als hätte er sie nie zuvor gesehen. Sie merkte, dass sie fror. Vielleicht hatte sie schon die ganze Zeit gezittert. Ihre Zähne klapperten, wenn sie sie nicht fest aufeinanderbiss. »Ich versichere Euch, dass es Euch an nichts fehlen wird – vorausgesetzt, Ihr nehmt die Einladung Eures Bruders dieses Mal an.« Er spähte über die Schwelle einer kleinen, kahlen Zelle und schüttelte unzufrieden den Kopf.

Ihr war zu kalt, um mit ihm darüber zu streiten, was sie von Zukatas Einladung und der Art, wie sie überbracht wurde, hielt. Sehnsüchtig hielt sie nach einem Menschen Ausschau, der die Nachricht überbrachte, dass das Bad bereitet sei.

»Ihr friert«, stellte Erion fest, ohne im Mindesten fürsorglich zu klingen. »Wenigstens ein Feuer sollte es hier geben.« Er stieß die Tür zu einem weiteren Raum auf, doch auch hier nur gähnende Leere. »Verdammt.« Ungeduldig hielt er einen Soldaten an, der mit verwundertem Blick an ihnen vorbeimarschierte. »Wieso ist es hier so kalt, habt ihr kein Feuer?«

»Sämtliches Brennholz befindet sich im großen Saal«, erklärte der Uniformierte und vermied es, das schlammüberkrustete Mädchen genauer zu betrachten.

»Norha lässt einen großen Saal beheizen? Wo ist das Bad, das ich verlangt habe?«

»Mein Herr ist Kaisergänger«, meinte der Mann stolz. »Seine Anordnungen werden nicht in Frage gestellt.«

»Und ich«, sagte Erion gefährlich leise, »bin die rechte Hand des Kaisers. Ich erwarte keinen Luxus, aber das, was möglich ist, und das sofort.«

Geduckt eilte der Soldat davon.

Manina konnte den unglaublichen Ärger ihres Entführers nahezu körperlich spüren. Obwohl er äußerlich völlig gefasst blieb, schien die Luft sich mit seinem Zorn aufzuladen. Es ging hier um viel mehr als um ein Feuer im Kamin und sie hätte gerne nachgefragt, aber ihre Lippen wollten ihr nicht gehorchen. Sie stand da und zitterte, bis er sie wieder am Arm fasste, diesmal behutsamer, und sie in einen Raum führte, in dem es warm war, wohlig und wunderbar warm. Ein großer Badezuber stand dicht am Feuer. Ein Wachposten beaufsichtigte zwei Nonnen, die Eimer voll Wasser in den Zuber leerten. Eingeschüchtert und traurig wirkten sie, und als Erion dem Mann zunickte, nutzten sie die Gelegenheit, um ebenfalls den Raum zu verlassen.

»Kommt Ihr zurecht?«, fragte er, bevor er die Prinzessin allein ließ.

Seine Frage verdiente keine Antwort. Als ob er vergessen hatte, dass sie wie ein ganz gewöhnliches Mädchen in einem Walddorf gelebt hatte. Als ob sie immer noch die vornehme Kaisertochter war, die in einem goldenen Schloss wohnte und keinen Finger rührte, so erlaucht, dass es ihr nicht einmal möglich war, allein ihr Kleid auszuziehen oder sich die Haare zu waschen.

Sie hielt die Hände über das Feuer und wartete, bis sie aufgehört hatte zu zittern, bevor sie den schlammbedeckten Mantel ablegte, ihre Füße von den durchweichten Stiefeln befreite und aus ihrem zerrissenen Rock stieg. Das Wasser, in das sie sich aufseufzend sinken ließ, löste die Ereignisse des Tages von ihr ab und ließ sie davonschwimmen wie die Bruchstücke eines halb vergessenen Traums. Das Schiff ... Sie war schon an Bord gewesen. Und nun waren die anderen ohne sie abgefahren. Tamait. Und Blitz. Sie hoffte so sehr für ihn, dass er es auf die *Sturmschwinge* geschafft hatte. Und Sorayn? Nein, sie glaubte nicht, dass er abfuhr, solange Maja in Kirifas gefangen war. Manina schloss die Augen und ließ sich tiefer ins Wasser sinken. Und sah wieder die Woge auf sich zukommen, die sie von der Brücke gerissen hatte ... Nein, wenn sie jetzt anfing zu träumen, würde sie hier noch einschlafen. Wenn es zu lange dauerte, würde Erion hereinkommen, um nachzusehen, ob sie irgendwie durch das Fenster geflohen war.

Die einzige Kleidung, die man für sie hatte auftreiben können, war das Gewand einer Nonne, rauer Stoff, dunkel und kratzig. Doch es gab mehrere Unterkleider dazu, die etwas weicher gewebt waren, und durch die vielen Schichten wurde ihr angenehm warm. Die neuen Stiefel passten zwar nicht wie angegossen, aber es ging. Ihr Haar roch immer noch nach Seife und war nass, aber sie flocht es zu einem dicken Zopf. Dann öffnete sie vorsichtig die Tür.

Vier Soldaten hatte Erion zu ihrer Bewachung zurückgelassen. Anscheinend hatten diese den Befehl erhalten, sie höflich zu behandeln, und waren auch auf ihren Rang hingewiesen worden, denn der älteste nickte ihr widerwillig zu und sagte: »Wir geleiten Euch nun in den großen Saal – wenn es Euch recht ist.«

Manina sagte nichts dazu. Sie folgte dem Ersten und ignorierte die drei hinter ihr und kam sich merkwürdig verloren vor, während sie durch die hallenden Gänge schritt. Hin und wieder pfiff der scharfe Wind durch ein zerbrochenes Fenster und brachte das Brausen der Brandung mit und erinnerte sie daran, wo sie war. Nicht in einer Burg, sondern an einem Ort, der dazu diente, aufs Meer hinauszuschauen.

Im großen Saal kämpften mehrere Kaminfeuer gegen die Kälte an. Norha, in einen langen, bestickten Mantel gehüllt, ging auf und ab, während Erion auf einem hochlehnigen Holzstuhl am Feuer saß. Er blickte auf, als sie hereingeführt wurde, und konnte seine Bewunderung nicht verbergen. Plötzlich kam sie sich schön vor, trotz des bescheidenen Gewandes, obwohl sie keinen Schmuck trug oder irgendetwas, was einer Prinzessin angemessen gewesen wäre. Unwillkürlich lächelte sie. Selbst in dieser Situation kostete sie es aus, sich wie eine hübsche Frau zu fühlen.

»Das soll Edmonda sein?«, fragte Norha und hob die Brauen. »Ich habe sie gesehen und das ist sie ganz sicher nicht. Wem willst du hier eigentlich etwas vormachen, Erion?«

Der jüngere Kaisergänger winkte die Soldaten fort, aber sie gehorchten erst, als ihr Vorgesetzter die Anweisung bestätigte.

»Ich habe nur von einer Prinzessin gesprochen, nicht von Edmonda«, stellte Erion richtig. »Das, mein lieber Onkel, ist Prinzessin Manina.«

»Manina?« Der rothaarige Fürst klang überrascht. Einen Moment schien es Manina, dass er sich vor ihr verbeugen wollte, aber dann raffte er den Mantel enger um sich und reckte das Kinn in die Luft. Erstaunt erkannte sie dieses Kleidungsstück: König Rubar hatte es während der Prozession getragen. Was für eine unerhörte Anmaßung! Norha klammerte sich daran, als hätte sie die Absicht, ihn ihm wegzunehmen. »Aha. Und warum dann diese Verschwendung von Wasser und Brennholz? Du hättest das Weib besser töten sollen, als es aussah wie die verdreckte Bettlerin, von der meine Männer mir erzählt haben. Jetzt sieht sie aus wie eine Nonne.« Er lachte über seinen kleinen Witz. Ob er betrunken war? Es wirkte ganz so.

»Ich habe nicht vor, sie umzubringen«, entgegnete Erion mit einem Stirnrunzeln. »Ich bringe sie nach Kirifas, so wie Zukata es wünscht.«

»Ach?« Norha grinste böse. »Und wieso heißt es dann, dass derjenige, der dem Kaiser ihren Kopf bringt, das Königreich Aifa gewinnt?«

»Das ist nichts anderes als ein Gerücht.«

Norha blickte von ihr zu seinem Neffen und wieder zurück. »Ah, so ist das.«

»Wie meinst du das?«, fragte der blonde Fürst wütend und stand auf, eine Drohung, über die sein Gegenüber nur lachen konnte.

»Mein Junge. Du hast sie mir gebracht, damit ich es tun kann. Damit ich ein Königreich bekomme, das mir angemessen ist. Salien für mich, Aifa für dich? Wenn du das, was dafür getan werden muss, nicht fertigbringst, ich habe kein Problem damit.«

Manina hatte mit allem Möglichen gerechnet, aber nicht damit: dass Norha seinen Mantel zurückschlug, unter dem sich sein Schwert verbarg, es mit beiden Händen über den Kopf hob und auf sie zustürmte. Es ging so schnell, dass sie nur noch zur Seite springen konnte, doch dann war Erion schon da und warf sich auf den Angreifer. Sie gingen beide zu Boden, und der Jüngere entwand dem immer noch lachenden Norha die Waffe.

Der Ältere setzte sich auf. »Du greifst mich an – auf meinem Boden? Hier sind nur ich und meine Soldaten. Vielleicht wäre es klüger gewesen, wenn du ein paar von deinen eigenen Kriegern mitgebracht hättest.«

»Das habe ich, wie du sehr wohl weißt«, sagte Erion. »Sie sind noch in der Stadt, in die du ohne mich gar nicht mehr hineingekommen wärst.«

Manina war an die Wand zurückgewichen und wartete darauf, dass ihr wild schlagendes Herz sich beruhigte. Der Anschlag war so plötzlich erfolgt, dass sie es immer noch nicht fassen konnte.

»Ich werde Prinzessin Manina nach Kirifas bringen«, beharrte ihr Entführer und legte das Schwert auf das Kaminsims. »Hier schien mir ein besserer Platz, um unseren Aufbruch vorzubereiten, als in den Bretterbuden dort draußen. Dieser Art von Gastfreundschaft kann ich jedoch nicht viel abgewinnen.«

Norha rappelte sich auf. »Du redest Unsinn, mein Lieber. Welchen Sinn hätte es, wochenlang auf sie aufzupassen, eine Flucht in Kauf zu nehmen, wenn ihr Tod das Einzige ist, was Zukata letztendlich dienlich ist?«

»Er will sie bei sich sehen.«

»Ach was! Er will sie tot sehen. Und nichts sonst. Du weißt das und ich weiß es und noch eine ganze Menge Leute da draußen. Soll etwa einer von denen die Belohnung einstecken? He? Ein besseres Angebot als meines wirst du nicht kriegen: Ich tue es, da du ja anscheinend zu sehr von ihr betört bist, und du bringst ihren Kopf nach Kirifas, und am Ende haben wir beide etwas davon.«

Erion schwieg, er schien zu überlegen. Die junge Frau wartete darauf, dass er sie ansah, dass er ihr zu verstehen gab, dass sie nichts zu befürchten hatte. Aber er hielt den Blick auf seinen Verwandten gerichtet, sehr ruhig, sehr ernst, und sein Gesicht verriet nichts, gar nichts.

»Es ist nicht nötig, dass du mir dabei zur Hand gehst«, sagte er schließlich. Seine Stimme war so kalt, dass Manina schauderte. »Deine Hilfe hier in Talen war von unschätzbarem Wert. Das dürfte genügen, um Zukata dazu zu bewegen, dir mit Wohlwollen entgegenzukommen. Ich bin sicher, er weiß, was er an dir hat, Onkel Norha. Doch das ändert nichts daran, dass er mich geschickt hat. Mich und niemand sonst.«

»Da habe ich etwas anderes gehört.« Norha lachte leise. »Zukata will einfach bloß die Arbeit getan haben. Wer zuerst kommt ...«

»Ich bin mir sicher, dass es dir unangenehm wäre, wenn dem Kaiser zu Ohren kommt, wie schmählich du versagt hast, was die Prinzessin aus Wenz angeht«, erinnerte der jüngere Kaisergänger sanft.

»Sie hatte Pferde mit!«, platzte es aus Manina heraus. »Drei Stuten aus dem Stall des Königs von Wenz. Ich weiß, wo sie unterstehen, ich könnte ...«

»Das klingt in der Tat interessant.« Erion griff die Mitteilung sofort auf. »Das müsst Ihr mir zeigen. Ich weiß, wie groß der Wunsch des Kaisers ist, eine eigene Zucht zu besitzen.«

»Das Mädchen bleibt hier«, bestimmte Norha. »Ich schicke ein paar meiner Männer, um die Pferde zu holen. Es gibt keinen Grund, warum die Gefangene diesen Ort wieder verlassen sollte. Außer den einen, dass du ein Verräter bist!« Er hatte sich, während er sprach, auf das Feuer zubewegt, packte jetzt das Schwert und sprang damit auf seinen Neffen los. Diesem blieb kaum Zeit, seine eigene Waffe zu ziehen und den Hieb abzufangen.

Obwohl der Rothaarige eben noch unsicher und angeheitert gewirkt hatte, führte er die Klinge jetzt mit erstaunlicher Kraft und Präzision. Er trieb Erion durch den Saal, in dem jeder Laut ohrenbetäubend widerhallte. Es konnte nicht lange dauern, bis die Soldaten hier einfielen, um ihrem Herrn zur Seite zu stehen. Manina sah sich nach einer Waffe um, griff nach dem eisernen Schürhaken vor dem Kamin und hielt ihn fest umklammert, während sie auf die beiden Kämpfer zurannte. Dann stürzte Erion plötzlich rücklings zu Boden und Norha hob das Schwert ...

Die Prinzessin holte mit dem Schürhaken aus und schlug mit aller Kraft zu; sie erwischte den Mann seitlich am Schädel. Norha stand noch einen Moment da und schwankte, dann brach er zusammen.

»Ist er tot?«, fragte sie erschrocken.

Erion rappelte sich auf. Er streckte die Hand aus und berührte dabei eine dünne, straff gespannte Schnur, die sich quer durch den Raum zog.

»Das war geplant«, sagte er leise, fassungslos. »Er hatte von Anfang an vor, mich umzubringen, damit er Euch als seine eigene

Gefangene ausgeben kann.« Er blickte zu Manina hoch, die immer noch den schweren Haken festhielt. Einen Herzschlag lang kam ihr sein Gesicht offen und bloß vor, sie konnte darin lesen wie in einem Buch. Sein Entsetzen, sein Erstaunen. Aber dann kehrte der kühle Denker wieder zurück.

»Wir müssen hier weg. Meine Leute sind draußen in der Stadt, seine können jeden Moment hier sein.« Er untersuchte seinen Onkel kurz. »Er lebt ja noch, war das Absicht?«

Manina fasste nach seinem Arm, als er nach dem Schwert greifen wollte. »Kommt. Lasst ihn, dazu ist keine Zeit.« Sie wollte nicht mit ansehen, wie er einen Bewusstlosen tötete.

Erion zögerte nur kurz, dann ergriff er ihre Hand und zog sie zum Ausgang. Vor der Tür strich er sich durch das Haar und atmete tief durch. »Keine Aufregung zeigen. Nicht rennen. Ihr werdet nicht weinen, oder?«

»Nein«, versprach die Prinzessin, obwohl der Schreck in ihrer Stimme zitterte.

»Gut.« Er öffnete die Tür und führte sie hinaus auf den zugigen Gang. Die Soldaten standen stramm und zeigten nicht, ob sie sich wunderten. Dort war schon der Hof. Draußen herrschte finstere Nacht. Es sprach wirklich nicht viel dafür, jetzt zu gehen. Die Wolken hingen tief, wenn auch der Sturm nachgelassen hatte, und in die Regentropfen mischte sich Schnee. Winzige Eiskristalle legten sich auf Maninas blondes Haar.

Sie konnte kaum mit Erions raschen Schritten mithalten, aber er ließ ihre Hand nicht los. »Gibt es diese Stuten aus Wenz wirklich?«, fragte er.

»Ja, aber ...«

»Wir haben jetzt keine Zeit, meinen Braunen zu holen.« Er hielt direkt auf das Tor zu. Hinter ihnen aus dem Haupthaus kam ein Schrei, sehr laut und alarmiert. Die Wachen regierten sofort und traten den beiden mit gezückten Waffen entgegen. »Fürst Norha hat uns angewiesen ...«, begann der eine, doch Erion unterbrach ihn sofort.

»Öffnet das Tor für den Kaisergänger Zukatas des Großen«, blaffte er die Soldaten an.

»Wir haben die strikte Anweisung ...«

»Öffnet das Tor!« Nicht die geringste Aufregung war ihm anzumerken, keine Eile, keine Furcht. Seine grauen Augen musterten die Männer, als würde er sie mit einer Fackel verbrennen. »Öffnet das Tor für den Kaisergänger.«

Die Wachen zögerten immer noch. Erion öffnete seinen Mantel und schob den Ärmel seines Obergewandes bis zur Schulter hoch. »Seht hin«, sagte er mit schneidender Stimme, während die Schneeflocken auf seiner Haut schmolzen. Ein eingebranntes Z, über dem eine Krone prangte, das Zeichen, das an ihm zu brennen schien. Die Prinzessin schauderte, als sie es sah, und selbst die starken Kerle ließen sich davon einschüchtern. »Seht genau hin. Und jetzt öffnet mir das Tor.«

Diesmal gehorchten sie. Sie schoben den schweren Riegel zurück und ließen Erion und Manina hinaus in die dunkle Stadt.

»Meinen Braunen muss ich wohl leider verloren geben«, meinte er, während sie immer noch sehr rasch durch die dunklen Straßen gingen. »Wo sind die Wenzer Pferde?«

»Dort entlang.« Manina ließ sich widerstandslos mitziehen, aber in ihren Gedanken war ein Wettstreit von tausend Fragen. In Talen war es ruhig, die Kämpfe mussten vorüber sein. Wahrscheinlich waren die Schiffe längst abgefahren. Und ihre Freunde mit ihnen. Trotzdem fühlte sie sich nicht verloren, während sie an Erions Hand durch den hohen Schlamm watete. Es schneite immer stärker, aber ihr war nicht einmal kalt.

»Könnt Ihr ihn nicht später holen?«, fragte sie. »Habt Ihr nicht Soldaten hier, die Euch gehorchen?«

»Leider habe ich keine aus Kirifas mitgebracht. Bloß Truppen aus Salien und Laring. Ich weiß nicht, wem ich noch trauen kann.« Er blieb vor der Pilgerhütte stehen, auf die sie zeigte, trat jedoch nicht sofort ein, sondern horchte. Zuerst war alles still, aber der warme Geruch der Pferde wehte ihnen entgegen, und dann ertönte ein Schnauben.

»Dort sind die Sättel und die Taschen. Sie haben alles hier gelassen.« Manina tastete sich durch den Raum und stolperte über ein

Hindernis. »Ja, das müsste das sein, was das Packpferd getragen hat. Decken, sogar noch etwas Reiseproviant, und ein Bündel Brennholz.« Blitz hatte ihr erzählt, wie er mit Hilfe des Zeichens in den Dörfern jede Hilfe eingefordert hatte, die er nur bekommen konnte. Wie merkwürdig, dass er jetzt fort war, ohne Abschied.

»Macht Ihr bitte die Pferde bereit.« Erion spähte aus einem Fenster. Draußen deckte der Schnee die aufgeweichte Erde mit einer weißen Schicht zu. »Wir müssen weg, solange es noch schneit.«

Manina streichelte die Tiere und redete leise zu ihnen, während sie den ersten Sattel auflegte.

»Still!«

Sie erstarrte, lauschte, vernahm von draußen die schweren Schritte vieler Männer. Erion atmete dicht neben ihr heftig aus. Sobald die Soldaten vorüber waren, öffnete er die Tür. Die kalte Nachtluft wehte herein und der Schimmer des Schnees erhellte den kleinen Raum.

»Jetzt«, flüsterte er, »jetzt sofort.«

»Ich habe das dritte noch nicht bepackt«, hielt sie dagegen.

»Zwei müssen reichen.«

Leise führten sie die Braunen aus der Hütte und saßen auf.

»Folgt mir.« Erion ritt langsam durch die schmalen Gassen, wo Hütte an Hütte gebaut war. Alles schien verlassen, aber vielleicht schliefen die Menschen bereits. Manina konnte sich nicht vorstellen, dass die große Menge an Pilgern, die sich für das Fest hier eingefunden hatte, ausnahmslos nach Rinland verschwunden war.

Sobald sie die verwinkelten Gassen hinter sich gelassen hatten und die Straßen sich weiteten, trieb sie ihre Reittiere zu größerer Schnelligkeit an. Doch der rutschige Untergrund machte den Stuten Schwierigkeiten; sie kamen nicht gut voran. Als in einiger Entfernung ein Trupp Soldaten zu hören war, fluchte Erion leise.

Der Weg führte zwischen den Dünen hindurch, und auf einmal rissen die Wolken auf und silbernes Mondlicht fiel auf das Meer. Wie mit unzähligen kleinen kalten Flammen überstreut funkelte die schwarze Fläche vor ihnen. Das Wasser kam Manina sehr nah vor, viel näher als noch am Tag zuvor, und obwohl die kleine Insel ganz in der Nähe sein musste, war nichts von ihr zu sehen, kein dunkler Schatten zwischen den glitzernden Wellen.

Sie ritten in südlicher Richtung zwischen den Dünen hindurch, und plötzlich war ihre Müdigkeit fort. Manina wollte lachen und singen, als die beiden Pferde nebeneinander dahinflogen, durch eine Nacht voller Zauber. Ihr war, als könnte sie die Schiffe sehen, obwohl das völlig unmöglich war, die großen Dreimaster, die irgendwo da draußen unterwegs waren und unter demselben gleißenden Mond durchs Wasser glitten.

Als sich die Wolken wieder vor die silberne Scheibe schoben, wurden die Stuten langsamer. Schweigend ritten der Fürst und die Prinzessin nebeneinander her, bis die Morgendämmerung sich träge am östlichen Himmel ankündigte. Da fühlte sie sich immer kleiner, gähnte und begann zu frieren.

An den Hang geschmiegt, lag ein salinisches Dorf vor ihnen, Rauch stieg aus den Schornsteinen. Erions Gesicht wirkte düster und verschlossen, als er sagte: »Eine Weile. Nur ein paar Stunden, mehr kann ich Euch nicht gönnen. Und sagt keinem, wer Ihr seid, wenn Euch Euer Leben lieb ist.«

Sie nickte. »Glaubt Ihr wirklich, Norha schickt uns seine Soldaten hinterher?«

Er musterte sie, während sie den Hang hinunterritten, sicher auf ihrem Pferd, das Gesicht von der Kälte gerötet, ein Mädchen, in ein Nonnengewand gehüllt, mit leuchtenden, furchtlosen Augen.

»Mir war nicht klar, dass Zukatas Versprechen mittlerweile überall bekannt ist«, sagte er.

»Dass er meinen Tod will?«

»Und dass es dafür ein Königreich zur Belohnung gibt. Ich dachte, nur ich und Ilinias ... aber die Fürsten, die an jenem Tag dort waren, müssen es weitererzählt haben. Oder ... oder sie selbst.«

»Ilinias ist auch hinter mir her?« Manina dachte mit Schaudern an die hellhaarige Kriegerin, vor der sie schon einmal geflohen war, keuchend, weinend, voller Todesangst, durch einen Wald, aus dem es keinen Ausweg gab.

»Jede Wette, dass die Amazone auch hier ist, vielleicht sogar in Talen. Deshalb dürfen wir keine Zeit verlieren.« Er hob die Hand und klopfte an die Tür eines etwas abseits gelegenen Hauses. »Nur ein paar Stunden, dann müssen wir weiter.«

»Wohin? Habt Ihr schon einen Plan?«

Erion hob leicht die Brauen. »Wohin? Nach Kirifas, wohin sonst? Was glaubtet Ihr denn, wohin ich Euch bringen will?«

Die Tür öffnete sich, ein älterer Mann grüßte sie mit verschlafenem Gesicht. »Pilger?«, fragte er.

»Kaisergänger«, erklärte der Ankömmling schroff. »Versorg die Pferde. Und ich will eine Wache oben am Hang, die sofort Alarm schlägt, wenn jemand kommt.«

Manina starrte ihn immer noch an. »Nach Kirifas? Aber ich dachte ...«

Der Fürst zog sie ins Haus, an dem erstaunten Alten vorbei. »Na los«, befahl er. »Geh. Die Pferde warten. Hol dir Hilfe von deinen Nachbarn.« Der Dörfler, dem es die Sprache verschlagen hatte, stolperte nach draußen, und Erion wandte sich wieder dem Mädchen zu. »Was dachtet Ihr denn? Dass ich Euch laufenlasse, nur weil ich nicht erlaubt habe, dass Norha mir meine Gefangene wegnimmt?«

»Aber Zukata will meinen Tod!«

»Ich weiß.« Er wich ihrem Blick nicht aus, aber ihr war, als hätte er ein anderes Gesicht über sein eigenes gelegt, eine Maske aus Schnee, deren Kälte sich in sein Inneres fraß. »Doch was der Kaiser tut, geht mich nichts an. Ich befolge nur meine Befehle.«

»Warum bringt Ihr mich dann nicht gleich um?«, fragte Manina wütend. »Wäre es nicht viel einfacher, meinen Kopf nach Kirifas zu bringen, als mich?«

»In der Tat, das wäre es.« Sein Gesicht blieb ernst, nicht das kleinste Lächeln verriet Zuneigung. Kein Augenzwinkern, das seinen Worten die Schärfe genommen hätte. »Und wenn Ihr mir große Schwierigkeiten macht, überlege ich es mir vielleicht noch. Aber ich kenne Zukata. Möglicherweise wäre er nicht so erfreut darüber, mit dem Tod seiner Schwester in Verbindung gebracht zu werden, wie manche hier glauben. Ich kenne den Riesenkaiser sehr gut.« In seinen Augen leuchtete etwas auf, ein entschlossener Zug trat um seine Mundwinkel. »Und ich werde das tun, was das Beste für seine Herrschaft ist. Noch gehört dazu, Euch lebend zu ihm zu bringen.«

Die junge Frau schluckte. »Vermutlich hätte ich von jemandem wie Euch auch nichts anderes erwarten dürfen.«

»So ist es nun mal«, sagte der blonde Fürst streng. »Das hätte Euch klar sein müssen, als Ihr mir das Leben gerettet habt.« Er stockte, und zum ersten Mal wich er ihrem Blick aus. »Ihr hättet nur ein wenig warten müssen, bis Norha mich erledigt hätte ... Das war sehr dumm von Euch, Prinzessin Manina.«

Auf einmal fühlte sie, wie müde sie war. Wie müde und traurig. Sie setzte sich auf eine Bank in der Nähe des Kamins, lehnte den Kopf gegen die Wand und starrte auf die Töpfe und Pfannen, die ihr gegenüber an eisernen Haken hingen, ohne sie richtig wahrzunehmen.

»Nun, bereut Ihr es schon?«, fragte Erion. Die Worte klangen höhnisch, aber sie konnte keinen Spott in seiner Stimme finden. Er klang ebenso müde und traurig wie sie. »Und noch dümmer wäre es, wenn Ihr versuchen würdet, zu fliehen. Damit würdet Ihr mich zwingen, etwas zu tun, was ich gerne vermeiden möchte. Und falls es Euch tatsächlich gelänge – da draußen sind jede Menge Leute, die es auf eine saftige Belohnung abgesehen haben. Salien ist fest in Norhas Hand. Und mit Sicherheit möchtet Ihr Ilinias nicht allein begegnen. Ich bringe Euch zwar nach Kirifas, aber in meiner Nähe seid Ihr wenigstens einigermaßen sicher.«

Manina rutschte tiefer, von ihrer Müdigkeit überwältigt, bis ihre Wange das glattpolierte Holz der Bank berührte. Sie schob ihre Hand darunter, ihre Lider flatterten. Sie wollte Erion nicht sehen. Sie wollte ihm nicht mehr zuhören. Nur allein wollte sie sein, traumlos, wunschlos. Doch die Träume und Bilder, die zu ihr kamen, sobald sie ihre Augen geschlossen hatte, waren zu stark, um sie zu vertreiben.

Ein kleines, besticktes Kissen. Sie betrachtete es verwundert, während sie sich aufsetzte. Jemand musste es ihr unter den Kopf geschoben haben. Derselbe Jemand hatte sie zugedeckt. Das Feuer brannte immer noch und füllte die Stube mit behaglicher Wärme.

»Esst. Dann müssen wir weiter.«

Ihr Entführer nahm schon sein Frühstück zu sich. Der Tisch war für zwei gedeckt, bescheiden, aber sie merkte, wie hungrig sie war. Es duftete nach Hafergrütze und sie hoffte, dass der kleine Krug Sahne enthielt. Erion wirkte nicht mehr ganz so düster wie bei ihrem letzten Gespräch, fast heiter wies er aus dem Fenster. »Es schneit nicht. Ich hoffe, wir kommen heute gut voran.«

Das Mädchen rieb sich mit beiden Händen über das Gesicht und strich sich die Haare aus der Stirn. »Niemand hat uns verfolgt?«

»Bis jetzt noch nicht. Ich vermute, dass sie zuerst auf den größeren Straßen nach uns suchen werden. Und in den Klöstern nach uns fragen. Aber die Mönche hat Norha alle unter sich. Es würde mich nicht wundern, wenn er sich ihnen bereits als der zukünftige König von Salien vorgestellt hat, als Rubar noch glaubte, fest auf dem Thron zu sitzen.« Er schob ihr den zweiten Teller hin. »Je weniger Mühe Ihr mir macht, desto schneller werden wir vorwärtskommen«, meinte er und betrachtete sie nachdenklich.

»Ich will nicht nach Kirifas«, sagte Manina. »Und das wisst Ihr so gut wie ich. Aber genauso wenig möchte ich im Wald Ilinias begegnen. Ich werde bei Euch bleiben. Ihr braucht nicht zu befürchten, dass ich Euch Mühe mache. Falls ich es mir anders überlege, werde ich Euch das mitteilen.«

Er nickte langsam. »Ich weiß nicht, ob das ausreicht. Meine letzte Gefangene musste ich mit Schlafmut betäuben.«

Sie erstarrte, den Löffel noch im Mund, verschluckte sich und griff hastig nach ihrem Becher. »Ihr habt *was* getan? Mit Maja? Mit meiner Maja?« Ihre Empörung ließ sie einen Moment lang vergessen, dass sie Erion nicht wirklich etwas Schlimmes zutraute. Dass ihr Herz ihm alles vergeben wollte, ihm alles Gute glaubte und die Wahrheit nicht sehen konnte, die ihre Freundin ihr auf der unfreiwilligen gemeinsamen Reise immer wieder zugeflüstert hatte. Das ist Erion. Er dient Zukata. Vergiss das nicht. Vergiss das nie!

»Ihr seid ein Scheusal!«, platzte es aus ihr heraus. »Schlafmut? Ihr hättet sie töten können!«

»Ein Scheusal«, bestätigte er leise, seine Stimme klang hart. »Und genau aus diesem Grund werde ich Euch nach Kirifas mitnehmen, so viel Ihr auch jammert und klagt.«

»Ich jammere nicht!« Sie war jetzt so wütend, dass sie ihm am liebsten den heißen Tee ins Gesicht geschüttet hätte. Maja hätte das getan, das wusste sie. Maja hätte sich auf ihn gestürzt und ihm das Gesicht zerkratzt. Und genau diese Reaktion erwartete er nun von Manina. Dass sie ihn angriff und er sich zur Wehr setzen musste und sie überwältigte und fesselte oder betäubte oder was immer er vorhatte, um sie an einer Flucht zu hindern. Aber den Gefallen würde sie ihm nicht tun. Stolz blickte sie ihn an und lächelte. »Ich jammere nicht«, wiederholte sie, gefasster. »Und ich werde nicht betteln. Habt Ihr vergessen, wer ich bin? Denkt an Zukata, den Ihr ja ach so gut kennt. Genauso wenig, wie er sich dazu herablassen würde, um irgendetwas zu bitten und zu betteln, werde auch ich das nicht tun. Meine Familie herrscht seit vielen Jahrhunderten über dieses Kaiserreich. Wer seid Ihr denn, Erion von Neiara, dass Ihr mir droht? Dass Ihr mein Wort anzweifelt? Ich komme mit Euch, weil ich das will, nicht, weil Ihr mich dazu zwingen könntet. Ihr habt mich nicht gefangen, ich bin zu Euch gekommen. Vergesst das nicht.«

»Ich habe Euch nicht gefangen?« Er hob die Brauen. »Das sah für mich etwas anders aus. Habe ich Euch etwa nicht erwischt, als Ihr Euch in den Schutz dieses Riesenbastards flüchten wolltet?«

»Ihr sprecht von Kanunas Enkelsohn«, fuhr sie ihn schroff an. »Ihr sprecht von meinem Großneffen. Von einem Mitglied meiner Familie. Wie könnt Ihr es nur wagen?« In diesem Moment war sie nur Prinzessin, allein Angehörige der Familie Kanunas. Erions hochmütiges Gesicht war derart unpassend und anmaßend, dass sie die Wut in sich brodeln fühlte, eine Wut, eines Riesen würdig – nein. Denn sie war keine Gefahr für Erion und er wusste das. »Sorayn hätte Euch umgebracht«, sagte sie. »Wie konntet Ihr nur auf ihn zuhalten und ihn daran erinnern wollen, dass Ihr seine Frau entführt habt? Der Wind hat Euch gerettet. Mein Eingreifen hat Euch gerettet. Ihr wart vorhin so vermessen, mich dumm zu nennen, aber ich wüsste nicht, was dümmer sein könnte als das, was Ihr im Begriff wart zu tun.«

Der Fürst starrte sie eine Weile an. Sie hatte ihn aus der Fassung gebracht, wenn sie auch nicht sicher wusste, was an ihrer Rede ihn getroffen hatte.

»Ihr dachtet, Ihr müsstet mich retten?«, fragte er schließlich. Er schüttelte den Kopf, schob seinen Teller zur Seite und stand auf. »Seht zu, dass Ihr fertig werdet. Wir brechen gleich auf. Ich bringe die Pferde vors Haus.«

Er ging hinaus und schlug die Tür hinter sich zu.

Manina aß schnell auf, obwohl ihr der Appetit gründlich vergangen war. »Ein kleines Dankeschön würde dich auch nicht umbringen, Erion, du Idiot«, murmelte sie, während sie abräumte, sich daran erinnerte, dass sie hier nicht in der Küche arbeitete, und ärgerlich die Hände sinken ließ. »Du Idiot«, flüsterte sie noch einmal. »Wie kann man nur so dumm sein.«

Aber diesmal meinte sie nicht Erion. Sie konnte alles, was er gesagt hatte, wiederholen; seine Sätze kamen ihr wieder und wieder in den Sinn und ließen sich nicht abweisen. Seine kühle, spöttische Stimme, sein ernstes Gesicht, seine eiskalte Maske ... Zukatas rechte Hand, Kaisergänger, sie hatte das Zeichen auf seinem Arm selbst gesehen. Warum kletterte sie nicht einfach auf der anderen Seite aus dem Fenster und lief, so schnell sie konnte, weiter und weiter, nur fort von ihm?

Gewaltsam zwang sie ihre Füße von der Tür fort. Von draußen hörte sie, wie Erion mit dem Alten sprach, seine klare, befehlende Stimme, so sanft, als könnte ihm nie irgendjemand einen Wunsch abschlagen. Die Stimme eines Feldherrn, eines Königs, der es nicht nötig hatte zu brüllen und zu toben, der niemals befürchten musste, dass man seinen Anweisungen nicht Folge leistete.

Kaisergänger. Ganz anders als Sorayn, vor dem sie instinktiv zurückschreckte, wenn sie ihn traf, trug Erion seine Macht nicht wie eine angeborene Gabe vor sich her, nicht wie einen Glanz auf seiner Stirn, sondern nur wie einen Stab, den man ihm geliehen hatte. Auf die Macht des Riesenkaisers verließ er sich, zeigte sie vor, das eingebrannte Zeichen auf seiner Haut. Zukatas Macht, wild und gefährlich …

Sie musste fliehen, so schnell sie nur konnte. Ihr Verstand wusste das, wie die Stimme eines Freundes tobte er in ihrem Kopf: Flieh, flieh! Manina, rette dich! Es hörte sich an wie Blitz' Stimme. Majas Stimme und Tamaits Stimme. Flieh! Das ist nicht dein schöner blonder Prinz, das ist der Feind!

Einige Atemzüge lang stand sie mitten im Raum, hin- und hergerissen zwischen dem Wunsch, aus dem Fenster zu klettern und wegzulaufen, und der Vorfreude darauf, Erion zu sehen, wenn sie ihm folgte. Ihn zu sehen und zu wissen, dass hinter der Maske, hinter dem Zeichen jemand anders wohnte, einer, der sie niemals an einen Mörder ausliefern würde. Der sie hatte entkommen lassen, als sie mit Maja unterwegs gewesen war, und der lieber aus Talen geflohen war, statt zuzulassen, dass sie in Gefahr geriet, der sich ihretwegen mit Norha angelegt hatte. Einer, der sie zudeckte und ihr ein Kissen brachte, wenn sie müde war. Einer, der mutig genug war, sich auf einen kämpfenden Riesen zu stürzen. Wer all das tun konnte, dessen Herz war zu groß, um ganz Zukata zu gehören.

Manina seufzte leise. Ihr Traum von Erion hatte nichts mit dem wirklichen Mann zu tun, und doch war dieser Traum zu stark, um ihn aufzugeben und zu begraben. So kraftvoll und lebendig und voller Hoffnung war dieses andere Bild von Erion in ihr, dass sie, als sie die Tür öffnete, fast erwartete, ihn so vor sich zu sehen. Ohne seine hochmütige Maske, ohne die Kälte und die Distanz, die er wie einen Schild vor sich hertrug. Er würde lächeln und nicken und sie die Verbindung fühlen lassen, die zwischen ihnen bestand.

Aber er lächelte nicht. Er begegnete ihrem Blick, ein nervöses Zucken spielte um seine Mundwinkel, und er meinte nur: »Worauf wartet Ihr so lange? Kommt.«

Als sie losritten, wölbte sich der Tag über ihnen, schwer und grau von milchigweißen Wolken, die tief über dem Wald hingen. Der Schnee verschmolz mit dem dunklen Schlamm der letzten Tage. Ohne große Begeisterung trotteten die Pferde los. Die Stille fiel der jungen Frau auf, eine Stille, die ihr fremd vorkam und voller Bedeutung; sie musste eine Weile überlegen, bis ihr bewusst wurde:

Sie konnte das Meer nicht mehr hören. Der Wald fing sie ein, ein Geflecht aus schwarzen Stäben, die aus dem weiß besprenkelten Untergrund ragten, und sie musste sich eingestehen, dass sie nicht die geringste Ahnung hatte, wie diese Reise ausgehen würde.

19. Begraben

DER LETZTE DREIMASTER verließ die Bucht und überließ sich dem Meer. Sorayn hätte das Schiff am liebsten festgehalten, die Ankerkette gepackt und es gezwungen, hierzubleiben, hier, wo er ein Auge darauf haben konnte, was geschah. Wo er die Gefahren abwenden konnte, wo er kämpfen konnte, um die Menschen an Bord zu schützen. Dort draußen waren sie allein mit dem Wasser und dem Wind. Ihm war, als hätte er seine eigenen Kinder auf die Reise geschickt, ins Ungewisse, als hätte er sie wie junge Vögel genommen und in die Luft geworfen.

Solange er damit beschäftigt gewesen war, die Soldaten zurückzuhalten, hatte er nicht darüber nachdenken müssen, um was es hier ging. Nicht nur um Edmonda, Tamait und Manina. Hunderte von Pilgern hatten heute die Fahrt angetreten, und wenn sie Rinland nicht erreichten, hatte er sie in den Tod geschickt.

»Nun kann niemand sie mehr daran hindern, die Insel zu erreichen«, sagte Blitz. »Diese glückliche Insel, von der die Lieder berichten. An die Träume erinnern.«

»Und die kostbaren Worte«, fügte Sorayn leise hinzu, »fein und mit Sorgfalt geschmiedet wie Kleinode aus Gold ...« Der junge Riese drehte sich zu seinem Vater um. »Glaubst du immer noch, du hast dich richtig entschieden? Eins davon hätte dein Schiff sein können.«

Der Arimer sah hinaus aufs Meer, das ihnen wieder ein Stück nähergerückt war, als sei es ein Tier, das lernte, Treppen zu steigen.

Erneut war es eine Stufe höher gesprungen und verharrte dort, sich räkelnd und schnurrend. Die Wellen leckten an Steinen, die bisher nur von der Gischt befeuchtet worden waren.

»Die Flut kommt«, meinte er. »Und niemand weiß etwas davon. Wer soll es ihnen sagen? Die Priester, die die warnenden Briefe eingeschlossen haben in ihren Kellern?«

Der Riesenprinz nickte. Nachdem auch der Sturm in seinem Herzen und seinem Blut nachgelassen hatte, fühlte er sich merkwürdig ruhig. Der Wind kam ihm nicht mehr scharf und stechend vor, sondern wie eine sanfte, kühle Hand an seiner Wange. Tröstlich. Besänftigend.

»Ich dachte eine Zeitlang, ich könnte nicht mehr kämpfen«, erzählte er. »Als der Segen noch ganz frisch war, wie ein Schauer auf meiner Haut, war es, als müsste ich für alle Menschen sorgen. Als wären sie alle meine Kinder. Ich habe nicht damit gerechnet, dass ich jemals wieder so etwas tun könnte wie das hier.«

Die meisten Soldaten hatten, nachdem sie begriffen hatten, dass sie ihr Leben für nichts und wieder nichts einsetzten, den Rückzug angetreten und sich in den Klöstern verschanzt. Sorayn hatte darauf verzichtet, ihnen nachzusetzen, obwohl ein Teil in ihm darauf brannte, genau das zu tun. Dafür zu sorgen, dass niemand hier lebend entkam. Nun wartete er darauf, dass das Entsetzen über seinen Blutrausch in sein Herz einfiel. Doch stattdessen war da diese Stille. Er dachte an Maja und war nicht erschrocken, sondern traurig.

»Norha wird Boten nach Aifa schicken«, sagte er. »Und Zukata mitteilen, was hier geschehen ist.« Er kostete die Luft. Nach Salz roch sie und enthielt das feine Aroma von Schnee. Schnee und Meer. »Ich werde so viele der Gesandten aufhalten, wie ich kann. Ich werde die Brieftauben zurückrufen. Doch irgendjemand wird dem Kaiser die Nachricht überbringen. Ich muss nach Kirifas, Blitz. Ich muss zu Maja.«

Der kleinere der beiden Männer, die dort am Hafen standen und aufs Meer hinausblickten, schüttelte den Kopf.

»Nein, mein Sohn«, widersprach er. »Hast du es immer noch nicht verstanden? Das Meer kommt. Wir müssen es den Menschen sagen, damit sie fliehen können, bevor die große Flut über das ganze Land geht. Ich sage dir nicht, dass du Maja vergessen sollst. Aber du kannst jetzt nicht nach Kirifas. Ich brauche dich hier.«

Sorayn starrte ihn ungläubig an. »Das ist das erste Mal, dass du etwas von mir verlangst. Und das nach allem, was ich hier in Talen bereits für dich getan habe?«

»Andere Söhne sind das gewöhnt«, versicherte Blitz. »Und ich würde dich nicht darum bitten, wenn es nicht so wichtig wäre. Du hast den Brief gelesen, Sorayn. Du weißt, was geschehen wird. Wir können uns nicht umdrehen und einfach weitermachen und unser Leben weiterleben, als hätten wir es nie gewusst. Deret-Aif wird untergehen. Wir müssen die Menschen warnen.«

»Wer – du und ich?« Der junge Riese hob die Brauen. »Wir beide allein? Wie stellst du dir das vor? Wir gehen von Haus zu Haus und bitten die Leute, ihre Sachen zu packen, ihre kleinen Fischerboote zu nehmen und loszurudern, hinaus aufs offene Meer?«

»Ich werde als Erstes zu den Priestern gehen. Auf sie werden die Leute hören.«

»Und wozu brauchst du dann mich?«

»Dunkelheit und Stille und Geheimnis ... darauf pochen sie. Aber wenn man ihnen die Briefe entreißen und sie dazu zwingen würde, das öffentlich zu machen, vielleicht hätten wir dann eine Chance.«

»Der Kasten war leer«, erinnerte Sorayn.

»Ja, dieser. Wie viele Klöster gibt es in Salien? Hunderte? Ein paar Tausend? Wenn nur jedes zehnte einen echten Brief besitzt, das würde mehr als genügen! Dann gehen wir zu den Königen und legen ihnen die Rollen vor. Und bald werden es alle wissen.«

»Die Könige?« Der Prinz schüttelte wieder den Kopf. »Zukatas Getreue sitzen auf den Thronen, in ganz Deret-Aif. Sobald du vor den ersten dieser Banditen hintrittst, wird er dich festnehmen und an Zukata ausliefern.«

Blitz sah von ihm fort, hinaus aufs Meer. Der Wind hatte nachgelassen, aber dunkel ballten sich die Wolken über ihnen. Feine weiße Körnchen sprühten auf sie hinunter. »Ich muss es wenigstens versuchen. Wenn du mir nicht helfen willst, dann lass es. Aber ich werde zum nächsten Kloster gehen und sehen, was sich in seinem unterirdischen Gewölbe verbirgt. Und dann gibt es noch etwas, das ich tun will ... Seit ich gesehen habe, dass Norha hier ist, kann ich an nichts anderes denken. Ich werde ihn nach seiner Frau fragen.«

»Liadett?«, fragte Sorayn.

»Sie heißt Liadett? Aber ich dachte ... und was ist mit – Mino?«

»Mino«, wiederholte der junge Mann nachdenklich. »Die weiße Frau aus Arima ... ich habe sie gesehen, als ich mit den Riesen in den Krieg zog. Majas Mutter, die sich wenig darüber gefreut hat, dass ich das Herz ihrer Tochter erobert habe. Sie war mit einigen Ziehenden zusammen, eine Zinta aus Licht ... Warum suchst du sie?«

»Sie ist Majas Mutter? Nicht Alika?«

»Das wusstest du nicht?«, fragte sein Sohn erstaunt.

»Nichts wusste ich«, sagte Blitz düster. »Ich war ein Gefangener, während ihr geheiratet und gekämpft habt und Arima unterging ... woher hätte ich irgendetwas wissen sollen, was draußen geschah?«

Er wandte das Gesicht ab. Eine Tochter. Was hatte Mino ihm sonst noch verschwiegen, damals auf der Insel? Er hatte jenen Tag, an dem er Sorayn verloren hatte, in seinem Herzen getragen als Mahnung an seine unauslöschliche Schuld. Jeder Blick, jedes Wort, jede kleine Berührung war sein Reichtum gewesen, all die Jahre lang. Der verbotene Schatz, den er mit Sorayns vermeintlichem Tod bezahlt hatte. Ein paar Stunden der Zusammengehörigkeit, ein Gefühl, das er nicht fühlen durfte ... Wenn sie sich wirklich so nahe waren, hätte sie ihm dann nicht von Maja erzählt?

Blitz schluckte hart. Wieder wurde er unsanft daran erinnert, dass die alte Liebe, an der er sein Leben lang hing, nichts als ein Traum war. Er kannte Mino nicht. Nichts wusste er von ihr, von dem, was sie geworden war, was sie durchgemacht und getan, erlebt und erlitten hatte, was sie glücklich machte und was sie liebte. Nichts, rein gar nichts. Mit seinem Weggang hatte er selbst das Band zwischen ihnen durchtrennt, und alles, was er zu fühlen glaubte, war nichts als das krampfhafte Festhalten an Erinnerungen, die Verklärung einer Kindheit, die alles andere als vollkommen gewesen war.

Über ihnen riss die Wolkendecke auf, als würden die Vorhänge vor einem großen Fenster aufgerissen, und der Mond wurde sichtbar. Mit hartem, kaltem Glanz starrte er auf sie hinunter.

»Sie ist eine Zinta geworden. Gut, das zu wissen. Nun, dann brauche ich auch nicht mehr mit Norha zu sprechen.« Der Krieger wandte dem Meer den Rücken zu. Dem Glitzern auf den Wellen. Dem Licht und dem Verlangen. Das Schiff war fort, das ihn nach Rinland hätte mitnehmen können. Wenn er ganz ehrlich zu sich selbst war, dann war der Hauptgrund, warum er hier geblieben war, nun hinfällig. Die Sehnsucht, die in ihm aufgestiegen war, so stark, dass er nichts dagegen tun konnte, die Sehnsucht nach Mino – irgendwie musste es ihm gelingen, sie aus seinem Herzen zu reißen.

Wärst du gefahren, wenn du das gewusst hättest? Sorayns Blick verriet, was er dachte, aber er sprach die Frage nicht aus, und Blitz war ihm dankbar dafür. Wieder einmal hatte Mino ihn davon abgehalten, seiner Bestimmung zu folgen ... aber sie war nicht einmal hier, also konnte er ihr deswegen keine Vorwürfe machen.

Sie gingen auf die Dünen zu. Zwei Pferde kamen aus der Stadt galoppiert und preschten an der Küstenlinie entlang, dicht am Wasser. Blitz horchte auf die sich entfernenden Hufschläge.

»Willst du sie nicht aufhalten? Und wenn es die Boten sind, die nach Kirifas unterwegs sind?«

Der junge Riese blickte seufzend auf seine großen Hände. »Was soll ich denn tun?«, fragte er. »Jeden Mann töten, der einen Brief mit sich trägt? Unbewaffnete Pilger vor Soldaten zu schützen ist etwas anderes ... Aber wie soll ich Maja schützen vor dem, was da kommt? Ich muss nach Kirifas, Vater, ich kann mich nicht anders entscheiden.«

»Dann müssen wir beide tun, was wir tun müssen.«

Sie schwiegen. Und über ihnen schien der Mond, als müsste er das Meer trösten und besänftigen, als würde er es glätten und beruhigen, und war doch der Verbündete der Flut.

»Es gibt keinen Grund, mich hier festzuhalten. Nicht den geringsten.« Mino starrte ihre Wärterin wütend an, als diese die schmale

Holztür öffnete und das Licht, das durch die hohen Fenster in den Klostergang fiel, ihr helles Haar in Brand zu setzen schien.

Die Arimerin hatte zunächst nicht glauben wollen, dass sie wirklich gefangen war. Dass es ihr nicht gelingen würde, rechtzeitig nach Talen zu kommen, um die ehemalige Kaiserin zu finden. Dass sie nichts tun konnte, um ihr zu helfen.

Dabei hatte sie wirklich die Hoffnung gehabt, Manina und Tamait wiederzusehen und zu erfahren, warum Maja nicht mehr dabei war. Die drei Freunde waren gut vorangekommen im Strom der Pilger, schnell auf den gestohlenen Pferden, bis zu jenem Abend im Gasthaus. Natürlich war es ein Fehler gewesen, es überhaupt zu betreten, aber sie froren alle und wollten die Pferde nach dem langen Ritt gut versorgt wissen. Es wäre nicht das erste Mal gewesen, dass die Heilerin an einem solchen Ort Kräuter und Salben verkauft hätte, und sie brauchten dringend Geld. Kroa freute sich schon auf ein Gläschen, während Jamai mit dunklem Blick durch die erleuchteten, beschlagenen Fenster spähte.

»Nichts zu erkennen. Wollen wir es wagen? Mit Sicherheit lässt der Landesfürst bereits nach uns suchen.«

»Ich fürchte, auch unter den Pilgern haben wir mittlerweile einen schlechten Ruf.« Mino lachte. »Ich glaube, es gibt sowieso bald keinen Ort mehr, an dem wir sicher sind. Aber vielleicht sind die Klöster mittlerweile besser bewacht als Häuser wie dieses, um das die strenggläubigen Pilger einen weiten Bogen machen.«

Sie waren sich einig. Aber auch das tröstete sie später nicht wirklich.

Zunächst war es eine Wohltat, im Warmen zu sitzen – auch wenn vom ungewohnten Reiten der Hintern schmerzte –, heißen Eintopf zu löffeln und dem vielstimmigen Gemurmel der Leute auf den Bänken zu lauschen. Die Wanderin ließ ihren Blick über die anderen Gäste wandern, in der Hoffnung, Manina unter ihnen zu finden. Einige Tische weiter saßen ein paar Frauen, von denen zwei Kapuzen über dem Haar trugen; durchaus möglich, dass die Prinzessin darunter war. Doch dann bewegten die Pilgerinnen sich und lachten laut auf; weder Gesten noch Stimmen passten. Mino musste den schönen Traum mit einem enttäuschten Seufzer wieder begraben.

»Das Salz fehlt«, meinte Kroa, der besonders gierig auf das Essen gewartet hatte. »Machen sie es so heiß, damit man es nicht merkt?«

»Bei den Massen an Leuten, die um diese Zeit hier vorbeikommen, kannst du froh sein, dass sie die Suppe nicht verdünnt haben«, fand Jamai.

»Aber das haben sie!«, rief der Zwerg. »Heißes Wasser. Eimerweise in den Kochtopf geschüttet, ich sehe es geradezu vor mir. Vielleicht geh ich mal in die Küche und erwische sie dabei?« Er sprang auf und drängte sich an der drallen Kellnerin vorbei.

»Er übertreibt«, sagte Mino kopfschüttelnd. »Wir können froh sein, dass ...«

Jamai beugte sich zu ihr hinüber. »An der Tür sitzen vier Männer, die wie Soldaten aussehen. Dreh dich nicht um! Sie tragen keine Uniformen, aber sie begutachten jeden, der eintritt. Kroa geht nachsehen, ob sie die Hintertür gesichert haben.«

In der Falle. Die Angst griff schlagartig zu. »Wir waren so schnell unterwegs«, sagte sie leise. »Wie können sie schon hier sein und auf uns warten? Das ist völlig unmöglich.«

»Wir sind auf der Straße geblieben«, erinnerte der Zinta. »Was wissen wir über die Wege hier im Wald? Wir befanden uns im Irrtum, als wir dachten, unsere Verfolger müssten hinter uns sein.«

In manchen Gegenden hatten sie sich so lange aufgehalten, dass sie jeden Bach und jeden Baum kannten. Aber Salien mit seinem rauen Wetter und den tausend Klöstern gehörte nicht dazu. Vielleicht hatte Mino dieses Königreich immer gemieden, weil sie nicht an das Mädchen erinnert werden wollte, das Blitz hier gefunden hatte.

»Vielleicht suchen sie nicht uns, sondern Manina«, fügte Jamai hinzu. »Trotzdem geht Kroa lieber auf Nummer sicher.«

Ihr kleiner Freund kam wieder zurück, mit gerötetem Gesicht und dem Rauch des Herdfeuers im schütteren Haar.

»Der Weg nach hinten raus scheint frei zu sein.« Trotzdem blieb seine Stirn gerunzelt. »Aber ich habe kein gutes Gefühl. Gar kein gutes Gefühl.«

»Gehen wir. Sofort.«

Mino hielt Jamai am Arm fest. »Sie sehen gerade her. Es fällt auf, wenn wir jetzt alle gehen. Tun wir, als wäre alles in Ordnung.«

Das war der zweite Fehler, den sie gemacht hatten. Sie hatten angenommen, dass es unauffälliger war, wenn sie eine Zeitlang blieben und sich dann erst verdrückten, und dabei nicht bedacht, dass sie den Feinden damit die Gelegenheit gaben, Verstärkung zu holen. Kroa trommelte mit den Fingern auf die Tischplatte, bis sein Freund ihm unter dem Tisch einen Tritt verpasste.

Auch als einer der Soldaten aufstand und zu ihnen trat, als Mino das Herz bis zum Hals schlug und sie doch noch ein freundliches Lächeln zustande brachte, hatte sie den Ernst der Lage noch nicht begriffen. Als Zintas waren sie es gewöhnt, dass man sie stärker befragte und ihnen eher misstraute als anderen.

»Pilger?«, fragte der Mann. »Nach Talen?« Es klang wie ein Vorwurf, nicht wie eine Frage.

»Ja«, antwortete Jamai höflich. »Unterwegs zum Brückenfest.«

»Steht auf und kommt mit.« Keine Bitte, keine freundliche Aufforderung, mitzukommen. Sondern eine unmissverständliche Anweisung, der sie sofort Folge zu leisten hatten. Die übrigen Gäste sahen interessiert zu ihnen herüber, als die drei Gefährten aufstanden und den Wachen nach draußen folgten. Selbst da hoffte Mino noch, sie könnten das entweder klären oder sich den Weg freikämpfen. Es war ihr ganz recht, dass sie dazu ins Freie gingen.

»Wir haben uns nichts zuschulden kommen lassen«, sagte sie. »Was ist eigentlich los?«

»Dem Landesherrn wurden Pferde gestohlen. Und ratet mal, was jetzt kommt: Wir haben sie hier im Stall gefunden.«

Vier Gegner. Sie hatten schon gegen größere Trupps gewonnen. Doch in diesem Moment trat aus dem Dunkel eine ganze Reihe von Gestalten, die, obwohl sie ebenfalls keine Uniform trugen, doch bereits am Gang als Soldaten zu erkennen waren.

»Lauft!«, schrie Mino. Sie rannte los, ohne noch länger darauf zu warten, dass sich hier irgendetwas aufklärte. Auch Jamai und Kroa nahmen die Beine in die Hand und stoben in verschiedene Richtungen auseinander.

»Ihr nach!« Die Frauenstimme, die den Befehl rief, klang seltsam vertraut, aber die Heilerin hatte keine Zeit, sich darüber Gedanken zu machen, woher. »Ich will sie! Ich will nur sie!«

Mino lief auf den schützenden Wald zu, sah aus den Augenwinkeln Jamai, hörte einen Schrei, und dort vor ihr waren schon die Bäume, der Wald, der in den letzten Jahren ihr Zuhause gewesen war. Hinter ihr die Hufschläge eines Pferdes, aber sie drehte sich nicht um, um zu sehen, wie nah es schon war. Sie lief und hatte nicht einmal so viel Angst, wie sie vielleicht hätte haben sollen, während ihre Beine sich stark und kräftig anfühlten, fähig, sie in weiten Sprüngen vorwärts zu tragen. Der Wald, der Wald ... Und dann traf sie ein heftiger Stoß in den Rücken, sie überschlug sich und fiel hart in den Schnee. Der Schmerz ließ ihr keine Luft zum Atmen, einen furchtbaren Moment lang glaubte sie, ersticken zu müssen. Mühsam rappelte sie sich auf. Die Soldaten, die sie umstellt hatten, nahm sie kaum wahr, denn sobald sie das Gesicht der Reiterin sah, wusste sie, warum ihr die Stimme so bekannt vorgekommen war.

»Dass ich dich einmal wiedersehe – wer hätte das gedacht? Mino?«

Ilinias. Ilinias in schimmernder Rüstung, das blonde Haar wie einen Schleier aus feinster Spitze um ihre Schultern. Ein unendlich blauer Blick. Immer noch war sie so schön, dass es Mino den Atem verschlug. Und erst in diesem Moment wurde ihr klar, dass sie in die Hände ihres größten Feindes gefallen war.

Sie konnte nur hoffen, dass Jamai und Kroa entkommen waren. Von ihnen war nie die Rede, und sie wagte es auch nicht, nach ihnen zu fragen, nicht einmal, als Ilinias sagte: »Treibst du dich immer noch mit diesem Diebesgesindel herum? Nun, schlechte Angewohnheiten sind treuer als Männerherzen.«

»Was willst du eigentlich von mir?«, fragte Mino.

Die Wachen hatten sie in ein Kloster gebracht, das jetzt den Soldaten als Quartier diente. Der Verhörraum war einmal eine Schreibstube gewesen. Zu gerne hätte die Gefangene ihre Hände freigehabt, um die Bücher zu betrachten, die das hohe Regal füllten, um die Rollen aufzufalten, die sich in einem Fach stapelten, aber man hatte sie an einen Stuhl gefesselt. Sie konnte nur dasitzen, in das flackernde Licht der kleinen Öllampe blicken und warten, bis die hübsche, grimmige Amazone erschien, alle hinausscheuchte und sich vor ihr auf das Pult setzte.

»Warum lächelst du so blöde?«

»Ich dachte gerade an meine Lehrerin. Sie hat sich immer so vor uns auf den Tisch gesetzt, wenn wir genug Buchstaben gelernt hatten und sie anfing, uns Geschichten zu erzählen. Sie hieß Liravah, sie ...«

»Ich weiß«, zischte Ilinias. »Ich weiß mehr, als du glaubst.«

Einen Moment lang schwiegen sie beide.

Bezog sich das auf Blitz? Vielleicht darauf, dass er noch lebte? Mino hätte sich zu gerne nach ihm erkundigt, aber das wäre ebenso unklug gewesen, wie die Frage nach ihren Freunden zu stellen.

Untreue Männerherzen. Oder war das der Hinweis auf den Krieger, den sie beide liebten?

»Was willst du von mir?«

»Das fragst du noch?« Die Amazone warf ihr langes Haar zurück und lachte. »Du hast alles zerstört, was ich jemals hatte – und fragst mich, was ich von dir will?«

»Ich habe nichts zerstört!« Mino wehrte sich gegen diesen ungeheuerlichen Vorwurf. »Ich habe nie ... Gar nichts habe ich getan!« Aber sofort dachte sie an jenen Tag auf Arima, den sie mit Blitz verbracht hatte. Unschuldig wie Kinder. Ja, wie alte Freunde, Hand in Hand. Vielleicht hätte es von außen so ausgesehen. Aber von innen ... Diese wenigen Stunden bedeuteten ihr mehr als ihre ganze Ehe mit Norha, als die Nächte mit Norha, die Jahre mit Norha, mehr als alles. Sie wandte den Blick ab, so sehr fürchtete sie, sich zu verraten. Hatte Kroa es nicht gesagt: dass der Name Blitz auf ihrer Stirn geschrieben stand, ein unauslöschliches Zeichen wie ein Brandmal?

»Immerhin weißt du sofort, wovon ich rede.« Ilinias sprang vom Tisch und baute sich vor ihr auf. »Du weißt genau, um was es geht.«

Konnte man jemandem vorwerfen, zu viel zu fühlen? Minos Gefühle hatten ihr eigenes Leben zerstört. Hatten verhindert, dass sie sich jemals ganz auf Norha einlassen konnte. Immer hatte sie sich fremd gefühlt, in ihrem eigenen Haus, in ihrem eigenen Leben. Überall. Sie war immer auf der Suche gewesen, auf Wanderschaft, und sobald man sie daran hinderte weiterzugehen, hatte sie sich als eine Gefangene gefühlt. Immer war sie auf der Suche nach ihm gewesen, nach dem, den sie nie finden durfte. Fremd, immer. Nur dann nicht, wenn Blitz da war. Aber diese Frau, vielleicht die Einzige, die genauso fühlte, war die Letzte, die dafür Verständnis aufbringen würde.

»Was willst du eigentlich?«, fragte die Heilerin müde. »Es ist alles so lange her ... Was willst du wirklich?«

»Fürst Norha ...«, begann Ilinias und freute sich sichtlich über das Erschrecken in den blassen Augen. »Wie ich sehe, hast du diesen Namen noch nicht vergessen ... Nun, er hat mich gebeten, dich zu suchen. Er war sich sicher, dass du hier vorbeikommen würdest. Wie man sieht, hat er recht behalten.«

»Norha ist hier in Salien?« Mino versuchte gar nicht erst, ihr Entsetzen zu verbergen und so zu tun, als ginge sie das nichts an. Hauptsache, sie musste nicht über Blitz zu reden.

»Er ist hier der Landesherr«, erklärte die Kaisertochter mit einem selbstgefälligen Lächeln. »Im Grunde genommen ist er der Landesherr über ganz Salien – und wenn ihm nichts dazwischen kommt, wird er sich bald König nennen. Obwohl er, wie du ja weißt, bereits König von Arima ist.«

»Du dienst Norha?« Sie hob die Brauen, eine verächtliche Geste, die Ilinias so wütend machte, dass diese ihr mit der flachen Hand ins Gesicht schlug. Minos Wange brannte, aber sie gab ihr Lächeln nicht auf. »So tief bist du gesunken?«

»Ich diene niemandem!« Die Amazone kehrte zum Pult zurück und lehnte sich dagegen. Sie verschränkte die Arme vor der Brust, als wollte sie sich selbst daran hindern, ihre Nebenbuhlerin auf der Stelle zu töten. »Ich bin hier, um Manina zu suchen – für meinen Vater. Ganz gewiss arbeite ich nicht für irgendwelche dahergelaufenen Kleinadligen, die von Zukatas Macht profitieren wollen.« Sie atmete tief durch, es hörte sich an wie ein Knurren. »Norha hat sich dazu bereit erklärt, mich zu unterstützen. Er wird die Prinzessin in Talen für mich finden.«

»Du lässt Manina von einem Mörder suchen? Das darfst du nicht, du ...«

»Sag du mir nicht, was ich tun darf!«, unterbrach Ilinias schroff. »So kann ich jedenfalls sicher sein, dass er sie mir übergibt. Du gegen Manina. Ist das nicht ein Handel, auf den du stolz sein kannst?« Sie lachte spöttisch. »Mino, die Bettlerin, die Gauklerin, gegen die ehemalige Kaiserin! Du hast Glück, meine Liebe. Wenn diese Abmachung nicht wäre, ich weiß nicht, was ich dann mit dir täte ...«

»Was will er von mir? Ich werde nie wieder seine Königin sein, das müsste er doch wissen.«

»Oh, er hat eine Frau, die sich ganz gut neben ihm macht. Liadett, die irgendwo in einer Burg im Norden auf ihn wartet.«

»Er hat eine Frau?«, japste Mino. »Er hat die Scheidung erwirkt?«

»Tja.« Ilinias zuckte die Achseln. »Wie es aussieht, braucht er dich nicht. Schade, dass alle Männer, die dich interessieren, schon eine Frau haben, wie?«

»Dann ist ...« Ihr Mund war so trocken, dass sie kaum sprechen konnte, »dann ist Blitz nicht tot? Er ist immer noch bei dir?«

Die Amazone war so schnell bei ihr, dass Mino nicht einmal Zeit zum Aufschreien hatte, als sie die zur Faust geballte Hand auf sich zukommen sah. Die andere schlug so hart zu, dass der Stuhl nach hinten kippte und die wehrlose Gefangene hart mit dem Kopf aufschlug. Der Schmerz breitete sich in ihr aus, sie schnappte nach Luft, sie wollte sich krümmen, aber ihre Fesseln ließen es nicht zu, und so spürte sie den Schmerz als eine dunkle Flut, die sich durch sie hindurchwälzte. Ilinias stieß sie mit dem Fuß an.

»Nie wieder«, zischte sie, »nie wieder fragst du mich nach Blitz! Oder ich vergesse mich und den Handel mit Norha!«

Später, als die Soldaten sie wegschleppten und in einen dunklen Kellerraum warfen, überlegte Mino sich, inwiefern es einen Unterschied machte, welcher ihrer Feinde über ihr Ende entschied. Norha oder Ilinias. Doch lieber wollte sie mit Blitz' Namen auf den Lippen sterben und von Ilinias eine Strafe entgegennehmen, von der sie wusste, dass sie sie verdiente, als Norha ausgeliefert zu werden und seiner kalten, sinnlosen Rache.

Die Amazone stand auf der Schwelle.

Mino blinzelte in die Helligkeit. Sie hatte keine Ahnung, wie viele Tage vergangen waren, wie lange sie hier schon darauf wartete, dass etwas geschah. Hier unten, in diesem finsteren Gewölbe, kühl und trocken und lichtlos. Am ersten Tag hatte sie alles abgetastet, die Nischen, in denen sie hölzerne Figuren und Kisten fand, die Wände, deren Vorsprünge und kleine Stufen auf weitere Türen hoffen ließen. Aber es gab keinen anderen Ausgang. Und dort, den Weg nach draußen, versperrte ihre gnadenlose Wärterin.

»Hast du ihn jemals gehabt?«

»Was?« Die Frage traf Mino völlig unvorbereitet.

»Stell dich nicht dümmer, als du bist. Hast du?«

»Nein!«

Ilinias stieß ein unwilliges Schnauben aus. »Wenn ich das doch nur glauben könnte ... Was war es dann? Was hat er in dir gesehen? Ich verstehe es einfach nicht.« Immer noch stand sie dort im Licht wie eine Kriegerin aus Feuer.

Mino ging vorsichtig auf sie zu, achtete aber darauf, aus ihrer Reichweite zu bleiben. Es gab keine Erklärung. Wenn es ihr jemals gelungen wäre, einen Grund zu finden, warum es Blitz war, immer nur Blitz, über die vielen Jahre hinweg, immer nur er und kein anderer, dann wäre es ihr vielleicht irgendwann auch gelungen, ihr Herz davon zu überzeugen, dass es sich irrte.

»Muss ich mich wirklich für diese alte Geschichte rechtfertigen? Es ist nichts daraus geworden. Er hatte dich. Ich kann nicht glauben, dass er dich schlecht behandelt hat. Er hat sich für dich entschieden und dabei ist er geblieben. Ich war die Verliererin, Ilinias, ich, nicht du. Seitdem sind so viele Jahre vergangen. Ich bin verlobt und werde demnächst heiraten. Ehrlich gesagt, interessiert mich das alles gar nicht mehr.«

Ehrlich gesagt. Fast hätte sie es selbst geglaubt.

»Er ist tot«, flüsterte Ilinias. »Ich wusste, dass er nicht zu mir zurückkommen würde. Aber bei dir ist er nicht. Wenn er noch am Leben wäre, dann wäre er bei dir. Das weiß ich.«

Sie schwiegen beide, getroffen von dieser bitteren Wahrheit, aber die Amazone wischte ihre gemeinsame Trauer mit einem kurzen Lachen beiseite.

»Selbst Zukata hat damit aufgehört, nach ihm suchen zu lassen. Mir kommt es vor, als hätte ich einen zahmen Vogel besessen, der mir fortgeflogen ist, einen Falken, dem ich eine lederne Schlinge um den Fuß gebunden hatte. Aber irgendwann riss er sich los und verschwand. Ich werde nie wissen, ob die Adler ihn zerfleischt haben, ob die Krähen ihn jagten, ob ihn ein Sturm vom Himmel fegte. Letztendlich«, fügte sie leiser hinzu, »gefällt es mir, dass du es auch nicht weißt.«

Die Tür schlug zu. Finster. Mino saß da, in der undurchdringlichen Dunkelheit, wie in einem Grab, in das man sie gelegt hatte, ohne zu überprüfen, ob sie noch atmete.

Wenn er am Leben wäre, dann wäre er bei dir.

Sie versuchte an Jamai zu denken, an ihren lieben Jamai, der ihr bester Freund war, ihr Gefährte auf so vielen, langen Reisen, mit dem sie ein Abenteuer nach dem anderen bestanden hatte. Wie konnte Blitz dagegen antreten, einer, der immer fern von ihr gelebt hatte, der diese schöne Frau mit den blauen Augen gewählt hatte, Blitz, der sich immer für ein Leben ohne sie entschieden hatte? Schon damals, als er mit der *Weißen Möwe* hatte fortsegeln wollen, wäre er lachend gegangen, ohne sie sehr zu vermissen. Blitz, der in ihrer gemeinsamen Baumhütte, in ihrem geheimen Versteck, seinen Arm um sie gelegt und von anderen Mädchen geschwärmt hatte ... Mino schüttelte den Kopf. Schon wieder die alten Geschichten. Aber sie hatte nur diese. Nur Bilder aus ihrer Kindheit. Zärtliches Gezänke mit einem Freund.

Ahinehl. Sie hatte ihm dieses Wort gegeben. Du von allen am meisten Geliebter. Mein Seelenverwandter, mein Leben und mein Sterben, mein Herz ...

Doch nun war es Zeit, es zurückzunehmen. Er war davongeflogen, wie ein Falke in den hohen Himmel, so hoch, bis er nicht mehr zu erkennen war. Ilinias hatte recht. Die Stunde war gekommen, ihn fliegen zu lassen.

Dort in der dunklen Gruft des Klosters begrub Mino Blitz. Sie stellte sich vor, wie sie ihre Liebe nahm und aus dem Herzen pflückte und in einen Sarg bettete, um ein für alle Mal Abschied zu nehmen. Ihre tastenden Hände fanden die kleine Holzkiste und öffneten sie. Sie nahm die Rolle heraus, die sich darin befand, eine raschelnde, knisternde Briefrolle, und legte die alte Liebe hinein.

»Ich möchte frei sein«, flüsterte sie in die Dunkelheit. »Oh Rin, bitte. Ich habe lange genug etwas beweint, was ich nie hatte. Ich habe von einem Leben geträumt, das mir nie beschieden war. Ich habe seine Entscheidung respektiert, ich habe nie versucht, um ihn zu kämpfen. Nun lass mich auch akzeptieren, dass er fort ist. Ich will nicht mehr suchen. Ich will nicht mehr hoffen. Ich will nicht, dass ich in jedem Reiter, der mir entgegenkommt, glaube, ihn zu sehen, in jedem Wanderer, in jedem Gast im Wirtshaus. Ich will nicht mehr. Bitte, Rin, schenk mir noch ein wenig Leben ohne diese Sehnsucht, die mich zerfrisst und meine Stunden verdirbt. Bitte, schenke es mir, dass ich ihn loslassen kann.«

Sie weinte ungehemmt, als sie den Kasten verschloss. Wie ein Glas, in dem man die Früchte des Sommers aufbewahrt. Pfirsiche, Aprikosen und Kirschen, die dunkelroten Herzkirschen. »Ich lasse ihn auf das Schiff gehen, das zu dir fährt. Ich lasse ihn gehen.«

Sie horchte in die Dunkelheit hinein, ihre Hände auf dem hölzernen Deckel.

»Immer wolltest du frei sein, Blitz«, sagte sie leise. »Nun geh. Flieg fort, *Ahinehl*, mein Liebster.«

»Norha ist da«, berichtete Ilinias zornig. »Aber er hat Manina nicht dabei, er hat sie entwischen lassen. Unter diesen Umständen denke ich nicht daran, mein Wort zu halten.«

Mino wich zurück in die Dunkelheit des Gewölbes. »Ich vermute, das bedeutet nicht, dass du mich freilassen wirst.«

»Ich wusste nie, was du tun würdest, um mir Blitz wegzunehmen«, gab die Amazone zurück. »Und deshalb bleibt dir jetzt nichts anderes übrig, als abzuwarten, was ich tun werde.«

Sie schloss die Tür, aber nicht ganz. Durch eine kleine Ritze drang Licht in das Kellergewölbe. Licht und Stimmen. Mino erschauerte; eine davon gehörte dem Mann, der sie von Anfang an betrogen hatte.

»Ist sie nun hier oder nicht? Könntet Ihr mir einmal eine klare Antwort geben?«

»Und die Prinzessin, die ich im Gegenzug erhalten sollte?« Die Kaisertochter klang ausgesprochen wütend. »Wo ist Manina? Glaubt Ihr, dass Ihr irgendetwas von mir erfahrt, solange ich nicht weiß, was Ihr getan habt? Was ist? Habt Ihr sie etwa umgebracht, um meine Ansprüche zu umgehen? Um mich mit leeren Händen nach Hause zu schicken? Was glaubt Ihr, wer Ihr seid? Ganz gewiss nicht der König von Salien. Oh, noch lange nicht.«

»Ich an Eurer Stelle wäre ganz still«, drohte Norha. »Wenn es mein Sohn wäre, der in Talen alles kurz und klein geschlagen und dafür gesorgt hat, dass nicht nur Manina, sondern auch die Prinzessin aus Wenz entkommen konnte, dann würde ich mich so klein machen. Und hoffen, dass niemand sich daran erinnert, wer dieses Ungeheuer in die Welt gesetzt hat.«

Selbst hinter der Tür zum Gewölbe war zu hören, wie Ilinias nach Luft schnappte.

»Also«, begann der Fürst wieder, »wo ist Mino? Ich weiß bereits von den Soldaten, dass Ihr jemanden festgenommen habt, also versucht keine Ausflüchte. Übergebt mir die Gefangene, und vielleicht werden die Boten, die ich nach Kirifas schicke, die Tatsache unerwähnt lassen, dass Ihr hier für Chaos gesorgt habt. Ihr und Euer Sohn. Ich bin mir nicht sicher, inwieweit das für den Kaiser einen Unterschied macht.«

»Nichts bekommt Ihr von mir!« Einen Moment lang glaubte Mino schon, die Amazone würde auf Norha losgehen, denn sie hörte ein Poltern und Scheppern.

Doch er lachte nur. »Zügelt Euch, oder ich lasse Euch aus diesem Haus werfen.«

»Das würde Zukata Euch niemals verzeihen. Keine Beleidigung seiner Familie lässt er jemals ungestraft.«

»Nun, wir können das umgehen, mir soll es recht sein. Wo ist das Weibsstück?«

»Ich habe sie umgebracht.«

»Ach, wirklich?« Norha war skeptisch. »Warum hättet Ihr das tun sollen?«

»Weil sie mir meinen Mann gestohlen hat, warum sonst? Dachtet Ihr etwa, sie sei Euch treu gewesen, Norha? Dachtet Ihr, dass sie zu Hause die brave Ehefrau war, während Ihr auf Reisen wart, im Dienste Zukatas? Ich bin nachtragend, Fürst Norha. Gerade Ihr solltet das wissen.«

»Sie hat ... sie hat was? Das ist unmöglich!«

Die Wucht seines Zorns ließ Mino zusammenfahren, fast war sie versucht, sich gegen die Anschuldigen zu verteidigen, die Ilinias sich da einfallen ließ. Es war ihr immer noch ein Rätsel, warum ihre Widersacherin sie schützte.

»Eure kleine unscheinbare Frau ... und mein Mann, der Krieger und Leibwächter der kaiserlichen Prinzessin – erscheint Euch das zu unglaubwürdig? Dann erinnert Euch daran, wer Mino in Wirklichkeit war. Kanunas Kaisergänger. Ketas angenommene Tochter. Von ihm hat sie die Heilkunst erlernt. Seine gesegneten Hände haben sie kreuz und quer durchs Kaiserreich geführt. Und sie waren beide aus einem Dorf. Nun, kommt es Euch immer noch unmöglich vor? Die weiße Königin von den Glücklichen Inseln und Ja-laieng, Held aus Arima – was könnte passender sein als das?« Ilinias sprach zu ihm, als wäre es nicht ihr eigener Schmerz, den sie dort verkündete, sondern ausschließlich seiner.

»Ich habe sie getötet. Glaubt es oder nicht. Vielleicht haltet Ihr es ja für denkbar, dass ich sie einfach laufen ließ, die kleine verlogene Albino-Zinta. Was, meint Ihr, tue ich wohl mit Menschen, die mich betrügen?«

Mino konnte sich gut vorstellen, wie Ilinias' Augen dabei blitzten, wie sie Norha anfunkelte, ganz Zorn, schöner, als sie selbst je sein würde, ohne eine einzige Träne im Augenwinkel.

»Verlasst dieses Haus«, befahl der Fürst gepresst. Eine Drohung wie diese hätte auch einen mutigeren Mann erschreckt. Ilinias war eine der besten Amazonen, gefährlich wie eine aufgescheuchte Hornisse.

»Das werde ich tun«, sagte sie und klang dabei fast fröhlich. »Sobald ich dazu bereit bin.« Sie spuckte ihm seinen Titel vor die Füße: »Fürst Norha.«

Man hörte ihre Schritte rasch und geschmeidig auf dem steinernen Boden des Klosterganges. Norha verharrte einen langen Moment auf der Stelle, bevor auch er davonmarschierte.

Mino wartete. Ganz sachte schob sie die angelehnte Kellertür auf. Als sie herannahende Schritte hörte, wich sie wieder zurück, aber schon war Ilinias da und schob sie zurück ins Gewölbe.

»Warte, nicht so schnell. Hier. Meine Uniform. Beeil dich, gib mir deine Kleider. Meine Güte, musst du so einen langen Rock tragen? Und einen Mantel mit tausend Taschen?«

Die Wanderin gehorchte, ohne Fragen zu stellen. Sie wusste, dass es nur eines falschen Wortes bedurfte und die Kaisertochter hätte es sich wieder anders überlegt.

»Hier, nimm diese Beinkleider. Und setz den Helm auf.« Ohne um Erlaubnis zu fragen, löste Ilinias Minos Zopf und breitete das weiße Haar über ihren Rücken. »Sie sollen deine Haare sehen, aber nicht dein Gesicht. So, das müsste reichen. Die Größe stimmt. Perfekt. Was sind wir uns doch ähnlich! Geh sofort. Sprich mit keinem. Über den Hof und durchs Tor, lass dich nicht aufhalten. Und nun raus hier.«

Mino zögerte nicht. Sie schritt die Treppe hoch, die vom Keller nach oben führte, und versuchte Ilinias' anmutigen Gang auf dem langen Weg durch das Gebäude zu imitieren. Überall standen Soldaten; aus den Augenwinkeln spürte die verkleidete Heilerin, dass man sie beobachtete. Hoffentlich fiel niemandem auf, dass der angeblichen Amazone das herrliche Blau ihrer Augen abhanden gekommen war. Der Helm ging ihr über die Stirn und bedeckte ihre Wangenknochen und die Hälfte ihres Nasenrückens, ließ jedoch ihr halbes Gesicht frei. Wer genau hinsah, musste eigentlich sofort erkennen, dass sie eine andere war.

Dort war schon der Hof. Mino ging über die weite Fläche, ohne sich umzusehen, ohne sich zu ducken, ganz so, als sei es selbstverständlich. Ihr Herz klopfte heftig, aber sie war es gewöhnt, vor Publikum aufzutreten. Die Bälle fliegen zu lassen, vor den staunenden Augen der Menge. Ein Zauberkunststück: Ilinias verlässt das Kloster, aber es ist nicht Ilinias.

Bei jedem Schritt wartete sie auf einen Ruf, auf einen Schrei: Haltet sie auf! Haltet sie! So dass sie, als tatsächlich jemand laut über den Hof rief, zusammenzuckte und sich instinktiv umdrehte.

Norha stand zwischen den Säulen und rief: »Und vergesst Euer Pferd nicht!«

Das Pferd! Wo hatte Ilinias ihr Reittier? Dort war der Stall, doch Mino zögerte. Sollte sie hineingehen und irgendeinen Gaul wählen? Oder Ilinias' Anweisung Folge leisten und sich von nichts und niemand aufhalten lassen?

Sie musste sofort eine Entscheidung treffen. Keine Zeit zu verlieren – das war das Wichtigste. Sie ging weiter, auf das Tor zu, das die Soldaten öffneten, lange bevor sie es erreicht hatte. Der Hinauswurf. Sie grüßte niemanden, sprach mit niemandem, ging mit klopfendem Herzen geradeaus und hörte mit Erleichterung, dass hinter ihr abgeriegelt wurde.

Doch noch wagte sie nicht, die Maskerade aufzugeben. Sie marschierte den Weg entlang, als sei sie eine Kriegerin, mit einer wichtigen Aufgabe betraut. Erst als das Kloster hinter den Bäumen verschwand, fiel die Last von ihr ab.

»Ha!« Ein kleiner Mann sprang vor ihr auf die Straße. »Dieses Mal entkommst du uns nicht. Was hast du mit Mino ...« Und im gleichen Moment rief er: »Jamai, schieß nicht! Schieß nicht!«

Mino warf sich zur Seite. Sie wusste, Jamais Pfeile konnten von überall kommen. »Ich bin's!«, rief sie laut. Sie riss sich den Helm vom Kopf. »Ich bin es doch!«

Der Pfeil flog sirrend über sie hinweg und blieb im Stamm einer Birke stecken. »Tut mir leid. Tut mir so leid, Mino.« Das zerknirschte Gesicht ihres Verlobten brachte sie zum Lachen.

»Wir hatten nicht vor, Ilinias zu töten«, versicherte Kroa und half ihr auf. »Wir dachten nur, vielleicht ein Pfeilchen ins Bein, damit sie nicht so gut kämpfen kann ... und sie ist eine schnelle Läuferin, das wissen wir. Nur, damit wir eine Geisel hätten, um dich auszulösen. Was, wie es aussieht, wohl ganz und gar unnötig ist, oder sehe ich das falsch?«

»Es scheint die Richtige zu sein«, sagte Jamai und blickte sie an mit seinen schwarzen Augen, seinem dunklen Gesicht, in dem immer noch die Sorge mit der Freude kämpfte.

»Dann sollten wir die Richtige in Sicherheit bringen«, schlug der Zwerg vor. »Bevor die Soldaten ausschwärmen. Oder hat man dich einfach so gehen lassen, liebe Mino, nachdem du die Mannschaft mit deinen Jonglierkünsten, ein bisschen Tanz und Gesang unterhalten hast und man dir diesen Kochtopf zur Belohnung überreichte?«

»Ein Kochtopf vom Feinsten«, meinte der jüngere Zinta, der den Helm neugierig untersuchte. »Von der Leibgarde des Kaisers, wenn ich mich nicht irre.«

»Dann gehört er Ilinias«, knurrte Kroa feindselig. »Wirf ihn weg, wer weiß, welches giftige Ungeziefer daran haftet.«

»Dafür hat Ilinias meine Sachen«, erklärte Mino. »Wir haben nicht abgesprochen, ob wir uns noch einmal treffen und unsere Besitztümer zurücktauschen. Lieber wäre es mir jedenfalls, wenn wir nicht auf sie warten. Norha ist im Kloster. Ich bin nur hier, weil er sie beleidigt hat und sie ihn deshalb noch mehr hasst als mich.«

Während sie sich noch unterhielten, nahmen sie die rasche Gangart auf, mit der sie sich auch sonst durch die Wälder Deret-Aifs bewegten. Kroa trabte keuchend neben ihnen her.

»Hast du dich erkältet?«, fragte die Heilerin besorgt.

»Wer, ich? Ich bin nicht erkältet. Wir haben hier tagelang ausgeharrt, ohne Feuer, damit sie nicht auf uns aufmerksam werden, aber krank? Ein wahrer Zinta ist niemals krank.« Er schnaubte verächtlich. »Aber erzähl, Mino. Was wollte die blonde Schreckschraube von dir? Und was macht Norha in Salien? Wenn Zukatas Jagdhunde sich gegenseitig zerfleischen, habe ich noch Hoffnung für dieses Land.«

»Ilinias? Sie wollte nur wissen, ob ich ihren Mann irgendwo versteckt habe.« Sie konnte spüren, wie Jamai an ihrer Seite erschrak. Aber Mino fühlte sich merkwürdig leicht und frei, über Blitz zu reden. »Und ob er sie betrogen hat.«

Kroa räusperte sich. »Meine liebe Freundin, ich glaube nicht, dass wir das so genau wissen wollen. Die Frage ist doch vielmehr, was alle unsere Feinde hier machen. Sie sind doch hoffentlich nicht hinter Manina her?«

»Um die Prinzessin müssen wir uns keine Sorgen mehr machen. Sorayn war in Talen. Wenn ich es richtig verstanden habe, hat er dafür gesorgt, dass sie auf ein Schiff gegangen ist, das nach Rinland fährt.«

Der Zwerg fiel bei dieser Schreckensnachricht fast hintenüber. »Also arbeitet er doch für Zukata! So sorgt er dafür, dass sie ihm nicht mehr in die Quere geraten kann!«

»Ich hatte nicht das Gefühl, dass Norha sich darüber gefreut hat«, stellte Mino richtig.

»Ach, du hast dich mit ihm unterhalten?« Der kleine Zinta schüttelte den Kopf. »Während wir im Schnee gesessen haben und uns den Kopf zerbrochen haben, wie wir über diese Mauer kommen, um dich zu retten, hast du einen netten Plausch mit deinem Ehemann gehalten?«

Sie blieb stehen. Aber sie schaute nicht Kroa an, sondern Jamai, sein verbittertes Gesicht, das so viel verriet, und nahm seine beiden Hände in ihre. »Ich bin frei«, sagte sie. »Norha hat längst eine andere Frau. Ich hätte nicht nach einem Priester suchen müssen, der die Scheidung ausspricht. Das hat Norha längst getan. Ich bin frei, ganz frei. Wir können ein Leben führen, wie wir es uns wünschen. Wir müssen uns keine Gedanken wegen Manina machen, wir haben keinerlei Verpflichtungen mehr. Verstehst du, Jamai? Unser Leben fängt an, jetzt.«

»Wir sollten lieber weitergehen, damit es nicht so schnell endet, wie es angefangen hat«, bemerkte der dritte im Bunde. »Außerdem ist das die falsche Richtung, wenn wir doch nicht nach Talen wollen. Aber wohin wollen wir dann?«

»Nach Süden«, sagten Jamai und Mino gleichzeitig. Ein Lächeln verwandelte seine verschlossenen Züge, und darin lag eine solch tiefe Zuneigung, eine so intensive Wärme, dass ihr schwindelte. Für einen Moment trug er das Herz in seinen Augen, eine Liebe, dunkel und still, und doch von Heiterkeit und Leichtigkeit erfüllt, eine Liebe, die bereit war für Gelächter und Scherze und das Abenteuer im endlosen Geflecht der Wege, eine Liebe, vielleicht sogar fähig dazu, alles Bittere hinter sich zu lassen und aus den Untiefen der Schwermut aufzutauchen.

»Ich möchte leben«, sagte Mino zu ihm. Sie hatte den alten Gefühlen abgeschworen, und die Träume, die sie heimsuchten wie Fieberanfälle, würden nun ausbleiben. »Ich möchte ankommen, Jamai. Und bleiben.«

»Du bist willkommen«, flüsterte er und schloss die Arme um sie und sie lehnte die Wange an seine Schulter.

»Ihr seid schon verlobt«, erinnerte der Zwerg. »Und ihr braucht euch wirklich nicht an jeder Weggabelung neu zu verloben. Dort über uns hängen Wolken, die jede Menge Schnee gespeichert haben, darauf verwette ich meinen Hut. Entweder wir machen, dass wir hier wegkommen, oder wir hoffen, dass die Liebe uns wärmt und vor dem Erfrieren rettet, was in eurem Fall durchaus zutrifft, für mich aber übel ausgehen könnte. Kommt ihr jetzt mit, meine Turteltäubchen, oder soll ich eure Köpfe zusammenschlagen, damit ihr aus eurer Verzückung erwacht?«

»Das wird nicht nötig sein«, sagte sein Freund. »Und wenn du nicht endlich aufhörst, Schwachsinn zu reden, werden wir dich geknebelt hinter uns herführen und auf dem nächsten Markplatz verkaufen.«

20. Die Macht deiner Stimme

»KOMMT, PRINZESSIN! SCHNELL!«

Maja fuhr aus ihrer Träumerei hoch. Sie hatte sich in ihr Zimmer zurückgezogen und die Briefe von Sorayn gelesen, einen nach dem anderen, obwohl sie sie längst auswendig kannte. Sie schnupperte daran, als würde am Papier noch etwas haften, etwas von ihm, ein Duft, ein Hauch seiner Gegenwart.

»Prinzessin, bitte!« Der Wächter, der ohne anzuklopfen in ihr Zimmer gestürmt war, hatte keinen Blick für die Schriftstücke, die über den Boden rollten, als sie ertappt aufsprang. »Bitte, kommt mit! Nehmt Eure Flöte mit. Schnell!«

Sie griff eilig nach ihrer Flöte, die noch auf dem Tischchen lag. Vorhin erst hatte sie ein wenig gespielt, aber das Lied hatte sich ihr verweigert. Wenn sie zu intensiv und verkrampft an Sorayn dachte, blieben die Töne in dem Instrument stecken und ließen sich nicht hervorlocken wie sonst.

»Was ist denn?«, fragte sie, während sie neben dem Mann hereilte. Sie kannte ihn, er gehörte zu denen, die in engster Nähe des Kaisers wachten. Einer von denen, die unbeweglich und mit ungerührtem Gesicht vor der Tür standen, was auch geschah. Sie hatte ihn noch nie so aufgelöst gesehen. »Ist etwas passiert?«

Der Wächter packte ihre Hand und lief noch schneller. Maja stürzte fast, so schnell und unerbittlich zog er sie hinter sich her. »Kommt! Kommt!«

Ein Laut ließ die Wände und den Boden erbeben, dumpf wie ein Donnerschlag. Vor ihnen, dort, wohin sie liefen, schien ein Gewitter zu toben. Wieder ein Krachen. Und ein Schrei, der dem Mädchen durch und durch ging. »Der Kaiser?«, fragte sie, während sie sich dem Zentrum des Sturms näherten.

»Er bringt alle um. Er hat den Boten an die Wand geschmettert und macht mit den Wachen weiter. Er hat eine Fürstin aus dem Fenster geworfen. So schlimm war es noch nie. Er hört nicht auf zu toben. Ihr seid die Einzige, die ihn noch aufhalten kann.«

»Ich?«, japste die junge Zinta.

Sie hatten sich dem Getöse so weit angenähert, wie ihr Begleiter es wagte. Jetzt erst ließ er ihre Hand los und nickte ihr zu. »Besser, er sieht mich nicht. In diesem Zustand kann der Kaiser keinen Menschen ertragen.«

»Ich bin auch ein Mensch!«, rief sie ihm nach, aber der Mann lief bereits wieder den Gang hinunter.

Maja wandte sich um, dem Lärm zu, sie wollte sich gar nicht vorstellen, was Zukata dort tat. Wollte es nicht sehen. Und erst recht wollte sie nicht in die Reichweite seines Zorns geraten. Sie blickte über die Schulter; der Wächter war fort. Die Gänge lagen wie ausgestorben. Es wäre ungewöhnlich still gewesen ohne das Poltern und Krachen vor ihr.

Ihre Hand umklammerte die Flöte, als sie um die Ecke bog. Ein gepolsterter Stuhl flog haarscharf an ihrem Kopf vorbei und zerschellte an der Wand. Ein Junge, vielleicht zwölf, dreizehn Jahre alt, rannte aufschluchzend auf sie zu, rempelte sie an und war schon nicht mehr zu sehen.

»Komm zurück!« Zukatas Gebrüll schmerzte in den Ohren. »Komm und sag mir, dass ich mich beruhigen soll! Sag mir, dass ich aufhören soll! Sag es mir, wenn du dich traust!«

Dort stand der Kaiser, an der breiten Treppe, die in den schönen Empfangssaal hinunterführte. Er hatte die Bilder von den Wänden gerissen. In den Trümmern um ihn herum erkannte Maja Möbelstücke und Kronleuchter, und sie erschrak, als sie aus einem der Haufen einen schlaffen Arm hängen sah.

»Nein«, rief sie. »Hört nicht auf. Dies ist Euer Tanz. Dies ist der Tanz und der Zorn der Riesen.« Er starrte sie an, aber schon hatte sie die Flöte an die Lippen gesetzt und spielte.

Eine wilde, aufwühlende Melodie. Wie einen Schlachtruf warf sie das Lied der Zerstörung und des Todes in die Luft, wie die Aufforderung zu noch mehr Wut und noch mehr Kampf. Heere marschierten auf, schritten donnernd über die Felder, Soldaten reckten die Arme in die Höhe, hoben die Schwerter zum Gruß. Wild kochte das Blut in ihren Adern ... Nein. Nur eine kleine Flöte, helle, hüpfende Töne, ohne die Macht, die Bilder des Krieges zu rufen. Die Weise wandte sich lachend vom Schlachtgetümmel ab, führte fort in den Wald, in dem die Vögel auf das Schrillen der Kriegshörner lauschten. Vergesst nicht euren eigenen Gesang, bat das Lied, forderte sie auf zum Tanz, zu einem spöttischen, kichernden Gezwitscher. Wir sind hier, wir sind hier ... ja, dieses Reich ist unser. Hoch in den Wipfeln, weit über den sinnlosen Bestrebungen der Menschen. Wir sind hier, frei. Singend, murmelnd, wie der Bach, der über die Steine hüpft, die sprudelnde Quelle, alles lacht und tanzt, fernab der wichtigen Geschehnisse. Ein heimliches Leben in den Brombeerranken, zwischen Brennnesseln und Farn, raschelnd, wispernd, geheimnisvoll. Lausche. Hast du nicht gesehen – dort! Dort! Ein Aufblitzen von blau. Der Vogel lacht, man hört nur das Flattern zwischen den Ästen, seine hastige Flucht. Streck die Hand aus, ruf ihn. Ruf. Lockend. Halte die Hand offen. Warte. Geduldig. Er späht zwischen den Blättern hervor. Er streckt den Hals heraus, seine runden schwarzen Augen beobachten wachsam. Dann die kleinen Krallen in deinen Fingern, das Gewicht, kaum spürbar, ein winziger Leib, mit Edelsteinstaub bedeckt. Und wieder huscht er fort. Wenn du es könntest, ihm zu folgen! Ja, mach dich klein, ihm nach, zwischen die Blätter. Regentropfen hängen im Gezweig wie Perlen ...

»Wie machst du das?« Zukata saß auf dem Boden, an eine Wand gelehnt. Wirr fiel ihm sein blondes Haar über die Schultern. In seinen Augen spiegelte sich der Himmel, hoch und klar. Wolkenlos. Sturmlos.

»Ich weiß nicht«, gab Maja ehrlich zu. »Ich spiele keine Lieder. Ich folge den Bildern. Mehr nicht. Ich folge einem Bild zum nächsten. Das ist das ganze Geheimnis.«

Der Kaiser lachte kopfschüttelnd. »Ganz schön frech bist du, meine Liebe, mich in einen Vogel zu verwandeln, der durchs Gebüsch hüpft. Hätte es nicht wenigstens ein Adler sein können? Ein Riesenadler über dem Gebirge?«

Das Mädchen grinste und hob die Schultern. »Wohin das Bild mich führt. Ich wüsste gar nicht, wie ich so spielen sollte, dass man einen Adler sieht.« Sie ließ sich an der gegenüberliegenden Wand herunter, auf den kalten Steinfußboden. »Ihr habt nicht zufällig ein Kissen übriggelassen? Oder einen hübschen Sessel?«

»Ich fürchte, nein.«

Zukata fuhr sich mit beiden Händen über das Gesicht, strich sich das zottige Haar aus der Stirn und seufzte. Dann hob er den Kopf und schnupperte. »Die Wachen haben sich in die Hosen gemacht. Was soll ich mit solchen Jammerlappen anfangen?«

»Sie sind keine Jammerlappen«, widersprach Maja. »Gegen einen Feind würden sie kämpfen. Gegen jeden Eurer Feinde. Was sollen sie denn tun, wenn sie von Euch angegriffen werden?«

Der Riesenkaiser nickte und machte ein verdrießliches Gesicht. »Menschen«, sagte er verächtlich. »Man hat nichts als Scherereien mit ihnen.«

»Wollt Ihr mir sagen, worüber Ihr Euch so aufgeregt habt?« Das war gefährliches Gebiet, die junge Frau wusste es, sobald sie die Frage ausgesprochen hatte. Die nette Plauderei war zu Ende. Vor ihr saß wieder der Herr von Deret-Aif und den östlichen Königreichen. In seinen Augen glomm erneut ein unheilvolles Feuer auf, aber er scheuchte die Wut mit einer Handbewegung fort.

»Sidini kommt her.«

»Sidini? Das war ...?«

»Meine Frau«, knurrte er. »Königin von Yos. Und da hat sie auch zu bleiben. Was fällt ihr ein, herzukommen, obwohl ich sie nicht gerufen habe?«

Maja bemühte sich, ihre Erleichterung nicht zu zeigen. Sie hatte etwas viel Schlimmeres befürchtet. Von Sorayn wusste sie, was in

Talen geschehen war, und er hatte sie davor gewarnt, dass Zukata außer sich sein würde vor Wut, sobald er es erfuhr. Die Vermutung hatte nahegelegen, dass der Verrat ihres Geliebten diesen Tobsuchtsanfall ausgelöst hatte. Sorayn war schließlich nicht nur ungehorsam gewesen – schon das hätte ausgereicht, um den Kaiser zur Weißglut zu reizen –, sondern hatte sich offen gegen die Interessen seines Großvaters gewandt. Dass Maja deshalb ständig in Lebensgefahr schwebte, war ihnen beiden bewusst, auch wenn sie dieses Thema aus ihren Briefen ausklammerten.

»Es geht um Eure Frau? Nur um Eure Frau? Wann kommt sie denn? Ich bin schon sehr gespannt darauf, sie kennenzulernen.«

»Ich will sie nicht sehen«, brummte der Riese. »Und sie weiß das.«

»Und deswegen das alles?« Die Prinzessin konnte ihre Verwunderung nicht verbergen. Ihr Entsetzen hielt sie zurück, den Schrecken darüber, wozu dieser Mann fähig war. Nur ihr Erstaunen ließ sie ihn sehen.

»Nun ja.« Der wirkte peinlich berührt, als hätte er sich gehen lassen und wäre von seiner Mutter oder seiner Lehrerin dabei ertappt worden.

Maja, die sich fragte, wie das Leben im Palast weitergehen sollte, wenn Sidini tatsächlich hier war, lächelte aufmunternd. Lass ihn nicht merken, wie furchtbar du ihn findest. Er ist wie ein Kind, ein großes Kind, das ohne Herz geboren wurde, das niemals ahnen wird, wie kostbar das ist, was es zerstört.

»Majestät«, sagte sie, »mein Kaiser. Werdet Ihr mir erlauben, Eure Frau zu begrüßen, wenn sie hier ankommt?«

Er musterte das Mädchen mit forschendem, aber nicht unfreundlichen Blick. »Du willst wohl verhindern, dass ich ihr den Hals umdrehe, wie?«

»Ich kann sie von Euch fernhalten, solange Ihr es wünscht. Auch für ihren gesamten Aufenthalt, wenn es Euch Freude bereitet, ihr aus dem Weg zu gehen und sie in der Luft hängen zu lassen.«

Für diesen Satz schenkte Zukata ihr ein Lächeln. »Ich könnte Sorayn beneiden«, sagte er zufrieden. »Wenn er nicht so ganz und gar übel dran wäre.«

Die Taube flatterte in Panik davon, als die beiden Krähen auf sie herabstießen. Sie ging tiefer, versuchte ihnen auszuweichen und hielt dann auf Sorayn zu, der ihr den Arm entgegenstreckte.

»Ganz ruhig«, flüsterte er dem ängstlichen Vogel zu, während er ihm das Gefieder glattstrich und die am Fuß befestigte Botschaft mit geübtem Griff entfernte. Wieder eine von Norhas Botentauben, die er abgefangen hatte. Dennoch kein Grund, sich zu freuen. Um Maja zu beschützen, hätte er dafür sorgen müssen, dass nichts und niemand Kirifas erreichen konnte. Er hätte eine gläserne Kuppel darüberstülpen mögen, aber dann wäre auch keiner seiner eigenen Briefe mehr durchgekommen.

»Warte.« Nachdenklich betrachtete er die Taube. Dann griff er in seine Tasche und holte die Schriftrolle hervor, die er am Festtag in Talen vorgelesen hatte. Der Brief aus Rinland. Eigentlich zu wertvoll, um ihn diesem kleinen schüchternen Vogel anzuvertrauen, zu kostbar, um ihn aus der Hand zu geben. Was würde der Riesenkaiser damit tun? Darüber lachen und das Blatt zerreißen?

Der Prinz zögerte und wünschte sich, sein Vater wäre hier, damit er sich mit ihm beraten konnte. Blitz kannte Zukata viel besser und hätte vielleicht sagen können, ob es Sinn machte, dem Kaiser einen Brief zu schicken, der den Untergang seines Reiches ankündigte.

»Wer wagt, gewinnt.« Sorayn steckte das Röllchen in die Halterung am Bein der Taube. »Flieg nach Hause«, sagte er zu ihr. »Flieg.«

Der Vogel duckte sich. Immer noch kreisten die Krähen laut krächzend über ihm. Als er der junge Mann sie rief, steckte die Taube ihren Kopf ängstlich unter seinen Mantel und zuckte mit den Flügeln, hin- und hergerissen zwischen ihrer Furcht und dem Wunsch, ihm zu gehorchen. Er betrachtete sie nachdenklich und meinte sanft: »Hab keine Angst. Flieg nur. Sie werden dir nichts tun. Flieg.«

Er konnte fühlen, wie ihr kleines Herz pochte. Sie gurrte und flog auf, zwischen den Rabenvögeln hindurch. Sobald die Taube verschwunden war, landeten diese mit lautem Rufen, das sich wie Gelächter anhörte, auf seinem Arm. Auch ihnen teilte er mit, was sie tun sollten. Besorgt warf er einen Blick hoch zum Himmel, wo die Schneewolken tief über dem Wald hingen und sich mit dem aufsteigenden Nebel vermischten.

»Du warst in Talen? Wir müssen alles darüber wissen, alles!« Der weißbärtige Mann beugte sich wissbegierig zu dem Reisenden hinüber. Wie übergroße Schildkröten streckten auch die braungewandeten Brüder neben ihm die Köpfe vor und spitzten die Ohren.

»Was wollt ihr wissen?«, fragte Blitz und bemühte sich, nicht zu lachen. Er war in diesem Kloster freundlicher aufgenommen worden als erwartet. Die Mönche, die schon gerüchteweise vom Misslingen der Feierlichkeiten gehört hatten, von Kampf und angeblich versunkenen Pilgerschiffen, waren so gespannt darauf, Genaueres zu erfahren, dass sie ihm kaum die Zeit ließen, seine Suppe zu essen. Wie eine Traube hingen sie an seinem Tisch und warteten darauf, dass er endlich anfing zu erzählen.

»Wollt ihr davon hören, wie der Brief aus Rinland vorgelesen wurde? Wie die Kapitäne aus Velas vor der ganzen Menge erklärten, sie würden fahren? Oder wie die Soldaten kamen und die Pilger daran hindern wollten, auf die Schiffe zu gehen, weil sie nach einer Prinzessin gesucht haben, deren Festnahme der Kaiser angeordnet hatte?«

»Ein Brief wurde vorgelesen?«, fragte der Weißbärtige mit zitternder Stimme. »Vor allen? Vor all diesen armen, unwissenden Leuten? Wie konnte das passieren?«

»Er lag auf dem Tisch des Abtes«, erklärte der Arimer fröhlich, »und die Möwen warfen Steine durch die Fensterscheibe, bis sie zerbarst, stahlen die Rolle und brachten sie mit. Es muss wohl ein Riese gewesen sein, der das Schriftstück vorlas, denn niemand konnte ihn daran hindern. Woran man sieht, dass selbst der Schreibtisch eines ehrwürdigen Vaters kein sicherer Ort ist. Wo ist denn der Brief, den dieses Kloster aufbewahrt? Im Keller, in seinem Kasten?«

»Wir haben keinen Brief«, verriet einer der Mönche. »Wir haben etwas ungleich Wertvolleres, du wirst es nicht glauben. Wir besitzen ein paar Splitter von den ersten Booten, mit denen die Menschen aus Rinland hierherkamen.«

Blitz verschluckte sich und schlug sich gegen die Brust, um den Hustenreiz in den Griff zu bekommen. »Ihr habt hier was? Im Ernst?«

»Natürlich im Ernst. Wir besitzen einen der größten Rinlandschätze von ganz Salien«, verkündete der bärtige Bruder stolz; sein Lächeln strahlte durch die üppige Gesichtsbehaarung hindurch. »Noch etwas Suppe?«

Blitz schob den Teller zur Seite. »Ich muss weiter. Danke für das Essen und die nette Gesellschaft.«

Schon das dritte Kloster, in dem er nichts gefunden hatte. In den anderen beiden blickten die Brüder dermaßen betreten drein, als er von dem leeren Holzkästchen bei der Prozession erzählte, dass er sich nicht die Mühe gemacht hatte, selber in ihrem Kellergewölbe nachzusehen.

Blitz seufzte, als er sein Reittier sattelte und sich erneut auf den Weg machte. Diese schöne graue Stute, das letzte Pferd, das er in der Hütte noch vorgefunden hatte, war schon seit einer geraumen Zeit sein einziger Freund. Er war nie lange allein unterwegs gewesen und merkte, dass ihm das erzwungene Schweigen ganz und gar nicht gefiel. Es erinnerte ihn an die Stille in seiner Gefängniszelle in der Burg von Neiara, an jene Stunden, in denen er auf Tinek gewartet hatte, damit er mit irgendjemandem reden konnte, auch wenn es nur seine Wärterin war. Er brauchte ein Gegenüber, aber er kam sich seltsam vor, mit dem Pferd zu sprechen, das nur mit den Ohren zuckte, wenn er seinem Ärger Luft machte.

»Wieder nichts! Aber dort werden wir mehr Glück haben, was meinst du?«

Nur Verrückte sprachen mit ihren Tieren. Verrückte – und Sorayn. Blitz biss sich auf die Lippen, aber die Stille rückte sofort wieder näher, als wäre sie ein Räuber, der im Schatten der Bäume wartete. Auf leisen Sohlen schlich sie heran und ließ ihm einen Schauer über den Rücken jagen.

»Ich bin frei«, sagte er zu der Stute. »Über mir ist der Himmel und um mich der Wald, und ich reite hier durch den Schnee und nichts kann mich aufhalten. Niemand ist da, der mir Fesseln anlegen will, der die Tür hinter mir abschließt. Das ist gut, findest du nicht?«

Seine Hände berührten den warmen Pferdehals, er wickelte die langen grauen Mähnenhaare um seine Finger. Es half nichts. Hinter ihm ging die Stille und flüsterte, kaum hörbar. Zu wem sagst du das? Zu wem sprichst du? Niemand wird dich hören, wenn du schreist.

Blitz fuhr sich mit der Hand über die Stirn. Edmonda war ihm lästig gewesen; da hatte er nicht gewusst, wie sehr er sie brauchte. Aber das launische Mädchen war fort. Und niemand sagte zu ihm: Komm, klopfen wir an, mal sehen, wie man uns hier empfängt. Niemand warnte ihn: Bist du wahnsinnig? Verrate nicht zu viel von dem, was du weißt, von dem, was du vorhast.

»Das werden wir ja sehen«, flüsterte er, als die nächsten grauen Mauern zwischen kahlen dunklen Stämmen hervorlugten, ein mittlerweile vertrauter Anblick. Aus dem Fenster im Torhaus spähte ein rotnasiger Mönch und zog verwundert die Brauen hoch. »Ein Pilger? Bist du abgereist, bevor das Fest zu Ende war? Wir rechnen noch gar nicht mit den Rückkehrern.«

»Es ist früher zu Ende gegangen als geplant.«

»Ach, wirklich?« Der Bruder öffnete das Tor, nicht ohne den neuen Gast einer kritischen Musterung zu unterziehen.

Wie sah er aus – wie ein Strauchdieb? Blitz hatte gar nicht gemerkt, dass er es laut ausgesprochen hatte, doch der Mönch lachte dröhnend. »Die meisten Pilger sehen irgendwann ein bisschen aus wie Räuber. Man muss zu Hause bleiben, wenn man ehrbar und ordentlich wirken möchte.«

»Darauf lege ich auch als Reisender großen Wert.« Der Arimer grinste. »Wer ab und an von Fremden hereingebeten werden möchte, muss schon ein wenig auf sich achten.«

»Dann hast du sicher nichts dagegen, zu einem Platz am Kamin und einem Teller Suppe eingeladen zu werden? Herein mit dir, du ehrbarer, ordentlicher Pilger. Wollen doch mal hören, warum das Fest abgebrochen wurde.«

Blitz führte seine Graue in den Stall und versorgte sie. »Siehst du«, sagte er zu ihr, »man muss es nur wagen.«

Er erzählte seine Geschichte bei einem Teller dünner Suppe, die seinen Magen wärmte, aber kaum befriedigen konnte, und war doch glücklich, wieder unter Menschen zu sein. Die Mönche, die ihm lauschten, unterbrachen ihn bald, um ihren Abt zu holen; auch er sollte alles über das ungewöhnliche Brückenfest erfahren.

Der Herr des Klosters verzog das Gesicht zu einem bitteren Lächeln.

»Aus der Traum«, sagte er kopfschüttelnd. »Die Souveränität, die Norha uns zugesichert hat, unter der Bedingung, dass wir ihm helfen ... Und nun wird er mit seinen Soldaten unter uns wüten, wie es ihm beliebt, wird unsere Gebäude enteignen, wenn es ihm passt, uns das Jagdrecht und die Gerichtsbarkeit entziehen. Das sind schlimme Neuigkeiten, mein Freund.«

Der Krieger konnte es nicht fassen. »Nennst du es schlimm, dass ein Mädchen, das dazu benutzt werden sollte, den König von Wenz zur Aufgabe zu zwingen, entkommen konnte?«

»Du musst das große Ganze sehen«, erklärte der Abt. »Es geht niemals um einzelne Personen. Es wäre ein Fehler, das anzunehmen. Denk nur an die vielen Klöster in ganz Salien, die durch diese Sache verlieren!«

»Warum haltet ihr die Briefe zurück?«, fragte Blitz. »Die Schriftrollen aus Rinland – warum weiß niemand davon? Warum werden sie nicht in den Dörfern und Städten vorgelesen, auf den Marktplätzen und Königshöfen? Warum versteckt ihr sie in euren Kellern?«

Die Brüder starrten ihn entgeistert an; der Rotnasige öffnete den Mund wie ein großer Fisch.

»Niemanden wird es kümmern, wenn die Klöster ihren Status verlieren. Wenn die Soldaten kommen und die Gebäude besetzen, werden sie die Schätze endlich ans Licht holen. Also, was schadet es?«

Die Mönche schnappten nach Luft. »Das darf nicht geschehen! Wir werden unseren Rinlandschatz wegbringen, verstecken, wir werden nicht zulassen, dass schmutzige Soldatenhände ihn berühren!«

»Ihr habt einen?« Blitz lief ein Schauer durch den ganzen Körper. »Ihr besitzt eine Rolle von der Insel? Zeigt sie mir!«

»Sofort verschwindest du hier!« Der Abt stand auf und bildete zusammen mit den anderen Mönchen eine drohende Wand. Blitz war versucht, nach seinem Messer zu tasten, aber er ließ die Hand wieder sinken. Klosterbrüder umbringen, um an den begehrten Brief zu gelangen? Bestimmt nicht. Er würde heimlich zurückkommen müssen, irgendwie über die Mauer und in den Keller ... Leider wussten sie jetzt, worauf er es abgesehen hatte.

»Raus hier! Wir gewähren dir Gastfreundschaft, wir bewirten dich mit Speis und Trank – und du spottest über heilige Dinge?«

Sie fassten ihn unsanft bei den Armen und zogen ihn mit. Blitz wunderte sich darüber, wie viel Mut sie hatten. Besser, sie gewöhnten sich nicht an, wehrhafte Krieger so zu behandeln! Wäre er ein anderer gewesen, er hätte gekämpft – so jedoch ließ er sich ohne Gegenwehr über den Hof schubsen, auf das große Tor zu. An das gerade jemand pochte.

»Lasst keinen herein«, befahl der Abt. »Am Ende sind das schon die Soldaten.«

»Wie sollen wir diesen Kerl rauswerfen, wenn wir das Tor nicht öffnen dürfen?«, fragte einer der Mönche ratlos.

Der ehrwürdige Vater legte die Stirn in Falten und dachte kurz nach. »Notfalls über die Mauer. Du, Bruder, sieh durchs Fenster nach, wer da draußen steht, und mach ihnen klar, dass wir niemanden einlassen, der bewaffnet ist, und wenn er vom Kaiser selbst geschickt worden wäre.«

Rote Nase eilte zum Torhaus. »Es sind keine Soldaten. Nur ein einzelner Mann.«

»Schick ihn fort!«

»Ich glaube, er lässt sich nicht fort...« Der Mönch hatte noch nicht zu Ende gesprochen, als ein gewaltiger Schlag das Tor erzittern ließ. Die Brüder fuhren auseinander und wichen zurück.

Nur der Krieger brachte sich nicht in Sicherheit. Gelassen sah er zu, wie die gewaltigen Holzbohlen des großen Tores zerbarsten. Er kannte die Gestalt, die durch die entstandene Lücke trat.

»Wird man hier immer so abgewiesen?«, fragte Sorayn. Er lächelte in die Runde, auf die erschrockenen Mönche.

Auf Blitz' Lippen wuchs ein unvergleichliches Grinsen. »Das kann einem durchaus passieren«, antwortete er. »Für einen Räuber ohne Bande ist es nicht ganz einfach, Schätze aus Klöstern zu stehlen.«

»Du brauchst keine Bande«, meinte der junge Riese liebevoll. Dann wandte er sich an den Abt, der versuchte, sich hinter den anderen zu verstecken. »Wenn es hier einen Brief aus Rinland gibt, möchte ich ihn sehen. Sofort. Wirst du ihn mir bringen oder soll ich das Kloster danach durchsuchen?«

»Ich glaube, das wird nicht nötig sein«, stieß der Ehrwürdige gepresst hervor. Er winkte den Brüdern zu. »Holt den Kasten.«

»Ich dachte, du bist schon längst unterwegs nach Kirifas?« fragte Blitz seinen Sohn, während sie die Mönche beobachteten, die mit flatternden Gewändern davonhasteten. »Was tust du hier?«

Sorayn blickte zur Klostermauer hoch, wo sich zwei Krähen laut krächzend zankten. »Ich widerstehe meiner Angst. Ich bleibe da, wo ich wirklich gebraucht werde. Ich habe mich dafür entschieden, dir zu gehorchen, Vater.«

»Aus deinem Munde klingt das komisch.«

»Tut es das?« Der Riesenprinz streckte befehlend den Arm aus, als zwei schwitzende, nach Luft ringende Priester mit einer kleinen Holzkiste angerannt kamen. »Selbst wenn ich Kaiser von Deret-Aif geworden wäre, könnte es sein, dass du die richtigen Entscheidungen triffst und ich nicht.«

Der Arimer hob den Deckel, griff nach der kleinen, vergilbten Rolle, ungerührt vom weinerlichen Blick des Abtes, und faltete sie auf. Sie war echt. Er wusste es, sobald seine Augen die ersten Worte der feinen Schrift erfassten. Trotzdem war er nicht gewillt, das wichtige Gespräch zu unterbrechen.

»Du hast den Segen. Musst du uns nicht sagen, was wir tun sollen?«

»Kanuna El Schattik erhielt Weisheit«, sagte Sorayn. »Keta bekam das Geschenk der heilenden Hände, aber der Weisheit ist er ausgewichen, glaube ich.« Er lachte. »Und ich? Manchmal glaube ich, ich habe gar nichts bekommen. Ich stehe hier und bin so unentschieden wie nie. Der Segen hat meine Ziele zerschlagen, meine Wünsche und meine Träume. Vorher wusste ich genau, wer ich war und was ich wollte, doch jetzt weiß ich gar nichts mehr. Ich habe keine Ahnung, wer ich bin. Ich irre durch Deret-Aif wie ein Ziehender, der nirgends ankommt. Was hat der Segen mir mitgebracht? Ich weiß es nicht. Ich weiß nur, was er mir genommen hat.« Seine düsteren Worte standen im krassen Gegensatz zu seinem Lächeln, zu seinen offenen, strahlenden Augen. Sein Blick kam Blitz vor wie eine Naturgewalt, wie etwas, das die Welt wie ein Wirbelsturm streifte und mitriss. Jeden, dem er begegnete, zog er in seinen Bann – wie konnte er das nicht wissen?

»Äh«, begann der Abt zaghaft, »wenn Ihr den Brief nun gelesen habt, Herr, würdet Ihr ihn uns widergeben? Oder habt Ihr vor, ihn zu behalten?«

»Hast du ein Problem damit?«, fragte der Prinz zurück.

Der Oberste der Mönche schüttelte hastig den Kopf. »Nein, Herr. Mein Fürst, mein König ... bestimmt nicht. Wir haben ihn nur all die Jahre aufbewahrt, für Euch.« Es klang wie eine Frage, behutsam und verwirrt. »Für Euch?«

Blitz erwartete, dass sein Sohn mit Verwunderung darauf reagierte, aber etwas in Sorayns Gesicht begann zu leuchten. »Nein, ehrwürdiger Vater«, sagte er. »Nicht für mich. Für die Menschen. Für alle diese Menschen, die nichts davon ahnen, was auf sie zukommt.«

»Ja«, sagte der Abt leise.

Die kleine Papierrolle verschwand in der großen Hand. »Wollen wir gehen?«

»Oh, noch nicht.« Blitz wandte sich an den Herrn des Klosters. »Die Suppe, die ich bei euch genießen durfte, war recht dünn. Hättet ihr etwas Nahrhafteres für den Prinzen? Mein Sohn vergisst hin und wieder zu essen, wenn man nicht auf ihn achtgibt.«

Der Mann nickte eifrig. Er schien sehr froh darüber zu sein, dass es nun endlich einen Titel gab, mit dem er den Besucher – oder Einbrecher, wenn man so wollte – anreden konnte. »Für den Prinzen? Aber natürlich. Kommt, Herr. Mein Prinz. Kommt. Na los, los!« Er scheuchte die Brüder mit wedelnden Handbewegungen. »Ihr habt es gehört, also beeilt euch!«

Sorayn warf seinem Vater einen fragenden Blick zu.

»Rede mit ihnen«, riet dieser. »Vielleicht gewinnen wir hier einige Dutzend Männer, die die Warnung weitertragen werden.«

»Ich habe ihr Tor beschädigt und ihnen ihren Schatz geraubt, und du glaubst, sie werden mich mit Freuden bewirten, mir zuhören und dann losgehen und den Inhalt des Briefes verbreiten, den sie ihr Leben lang unter Verschluss gehalten haben, wenn nicht gar viele hundert Jahre? Er schien mir sehr alt.«

»Sie werden dir zuhören«, versicherte Blitz. »So wie sie dir in Talen zugehört haben.«

»Erwarte nicht zu viel.« Sie folgten den Mönchen in den Speisesaal und sahen zu, wie mit einer Geschwindigkeit, die an Ameisen denken ließ, Teller und Schüsseln herbeigetragen wurden. »Sie haben Angst vor mir. Sie werden zwar jetzt zustimmend nicken. Aber sobald wir fort sind, werden sie nach Norha und seinen Soldaten schreien.« Sorayn beugte sich vor und hob neugierig einen Deckel an. Sofort strömte ein köstlicher Duft durch den Saal. »Hm. Ich hoffe, die Soldaten kommen erst, wenn wir hier fertig sind.«

»Verräter gibt es überall«, gab der Krieger zu. »Und ich weiß auch, dass du kein Zauberer bist, der die Gedanken beherrschen und verändern könnte. Doch das ändert nichts daran, dass die meisten tun werden, was du sagst. Auch ohne dass du ihnen mit der Faust drohst.«

Er hatte den Eindruck, dass der Riesenprinz absichtlich vorgab, zu sehr abgelenkt zu sein, um ihm zuzuhören. War er etwa verlegen? Blitz wurde wieder daran erinnert, wie jung dieser große Kerl an seiner Seite war, viel jünger, als seine Kraft und sein selbstbewusstes Auftreten vermuten ließen. Wieder wurde ihm das Wunder bewusst, dass aus jenem schmerzgeplagten Wesen, das Ilinias geboren hatte, dieser schöne Mann geworden war. Sein Sohn. Blitz legte die Hand auf Sorayns muskulösen Oberarm.

»Weißt du denn immer noch nicht, was du bekommen hast? Was Rin dir gegeben hat?«

»Und was?«, fragte der Prinz betont beiläufig, während er sich dem Essen widmete, das sich auf seinem Teller auftürmte. Auch was seinen Appetit betraf, erwies sich Blitz' Nachwuchs unzweifelhaft als Riese.

»Je größer es wird, desto kleiner wird es.«

»Hm?«, fragte Sorayn mit vollem Mund.

Der Arimer lächelte. Er hatte nicht vor, dieses Rätsel zu erklären. Manchmal gab es Dinge, die für Eltern ganz offensichtlich waren und die ihre Kinder dennoch ganz alleine herausfinden mussten.

Sie standen vor dem geborstenen Tor und betrachteten es eine Weile. Durch die Lücke waren die Mönche im Hof zu sehen, die geschäftig hin und her rannten und die Ankömmlinge noch nicht bemerkt hatten.

»Was ist aus dieser Welt geworden, wenn schon Klöster gestürmt werden?«, sagte Manina schließlich.

»Das war nicht Norha«, meinte Erion und runzelte die Stirn. »Soldaten wären geblieben. Und sie hätten Wachen am Tor postiert.«

»Ihr haltet es nicht für möglich, dass er einfach die Äbte bestraft, die sich ihm widersetzen? Dass er hier eindringt, sie mitnimmt und dann wieder abzieht?«

Der Fürst begutachtete den Schaden und schüttelte den Kopf. »Mein Onkel würde das Kloster so bestrafen, dass man es nicht übersehen kann. Er würde Feuer legen und den Klostergarten dem Erdboden gleich machen.«

Das Mädchen schluckte, als Erion gleichmütig aufzählte, was Norha alles tun würde, wenn er wirklich wütend war. Sie wollte Salien so schnell wie möglich den Rücken kehren, auch wenn sie es ganz und gar nicht eilig hatte, nach Kirifas zu kommen. Aber das Wetter machte das Reisen immer schwerer. Fast jeden Tag schneite es jetzt, und Erion hatte es bislang vermieden, in einem der zahlreichen Klöster Unterkunft zu erbitten. Die kleinen Dörfler, denen er ihren Besuch aufzwang, gehorchten ohne Widerrede, aber die Klosterbrüder, die sich mit Norha als Landesherrn auseinandersetzen mussten, zogen es vielleicht vor, lieber dem Kaisergänger zu dienen, der Macht in dieser Gegend besaß, statt dem anderen vom fernen Kaiserhof.

»Pilger! Willkommen!« Einer der Mönche hatte sie endlich bemerkt und kam auf sie zugeeilt, ein schmaler junger Bursche mit stoppeligem Gesicht. Er wirkte nicht wie ein Mönch, eher wie ein Pferdeknecht, als er sie angrinste.

»Was ist hier passiert?«, wollte Erion wissen, ohne auch nur einen Fuß über die Schwelle zu setzen.

»Nicht der Rede wert«, versicherte der junge Bruder. »Kommt herein, stärkt euch, wärmt euch auf. Und dann – ich bin heute dran.«

»Womit bist du dran?«, fragte Erion misstrauisch.

»Euch den Brief vorzulesen und die Geschichte zu erzählen. Kommt, kommt.«

Manina merkte, wie unbehaglich Erion sich fühlte, am liebsten wäre er wieder umgekehrt. Doch die frühe Winterdunkelheit zog schon herauf und der Wind trug den Geruch von Schnee mit sich, Schnee und noch mehr Schnee, kalt und frisch.

»Sind schon andere Pilger vor uns hier durchgekommen?«

»Davon werde ich euch erzählen! Davon und noch von ganz anderen Dingen. Wichtigen Dingen.«

Seine Begeisterung hatte etwas Tröstliches, fand die Prinzessin; zum ersten Mal, seit sie unterwegs waren, fühlte sie sich willkommen. In den Dörfern begegnete ihnen die Angst, wenn ihr Begleiter sich als Kaisergänger zu erkennen gab. Angst, ehrfürchtiges Staunen, bedrücktes Schweigen. Vielleicht würde es hier gar nicht nötig sein, auf die Autorität des Zeichens zu pochen.

Der Mönch winkte einem anderen Bruder, der ihre Pferde in Empfang nahm, und führte sie in einen mit Tischen und Bänken möblierten Saal. Hier setzte er sich ihnen gegenüber und starrte sie erwartungsvoll an, bis Erion schließlich fragte: »Nun?«

Es sprudelte nur so aus ihm heraus. Dass die Flut kommen würde. Dass sie einen Platz auf einem Schiff brauchten und sich so schnell wie möglich darum kümmern sollten. Er schüttete einen wilden Wust aus Drohungen, Ratschlägen und Versprechen über ihnen aus, mit einem strahlenden Lächeln, bis Manina ganz schwindlig wurde. Der stolze Fürst hörte sich alles mit unbewegtem Gesicht an, aber schließlich beugte er sich vor und erkundigte sich freundlich: »Wer ist hier gewesen, vor uns?«

Der junge Mönch stockte, verhaspelte sich und lächelte noch ein bisschen breiter. »Diesen Brief«, sagte er, »bewahren wir hier seit einigen Hundert Jahren auf. Wenn ihr in Talen wart, wisst ihr sicher, dass ...«

Erion unterbrach ihn ungeduldig. »War ein Riese hier? Ich habe schon einmal erlebt, wie ein stabiles Tor von einem einzigen Mann aus den Angeln gerissen wurde. Keine Ausflüchte mehr. Ein Riese, nicht wahr?«

»Nein, keineswegs.« Der Bruder schüttelte verträumt lächelnd den Kopf. »Ein Mensch wie du und ich.«

»Aber ein großer, schwarzhaariger Mensch?«, hakte Zukatas Gefolgsmann nach. »Mit blauen Augen?« Er wartete die Antwort nicht ab. Er nickte sich selbst zu, seine Hand krallte sich um den Löffel, als wollte er ihn zerdrücken. »Sorayn«, flüsterte er. »Wie kann er es wagen, die Untertanen des Kaisers aufs Meer hinauszuschicken? Kann er eine Niederlage nicht eingestehen? Norha verbrennt alles, was er hinter sich lässt – und Sorayn schickt die Menschen in den sicheren Tod!«

»Das tut er nicht!«, protestierte Manina, die sich zu gut an den Auftritt des Riesenprinzen beim Fest erinnerte, die Wirkung, die er auf die Menge hatte und gegen die sie als Einzige sich immun gefühlt hatte. Nie würde sie ihr Unbehagen vergessen: Allein zu sein in einer singenden, betenden Menge. Allein mit ihrem Misstrauen und ihrem Widerstand gegen die allgemeine Euphorie. Aber dass die Schiffe auf ihrer langen Reise untergehen würden, dass ein solches Schiff, in dem mit einer Inbrunst gesungen wurde, wie sie nur melgianische Pilger aufbringen konnten, überhaupt sinken konnte, das bezweifelte sie.

Erion bedachte sie mit einem kühlen Blick, der ihr wie ein Schlag ins Gesicht vorkam, und widmete sich endlich der – ungewöhnlich schmackhaften – Suppe. Betont beiläufig fragte er den Mönch aus, während die Prinzessin sich zurücklehnte und ihren Blick durch den Saal schweifen ließ. Hier war er also vor ihnen gewesen. Sorayn. Und der andere Mann an seiner Seite, das konnte nur Blitz sein. Manina versuchte ihre Freude darüber zu verbergen, dass er sich immer noch in Deret-Aif befand. Ihm zuliebe hätte sie enttäuscht sein müssen, aber sie freute sich trotzdem. Vielleicht würde diese Reise doch noch ein gutes Ende nehmen, obwohl ihr Begleiter sich offenkundig schwer damit abfinden konnte, dass der unberechenbare junge Riese in Salien unterwegs war und schamlos tat, was er wollte.

»Würdest du dafür sorgen, dass die Dame eine Zelle bekommt, bei der die Tür gut verschlossen ist?«, fragte Erion nach dem Essen.

»Das tun wir immer«, versicherte der junge Mann, warf dem hübschen Mädchen einen schrägen Blick zu und holte seine Augen rasch wieder zurück. »Gut abgeschlossen. Und eine Wache, wenn es uns nötig scheint.«

»Es ist nötig«, bestimmte der Fürst. Er nickte Manina zu. »Eine Gute Nacht wünsche ich Euch, Herrin.«

Ein Entkommen aus dieser winzigen Kammer gab es nicht. So musste sie sich keine Gedanken darüber machen, wie viel ihr Versprechen, keinen Fluchtversuch zu unternehmen, wert war. Sie legte sich auf die schmale Pritsche, die härter war als jedes Bett, in dem sie bisher übernachtet hatte, starrte an die Decke und fragte sich für einen winzigen Moment, ob es wirklich so schlimm wäre, wieder am Hof zu leben. Er war ihr Zuhause, in gewisser Weise betrachtete sie dieses Gebäude sogar immer noch als ihren Palast, als ihr Heim, das sie verlassen hatte, ohne sich jemals wirklich davon trennen zu können. War Kirifas nicht tausend Mal besser als verschneite Straßen, schmerzende Knochen vom langen Reiten, besser als Kälte und das Übernachten in den vielen ungemütlichen Nachtquartieren?

Dasselbe sagte auch Erion, als sie am nächsten Morgen aufbrachen. Er hatte Maninas leises Seufzen gehört, als sie ihre Pferde aus dem Tor hinauslenkten.

»In Kirifas«, sagte er, »würde man Euch nicht zumuten, wie eine bettelarme Dienstmagd zu leben. Ihr würdet kein einfaches Waldbauernkleid tragen und darum Sorge tragen müssen, dass Ihr zu essen habt und am Abend ein Bett auf Euch wartet. In Kirifas könntet Ihr endlich wieder sein, wer Ihr wirklich seid, Prinzessin Manina.«

»Schöne Worte«, gab sie zurück, »aber ich habe nicht vergessen, dass Zukata lieber meinen Tod will, als dass ich ein glückliches Leben bei Hofe führe.«

»Vielleicht überlegt er es sich. Vielleicht sieht er Euch und beschließt, dass Ihr eine Zierde für seinen Palast wäret.« Das klang fast nach einem Kompliment, aber Manina weigerte sich, sich geschmeichelt zu fühlen.

»Ihr versucht nur, Euch ein reines Gewissen einzureden«, meinte sie. »Indem Ihr Euch vormacht, dass der Kaiser ein freundlicher Mann mit einem großen Herzen ist. Aber das ist er nicht, das war er noch nie. Hört einfach auf, Erion.«

»Stellt Euch vor, Prinzessin. Ihr in Kirifas. Und er würde Euch vertrauen – bis zu einem gewissen Grad. Weil Ihr seine Schwester seid, weil er Euch nichts Böses zutraut – näher würde keiner seiner Feinde an ihn herankommen.«

Die junge Frau zügelte ihr Pferd. »Was wird das denn wieder? Jetzt soll ich mich auf Kirifas freuen, weil es mir die Gelegenheit gibt, Zukata umzubringen? Das ist doch genau das, was er von mir erwartet! Dass ich vorgebe, mich aus allem heraushalten zu wollen, und mich in Wirklichkeit mit allen verbünde, die er fürchtet!«

»Zukata fürchtet niemanden«, behauptete Erion. »Und Euch ganz gewiss nicht.«

»Das sehe ich anders. Warum stellt Ihr mir durch ganz Deret-Aif nach, wenn er bloß seinen Palast mit ein paar Prinzessinnen füllen möchte?«

»Wenn ich Euch zu ihm bringe«, sagte er, »wenn ich ihn dazu überrede, Euch zu verschonen, dann brauche ich eben diese Gewissheit: dass Ihr nichts anderes seid als eine harmlose Prinzessin. Dass Ihr niemals auch nur daran denken würdet, ihn anzugreifen.« Er sah sie an, so wie der Mönch gestern, schnell und verschämt, als könnten seine Augen sie auf eine unschickliche Art berühren, als wäre die bloße Tatsache, dass man sie anblicken konnte, schon zu viel. Da war ein Gefühl in seinem Gesicht, das er nicht zeigen mochte, das aber durch seine Worte hindurchblitzte wie Licht durch einen zerrissenen Vorhang. Vermutlich wollte er sie nur dazu bringen, bei ihm zu bleiben, statt zu versuchen, Sorayn zu finden und um Hilfe zu bitten. Sie wollte nicht gerührt sein, aber sie war es. Dieses winzige Aufflackern von Gefühl, von Bedauern – bei jemandem wie dem tadellosen Kaisergänger bedeutete es umso mehr. Da war etwas in ihm, etwas Echtes, ein Teil von ihm, der genau wusste, dass sie zusammengehörten.

»Hat Zukata keine Wachen vor der Tür?«, fragte sie. »Bei Tag wird wohl niemand so töricht sein, ihn anzugreifen. Was fürchtet er? Dass jemand ihn nachts ermordet? Seine Frau könnte das tun. Aber Königin Sidini ist in Yos geblieben – vielleicht aus diesem Grund?«

Sie stellte sich einen Zukata vor, der sich unruhig auf seinem Bett hin und herwarf, gepeinigt von der Vorstellung, dass irgendjemand heranschlich, um ihn umzubringen. Vielleicht hatte er um seine Bettstatt herum Muschelschalen gestreut, die knirschten, sobald sich jemand näherte. Vielleicht lag er da und schlief nicht und wartete. War es so? Sie hatte an ihren Bruder immer als an jemanden gedacht, der stark war, der sich unbesiegbar fühlte, nicht an jemanden, der halb verrückt vor Angst auf jedes Geräusch in der Dunkelheit horchte.

»Seine Wachen würden Euch niemals zu ihm lassen«, gab der Fürst zu. »Ihr könntet ihn allerdings vergiften, wenn Ihr am selben Tisch mit ihm speist.«

»Aber er ist ein Riese. Ich weiß nicht, würden ihn dieselben Gifte umbringen wie einen Menschen? Ich hätte viel zu viel Angst, dass er sich nur eine Magenverstimmung holt und zornig nach ihrem Urheber sucht. Ich wäre gar nicht auf die Idee gekommen, das auszuprobieren!«

Sie konnte seinen Blick nicht deuten. Lag Wärme darin, die Gewissheit, dass sie, so wie er sie kannte, nie im Leben einem anderen etwas zu leide tun würde – und selbst wenn es der grausame Herrscher von Deret-Aif war?

»Ihm wird etwas anderes einfallen, was Ihr ihm antun könntet«, meinte Erion. »Und wenn er seine Befürchtungen ausspricht, muss ich dagegenhalten, warum es unmöglich ist. Was kann einen Riesen umbringen, wenn nicht Gift, wenn nicht ein Dolch in der Nacht?«

»Auch eine Schnur zu spannen, so wie Norha für Euch, wäre sinnlos«, überlegte Manina. »Sie würde zerreißen unter seinem Gewicht, und wenn er die Treppe hinunterfiele, würden die Stufen zerbrechen, nicht seine Knochen. Es gibt keine Möglichkeit, ihn zu töten. Weiß er das denn nicht? Ich kann ihm nicht schaden, nicht auf diese Weise. Ich kann nur die Hoffnung sein für Menschen, die auf eine andere Welt warten, auf ein Kaiserreich, wie es unter Kanuna El Schattik war. Das fürchtet Zukata in Wahrheit, Fürst Erion. Und diese Sorge kann ich ihm nicht ausreden. Es gibt keinen Platz für mich in Kirifas und das wisst Ihr so gut wie ich.«

Die ersten Schneeflocken fielen wieder, als sie eine Weggabelung erreichten. Zu ihrem Erstaunen wandte ihr Entführer sich ohne zu zögern nach Norden.

»Was wird das?«, fragte sie. »Ein Umweg?«

Er war tief in Gedanken versunken, so dass sie schon glaubte, dass er sich in der Richtung geirrt hatte. Sie mussten nach Süden – aber vielleicht hatte für einen unbedachten Moment sein Herz die Oberhand gewonnen? Sie betrachtete ihn sehnsüchtig, da er es nicht zu merken schien. Sein Haar lugte unter der Fellmütze hervor, die er vor einigen Tagen einem Holzfäller abgenommen hatte; Schneeflocken setzten sich auf die blonden Strähnen. Die Kälte hatte seine Haut gerötet. Am liebsten hätte sie ihre Hände an seine Wangen gelegt. Sie konnte nicht verhindern, dass ihr Herz schneller schlug, dass Wärme sie durchflutete, wenn sie ihn ansah. Vielleicht würde er es wirklich sagen, es aussprechen, endlich: Wir können nicht nach Kirifas. Ich kann dich Zukata nicht ausliefern. Lass uns fliehen, so weit wir können ...

Da lächelte Erion. Ihr schoss das Blut bis unter die Stirn. Dieses kleine, wissende Lächeln ... Sie dachte, er würde sie auslachen, aber dann wandte er ihr das Gesicht zu und sie fühlte seinen ernsten grauen Blick auf sich und darunter das kleine Lächeln, das ihr ein wenig traurig vorkam und irgendwie doch nicht traurig genug.

»Mein Fürst?«, fragte sie verwirrt.

»Macht Euch keine Gedanken wegen des Weges. So kommen wir an einem weiteren Kloster vorbei, das Männer wie Frauen aufnimmt. Ich habe den Mönch genauestens befragt.«

»Aber ...«

»Ich bin immer noch bei dieser Schnur. Die man spannen könnte, von Wand zu Wand ... Was, wenn der Riese tief genug fällt? Das müsste doch möglich sein. Nichtsahnend, genau auf seinem Weg ... Und dann der Sturz. Wohin? Durch ein Fenster? Von einem der oberen Stockwerke?« Er schaute durch sie hindurch, ohne sie zu sehen.

»Ihr wollt ihn töten?« Sie konnte es kaum glauben. Und wieder ihr Herz, schnell, hoch aufbrausend wie das Meer im Sturm, bewegt, wild, ohne die Chance, ihre Gefühle einzudämmen. »Für mich?«

»Das überrascht Euch«, stellte er fest. Seine Augen wie Nebel, sie verbargen immer noch zu viel. Sein Lächeln, nicht mehr nichtssagend höflich, sondern weicher, schmerzlicher, als kämpfte sein Mund mit sich selbst, mit der Trauer und der Nichtfreude und allem, worüber man nicht lachen konnte. Sie hatte das Gefühl, dass sie nur noch durch einen dünnen Schleier von dem wirklichen Erion getrennt war, von dem Mann, der lieben konnte, genauso stark, wie Sorayn seine Maja liebte, stärker, als jemals irgendjemand geliebt worden war.

»Nicht so sehr, wie Ihr denkt.« Sie hielt seinen Blick aus und ihre Augen riefen: Zeig dich, zeig dich!

»Es muss möglich sein«, fuhr er fort. »Einen Riesen zu töten, der einem hundertfach überlegen ist. Es muss möglich sein, die Wut, die ihn überkommt, zu nutzen und ihn ins Verderben zu locken. Doch wie? Ich sehe eine straff gespannte Schnur, ich sehe, wie er fällt – doch wie bringe ich ihn dazu, so tief zu stürzen, dass ihn nichts mehr retten kann? Warum sollte er sich auf eine Zinne stellen oder auf eine Mauer klettern? Es muss eine Lösung geben, aber ich komme nicht darauf.«

»Zukata war einmal gefangen«, erzählte Manina. »Sie hatten ihn in einen Keller gestoßen. Man braucht keine große Höhe. Eine Falltür reicht. Und darüber ein Teppich, der die Öffnung verbirgt. Das würde schon genügen.«

Hinter Erions Stirn arbeitete es. »Eine Grube, ja ... Abgedeckt mit Zweigen. Darüber Blätter und Schnee.«

»Im Palast ist das wohl kaum möglich. Und im Park – wie würdet Ihr da unbemerkt graben? Auch dieser Vorschlag bringt uns nicht weiter.«

»Ihr wollt Zukata tot?«, fragte Erion. »Und dann, werte Prinzessin, was dann? Setzt Ihr Euch dann selbst auf den Thron?«

Sie erschrak über den beißenden Spott in seiner Stimme, über den Hass, der ihr auf einmal entgegenschlug.

»Das habe ich nie behauptet«, entgegnete sie steif. »Und selbst wenn es gelänge ... es wäre Sorayn, der sich die Krone nehmen würde. Aber mir war sie sowieso zu groß.«

»Sorayn. Ach, Sorayn!« Der Kaisergänger ließ ein wildes, höhnisches Gelächter hören. »Sorayn, der einzige denkbare Erbe. Natürlich. Wer würde es sonst sein? Außer dem Mann, der den wahren Kaiser verdrängen will, der niemals Ruhe geben wird? Als ich Maja nach Kirifas brachte, glaubte ich, ich hätte die Lösung gefunden. Ich habe Zukata das Mittel gegeben, Sorayn im Zaum zu halten. Ich habe ihm die Fessel überreicht, mit der er Sorayn fesseln konnte, die ihn auf ewig in die Knie zwingen sollte ... Aber da draußen tobt er herum, kämpft mit den Soldaten des Kaisers, lässt Geiseln entkommen und schert sich nicht um seine Aufgabe. Er ist unberechenbar. Ich dachte, ich hätte dem Riesenkaiser die Macht über Sorayn gebracht – aber ich habe mich getäuscht. Er hat Maja verraten und auch seinen Großvater, er verrät alle und jeden und wird es auch weiterhin tun! Ich habe versagt. Aber dieses Mal werde ich nicht versagen. Ich werde vor den Thron treten und wissen, dass ich den Kaiser gerettet habe. Allein das ist den Versuch schon wert.«

Die Wärme verflog, als sei ein eisiger Windstoß mitten durch sie hindurchgeweht. Kälte durchfuhr sie.

»Es geht gar nicht um Zukata«, flüsterte sie. »Ihr habt nur so getan, als ob. Es ging die ganze Zeit nur darum, wie man Sorayn töten kann.«

»Oh, das tut mir leid, liebe Prinzessin. Ihr wolltet einfach nur zu gerne glauben, dass ich Zukata für Euch bekämpfen würde. Dass mich das Feuer der Liebe ergriffen hat und ich, beseelt von grenzenloser Leidenschaft, Euer ergebener Diener werde, der für einen Kuss oder eine Nacht seinen Herrn verrät?«

Sie wandte sich ab, sie starrte auf die Ohren ihres Pferdes und sah doch nichts durch den Schleier ihrer Tränen, sah nichts mehr vom Schnee oder vom Weg oder von Erion, dessen Gegenwart kaum auszuhalten war. Sie stieß der braunen Stute die Fersen in die Seiten und galoppierte an, aber gleich darauf war er an ihrer Seite, und Seite an Seite ritten sie dahin, während die kraftvollen Beine der stolzen Tiere den Schnee aufwirbelten.

»Ich hasse Euch!«, schrie sie.

»Oh, das glaube ich kaum«, lachte Erion, und in diesem Moment hasste sie ihn wirklich.

»Ich dachte, in Euch steckt etwas Edles, etwas Besseres. Ich dachte, hinter Eurer Maske seid Ihr ein anderer ...« Ihre Stimme erstarb.

»Da habt Ihr Euch wohl getäuscht«, meinte er kühl. Sein Mund kämpfte immer noch mit dem Lächeln, das der Spott ihm auf die Lippen zwingen wollte, und es geriet schief und traurig. Durch ihre Wut und ihre Enttäuschung brach wieder die Liebe, die sie für ihn empfand, verrückt und ungestüm und ganz und gar sinnlos, eine Liebe, verschwendet wie ein Schatz im Schlamm. So als würde eine Prinzessin einen Kerl lieben, der nichts war als ein Lump, ein gemeiner Lump. Ihre Eltern hätten sie vor ihm gewarnt. Maja hatte das getan, immer wieder, immer verzweifelter. Er ist es nicht wert. Begreif es endlich, das ist Erion, Zukatas Diener.

Zukatas Diener.

Denk es: Zukatas Diener. Denk an nichts anderes. Nur daran.

Sie wandte das Gesicht ab und war allein mit dem Wald und dem Schnee und der Kälte, die von allen Seiten zu ihr kam, flüsternd, tastend, kichernd. Kalt, kalt ... Zukatas Diener? Nein. Mein Prinz. Mein blonder Prinz, der auf der Lichtung schläft, und wenn er die Augen öffnet, sind dahinter alle Träume, seine und meine und unsere ...

Man konnte immer zweifelsfrei erkennen, wo Blitz und Sorayn schon gewesen waren. Dort wurden sie anders empfangen, erkennbar anders, von Mönchen, die gar nicht aufhören konnten zu reden, so als seien sie Zeugen eines Wunders geworden, das sie um jeden

Preis verkünden wollten. Einmal kamen Manina und Erion sogar in ein Dorf, das im Aufbruch begriffen war. Sämtliche Bewohner verluden ihre Habe auf Esel und Wagen, unterstützt von einem Dutzend Mönche, die ihre Kutten gegen Hosen und Mäntel getauscht hatten, um besser mit anpacken zu können. Die Kaisertochter staunte die verwandelten Klosterbrüder an, aber das Gesicht des Fürsten wurde düster und feindselig.

»Das ist ein Irrtum!«, rief er laut. »Geht alle wieder zurück in eure Häuser. Hört auf! Ich befehle euch, damit aufzuhören!«

»Das Wasser wird kommen«, sagte einer der Mönche. »Schneller, als uns lieb ist. Schließe dich uns an, Pilger, und du wirst es nicht bereuen.«

»Ich bin kein Pilger«, knurrte Erion. »Ich bin ein Mann des Kaisers. Und mehr noch als das.« Er zog seinen Mantel aus, zerrte hastig an den Ärmeln, am Gürtel. Das Zeichen prangte auf seiner hellen Haut, unübersehbar, aber die Leute sahen nicht hin, so sehr waren sie damit beschäftigt, ihre Reise vorzubereiten. »Im Namen Zukatas, des Mächtigen und Erhabenen!«, schrie er. »Hört auf damit! Ihr wurdet betrogen! Ladet euer Zeug wieder ab und kehrt in eure Häuser zurück! Ich befehle es euch!«

»Sie hören Euch nicht zu«, sagte die Prinzessin. »Es interessiert sie nicht.«

»Verdammt! Im Namen des Kaisers, ich verlange, dass man mich anhört und meinen Befehlen Folge leistet!«

Der Mönch hatte ihn gehört, er trat auf ihn zu und bat: »Zieh dich wieder an, junger Herr, es ist kalt. Uns kümmert nicht, was die Herrschenden davon halten. Wenn das Meer kommt, geht es nur noch darum, unser nacktes Leben zu retten.«

»Es wird nicht kommen«, versicherte Erion. »Das ist nichts als das Werk eines Mannes, der es nicht ertragen kann, besiegt zu werden. Er will sich an Zukata rächen. Ihr dürft nicht gehen!« Er sprang vom Pferd und versuchte, eine Frau, die ihre Kinder auf einem Leiterwagen in Decken wickelte, zurück ins Haus zu schubsen. Schließlich nahm er einen kleinen Jungen aus dem Wagen und trug ihn nach drinnen. »Helft mir, Prinzessin! Wir müssen sie aufhalten!«

Das Mädchen blieb auf dem Pferd sitzen und wünschte sich, unsichtbar zu sein. Sie würde ihm bestimmt nicht helfen, aber alles in ihr verkrampfte sich bei seinem Anblick. Seine Maske war fort, seine kühle Höflichkeit, seine arrogante Art, während er verzweifelt versuchte, die Leute davon zu überzeugen, dass man sie betrogen hatte. Doch damit, dass er die Kinder anfasste, war er zu weit gegangen. Sobald Erion wieder aus dem Haus trat, erwarteten ihn drei starke Holzfäller, die ihre Äxte drohend hoben; dagegen konnte auch sein Schwert nichts ausrichten.

»Na gut«, sagte er beschwichtigend, aber seine Stimme bebte vor unterdrücktem Zorn, »ihr habt es nicht anders gewollt.« Seine Augen funkelten, als er an Maninas Seite zurückkehrte. »Dafür wird er büßen. Dafür muss er büßen.«

»Und wenn Sorayn recht hat?«, fragte sie. »Ich habe einen dieser Briefe in Talen gehört, und Ihr wart dabei, im Kloster. Es gibt diese Briefe. Er hat sie nicht selbst geschrieben, um Zukata zu ärgern. Es ist eine Tatsache, dass die Inseln untergegangen sind, Ihr müsstet das doch am besten wissen.«

Er hörte ihr nicht zu. »Wir müssen schneller vorankommen«, murmelte er. »Wir müssen ihn überholen.«

»Schneller als Sorayn?«, die Prinzessin. »Wie soll das gehen, bitteschön?«

»Er wandert von Kloster zu Kloster ... Aber wir müssen dem Weg nicht folgen. Wir nehmen die Abkürzung durch den Wald.«

»Es wäre hilfreich, wenn man sich hier auskennen würde, aber das tun wir nicht.«

»Fürchtet Ihr Euch davor, dass wir uns verirren könnten?« Er lächelte spöttisch.

Sie sagte nichts mehr. Erion ließ sich nicht mehr von der Vernunft leiten, sondern von seinem wütenden Hass auf den Riesenprinzen, und mit Argumenten konnte man nichts daran ändern. Natürlich kamen sie im Wald nicht schneller voran, sondern viel langsamer. Sie quälten sich durch tiefen Schnee in einem Gelände voller Fallstricke. Wurzeln, Vertiefungen und dicke Äste, die nicht zu sehen waren, machten es unmöglich zu reiten. Sie mussten ihre Pferde führen und durch den tiefen Schnee waten, der bald von oben in die

Stiefel eindrang, als sei er fest entschlossen, ihre Füße zu erobern und in Eisklumpen zu verwandeln. Die junge Frau biss die Zähne zusammen, während sie sich stundenlang durch überschneites Gestrüpp kämpften. Doch endlich kamen sie auf einem Weg heraus, der offensichtlich viel benutzt wurde. Der Schnee war zertrampelt und von Wagenspuren zerfurcht. Durch die Bäume sahen sie die schattenhaften Umrisse eines großen Gebäudes.

»Das ist es«, flüsterte Erion. »Dort wird ein Brief aufbewahrt. Das weiß ich von den Mönchen. Dort wird er hingehen. Oder ...« Er betrachtete die Spuren, die sich fest in den Schnee eingegraben hatten. »Ein großes Tier, kein Zweifel. Ihr habt es auch gehört, nicht wahr? Dass er einen Bären an seiner Seite hat? Sorayn nimmt ihn nicht mit ins Kloster.«

Unwillkürlich blickte Manina sich um, und der Fürst lachte leise. »Vielleicht ist er hier im Gebüsch und wartet ... Aber ich glaube nicht, dass wir ihn zu Gesicht bekommen. Habt keine Angst, Prinzessin.«

Die ehemalige Kaiserin, die sich zu gut an das gewaltige Tier erinnern konnte, fühlte einen Schauer; ihr wurde noch kälter. Die Stille bekam auf einmal einen anderen Klang. Das leise Knistern des eingefrorenen Unterholzes, ein kaum hörbares Knacken und Rascheln. Der Wald schlief und schlief doch nicht fest, und sie konnte sich gut vorstellen, dass dort eine riesige Bestie herumstreifte und nach kleineren Tieren suchte, die sich in den Schnee duckten mit hämmerndem Herzen.

»Ist Sorayn dort? Im Kloster? Seid Ihr sicher?«

»Das werden wir gleich wissen. Wir reiten weiter, daran vorbei, ich achte auf die Spuren. Und Ihr seid schön brav, ja? Ihr werdet nicht auf einmal anfangen zu rufen und zum Tor reiten und nach Sorayn schreien?« Er musterte sie mit leiser Verachtung.

Manina presste die Zähne aufeinander. In ihr war der Ruf nach Blitz. Nicht nach Sorayn, sondern nach seinem Begleiter. Bisher war es ihr gelungen, seinen Namen niemals zu erwähnen, und da auch die Mönche ihn nicht benennen konnten, wusste Erion nicht, wer ebenfalls vor ihnen ging, immer einen Schritt voraus. Mein Leibwächter, würde sie sagen, lächelnd, triumphierend. Vielleicht glaubt Ihr, er sei nichts als mein Lehrer gewesen, aber er war auch mein Leibwächter, ausgebildet von den Amazonen. Geht ihm lieber aus dem Weg.

Sie sagte es nicht. Und sie rief auch nicht. Sie meinte nur: »Er wird Euch töten, wenn er Euch mit mir zusammen antrifft.« Blitz. Sorayn. Es machte keinen Unterschied, wer von beiden es tun würde. Und in ihr war wieder der verrückte Drang, diesen blonden Mann vor ihren Freunden zu beschützen, sich vor ihn zu stellen mit ausgebreiteten Armen und zu rufen: Lasst ihn! Lasst ihn in Ruhe, er gehört mir!

Sie ritten vorbei. Das Kloster lag weit genug von der Straße entfernt, so dass niemand sie bemerkte, dass man sie höchstens von weitem als zwei Reiter wahrnahm. Vielleicht konnten die scharfen Augen eines Riesen mehr erkennen, aber dazu hätte Sorayn gerade in diesem Moment aus einem Fenster sehen oder von der Mauerbrüstung herabschauen oder aus einem der Türme Ausschau halten müssen.

»Dort vorne ist schon das nächste Dorf«, frohlockte Erion. »Dort suchen wir uns erst einmal einen Unterschlupf.«

Manina nickte. Sie freute sich schon darauf, sich aufzuwärmen, aber an diesem Abend wurde ihr nicht richtig warm. Weder die Freundlichkeit der Menschen, die sie nicht an das Kloster verwiesen, noch Erions lockeres Geplauder beim Essen konnte bewirken, dass das unaufhörliche Zittern verschwand.

»Ihr jagt hier frei?«, fragte er den Hausherrn, einen Mann mit braunem Bart und dichten Brauen, der aussah, als könnte er genauso gut in der Wildnis zu Hause sein wie in einem kleinen, friedlichen Dorf. Köstlicher Bratenduft füllte die Stube und trieb ihnen das Wasser in den Mund. »Wenn die Klöster hier ihre eigenen Landesherrn sind, haben sie doch das Jagdrecht?«

Der Saliner nickte. »So ist es. Wir dürfen jagen, solange sie ihren Anteil bekommen. Alles andere wäre Wilderei. Aber natürlich würde niemand die heiligen Brüder betrügen.«

»Natürlich«, bestätigte der Fürst. »Und womit jagt ihr? An Euren Wänden sehe ich keine Bogen, keine Speere. Grabt ihr Fallgruben?«

»Auch. Vor allem arbeiten wir mit Fallen.« Der Mann hielt seine Hände voreinander und verschränkte sie langsam mit ausgebreiteten Fingern, mit einem Ruck, als würden sie einrasten. »Ihr solltet auf dem Weg bleiben, wenn ihr weiterzieht. Ich würde niemandem raten, ohne kundigen Führer durch den Wald zu gehen. Und selbst die Jäger vertun sich manchmal, hin und wieder haben wir hier schon grauenhafte Unfälle erlebt.«

Manina fühlte die Kälte noch stärker, sie jagte durch ihre Adern, lief so sanft über ihre Haut, dass sie am ganzen Leib bebte.

»Wir sind quer durch den Wald gegangen, ich vermute, wir haben großes Glück gehabt«, meinte Erion.

»Das könnt ihr wohl laut sagen!« Der Jäger schlug ihm auf die Schulter und lachte dröhnend, während Manina auf ihr Stück am Braten starrte und sich fragte, wie sie es jemals hinunterbekommen sollte.

»Fühlt sich deine Frau nicht wohl?«, fragte die Gastgeberin. »Sie ist so blass.«

»Sie ist von sehr zartem Gemüt«, erklärte der Kaisergänger munter. »Die Vorstellung, Lebewesen in Fallen zu fangen, gefällt ihr nicht besonders. Nicht wahr, meine Liebe? – Erzähl mir mehr. Es interessiert mich, diese Sache. Sind die Gruben groß genug, um einen Bären zu fangen? Es soll einer unterwegs sein, hier in der Gegend, ein Gebirgsbär, der sich auch schon mal an Kindern mästet.«

Bald hatte Erion den Jäger so weit, dass er bereit war, ihm im Wald ein paar Fallen zu zeigen. Die Prinzessin blieb im Haus und ließ sich ins Bett schicken. Das Zittern hörte nicht auf, ihre Zähne klapperten, aber sie hatte kein Fieber. Immer wieder führte sie ihre Hände zusammen, als würde eine grausame Falle mit langen Zähnen sich schließen.

Der Fürst verabschiedete sich am Morgen besonders gut gelaunt. Manina wollte gar nicht wissen, was ihn so fröhlich stimmte, aber schließlich brach sie ihr Schweigen doch.

»Sorayn wird auf dem Weg bleiben. Er wird nicht in den Wald gehen. Warum sollte er? Ihr müsstet eine Grube hier auf der Straße graben, was bei der gefrorenen Erde schlichtweg unmöglich ist.«

»Oh, sie denkt wieder mit, die Prinzessin«, meinte Erion. »Wer ihr zuhört, kann noch etwas lernen. Schließlich war sie die große Herrscherin von Deret-Aif.«

Sie biss sich gekränkt auf die Lippe.

»Kopf hoch, Verehrteste. Ich habe ein paar Dinge in Erfahrung gebracht, die uns weiterbringen werden. Aber zunächst müssen wir etwas schneller reiten. Ich nehme an, Sorayn und sein Vieh werden ebenfalls um diese Zeit das Kloster verlassen und denselben Weg einschlagen wie wir. Der Weg führt erst an einem Nonnenkloster vorbei – auch dort wird er nach Briefen fragen – und dann zu einem Mönchskloster. Wenn wir an der Stelle, die mir der Jäger bezeichnet hat, den Weg verlassen und quer durch den Wald dorthin reiten, können wir zwei Tage gewinnen. Wir müssen uns nur einen kleinen Vorsprung herausreiten.«

Manchmal wünschte Manina sich, sie könnte einfach ohnmächtig werden. Vom Pferd fallen und das Bewusstsein verlieren und nichts von dem wissen, was hier geschah und nicht geschehen durfte. In ihren Händen lag Erions Leben. Und vielleicht, wenn er wirklich so geschickt war, wie er glaubte, auch Sorayns Leben. Und das von Blitz. Wie konnte er hoffen, sie beide mit einer Falle zu fangen? Einer von ihnen würde entkommen. War es wirklich an ihr, eins dieser drei Leben zu opfern? Erion für Blitz und Sorayn? Erion, der mit wissendem Lächeln neben ihr ritt, mit funkelnden Augen, Erion, den sie hassen und ohne den Anflug von Bedauern hätte ausliefern müssen.

»Dort«, rief er, »dort ist schon die Ruine, von der der Jäger mir erzählt hat. Von dort aus müssen wir einem Wildwechsel folgen. Aber zunächst warten wir.«

Es handelte sich um die Überreste eines alten Klosters, noch viel älter als diejenigen, die immer noch bewohnt wurden. Der Turm war noch zur Hälfte erhalten, die unteren Stufen verschwanden unter einem Haufen trockenen Laubes. Auch an den Mauern fehlte der Schnee. Manina streckte die Hand aus und berührte die rötlichen Steine, die sich im Schein der Wintersonne fast warm anfühlten.

Der Bär würde sie finden, wenn Sorayn und Blitz hier vorbeiritten. Er würde sie und die Pferde wittern. Aber auf den Straßen waren viele Leute unterwegs, Pilger aus Talen auf dem Rückweg, Dörfler, die nicht einmal den Frühling abwarten wollten, um nach Rinland zu fahren. Es konnte gut sein, dass das Raubtier die beiden Menschen gar nicht beachtete und sich stattdessen lieber verzog.

»Wartet hier.« Erion zog einen gefüllten Beutel, den sie gestern noch nicht gehabt hatten, aus dem Gepäck und öffnete ihn.

Sie schnupperte. »Fleisch? Was wollt Ihr denn damit?«

»Seid einfach still und wartet.« Er ließ sie stehen und verschwand.

Jetzt. Jetzt musste sie auf die Straße rennen, ihren Freunden entgegen. Jetzt musste sie etwas tun, jetzt musste sie sich endlich entscheiden. Dafür, das Richtige zu tun, so schwer es ihr auch fiel. Einmal in ihrem Leben musste sie ihre persönlichen Gefühle hintenan stellen, ein letztes Mal die Kaiserin sein, die das Wohl des Kaiserreichs über ihr eigenes stellte. Und Blitz! Wie hätte sie nicht für ihn kämpfen können, gegen das, was in ihrem Herzen war? Wie hätte sie nicht seinetwegen stark sein können wie eine Riesin?

Eine Stimme auf dem Weg. Schon sah sie eine Bewegung, mehrere Gestalten, doch bevor sie winken und rufen konnte, presste Erion ihr die Hand auf den Mund und zog sie in den Schatten des Gebäudes.

Zu spät. Zu lange gezögert. Der schwarzhaarige Prinz ging mit großen, federnden Schritten vorbei, neben sich den großen braunen Bären, zu dem er anscheinend sprach. Von hier aus konnte sie seine Worte nicht verstehen. Sorayn kam ihr etwas kleiner vor als in Talen, so als wäre er dort größer gewesen als je zuvor. Einen Moment war ihr, als wäre die Sonne nur für ihn aus den Wolken gekommen, als hätte sie nur für ihn alles Dunkle beiseite geschoben.

Doch dann, wenige Schritte hinter ihm, Blitz auf einem Grauschimmel. Auf einer nervösen Stute, die man zwingen musste, weiterzugehen, da sie vor dem Raubtier zurückschreckte. Blitz, der lachte und seinem Sohn etwas zurief. Mein Blitz, dachte Manina, als er einen wachsamen Blick zu der Ruine hinüberwarf, ohne die Beobachter im Schatten zu sehen. Der Bär hob die Schnauze in die Luft, brummte und schlug sich ins Gebüsch. Der Krieger schloss mit dem erleichterten Pferd zu dem jungen Riesen auf.

Eng an Erion gedrückt sah das Mädchen zu, wie die zwei verschwanden. Er hielt sie immer noch fest, selbst als von ihnen nichts mehr zu sehen war, als der Wald sie wie ein finsteres Untier verschluckte. Der harte Griff über Mund und Kinn tat weh, schmerzte aber nicht so wie die bittere Tatsache, dass es ihr nicht gelungen war, Sorayn zu warnen.

Der Fürst wartete lange, doch endlich entspannte er sich wieder und ließ sie los. Seine Finger blieben an ihrer Wange. Sie hielt seine Berührung aus, ohne zurückzuweichen. Die wütenden Anklagen erstarben auf ihrer Zunge. Er beugte sich vor, bis ihre Nasen sich berührten, bis seine Stirn gegen ihre drückte, und so, Gesicht an Gesicht, verharrten sie eine Weile. Er war ein anderer. Ein anderer als der, der sie eben noch festgehalten und ihre Schreie unterdrückt hatte, ein anderer als der, der Sorayns Vernichtung plante. Einer, der sich gegen sie lehnte, als bedürfe er ihrer Stärke und ihres Trostes. Sein Mund glitt an ihrer Haut hinunter, fand ihre Lippen. Sein warmer Atem streifte ihre Wange. Sie erwiderte seinen Kuss mit einer Heftigkeit, die sie selbst überraschte und der sie nichts entgegenzusetzen hatte, keine Vernunft, keine Sorge und keine Angst. Sie schlang die Arme um seinen Nacken und versenkte die Hände in seinem Haar und zog ihn noch näher an sich heran.

Unvermittelt löste Erion sich von ihr und schob sie zurück. Sie konnte förmlich spüren, wie er seine Maske aufsetzte und die Schranken neu errichtete, wie er die Mauer zwischen ihnen wieder aufbaute, so hastig, dass sie eine Wand voller Löcher und Risse war, höchstgradig einsturzgefährdet. Seine Maske saß schief und das wusste er.

»Nun, Prinzessin«, sagte er, seine Stimme noch eine Spur spöttischer und kälter als sonst, »nehmt das als Entschuldigung für die grobe Behandlung davor.«

Sie kämpfte mit den Tränen, sonst hätte sie ihm sofort ins Gesicht geschleudert, was sie von ihm hielt. Erst als sie das Schluchzen hinuntergewürgt und das verräterische Glitzern in den Augen weggeblinzelt hatte, konnte sie sprechen. Als sie sicher war, dass ihre Stimme seiner ähneln würde.

»Aber Fürst Erion«, sagte sie kopfschüttelnd, »behandelt man so die Schwester des Kaisers? Habt Ihr etwa vor, Euch mit mir zu verbünden und Zukata selbst herauszufordern? Sieh an, das hätte ich nicht von Euch gedacht. Ein gefährliches Spiel treibt Ihr da.«

»Welcher Mann würde nicht ein wenig spielen, mit einer Frau, die so sehr in ihn verliebt ist?«, fragte Erion sehr leise.

Warum bist du so gemein?, wollte sie schreien. Warum tust du das? Wo bist du, Erion, hinter all dieser Gemeinheit?

»Ach«, sagte sie stattdessen. »Das glaubt Ihr also?« Sie konnte wenig mehr von ihm sehen als seine dunkle Gestalt, hier im Schatten. Schlank, größer als sie. Vielleicht war das besser so. Schon seine bloße Gegenwart ließ ihr Herz schmelzen, und sie wusste, dass sie ihrem Blick keine Fesseln anlegen konnte, dass sie, wenn sie ihn ansah, alles verriet, was in ihr vorging. Sie wussten es beide. Eben noch hatte sie geglaubt, dass er aufhören konnte, sich gegen das zu wehren, was auf einer Lichtung im Sommer begonnen hatte, aber jetzt war sie sich nicht mehr sicher. Sein Kuss hatte nicht seine Gefühle verraten, sondern Manina dazu gebracht, ihm mehr zu geben, als er überhaupt verdiente. Nichts verdiente er, gar nichts, außer einem unrühmlichen Ende.

»Nun?«, fragte er. »Ich warte. Wann kommt der Teil mit: Ich hasse Euch, ich will Euch nicht mehr sehen? Der Teil, in dem Ihr mir ankündigt, dass Ihr künftig Eurer eigenen Wege gehen werdet? Oder wollt Ihr noch mehr?«

Nein, wollte sie rufen, nein, als er sie wieder näher heranzog und sie zum zweiten Mal küsste, länger und stürmischer als beim ersten Mal. Sie versuchte ihn von sich wegzuschieben, bevor sie sich auch diesem Kuss schließlich ergab und den Hunger in sich erwachen fühlte, stärker als alles andere. Der Boden glitt unter ihren Füßen weg, sie fühlte nur noch, wie er sie festhielt mit einer Kraft, die man ihm nicht ansah. Sein Herz schlug dicht neben ihrem, stark und schnell, und sie hatte wieder das Gefühl, dass er sich genauso hingab wie sie, dass sie – nur mit einem Kuss – in eine Verbindung hineinfanden, die unleugbar da war und die ganze Welt auf den Kopf stellen konnte. Eine Weile standen sie noch nah zusammen und er hielt sie umfasst, dann ließ er sie los. Sie wartete darauf, dass er wieder etwas Gemeines, Unverzeihliches zu ihr sagte, aber Erion sagte gar nichts. Er wandte sich um und ging hinter die Ruine, wo sie ihn bei den Pferden hantieren hörte.

»Genießt die Sonne, Prinzessin«, sagte er freundlich. »Wir werden hier noch ein wenig warten. Ich habe meine Gründe.«

Sie lehnte sich gegen die Mauer, schloss die Augen und hielt die wärmenden Strahlen aus. Hielt sie aus, ohne zu weinen. Der Kaisergänger verschwand im Wald, ohne ihr zu sagen, was er vorhatte. Er verließ sich einfach darauf, dass sie auf ihn warten würde, ganz gleich, welche Abscheulichkeiten er plante. Dass sie nicht vorreiten würde, um Sorayn und Blitz zu warnen. Und das, Manina empfand es sehr deutlich, war die schlimmste Demütigung von allen.

21. *Ketas Hände*

»SO VIELE PRIESTER«, sagte Mino. »In ganz Salien ... und du willst noch warten?«

Die kleine Stadt Tamru, in der sie mittlerweile angekommen waren, bot außer einem Marktplatz, einer üppigen Burg und einem bescheidenen Klosterbau immerhin so viele verschiedene kleine und größere Häuser, dass sie die Lust überkam, in einem davon zu wohnen. Vielleicht in diesem, wo das Dach fast bis auf die Tür herabhing ... oder in jenem mit den blau gestrichenen Fensterrahmen? Dass sie jetzt sofort heiraten konnten, fühlte sich so überwältigend an wie ein Traum, der plötzlich Wirklichkeit wird. Was sollte sie daran hindern, sich hier niederzulassen? Hier oder woanders. Wo auch immer sie wollten.

Jamai wechselte einen schnellen Blick mit Kroa, der ihm zunickte.

»Mino«, meinte er, »wenn wir heiraten, dann soll es so sein, dass wir nichts daran bereuen müssten.«

»Glaubst du, wir werden das bereuen?« Sie glaubte, nicht recht zu hören. »Ich dachte, du willst mich heiraten. Ich dachte, du bist ebenso ungeduldig wie ich!«

»Du warst damals richtig böse, als Maja einfach so geheiratet hat«, mischte Kroa sich ein. »Ohne die Familie. Ohne dir auch nur ein Wort zu sagen. Böse warst du und enttäuscht.«

»Ich möchte, dass es richtig ist«, erklärte Jamai. »Ich will, dass Keta eine Ansprache hält und Variti weint und dass alle tanzen und musizieren und die Kinder uns Streiche spielen. So macht man das bei uns, Mino, und das weißt du. Eine Hochzeit gehört der ganzen Sippe. Das ist unsere Familie. Unsere Vermählung ist nicht nur eine Sache zwischen dir und mir. Ich möchte weder uns noch sie darum betrügen.«

»Aber wir wissen doch gar nicht, wo unsere Sippe sich momentan aufhält«, wandte sie ein. »Vermutlich wurde sie von irgendeinem Landesfürsten in die Pflicht genommen. Wie sollen wir sie finden?«

»Ich habe in der Stadt ein paar Zintas getroffen«, sagte Kroa. »Zumindest gibt es einige Anhaltspunkte, wo wir suchen können.«

Mino nickte, noch nicht ganz überzeugt. »Du willst wirklich alle dabei haben? Sogar Toris?«

»Das muss er eben ertragen, dass ich gewonnen habe.« Jamai grinste. »Mino, das ist immer so. Ein paar sind geknickt, weil sie die hübsche Braut gerne selber abgekriegt hätten.«

»Oder den feschen Bräutigam«, warf Kroa ein. »Glaub nicht, Mino, dass es nicht noch ein paar Frauen gäbe, die Jamai in guter Erinnerung behalten haben. Vielleicht auch in nicht so guter?« Dafür gab es eine kleine Kopfnuss. »Aua! Ich bin ein alter Mann, kannst du gefälligst Rücksicht darauf nehmen!«

»Nicht, wenn du es darauf anlegst, Prügel zu erhalten.«

»Alte weise Männer haben ein Recht darauf, ihre Meinung kundzutun! Ohne dass man sie dafür schlägt!«

Mino sah kopfschüttelnd von einem zum anderen. »Das ist Familie«, meinte sie und lachte. »Ich glaube, ihr habt recht. Wir haben nichts zu verbergen. Es sollte nicht heimlich geschehen, sondern mit der Sippe, gemeinsam mit meinen Eltern. Ohne Keta sage ich nicht ja. Er wird uns trauen. Das klingt«, ihr Lächeln wuchs, »das klingt genauso, wie es sein sollte.«

»Ihr werdet kein Meerwasser für die Segnung brauchen«, vermutete der Zwerg, »alle werden so viel heulen, dass wir ganze Schüsseln voller Tränen über euch ausschütten können.«

»Oh Kroa, ich hoffe nicht, dass du weinst!«

»Ich habe nicht behauptet, dass es meine Tränen sein werden.« Er warf stolz den Kopf hoch und verzog gleich darauf schmerzhaft das Gesicht. »Es sei denn, ich muss tanzen, mit diesem Rücken ... Mino?«

Sie starrte auf eine Gestalt, die in einiger Entfernung über die Straße ging und in einer Seitengasse verschwand. Blitz. Das war Blitz gewesen, ohne Zweifel. Die Art, wie er ging, wie er sich bewegte, so leichtfüßig, das war er. Unter Tausenden würde sie ihn erkennen, unter allen Menschen, die das Kaiserreich beherbergte ...

Sie wischte sich über die Stirn. Nein.

Sie hatte sich geschworen, dass damit Schluss war, endgültig. Sie wollte Blitz nicht mehr sehen, in jedem schwarzhaarigen Mann, bei dem die Größe ungefähr stimmte. Sie wollte ihn nicht mehr suchen, loslaufen und nachsehen, wohin der Fremde verschwunden war, und dann in ein unbekanntes Gesicht blicken, in erstaunte Augen, vielleicht in ein unverschämtes Grinsen. Damit musste Schluss sein. Sie hatte den Traum begraben. Sie hatte Abschied genommen von dieser Sehnsucht, die alles Glück und jede Zufriedenheit untergrub, die aus ihrem Herzen eine Wüste machte, die alles Lebendige verbrannte und nur das Tote übrigließ.

»Sprechen wir mit den Zintas«, sagte sie. »Wo hast du sie gesehen, Kroa? Ich möchte auch mit ihnen reden.«

Der kleine Mann stöhnte auf. »Sag bloß, du hast doch ein bisschen Sehnsucht nach Familie.«

»Sag's keinem weiter, ja? Die anderen haben schon immer gesagt, dass eine Sippe aus dreien zu klein ist. Wir wollen sie ja nicht unbedingt wissen lassen, dass da etwas dran ist.«

»Genau. Drei ist keine gute Zahl«, bestätigte Jamai.

»He!«, empörte Kroa sich. »Was soll das denn heißen? Ohne mich könnt ihr nicht leben, das wisst ihr ganz genau!«

Sie fanden die anderen Zintas auf dem Marktplatz, wo sie ein Puppenspiel aufführten. Ihre Stimmen wurden vom Wind davongetragen, der jetzt wieder auffrischte und nassen, breiigen Schnee mitbrachte. Nur vier Kinder harrten in der Kälte aus, drei davon hüpften auf und ab und rieben sich die Hände, das kleinste stand stocksteif da und starrte gebannt auf die bunten Figuren.

Kein Zinta störte die Vorstellung eines anderen. Die drei Freunde warteten, bis das Stück zu Ende war und die jungen Zuschauer mit eingezogenen Köpfen nach Hause rannten, bevor sie die Puppenspieler ansprachen.

»Ein gutes Stück«, lobte Mino und klatschte. »Nur schade, dass es nicht mehr Beachtung gefunden hat. Ihr solltet im Sommer wiederkommen und es noch mal aufführen.«

Die Spielerin, eine schon ältere Zinta mit einem Zopf, so dick wie ein Arm, in den sie rot leuchtende Bänder gebunden hatte, schüttelte sorgenvoll den Kopf. »Ach, Möwe. Glaubst du, wir sind freiwillig hier? Unsere Sippe ist geteilt. Einige sind in den Süden gezogen. Wir sind hier geblieben, in der Nähe der Grenze. Drüben in Laring haben wir ein paar unserer jungen Leute an verschiedene Landesfürsten verloren. Wir sind hier geblieben, um ihnen nahe zu sein. Manchmal bringen wir ihnen ein paar Dinge, die ihr Leben leichter machen, eine warme Decke oder einen Kanten Brot. Aber leider verdienen wir hier nicht viel.«

»Die Zeiten haben sich geändert«, sagte der graubärtige Mann an ihrer Seite. »Aber es heißt, Remanaine sei unterwegs, um uns zu helfen.«

»Remanaine?«, rief Mino erfreut aus. »Er ist in der Nähe?«

»Gerüchte, nichts als Gerüchte. Es gibt so wenig, was wir tun können, außer zu hoffen.« Der Puppenspieler musterte sie traurig, als sei ihm eben aufgefallen, dass auch sie kaum dazu taugten, gefangene Zintas zu befreien.

»Und wo«, warf Kroa ein, »haben die Gerüchte Remanaine gesehen?«

»In Sitra«, meinte die Frau.

»In Torn«, behauptete der Mann.

Mino seufzte. »Und wo sollen wir ihn dann suchen? Im Südosten oder im Südwesten? Ihr macht es uns nicht leicht.«

»In Sitra wurden sogar zahlreiche Riesen gesichtet.«

Jamai hob die Brauen. »Das klingt reichlich übertrieben. Waren sie vielleicht alle blond? Vielleicht stammen solche Gerüchte von Leuten, die nicht wissen, wie schnell ein Riese von einem Ort zum anderen laufen kann.«

»In Torn, so heißt es, wütet eine böse Seuche, bei der nur die Heilkunst eines großen Wanderarztes etwas ausrichtet.«

»Na wunderbar.« Mino hob die Schultern. »Auch das könnte er sein.«

Keta richtete sich auf und wischte sich den Schweiß von der Stirn. In der kleinen Hütte war es stickig, so warm, dass es kaum auszuhalten war. Die Kranken froren dermaßen, dass ihre Familien die Brennholzvorräte für den Winter bereits jetzt verfeuerten, und dabei würde die kalte Jahreszeit besonders lang werden, das spürte er jetzt schon.

Die Frau hinter ihm lehnte sich müde an die Wand. Zwei Tage lang hatte sie ihm alles gebracht, was er für ihren kranken Mann verlangte – Wasser, Tücher für kalte Umschläge, Teeaufgüsse und Dampfbäder. Zwei Tage lang hatte er gekämpft und seine letzten Arzneivorräte fast aufgebraucht. Aber es hatte sich gelohnt – der Patient atmete wieder kräftiger und seine Haut fühlte sich nicht mehr ganz so heiß an.

»Hier. Du musst auch essen.« Rona reichte ihm einen Teller mit Wurzeleintopf. Keta betrachtete das Gericht und hatte keinen Hunger. Die dunklen Knollen, mit grünen Kräutern geschmacklich aufgewertet, reizten ihn überhaupt nicht. Er brauchte Fleisch. Er brauchte etwas, das ihm die Kraft zurückgab, die er hier so großzügig an die Menschen verschwendete. »Danke, aber du wirst alles für dich und die Kinder brauchen. Dein Ehemann wird essen müssen, um wieder zu Kräften zu kommen.«

Sie ließ diesen Einwand nicht gelten. »Du siehst gar nicht gut aus, Remanaine. Komm, du bist unser Gast.«

Obwohl es unhöflich war, eine angebotene Speise abzulehnen, konnte er sich nicht dazu überwinden, zu essen. Was sollte das heißen, er sah nicht gut aus? Er war etwas müde, vielleicht mehr als sonst, aber immerhin war er seit Monaten hier in Sitra, einer waldigen Gegend voller kleiner, versteckter Dörfer zwischen schroff aufragenden Felsen, und kämpfte gegen das tückische Wilde Fieber.

Er war der Seuche quer durchs Kaiserreich gefolgt. Die Krankheit befiel ein Dorf nach dem anderen. Sie war nur dann heilbar, wenn die Kranken wenige Stunden nach dem Ausbruch der ersten Ausschläge die richtige Arznei bekamen. Wenn das nicht geschah, waren sie nicht zu retten. Sie starben zwar nicht sofort, Ausschlag und Fieber ließen nach und eine scheinbare Besserung trat ein. Doch wirklich besser wurde es nicht, der Kranke siechte dahin und starb nach einigen Wochen oder, wenn er gut gepflegt wurde, sogar Monaten. Das Schlimmste war, dass er während dieser Zeit hochgradig ansteckend war.

Das erste Mal davon erfahren hatte Keta in Rist, nahe der Grenze zu Yos, und von dort aus hatte die Seuche sich mit einer Geschwindigkeit, gegen die auch die ausgreifenden Schritte eines Riesen nicht ankamen, nach Westen hin ausgebreitet. Er war in Ingreich und Torn gewesen, im nördlichen Aifa und schließlich hier nach Sitra gekommen. Während die Krankheit sich unermüdlich austobte, fühlte er sich mehr und mehr erschöpft und ausgelaugt. Sein Leben lang war er ein wandernder Arzt gewesen, aber nie hatten ihm die Füße geschmerzt oder der Rücken, niemals hatte er sich alt gefühlt. Niemals hatte er eine Krankheit so sehr als seinen persönlichen Feind betrachtet, als einen Gegner, den er in die Knie zwingen musste. Er konnte diesen Kampf nicht aufgeben, so aussichtslos er auch war.

Der Wanderheiler war es gewöhnt, Kranken die Hände aufzulegen und mitzuerleben, wie sie genasen, aber seine Kraft reichte nicht für Hunderte, einen nach dem anderen. Er fand kaum die Zeit, zwischendurch die Pflanzen zu sammeln, die er brauchte, um die Medizin zusammenzumischen; abgesehen davon wuchsen in diesem Klima einige der wichtigsten Arzneipflanzen nicht oder nur spärlich. Blauwimpel gab es hier selten, aber in bester Qualität, obwohl Sitra nicht die ideale Gegend dafür war. Ein paar große Felsbrocken im Wald ermöglichten jedoch die nötige Höhe, in der das Kraut gedieh. Keta schickte die Dorfjungen, um danach zu suchen, wenn er einen fand, der gesund genug war. Ganze Familien lagen fiebernd im Bett, ganze Dörfer empfingen ihn wie ausgestorben, und da ihm Wisperkraut fehlte, das es nur im nördlichen Kaiserreich gab, meist in den salinischen Klöstern gezogen und von achtsamen Mönchen behütet, nahm die Wirksamkeit seiner Arzneien ab.

Keta blickte in das müde und zugleich leuchtende Gesicht der Frau.

»Wir sind dir so dankbar, Remanaine«, sagte sie. »Setz dich zu uns und iss.«

»Ich muss weiter«, meinte er. »In das Dorf südlich des Baches.«

»Aber dort warst du doch schon.«

»Ja, aber das ist mindestens zwanzig Tage her. Ich habe kein gutes Gefühl bei der Sache, am letzten Markttag war niemand von ihnen hier.«

»Sie meiden unser Dorf, um sich nicht anzustecken.«

»Es hilft nichts, ich muss dort nach dem Rechten sehen.« Er schüttelte sich. »Außerdem brauche ich Luft, so heiß und stickig, wie es hier ist. Du solltest gut lüften, Rona. Tu diese Kräuter ins Feuer, damit das Haus von der ganzen Krankheit gereinigt wird. Das wird auch deinem Mann guttun.«

Eine gewaltige Erschütterung an der Tür ließ sie alle zusammenfahren. Die Frau schrie vor Schreck auf, selbst der Kranke öffnete die Augen und bewegte sich unruhig. »Was ist?«

Keta sprang sofort hoch und riss die Tür auf.

Vor der Hütte lag ein toter Mensch. Nein, er war nicht tot. Und es war auch kein Mensch. Keta bückte sich, drehte den schweren Körper um und erschrak. Damit hatte er am allerwenigsten gerechnet, hier im westlichen Kaiserreich, fern der großen Gebirgszüge: ein Riese. Ein junger Riese, ein Mädchen. Sie atmete schwer und fühlte sich heiß an, und als Keta ihren Kopf anhob, öffnete sie die Augen und sah ihn an.

»Was ist mit dir?«, rief er aufgeregt. »Bist du krank? Wildes Fieber?«

Sie lächelte schläfrig. »Ich habe dich gefunden.«

»Was für eine riesengroße Frau, mit einem Gesicht wie ein Kind! Aus einem der Nachbardörfer ist sie bestimmt nicht«, meinte Rona hinter ihm. »Ist sie krank?«

Eine Riesin. Wie war das möglich? Er konnte es immer noch nicht fassen. Es gab keine Riesen in Sitra. Und wenn doch, warum wusste er nichts davon, er, der seit Jahren jedes Fleckchen des großen Kaiserreichs erkundete?

»Wo sind die anderen?«, fragte er. »Sag mir, wo sie sind. Du bist nicht alleine hier, oder?« Er wunderte sich über die Furcht, die ihn plötzlich überfiel. Er hätte sich freuen müssen, eine Angehörige seines Volks zu treffen; seit seinem Kampf mit Sorayn war er keinem anderen Riesen mehr begegnet. Und trotzdem stieg die Furcht in ihm hoch wie ein Artist an einer Leiter, sehr schnell und geschickt und dazu fähig, sich überall festzukrallen und festzuhaken, wenn man ihn herunterstoßen wollte.

Sie antwortete nicht. Sie lächelte ihn durch den Schleier hindurch an, der über ihren Augen zu liegen schien, ein dicker, warmer Schleier aus Fieber und Elend. Und trotzdem war ihr Lächeln das süße Lächeln eines Kindes, das seine Aufgabe zur Zufriedenheit der Eltern erfüllt hat.

»Sie kann nicht hier bleiben«, jammerte Rona. »Sie ist viel zu groß, sie passt nicht mal ins Bett. Und uns geht es gerade besser!«

»Das Mädchen wird nicht bleiben«, versicherte Keta. Wenn er nicht so auf die Riesin konzentriert gewesen wäre, hätte es ihn verärgert, dass Menschen, denen er mit so viel Mühe und Geduld geholfen hatte, nicht dazu bereit waren, ein wenig ihrer Sicherheit und Bequemlichkeit für einen anderen Kranken zu opfern. Aber jetzt hatte der Ärger keine Chance. Riesen. Riesen in Sitra. Der Instinkt riet ihm zur Flucht. Wie ein Tier, das in das Gebiet eines Nebenbuhlers gerät, empfand er sich plötzlich als Eindringling, der gleich einer Bedrohung gegenüberstehen würde, die ihn zum Rückzug zwang. Riesen. Wie viele waren es? Waren sie sehr wild? Griffen sie wohl sofort an? Aber das Mädchen war krank. Er hatte keine Wahl, er konnte nicht einfach weggehen. Wenn sie betroffen war, waren es die anderen auch.

Er versuchte, sich mit diesem Gedanken zu trösten. Kranke Riesen würden ihn nicht angreifen. Das wusste er aus eigener Erfahrung; vor Jahren hatte er im Gebirge des Südens schon einmal welche behandelt. Und sich danach schleunigst wieder in die Gefilde der Menschen begeben. Diese alte Geschichte war höchstwahrscheinlich die Erklärung dafür, warum sie ihn jetzt zur Hilfe gerufen hatten.

Es gab Krankheiten, die einen Riesen noch wilder und aggressiver machten und selbst ein wohlerzogenes Mitglied der Kaiserfamilie in einen tollwütigen Berserker verwandelt hätten, aber hier war das wohl nicht der Fall. Den Beweis hatte er vor sich; immerhin hatten sie dieses Kind beauftragt, ein Mädchen von vielleicht zwölf Jahren. Sie konnten nicht gänzlich wild sein, wenn sie auf die Idee gekommen waren, ihren Nachwuchs zu den Menschen zu schicken. Die Kleidung der Fiebernden bestand aus einem schlichten Gewand aus grobem Stoff. Die wirklich wilden Riesen hüllten sich in Felle; wenn diese hier Stoff weben konnten, woraus auch immer, mussten sie immerhin einige menschliche Verhaltensweisen übernommen haben.

»Komm mit«, sagte er und versuchte, die junge Riesin hochzuziehen. »Stütz dich auf mich. Gehen wir. Du musst mir sagen, wohin. Du musst mir zeigen, wo deine Leute sind, verstehst du?«

Das Riesenmädchen lehnte sich schwer an ihn. Der Weg, den sie ihn mit schlafwandlerischer Sicherheit führte, brachte sie aus dem Dorf heraus und in den Wald, dorthin, wo eine ganze Gruppe schroffer Felsen in die Höhe ragte. Hierhin hatte Keta einen kleinen Ziegenhirten zum Kräutersammeln geschickt, deshalb konnte er sich nicht vorstellen, dass es hier neben Füchsen und Mardern auch Riesen geben sollte – hätte der Junge nicht etwas davon mitbekommen müssen? Und doch waren sie da. Im Schatten des Felsens, in Nischen, die sehr entfernt an Höhlen erinnerten, hockten riesenhafte Gestalten, deren Kleidung sie mit dem Stein, dem Moos und dem Braun und Grau des Waldes fast verschmelzen ließ.

Am Bach saß ein gewaltiger rothaariger Kerl, die bloßen Füße in einem großen Eisloch. Nur in dem entscheidenden Anfangsstadium, in dem Arznei noch helfen konnte, war den Kranken so heiß, dass sie sich abkühlen wollten; später würden diesen Mann keine zehn Pferde in die Nähe des eiskalten Wassers bringen. Immer wieder benetzte er sein Gesicht und seine Arme, glitzernde Tropfen perlten an seiner Haut herab. Der Ausschlag begann bereits an den baumstammdicken Oberarmen.

Der Riese hob den Kopf, als er das Mädchen und Keta kommen sah.

»Das ist er?«, fragte er barsch. »Wird auch Zeit.«

»Ja, das ist er«, antwortete sie, und dann, als hätten ihre Kräfte genau bis zu diesem Zeitpunkt gereicht, sank sie in sich zusammen. Keta fing sie schnell auf und legte sie sanft auf den Boden.

»Wie viele sind krank?« Der Wanderheiler wandte sich an den Rothaarigen. »Verstehst du mich? Alle Fieber? Alle krank? Seit wann? Das ist sehr wichtig. Seit wann? Wer friert und wem ist heiß?«

Der Riese versuchte aufzustehen und sank wieder zurück, aber er gab nicht auf und versuchte es noch einmal. Als er stand, baute er sich wie ein Berg vor Keta auf, fast doppelt so breit wie dieser. Er wirkte selbst in seinem geschwächten Zustand unglaublich bedrohlich, und der Heiler erinnerte sich an einen Kampf vor vielen Jahren und einen Toten und an eine entsetzte Möwe.

Das Lächeln des Kranken, zugleich grimmig und verächtlich, sollte vielleicht einladend sein. »Ich bin Use. Tu was«, befahl er schroff.

Über zwanzig fiebernde, stöhnende Riesen lagerten am Fuß des Felsens. Die Arznei würde nie und nimmer für so viele Kranke reichen; außerdem wusste Keta nicht, wie das Mittel bei seinem Volk wirkte und wie viel sie davon einnehmen mussten. Bei jenem kurzen Zwischenspiel in den Bergen war es um eine andere, leicht zu behandelnde Krankheit gegangen, nicht um eine tückische Plage wie diese.

Ohne viel Hoffnung untersuchte er seine Vorräte.

»Ich brauche Blauwimpel«, sagte er laut, obwohl er nicht wusste, ob jemand ihm zuhörte. Er war genau an dem Ort, wo diese Pflanze wuchs. Vielleicht hatte er ja trotz allem Glück. Vielleicht gelang es ihm, alle Riesen zu retten. Sie waren noch nicht lange krank, und bei ihnen musste er mit der Dosierung vielleicht nicht ganz so vorsichtig sein wie bei den Menschen, die das Kraut nicht immer gut vertrugen.

Er sah an den großen Steinen hoch. Sie ragten steil in die Höhe, dürres Gestrüpp wuchs in den Ritzen. Wenn es nicht Winter gewesen wäre, hätte das Grün, das hier rankte und kletterte, kaum etwas Graues durchschimmern lassen. Aber zu dieser Jahreszeit war zweifelhaft, ob er überhaupt noch etwas fand, abgesehen davon, dass erfrorene Stängel nicht die gleiche Wirkungskraft haben konnten wie die frische Pflanze im vollen Saft.

Er war kein Gebirgsriese, überhaupt nicht geübt darin, Felsen zu besteigen. Keta blickte an den steilen Wänden hoch. Kein junger Hirte da, den er schicken konnte. Die kranken Riesen beobachteten ihn mit müden Augen.

»Irgendjemand?«, fragte er laut. »Irgendjemand, der da hochkommt?«

Er hatte nicht wirklich eine Antwort erwartet. Keta griff nach einer Wurzel, die sich in Augenhöhe aus dem Felsen streckte, sie gehörte zu einem jungen Baum, der sich hier festgekrallt hatte und tapfer zwei Meter über dem Erdboden wuchs. Der Wanderheiler versuchte, sich daran hochzuziehen, doch mit einem lauten Knacken gab das Holz nach und er stürzte rücklings auf den Boden und blieb einen Moment benommen liegen. Es bedurfte einer schier unglaublichen Willensanstrengung, um sich wieder aufzurichten.

Er blickte sich suchend um.

»Was brauchst du?« Use stand neben ihm. Er musste eine unmenschlich hohe Widerstandskraft besitzen, wenn er in diesem Zustand noch stehen konnte. Schwankend wehrte er sich gegen die Macht des Wilden Fiebers.

»Einen Wasserkessel und ein Feuer darunter. Ich brauche heißes Wasser für die Arznei. Und wenn daraus nichts wird, werden sich trotzdem alle freuen, dass wir dieses Feuer haben. Bald wird euch allen kalt werden.«

»Wenn daraus nichts wird?«, wiederholte der Rothaarige, und einen Moment lang dachte Keta schon, er wolle ihn am Kragen packen und schütteln, aber die Arme des Riesen fielen herab, ohne ihm etwas anzutun.

»Ein Feuer«, sagte der Heiler noch einmal. »Wenn du bitte irgendwie dafür sorgen könntest. Ich kümmere mich um dieses Problem hier.«

Er wartete, bis der Riese davongeschlurft war, langsam wie ein uralter Greis, und wandte sich dann wieder dem Felsen zu. Wenn es ihm nur gelang, dort hinaufzukommen! Davon, sich an Wurzeln und herausragenden Büschen festzuhalten, musste er Abstand nehmen, dazu war er einfach zu schwer. Prüfend umkreiste Keta den Felsen, fand keine Möglichkeit des Aufstiegs und untersuchte den nächsten. Lange Zeit stand er vor einem durchgehenden Riss im Gestein, einer Spalte, als hätte jemand mit einer Axt eine gewaltige Kerbe hineingehauen. Wenn er sich mit Armen und Beinen dagegenstemmte, konnte er wie in einem Schacht hochklettern. Wenn er sich nur nicht ganz so müde gefühlt hätte!

Nun, dann los. Er atmete tief durch und drückte seine Hände gegen beide Seiten des Spaltes, danach die Füße. Es war möglich – schwer, aber möglich! Schritt für Schritt arbeitete er sich höher.

Der Felsen war nicht sehr hoch, aber immerhin konnte er von ganz oben über den Wald hinwegblicken. Nebel lag über den Wipfeln, in denen noch die letzten Herbstblätter raschelten. Auf dieser Anhöhe gab es keinen Schatten, wenn die Sonne schien, und zahlreiche Pflanzen hatten sich in den Vertiefungen angesiedelt. Der Winter hatte auch sie längst eingeholt, manche zu schwarzen, verbrannt aussehenden Gerippen verkommen lassen, andere in matschiges Braun verwandelt und wieder andere waren gänzlich verschwunden. Der Heiler bückte sich, um besser sehen zu können und ging schließlich ganz in die Knie. Wie ein Kind kroch er über den Felsen, mühsam schleppte er sich vorwärts, auf der Suche nach dem einen ganz bestimmten Stängel, an dem mit viel Glück vielleicht noch ein, zwei Blätter hingen. Blauwimpel. Schmale, blaugrüne Blättchen, die sich im Wind bewegten.

Irgendwie hatte er das Gefühl, dass etwas mit seinen Augen nicht stimmte. Es war so mühsam, sie offenzuhalten. Seine Hände tasteten über die Steine, dort war schon die Kante. Schwer atmend verharrte er, während winzige Bröckchen unter seinen Fingern abbrachen und nach unten rieselten. Auf jeden Fall war es zu heiß hier oben. Die Wintersonne hatte eine Kraft, nahezu unglaublich ... Keta blinzelte. Welche Sonne? Nebel hüllte den Felsen ein, zog über den Wald näher, dichter Nebel, feucht und kalt. Und die kleinen Blätter winkten ihn näher heran, flatterten fröhlich, als wüssten sie, dass die angenehme Kühle sich wohltuend über die Hitze legen würde. Er starrte auf die Pflanze, eine geraume Weile, bis ihm bewusst wurde, dass es genau das Kraut war, für das er hier oben war. Vorsichtig pflückte er es ab, darauf bedacht, die Wurzel nicht zu beschädigen, steckte es ein und kehrte zum Riss zurück.

Tief ging es da hinunter. Der schwer atmende Riese fragte sich, wie er überhaupt wieder hinabsteigen sollte, seine Beine wollten ihm kaum noch gehorchen, als er sie über den Rand schwang. Seine Hände ließen sich gegen die Felswände drücken, aber seine Arme entwickelten nicht genug Kraft. Er rutschte und fiel, und bevor er sich darüber im Klaren sein konnte, was geschah, fand er sich schon ganz unten wieder. Stöhnend rappelte er sich auf. Zum Glück war nichts gebrochen, aber seine Hände hatte er an den Vorsprüngen und Kanten aufgerissen, die Handflächen waren blutig. Er starrte sie an und konnte nichts empfinden, keinen Schmerz, kein Bedauern.

Keta stolperte zurück zu den anderen Riesen. Use hatte es tatsächlich geschafft, Holz zu finden – ein Haufen nasser Äste – und war dabei, mit einem Zündstein zu hantieren, aber aus irgendeinem Grund gelang es ihm nicht, Feuer zu machen.

»Ich versuche es.« Eine Riesin, das Gesicht mit roten Flecken übersät, setzte den Stapel schließlich in Brand. Eine dichte Qualmwolke stieg auf, merkwürdigerweise konnte der Heiler nichts riechen. Er wartete, bis die große Frau einen eisernen Topf im Bach mit Wasser füllte. Die Riesen besaßen erstaunlicherweise sogar einen Dreifuß aus Eisenstäben und eine Kette, an der sie den Kessel über das Feuer hängen konnten. Er sah zu, wie sie hantierten, jeder mit langsamen Bewegungen wie ein Schlafwandler.

»Ihr wohnt hier noch nicht lange, oder?«, zwang er sich zu sagen, während die Worte sich in seinem Mund wie Kiesel anfühlten, die gegen seine Zähne schlugen. Er hatte den Verdacht, dass sie, als das Fieber zuschlug, hier gestrandet waren wie Wale, die in zu seichtes Wasser geraten waren.

»Wir wollten weiter nach Laring«, berichtete die Riesin. »Wir hatten von der Seuche gehört, aber wir wussten nicht, dass uns das auch treffen könnte.«

Ihm fielen die vielen Troddeln und Steine an ihrem Kleid auf. Seine Augen, die sich nicht mehr um Befehle scherten, verharrten auf den weißen Knochen, die an den Stoff genäht waren, keine Schädel, sondern nur feine Splitter und Knöchelchen. Ihn überraschte, dass sein wirrer Geist geneigt war, das schön zu finden.

»Werden wir sterben?«, fragte Use. »So wie die Menschen?«

Nein!, wollte er rufen. Nein, ich habe heilende Hände. Seht sie an, seht doch, damit werde ich euch retten! Seine Hände. Aufgeschürfte Haut, darunter das bloße Fleisch. Immer noch tat es nicht weh, aber er hielt seine Hände vor sich, als würde er darin etwas Kostbares tragen. Vielleicht den Segen. Den Segen, der ihn durch das Kaiserreich getrieben hatte, immer auf der Suche nach jemandem, dem er die Hände auflegen konnte, so als wäre die Gabe zu heilen etwas, das er wie eine zu schwere Last mit sich trug und verteilen musste, an alle.

»Wie ein Brot«, murmelte er, »ein riesiger Laib Brot. Ich habe allen davon gegeben. Und jetzt? Wie kann er fort sein? Wurde er verzehrt? Ist nichts davon übrig?«

Die Riesen antworteten nicht. Sie waren zu sehr damit beschäftigt, das bisschen an Kraft, das sie noch besaßen, dafür einzusetzen, die unwilligen Flammen am Ausgehen zu hindern.

Das Wasser ließ sich genauso viel Zeit wie das Feuer. Stunden schien es zu dauern, bis es leise zu simmern begann. Keta öffnete den Beutel, in dem er den kleinen Stängel Blauwimpel nach unten gebracht hatte. Jetzt, wo er die Hände benutzte, um etwas anzufassen, fühlte er den Schmerz endlich. Jede Faser des groben Stoffs drückte sich in die Wunde.

Mit spitzen Fingern hielt er die kleine Pflanze über das Kochwasser und zögerte dann. Das genügte niemals für diesen großen Kessel. Noch dazu für einen Riesen? Er durfte die Wirkstoffe nicht bis ins Unendliche verdünnen.

»Ich brauche etwas Kleineres.«

Die Riesin wühlte in dem Sack, der ihre Habseligkeiten enthielt, und reichte ihm einen Krug. Eben noch hatte er gar nichts riechen können, doch jetzt stieg ihm der Duft der Berge in die Nase. Schnee und Kälte und Steine, so viele Steine. Als würde ihm der Duft seines Zuhauses zufliegen, eines Ortes, an dem er nie gewesen war. Er füllte das Trinkgefäß mit heißem Wasser und tauchte die so mühsam errungene Pflanze hinein. Sein Blut blieb daran kleben.

Vielleicht war, auch wenn seine Hände nichts mehr vermochten, wenigstens das ein wenig heilsam.

»Ein Becher voll?«, fragte die Riesin. »Für uns alle?«

Er nickte. »Ich weiß nicht einmal, ob es für einen reicht. Für einen Menschen – ja. Für einen Riesen? Ich kann es nur hoffen.« Er blickte in die Augen der großen Frau. »Wen soll ich heilen? Dich? Euren Anführer?«

Die anderen saßen an den Felsen gelehnt da oder kauerten schwer atmend in mit Blättern und Zweigen gefüllten Senken. Er wartete auf ihre Wut darüber, dass der vielgepriesene Heiler so wenig zu bieten hatte. Aber ihre Blicke waren leer, vom Fieber getrübt.

So viele Menschen hatte er geheilt in seinem Leben. Er dachte an Möwe in dem kleinen Fischerdorf, er dachte an Jamai im Keller ... So viele Menschen. Aber jetzt, wo er bei seinem eigenen Volk war, konnte er nichts tun, und sie hatten sich umsonst auf ihn verlassen. Keta merkte nicht, wie Tränen in seine Augen traten, er wollte die Fäuste ballen aus Wut über dieses ungerechte Schicksal, aber nicht einmal das vermochte er mit den wunden, empfindlichen Händen.

Warum bedeutete es ihm so viel? Er hätte selbst nicht sagen können, was ihn so anrührte. Er hatte Menschen sterben sehen, obwohl man ihn zum Krankenbett gerufen hatte. Auch während der vergangenen Monate hatte er nicht jeden retten können. Er war in Dörfer gekommen, in denen die Toten in den Häusern lagen und die Lebenden auf der Straße saßen und jammerten; gemeinsam hatten sie Feuer an die armseligen Hütten gelegt und die Überlebenden der völligen Armut ausgeliefert, aber es musste sein. So viele Tränen hatte er gesehen, ohne sie trocknen zu können.

Auch Wut und Anklage waren ihm entgegengeschlagen: Warum? Warum kommst du so spät? Warum waren die anderen wichtiger als wir, warum hast du dich so lange in diesem oder jenem Dorf aufgehalten, warum bist du nicht zu uns gekommen? Manchmal war er zwar rechtzeitig gekommen und konnte doch das Wunder nicht vollbringen, das sie erwarteten, und wenn er wieder ging, erklang hinter ihm das Geheul der Angehörigen. Er hatte gelernt, sich dagegen zu wappnen, es in Demut anzunehmen: Ich kann nicht jedem helfen.

Er war Heiler, aber selbst mit seinen gesegneten Händen vermochte er es nicht, jedem zu helfen. Er war ein Riese und konnte doch nicht alles tun, was er sich wünschte, zurückgeworfen in die Unmöglichkeit, überall gleichzeitig zu sein und jeden, den Rin rief, aufzuhalten.

Aber die Riesen. All dies wusste er, all dies hatte er erlebt, und doch war es jetzt besonders schwer, bei dieser Riesin zu sitzen und auf den gewaltigen rothaarigen Häuptling zu blicken, einen Berg von einem Mann, und zu wissen, dass es vergeblich war. Am Bach lag noch das Mädchen, für das es genauso wenig Hoffnung gab wie für die anderen. Dunkles Haar überschattete ihr Gesicht und verbarg den hässlichen Ausschlag, der sich jetzt auf ihrer Haut ausbreitete.

»Wer soll trinken?«, fragte er. »Use, euer König?«

»Ich bin nicht der König«, widersprach der Rothaarige. »Das ist Sorayn.«

Keta konnte nicht verhindern, dass er zusammenzuckte. Sorayn. Dieser Name, vor dem er geflohen war, diese eine Erinnerung, die er nie rief, die er zurückwies, wenn sie zu ihm kommen wollte. Ein Betrüger, der ihm den Segen stahl, Zukatas wilde Brut, so viel stärker als er selbst ... das war unerträglich.

»Sorayn ist euer König?« Er wollte es nicht glauben, nicht wahrhaben. »Sorayn ist gar nichts. Kein König, kein Kaiser. Er streift durch die Wälder, wie ein Tier mit den Tieren. So habe ich es zumindest gehört.«

»Er kann in keinem Schloss wohnen«, murmelte die Riesin, »so wie wir. Er trinkt vom Schnee, der von den Gipfeln herabrinnt. Erinnerst du dich nicht an mich? Ich war dort, im Wald, als er mit dir kämpfte. Ich bin Fria. Wir sind auf der Suche nach ihm.«

Er hat mir den Segen abgerungen und ihn verschwendet, wollte er sagen. Er hat versprochen, meinen Bruder zu besiegen, und hat es nicht getan. Keta erwartete, denselben Grimm in ihren Augen zu lesen, der auch ihn erfüllte, den Zorn einer Getäuschten und Verratenen. Aber im Gesicht der Riesenfrau sah er nur eine Sehnsucht, die er nicht begriff.

Er wiederholte ihre Worte, um ihnen einen Sinn zu geben. »Ihr seid auf der Suche? Nach Sorayn? Ihr seid Riesen aus dem Süden und sucht Sorayn?«

»Er ist unser König.« Use war näher herangekrochen, er hatte kaum noch die Kraft, sich von der Stelle zu bewegen. »Das Gebirge ist leer ohne ihn. Alle unsere Kämpfe fühlen sich an wie Spielerei, und es kommt nicht mehr darauf an, wer gewinnt. Selbst die Adler flattern haltlos herum und bauen keine Nester mehr. Wir hatten nie einen König, der nicht bei uns war.«

»Und deshalb sucht ihr ihn«, murmelte Keta. Er hatte sich zuerst gefürchtet. Dann hatte er Mitleid für sie empfunden. Jetzt war da ein Gefühl, das er zunächst nicht benennen konnte, weil es ihm so fremd war. War es möglich, dass er eifersüchtig war? Hier hatte er zwanzig Riesen, von denen er nur einen retten konnte, und selbst das war ungewiss. Zwanzig Riesen, die er zu einem langen, unausweichlichen Tod verurteilen musste, und er machte sich darüber Gedanken, dass sie Sorayn liebten? Und doch fühlte er den Neid wie einen Stich, wie eine heiße Flamme, die sein Innerstes versengte.

Ihm war schwindlig. Er fühlte sich nicht nur kraftlos, sondern dermaßen ermattet, dass er sich flach auf den Boden legte, ohne die Kälte zu spüren. Vielleicht hätte er die Wurzeln doch essen sollen, wenigstens irgendetwas zu sich nehmen sollen, auch wenn er es gewaltsam herunterschlucken musste. Aber er hatte einfach keinen Appetit gehabt ... war er da etwa schon krank gewesen? Er wusste, wie es begann. Erst die Hitzewallungen, dann das Frieren, wenn das Fieber stieg. Dann der Ausschlag, der am ganzen Körper gleichzeitig auftrat.

Nur einen Becher hatten sie, mehr nicht.

»Gib es dem Mädchen«, bestimmte Use. »Sie ist die Kleinste von uns. Vielleicht wirkt es bei ihr am besten.«

Einen retten. Nur einen. Keta nickte. Er schaute in die dampfende Flüssigkeit, von der Pflanze bläulich gefärbt, und fragte sich, ob es wirklich eine Versuchung war, selbst davon zu trinken. Es machte keinen Sinn, den Arzt sterben zu lassen, nur um einen einzigen Kranken zu retten. Sobald es ihm wieder besser ging, würde er neue Pflanzen sammeln und sich wieder auf die Wanderung begeben, um an anderen Orten gegen die Ausbreitung der Seuche zu kämpfen. War es nicht schlichtweg falsch, all die anderen zu vergessen, die er retten konnte, wenn er jetzt sein eigenes Wohl über das dieses Mädchens stellte?

Es bereitete fast unvorstellbare Schmerzen, den Becher mit den geschundenen Händen festzuhalten. Keta beugte sich über das Riesenkind. Wie unglaublich groß es war. Und wie klein man dadurch wurde, dass alle anderen einem ebenbürtig waren und man auf niemanden mehr herabschauen konnte, Riese unter Riesen, Kranker unter Kranken. Er war kein Heiler mehr, denn er konnte seinem eigenen Volk nicht helfen.

Weißt du, Rin, dachte er, während er dem zitternden Mädchen den Becher an die Lippen setzte, ich hätte nie gedacht, dass es so enden könnte. Wie erstaunlich, dass der Segen mich am Ende hier in diesen Wald geführt hat, in dem das Fieber mich zu den anderen auf den Boden zwingt. Ich hätte nie gedacht ...

Die Worte zerfaserten sich, lösten sich auf. Der Becher glitt ihm aus der Hand, dann fiel er selbst und fühlte den Nebel wie eine Decke, die sich über ihn legte.

Rin ... Alle Worte verließen ihn, nur dieses eine blieb bei ihm. Oh Rin ...

22. Zukatas Frau

ZUKATAS GEMAHLIN KAM mit einem recht kleinen Gefolge. In den Palasthof fuhren fünf geschmückte Kutschen, aus denen aufgeregte, kichernde Frauen quollen. Die Königin stach heraus wie eine Blume in einem Bienenschwarm. Sie stand sehr still und gerade da, nur einen kurzen Pelz über dem langen, silbrig schimmernden Kleid, das für diese Jahreszeit viel zu dünn war. Ihr schwarzes Haar trug sie hochgesteckt. Es hätte ihr ein würdevolles, elegantes Aussehen verleihen können, aber stattdessen wirkte sie sehr schüchtern und verloren, als sie an der Fassade des Palastes hinaufsah.

»Ich bin hier, um Euch zu empfangen.« Maja lächelte die Fremde an und wusste, dass ihr Lächeln etwas gezwungen geriet. Sie fühlte sich selbst verlegen und nicht so selbstbewusst, wie sie tat. Das hier war nicht ihre Aufgabe. Sie hatte nicht gelernt, wie man eine gerade eingetroffene fremdländische Herrscherin begrüßte, wie man sie ansprach und sich mit ihr unterhielt. Noch viel weniger hatte sie gelernt, wie man einer Frau beibrachte, dass ihr Ehemann sie nicht sehen wollte und ihr Leben davon abhängen konnte, diese Ablehnung zu akzeptieren.

Maja nahm Zuflucht zu der Rolle, die sie im Gasthaus in Laring eingetrichtert bekommen hatte. Immer schön lächeln. Den Gästen das Gefühl geben, dass sie willkommen sind und man die ganze Zeit nur auf sie gewartet hat. Und sie dann danach fragen, was sie essen wollen. Wenn sie sich erst richtig zu Hause fühlen, werden sie sich entspannen und bleiben. Und mehr bestellen, als sie geplant hatten.

»Verehrte Königin, ich darf Euch in den Palast begleiten und dafür sorgen, dass es Euch an nichts fehlt. Würdet Ihr bitte mit mir kommen – jetzt?«

Die Zeit drängte. Zukata konnte jeden Moment aus einem der Fenster schauen. Er sollte Sidini überhaupt nicht zu Gesicht bekommen; besser, sie versteckte sich irgendwo im Labyrinth der Gänge und Räume.

»Und wer seid Ihr?«, fragte die Königin von Yos. Aus ihrem Mund hörte sich die Sprache des Kaiserreichs an, als würde sie aus dünnem, seidigem Papier bestehen. So, als müsste man die Worte in die Hand nehmen und vorsichtig von allen Seiten betrachten und dann zu einem kleinen, hübschen Gegenstand falten. Sich vorzustellen, dass Sidini mit dieser leisen, freundlichen Stimme schimpfen, wüten oder auch nur weinen konnte, war nahezu unmöglich.

»Verzeiht mir, ich habe mich nicht vorgestellt. Ich bin Maja. Prinzessin Maja«, fügte sie schnell hinzu, denn obwohl sie sich mit diesem Titel unbehaglich fühlte, brauchte die Königin ihn wahrscheinlich, um sich ausreichend geehrt behandelt zu fühlen. »Ich bin die Frau von Sorayn, das ist …«

»Oh, ich weiß, wer Sorayn ist«, unterbrach die Yosianerin sie mit einem Lächeln, so blumig, als würde es auf einer Tapete prangen, ein Frühling, lichtdurchflutet, gelb und grün und rosa, aber leider nur gemalt.

Maja fand es sehr verwirrend, ihr zuzuhören. Sie war erleichtert, als die hochwohlgeborene Besucherin sich ihr anschloss, als sie ihr mit einer Handbewegung den Weg zeigte – machte man das so? Aber Sidini zeigte durch nichts, dass sie dieses Verhalten unangemessen fand. Sie wirkte erstaunt über die Größe des Palastes, über die langen Flure, die unzähligen Treppen, die Säle, die sie durchschritten, und die vielen Wächter, die ehrerbietig die Köpfe neigten.

»Alles ist sehr groß«, sagte sie schließlich, und das Mädchen, das eine andere Frage befürchtet hatte, konnte ihr nur zustimmen.

»Größer als eine Stadt, größer als alles, was diese Welt an Wundern bereithält. Ich hoffe sehr, dass Ihr Euch hier nicht verlauft. Ich meine, verzeiht mir, ich wollte sagen ...«

»... dass ich hier nicht allein herumstreunen soll?« Sidini hatte etwas an sich, das Maja entfernt an Variti erinnerte, an die Frau ihres Großvaters Keta. Das Wort »mütterlich« traf nicht ganz zu. Eine Mischung aus Trauer und Verschmitztheit – konnte es so etwas geben? Diese Königin war, das merkte die junge Prinzessin deutlich, ohne große Erwartungen hergekommen.

»Es tut mir leid«, sagte sie offen, auch wenn es vielleicht noch zu früh für diese Offenheit war. »Der Kaiser will Euch nicht sehen. Ihr werdet warten müssen, bis er Euch ruft. Bis dahin wäre es das Beste, ihm aus dem Weg zu gehen. Haltet Euch an mich, wenn Ihr etwas braucht. Ich möchte Euch dringend raten, hier in Eurem Gemach zu speisen. Ich werde veranlassen, dass Ihr zu Eurer vollsten Zufriedenheit ...«

Die Yosianerin unterbrach sie wieder. »Ich möchte ihn zumindest sehen. Ist wenigstens das erlaubt? Ich habe diese weite Reise nicht unternommen, um mich in meinem Zimmer zu verstecken.«

»Ich bin nicht Eure Gefängniswärterin.«

Die Dienerinnen und Edeldamen, die Sidini mitgebracht hatte, begannen schon mit dem Auspacken. Aus den Koffern, die federleicht wirkten, hoben sie hauchdünne Stoffe, mit Spitze und Bändern verziert. Fahrt zurück, wollte Maja rufen, bei Rin und der Sehnsucht und dem Meer, ihr solltet besser alles in die Kutschen werfen und wieder abfahren! Zukata würde ihr wehtun, dieser Königin mit der Stimme wie aus Kreide, so weiß und pudrig, so sanft, so fremdartig. Er würde nicht merken, wer sie war. Außer seinem Ärger würde er nichts wahrnehmen.

»Er ist mein Mann und ich will ihn sehen.« Es sollte ein Befehl sein, aber es klang wie ein Gedicht.

»Ich werde schauen, was ich tun kann«, hörte das Mädchen sich versprechen und hätte sich dafür am liebsten selbst gegen die Stirn geschlagen. Zukata war nicht einfach irgendein übellauniger Ehegatte. Er war ein Riese, eine Naturgewalt, unberechenbar und tödlich wie ein wildes Tier, ein Löwe, von dem man nie glauben durfte, er würde sich wie eine zahme Katze benehmen. Allein die Hoffnung darauf war schon eine Beleidigung.

Sidini hätte jetzt lächeln können, aber sie tat es nicht. Sehr ernst nickte sie und presste die schmalen Lippen aufeinander. Maja fühlte sich entlassen. Vielleicht war das gut so. Es zog sie hinaus in den Park, dorthin, wo, wenn sie Glück hatte, ein Vogel mit einer Botschaft auf sie wartete, dorthin, wo sie träumen konnte, Sorayn wäre da. Dennoch war sie nicht zufrieden, als sie die Königin von Yos alleine ließ mit ihren dünnen, weißen Gewändern und den brüchigen Worten und dieser Traurigkeit, die zu viel Ergebenheit an sich hatte und noch lange nicht genug.

Maja hätte nie gedacht, dass es so anstrengend sein könnte, auf eine Königin aufzupassen. Die Wachen standen der Prinzessin zur Verfügung, wann immer sie es wünschte – obwohl sie nie darüber sprachen, hatte keiner vergessen, was sie mit ihrer Flöte getan hatte –, und kamen ihrer Bitte sofort nach, ihr zu berichten, wo sich jeweils der Kaiser aufhielt und wo seine Frau. Sie musste den Männern nicht erklären, was dem Palast bevorstand, wenn die beiden sich trafen. Welche Art von Nachricht Zukata in Wut versetzt hatte, wusste mittlerweile jeder. Neugierige Blicke streiften die ausländische Königin, wo immer sie sich blicken ließ, doch man hielt sich von ihr fern. Selbst die tratschsüchtigsten Fürstinnen, die sich sonst nie die Gelegenheit hätten entgehen lassen, eine mächtige Geschlechtsgenossin kennenzulernen und sich in ihrem Glanz zu sonnen, huschten eilig grüßend vorbei.

»Alle tun, als hätte ich eine ansteckende Krankheit«, klagte die Yosianerin. »Außer Euch, Prinzessin, benimmt sich jeder, als sei ich eine geächtete Person und als könnte es Unglück bringen, sich in meiner Nähe aufzuhalten. Hat der Kaiser vielleicht allen in diesem Palast verboten, mit mir zu reden? So wie er Euch aufgetragen hat, sich um mich zu kümmern?«

»Das hat er mir nicht aufgetragen«, entgegnete Maja und begegnete stolz Sidinis vorwurfsvollem Blick. »Ich nehme von Zukata keine Befehle entgegen. Ich bin die Frau seines Feindes, das wisst Ihr.«

»Dann hat er also allen untersagt, sich mit mir abzugeben, und Ihr seid die Einzige, die sich ihm widersetzt?«

Auch das musste das Mädchen verneinen. »Sie haben Angst«, erklärte sie schließlich, obwohl sie es lieber nicht getan hätte. »Niemand will gerade neben Euch stehen, wenn er tobt.«

Die Königin öffnete den Mund, um etwas zu sagen, entschied sich dann aber für vornehmes Schweigen.

Maja seufzte. Es hätte ihr weniger ausgemacht, mit der Frau des Kaisers über dessen Benehmen zu streiten, als ihr beleidigtes Abwenden zu ertragen. Sie hoffte, dass die Besucherin irgendwann den Mut aufbrachte, darüber zu sprechen, was sie mit ihrem Aufenthalt in Kirifas eigentlich erreichen wollte, doch dies hier war eine wahre Königin. Sie war niemandem Rechenschaft schuldig.

Dass sie auch Vernunftgründen nicht zugänglich war, stellte die Prinzessin bald danach fest, als sie abends zur Essenszeit den großen Speisesaal betreten wollte und die Wachen an der Tür ihr mit einem besorgten Kopfschütteln mitteilten, dass etwas nicht in Ordnung war. Deshalb war sie nicht überrascht, als sie an der kaiserlichen Tafel Sidini sitzen sah. Die yosianische Adlige hatte den Stuhl neben Zukatas noch leerem Platz gewählt, dort, wo Ilinias sonst immer saß, wenn sie im Palast war. Maja warf einen raschen Blick um sich. Die Fürsten tuschelten aufgeregt; anscheinend waren sie sich nicht sicher, ob sie den Zorn des Riesen eher auf sich herabbeschwören würden, wenn sie gingen oder wenn sie blieben.

Sidini warf ihr einen trotzigen Blick zu, der wahrscheinlich hochmütig sein sollte, jedoch recht verzagt wirkte.

»Jetzt ist es zu spät, um den Saal zu verlassen«, sagte das Mädchen, »Ihr würdet ihm höchstwahrscheinlich im Gang begegnen.«

»Ich werde heute Abend mit meinem Gemahl speisen«, beharrte die Königin. Ihr Akzent verlieh diesem harmlosen Satz etwas Brüchiges, so als könnten die Worte zerbröckeln und sich auf dem Tisch verteilen. Trotzdem empfand Maja kein Mitleid, sondern Wut.

»Wie könnt Ihr nur so dumm sein«, flüsterte sie, heiser vor Angst und Zorn. Unter dem Tischtuch tastete sie nach ihrer Flöte, der einzigen Waffe gegen den übermächtigen Riesen. »Wenn Ihr nur einen Funken Verstand übrig habt, begebt Euch dort drüben an eine der anderen Tafeln, und ich werde den Kaiser fragen, ob er es gestattet, dass Ihr Euch zu ihm setzt.«

Die ältere Frau runzelte die Stirn; sie begegnete den funkelnden schwarzen Augen mit so viel Widerstand, wie sie nur aufbringen konnte. Unbeirrt starrte die Zinta zurück. Schließlich blinzelte die Königin, schob ihren Stuhl zurück und huschte zu den Fürsten, die vor Schreck die Luft anhielten. Als Sidini zwischen ihnen auf einem freien Stuhl Platz genommen hatte, ging ein leises Aufseufzen der Erleichterung durch den Saal; nur die beiden Herren, zwischen denen Zukatas Gemahlin Zuflucht suchte, schluckten. Sie waren recht blass geworden.

Die Yosianerin hatte keinen Moment zu früh die kaiserliche Tafel verlassen. Der Riese polterte mit lauten Schritten in den Saal. Alles an ihm wirkte prächtig, von den hohen Lederstiefeln bis zu seinem edelsteinbesetzten Wams, und doch, obwohl er bunter geschmückt war als jeder andere in diesem Raum, machte ihn dies nicht zu einem herausgeputzten Pfau. Es stand ihm auf eine Weise, die Maja immer wieder erstaunte, so als seien Gold und Edelsteine nur deshalb geschaffen worden, um den Kaiser in ihrem Glanz strahlen zu lassen. Es wirkte so gut an ihm, weil er all das nicht brauchte. Sein Gesicht mit den strahlenden blauen Augen war unzweifelhaft das eines Herrschers, vor dem alle niederfielen, sein Mund, zu einem grimmigen Lächeln verzogen, sprach selten etwas anderes aus als Befehle. Die junge Arimerin, die mit den übrigen Anwesenden zusammen aufstand, um zu warten, dass er sich setzte, wunderte sich schon lange nicht mehr, wie seine Gegenwart die Atmosphäre des Saals veränderte.

Zukata marschierte jedoch nicht zu seinem Platz. Er blieb mitten in dem breiteren Gang zwischen den Tafeln stehen, wedelte mit etwas, das er in der Hand trug, und rief laut: »Ich frage mich, wer nimmt mich hier eigentlich noch ernst?«

Ein Schauer aus feinen roten Tröpfchen regnete auf die am nächsten Stehenden. Jetzt sah Maja, dass das, was er in der Hand hielt, eine Taube war. Eine Taube ohne Kopf.

»Wer schickt mir solche Briefe?« Der Kaiser schleuderte den toten Vogel mitten auf eine der mit weißem Damast und weißen

Porzellantellern gedeckten Tafeln. Eine Dame schluchzte unterdrückt auf, aber niemand wagte es, auch nur ein Wort zu sagen. »Mein Diener, werdet ihr sagen. Mein Kaisergänger. Was hat er sich dabei gedacht? Was wohl?«

In der riesigen Pranke verschwand das kleine Papierröllchen fast, als Zukata es mit den Fingerspitzen auseinanderzog.

»Das Meer«, deklamierte er mit so lauter Stimme, dass alle die Köpfe einzogen, *»das Meer tritt über die Ufer. Hagel und Sturm verwüsten die Lande. Seuchen und Trübsale erschrecken eure Herzen. Aber«,* hier lachte er laut auf, *»aber die Süße des Meeres heilt die Wunden und lindert eure Schmerzen, denn jede Welle, die über euch geht, kündet von Rins Liebe, und jeder Wassertropfen ist eine der Tränen, die er um euch geweint hat.«* Wild blickte der Riesenkaiser um sich. »Seit wann schreibt Norha mir solche Briefe? Ich warte auf Nachrichten aus dem Norden, auf Botschaften über den Krieg, darauf, dass meine Feinde endlich besiegt werden. Was seid ihr eigentlich für Untergebene? Ich will, dass die Prinzessin von Wenz endlich gefangengenommen und meine Schwester hergebracht wird! Ich verspreche Königsthrone und Kronen. Kronen!« Dabei riss er sich seine eigene vom Kopf, den großen goldenen Reifen, und ließ ihn durch den Raum fliegen wie ein Geschoss. Die Krone prallte gegen die Wand, krachte auf einen der Tische und schlug Teller und Terrinen in Stücke, aber keiner der Fürsten wagte es, aufzustehen.

»Was ist mit diesem Reich los?«, brüllte Zukata. »Ich verspreche Norha ganz Salien und er schickt mir so einen Brief? Sind denn alle wahnsinnig geworden? Steht ganz Deret-Aif Kopf?« Er schien auf eine Antwort zu warten, und als er keine bekam – keiner wagte es, auch nur einen Mucks von sich zu geben –, wandte er sich wieder dem Schreiben zu. »Wartet, es kommt noch besser. *Die Süße des Meeres.* Ha, das hatten wir schon. Nein, hier geht es weiter: *Ich aber sage euch, hinter der Nacht beginnt es. Gebt eure Herzen und eure Schiffe dem Sturm. Nur hinter dem Meer ist Ankunft.* Was soll das sein? Was, bitteschön? Wollt ihr es noch mal hören? Wollt ihr? Oder interessiert euch mehr, was ich mit Norha tun werde?«

Majas Herz schlug heftig wie ein Trommelwirbel, als sie antwortete. Die Stille war keine Zuflucht, sie machte den Riesen nur noch wütender. Wenn niemand sich traute, etwas zu sagen, würden hier bald die Tische durch die Gegend fliegen.

»Ich möchte diesen Brief gerne sehen«, sagte sie in das betretene Schweigen. »Es kommt mir sehr unwahrscheinlich vor, dass Norha ihn geschrieben hat.«

»Ach.« Er fuhr herum und fixierte sie, wie ein Raubtier, das sich endlich für eins der Rehe aus der zitternden Herde entschieden hat. »Das glaubst du also? So gut kennst du meine Diener, meine Kaisergänger, meine Männer, denen ich mein Zeichen und meine Macht anvertraut habe?«

»Nicht alle. Aber Norha kenne ich schon. Er ist kein Mann, der zum Dichten neigt. Selbst wenn ihn der Wahnsinn heimgesucht haben sollte, kommt es mir sehr unwahrscheinlich vor, dass er solche Worte gefunden hat.«

Zukata setzte sich auf seinen großen, gepolsterten Stuhl mit der hohen, verzierten Lehne und beugte sich über den Tisch, das alles in einer einzigen, fließenden Bewegung.

»Prinzessin Maja«, spottete er, »du möchtest mir also diesen Brief und Norhas Wahnsinn erklären? Nur zu. Ich höre.« Er nickte zu den Fürsten hinüber. »Wir alle hören. Solltest du die klügste Frau am Kaiserhof sein? Vielleicht steckt eine verschlüsselte Botschaft in diesen Sätzen und ich bin nur zu dumm, sie zu verstehen? Was meinst du, bin ich zu dumm? Vielleicht bin ich sogar zu dumm, um Kaiser zu sein, und bin hier gänzlich fehl am Platze?«

Sie schaute ihm in die Augen, in diese bläulichen Eiskristalle, stahlhart wie die Schwerter, die Sorayn geschmiedet hatte. Sieh nicht weg, ermahnte sie sich, obwohl sie in diesem Moment wie alle anderen gerne woanders gewesen wäre. Lass ihn nie auch nur ahnen, dass du Angst haben könntest. *Gib dein Herz und dein Schiff in den Sturm.* Merkwürdigerweise waren es genau die Worte, die sie eben gehört hatte, wild hervorgestoßen aus seinem Mund, als würde er Felsbrocken durch die Gegend schleudern, die ihr jetzt die Kraft gaben, standzuhalten.

»Das ist eine Botschaft, die nicht nur an Euch gerichtet ist«, sagte das Mädchen, »sondern an uns alle. Und sie ist auch nicht verschlüsselt. Sie beinhaltet genau das, was Ihr vorgelesen habt. Das Meer wird sich das Land zurückholen. Es hat bereits begonnen. Ich komme von den Glücklichen Inseln, daher weiß ich, dass das stimmt. Der Brief verrät uns genau, was wir tun sollen. Wir brauchen Schiffe. Und wir dürfen vor den Stürmen nicht fliehen, sondern müssen ihnen entgegensegeln.« Sie zog die kleine Rolle zwischen Zukatas Fingern hervor. »Das hat Norha nicht geschrieben. Das ist alt. Uralt. Das ist einer der Rinlandbriefe. Es gibt Hunderte, wenn nicht gar Tausende davon. Sie werden in Salien aufbewahrt, in den Klöstern. Vermutlich hat Norha Euch davon in Kenntnis setzen wollen, dass diese Schriften nun aus den Gewölben herausgeholt und dem Volk bekanntgemacht werden.«

Es ging so schnell, dass sie kaum wusste, wie er es gemacht hatte. Plötzlich flog die schwere Eichenholztafel in die Luft. Sie sah, wie der Tisch nach oben zu stürzen schien, so als wären auf einmal Himmel und Erde, oben und unten vertauscht worden. Mit einem ohrenbetäubenden Krachen schmetterte er gegen die hohe Decke, traf auf die gemalten Ornamente, die dort seit Jahrhunderten den Raum schmückten, und trat dann seine Rückreise an. Splitter wirbelten durch die Luft, ganze Balken flogen durch den Saal, Gläser und Teller segelten wie in einem absurden Schneesturm durch die Luft. Maja sah die gewaltige Holzplatte auf sich herunterstürzen, auf sich zukommen ...

Und dann – aber auch das geschah so schnell, dass es kaum zu begreifen war – stand Zukata über ihr und fing den Tisch mit beiden Händen auf und hielt ihn über sie beide, bis der Regen aus Scherben sich gelegt hatte.

»Mein Reich geht also unter?«, fragte er, als wäre nichts passiert. Erst dann ließ er die kaiserliche Tafel zu Boden krachen.

»Ja«, bestätigte das Mädchen.

»Halt!« Zukatas Ruf stoppte die Fürsten, die zur Tür hinauswollten, die schluchzenden Fürstinnen, Staub und Holzsplitter im Haar. »Mein Reich geht unter? Interessiert euch das etwa nicht? Wollt ihr nicht bleiben und zuhören, wie ihr eure Haut retten könnt? Meine

Gemahlin jedenfalls wartet sehnlichst auf die Auskunft, wie sie davonkommen kann.«

Die Adligen, deren gequälte Mienen verrieten, dass sie ebenfalls nichts lieber tun wollten, als ihre Haut zu retten, kehrten mit gesenkten Köpfen an ihre Plätze zurück. Ein paar Verwundete lagen stöhnend am Boden. Nur Sidini saß immer noch stocksteif, mit geradem Rücken und blassem Gesicht, auf ihrem Platz.

»Ah«, sagte der Kaiser, an sie gewandt, »wie konnte ich Euch übersehen, Teuerste? Ob es wohl ein Zufall ist, dass diese Prophezeiung von Meer und Wellen mit Eurem Besuch zusammentrifft? Hat der Untergang vielleicht gar schon begonnen, was meint Ihr?«

»Ich – ich weiß nicht.« Sie zitterte so sehr, dass ihr Kopf wackelte. Direkt vor ihr auf dem Tisch lag ein großes Stück aus Putz und Farbe, das aus der Decke herausgebrochen war, wie eine außergewöhnliche Mahlzeit, bei der sie sich nicht entschließen konnte, sie zu essen.

»Aber du«, richtete Zukata das Wort wieder an Maja, »du weißt ja anscheinend alles. Mein Reich geht unter, tatsächlich? Bleibst du dabei? Der Thron, um den ich so viele Jahre gekämpft habe, wird mit den Füßen im Wasser stehen?«

Die junge Arimerin konnte sich nur auf die Worte berufen, die er vorhin vorgelesen hatte, auf die kleine Rolle, um die ihre Hand sich krampfte, die sie selbst in ihrem Schreck nicht losgelassen hatte. Sie besaß nur dieses Schriftstück und Sorayns Briefe, in denen er ihr mitgeteilt hatte, was in Salien vor sich ging. Seine Berichte hatten sie in große Sorge versetzt, doch diese Botschaft aus Rinland, die erste, die sie selbst gehört hatte, Wort für Wort, hatte eine erstaunliche Wirkung auf sie. Sie fürchtete sich nicht länger vor dem, was kam, was immer es auch sein mochte. *Gib dein Herz dem Sturm.* Das war es, was sie hier schon die ganze Zeit tat. Dazu aufgerufen zu werden, tat unendlich gut.

»Wir brauchen Schiffe«, sagte sie. »Für uns alle. Es wäre gut, wenn wir diese Schiffe hätten, bevor das Wasser kommt, bevor unsere Füße nass werden.«

Der Riese starrte sie an, ungläubig. Er hatte ihr einen Ausweg geboten. Sie las die Frage in seinen Augen – warum wählst du nicht die Tür, die ich dir geöffnet habe? Warum sagst du mir nicht, was ich hören will, selbst wenn du nicht daran glaubst?

Weil, hätte sie am liebsten geantwortet, wenn ich das auch nur einmal tue, Ihr die Holzplatte, die auf mich herabstürzt, nicht aufhalten werdet.

»Ich werde Norha aufhängen lassen«, verkündete Zukata. »Und ihm vorher mein Zeichen aus dem Arm schneiden. Und jedem, der es wagt, in meinem Beisein über Schiffe, das Meer oder irgendetwas, was damit zu tun hat, zu sprechen, dem kündige ich ein ganz ähnliches Schicksal an. Hat noch jemand etwas zu sagen?«

Die Fürsten schwiegen betreten. Sidini starrte mit zitternden Lippen auf ihren zerbrochenen Teller. Maja hielt den Brief in ihrer Hand, wie einen Vogel, den es zu beschützen galt, bevor ihm jemand die Federn ausriss.

Am nächsten Tag kamen die Riesen. Sie marschierten durch die Stadt, bis vor das große Tor des Palastgeländes. Es hätte ihnen keine Schwierigkeiten bereitet, einfach weiterzugehen, aber sie blieben stehen, artig wie eine Gruppe wohlerzogener Kinder, und baten den Pförtner höflich, sie beim Kaiser anzumelden.

Der Wachmann, der Zukata die Nachricht von diesem ungewöhnlichen Besuch mitteilen sollte, zwang sich dazu, sich nicht zu ducken – jeder wusste, dass betretenes Herumstammeln recht schnell und ziemlich heftig geahndet wurde –, und kündigte daher mit größtmöglicher Festigkeit »Reisende aus dem südlichen Gebirge« an, »die Eurer Majestät ihre Aufwartung zu machen wünschen.«

»Was soll das denn?«, fragte der Riesenkaiser. Seine schlechte Laune hatte sich noch nicht wieder gelegt, und er erwartete, dass man ihm aus dem Weg ging. Nicht einmal Maja hatte sich an diesem Tag blicken lassen. »Schickt sie weg. Seit wann werde ich denn mit so etwas belästigt?«

»Es sind Reisende von ... von großer ... Wichtigkeit, Eure kaiserliche Majestät.«

»Aha. Für wen sind sie denn wichtig? Für mich? Oder für sich selbst? Sie sollen sich fortscheren.«

Der Wächter, der die Ankömmlinge selbst gesehen hatte und bezweifelte, dass man ein Dutzend wild aussehender Riesen dazu bringen konnte, sich ohne weiteres fortzuscheren, sah ein, dass er deutlicher werden musste, und meldete nun: »Riesen vor den Toren. Sie scheinen in friedlicher Absicht gekommen zu sein.«

»Riesen?« Zukata fuhr auf. »Warum sagst du das nicht gleich? Riesen aus dem Süden? Verdammt! Wie viele?«

»Zwölf oder dreizehn waren es, glaube ich, sie haben sich nicht in einer Reihe aufgestellt …«

Zu einem anderen Zeitpunkt wäre eine freche Bemerkung wie diese unverzüglich geahndet worden, doch der Kaiser hörte gar nicht hin.

»Ist Sorayn bei ihnen?«

»Wer?«

»Sorayn!« Zukata packte den Wachmann am Kragen. »Ist er bei ihnen? Gehören sie zu ihm? Mann, du hast keine Ahnung, was dreizehn wilde Riesen hier anrichten können!«

Der Soldat, der durchaus eine mehr als ungute Ahnung davon hatte, rührte sich nicht im harten Griff des Kaisers. »Äh … ich glaube nicht, dass einer von ihnen …« Jetzt erinnerte er sich wieder an diesen Namen. Der Gemahl der Flötenspielerin. Ja, gewiss, er hieß Sorayn. Aber da der Wächter ihn noch nie gesehen hatte, half ihm das auch nicht weiter. »Ich weiß nicht. Wie sieht er aus?« Er konnte sich nicht vorstellen, dass die schöne schwarzhaarige Prinzessin mit einem Riesen verheiratet sein sollte.

Zukata stieß ihn ungeduldig zur Seite. »Sorg dafür, dass sie in ihrem Zimmer bleibt.« Er vergaß zu sagen, wen er meinte, aber der Soldat nickte gehorsam.

»Ja, Herr.«

»Und zehn – nein, zwanzig Posten vor ihre Tür. Falls ihr hört, dass die Riesen kommen, setzt ihr das Messer an die Kehle.«

»Ja, Herr.« Der Wachmann eilte davon, das Gesicht zu einer verzweifelten Grimasse verzogen.

Maja war unterwegs in den Park, hatte die hintere Terrasse, von der aus sie meistens ihre Spaziergänge begann, noch nicht erreicht. Als sie die Wachen auf dem Gang heranstürmen sah, trat sie höflich zur

Seite, aber die Männer liefen nicht an ihr vorbei, sondern umkreisten sie. Ihre Augen waren überall, nur nicht auf dem Mädchen. Ihre Gesichter schienen sie unterwegs verloren zu haben, übrig waren nur ihre Uniformen und ihre Waffen. Selbst ihre Stimmen hatte irgendetwas beschädigt. So krümelig kamen sie ihr vor, fast wie Königin Sidinis Puderstimme.

»Prinzessin. Wir müssen Euch bitten, uns zu folgen.« Der Sprecher räusperte sich mehrmals, um diesen einen Satz herauszubringen.

Auf einmal verspürte sie Mitleid. Ja, sie hatte auch Angst, denn dass man sie holte, warf den einen Namen in ihr Herz, den sie immer mit sich trug, doch die Verwirrung der Soldaten rief in ihr mütterliche Gefühle hervor, und sie hatte das Bedürfnis, sie zu trösten.

»Ich komme«, sagte sie ruhig. »Steckt die Schwerter weg. Wohin soll ich gehen – in den großen Saal?«

»In Euer Gemach, Prinzessin.« Ein Befehl, aber auch eine Bitte. Nie zuvor hatte sie das, was diese schweigsamen Männer für sie empfanden, so deutlich wahrgenommen. Sie würden Zukata gehorchen, das wusste sie. Jeder gehorchte Zukata. Er war ihr Herr und sie waren seine Soldaten – und doch waren sie auch ihre Soldaten. Sie konnte förmlich mit ansehen, wie die armen Wachen zermahlen wurden zwischen den beiden Mühlsteinen Gehorsam und Zuneigung.

»Hat Zukata euch verboten, mir zu erzählen, was geschehen ist?«, fragte sie, während sie zwischen ihnen ging. »Das hat er nicht, oder? Also sagt es mir. Ist mein Mann gekommen?«

Sorayn. Oh, wie dieser Name in ihr wuchs, aus allen Winkeln ihres Herzens herausströmte wie Licht durch die Ritzen einer schlecht verschlossenen Tür oder durch den Spalt alter Fensterläden. Sorayn. Die Sehnsucht stieg wie eine Fontäne in die Luft, sprudelnd und im Sonnenlicht glitzernd, mit einer Kraft, die alles hinwegsprengte. Sorayn. Sorayn! Sie wollte lachen und schreien und tanzen, und zugleich kamen alle Wolken der Sorge und Angst herbei und drehten sich rasend schnell um die Mitte des wirbelnden, singenden Sturms. Sorayn. Und Zukata. Das kann nicht gut gehen. Wie könnte das gut ausgehen, für irgendeinen von uns dreien?

»Riesen«, berichtete schließlich einer der Wächter. »Riesen sind's. Vor den Toren.«

»Still«, befahl ein anderer. »Wir wissen nichts. Besser, wir sagen auch nichts.«

Welches Mitleid sie mit ihnen hatte! Sie wussten nichts von Sorayn. Sie wussten nichts von einem, der Zukata die Stirn bieten konnte und bieten würde, von einer Kraft, die Tore zerbersten ließ und Herzen dahinschmelzen, von einem, der den Segen mit sich trug wie einen eigenen Morgen und wie einen Tag, der nur ihm gehörte.

»Er kommt mit Riesen?«, fragte sie voller Hoffnung. Wie verräterisch die Hoffnung sein kann, wie verlockend, wie schnell sie einen mitreißt an Orte, an die man ohne sie nie gelangt wäre. Und dort, wie auf einem Berggipfel, der Aussichten auf glühenden Schnee bot, wartete sie auf Sorayn.

Vor ihrem Zimmer standen die Soldaten und bildeten eine undurchdringliche Mauer. Ein Teil davon bestand aus bangem Schweigen.

Zukata ging rasch auf das Tor zu, auch wenn sein Instinkt ihm riet, sich vorsichtig anzuschleichen. Wie ein Wolf, der sich einem fremden Rudel nähert, waren seine Sinne bis aufs Äußerste gespannt. Die Wachen, die vor dem Tor Aufstellung genommen hatten, scheuchte er mit einer ungeduldigen Handbewegung fort; er nahm kaum wahr, wie sie erleichtert davoneilten, hörte nicht, wie ihre Schritte auf dem Kies knirschten.

Die Riesen standen hinter den schmiedeeisernen Stäben und warteten, aber er spürte die Gefahr, die von ihnen ausging, so deutlich, dass es ihm fast den Atem verschlug. In seinem eigenen Blut begann es zu brodeln. Ohne sein Zutun verzog sein Mund sich zu einem Lächeln: Kampf! In der Luft lag die Vorfreude, diese knisternde Spannung, die einem Gewitter vorausgeht, aber zugleich wusste er, dass er gegen diese vielen Riesen keine Chance hatte. Sie waren alle jünger als er, kräftige, breitschultrige Gestalten, einer davon sogar einen ganzen Kopf größer als die anderen. Von Sorayn war nichts zu sehen. Die Erleichterung darüber ging wie ein warmer Schauer über ihn. Hinter den anderen verstecken würde der arrogante Prinz sich jedenfalls nicht; wenn, dann hätte er vor ihnen gestanden. Sorayn stand immer vorne. Sorayn sprach immer als Erster. Sorayn würde sich nicht nehmen lassen, ihm persönlich alles zu sagen, was er zu sagen hatte.

Warum waren dann diese Riesen hier?

Zukata hob den Kopf und funkelte sie herausfordernd an. Er trat an das Gitter, das für keinen von ihnen wirklich ein Hindernis darstellte.

»Was wollt ihr in meiner Stadt?«, fuhr er sie an, ließ sie seine Unsicherheit nicht spüren. So musste man mit Riesen umgehen, immer möglichst schroff, immer möglichst direkt.

»Kaiser Zukata.« Der Sprecher der Riesen, ein braunhaariger Kerl mit unglaublich großen Händen, erwiderte seinen Blick. Es sah aus, als wollte er gleich angreifen, das Gitter niederreißen und das Schloss stürmen, deshalb war Zukata mehr als überrascht, als der Mann hinzufügte: »Wir sind hier, um in deinen Dienst zu treten.«

»Ihr wollt was?« Der Kaiser hob die Brauen und musterte die Gruppe. Dreizehn Riesen, das war schon fast eine Armee. »Ihr seid hier, um mir zu dienen? Warum? Das ist nicht das, was Riesen normalerweise tun.«

»Wir haben keinen König mehr«, sagte einer zornig.

»Wir haben schon einen König«, verbesserte ein anderer, »aber er ist fort und hat uns im Stich gelassen. Das Gebirge ist leer und öde. Unsere Füße zwingen uns zu laufen. Deshalb sind wir hier. Gib uns einen Kampf. Gib uns etwas für unsere Füße und unsere Hände. Wir sind bereit.«

Wie stark die Freude sein konnte! Wie unglaublich heftig sie auflodern konnte, ein Brand, ein Vulkanausbruch, ein Sturm, der die Sonne selbst zum Tanz aufforderte!

»Ha!«, schrie Zukata. »Das ist gut!«

Die Riesen rissen die Arme in die Höhe und brüllten so laut, dass im Palast einige Scheiben zerbarsten und die Menschen in den umliegenden Häusern sich erschrocken die Ohren zuhielten und ihre Kinder umarmten.

Riesen. Und sie gehörten nicht Sorayn. Sie gehörten ihm. Sie waren gekommen und hatten sich ihm gegeben – das war es, was einem wahren Herrscher zustand. Dass man ihm gehorchte, dass man ihm freiwillig anbot, ihm zu dienen, dass man ihm dieses Gefühl gab, dieses unvergleichliche – dass alles sein war.

»Wachen! Öffnet das Tor!«, befahl er, dann fiel ihm ein, dass er die Wächter weggeschickt hatte, und riss es selbst auf, wobei die eiserne Kette zerbarst. »Kommt«, sagte er zu den Riesen, während die Freude wild und unbändig in seinem Herzen tobte. Deret-Aif ging überhaupt nicht unter. Sein Reich blühte auf und wurde immer mehr zu seinem Eigentum, es schmiegte sich unter seine Hand, und selbst die Riesen kamen und beugten die Knie und traten in seinen Dienst. Noch nie hatte er seine Herrschaft als so herrlich empfunden, als etwas, das wie ein Glanz auf seiner Stirn lag, so dass es selbst die wilden Riesen blendete und ehrfürchtig staunen ließ.

Er führte die dreizehn in den Hof und winkte die menschlichen Soldaten, die sich dorthin zurückgezogen hatten, zu sich heran.

»Das sind eure neuen Kameraden«, verkündete er laut und froh. »Zeigt ihnen die Unterkünfte. Sorgt dafür, dass sie die Farben der kaiserlichen Garde tragen. Ich will, dass zwei von ihnen an den Stadttoren von Kirifas stehen und zwei vor den Palasttoren. Für die übrigen werden wir noch eine passende Aufgabe finden.«

»Es werden noch mehr kommen«, versprach der Riese mit den großen Händen. »Wir sind lediglich die ersten.«

»In meinem ganzen Kaiserreich werden sie mir dienen!«, rief Zukata aus. Beschwingt schritt er durch den Hof, nahm einem Wächter die Lanze ab und begann, damit in den Sand zu zeichnen. »Dorthin werde ich ein paar schicken ... und dorthin. Warum habe ich noch nichts aus Wenz gehört? Ich denke, das wird sich auch bald erledigt haben. Wie viele werden kommen? Noch einmal so viele wie ihr? Hunderte? Gar Tausende?« Er lachte. Er lachte die Soldaten aus, die erschrocken die Augen aufrissen. Die ganze Welt lachte er aus und alle seine Feinde. Feinde? Niemand konnte ihm jetzt noch gefährlich werden.

Auf dem Weg zu seinem Saal begegnete ihm Sidini, in ihre unmöglichen weißen Tücher gewickelt. Selbst darüber konnte er heute lachen.

»Nun, meine Liebe«, rief er, packte sie und wirbelte sie einmal, zweimal herum, »heute ist ein guter Tag, wusstest du das?«

»Ich freue mich darüber, wenn Ihr glücklich seid«, sagte sie.

»Deine Stimme klingt besser als früher«, bemerkte er. »Früher warst du wie eine Maus. Nur fiepen und trippeln. So etwas kann ich nicht ausstehen.«

Die Königin schwieg und bebte.

»Und du hast unsere Sprache gut gelernt. Wenn du dir mit deiner Kleidung auch so viel Mühe machen würdest, könntest du irgendwann einmal vielleicht sogar aussehen wie eine Fürstin.«

Er war schon weitergeeilt, als sie vorsichtig zu lächeln begann.

»Sorayn ist nicht da.« Majas Hoffnung fiel in sich zusammen. Und nun stand sie da mit der Sehnsucht, die in ihr aufgeflammt war, und wusste nicht, wohin damit. In diesem Moment wünschte sie sich, einfach Hals über Kopf davonlaufen zu können, aus dem Palast und aus der Stadt, aus diesem Land, durch die Wälder, zu ihm. Sie wünschte sich, er würde aufhören mit dem, was auch immer er gerade tat, und zu ihr kommen. Sorayn. Ihr Herz schrie es: Sorayn! Wie konnte er diesen Ruf nicht hören? Sie wollte keine Briefe mehr. Sie wollte nicht mehr Tag für Tag Zukatas Wutanfälle beschwichtigen. Sie wollte nach Hause, wo immer das auch war, mit Sorayn, und das haben, was sie noch nie gehabt hatte: mit ihm zusammen sein, ohne dass irgendwelche Riesen in der Nähe waren.

»Er hat mit mir gesprochen.« Sidini war selig. »Könnt Ihr Euch das vorstellen, Prinzessin Maja? Ohne wütend zu sein. Ich glaube, es würde ihm besser gefallen, wenn ich mich der hiesigen Mode entsprechend anziehe. Meine Dienerinnen haben davon ebenso wenig Ahnung wie ich. Könnt Ihr mich da beraten?«

»Das können die Fürstinnen sicher besser als ich.« Sie musste sich regelrecht dazu zwingen, sich der völlig aufgelösten Königin zuzuwenden, während in ihr Sorayns Abwesenheit schmerzte, als hätte sie Glasscherben verschluckt.

»Was mache ich denn jetzt nur?«, jammerte die Yosianerin. »Morgen schon wird er mich wieder hassen!«

»Genau das wird er«, bestätigte Maja, zur Zeit wenig am Leid anderer interessiert. »Ihr werdet ihm auf die Nerven gehen und er wird Euch aus dem Palast werfen lassen.«

Die Königin starrte sie an und schluckte.

»Verzeiht«, rief Maja schnell, »oh bitte, verzeiht mir. Ich habe es nicht so gemeint. Kommt, Hoheit, wir gehen zu Kanija, das ist die Fürstin, die immer am besten angezogen ist, und bitten sie, Euch behilflich zu sein. Bestimmt kann sie Euch etwas leihen. Auf jeden Fall muss es heute noch geschehen. Und dann geht Ihr zu Eurem Gemahl, damit er sieht, dass Ihr seine Worte ernstgenommen habt.«

»Ich soll zu ihm gehen?« fragte Sidini erschrocken.

»Unbedingt. Alles, was Ihr hier erreichen könnt, müsst Ihr heute erreichen. Zieht Euch schön an, lasst Euch die Haare machen, und dann geht Ihr zu ihm und tragt ihm Eure Bitte vor.«

»Um was soll ich ihn denn bitten?« Sie rang die Hände.

»Ich weiß nicht.« Das Mädchen hob die Brauen. »Warum seid Ihr denn hergekommen? Ich dachte, Ihr wolltet etwas Bestimmtes von ihm.«

»Ich wollte ihn einfach sehen. Ist das so schwer zu verstehen? Er ist so lange nicht mehr in Yos gewesen. Er hat die Regierung mir überlassen – und trotzdem sind da ständig ein paar seiner Leute, die versuchen, mir reinzureden. Nun, ich wollte Euch nichts vorjammern.«

Die Arimerin fühlte, wie ihr Geist bereits damit begann, diese Mitteilung mit anderen wichtigen Dingen zu verflechten. Wie Fäden, die mit eifrigen Fingern verknüpft wurden ... Sorayn, klagte ihr Herz, aber ihr Verstand schlug den Deckel der Kiste fest zu, in der das Geheul und der Schmerz wohnten.

»Ihr seid also hergekommen, um ihn darum zu bitten, Euch freie Hand zu lassen«, sagte sie langsam. »Wenn das Euer Wunsch ist, solltet Ihr keine Stunde versäumen, ihn danach zu fragen.«

»Ich kann diese Leute nicht ausstehen«, zischte Sidini und Flecken erschienen auf ihrer Papierhaut. »Sie bewachen mich auf

Schritt und Tritt und alles hinterbringen sie ihm. Yos ist mein Land, aber sie tun, als würde ich nur von ihrer Gnade abhängen. Und dabei bestehlen sie mich in meinem Schloss und tun so, als wäre ich dumm und taub und blind. Diebe sind es und Betrüger, aber sie spielen sich auf wie die größten Herren!«

»Sagt ihm das«, drängte Maja, »sagte es ihm heute. Zukata hat einen sehr starken Sinn für Familie – glaubt mir, sonst hätte er mich in irgendein finsteres Verlies gesperrt. Selbst was Sorayn angeht, kann er sich nicht entscheiden, ob er ihn als Feind oder als Erben betrachten soll. Wenn Ihr als seine Frau Euch von diesem Gesindel bedrängt fühlt, wird er seinen Zorn auf diese Leute richten – falls er nicht gerade auf Euch wütend ist.«

Die Königin nickte. »Welche Fürstin meint Ihr? Doch nicht die mit den schrecklichen grünen Kleidern, die so schillern, dass man nicht hinsehen mag?«

»Nein, bestimmt nicht. Ich denke an diejenige mit den dunkelroten Kleidern und den Schleiern. Kommt mit. Wir werden etwas für Euch finden, da bin ich mir sicher.«

Fürstin Kanija, die am vorangegangenen Tag im Speisesaal verletzt worden war – ein umherfliegendes Trümmerteil hatte ihr den Arm gebrochen – war sehr skeptisch, als sie hörte, dass die Königin ihren Ehemann ohne Einladung aufsuchen wollte, aber Maja musste sie nur scharf anblicken und sie erklärte sich bereit, ihnen zu helfen.

Es dauerte mehrere Stunden, bis aus der yosianischen Königin eine vorzeigbare Adlige geworden war, die unter den Damen des Kaiserhofs nicht mehr herausstach. Sidini machte das dunkle, mit Pelz besetzte Kleid nicht glücklich, obwohl es hervorragend zu ihrem mit grauen Strähnen durchzogenen Haar passte. Aber sie ließ alles über sich ergehen. Und als sie endlich vor dem Spiegel stand und die Fremde darin betrachtete, sah sie dort im Spiegel Maja an und sagte: »Ich werde ihn etwas ganz anderes bitten. Ich werde ihn bitten, dass Ihr mit mir gehen dürft.«

Fürstin Kanija sog scharf die Luft ein. »Nein! Nein, das geht nicht! Ihr könnt uns nicht mit ihm allein lassen, Prinzessin Maja!«

Sidini ließ sich nicht beirren. »Ihr seid hier nicht glücklicher als ich«, sagte sie. »Glaubt Ihr, ich sehe das nicht? Ich werde ihm sagen, dass Ihr meine einzige Freundin seid. Dass ich ihn nie wieder um irgendetwas bitten werde, dass er mich nie wieder zu Gesicht bekommen wird. Aber er soll mir erlauben, Euch mitzunehmen.«

Und die Hoffnung! Oh, diese Hoffnung, die wieder hervorsprudelte, die den Deckel der Kiste sprengte, dort, wo sein Name wohnte. Sorayn! Fort aus Kirifas, fort von Zukata, zu ihm! Majas Augen leuchteten auf, ein Strahlen überzog ihr Gesicht – aber nur kurz. Sehr schnell verscheuchte sie alles, was sie fühlte, wieder dorthin, wo es hingehörte, eingesperrt, so wie auch sie selbst eine Gefangene war.

»Nein«, sagte sie. »Es hat keinen Zweck. Er wird mich nicht gehen lassen und dieses Anliegen wird ihn so wütend machen, dass Ihr gar nichts erreichen werdet und um Euer Leben sorgen müsst. Er wird Euch beschuldigen, mit seinen Feinden zu paktieren.«

»Bei Rin, so ist es!«, bestätigte Kanija mit wehem Lächeln. »Nicht viele von uns hätten den gestrigen Tag überlebt, wenn die Prinzessin den Kaiser nicht besänftigt hätte.«

»Besänftigt?«, fragte Sidini skeptisch. »Zukata hat sich so aufgeregt, dass er den Tisch an die Decke geschleudert hat!«

»Aber er hat ihn wieder aufgefangen«, meinte die Fürstin triumphierend. »Und er hat ihn nicht quer durch den Raum geworfen, wo er uns getroffen hätte!«

»Sie hat recht«, sagte Maja traurig. »Ich kann nicht hier weg, selbst wenn er mich ließe. Eure Güte ehrt mich sehr, Königin Sidini, aber bringt Euch nicht meinetwegen in Gefahr, das kann zu nichts Gutem führen.«

Die Yosianerin nickte, nicht ganz überzeugt. »Und sonst kann ich nichts für Euch tun, Prinzessin?«

Das Mädchen zögerte. Was ihr vorhin eingefallen war ... Aber durfte sie der Königin die Gefahr zumuten, in die diese Bitte sie bringen würde?

»Lasst so viele Schiffe bauen, wie Ihr nur könnt.«

Die beiden anderen Frauen zuckten zusammen.

»Meine Hauptstadt liegt nicht am Meer.« Die Königin blickte gequält drein, als würde sie Maja nur ungern einen Wunsch abschlagen. »Ich kann keine Schiffe bauen lassen.«

»Aber das Wasser wird kommen. Und dann werden die Schiffe schwimmen.«

»Zukata wird davon erfahren«, klagte Sidini unglücklich.

»Aus diesem Grund müsst Ihr ihm das jetzt schon sagen. Und seine Erlaubnis dazu einholen. Ihr braucht etwas, womit Ihr allen Euren Gegnern in Yos das Maul stopfen könnt.«

»Er wird sie umbringen!«, rief die Fürstin entsetzt. »Wie könnt Ihr bloß so etwas vorschlagen!«

»Ihr könnt Euer Volk retten«, sagte Maja, ohne Kanija zu beachten. »Nur Ihr. Lasst die Schiffe bauen. Spart keine Kosten und Mühen. Wenn die Yosianer Euch für verrückt erklären, lasst Melgianer kommen. Die Melgianer werden alles tun, was Ihr befehlt. Ihr müsst ihnen nur mitteilen, dass Ihr aufgrund eines Rinlandbriefes handelt, der Jahrhunderte lang in einem Kloster in Salien aufbewahrt wurde.«

»Ist das wahr? Woher wisst Ihr das?«

Maja hatte nicht vor, ihren Briefwechsel mit Sorayn auch nur anzudeuten, nicht einmal Sidini gegenüber.

»Sicherlich gibt es in Melgian Gelehrte, die Euch bestätigen können, dass dies ein echter Brief aus Rinland ist. Zeigt ihn herum. Lasst ihn übersetzen.« Sie zog die Papierrolle aus der kleinen Tasche, in der sie auch ihre Flöte aufbewahrte.

»Nehmt dies mit. Und dann rettet Euer Königreich.«

Zukata hielt sich in seinen Riesengemächern auf, in einem Raum, groß wie ein Saal, wo selbst die Stühle, die Kommoden und Anrichten größer waren als im übrigen Palast. Seine menschliche Gemahlin war noch nie hier gewesen. Unruhig irrte ihr Blick von den gewaltigen Polstersesseln, auf denen jeder Mensch sich vorkommen musste wie ein Kind, bis hin zu dem Kristalllüster an der Decke, den ein gut gezieltes Möbelstück in einem Schauer aus Splittern herabregnen lassen konnte.

Die Wachen hatten sich zunächst geweigert, die Frau des Kaisers einzulassen. Sidini hatte Maja holen müssen, um sie dazu zu bewegen; diese Demütigung brannte immer noch auf ihren Wangen. Sie hatte das Gefühl, dass sie in Flammen stand, und doch wurde ihr merkwürdig kalt, als sie über den dicken Teppich watete, in dem ihre Schuhe versanken. Zukata saß in einem der Sessel und stierte vor sich; er tat, als würde er sie nicht bemerken. Dachte er nach? Oder wartete er, bis sie so nahe herangekommen war, dass er nach ihr greifen und sie gegen die Wand schmettern konnte, ohne aufstehen zu müssen?

Mein Gemahl, wollte sie sagen, aber rechtzeitig fiel ihr ein, wie sehr er diesen Ausdruck hasste, und so schluckte sie diese Worte schnell hinunter.

»Ich habe Euch etwas mitgebracht«, begann sie, ohne einen Namen oder einen Titel anzufügen. Wie komisch, dachte sie, dass er mein Mann ist und ich keine Ahnung habe, wie ich ihn anreden soll. »Man sagte mir, dass Ihr dieses Gewürzbrot liebt.« Sie stellte das Tablett auf einem Tisch ab und wartete darauf, dass er sie zur Kenntnis nahm. Ihr Herz klopfte unnatürlich schnell.

»Wie aufmerksam.«

Seine Stimme klang ungewohnt sanft. Sofort befürchtete sie, dass er sie täuschen und in falscher Sicherheit wiegen wollte, bevor sein Zorn losbrach. Am liebsten wäre sie gleich wieder zur Tür hinausgerannt. Sie hatte Zukata etwas zu essen gebracht, mehr konnte wirklich niemand von ihr verlangen.

»Darf ich – darf ich mich zu Euch setzen?«

Die scharfen blauen Augen musterten sie, fragend zog er die Brauen hoch. »Ach«, meinte er, sonst nichts.

Sie nahm es als Erlaubnis und schob sich halb auf die Kante eines Sessels, der ihm gegenüberstand. Um bequem zu sitzen, hätte sie ihre Schuhe abstreifen und bis zur Lehne rutschen müssen, doch hier vorne kam es ihr nicht ganz so weit bis zur Tür vor.

»Du siehst immer noch aus wie eine Vogelscheuche«, erklärte der Riesenkaiser nicht unfreundlich, »aber immerhin sieht man, dass du dir Mühe gegeben hast. Das ist doch immerhin schon etwas.«

»Danke.« Sie neigte den Kopf.

»Sind das Federn in deinem Haar?«, erkundigte er sich neugierig.

»Fürstin Kanija hat behauptet, dass das jetzt Mode ist.« Sidinis Stimme wurde immer leiser, aber gleichzeitig wurde ihr bewusst, wie sehr er Schüchternheit verachtete, und sie wiederholte, so laut sie konnte: »Das ist jetzt Mode so.« Und kam sich vor, als würde sie ihn anschreien.

»Was für ein Tag. Die Riesen bieten mir ihre Dienste an und Sidini von Yos putzt sich heraus.« Beim Lächeln sah man seine Zähne; nie zuvor war ihr aufgefallen, was für ein wunderbares, strahlendes Lächeln er hatte.

Der Kaiser beugte sich vor und nahm eins der kleinen Gewürzbrote, die sie mitgebracht hatte. »Ein seltsames Gefühl«, sinnierte er, »wenn man dort ist, wo man immer sein wollte. Wofür jetzt noch kämpfen?«

Der Plauderton, den er anschlug, verwirrte sie vollends, aber Maja hatte ihr mehrfach zugesichert, dass selbst Zukata jemanden brauchte, zu dem er sprechen konnte. Daher atmete sie tief durch und sagte: »Vielleicht muss man nicht immer kämpfen. Vielleicht kann man einfach genießen, was man hat?«

Überrascht blickte er sie an. »Die Hände in den Schoß legen und genießen? Das wäre nicht ich. Könntest du das denn?«

Sie musste anders sitzen. So, auf dem Sprung, war sie nicht dazu fähig, eine Unterhaltung zu führen, ohne dass die Anspannung in jedem ihrer Worte hörbar wurde. Sie streifte die Schuhe ab und zog die Füße hoch und schon kam es ihr etwas weniger unangenehm vor, mit diesem tobsüchtigen Riesen in einem Zimmer zu sein.

»Ich brauche etwas zu tun«, vertraute sie ihm an. »Eigentlich immer. Wenn ich nur herumsitze und auf irgendetwas warte, werde ich verrückt.«

Fast begann etwas wie Verständnis zwischen ihnen. Zukata nickte. Er griff bereits nach dem nächsten Brot, und sie versuchte zu vergessen, wie gefährlich er war. Sie wollte sich wie eine ganz normale Ehefrau fühlen, die mit ihrem Mann an einem Tisch saß. Man konnte doch wenigstens ein bisschen so tun, als ob.

»Deswegen werde ich mich auch bald wieder auf den Weg zurück nach Yos machen«, sagte sie. »Dort liegen meine Aufgaben.«

»Wer führt die Regierungsgeschäfte in deiner Abwesenheit?«

»Ich habe meine Leute. Und«, fügte sie hinzu und verzog dabei leicht das Gesicht, »Eure Leute.«

»Oh, aber ist das nicht dasselbe?« Zukatas Gesicht kam ihr so offen und freundlich vor, so ruhig ... War er immer so, wenn er glücklich war? Auf einmal wünschte sie sich, sie müsste nicht zurück in ihr eigenes Königreich. Sie könnte hier bleiben und dafür sorgen, dass das Glück blieb. Aber das würde er nicht zulassen.

Die Königin wagte ein kleines Lachen. »Nein, schön wäre es. Aber ich fürchte, bei dem, was ich vorhabe, werden mir einige Herren Steine in den Weg legen.«

»Was hast du denn vor?« Er lehnte sich zurück und platzierte das Tablett auf seinen Knien. »Möchtest du auch?«, fragte er, während er die Anzahl der Brötchen in erstaunlicher Geschwindigkeit verringerte.

Sie schüttelte den Kopf, besann sich gleich darauf, was sie hier eigentlich spielte, und nickte. »Ja, gerne.«

Zukata reichte ihr ein Brot. Sie erinnerte sich daran, wie sie einander bei ihrer Verlobung beschenkt hatten, und vielleicht dachte auch er daran, denn in seiner Stimme lag Wärme. »Bitteschön.«

»Ich habe ein paar Bauprojekte vor.« Die Krümel ließen sich kaum hinunterschlucken, so trocken war ihr Mund.

»Nun, du bist die Königin von Yos. Du bist meine Frau. Was sollte dich daran hindern, zu bauen, was auch immer du bauen willst?«

»Es kostet Geld«, erklärte sie, »das Holz, die Arbeiter ... man kann keine Ideen verwirklichen, die etwas kosten, mit Ratgebern im Nacken, die verlangen, dass ich eine Armee unterhalte, die größer ist, als Yos sie sich leisten kann.«

»Was für unverschämte Ratgeber«, meinte der Kaiser. »Wie können sie es wagen, dir vorzuschreiben, wie du zu regieren hast?«

Hatte er wirklich vergessen, dass er selbst die Leute ausgewählt hatte, die ihr das Leben am Königshof schwer machten? Dass sie ihm Bericht erstatteten und dass er die Anordnungen getroffen hatte, aufgrund derer die schüchterne Herrscherin sich manchmal fühlte wie eine Figur in einem Puppenspiel?

»Wie viel Macht habe ich?«, fragte sie.

»Wie viel willst du denn haben?«, fragte er zurück. Heute, an diesem Tag, an dem alles ihm gehörte. An dem die ganze Welt ihm zu Füßen lag. An diesem Tag, an dem sein Herz groß und offen war. Maja hatte recht gehabt. Und dennoch zögerte Sidini, zu viel zu verlangen.

»Ich möchte bauen können, wonach mir der Sinn steht. Egal, was es kostet und wie viele Leute ich dafür brauche.«

»Nun, das ist doch mal was.« Er stand so schnell auf, dass sie zurückfuhr, aber Zukata ging nur zu dem großen Sekretär am Fenster. »Ich gebe dir ein Schreiben mit, in dem ich dir die Vollmacht dazu erteile. Bau, was immer du willst. Und jeden, der dich dafür kritisiert, machen wir einen Kopf kürzer. Na, wie wäre das? Zufrieden?«

»Das hört sich gut an. Danke.«

»In letzter Zeit werden meine Kaisergänger immer frecher«, murmelte er, während er das Schriftstück zusammenrollte. »Und von Sorayn höre ich auch nichts. Als ob ich gar nicht existieren würde.« Seine Miene verdüsterte sich.

Sidini streckte die Hand aus, und als er zögerte, wusste sie nicht, was sie mit ihrem Arm tun sollte. Ihn zurückziehen, als ob sie es sich anders überlegt hätte? Ihr war nur zu gut bewusst, wie lächerlich und – noch schlimmer – wie gierig sie mit ihrem ausgestreckten Arm aussah, und wie furchtsam sie wirken würde, wenn sie die Hand zurückzog. Beides konnte ihn rasend machen.

»Zukata?«, fragte sie bang, und auf einmal war es ganz natürlich, seinen Namen auszusprechen. Ohne einen Titel. Nur seinen Namen.

Der Riese zerknüllte das Papier in seiner Faust, während seine Stirn sich runzelte, während alles an ihm sich zu verkrampfen schien.

»Wieso«, fragte er, und seine Stimme klang anders, zischender, heiserer, »glauben eigentlich alle, sie könnten tun, was sie wollen?«

Ihre Hand begann zu zittern. Sie schob sie noch ein Stück weiter nach vorne, bis ihre Finger seinen Arm berührten.

»Niemand würde es wagen, sich Euch zu widersetzen.« Sie wünschte sich, sie könnte sein wie Maja. Mit ihm reden wie Maja. Ihn anschauen, furchtlos, wie Maja. Sidini schämte sich bis in Grund und Boden, dass sie es nicht vermochte.

Jetzt glich sein Lächeln einem Zähnefletschen. Sie wusste, dass sie das Zimmer verlassen musste, so schnell wie möglich, aber wenn sie floh, würde sie das Raubtier in ihm wecken. Es blieb ihr nichts anderes übrig, als ihren Abgang so vorsichtig wie möglich einzuleiten.

»Ach ja? Und warum tun dann alle nichts anderes? Warum bin ich von Verrätern und Speichelleckern umgeben? Warum«, seine Stimme wurde lauter, grollender, eine Löwenstimme, selbst sein Haar schien sich zu einer Mähne zu sträuben, »denken alle immer nur an ihren eigenen Vorteil?«

Immer noch hielt er das kostbare Schreiben in seiner Pranke. Das war ihr sehr wohl bewusst. Genauso, wie sie die Gefahr spürte, die von ihm ausging. Und beides zwang sie dazu, vor ihm stehenzubleiben. Seine Unterschrift und seine Gefährlichkeit – beides machte es ihr unmöglich, sich umzudrehen und Hals über Kopf wegzurennen. Ihre Schuhe lagen noch vor dem Sessel, und ohne Absätze kam sie sich sehr klein vor, geradezu winzig.

Der Kaiser schaute sie an, als würde er sie nicht kennen, als wüsste er nicht, wer sie war und was sie hier in seinem Privatgemach zu suchen hatte.

Von irgendwoher ertönte Musik. Vielleicht hatte sie schon früher damit angefangen, sich wie mit feinen Spinnenfäden durchs Fenster zu winden, doch erst jetzt wurde Sidini bewusst, dass sie etwas hörte. Eine Melodie, traurig und doch leicht, wie eine kleine Regenwolke, die der Wind über den Himmel blies, wie tausend Regentropfen, die gegen die Scheiben pochten.

Zukata wandte sich um und öffnete das Fenster. Sofort wurde das Lied lauter und frecher, so als würde es sich über seine eigene Traurigkeit lustig machen. Die Königin war sich darüber im Klaren, dass es am Klügsten war, die Gelegenheit zu nutzen und zu verschwinden, aber die Neugier siegte. Sie trat neben ihren Gemahl und sah auf eine Terrasse ein Stockwerk tiefer hinab, wo es sich zwei Damen auf einer Marmorbank bequem gemacht hatten. Sie saßen auf bunten Kissen, die eine, dunkelrot gekleidet, hielt einen dazu passenden Schirm über ihren Kopf, denn natürlich regnete es draußen. Die andere spielte auf einer Flöte und schien von der Welt um sie herum nichts mitzubekommen. Es schien sie auch nicht zu stören, dass es kalt und nass war; ihr Lied ahmte das schlechte Wetter nach, ohne ihm etwas übelzunehmen. Es spielte alle Facetten des Regens durch: die lustigen Tropfen, die düsteren Wolken, Wind im Gesicht und Gelächter. Selbst als das Lied sich von Schwermut einfangen und erdrücken ließ, so arbeitete es sich, wie eine Katze unter einer dicken Decke, doch unerschütterlich wieder daraus hervor, als sei auch das nur ein Spiel.

»Wie macht sie das nur«, murmelte Zukata und schüttelte den Kopf. »Ich könnte ihr stundenlang zuhören.« Er schaute auf Sidini herunter, schien sich zu wundern, glättete mit einem entschuldigenden Grinsen das Papier und drückte ihr das Schreiben, das ihr ihre Macht zurückgab, in die Hand. »Bitteschön. Deswegen warst du doch hier.«

Sie war entlassen. Sie nickte, wandte sich um, klaubte ihre Schuhe vom Teppich und ging barfuß aus dem Raum, ohne sich nach ihm umzudrehen.

23. *Die Falle*

»ZWEI MÄNNER? ACH.« Die Nonne am Torhaus beäugte die beiden Reisenden und schüttelte übellaunig den Kopf. »Dort hinten steht ein Mönchskloster. Eine halbe Tagesreise entfernt. Höchstens.«

»Mein Pferd ist eine Stute«, sagte Blitz und schenkte der Frau ein breites Lächeln.

»Ha!«, schnaubte diese verächtlich. »Nun macht schon, dass ihr weiterkommt!«

»Soll ich?«, fragte Sorayn leise.

»Dir kribbelt es schon in den Händen, wie?«, fragte der Krieger leise zurück. Er freute sich schon auf das Gesicht der Torhüterin, wenn sie zusehen musste, wie ihr kostbares Tor aus den Angeln gerissen wurde. Aber vielleicht war das diesmal gar nicht nötig. »Warte. Sie sieht aus, als hoffte sie, überredet zu werden.«

»Das habe ich gehört!« Aber die Nonne spähte weiter durch das Fensterchen und schien damit zu rechnen, dass sie sich etwas einfallen ließen.

»Ins andere Kloster können wir morgen immer noch. Aber heute möchte ich in diesem hier bleiben«, schmeichelte Blitz. »Ich freue mich auf die Gesellschaft so vieler netter Damen. Und außerdem ist das Essen in einem Nonnenkloster immer viel besser.«

»Wirklich?«, fragte die Pförtnerin skeptisch. »Das mit der Gesellschaft will ich allerdings überhört haben. Und außerdem ist es mir verboten, männliche Pilger einzulassen, es hat also keinen Zweck, werter Herr.«

Aber sie hörte nicht auf, ihn anzustarren, und wenn er lächelte, war etwas in ihren Augen, ein kleines Funkeln, das ihn faszinierte. Diese Nonne hätte ihn bestimmt zu gerne eingeladen.

»Wir sind ganz brav«, versprach er. »Wir brauchen nur eine warme Mahlzeit und einen Platz für mein Pferd, und wir würden gerne mit deiner Äbtissin sprechen.«

»Wozu?«

Der Krieger lächelte nur. Neugierig war sie auch, das sah er jetzt schon. Obwohl er meistens nicht vorher verriet, dass es etwas Wichtiges zu bereden gab, hatte er das Gefühl, dass es hier genau das richtige Maß an Andeutung galt, um das Interesse der Nonne zu wecken.

»Werden deine Füße kalt, wenn wir hier so lange herumstehen?«, fragte Sorayn freundlich. »Ich könnte die Sache etwas beschleunigen.«

Der junge Riese bekam immer seltener die Möglichkeit, ein Tor einzuschlagen, denn meistens ließ man sie doch ein, in der Annahme, sie seien nichts als Pilger, die vielleicht etwas Neues aus Talen zu berichten hatten.

»Lass es. Sie ist gleich so weit.«

Die Nonne hatte ihr Lächeln gefunden, klein und verschüttet, aber nichtsdestotrotz war es da. Und zur Krönung ein kaum sichtbarer Augenaufschlag.

»Aber wehe, es ist nicht wirklich wichtig«, drohte sie, bevor sie verschwand, um den Riegel zu entfernen.

»Siehst du«, sagte Blitz zu seinem Sohn.

»Deine Wirkung auf Frauen ist mir schon aufgefallen«, meinte dieser gut gelaunt. »Aber das hier ist eine Nonne. Du kannst keine Nonne so anlächeln, wie du sonst immer lächelst.«

»Warum nicht?«, fragte der Krieger, während er seine Stute durch das nun offene Tor führte.

Sorayn verdrehte die Augen. »Weil sie eben eine Nonne ist.«

»Na und? Heute ist sie eine Frau. Heute ist sie glücklich, weil jemand ihr Gesicht gesehen und sie angelächelt hat.« Sie traten in den Hof, in dem ein paar dunkel gewandete Gestalten Schnee schippten.

»Das da ist der Stall«, erklärte die Torhüterin. »Ich warte hier, bis ihr mit eurem Pferd fertig seid, und bringe euch dann hinein zum Speisesaal.«

»Das hört sich an, als wollte sie uns keinen Augenblick allein lassen«, bemerkte der Prinz und stieß seinen Vater an. »Siehst du, was du angerichtet hast?«

»Das gilt für alle männlichen Besucher«, entgegnete die Pförtnerin und warf dem jungen Riesen einen giftigen Blick zu. »So wir denn welche haben.«

»Wir werden schon keine Novizin entführen«, versprach Blitz, während er das Pferd in den Stall brachte, um es abzusatteln.

Die Nonne starrte ihm nach; er hatte ihr den Rücken zugewandt, aber er spürte ihr Starren durch alle Schichten seiner Kleidung.

»Also bist du es wirklich«, stellte sie fest. »Ich hatte mich schon gefragt ... Du kamst mir gleich so bekannt vor, aber nach dieser langen Zeit war ich mir nicht ganz sicher.«

»Wir kennen uns?« Er suchte in ihrem Gesicht nach etwas Vertrautem, konnte aber nichts entdecken.

»Als wir uns das letzte Mal getroffen haben«, sagte die Nonne, und auf einmal zitterte ihre Stimme, als wüsste sie nicht, ob sie in Lachen oder Weinen umschlagen sollte, »war es in einem anderen Kloster. Und da hast du meine Freundin Ilinias mitgenommen. Das warst du, jetzt bin ich mir ganz sicher.«

Er widmete sich der Stute, rieb sie mit einem Bündel Stroh ab, füllte die Heuraufe, tat so, als hätte er nichts gehört.

»Was ist aus ihr geworden? Was hast du mit ihr gemacht?«

Blitz richtete sich auf und sah ihr ins Gesicht, und diesmal fand er sein Lächeln nicht mehr. »Es geht ihr gut«, sagte er knapp.

»Das freut mich. Hat sie getan, was sie wollte? Ihre Familie finden? Zu den Amazonen gehen? Wo ist sie denn jetzt? Ich bin übrigens Aire, damals war ich ihre beste Freundin.«

»Sie hat alle ihre Träume verwirklicht«, erklärte er. Er bemühte sich darum, ruhig zu atmen, sich seinen Ärger und seine Bitterkeit nicht ansehen zu lassen. Um seines Sohnes willen musste er tun, als ob die Frage nach Ilinias ganz selbstverständlich war und ihm überhaupt nichts ausmachte. »Sie hat sich auf der Insel der Amazonen ausbilden lassen. Wo sie jetzt ist? In Kirifas. Sie gehört zur Leibgarde des Kaisers.«

Aires Mund formte ein großes O. »Das ist – erstaunlich. Aber wir haben alle gewusst, dass aus ihr noch etwas wird. Ich muss gestehen, deinen Namen habe ich vergessen.« Sie schaute an Sorayn hoch; jetzt, wo sie direkt vor ihm stand, schien ihr bewusst zu werden, wie groß er war. »Und das ist ...?«

Der Prinz schüttelte kaum merklich den Kopf. Ihre Namen zu verraten, war riskant. Zukata hatte seinen einstigen Liebling bestimmt nicht vergessen, und auch der junge Riese hatte seine Gründe, sich bedeckt zu halten.

»Das ist mein Sohn«, sagte Blitz schließlich, denn es widerstrebte ihm zu lügen. »Ilinias' Sohn. Ähm, Tamait. El Jati und Tamait, ähm, so nennt man uns, das heißt, so kannst du uns anreden.«

»Ilinias' Kind!«, rief die Nonne begeistert aus und hielt sich nicht bei den geliehenen Namen auf. »Kommt, kommt! Das ist ja unglaublich! Wenn das die anderen wüssten! Schavilai war davon überzeugt, dass unsere Freundin in irgendeinem Graben enden würde, und nun gibt es so viel Gutes zu berichten!«

»Schavilai? Äbtissin Schavilai? Die hat uns bereits kennengelernt«, sagte der Arimer trocken. »Da sind wir schon vorbeigekommen.«

Aire führte sie durch die Gänge und strahlte dabei über das ganze Gesicht. »Gäste!«, rief sie den anderen Nonnen entgegen, die schockiert auf die ungewöhnlichen Besucher starrten. »Richtet alles her für unsere Gäste!«

Sie eilte davon, um sich selbst um alles zu kümmern, denn offensichtlich waren die anderen Frauen damit beschäftigt, Löcher in die Luft zu starren und sich zu wundern.

Die zwei Männer ließen sich an einer langen Tafel im Speisesaal nieder.

»Tut mir leid.« Blitz hob die Schultern. »Das fehlte noch, dass sie überall rumerzählt, wer wir sind. Ich hoffe, es macht dir nichts aus, dass ich dir kurzerhand Tamaits Namen verpasst habe.«

Er merkte ja selbst, dass er Sorayns Blicken auswich. Dass er kaum noch an den Brief im Keller dachte, den es hier vielleicht gab, sondern am liebsten gleich wieder aufgebrochen wäre. Er wollte nicht über Ilinias reden. Er weigerte sich, die Erinnerungen zuzulassen, wie er sie aus dem Kloster geholt hatte, wie er ihr nachgelaufen war, durch den Wald, ihr weißes Haar wie eine flatternde Fahne vor sich. Nicht einmal sein Sohn hatte ein Recht auf diese Geschichte.

»Ich werde den Tag nie vergessen.« Aire war wieder da, die Haube verrutscht und ihre Wangen gerötet. »Wie du in den Hof geritten kamst, wie du sie gerufen hast, wie sie floh ... ich glaube, das war der aufregendste Tag meines Lebens!«

»Erzähl mir davon«, bat der Riesenprinz, um seinen Mund spielte ein grimmiges Lächeln.

Blitz konnte nichts dagegen tun. Er musste sich anhören, wie Ilinias mit ihren Freundinnen gelacht und geträumt und gestritten hatte, musste ertragen, dass seine Ankunft wie ein wunderbares Ereignis klang, musste sein Bedauern äußern, als die Nonne lachend von ihrer Bestrafung erzählte.

»Ich glaube, deswegen bin ich nur eine einfache Klosterschwester geblieben. Mir fehlte der Ehrgeiz, den man braucht, um Äbtissin zu werden; ich konnte mir einfach nicht vorstellen, dass ich hier mein ganzes Leben verbringen werde. Ich dachte immer, irgendwann kommt auch für mich ein Reiter auf einem Pferd und nimmt mich mit.«

»So viel zu deinem harmlosen Lächeln«, murmelte Sorayn neben ihm.

Der Krieger war versucht zu sagen, dass Ilinias nicht so glücklich geworden war, wie sie erwartet hatte.

»Aber immerhin«, meinte Aire und wischte sich eine kleine Träne aus den Augenwinkeln, »immerhin bin ich beauftragt, mich um die Pilgerinnen zu kümmern, falls welche während der Abwesenheit der Äbtissin hier eintreffen. Deshalb müsst ihr mit mir vorlieb nehmen, falls ihr eine Botschaft gebracht habt.« Sie sah von einem zu anderen. »Habt ihr denn eine? Oder war das nur ein Trick, um hereingelassen zu werden?«

»Wir haben keine Botschaft mitgebracht«, gab Blitz zu. »Sie ist hier. Im Kellergewölbe, wie ich vermute, falls ihr dort nicht einen leeren Kasten aufbewahrt und den Leuten erzählt, ihr hättet einen Schatz.«

Die Nonne runzelte die Stirn. »Was?«

»Wir suchen die Briefe aus Rinland«, erklärte er. »Wir gehen von Kloster zu Kloster und suchen sie, um sie ans Licht zu holen. Habt ihr hier eine dieser Rollen?«

Aires Gesicht wirkte auf einmal hilflos; ratsuchend blickte sie zu ihren Mitschwestern hinüber, die sich mittlerweile alle angestrengt auf ihre eigenen Angelegenheiten konzentrierten.

»Ja«, meinte sie schließlich. »Wir haben hier einen Brief. Aber keiner hat ihn je gelesen. Es sind Worte darin, die zu groß für Menschen wie uns sind. Ihre Heiligkeit ist die Grundlage dieses Hauses und des Lebens, das wir hier führen.«

»Die Worte sind für uns«, widersprach der Arimer. »Für uns und für dich und für alle. Gib uns den Brief.«

Sie schüttelte heftig den Kopf. »Das kann ich nicht. Das darf ich nicht! Was willst du damit? Entführst du mittlerweile Briefe statt Mädchen? Einmal Dieb, immer Dieb? Was für eine Dreistigkeit!«

»Wenn du dich genug empört hast«, warf Sorayn dazwischen, »kannst du dir überlegen, ob du die Rolle holst und sie uns lesen lässt. Wir haben nicht vor, sie zu stehlen – wenn wir der Überzeugung sind, dass ihr hier im Kloster die Bedeutung erkennt und bereit seid, die Worte in die umliegenden Dörfer und Städte zu tragen. Wir wollen den Schatz nicht für uns.«

»Und wenn ich das nicht erlaube?«, fragte Aire. »Was macht ihr dann? Werdet ihr versuchen, uns niederzuschlagen, um in den Keller zu gelangen? Und ich war so töricht, euch einzulassen!«

Blitz musste daran denken, wie er Edmonda aus Schavilais Obhut gerissen hatte; bei dem Gedanken, wieder gegen eine Horde wütender Frauen zu kämpfen, sträubten sich ihm die Nackenhaare.

»Der Reiter, auf den du dein ganzes Leben lang gewartet hast, ist bereits da«, sagte er zu ihr. »Ein Diener des Kaisers, so wie ich damals, aber nicht aus Fleisch und Blut, sondern aus Tinte und Papier. Worte. Und der Kaiser, in dessen Namen sie sprechen, ist nicht Zukata, sondern ein anderer Herrscher, derselbe, dem du dein ganzes Leben lang dienst.«

»Rin?«, fragte Aire leise.

»Rin«, bestätigte er. »Und du hast die Botschaft in deinen Händen. Lies sie und sieh zu, wie das Tor sich öffnet. Es wird geschehen, das verspreche ich dir.«

Sie starrte ihn an. Und dann schob sie auf einmal ihren Stuhl zurück, stand auf und ging aus dem Saal.

Sorayn machte eine Bewegung, als wollte er ihr nach, aber Blitz legte ihm die Hand auf den Arm. »Sie hat schon einmal gegen alle Regeln verstoßen, vielleicht tut sie es wieder. Wir dürfen sie nur nicht zu sehr bedrängen.«

Sie warteten. Der Krieger schaute auf das Essen in seinem Teller und hatte keinen Hunger, aber er weigerte sich, sich Sorgen zu machen. Selbst wenn Aire nicht den Brief, sondern bewaffnete Soldaten herholte – wo immer sie die auch hernehmen mochte –, gab es keinen Grund zur Besorgnis, wenn der junge Riese bei ihm war.

»Und was, bitteschön, ist das?«

Da war sie wieder. Mit gerötetem Gesicht, zornig und so verstört, dass die anderen Nonnen aufsprangen und auf sie zueilten.

»Was ist passiert? Was ist ...«

»Lies das!«, schrie Aire und warf die kleine Rolle vor den Gästen auf den Tisch. »Lies doch selbst! Was um aller in der Welt soll das? Du hast mir etwas versprochen, aber du hattest doch überhaupt keine Ahnung!«

Blitz griff nach der Rolle, aber Sorayn war schneller. Und dann war es die Stimme des Riesenprinzen, die den Worten Glanz und Tiefe verlieh.

»Das Meer wird sich auf euch stürzen und euch verschlingen. Es streckt seine kalten, nassen Finger nach euch aus und umarmt euch mit einer Umarmung, die euch nicht gefallen wird. Es kommt, brüllend und fauchend, und euch werden die Füße und die Hände abfallen vor Entsetzen. Wer noch Füße hat, der laufe. Wer noch Hände hat, der lasse los, was ihm kostbar ist, und laufe. Kehrt der Flut nicht den Rücken. Führt eure Angst durch den Schrecken. Dort ist das Schiff.«

Die Nonnen hatten ihm mit großen Augen zugehört, ihre Lippen zitterten.

»Und das ist die Botschaft?«, fragte eine der Frauen, schob sich die Haare unter die Haube und starrte gleich darauf bebend ihre Hände an. »*Das*?«

»Es tut mir leid, dass ihr keinen schöneren Brief bekommen habt als diesen«, sagte Blitz. »Aber er enthält alles, was von Bedeutung ist, genau wie die anderen.

Das Meer kommt. Daran besteht kein Zweifel.«

Die uralte Nachricht raschelte leise, als Sorayn sie wieder zusammenrollte und einsteckte. »Das war es«, bekräftigte er. »Wollt ihr es dem Volk mitteilen, oder soll ich das tun?«

Sorayn hatte ein merkwürdiges Gefühl dabei gehabt, die Nonnen mit dieser einschüchternden Drohung zurückzulassen. Ratlos und verwirrt kamen sie ihm vor, deshalb hätte er gerne versucht, den Brief zu erklären und ihm irgendwie den Schrecken zu nehmen. Aber der Krieger hatte es eilig gehabt, weiterzukommen; auch im nächsten Kloster, einem für Männer, sollte ein echter Rinlandschatz vorhanden sein. Das stimmte leider nicht, doch wie es aussah, war die Information, die sie stattdessen erhielten, ein Schatz, der es in sich hatte.

Der Prinz wusste nicht so recht, was er davon halten sollte. »Sie haben dort wie viele Schriftrollen? Zwanzig? Das kommt mir sehr viel vor für ein einziges Kloster.«

»Tamru ist nicht so sehr ein Kloster als vielmehr eine Stadt«, erklärte der Mönch. »Eine alte Stadt mit einer Burg, einer Mauer, die mittlerweile fast auseinanderfällt, und einem winzigen Kloster. Falls dort wirklich Briefe aus Rinland aufbewahrt werden, dann eher in der Burg als im Kloster. Vermute ich.«

Sorayn wechselte einen Blick mit seinem Vater. Blitz' Augen leuchteten auf, aber völlig überzeugt war auch er nicht.

»Es könnte sich herausstellen, dass da gar nichts ist«, gab er zu bedenken. »Oder dass dort Schriften von irgendwelchen Königen oder Fürsten versteckt wurden. Das weiß ich selbst. Und dennoch –

ich weiß jetzt schon, dass es mir keine Ruhe geben wird. Lass uns dort hingehen.«

Der Prinz suchte im runden Gesicht des Mönchs nach der Wahrheit, aber der Bruder zuckte nur mit den Achseln. »Wie gesagt, ich kann euch nur weitergeben, was ich gehört habe. Der Mann hat erzählt, er habe dort einmal mit dem Fürsten gespeist und davon erfahren, als sie bis in die Nacht hinein getrunken haben. Er kam mir durchaus vor wie einer, der mit einem Fürsten speisen würde, hat sich vornehm und gewählt ausgedrückt, das war beileibe kein einfacher Pilger. Und die Frau ... hübsch. Blond. Jung. Es kam mir nicht so vor, als wäre es seine Ehefrau gewesen, obwohl ich nicht behaupten kann, dass ich mich mit so etwas auskenne.«

»Hat sie die Geschichte bestätigt?«, erkundigte Sorayn sich.

»Er hat sie vor unserem Gespräch weggeschickt, meinte, sie brauchte viel Ruhe. Die beiden kamen aus Talen, würd' ich meinen, waren auf dem Heimweg, hatten es eilig. Sind auch nur eine Nacht geblieben, obwohl sie sehr müde aussah, die Frau. Ich könnte mir vorstellen«, fügte er leiser hinzu, »dass sie schnell nach Hause wollten, ihre Angelegenheiten regeln, bevor die Flut kommt. Dieses Jahr sind die Brückenfestpilger alle etwas verstört, wenn sie hier anklopfen.«

»Warum hätten diese Leute sich das ausdenken sollen?«, fragte Blitz. »Auf jeden Fall werden wir dort Schriftrollen finden. Briefe, die wir weitergeben können, die wir mit hinüber nach Laring bringen können. Vielleicht können wir uns den Weg von einem Kloster zum anderen sparen. Zwanzig auf einen Schlag! Das ist wie ein Geschenk Rins an uns. Wie etwas, das er die ganze Zeit für uns vorbereitet hat. Glaubst du, wir haben nur durch Zufall davon erfahren? Nein, ich glaube, wir mussten gerade heute hier vorbeikommen, einen Tag nach diesen anderen Gästen.«

Der junge Mann war immer noch skeptisch. »Was wirst du mit den vielen Briefen tun? Im ganzen Kaiserreich verteilen?«

»Warum nicht? Wer soll mich daran hindern, wenn du bei mir bist?«

Während sie darüber sprachen, was sie möglicherweise in Tamru erwartete, fühlte der Riesenprinz, wie in ihm eine merkwürdige

Unruhe aufstieg. Er genoss es, hier zu sein und mit den Mönchen zu scherzen, die sich von Blitz' Begeisterung anstecken ließen, doch in seinem Inneren wusste er, dass nichts von alledem geschehen würde. Er wusste das, aber er konnte nicht sagen, woher, und was hatte er seinem Vater entgegenzusetzen, dessen Hoffnung so groß war?

»Was ist?«, fragte der Krieger schließlich, dem nicht entging, dass Sorayns Gesicht sich verdüsterte. »Meinst du, es sind ganz andere Briefe? Oder dass sie sich weigern werden, sie uns zu geben?«

»Eine Stadt«, gab der Prinz zu bedenken. »Kein einsames Kloster im Wald. Tamru ist eine Stadt.«

»Ist das für dich ein Problem?«

Je mehr Menschen davon wussten, was er tat, um so schneller würde Zukata davon erfahren. Irgendjemand würde einen Boten schicken oder eine Taube, die den aufmerksamen Augen der Wachvögel entging. Sie sprachen hier über Majas Leben, Majas kostbares Leben ... Sorayn sah sie vor sich, auf dem Balkon, von Wachen umringt. Norhas Nachricht hatte er abgefangen, aber wie hätte er sicher sein können, dass ihm das auch in der nächsten Stadt gelang?

»Ich werde nicht nach Tamru gehen«, sagte er schließlich. Langsam nur, denn er wollte das Unverständnis in den Augen der anderen nicht sehen. Wusste er nicht, wie es sich anfühlte, wenn Freunde und Familie sich abwandten, weil sie in ihm jemanden sahen, der immer alle verriet?

Blitz suchte in seinen Augen nach dem Grund dafür, nach der Angst, die dort wohnte, und Sorayn verspürte den heißen Stich der Scham, wie immer, wenn jemand ihn genau musterte. Wann wendet er sich ab von meiner Hässlichkeit? Wie früher erwartete er, dass gleich ein Ausdruck von Abscheu über das Gesicht seines Gegenübers gleiten würde.

Aber sein Vater nickte nur. »Dann gehe ich alleine.«

»Es tut mir leid«, brachte der junge Mann heraus, »dass ich dich enttäusche.«

»Jeder muss seinen Weg gehen«, meinte der Krieger, »ich denke, dies ist meiner.«

Die Stimmung zwischen ihnen war gedrückt. Auch am nächsten Tag, als sie sich von den Mönchen verabschiedeten, war ein Schweigen zwischen ihnen, so als hätten sie sich gestritten, ein Schweigen, das Sorayn unerträglich fand.

»Vater, ich ...«

»Ist schon gut«, unterbrach Blitz ihn. »Du musst nichts erklären. Das hier ist meine Aufgabe. Welche deine ist – das musst du selbst herausfinden, dabei kann ich dir nicht helfen.« Er drehte den Kopf des Pferdes nach Südosten. »Dort werde ich sein, wenn du es dir anders überlegst. Du kannst mich mühelos einholen.«

Der Riesenprinz sah ihn fortreiten und fühlte sich dabei so unzufrieden wie schon lange nicht mehr. Er hatte es genossen, dieses gemeinsame Unterwegssein. Ja, auch die Tore der Kloster einzudrücken, hatte ihm auf eine wilde Weise Spaß gemacht. Die Briefe aus Rinland in den Händen zu halten und zu lesen, war jedes Mal etwas ganz Besonderes, ein unvergleichliches Gefühl, so als würde man von etwas berührt, von dessen Existenz man schon lange wusste ... aber wog das die Gefahr auf, in die er Maja damit brachte? Was wog mehr, ein Rinlandbrief oder Zukatas Zorn?

Er zögerte, unschlüssig, in welche Richtung er sich wenden sollte. Vielleicht war es das Beste, ebenfalls nach Tamru zu gehen und sich in der Nähe aufzuhalten, falls sein Vater wieder einmal in Schwierigkeiten geriet. Früher oder später tat er das immer.

»Bist du da? Bär?« Er rief leise in den Wald hinein, doch alles blieb still. »Bär?«

Sein pelziger Freund blieb sonst immer in der Nähe. Wann hatte er ihn eigentlich das letzte Mal gesehen hatte – war es nicht bei den Ruinen gewesen, an denen sie vor zwei oder drei Tagen vorbeigekommen waren?

»Bär?«, rief Sorayn noch einmal, diesmal lauter, wieder fühlte er dasselbe unruhige Kribbeln in sich, das er schon vorher verspürt hatte. Der Wald kam ihm anders vor als sonst, stiller. Er horchte. Die Vögel sangen nicht im Winter, und doch war es so, als hätten sie eben erst damit aufgehört.

Das hat nichts zu bedeuten, sagte er sich. Der Bär ist ein wildes Tier, das wäre nicht das erste Mal, dass er eigene Wege geht und irgendwann wieder zu mir zurückfindet. Ich führe ihn nicht an einer Kette mit mir herum, er ist frei.

Und doch nagte dieses neue Rätsel an ihm, mit einer Hartnäckigkeit, die ihn ärgerte. Maja war in seinem Herzen und seinen Vater hatte er im Stich gelassen – sollte er sich jetzt auch noch um ein wildes Tier sorgen? Aber es ließ ihm keine Ruhe. Er blickte nach Westen; von dort waren sie gekommen. Wegen des Pferdes hatten sie sich an die Straße halten müssen, aber für ihn als einsamen Wanderer gab es diese Einschränkung nicht. Er konnte quer durch den Wald gehen, nachsehen, ob er seinen Gefährten irgendwo fand, und dann Blitz nacheilen, bevor er die Stadt erreicht hatte.

»Sie werden nicht herkommen«, sagte Manina. »Es gibt keinen Grund, warum sie das tun sollten.«

»Das glaubt Ihr.« Erion hackte mit der Schaufel wild in der Grube herum, konnte aber die festgefrorene Erde nicht bewegen. Schließlich kletterte er wieder heraus, starrte mit gerunzelter Stirn hinunter und überlegte.

Das Erdloch war vielleicht zwei Meter tief. »Wir brauchen Messer«, murmelte er, »so viele wie möglich. Kommt, Prinzessin.«

Er drehte sich nicht nach ihr um, als er zurück zu dem verlassenen Dorf stapfte. Sie waren hierhin zurückgekehrt, nach einer hastigen Reise, bei der das Mädchen nicht wirklich verstanden hatte, was eigentlich vor sich ging. Nach dem Kuss in der Ruine hatte der Fürst sich sehr eifrig und ungeduldig seinen Plänen gewidmet. Zuerst war der Jäger wieder aufgetaucht, um sie durch den Wald zum nächsten Kloster zu führen – dort hatten sie eine Nacht verbracht –, dann waren sie wieder hierher gekommen, in die Nähe des Dorfes, aus dem sämtliche Bewohner abgereist waren. Hier baute Erion nun seine Falle auf. Aber wen wollte er darin fangen? Blitz und Sorayn waren in der entgegengesetzten Richtung unterwegs.

»Ihr macht Euch diese Mühe ganz umsonst!«

»Das lasst meine Sorge sein«, sagte er, ohne sich zu ihr umzudrehen.

»Und selbst wenn!«, rief sie ihm nach. »Sie sind zu zweit! Ihr könnt höchstens einen von ihnen in Eurer verdammten Grube fangen, der andere wird Euch hinterherwerfen!«

Er blieb stehen und schenkte ihr ein zufriedenes Lächeln. »Sie sind nicht mehr zu zweit. Sie haben sich getrennt.«

»Ach ja, und woher wollt Ihr das wissen?«

»Blitz wird nach Tamru reisen«, sagte der Fürst, »aber dass Sorayn mitkommt, ist sehr unwahrscheinlich. Er hat unglaublich viel riskiert, aber Tamru ist eine große Stadt.«

»Warum sollte ihn das kümmern?«

»Vielleicht, weil dort viele Soldaten anzutreffen sind? Sehr viele, wie ich mit Sicherheit weiß.«

»Das wird doch Sorayn nicht abhalten ...« Sie stockte, plötzlich ging ihr auf, was er gesagt hatte. »Blitz? Ihr wisst, dass Blitz mit ihm unterwegs ist? Wie könnt Ihr das wissen, Ihr kennt ihn doch gar nicht!«

Erion lächelte nur.

»Nein!«, rief Manina. »Nein, das könnt Ihr nicht wissen! Keiner der Mönche hat je seinen Namen genannt!«

»Ich weiß mehr, als Ihr denkt, Teuerste.«

Sie lief auf ihn zu – vielleicht um sich auf ihn stürzen, so genau hätte sie das selbst nicht sagen können. »Das wird Euch nichts nützen, gar nichts! Blitz ist ein zwanzigmal so guter Kämpfer wie Ihr! Und gegen Sorayn können alle Soldaten von ganz Salien nichts ausrichten!«

»Blitz wird in Tamru verhaftet werden.« Sein kühler Blick brachte sie zum Stehen. »Dafür habe ich gesorgt, indem ich einen Boten dort hingeschickt habe.«

»Was habt Ihr? Das habt Ihr gar nicht!«

»Oh doch, Prinzessin. Ihr seid nicht bei jedem Gespräch dabei, das ich führe. Ihr seid nicht immer dabei, wenn ich Leuten mein Zeichen zeige und ihnen Befehle erteile. In den Klöstern und in den Dörfern – glaubt Ihr, ich sage Euch wirklich alles, was ich tue, damit Ihr es vereiteln könnt? Sobald Blitz in der Burg oder im Kloster nach den Briefen fragt, wird man ihn festnehmen. Die ganze Stadt ist voll von Zukatas Soldaten. Wenn Sorayn ihm nicht hilft, hat er keine Chance, und wenn er der beste Krieger der Welt wäre.«

»Jetzt habt Ihr es mir doch gesagt«, meinte sie leise, während die Verzweiflung über ihr zusammenschlug.

»Weil Ihr nichts mehr dagegen tun könnt«, gab er zurück. »Wen wollt Ihr losschicken, ihn zu warnen, Euren Blitz?« Seine Stimme troff vor Hass und Verachtung, wenn er den Namen nur aussprach. »Andere werden sich um ihn kümmern, bis ich dort bin. Und um diesen lästigen Riesen kümmere ich mich. Er wird herkommen, das versichere ich Euch.«

Sie starrte ihn an, unfähig, den Blick abzuwenden. Das konnte nicht Erion sein. Das konnte nicht der Mann sein, von dem sie immer noch hoffte, er würde seinen Irrtum einsehen und sich für die richtige Seite entscheiden. Es musste doch möglich sein, ihn zur Einsicht zu bringen, irgendwie!

Dem Fürsten stieg die Röte ins Gesicht. Er fasste sie bei den Schultern. »Prinzessin«, sagte er eindringlich, »Sorayn ist Euer Feind, genauso wie er Zukatas Feind und damit der meine ist. Wenn er ... weg ist, steht nur noch Euer Bruder zwischen Euch und dem Thron. Vielleicht habt Ihr ja Glück und Ihr erhaltet ihn irgendwann zurück?«

»Ich will ihn nicht, das habe ich schon gesagt«, fauchte sie.

»Nicht ich bin Euer Feind«, sagte er leise, ohne sie loszulassen. »Ich bin ... wann werdet Ihr das einsehen? Ich bin ...« Aber er sagte nicht, was er für sie war. Seine Lippen bebten, und da war es wieder, dieses Etwas, das ihr Hoffnung gab, den Glauben daran, dass hinter seiner kühlen Grausamkeit ein anderer Erion darauf wartete, hervorzukommen. »Lasst mich tun, was ich tun muss«, fuhr er fort, »und vielleicht feiern wir das heute Abend ... auf die eine oder andere Weise.«

Sie wollte ihm ins Gesicht schlagen, aber er hielt sie immer noch fest. Und wartete auf irgendeine Antwort.

»Ich verstehe Euch nicht«, meinte Manina schließlich.

»Wirklich nicht?« Er gab sie frei und trat einen Schritt zurück. »Dann kümmert Euch um die Pferde. Und ich kümmere mich um meine Falle.«

Sie verstand ihn wirklich nicht. Und sich selbst ebenso wenig, als sie gehorsam zu den Stuten ging und ihnen Heu brachte, das sie aus mehreren Ställen im Dorf zusammengesammelt hatte. Dabei beobachtete sie, wie Erion alles, was er irgendwie für seine Grube verwenden konnte, auf einem Haufen zwischen den Häusern stapelte. Er lächelte nicht mehr, ernst und konzentriert bereitete er alles vor, und wenn er sie sah, streifte sie nur sein wachsamer Blick. Bildete sie sich die Sehnsucht nur ein, die darin lag? Würde er vielleicht sogar, wenn er seinen Feind besiegt hatte, endlich wirklich lächeln können, frei und erleichtert?

Die Bäume lauschten mit ihm. Im leisen Knacken der Zweige, im Knirschen des Schnees lag ein Abwarten, ein vorsichtiges Innehalten.

Sorayn rief nicht mehr nach seinem Tier, nach dem treuen Gefährten seiner Wanderungen, sondern horchte auf das, wovon der Wind flüsterte.

Gefahr ...

Er brauchte niemanden, der ihm das jetzt noch sagte. Wichtiger und interessanter wäre gewesen zu erfahren, was sich da zusammenbraute, was dort lauerte, aber der Wald gab nichts preis. Frischer Schnee war in der Nacht gefallen und bedeckte alle Spuren. Die kleinen Tiere hatten sich versteckt und schliefen in der Erde, unter den Wurzeln. Das Schweigen, das ihn umfing, hatte nur eine Botschaft: Gefahr!

Hinter dir? Vor dir? Ein Hinterhalt von der Seite? Sorayns Sinne waren bis aufs Äußerste angespannt, wie eine straff gespannte Bogensehne; wartete auf etwas, was seine Aufmerksamkeit einfing, auf etwas, worauf er losgehen konnte ...

Stille. Und dann die Geräusche eines nahen Dorfes, versteckt hinter einer Anhöhe, Stimmen, das Trappeln von Kinderfüßen, der Geruch der Herdfeuer. Er trat auf die große Straße, die sich wie eine Schlange zwischen den Häusern wand. Die Kinder erkannten ihn sofort, obwohl er, als er mit Blitz hier durchgekommen war, mit niemandem geredet hatte. Allerdings hatte sein Vater ihnen laut erzählt, dass die Klosterbrüder ihren Eltern demnächst eine Botschaft mitteilen würden, die von immenser Wichtigkeit war.

»Bringst du uns etwas mit?«, riefen sie ihm zu mit leuchtend roten Wangen.

»Ich suche ...«, begann er und brach sofort ab, denn von einem Bären zu reden, würde sie nur in Panik versetzen und ihre Väter dazu bringen, sich im Wald auf die Lauer zu legen.

»Herr?« Ein Erwachsener bahnte sich den Weg durch die herumspringenden Dorfkinder. Ein Mann, grauhaarig, mit schüchternen Augen. »Das sollten wir dir geben, wenn du kommst.«

Überrascht nahm Sorayn ein Päckchen entgegen. Einen mehrfach verschnürten Beutel aus Sackleinen, den eine dunkle Flüssigkeit verklebte. Ein ungutes Gefühl beschlich ihn, sein Magen fühlte sich plötzlich an wie ein Stein.

»Ihr wusstet, dass ich herkommen würde?«, fragte er, während er ein Brennen im Hals verspürte. »Wie das?«

»Ich habe keine Ahnung, Herr. Er beschrieb dich sehr genau.«

»Ich war vor ein paar Tagen schon hier. Warum gabst du es mir nicht dann?«

»Er kam gestern«, erklärte der Alte. »Ich sagte, so einer war schon hier, du hast ihn verpasst. Der Große mit den dunklen Haaren und der Reiter, die zwei? Aber er meinte, du würdest wiederkommen, allein, weil du etwas vergessen hättest.«

Sorayn wog das Päckchen in der Hand. Er zögerte, es zu öffnen.

»Wie sah er aus? War es ein Fremder?«

»Ach, den kenn ich«, verkündete der Dorfbewohner frohgemut. »Der wohnt in der Siedlung an der Ruine. Jäger ist er, ein guter Mann.«

Sorayn nickte, die Furcht schnürte ihm die Kehle zu. Wie betäubt setzte er einen Fuß vor den anderen. Als die Kinder merkten, dass er sie nicht beachtete, ihnen nicht einmal ein Lächeln schenkte, blieben sie zurück. Am Waldrand kniete er sich in den Schnee und wickelte das Päckchen aus.

Manina sah zu, wie Erion in der Grube hockte und die Messer am Boden befestigte. Er häufelte Schnee um sie herum an und stampfte ihn fest. »Das sollte halten.«

»Ich werde ihn warnen«, kündigte die Prinzessin an. »Dass Ihr's nur wisst.«

»Nein, das werdet Ihr nicht«, meinte der Fürst und warf nur einen kurzen Blick zu ihr hoch.

»Ich werde so laut rufen, wie ich kann, wenn Sorayn kommt.«

»Macht Euch nicht lächerlich. Er ist Euer Feind, der Euch vom Thron gestoßen hat. Und Ihr werdet nicht riskieren, dass ich böse auf Euch werde, solange Blitz noch lebt und Ihr hoffen könnt, wenigstens ihn irgendwie zu retten.«

Sie starrte auf die tödlichen Spitzen, die aus dem Schnee ragten wie wunderliche Blumen. »Wie sollte ich Blitz retten können?«

»Wenn wir das hier erledigt haben, reiten wir nach Tamru und schauen, was von ihm noch übrig ist. Möglicherweise ...«

»Ihr würdet ihn laufenlassen? Das soll ich Euch glauben?«

»Wenn ich mich für einen Feind entscheiden müsste«, sagte Erion langsam und widmete sich dem nächsten Messer, das er in den Schnee rammte, »würde ich Sorayn wählen. Er ist die größere Bedrohung für Zukata. Blitz ist nichts als ein Ärgernis. Zukata vergibt nie ... Aber Sorayn sollte besser ein für alle Mal verschwinden. Was würdet Ihr tun, Prinzessin Manina, um Eurem Erzieher das Leben zu erkaufen? Würdet Ihr mit mir kommen, wohin ich auch gehe?«

Ihre Hände zitterten, während sie die Finger verschränkte und wieder löste.

»Der Bär wird in die Grube fallen«, murmelte sie. »Und Sorayn wird Euch töten.«

»Dass Ihr daran gedacht habt, ehrt mich, ehrt mich wirklich!«, rief Erion aus. »Aber beruhigt Euch. Der Bär ist tot.«

»Was?«

»Der Jäger hat mir eine Falle und Fleisch gegeben, und ich habe dieses Problem aus der Welt geschafft.«

Das Zittern durchlief sie von Kopf bis Fuß und wurde stärker. Sie merkte, dass ihr kalt war, dass sie fror, noch nie in ihrem Leben hatte sie so gefroren. Sorayn würde wütend sein, so unglaublich wütend, dass er hergerannt kommen würde, geradewegs in die Falle.

»Er – er kann nicht wissen, dass Ihr das wart«, brachte sie vor. »Und er kann nicht wissen, dass Ihr hier seid.« Wie sollte es ablaufen? Würde Erion die Grube abdecken und sich dahinter aufstellen? Und Sorayn, blind vor Wut, würde vor ihm durch die Zweige brechen und in die Messer fallen?

»Er wird es erfahren.« Erion richtete sich auf. Noch war das Werk nicht fertig, aber es gab noch weitere Werkzeuge auf dem großen Haufen im Dorf. »Ich habe dafür gesorgt, dass Sorayn den Jäger findet. Und der Jäger wird ihn, wenn er die Begegnung überlebt, hierher schicken. Außerdem lege ich noch ein paar Hinweise aus. Habt Ihr es nicht letzte Nacht mitbekommen? Ach nein, da habt Ihr ja geschlafen wie eine Frau mit gutem Gewissen. Der Jäger und seine Freunde haben den Kadaver dort hinten in jene Hütte gebracht. Ich werde ein paar Stücke auf den Weg legen, damit Sorayn den Ort hier nicht verfehlen kann. Vielleicht noch eine Tatze. Oder den Kopf.«

Manina wandte sich um und ging und wunderte sich, dass das Entsetzen ihr noch gestattete, die Beine zu bewegen. Dort, das Dorf. Wo war der Bär? Sie musste ihn sehen. Musste mit eigenen Augen sehen, wozu Erion fähig war, was er sich alles einfallen ließ, um seine Feinde dazu zu zwingen, seine Pläne auszuführen. Er kannte sie so gut, seine Feinde. Woher wusste er, was Sorayn tun würde, wie Blitz sich entscheiden würde? Wie konnte jemand wie Erion, der ein so kaltes Herz hatte, wissen, wie viel Liebe und Angst in den Herzen der anderen war?

Und mich, dachte sie. Wie kann er mich kennen? Wie kann er wissen, dass ich die kleine Hoffnung, Blitz lebend wiederzusehen, nicht aufgeben kann, selbst wenn Sorayn die allergrößte Gefahr droht? Wie kann er wissen, dass ich unfähig bin, mich gegen seine Worte zu wehren, weil ich mir so sehr wünsche, dass sich dahinter ein Gefühl verbirgt, das er nicht empfindet?

Sie stieß die Tür zu einem Stall auf und fand ihn leer. Aber dann, vor einem anderen Schuppen, sah sie das Blut im Schnee. Fremde Füße hatten den Schnee zertrampelt. Ihr Herz setzte fast aus, als sie über die Schwelle blickte.

Sie hatte dieses Tier nicht gekannt. Sie hatte es nicht geliebt. Nur ein Tier, das ihr nichts bedeutete. Warum hätte sie darum trauern sollen? Und trotzdem zog sich alles in ihr zusammen, als sie die Überreste des gewaltigen Raubtieres betrachtete, die gebrochenen Augen. Sorayn würde es nicht so schwer nehmen, wie Erion glaubte. Warum sollte er? Er konnte sich einen anderen Begleiter aus den Wäldern herbeirufen, wenn ihm so viel daran lag. Was gingen sie Sorayns Gefühle an?

Die Falle, in der Erion den Bären gefangen hatte, lag neben dem gewaltigen Leib. Dieses Ding konnte ein so großes Wesen nicht getötet haben, hatte es nur verletzt, und dann war der Fürst gekommen – oder der Jäger? – und hatte es zu Ende gebracht. Warum hatte das verletzte Tier nicht so laut gebrüllt, dass Sorayn es hörte und rettete? Hatte es etwa erwartet, die fremden Menschen würden es von dem schrecklichen Schmerz befreien?

Die Falle bestand aus zwei Halbkreisen mit langen, scharfen Zähnen. Manina schauderte, als sie dieses brutale Gerät sah, sie brachte es kaum fertig, es anzufassen. Das Eisen war mit einer dunklen Schicht überzogen, die sehr nach getrocknetem Blut aussah. Es ekelte sie, es anzufassen. Trotzdem bückte sie sich und hob es auf und wog es in ihren steif gefrorenen Händen, die kaum noch etwas fühlten. So wie ihr Herz eingefroren war.

»Du kennst mich nicht, Erion«, sagte sie. »Du glaubst, alle zu kennen, aber mich kennst du nicht. Ich bin mehr als eine Frau, die blind ist vor Liebe.«

Es auszusprechen, verlieh ihren Worten Gewicht. Manina atmete tief durch. Stark sein. Du bist eine Riesentochter, du bist stark genug dafür ...

Sie sah sich nach allen Seiten um, als sie aus dem Schuppen trat. Erion trug eine neue Ladung Waffen zu der Grube. Sie wartete, bis er nach unten geklettert war und sie nicht sah, dann rief sie laut.

»Sorayn! Das ist eine Falle! Das ist eine Falle!«

»Ruft doch«, kam es aus dem Loch, spöttisch, aber auch ärgerlich. »Er ist noch nicht hier, wir haben noch etwas Zeit.«

»Dann laufe ich ihm eben entgegen.«

Das müsste genügen. Die Stille, die danach kam, musste ihn irgendwann verunsichern, obwohl er doch zu wissen glaubte, was sie tun würde.

Sie rannte los, ihre Füße hinterließen eine deutliche Spur im Schnee. Es ließ sich nicht gut laufen, die schwere Falle in den Armen wie ein kleines Kind, das es zu retten galt. Sie musste sich beeilen; wenn er ihr zu schnell nachkam, hatte sie keine Zeit für das, was sie vorhatte.

Diese Stelle hier zwischen den Bäumen war gut genug. Er würde zunächst glauben, dass sie sich versteckte, würde ihren Schritten folgen. Nein, er würde nicht fürchten, dass sie aus einem Versteck mit dem Knüppel auf ihn lossprang. Rufen würde er sie mit so viel Zärtlichkeit und Sanftheit in der Stimme, dass ihr jetzt schon, in Erwartung davon, schwindlig wurde.

Mit aller Kraft bog Manina die beiden Hälften der Falle auseinander. Es war schwerer als erwartet, aber schließlich gelang es ihr, sie so weit zu öffnen, dass sie einrasteten. Sie schob den Schnee zur Seite, bevor sie das Eisen in die Herbstblätter darunter bettete. Wie einen Schatz, den sie vergrub ... Blätter darüber. Ein paar trockene Zweige. Noch mehr Blätter. Und Schnee, eine dünne Schicht über den Blättern. Man sah, dass sie hier etwas getan hatte, aber vielleicht achtete er nicht darauf. Eine zerwühlte Stelle im Schnee ... nichts von Bedeutung. Manina hob den Kopf; vermutlich war er schon auf der Suche nach ihr, sie musste sich beeilen.

»Manina!« Ärger in seiner Stimme, ernsthafte Beunruhigung. Sie wünschte sich so sehr, er würde sie anders rufen. So, wie man jemanden rief, den man liebte. Voller Vorfreude auf ihren Anblick ... Nein, das hatte sie sich früher gewünscht. Früher. Es fühlte sich an, als wäre es Jahre her. Der Fürst von Neiara würde sie nicht so rufen, wie sie gerufen werden wollte. Und sie musste tun, was nötig war. Mit beiden Händen musste sie ihr Herz nehmen und zerbrechen. Für Sorayn. Nicht für Blitz. Erion hatte gedacht, dass sie nur für Blitz kämpfen würde, nicht für den Mann, der ihr den Thron geraubt hatte, aber er täuschte sich. Er kannte sie nicht halb so gut, wie er glaubte.

»Prinzessin, wo seid Ihr? Macht keine Dummheiten. Ihr wisst, wenn Ihr flieht, werde ich andere Seiten aufziehen müssen. Das wird uns beiden nicht gefallen. Manina, ich ...« Erion kam zwischen den Bäumen hervor und sah sie. Sofort blieb er stehen, als wäre sie ein Tier, das er nicht verschrecken durfte.

»Prinzessin, was wird das? Wolltet Ihr weglaufen, einfach so, ohne Pferd und Proviant, in den Wald? Ihr wisst, wie dumm das ist, oder nicht? Ihr habt keine Ahnung, von wo Sorayn kommen wird. Das hier ist sowieso die falsche Richtung.« Und sanfter fügte er hinzu – ach, so sanft, so liebevoll, so verheißungsvoll zärtlich! –: »Manina. Bitte. Geht nicht. Nicht jetzt.«

Er näherte sich ihr langsam, mit ausgestrecktem Arm. »Manina, kommt her, ich habe keine Zeit zum Versteckspielen.«

Sie rührte sich nicht von der Stelle. Sie zwang ihre Augen, nicht in den Schnee zu sehen, nicht auf seine Füße, nur in sein Gesicht. Was immer er darin sah, er durfte nicht wissen, was ihm bevorstand. Die Liebe in ihrem Blick, diese wahnsinnige, verrückte Liebe, die in ihr aufflammte, während er auf sie zuging. Verriet sie nicht alles? Diese Liebe, die vom Abschied wusste, ihn erwartete. Diese Liebe, gegen die sie nichts machen konnte, die wie ein Wurm von innen an ihr fraß, eine Liebe, die nie in herrlicher Fülle aufblühen würde, sondern die sterben musste, verfault und durchlöchert. Eine Liebe wie ein Wundbrand, eiternd und entzündet. Heute würde Erion in die Falle gehen. Aber sie steckte schon längst in der Falle, nicht mit dem Fuß, sondern mit dem Herzen, und ihr fehlte die Kraft, das Eisen auseinanderzubiegen und sich zu retten. Es gab nichts mehr zu retten, auch das wusste sie. Ihre Liebe riss sie hinunter in einen wilden Strudel, in dem es nichts gab als das Entsetzen, als das Ringen um Luft, während man erstickte. Sie musste nicht mehr sterben, sie war bereits tot. Und sie würde nichts fühlen. Manina hoffte, dass sie nichts fühlen würde, aber zugleich wusste sie, dass sie dabei war, alles nur noch schlimmer zu machen. Viel, viel schlimmer. Es gab keine Heilung mehr für sie, selbst wenn es möglich gewesen wäre zu fliehen, ohne Erion zu diesem Schicksal zu verurteilen.

Was war in ihrem Blick, was sah er in ihrem Gesicht? Ihre wurmzerfressene Liebe oder den bitterdunklen Abschied?

Wenn er nur ein Wort sagte, ein gutes Wort, das etwas bedeutete, sie würde schreien, ihn aufhalten, würde selbst nach vorne stürzen, um ihn daran zu hindern, weiterzugehen ... Aber er sagte es nicht.

»Manina.« Es klang drohend.

Und sie hielt ihn nicht auf. Und sie zuckte nicht mit der Wimper, als er den letzten, den entscheidenden Schritt auf sie zu machte.

Sein Schrei war lauter, als sie es sich hätte vorstellen können. Er brüllte und heulte, und obwohl sie sich vorgenommen hatte, alles zu ertragen, presste sie die Hände auf die Ohren und lief. Sie rannte durch den Schnee, durch den Wald, der nicht länger still war, in dem alles aufhorchte, erschrak, in dem die kleinen Tiere sich verstört an den Boden pressten und in ihre geheimen Verstecke zurückzogen. Alles hätte sie für ein solches Versteck gegeben, dafür, nichts als ein wildes Tier sein zu dürfen, ein Geschöpf, das nur seinen eigenen Schmerz kannte und nicht den eines anderen mitleiden musste. Einen Schmerz, der sie fällte, zu Boden sinken ließ, nassgeschwitzt, den sie fühlen konnte, wie er durch ihren Körper raste. Sie krümmte sich, schluchzend, erbrach sich in den Schnee, den ihre bloßen Hände zerwühlten und durchpflügten. Sie rieb sich das Gesicht mit der kalten weißen Masse ein und stopfte sie sich in den Mund, um den üblen Geschmack des Entsetzens loszuwerden, um alles, was fühlte, mit eisiger Kälte zu betäuben. Sie vergrub ihr Gesicht im Schnee, sie umarmte ihn und konnte doch nicht aufhören zu weinen, immer mehr zu weinen, mehr Tränen, als sie je in sich vermutet hatte. Dann lag sie da und spürte die Kälte durch ihre Kleider dringen. Sie horchte auf die Stille des Waldes, eine Stille, die ihr neu und fremd vorkam, als gehörte sie hier nicht hin. Als wäre ein Tier vorbeigekommen, das noch nie hier gewohnt hatte, ein Tier, das nirgendwo zu Hause sein konnte. Fremd, immer fremd ...

Manina stand auf und klopfte sich den Schnee aus den Kleidern. Ihre Finger, blau und rot gefroren, hatten kein Gefühl mehr in sich. Sie merkte, dass sie zitterte, stellte es fest, als wäre die Frau, die fror, eine andere, mit der sie nichts zu tun haben konnte, denn sie selbst fühlte sich eher verbrannt als erfroren. Ihr war, als wären die Schneeflocken in ihrem Haar aus weißer Asche.

Wundbrand. So verfuhr man mit Wunden, die sich entzündeten, die einen in den Abgrund rissen: Man brannte sie heraus. Brandwunde. Gnadenlos. Und natürlich tat es immer noch weh. Natürlich war die neue Wunde genauso schmerzhaft und schrecklich wie die alte ...

Langsam, sehr langsam, ging sie zurück durch die Stille.

Erion war nicht da. Aber der Schnee war hier blutrot, bis zu den weiter entfernt stehenden Bäumen waren die Tropfen gefallen wie roter Regen. Die Spur, die sich durch den Schnee wälzte, zum Dorf zurück, war breit, erschreckend breit. Er war nicht gegangen, nicht gekrochen, sondern hatte sich vorwärtsgeschleppt, hinter sich wie einen roten Teppich die Spuren seines Kampfes mit der Falle. Sie erwartete, diese irgendwo liegen zu sehen, aber da war nur der durchwühlte Schnee, das rote Blut. Viel, viel Blut. Es führte zu dem Haus, in dem sie die Nacht verbracht hatten, und über die Schwelle. Die Tür stand sperrangelweit auf, ein dunkler Rahmen zu einem Bild, das sie nicht sehen wollte, vor dem sie sich auf einmal fürchtete, obwohl sie vorhin noch gedacht hatte, dass es jetzt nichts mehr gab, was sie schrecken konnte. Blut auf dem mit Binsen ausgestreuten Fußboden.

Er hatte es bis ins Haus geschafft, aber nicht weiter. Zusammengekrümmt lag er dort, die Hände ins Stroh gekrallt. Sein Gesicht war unnatürlich weiß, seine Stirn glänzte. Das Blut hatte den Weg bis in seine blonden Haare gefunden und sie in ein Feld blühenden Mohns verwandelt. Er atmete flach, seine Lider zuckten.

Sein Fuß steckte immer noch in der Falle. Also war es ihm nicht gelungen, sie zu entfernen. In einem ihrer Träume von dem, was aus ihrem Anschlag werden könnte, hatte sie sich vorgestellt, wie er die Eisen auseinanderbog, wie er sie schlug, die ihn verraten hatte, und in den Schnee warf. Wie er sie verprügelte, bis sie bewusstlos war und niemanden mehr warnen konnte, dann zum Haus zurückhumpelte, die Grube abdeckte und auf Sorayn wartete.

»Erion?« Sie flüsterte. Der Mann am Boden rührte sich nicht, aber sie wagte nicht, lauter zu sprechen. Fast lautlos kniete sie sich neben ihn. Ihr Magen verkrampfte sich und sie hatte den Geschmack bitterer Galle im Hals. Einen Moment lang fürchtete sie, sie könnte ohnmächtig werden, aber ihr Körper tat ihr diesen Gefallen nicht. Sie wollte schwach sein, aber sie konnte nicht. Stattdessen musste sie ihre Finger auf das Eisen legen. Stattdessen musste sie hinsehen.

Sie atmete tief durch. »Rin.« Der Name sprang auf ihre Lippen, ein verzweifelter Ruf, den sie an niemand sonst richten konnte. »Oh Rin, Rin, bitte …« Aber sie selbst musste es tun. Und sie tat es. Sie griff fest in die Zacken und zog die Falle mit aller Kraft auseinander. Ihre Hände zitterten vor Anstrengung, fast wollten die Bügel wieder zuklappen, aber sie zwang sie noch weiter auseinander, zog sie zurück und schleuderte sie dann zur Seite, um sich nicht selbst einzuklemmen.

Durch Erions Körper ging ein Ruck, er stieß einen unmenschlichen Laut aus. Nein, er trifft dich nicht, nicht in das Herz, das du nicht mehr hast … Die Prinzessin stand auf, hielt sich an der Wand fest und wartete, bis der Raum aufhörte, sich um sie zu drehen. Suchend blickte sie sich um. Sie brauchte irgendetwas, um die Wunde zu verbinden, aber was sollte sie nehmen? Sie war keine Heilerin. Was sie anfangen konnte, um diesen zerfetzten Fuß zu behandeln, war ganz einfach: nichts. Es gab nichts, was sie für den Verletzten tun konnte. Außer, ihn auf das Bett zu hieven. Schon das verlangte eine übermenschliche Anstrengung. und sie konnte nur hoffen, dass er lange genug bewusstlos blieb. Mit großer Mühe wuchtete sie seinen Oberkörper hoch und zog ihn durch den Raum zum Bett. Sie hatte keine Ahnung, wie sie ihn hinaufbekommen sollte; erschöpft setzte sie sich hin und hielt ihn in ihren Armen fest.

Seine Lider flatterten, dann spürte sie seinen Blick. Erions Augen kamen ihr nicht mehr grau vor, sondern viel dunkler, Augen wie Gewitterwolken.

»Konntet Ihr Euch nicht etwas anderes ausdenken, um mich umzubringen?«, flüsterte er, seine Stimme heiser, kaum mehr als ein Krächzen. Sie wollte nicht daran denken, wie viel er geschrien hatte.

Manina zwang sich, ruhig und gefasst zu sprechen. »Es ist zu kalt hier unten«, sagte sie. »Ihr müsst mithelfen, wenn Ihr ins Bett wollt. Bereit?«

Zuerst wusste sie nicht, ob er sie überhaupt verstanden hatte, aber dann nickte er.

»Kommt. Eins, zwei – jetzt.«

Er stützte sich schwer auf sie, während sie erst auf die Knie ging und dann vorsichtig aufstand. Das Mädchen schwankte unter seinem Gewicht, dann sank er von ihr fort auf das Lager, stöhnte und schloss die Augen. Sie hob seine Beine hoch, legte sie auf die Strohmatratze.

»Ich ziehe Euch jetzt die Schuhe aus«, kündigte sie an.

Was war denn schlimmer, sein Schmerz oder ihr Entsetzen? Und doch, während sie seine Stiefel aufschnürte und abstreifte – zuerst den Stiefel seines gesunden Fußes, dann den anderen – war ihr, als hätte es gar nicht anders kommen können. Als sei alles genau auf diese Stunde zugelaufen, in der sie ihm das hier angetan hatte. Fürst Erion, Zukatas rechte Hand. Aber immerhin nicht mehr Zukatas rechter Fuß.

Er hatte die Augen geschlossen, bleich war er wie der Tod, aber zwischen den Zähnen presste er die Frage hervor: »Wie schlimm ist es?«

»Ich weiß nicht«, sagte die Prinzessin. »Ich muss erst das Blut abwaschen.«

»Ich will es sehen.« Erion richtete sich mühsam auf, warf einen Blick auf das blutige Ende seines Beins und sank wieder zurück. Dann lachte er, ein heiseres, rasselndes Lachen.

»Das hätte ich Euch wirklich nicht zugetraut, Prinzessin.«

»Warum nicht?«, fragte Manina zurück. »Wir stehen auf verschiedenen Seiten. Und Ihr habt nie ein Hehl daraus gemacht, dass Ihr mich notfalls auch tot vor Zukatas ... Thron legen würdet.« Füße, hatte sie sagen wollen, und das Wort war ihr noch auf der Zunge auseinandergebrochen. Sie nahm den Eimer und ging nach draußen, um ihn mit Schnee zu füllen. Das Feuer war verloschen, sie zündete es wieder an und legte Holz nach. »Vielleicht tut es weniger weh, wenn ich es mit eiskaltem Wasser abwasche. Oder soll ich es lieber heiß machen?«

»Ihr habt nie daran geglaubt, dass ich Euch wirklich etwas antun würde«, sagte er.

»Das stimmt.« Sie setzte sich auf die Bettkante. Es widerstrebte ihr, seine Füße anzufassen, aber dieses Widerstreben war unter all ihren Gefühlen das schwächste und unwichtigste. »Aber leider konnte ich nicht daran zweifeln, dass Ihr Sorayn heute töten wollt.«

»Aber ...« Erion sprach hastig weiter, »aber ich dachte, Ihr liebt mich!«

Manina schob das rechte Hosenbein hoch und wusch die Haut mit einer Handvoll Schnee ab. Langsam näherte sie sich der Verletzung. Sie konnte kaum unterscheiden, wo die dunkle Farbe zur Wunde selbst gehörte und wo das Blut nur die helle Haut gefärbt hatte. Eine blutige Masse, aus der weiße Knochensplitter ragten.

»Ihr dachtet wirklich, weil ich in Euch verliebt bin, würde ich zulassen, dass Ihr Sorayn umbringt? Ihr kennt mich nicht, Erion. Weil Ihr nur an Euch und Eure Ziele denkt, habt Ihr einfach angenommen, ich würde dasselbe tun. Aber so bin ich nicht. Ich habe den Thron nicht aus Feigheit aufgegeben. Wenn ich etwas aufgebe, Fürst Erion, dann habe ich gute Gründe dafür.«

»Ihr habt mich also aufgegeben?« Und er lachte wieder, während der Schmerz seinen Blick verdunkelte. »Ihr irrt Euch, Prinzessin. Wenn ich nur an mich gedacht hätte, dann ...« Er ballte die Fäuste, sein Atem ging stoßweise. »Bei Rin, seid Ihr endlich fertig?«

»Gleich. Ich brauche irgendetwas, um das zu verbinden.« Sie sah sich suchend um. Was er ihr zu sagen hatte, wollte sie gar nicht hören. Nichts wollte sie mehr davon wissen, was dieser Mann dachte und plante, was er glaubte und fühlte. Es ging sie nichts an. Er war nur ein Verwundeter, der sie brauchte. Eine Weile. Dann würde sie gehen, das stand fest. Sie sagte es sich selbst vor, wie um ihr Herz daran zu gewöhnen, was ihm bevorstand: Ich werde gehen. Bald.

Im Stall zog sie einen ihrer Unterröcke aus. Er ließ sich nicht so leicht zerreißen, wie sie erwartet hatte, sie brauchte etwas, um ihn zu zerschneiden. Mit dem Rock in der Hand kehrte sie in die Stube zurück.

»Euer Messer, bitteschön.«

Erion verzog das Gesicht. »Und wozu, wenn ich fragen darf? Wollt Ihr mir den Fuß abschneiden in Eurer großen Güte?«

Wie konnte es sein, dass die Verbundenheit immer noch da war? Dass sie, wenn sie seinem Blick begegnete, das Gefühl hatte, als ginge die Welt da draußen sie nichts an, als wären nur sie beide von Bedeutung? Sie fand Zuflucht bei den Worten, den belanglosen und den scharfen Worten, die wie Steine zwischen ihnen hin- und herflogen und trafen, immer wieder trafen.

»Gebt schon her«, sagte sie. »Wenn ich Euer Leben wollte, hätte ich es vorhin nehmen können.« Worte, so verräterisch. Sein Leben, das sie in ihren Händen halten wollte, dass sie mehr als alles wollte – nicht, um es ihm zu nehmen, sondern um es gemeinsam mit ihm zu leben. Immer noch. Warum? Warum war sie nicht die Herrin ihres Herzens und konnte ein für alle Mal entscheiden, dass er es nicht wert war und dass die Kluft zwischen ihnen nie und nimmer überbrückt werden konnte?

Der Fürst zog das Messer aus seinem Gürtel, hielt es in der Hand, betrachtete die glänzende Klinge. »Kommt, holt es Euch.«

Befehlend streckte sie die Hand aus, aber er wich aus, wartete, bis sie näher kam, dann packte er ihr Handgelenk. Vielleicht hatte er erwartet, dass sie Furcht zeigen würde, dass sie aufschrie und ihren Arm zurückzog. Aber sie gab seinem Griff nach und setzte sich auf die Bettkante, an seine Seite.

»Ich hatte vor, Euch einen Verband zu machen. Aber wenn Ihr den nicht wollt, lasse ich es bleiben.«

»Es hat keinen Zweck, wie Ihr sehr wohl wisst.« Sein Griff war so fest wie eh und je. »Sorayn wird herkommen. Und wenn er uns hier findet – was wird er dann wohl tun? Spart Euch also die Mühe. Ihr braucht mich nicht zu verbinden. Na los, geht schon, geht ihm entgegen. Ruft ihn, damit er Euch ja nicht verpassen kann!« Unvermittelt ließ er sie los. »Geht, wird's bald. Verschont mich mit Eurer Gegenwart und Eurem Mitgefühl.«

Manina schluckte. Die Augen blind vor Tränen, wandte sie sich um und ging hinaus. Draußen hatte die Winterdunkelheit bereits Besitz vom Himmel genommen und senkte sich auf den Wald herunter. Sie blickte nach oben und sah zu, wie die Nacht herabfiel, sich zwischen den Häusern verteilte und über den Schnee floss.

Von Sorayn war nichts zu sehen. Sie fragte sich, was er tun würde, wenn er kam. Einen Verletzten töten? War er dazu fähig? Die junge Frau wusste es nicht, wusste viel zu wenig über ihn. Wenn er jetzt kam, im Dunkeln ... Die Falle! Der Gedanke durchfuhr sie wie ein Messerstich. Wenn er im Dunkeln in die Grube fiel, in die spitzen Klingen?

Manina hastete zum Haus zurück, wo Erion ihr mit brennenden Augen entgegensah.

»Nun, was ist?«, fragte er. »Ist er gekommen?« Das Feuer warf nur noch einen schwachen Schein über sein Gesicht, bald würde es ausgehen. Rasch legte sie Holz nach, suchte nach einer Lampe, fand sie auf einem Bord über dem Tisch. Das Öl darin würde nicht für lange reichen.

»Wollt Ihr ihm leuchten?« Eine heisere Männerstimme, eine fremde Stimme. Ein Fremder, der dort lag und sie verhöhnte. »Ihr wisst nicht, was Ihr sonst noch alles anlocken könntet. Oder wen. Plünderer erfahren schnell von solchen Orten wie diesen.«

»Ihr wollt mir bloß Angst machen.« Aber sie hatte Angst. Sie fürchtete sich, als sie an der Schwelle stand und noch einmal zurückblickte, vor diesem Fremden, auf dessen Stirn der Schweiß glänzte, dessen Augen fiebrig wirkten vor Wut und Schmerz. Sie fürchtete sich davor, ihn allein zu lassen, und sie konnte es nicht aushalten, seine Grube nur noch einen Augenblick so, wie sie war, bestehen zu lassen. Und sie fürchtete sich auch, ohne Begleiter durch den Wald zu gehen, durch den Schnee und durch die Nacht.

»Lasst Euch nicht von den Wölfen fressen!«, rief er ihr noch nach und lachte dann hustend, kein gesundes Lachen, sondern ein wildes Krächzen.

Manina fand den Weg zur Grube ohne Schwierigkeit, denn es hatte keinen neuen Schnee gegeben. Der Wind kam frisch und kalt aus dem Westen, vom Meer her, und ihr war fast, als könnte sie

Salz und Algen riechen und den Schrei der Möwen hören und die Sonne sehen, kreisrund und blutrot über dem Horizont. Was für ein Unsinn. Sie schüttelte über sich selbst den Kopf. Der Morgen war noch fern und die einzige Gefahr weit und breit ging von diesem Loch aus.

Sie stellte die Lampe am Rand ab und setzte die Füße vorsichtig auf die wackelige Leiter, die Erion den Tag über benutzt hatte. Er hatte ganze Arbeit geleistet. Seufzend starrte sie auf die vielen Klingen, die aus dem Schnee ragten. Die alle zu entfernen war in einer Nacht gar nicht zu schaffen. Die Prinzessin spürte, wie die Müdigkeit näher schlich, eine Erschöpfung, die mindestens ebenso gefährlich war wie Wölfe oder wie ein tobender Riese. Sie blinzelte; wenn sie hier einschlief, würde sie erfrieren. Sie würde die Lampe hier lassen und sich morgen um diese Grube kümmern.

Morgen würde alles anders sein und sie würde erwachen und eine Welt vorfinden, die nicht ganz so viele Schrecken enthielt wie der heutige Tag.

Das Blut im Schnee würde nicht mehr zu sehen sein, sobald neuer Schnee fiel. Die fürchterliche Einsamkeit war durchgestanden, sobald Sorayn hier auftauchte und sie ihm alles erzählen konnte. Von Erion und von Blitz und davon, wie sehr sie sich nach den Schiffen sehnte, die ohne sie abgefahren waren. Sie stellte sich die velanischen Schiffe vor, wie sie nach Westen segelten, unter einer dunklen Wolkendecke. Aber vielleicht waren die Wolken auch nur hier, und dort über den Schiffen glänzte der Mond und spiegelte sich im Wasser, in den schwarzen Wellen. Der Gesang der Pilger wurde immer leiser, während die Schiffe lautlos durchs Dunkel glitten, eine glitzernde Spur aus Mondlicht hinter sich.

»Ihr seid ja noch da.«

Erion ging es nicht gut. Sein Atem war flach und sein Gesicht kam ihr merkwürdig grau vor.

»Sorayn ist nicht gekommen«, sagte Manina. »Vielleicht kommt er heute.«

»Vielleicht liegt er schon in der Grube.« Er versuchte zu lachen, aber es misslang ihm kläglich.

»Ich werde Euch jetzt den Fuß verbinden«, sagte sie entschlossen. »Haltet still. Ich weiß nicht, ob ich es richtig mache, aber besser als gar nichts zu tun.«

»Ihr solltet Euch lieber selbst den Kopf verbinden, denn damit stimmt irgendetwas nicht.«

So war er nicht gewesen, vorher. Erion, immer so höflich und zuvorkommend, immer so kühl und beherrscht. Sie konnte nicht behaupten, dass sie diesen neuen Erion, wild und spöttisch und feindselig, lieber mochte. Die Prinzessin stand auf. »Am liebsten würde ich Euch hier einfach verrecken lassen!«

»Dann tut es doch.« Der Kranke legte den Kopf zurück ins Kissen und schloss die Augen. Falls er dankbar war für ihre Hilfe, zeigte er es jedenfalls nicht. Wütend schnitt sie ihren Unterrock in Streifen; rabiat säbelte sie durch den Stoff.

»Weint Ihr etwa?« Erions Stimme, immer noch so fremd und anders durch ihre raue, heisere Färbung. Vielleicht wollte er sie gar nicht verhöhnen. Vielleicht war das seine Art, mit dem Schmerz umzugehen.

Sie biss die Zähne zusammen und konzentrierte sich auf die Arbeit. Obwohl ihre Augen vor Tränen schwammen, wischte sie diese nicht fort. Diese Geste hätte er gesehen, falls er sie beobachtete. Bis Manina mit dem Verbandszeug fertig war, hatte sie es geschafft, sich lautlos auszuweinen, und als sie wieder auf ihn zutrat, gelang es ihr, ein verräterisches Zittern aus ihrer Stimme herauszuhalten. »Das Deckenbündel hier lege ich unter Euer Bein, damit ich den Fuß besser verbinden kann.«

Der Kaisergänger richtete sich auf und sah mit nahezu ungerührtem Gesicht zu, wie sie sich abmühte. »Könnt Ihr nicht einen der Brüder aus dem Kloster holen? Oder aus dem anderen Dorf?«

»Vielleicht wollt Ihr es lieber selber machen?«, blaffte sie ihn an. »Ich tue mein Bestes. Ach, seid doch einfach still.«

Er war still. Und sie kümmerte sich um die Hütte. Das Feuer. Um das kochende Wasser im Topf, auch wenn sie nicht viel hatte, um daraus eine Suppe zu machen. Sie besuchte die Pferde im Stall und legte die Hände auf ihre samtweichen Nüstern. Die Stuten erschraken und schnaubten. Rochen sie immer noch Erions Blut an ihr? Dabei hatte sie ihre Haut so gründlich geschrubbt.

»Wenn du wüsstest«, flüsterte sie in die Mähne ihrer lieben Braunen. »Am liebsten würde ich einfach losreiten, reiten und reiten, immer weiter ...«

Als sie zurückkehrte, fürchtete sie sich schon vor dem, was Erion vielleicht sagen würde. Nun, hast du mit dem Gedanken gespielt? Und konntest du nicht fort, weil du mich liebst?

Aber Erion schlief. Er atmete unregelmäßig und flach, und sie fragte sich, ob er auch im Schlaf noch Schmerzen hatte. Eine ganze Weile schaute sie ihm zu und versuchte sich an jenen Tag zu erinnern, an dem sie ihn auf der Lichtung gesehen hatte. Sonne. Gras. Der Duft von Wald und Blumen, intensiv und süß. War nicht die ganze Luft erfüllt gewesen vom Aroma der Brombeeren?

Schließlich wandte das Mädchen sich seufzend ab. Sorayn war immer noch nicht gekommen, aber die Grube war nicht nur für ihn gefährlich, sondern für jeden. Am Abend hatte sie die Lampe einfach dort gelassen und gehofft, dass das als Warnung ausreichte. Heute musste sie etwas unternehmen; sie hatte auch schon eine Idee, was.

»Was tut Ihr da?«

Manina war so in ihre Arbeit vertieft, dass sie heftig zusammenzuckte, als sie Erion plötzlich vor sich stehen sah. Er war blass und schwankte; wenn er sich nicht gegen die Hauswand gelehnt hätte, wäre er wahrscheinlich umgefallen. Ungläubig sah er zu, wie die große, grün gestrichene Eingangstür des Nachbarhauses, die sie am Sattel befestigt und mit Hilfe der Pferde aus den Angeln gerissen hatte, über den Schnee geschleift wurde.

»Was ich tue? Ich decke Eure Grube ab. Drei Türen sind dafür nötig, das hier ist die letzte. Und was macht Ihr hier draußen?«

»Ich reite ins Kloster«, stieß er hervor. »Gebt mir ein Pferd.«

»Ach. Ihr reitet ins Kloster? Viel Glück.«

Die Prinzessin führte ihre eigene braune Stute zwischen den Bäumen hindurch, wobei sie darauf achtete, dass die Holztür nirgendwo hängen blieb. Erion lehnte immer noch am Haus und sah ihr nach. Sollte er doch tun, was er wollte! Sollte er fortreiten, was kümmerte es sie? Wenn sie hier fertig war, gab es nur ein Ziel: Tamru, wo sie vielleicht irgendwie die Chance hatte, Blitz zu retten. Falls es ihr gelang, unterwegs Sorayn aufzuspüren. Falls er nicht doch herkam; ganz wollte sie die Hoffnung nicht aufgeben. Aber noch länger auf ihn zu warten, würde vermutlich nichts bringen. Der Kaisergänger hatte sich geirrt. Sein fester Glaube daran, dass er genau wusste, wie alle seine Feinde dachten, hatte ihn in die Irre geführt. Er wusste gar nichts. Sollte er doch ins Kloster reiten und sich dort pflegen lassen.

Sie fluchte leise vor sich hin, während sie die schwere grüne Tür vom Sattel löste und seitlich über die Grube schob. Durch das dicke Holz würde niemand so schnell hier einbrechen. Das war sie allen, die hier durchkamen, noch schuldig gewesen, doch jetzt war sie frei.

»Soll er doch reiten, wenn er kann«, murmelte sie wütend, als sie zurückging, das Pferd mit sich führend. »Bitteschön, wenn er meint.«

Aber Erion war noch da. Er war bis zum Stall gekommen und saß dort im Schnee. Das Blut, das durch seinen Verband gesickert war, färbte die Umgebung hellrot.

»Würdet Ihr mir aufs Pferd helfen?«, fragte er finster und versuchte aufzustehen. Ein paar Meter von ihm entfernt beobachtete sie kopfschüttelnd, wie er sich abmühte, aber sie kam keinen Schritt näher.

»Legt Euch wieder ins Bett. In dem Zustand kommt Ihr nicht weit. Ihr würdet vom Pferd fallen.«

»Ich kann reiten«, knurrte er und hielt sich an einem Pfahl fest, der vor dem Stall zum Anbinden der Tiere diente. »Wenn Ihr es satteln würdet?«

»Ich denke nicht daran.« Nein, es konnte ihr nicht gleichgültig sein, ob er ins Kloster ritt und dort Anweisungen erteilte, die Sorayns oder Blitz' Untergang bedeuteten. Hatte sie je gedacht, es wäre egal? »Damit Ihr hinter meinem Rücken wieder Boten losschickt – nach Tamru oder sonstwohin? Das werde ich nicht tun.« Wütend fügte sie hinzu: »Wofür haltet Ihr mich eigentlich? Für Eure Magd? Sattelt Euer Pferd gefälligst selbst.«

Manina führte ihre Stute an ihm vorbei. Sehr viel Heu gab es nicht mehr. Es gab von allem zu wenig, aber morgen spielte das keine Rolle mehr. Sie würde reiten und sich von Dorf zu Dorf durchschlagen, bis sie Blitz fand. Es gab niemanden sonst auf dieser Welt, der wichtig war. Sie stand da und träumte ... und erinnerte sich daran, dass er immer noch draußen im Schnee saß.

»Erion!« Sie schüttelte ihn, zwang ihn dazu, die Augen zu öffnen. »Ihr holt Euch noch den Tod! Kommt ins Haus!«

Er wehrte sich nicht, als die junge Frau ihn hochzog, als sie ihn stützte, während er zurück ins Warme humpelte.

»Ich verstehe Euch nicht«, sagte er, während er zusah, wie sie das Feuer fütterte. Die Prinzessin füllte heißes Wasser in zwei Krüge und brachte ihm einen davon. »Hier. Es gibt leider keinen Wein und keinen Tee. Nur heißes Wasser. Aber wir haben noch etwas Brot dazu, das Ihr hineintauchen könnt, damit es nicht so hart ist.« Und dann, obwohl sie gar nicht fragen wollte, fragte sie doch. »Was ist denn so schwer zu verstehen, Fürst Erion?«

»Warum seid Ihr noch hier?«

»Ich habe auf Sorayn gewartet«, erklärte sie, als wüsste sie nicht, dass seine Frage viel mehr beinhaltete. »Morgen, wenn er dann immer noch nicht da ist, mache ich mich auf den Weg.«

Erion schloss die Augen. Es sah aus wie eine Verneinung, so, als wollte er sie damit hinauswerfen aus diesem Haus und seinem plötzlich so brüchig und verletzlich gewordenen Leben.

»Ich werde morgen am Kloster vorbeireiten«, versprach sie leise, sie war sich sicher, dass er sie hörte. »Ich werde jemanden zu Euch schicken.«

Er tat, als ob er schlief.

Auf der anderen Seite des Zimmers wickelte sie sich in ihre Decke und wartete auf den Schlaf, während sie seinem unruhigen Atmen lauschte.

Am Morgen sattelte Manina ihre Braune. Erion sprach nicht mit ihr, auch nicht, als sie ihm noch einmal versicherte, dass sie einen der Brüder zu ihm schicken würde.

»So lange könnt Ihr wohl warten«, sagte sie. »Ein paar Stunden. Ihr werdet schlafen und nichts davon wissen. Die Mönche kennen sich mit Kranken aus, sie werden sich um Euch kümmern. Ich nehme Euer Pferd mit, damit der Heiler schneller hier sein kann. Wenn ich Euch glauben könnte, würde ich Euch das Versprechen abnehmen, keine Boten wegen meiner Freunde auszuschicken, aber das hat ja wohl keinen Zweck.«

Sie sah auf ihn hinunter. War sie wirklich in ihn verliebt gewesen, so lange, so versessen, so schmerzhaft und ausgeliefert? Sie konnte nichts mehr empfinden, gar nichts, es sei denn, die dunkle Traurigkeit ihr wäre schon ein Gefühl gewesen. Es fühlte sich jedoch nicht an wie ein Gefühl, eher wie ein Loch, wie die Abwesenheit von allem, was man fühlen konnte. Andernfalls hätte sie gar nicht fortreiten können.

Erion schwieg sie an. Nun, sollte er doch, wenn er glaubte, sie damit bestrafen zu können. Er hatte sich geirrt, in allem, was seine Feinde betraf, und sie hatte von Anfang an zu seinen Gegnern gehört, auch wenn sie sich zwischendurch benommen hatte, als hätte sie es vergessen.

Sie würde sich daran gewöhnen, alleine zu reiten. Bis Tamru war es nicht so schrecklich weit, und vielleicht traf sie sogar eine Pilgergruppe, der sie sich anschließen konnte. Nur mutig voran! Die Stute tänzelte aufgeregt, sie schien zu spüren, dass etwas anders war, dass jetzt ein neuer Abschnitt begann. Erions Pferd, das sie an einem Strick mitführte, warf herausfordernd den Kopf zurück. Hier war schon die Straße, zerfurcht von Wagenrädern und Stiefelspuren. Nicht nur eine Pilgergruppe, ganze Scharen davon mussten hier vor kurzem durchgekommen sein. Allerdings führten sie in die falsche Richtung, nach Norden – was für einen Sinn machte das? Die Rückkehrer aus Talen mussten sich doch nach Süden hin ins Kaiserreich verteilen?

Manina hielt Ausschau nach Reisenden, die ihr entgegenkamen, aber alles blieb ruhig. Wieder begann es zu schneien, kleine wirbelnde Flocken tobten über den Weg, ein scharfer Wind blies ihr kalt unter die Kleidung. Fast wäre sie im Schneetreiben am Kloster vorbeigeritten. Aber da war es, das große, graue Gebäude. Kein Kloster glich dem anderen und doch kamen sie ihr mittlerweile alle recht ähnlich vor. Mauern, Türme und Dächer ... Ihre Stimme wurde fortgeweht, als sie am Torhaus nach dem Pförtner rief.

Die Prinzessin klopfte lauter, damit man sie hörte, suchte sich einen Stock, um ihre Hände zu schonen, und prügelte schließlich damit auf das Tor ein.

»Aufmachen! Bitte aufmachen!«

Sie rief, bis sie nicht mehr konnte, bis sie den Ast entnervt wegwarf und sich mit den Händen an den kratzenden Hals fasste.

Ihr Blick fiel auf die Spuren im Schnee, die schon halb zugedeckt waren. So viele Spuren. Ihr Verstand weigerte sich, die Bedeutung dieser Entdeckung anzuerkennen. Sie waren fort, alle. Aber warum hätten sie das tun sollen? Wie konnten sie einfach so aufbrechen, mitten im Winter, und nach Norden ziehen?

»Das kann doch wohl nicht wahr sein.« Manina atmete tief durch und sah hoch in die Schneewolken, aus denen es ihr wie feiner nasser Staub entgegenrieselte. »Dann reiten wir ins Dorf, was meint ihr? So weit ist es nicht. Ich verliere einen Tag, höchstens zwei. So lange wird Blitz auf mich warten können, denke ich.«

Sie war sich nicht einmal sicher, ob sie es finden würde. Der Schnee verwischte die Begrenzungen der Straße mit dem lichten Wald; wenn sie nicht aufpasste, geriet sie zwischen die Bäume und fand den Weg nie wieder. Nun, dann musste sie eben aufpassen. Wenn sie sich hier verirrte, dann gute Nacht.

Die Schnelligkeit der wenzschen Pferde nützte ihr wenig bei diesem Wetter. Sie ritt langsam, immer darauf bedacht, die Straße nicht zu verlassen. Einmal kehrte sie um, als die Bäume immer näher zu rücken schienen, und wählte einen breiteren Weg zwischen den dunklen Stämmen hindurch. Hoffentlich der richtige. Es gab keinen Unterschlupf, keinen Schutz vor Wind und Schnee, und das Dorf rückte in unerreichbare Ferne. Als die Dunkelheit heraufzog, hatte sie es immer noch nicht gefunden, und bei diesem Schneefall würden selbst erleuchtete Fenster ein paar Meter weiter schon nicht mehr zu erkennen sein. Schließlich stieg sie ab und führte die Pferde zu Fuß weiter; bis zu den Knien watete sie durch Schnee. Als endlich große dunkle Schatten zwischen den Bäumen auftauchten, wie schwarze Felsen im Schnee, wollte sie vor Erleichterung weinen. Häuser! Ein Dorf! Wie spät war es, dass alle schon schliefen?

Manina klopfte an die erste Tür, wartete darauf, dass ein schlaftrunkener Bewohner ihr öffnete, wappnete sich schon, auf eine Schimpftirade zu antworten. Sobald jemand aufmacht, dachte sie, falle ich hinein, mitten hinein in die Stube, die warm sein wird vom Feuer, das im Kamin knistert …

Feuer? Der Schnee hätte den Rauch herunterdrücken müssen, weit unter die Dächer, heimeliger Duft nach trockenem, würzigem Holz. Aber da war nur der Schnee, nichts sonst.

Sie stieß die Tür auf. Dahinter in der Stube war es dunkel. Völlig dunkel.

»Ist da jemand?«, rief sie und wusste es doch schon. Auch dieses Dorf war verlassen. Sie waren gegangen, alle, und keiner war mehr hier.

Kein Feuer. Keine Wärme. Selbst wenn die Bewohner noch Brennholz dagelassen hatten, würde sie es in dieser Finsternis nicht finden. Sie würde erfrieren.

Nein. Sie hatte die Pferde, die Tiere konnten ihr Wärme geben. Sie führte sie mit hinein in die Stube, füllte den Raum mit ihrem warmen Geruch, ihrem Hufescharren. Sattelte die Stuten ab, löste die Stricke. Holte die Reste an Heu und Futter, die sie in den Satteltaschen mit sich führte, heraus. Löste ihre Decke aus den Gurten. Kalt fühlte sie sich an, aber trocken. Tastete sich zu einer Schlafbank, breitete die Decke über sich, spürte nichts mehr.

Am nächsten Morgen untersuchte Manina die Häuser nach allem Nützlichen, was die Dörfler zurückgelassen hatten. Dann ritt sie zurück. Wieder kam sie nur quälend langsam vorwärts, obwohl die Eile in ihr brannte, die Sorge, ja, die Angst. Es schneite kaum noch, aber der Weg war deshalb nicht besser zu erkennen. Sie musste sich auf ihr Gedächtnis verlassen und dabei sahen alle Bäume gleich aus. Sah die Straße immer gleich aus. Sah es manchmal aus, als würde sie zwischen vier oder fünf Straßen wählen können, dort, wo die Bäume weiter auseinanderstanden, und nichts wies darauf hin, wo die richtige Straße verlief. Einmal stieg sie ab und scharrte den Schnee weg, bis sie auf eine dicke Blätterschicht stieß und sich sicher sein konnte, dass dies der falsche Weg war. Zweimal kehrte sie wieder um, genarrt vom Labyrinth des Waldes, der sie an der Nase herumzuführen schien. Die beiden Stuten trotteten hinter ihr her; wenn sie verwundert waren über ihr unsinniges Verhalten, so zeigten sie es nicht. Schon wieder zog die Dämmerung herauf, das Licht verwandelte sich ganz langsam von milde in trübe.

Musste sie nicht bald da sein? Wieder war sie sich nicht sicher, ob dies die Straße war. Sie beugte sich hinunter in den Schnee, schob ihn zur Seite.

Die Pferde spitzten die Ohren, bevor sie das Heulen hörte. Wölfe? Nie, so lange sie schon unterwegs waren, hatte sie sich vor Wölfen gefürchtet. Nie hatte es einen Grund dazu gegeben. Erion, der Krieger an ihrer Seite, mit dem Schwert. Und jede Nacht in einem anderen Dorf, einem anderen Kloster. Wann auch immer der Wind das Heulen zu ihnen herübergeweht hatte, hatte sie es hingenommen wie Vogelgesang im Frühling, wie das Zirpen der Grillen im Sommer. Gleichgültig, da es sie nichts anging.

Der Wind fuhr ihnen ins Gesicht, wirbelte um sie herum. Die Pferde hoben die Köpfe, als das Heulen plötzlich dicht hinter ihnen erklang.

»Ruhig!«, rief sie ihnen zu. »Ganz ruhig!« Sie griff nach den Führstricken, aber ihre klammen Hände hatten keine Kraft mehr. Ihre Stute stieg, ihre Augen erkannten ihre Herrin nicht mehr, sie drehte sich um und floh. Erions Braune folgte ihr, vergebens versuchte Manina noch, den langen Strick zu erhaschen.

Sie stand da, rief in den Abend hinein, in die Dämmerung, glaubte, dort Schatten schleichen zu sehen, wusste nicht mehr, was sie glauben sollte. Sie drehte sich um und rannte. Vielleicht waren die Wölfe da, hinter ihr, vielleicht auch nicht, vielleicht folgten sie den Pferden, die zu schön und zu wertvoll waren, um als Fraß zu enden. Doch wer fragte, was die treuen Tiere verdienten, wer fragte danach, was sie selbst verdiente? Prinzessin, Kaiserin, Prinzessin. Und jetzt nichts als ein keuchender, kämpfender, schwitzender Mensch, der sich vorwärtsschleppte, den rettenden Häusern entgegen, die immer noch so verlassen aussahen, so geduckt und klein und dunkel im herabfallenden Abend.

Sie wandte sich nicht um, um zu sehen, ob die Wölfe ihr folgten. Es roch ganz leicht nach Rauch, fast anheimelnd. Dort war schon die Tür. Sie stieß sie auf, stolperte in die Stube.

Das Feuer war fast ausgegangen, aber nicht ganz. Die Glut glomm vor sich hin. Erion musste Holz nachgelegt haben, vor einer geraumen Weile. Dort lag er, auf dem Bett, genauso, wie sie ihn verlassen hatte. Er zitterte am ganzen Körper, so wie auch sie zitterte. Sie hörte ihre eigenen Zähne klappern.

Ihre Hände wollten ihr kaum gehorchen, als sie nach den letzten Scheiten griff. Manina starrte in die Flammen, wartete, bis sie nach der neuen Nahrung züngelten, bis sie immer gieriger über das Holz leckten und dabei wuchsen.

Dann erst trat sie an Erions Bett und legte ihm ihre eiskalte Hand auf die Stirn. Er erschauerte, seine Lider flatterten, aber er öffnete die Augen nicht.

»Ich bin wieder zurück«, sagte sie.

Sein Blick war nicht mehr hasserfüllt und nicht mehr spöttisch. Dort, wo er sich befand, war für solche Gefühle kein Raum. Aus den Tiefen seiner Schmerzen und seines Fiebers sprang ihr dieselbe Angst entgegen, die sie mit in dieses Haus gebracht hatte, dieselbe Angst, die sie durch den Schnee gejagt hatte. Vielleicht waren die Wölfe hinter ihr her gewesen, vielleicht auch nicht. Aber die Angst war wirklich.

»Mir ist kalt«, flüsterte er.

»Mir auch«, gab sie zurück.

Sie schälte sich aus den schneeverkrusteten Kleidern, aus Mantel und Rock und den Stiefeln, die sich kaum von ihren Füßen lösen ließen, und kroch zu ihm unter die Decke.

24. Gekrönt

EIN KLUMPEN AUS Blut und Fell. Krallen. Der Schnee färbte sich rot.

Sorayn starrte auf das, was er ausgepackt hatte. Er starrte darauf und weigerte sich, es zu begreifen, obwohl er es doch schon wusste.

Sein Bär. Jemand hatte seinen Bären getötet. Jemand hatte die Tatze abgeschlagen und ihm als Geschenk überreichen lassen.

Ein Feind.

Er hatte einen Feind, hier ganz in der Nähe, der ihn herausforderte.

Sein Verstand zählte alle diese Erkenntnisse zusammen, zog Schlüsse, versuchte bereits Strategien zu entwickeln, wie er diesen Gegner am besten zur Strecke brachte. Das Blut rauschte in seinen Ohren, so dass er kaum hören konnte, was sein Verstand ihm zurief: Wer? Finde heraus, wer das ist. Wer hasst dich so sehr? Wer wagt es, dich auf diese Weise zu provozieren? Zukata? Ist dies sein erster Schlag, der erste Beweis dafür, dass er dich beobachtet und genau weiß, was du hier tust?

Die Fragen wurden immer undeutlicher, während die Wut in ihm hochstieg, aufbrauste, während sie wie ein Sturzbach über ihn kam und ihn mit sich riss. Die Quelle war der Schmerz, aus dem diese Wut hervorsprudelte. In seiner Brust sammelten sich Geschrei und Geheul und brannten ihm in der Kehle.

Mein Bär! Mein Bär! Mein Bär!

Der Riesenprinz schrie auf und wusste nicht, ob sein Gebrüll die Welt in ihren Grundfesten erschütterte oder ob es nur in ihm war, dieser Schrei, dieser Schmerz, diese Dunkelheit.

Er stand auf, vor seinen Augen schien die ganze Welt finster geworden zu sein. Die Luft schien um ihn zu kreisen wie ein Scharm flatternder, krächzender Raben.

»Herr?« Eine zaghafte Stimme hinter ihm. »Herr, was um alles in der Welt ist das?«

Sorayn drehte sich um. Dort stand der grauhaarige Mann, der ihm klein und unwirklich vorkam, wie eine grob gezeichnete Figur in einem Bilderbuch.

»Herr, was ist das? Ein totes Tier?«

»Eine Tatze«, hörte er sich selbst sagen, mit einer Stimme, die ebenfalls aus einem Buch zu kommen schien, so fremd, so fern, und er wunderte sich, dass er noch auf Fragen antworten konnte, während die Wut in ihm loderte, während seine Stirn sich zusammenzog, während der Hass auf seinen Feind ihn innerlich verbrannte. »Eine Bärentatze.«

»Aber ...« Hinter dem Alten kamen weitere Dorfbewohner heran, mit großen, verwirrten, staunenden Augen, die Sorayn an die Nonnen erinnerten. Und in der Tat, da waren sie, drei, nein vier, sogar fünf Schwestern aus jenem Kloster, das er vor zwei Tagen besucht hatte. »Aber«, begann der Mann noch einmal, »eine Tatze ist ja ein Fuß.«

Der junge Riese musste geschrien haben, lauter als ein sterbendes Tier, trotzdem näherten sich die Leute. Doch, sie fürchteten sich, das sah er, erkannte es an ihren weißen Gesichtern, den aufgerissenen Augen, den vorsichtigen Schritten – aber nicht vor ihm. Sie starrten auf das blutige Bündel im Schnee.

»Das glaube ich nie und nimmer«, sagte einer.

»Das gilt nicht!«, rief ein anderer. »Ein Fuß ist ein Fuß und keine Tatze!«

Aber sogleich verstummte der Saliner wieder, und sie drängten sich alle um Sorayn und sein schreckliches Geschenk, so als wäre er gar nicht da, als wäre es ihr Geschenk, nur ihres.

Eine der Nonnen kam direkt neben Sorayn zu stehen und legte ihre Finger an seinen Arm. Aire hieß sie; er brauchte einen Moment, bis ihm ihr Name einfiel. »Wer hätte das gedacht?«, murmelte sie. »Wer, du etwa?«

Die Wut war immer noch in ihm. Sie war keinen Deut schwächer geworden, immer noch kreiste sie wie ein Sturm in ihm, schneller und schneller, er fühlte sich, als müsste er gleich explodieren, wenn er nicht etwas fand, gegen das er kämpfen konnte, wenn er nicht seinem Feind gegenübertrat und sich auf ihn stürzte. Aber die zierlichen Finger der Nonne an seinem Arm ließen ihn wieder den Boden unter seinen Füßen fühlen, und er roch wieder den Schnee und die Menschen, die den Geruch von Holzfeuern und warmen Stuben auf ihren Kleidern trugen. Er sah auf das blutige Etwas und dachte: Mein Bär ist tot.

»Was?«, fragte er, mühsam durch alle Gefühle hindurch. »Was hätte ich nicht gedacht?«

»Der Brief«, sagte Aire. »Weißt du nicht mehr? Der Brief aus Rinland.« Sie sah ihm in die Augen und sprach auswendig die Worte, die er schon kannte. *»Das Meer wird sich auf euch stürzen und euch verschlingen. Es streckt seine kalten, nassen Finger nach euch aus und umarmt euch mit einer Umarmung, die euch nicht gefallen wird. Es kommt, brüllend und fauchend, und euch werden die Füße und die Hände abfallen vor Entsetzen.«*

Aus ihrem Mund klang es zärtlich, geradezu verlockend, aber ihre Stimme zitterte, als sie die Hände und die Füße erwähnte. »Ich kam her, sofort nach deiner Abreise, und habe die Botschaft vorgetragen, den Menschen hier, die im Schatten des Klosters leben. Weißt du, was sie gesagt haben, nachdem sie zu Ende gelacht hatten? ›Zeig uns einen einzigen abgefallenen Fuß und wir brechen sofort auf.‹ Und nun lachen sie nicht mehr.«

»Das ist aber kein Fuß«, sagte einer, »sondern eine Tatze.« Seine Stimme verriet ihn jedoch, fast so weiß wie sein Gesicht war sie, eine erschrockene, ertappte Stimme.

»Das ist nicht euer Ernst, oder?«, fragte der Prinz und sah von einem zum anderen. Einfache Leute. Holzfäller. Jäger. Hier lebten sie in Salien, aber von ihnen ging nie jemand zum Brückenfest oder besuchte die Mönche, um mit ihnen zu diskutieren. Sie lebten hier im Schatten des Klosters und säumten höchstens einmal die Straße, wenn eine Abordnung der Mönche sich nach Talen aufmachte.

»Wer noch Füße hat, der laufe. Wer noch Hände hat, der lasse los, was ihm kostbar ist, und laufe«, sagte Aire. Auch sie war überrascht von der Wirkung der Worte, und er sah den Schrecken in ihren Augen, als ihr klar wurde, was von ihr verlangt wurde. Sie schaute sich nach den anderen Nonnen um. »Sagt unseren Schwestern Bescheid. Und wir müssen alle, die wir im Umkreis erreichen können, benachrichtigen. Aber dann – dann gehen wir.«

»Jetzt?«, fragte Sorayn. »Im Winter? Jetzt sofort? Und wohin? Die velanischen Schiffe sind abgefahren. Es gibt keine anderen Schiffe im Hafen von Talen.«

»Wir könnten in den Süden fliehen«, meinte eine Dörflerin, an den Händen hielt sie ihre Kinder fest. »Dorthin, wo wir in Sicherheit sind.«

Aber die Nonne schüttelte den Kopf. *»Kehrt der Flut nicht den Rücken. Führt eure Angst durch den Schrecken. Dort ist das Schiff.«* Sie wandte sich an den jungen Riesen. »Wo ist dein Vater? Hat er uns nicht gesagt, diese Worte würden uns etwas angehen und wären für uns geschrieben, und dass die Weissagungen darin jetzt in Erfüllung gehen? Jetzt! Wie können wir bis zum Sommer warten, wenn es jetzt geschieht? Wir können nicht nach Süden gehen, denn dann müssten wir der Flut den Rücken kehren. Wir gehen ihr entgegen. Mitten hinein in das, was wir fürchten, so wie der Brief es von uns verlangt.«

Kämpferisch starrte sie ihn an.

»Es sind keine Schiffe mehr in Talen«, wiederholte Sorayn.

»Dort ist das Schiff«, entgegnete Aire. Furchtlos.

Er wunderte sich, wie sie zugleich am ganzen Körper zittern und beben konnte, in vollem Bewusstsein dessen, was ihr und den anderen bevorstand, und ihn zugleich anfunkelte, als wäre er das Hindernis, das es als erstes zu bewältigen galt.

Aber auf dem Weg in den Norden würde es noch ganz andere Hindernisse geben.

»Fürst Norha und seine Soldaten werden euch nicht durchlassen«, prophezeite er. »Sie haben uns schon beim Fest viele Schwierigkeiten gemacht.«

»Es sind schon mehrere Dörfer aufgebrochen!«, wusste der Alte. »Soll das heißen, sie werden es nicht schaffen, ans Meer zu kommen?«

Der Riesenprinz runzelte die Stirn. Er konnte nicht behaupten, dass ihm die Sache gefiel. In Talen, das war etwas anderes gewesen. Die Schiffe. Sein Kampf, damit die Pilger abreisen konnten. Aber hier, mitten im Land, noch dazu im Winter ... Er hatte erwartet, dass die Briefe ihre Wirkung langsam entfalten würden, dass die Leute sich auf ihre Reise vorbereiteten und vielleicht im Frühling oder im Sommer aufbrachen. Im nächsten Jahr oder im übernächsten. Wie konnte man so unvernünftig sein, einfach Hals über Kopf loszustürmen, nur weil uralte Schriften eine Flut voraussagten, die eben erst begonnen hatte, an den Küsten zu nagen?

»Ihr solltet euch beruhigen«, meinte er. »Ihr solltet in eure Häuser gehen und nochmal über alles nachdenken.«

Aber Aire, diese unverschämte kleine Nonne, lachte.

»Da«, sagte sie und wies auf die Tatze. »Brauchen wir wirklich mehr als das?«

Das gilt mir, wollte er sagen. Das ist eine Botschaft für mich. Und nur für mich. Und irgendwo da draußen ist ein Feind, der auf mich wartet. Ein Feind, der mich mit offenen Armen empfängt. Diese Nachricht war nicht für andere Menschen oder gar für ein ganzes Dorf bestimmt. Nur für ihn. Dass sein Bär tot war, hatte mit dem jahrhundertealten Brief aus Rinland nicht das Geringste zu tun.

Die Leute aus dem Dorf wandten sich ab, er sah zu, wie sie zu ihren Häusern zurückgingen. Nicht, um über alles nachzudenken, sondern um zu packen. Er sah es an der Art, wie sie gingen, wie sie miteinander sprachen, wie sie ihre Kinder ansahen, wie sie die Türen öffneten, mit einer solchen Behutsamkeit, wie es nur Abschiednehmen mit sich brachte. Sorayn schüttelte den Kopf und seufzte.

Der Jäger. Dort musste er als Nächstes hin, wenn er erfahren wollte, wer sein Feind war. Dass irgendein Mann aus einem dieser kleinen Dörfer seinen Bären nur aus Zufall gejagt hatte, glaubte er nicht – warum dann dieses schreckliche Geschenk? Nicht der Jäger war derjenige, mit dem er sich auseinandersetzen musste, aber er war sich sicher, dass dieser Mann wusste, wer dahintersteckte.

»Du gehst doch jetzt nicht einfach weg?«, rief ihm Aire hinterher.

»Ich habe zu tun«, gab er schroff zurück. Seine Wut war immer noch da, verdichtet auf einen kleinen Punkt in seiner Brust, wie eine Kugel, in deren Mitte der Schmerz saß. Sie war immer noch da und wärmte ihn von innen heraus, aber nicht wie ein Herdfeuer, sondern wie ein Brand, vom Feind gelegt, mitten in einen trockenen Wald.

»Du wirst uns begleiten«, erklärte die Nonne. »Du wirst die Soldaten von uns fern halten, von denen du gesprochen hast.«

Sorayn hob die Brauen. So viel Dreistigkeit begegnete ihm selten. »Wie kommst du auf die Idee, dass ich das könnte?«

»Für wie dumm hältst du mich?«, fragte Aire zurück. »Ihr wart nicht die Ersten, die aus Talen bei uns eingetroffen sind. Sie alle haben von einem Mann erzählt, der die Soldaten des Fürsten in den Dreck getreten hat. Ein Riese. Ein Mensch. Oder ein Riese. Sie waren sich nicht einig, der eine erzählte das, der andere jenes. Aber wer sonst zieht durch das Land und sammelt die alten Schriftrollen ein, um sie allen vorzulesen? Nun hör mir einmal gut zu, Ilinias' Sohn. Für deine Mutter wurde ich zehn Tage lang in den Keller gesperrt, und ich musste weitere zehn Tage lang die Fußböden schrubben. Nun ist es an der Zeit, deine Schuld abzutragen.«

Er lachte ungläubig. »Was?« Sie hatte nicht das Recht, über ihn zu verfügen. Sie hatte nicht das Recht, auf seiner Hilfe zu beharren. Sie hatte überhaupt nicht das Recht, einfach drauflos zu stürmen, mitten im Winter, so als würde sie tatsächlich von einem heldenhaften Reiter aus ihrer selbstgewählten Knechtschaft befreit. Sie hatte ihren Platz, dort drüben im Kloster, und wenn sie schon das Abenteuer wollte, hatte sie nicht das Recht, alle diese Leute mit ins Verderben zu reißen!

Sorayn atmete tief durch.

»Ich kann nicht«, sagte er. »Es tut mir leid, aber ich kann nicht.«

Während er auf das Dorf des Jägers zuhielt, kam ihm jeder seiner Schritte zu klein und zu langsam vor. Der Schnee heftete sich mit solcher Kraft an seine Stiefel, als wollte er ihn nicht mehr loslassen. Es fühlte sich nicht mehr an wie Schnee, sondern wie Harz, durch das er watete. Jeden Meter musste er sich erkämpfen.

Jeder Schritt mühsam.

Aber die Wut trieb ihn nach vorne. Der Jäger. Die Rache. In Sorayns Kopf drehte und wirbelte es herum, Kreise aus leuchtenden Farben, als wäre er gegen einen Baum gelaufen. Sein Schädel schmerzte, als würde jemand mit unglaublicher Ausdauer dagegen klopfen.

Er lief durch den Wald, Zweige schlugen gegen seine Stirn, kleine Äste verfingen sich in seinem Haar, Schnee rieselte von den Wipfeln und legte sich über seine Wimpern.

Mein Bär. Mein Feind. Mein Bär. Mein Feind ...

Da war das Dorf, kleine Häuser, aus denen der Rauch in dunklen Kringeln stieg und über die Dächer kroch.

Wieder waren es die Kinder, die ihn zuerst entdeckten und auf ihn zustürmten, ohne Angst, während sich doch die Wut um sein Herz wand wie ein giftiger Wurm. Sie kamen auf ihn zu und blieben dann in einiger Entfernung von ihm stehen. Hatten sie sie doch erkannt, die Wut, die grenzenlose, die ihn blendete und jeden, den er anblickte?

»Ein Pilger«, rief eins der Kinder, tuschelte es den anderen gut vernehmlich zu. Doch die winkten sofort ab. »Nein. Das ist ein König!«

Wie sieht ein Pilger denn aus?, dachte er. Einer, der zum Fest geht, um sich berühren zu lassen von dem Gesang und den Worten und den segnenden Gesten der Priester? Er hatte keine Ahnung, wie er selbst aussah, ob die Wut aus seinen Augen strahlte, der Schmerz, der dort in ihm kroch und bohrte und nagte, bis er nicht mehr wusste, worum er trauerte und was ihn so tief verletzt hatte, dass er wie durch einen dunklen Schleier blickte.

Sorayn ballte die Fäuste, schluckte, versuchte sie wieder zu öffnen, aber so, wie er vorhin durch Harz gegangen war, das seine Schritte verklebte, wollten auch seine Finger sich nicht voneinander lösen. Der Schmerz strömte aus allen Poren, verklebte alles mit der Wut. Ihm war, als müsste er sich auf die Erde setzen und sich klein machen, ein hässliches Kind, das hässlichste von allen, um das der Schmerz seine Spinnweben webte.

»Wo ist der Jäger, der den Bären tötete?«, fragte er.

Die Kinder erschraken vor seiner Stimme, seinen Blicken, und rannten davon. Der Riesenprinz wartete vor dem Dorf, ohne selbst in den Häusern nachzusehen. Er konnte hören, wie die Leute redeten, konnte beinahe hören, wie sie die Stirn runzelten, die Luft anhielten, die Hände rangen. Er hatte keine Angst davor, dass der Schuldige fliehen könnte. Dann konnte der Prinz seine eigene Jagd beginnen, würde den Jäger einholen, wohin er auch lief, wo er sich auch versteckte.

Endlich trat ein Mann vor ihn hin, in dessen Gesicht die Erwartung von Unheil zu lesen war, deutlicher als in einem der Briefe aus Rinland.

»Du bist es?«, fragte Sorayn und wusste selbst nicht, woher er die Kraft nahm, Fragen zu stellen statt zu töten. »Du hast meinen Bären umgebracht und in Stücke gehackt?«

»Ich half ihm dabei«, gab der Saliner zu. »Ich gab ihm die Falle, den Köder, und ich ... aber ich wusste nicht ... Herr.« Auf einmal fiel er auf die Knie. »Ich wusste nicht, dass er Euch gehörte, Herr. Ich habe dem Fremden gehorcht, in allem, weil er das Zeichen trug.«

»Ein Mann mit Zukatas Zeichen? Kannst du mir sagen, wie er heißt?«

»Fürst Erion«, flüsterte der Jäger und tauchte das Gesicht in den Schnee.

»Erion«, wiederholte Sorayn leise. »Nun, das ist nichts Neues, dass er mein Feind ist. Ich wusste nicht, dass er hier in Salien ist, sonst hätte ich auch von selbst darauf kommen können. Kannst du mir sagen, wo er sich aufhält?«

Der Mann zitterte so sehr, dass er kaum sprechen konnte. Der Riesenprinz konnte nicht umhin, sich zu wundern; er hatte bis jetzt weder gedroht noch eins der vielen Dinge getan, die ihm durch den Kopf schossen.

»Was hat Erion dir erzählt?«, fragte er. »Dass ich dich in der Luft zerreißen werde, weil du mir ein Geschenk überbringen ließt, das mein Herz verdunkelt hat? Dass ich eine blutrünstige Bestie bin, schlimmer als ein Riese? Hat er das gesagt? Dass ich wie eine ganze Horde Riesen über dein Dorf kommen werde und nichts davon übriglasse? Dass meine Wut schlimmer ist als ein Sturm?«

Der Angeklagte wimmerte vor ihm im Schnee. »Mein König, bitte verzeiht mir, verzeiht mir!«

Sorayn blickte auf ihn herunter und fühlte, wie auch seine Wut sich duckte und krümmte und in den kalten Schnee legte, zitternd. Er kniete sich hin und legte dem Mann die Hand auf die Schulter.

»Was ist mit dir?«, fragte er freundlich und zugleich verwirrt; er verstand weder das Verhalten des Saliner noch sein eigenes. »Wie kommst du dazu, mich König zu nennen? Was hat Erion über mich gesagt?«

Bestie. Ungeheuer. Es wird kommen, das Schlimmste, was du je gesehen hast, es kommt über dich ...

Aber der Jäger sagte etwas ganz anderes. »Nichts«, stöhnte er, »nichts hat der Fürst mir verraten. Ich glaubte, ich würde das Richtige tun, ich dachte ... er trug das Zeichen auf seinem Arm, die Krone und den Blitz. Er sagte nur, ich sollte Euch, wenn Ihr kämet, dorthin schicken, wo er auf Euch wartet. Wenn ich gewusst hätte ... Verzeiht mir, mein König. Bitte, verzeiht mir.«

»Seit wann wäre ich dein König?«

»Seid Ihr es nicht? Warum tragt Ihr dann eine Krone?« Der Mann hob den Kopf und sah ihn an, huschte mit seinem Blick kurz über Sorayns Gesicht und senkte dann schnell wieder die Lider. »Tut mit mir, was Ihr wollt, aber verschont meine Familie, ich bitte Euch. Verschont unser Dorf.«

»Ich trage eine Krone?« Der Riesenprinz hob die Hände und fasste sein Gesicht an, um zu prüfen, ob es sich verändert hatte. Er tastete höher; da war tatsächlich etwas. Vorsichtig hob er es herunter.

Zweige. Kleine Zweige, die er beim Laufen mitgenommen hatte, verschmolzen durch Schnee und Eis zu etwas, das tatsächlich einer

Krone glich, weiß überkrustet und glänzend, als bestünde sie aus Silber, funkelnden Diamanten und Perlen.

»Es sind nur Zweige«, flüsterte der Jäger erstaunt. »Aber ich dachte ... Ich sah Euer Gesicht. Selbst die Kinder riefen, ein König sei gekommen.«

»Du hattest recht«, sagte Sorayn leise. »Ich bin dein König. Ich hatte es vergessen, aber der Wald wusste es. Die Bäume wussten es und die Tiere und sogar die Kinder können es sehen. Steh auf, ich werde dich nicht bestrafen.«

Der Mann rappelte sich auf, wagte aber immer noch kaum, ihn anzusehen.

»Fürst Erion hat ...«, begann er.

»Hör auf«, fuhr der junge Riese dazwischen. »Er ist es nicht wert. Seinetwegen hätte ich beinahe vergessen, wer ich bin. Seinetwegen war ich dabei, mich in etwas zu verwandeln, dass ich früher einmal war ... Nein.« Er sagte es lauter, gegen den Wunsch, der immer noch in ihm war, der sich nicht so leicht geschlagen gab – Erion zu finden und zu töten. »Nein. Ich bin ... nein, ich bin nicht deswegen gekommen.«

»Weshalb seid Ihr dann hier, Herr?«

Er atmete tief durch. Und dachte an Aire, die von ihm gefordert hatte, mitzukommen und sie auf dem Weg zu beschützen.

Dies war sein Volk, das hier war sein Königreich. Salien, eins seiner vielen Königreiche. Grenzen hatten keine Bedeutung für den Kaiser aus Kirifas. Er war es, nicht Zukata. Hatte er es nicht gewusst, damals, als der Segen über ihm ausgeschüttet wurde, als etwas sein Herz erfüllt hatte, das stärker war als alle seine Träume? Die Gefühle, die ihn damals dazu gebracht hatten, seinem Großvater den Thron zu überlassen, waren schwächer geworden. Im Moment konnte er sich nicht vorstellen, über geschlagene Feinde zu weinen. Aber die Verantwortung ruhte immer noch auf ihm. Seine Pflicht.

Dies war sein Deret-Aif.

War es das, was Blitz gemeint hatte? Das ist es, was du bekommen hast? Ein Kaiserreich? Aber wieso hatte er dann gesagt, es würde kleiner werden, je mehr er davon in Anspruch nahm?

»Ich werde eine große Gruppe an die Küste begleiten«, hörte er sich sagen. »Ich bin hier, um euch anzubieten, euch uns anzuschließen.«

Das stimmte nicht. Er war hier, um diesen Mann, der immer noch vor ihm kniete, zu bestrafen. Er war hier, um Erion zu töten. Er war hier, um wild zu sein, um irgendetwas zu tun, was den Schmerz linderte, was sein Herz von diesem Druck befreite ...

»Ihr habt keine Zeit zum Überlegen. Entweder ihr kommt mit mir oder ihr lasst es.«

Es hörte sich fast an wie der Kampf, nach dem es ihn dürstete, eine Drohung, hingeschleudert vor die Füße seines Feindes. Er versuchte seine Hände zu beschäftigen, um nicht mit geballten Fäusten vor dem eingeschüchterten Mann zu stehen, fasste in seine Taschen und berührte knisterndes Papier. Er musste dieses Schriftstück wohl aus irgendeinem Kloster mitgenommen haben, dachte Sorayn. Bis er ihn aufrollte und feststellte, dass es der neue Brief war, der von den abgehauenen Füßen sprach. Er hatte ihn die ganze Zeit bei sich getragen und es den Nonnen überlassen, ihn aus dem Gedächtnis zu zitieren.

»Das Meer wird sich auf euch stürzen und euch verschlingen«, las er laut und versuchte, in diesen Worten irgendetwas Besonderes zu entdecken. Einmal las er den Brief, zweimal. Und ein drittes Mal. Und wartete darauf, dass etwas mit diesen Worten geschah oder mit ihm, dass der Schmerz aufhörte oder dass die Liebe zu den Menschen in ihm aufleuchtete oder dass alles klar wurde. Aber nichts veränderte sich. Vor ihm liefen die Dörfler herum, hörten zu und eilten wieder davon, er nahm es kaum wahr. Hatte Aire recht? Mussten sie jetzt sofort aufbrechen? Sorayn wusste es nicht. Er wartete auf eine Eingebung, die nicht kam. Immer noch klangen die Worte des Briefes für ihn selbst seltsam und wirr. Wenn ich es wagen würde, Maja so etwas zu schreiben, dachte er, würde sie mir die Rolle um die Ohren hauen. Er las, kopfschüttelnd, zweifelnd, seine Stimme wurde immer leiser, fragender. Der Schmerz war noch da.

»Wir sind bereit.«

Sorayn zwang sich, seine Aufmerksamkeit auf den Jäger zu richten. Hinter ihm eine bunt zusammengewürfelte Schar: Männer, Frauen und Kinder mit Wagen, Eseln, ein paar Ziegen, einigen Maultieren. Alle blickten den Riesenprinzen an, sogar die Tiere.

»Bereit?«, fragte er verwirrt. »Ist das euer Ernst? In der Tat, so scheint es.«

»Wird die andere Gruppe auf uns warten?«, fragte der Mann. »Oder müssen wir uns beeilen?«

Sorayn dachte an Aire und ihre ungestüme Entschlossenheit. »Sie sind schon unterwegs«, meinte er, »nach Norden, ohne zurückzuschauen. Da bin ich mir ziemlich sicher.«

»Natürlich«, meinte eine Frau, »denn dort ist das Schiff.«

Ihm fiel nichts mehr ein. Er drehte sich um und ging, und sie zogen ihre Wägelchen und Schlitten und Tiere hinter ihm her auf die verschneite Straße.

Die Nächte im Kloster. Oder manchmal in anderen Dörfern. Und am Tag weiter, durch den Schnee, mit nassen Füßen, quengelnden Kindern, müden Gesichtern. Doch der Zug wurde größer, denn überall dort, wo sie hinkamen, schlossen sich ihnen weitere Menschen an. Aires Gruppe erfuhr davon und wartete auf sie. Nonnen und Mönche wanderten mit ihnen, ganze Dörfer blieben ausgestorben zurück. Sorayn fragte sich nur, was sie tun würden, wenn sie an die Küste kamen und dort gar kein Schiff war, das alle nach Rinland bringen konnte. Ihm Vorwürfe machen? Es hatte keinen Zweck, sie darauf hinzuweisen, dass dieses ganze Unternehmen vollkommen überstürzt war und es vielleicht besser gewesen wäre, sich im Sommer darauf vorzubereiten. Zu sparen, um ein Schiff auszurüsten und eine Mannschaft anzuheuern.

Aber an alle diese Vorbehalte dachte der junge Riese nicht mehr, als sie auf die Soldaten trafen.

Die Uniformierten hatten eine Straßensperre errichtet, so wie es mittlerweile überall in Deret-Aif üblich war, und lungerten dort herum. Vielleicht warteten sie auf Pilger, die vom Weg abgekommen und sich hierhin verirrt hatten, obwohl die Gegend eher abgelegen war und keine große Beute versprach. Aber wirklich überrascht war

Sorayn nicht. Er hatte gewusst, dass sie irgendwann auf Norhas Leute stoßen würden.

»Halt!«, rief der Oberste Wachhabende, falls dies sein Titel war – irgendetwas unterschied ihn jedenfalls von den anderen Soldaten. Er warf den Kopf hoch, streifte die Eiskristalle aus seinem gewaltigen Schnauzbart und starrte die Wanderer aus zusammengekniffenen Augen an. »Auf dieser Straße wird von allen Ziehenden Zoll verlangt.«

Der Prinz hob die Brauen. »Das sind keine Ziehenden.«

Damit hatte er die Aufmerksamkeit des Obersten Wachhabenden geweckt. »Sie ziehen durchs Land, oder nicht? Also sind es Ziehende. Das Gesetz des Kaisers erlaubt uns, den alten Tribut von ihnen zu erheben.«

»Oh weh«, murmelte Aire neben ihm erschrocken. »Was nun?«

Der junge Riese ging näher an ihn heran, nicht, um den Mann einzuschüchtern, sondern nur, damit er nicht so laut sprechen musste und seine ganze Gefolgschaft den Streit mitbekam. Er wollte vermeiden, dass irgendjemand sich fürchtete.

»Lasst uns durch«, sagte er. »Und ihr werdet keinen Ärger bekommen.«

»Ärger?« Oberste Wachhabende stieß ein meckerndes Lachen aus. »Wir und Ärger? Eure Reise ist hier zu Ende. König Norha wird nicht zulassen, dass ganze Teile seiner steuerpflichtigen Bevölkerung sich wie die Lemminge aufmachen und ins Meer stürzen. Ihr kehrt um, oder ihr werdet seinen Zorn zu schmecken bekommen.«

Sorayn hatte sich gleich gedacht, dass es hier nicht um Tributzahlungen ging. Und dass diese Menschenmenge auf ihrem Zug durch das Land nicht unbemerkt bleiben würde, hatte er auch gewusst. Dass Norha sich mittlerweile König nannte, nachdem Rubar das Weite gesucht hatte, wusste beinahe jeder. Dass er diesen Titel gar nicht verdiente, schlimmer noch, dass er bei Zukata in Ungnade gefallen war, blieb jedoch das Geheimnis des Riesenprinzen, dem die Vögel alle Nachrichten von und nach Kirifas brachten.

»Wir werden nicht umkehren.« Es war an der Zeit, Stärke zu demonstrieren, sonst würde das hier endlos so weitergehen. Er packte den Mann am Kragen und hob ihn hoch. Sofort sprangen die anderen Wachmänner dazu; ihnen warf der Riesenprinz ihren Hauptmann in die Arme, so dass sie alle zusammen rücklings in den Schnee stürzten. Als sich die Soldaten aufrappelten, erwartete Sorayn, dass sie entweder zurückweichen oder ihn erneut angreifen würden, doch weder das eine noch das andere geschah. Stattdessen begann der Oberste Wachhabende noch lauter zu lachen.

»Das ist ... ha, er glaubt, er hat eine Chance! Seht ihn euch an! Da steht er und glaubt, er könnte uns drohen!«

Einer der Soldaten wischte sich das Blut aus dem Gesicht – er hatte den Ellbogen des fliegenden Oberst in die Nase bekommen – und stolperte zum Wachhäuschen. Nun, falls sie dort noch mehr Männer haben, soll es mich nicht stören, dachte Sorayn.

Die Wanderer schrien auf, als sie sahen, was aus der Hütte kam. Die Vordersten wichen aufjapsend zurück, aus den Augenwinkeln sah der Prinz, dass niemand mehr auf ihn achtete. Alle starrten auf die Riesen, die gebückt aus der Tür geschritten kamen und sich im Freien zu ihrer vollen Größe aufrichteten.

Vier, grimmige Gestalten, drei davon mit zottigen Bärten, die vierte eine Frau. Im ersten Moment glaubte er, Fria zu sehen, seine ehemalige Geliebte, denn diese Riesin trug ebenfalls blonde Zöpfe. In ihren Augen funkelte die gleiche Kampfeslust, die er an Fria schätzen gelernt hatte.

Er liebte diese Riesen! Das wunderbare Gefühl, seine Familie wiederzusehen, zog warm durch sein Herz, obwohl er die vier nicht kannte. Vielleicht war er ihnen in seiner Zeit in den Bergen flüchtig begegnet, aber gekämpft hatte er mit ihnen nicht, daran hätte er sich erinnert. Zugleich mit seiner Freude über diese Begegnung kam noch etwas zu ihm, eine andere Liebe: zu den Menschen, die hinter ihm zurückwichen, die zu weinen anfingen, die irrtümlicherweise glaubten, dass es das Ende bedeutete, vier Riesen zu begegnen. Sie kamen ihm vor wie Kinder, die glauben, dass ihr Vater von dem Räuber, der ihnen in den Weg springt, verprügelt und ausgeraubt werden wird, und die keine andere Möglichkeit sehen, sich selbst zu retten, als sich irgendwo im Gebüsch zu verstecken, unfähig, die Augen von dem fürchterlichen Geschehen abzuwenden.

Der Prinz wandte sich um. »Habt keine Angst!«, rief er. »Lauft nicht weg. Die Straße gehört uns. Nutzt die Gelegenheit, um euch etwas auszuruhen; es geht gleich weiter.«

Der Oberste Wachmann lachte wieder, diesmal zeigte er offen seinen Hohn.

»Damit habt ihr nicht gerechnet, wie? Ihr werdet hier umkehren. Und du, du mit der großen Klappe, dich werden wir zum König bringen.«

»Wie das? Wo ich doch der König bin?«

»Jagt sie weg«, befahl der Oberst den Riesen, »und bringt diesen Kerl endlich zum Schweigen. Er grinst immer noch; ich glaube, er ist verrückt. Es sind meistens die Verrückten, die andere ins Verderben führen.«

Aire klammerte sich an Sorayns Arm. »Das gibt ein Unglück«, flüsterte sie. »Können wir nicht einen anderen Weg nehmen? Eine andere Straße? Es ist nicht wichtig, wo genau wir an die Küste kommen.«

»Das ist mein Weg«, sagte er und löste sanft, aber entschieden, ihre Finger. »Und ich werde hier durchgehen. Mit allen.« Die Nonne stieß einen Klagelaut aus und zog sich rasch zurück. Denn nun standen die Riesen direkt vor ihm. Sie schienen es nicht nötig zu finden, etwas Einschüchterndes zu sagen.

»Ihr lasst euch Befehle erteilen – von Soldaten?«, fragte er. »Von Menschen? Seit wann?«

»Seit wir Zukata, dem Riesenkaiser, Treue geschworen haben«, meinte einer der Riesen und streckte zugleich die Hand aus, und mit dieser Hand, die einer Pranke glich, fasste er Sorayn beim Kragen.

Der Prinz fixierte alle vier mit seinen stechend blauen Augen – wussten sie denn immer noch nicht, wer er war?

»Diesen Eid erkläre ich für ungültig. Denn ich bin der König der Riesen.«

»Ach ja?«, fragte die Riesin spöttisch. »So wie du auch der König von Salien bist und der König dieser armseligen Gestalten hinter dir und der König von was weiß ich?«

»Nicht ganz«, meinte Sorayn. »König von Salien bin ich, seit ich im Wald eine Krone gefunden habe.«

»Ach, tatsächlich?« Sie hatten es nicht eilig, ihn zu verprügeln, wahrscheinlich weil sie fürchteten, es würde viel zu schnell vorbei sein. Vorher wollten sie sich noch ein wenig amüsieren. So wie er.

»König des Waldes – ja, seit wann bin ich das? König der Tiere und der Vögel des Himmels? Seit sie mich fanden, die Tiere, und sich an meine Seite schmiegten. König von Deret-Aif – auch dazu habe ich mich nicht selbst gemacht. Das Kaiserreich wurde über mich geworfen wie ein Mantel oder vielleicht wurde auch ich über das Kaiserreich geworfen. Das alles sind Geschenke, die mir in den Schoß fielen.« Er lächelte sie an; sie mussten ihn für verrückt halten. »Aber König der Riesen bin ich durch die Kraft meiner eigenen Hände«, fügte er hinzu. »Diesen Titel habe ich mir ehrlich erkämpft und ich werde ihn nicht abgeben, an niemanden, und ganz bestimmt nicht an Zukata.«

Er griff so schnell an, dass sie nicht wussten, wie ihnen geschah. Dem Riesen, der ihn gepackt hielt, rammte er seinen Schädel gegen die Rippen. Mit einem kräftigen Tritt riss er der großen Frau, die dicht neben ihm stand, den Boden unter den Füßen weg. Sein Mantel flatterte wie Vogelflügel, wie die schwarzen Schwingen der Krähen, die so oft zu ihm kamen, während er die vier grimmigen Gestalten eine nach der anderen in den Schnee warf und dafür sorgte, dass sie dort liegen blieben. Das Stöhnen eines der Riesen drang den Zuschauern durchs Herz, selbst denen, die sich vorher am meisten gefürchtet hatten. Sorayn stand immer noch vor ihnen, als wäre nichts geschehen. Er atmete etwas schneller und an seiner Schläfe pochte das Blut, in seinem Haar hatten sich ein paar Blätter verfangen, deren Ränder von Schnee ummalt waren.

»Du bist Sorayn«, krächzte der verletzte Riese.

»In der Tat, das bin ich«, sagte Sorayn. »Und tut jetzt nicht so, als hättet ihr das nicht gewusst. Ich habe euch gesagt, dass ich euer König bin.«

Die Riesin blinzelte ihn durch die Strähnen ihrer aufgelösten Zöpfe hindurch an. »Dürfen wir uns jetzt diese frechen Soldaten vornehmen?«, wollte sie wissen. »Ich konnte es kaum noch ertragen, wie sie uns behandelt haben.«

Der Prinz sah sich um. »Das lohnt sich nicht. Ihr müsstet ihnen hinterher rennen, dort hinten laufen sie. Er kann gut springen, der Oberste Wachhabende, das hat man ihm gar nicht angesehen.«

Die Wanderer wagten wieder aufzuschauen. Und doch war die Angst immer noch greifbar, die Gesichter bleich, das allgemeine Zittern erinnerte an einen Espenwald im Wind. Denn Sorayn machte keinerlei Anstalten, die Riesen fortzuschicken. Vielleicht wurde den Leuten erstmals bewusst, dass auch er ein Riese war – einer von denen. Einer, der mehr zu den wilden Riesen gehörte als zu ihnen.

»Bevor ihr irgendetwas anderes tut, werdet ihr mir Treue schwören«, verlangte Sorayn von den vier Besiegten. »Und dann räumt den Schlagbaum da fort. Wir gehen weiter.«

Sie kamen früher an die Küste als erwartet. Das Meer eilte ihnen auf dem letzten Stück entgegen, es hatte sich eine neue Küstenlinie geschaffen, einen neuen Strand, bewachsen von winterlichen Bäumen, und das Wasser, das über die trockenen Blätter spülte, trieb Eisschollen vor sich her.

Die Riesen, die nicht mehr von Sorayns Seite gewichen waren, seit er sie unterworfen hatte – es gab keinen anderen Weg, um ihr Herz zu gewinnen –, trugen ein paar Bäume zur Seite, die der Sturm gefällt hatte, so dass sie schließlich alle auf das glitzernde Meer hinausschauen konnten, das bereits halb den Hügel heraufgekrochen war. Die kleine Anhöhe hatte nie als Damm gedient und würde dem Meer auch nicht lange standhalten, wenn es mit dieser Geschwindigkeit voranschritt. Bäume ragten aus dem Wasser, schief und dunkel, so als würden sie schon seit Jahrzehnten da stehen und stillhalten wie ein gestrandetes Schiff in der Sonne.

»Und womit sollen sie fahren?«, fragte die Riesin.

Die Nonne schob sich nach vorne. »Dort ist das Schiff«, murmelte sie, als könnte es dadurch Wirklichkeit werden, dass sie es endlos lange wiederholte. »Dort müsste es sein. Vielleicht – wenn wir an der Wasserlinie entlanggehen? Irgendwo ist es, ich bin mir ganz sicher.«

Sorayn spürte, dass man von ihm mehr erwartete. Er sollte etwas sagen, sollte erklären, warum das ersehnte Schiff nicht da war, bereit zum Auslaufen, hinein in diesen glitzernden Wintertag. Aber er konnte es nicht erklären. Aires blinde Zuversicht hatte ihn angesteckt, so dass er beinahe damit gerechnet hatte, hier tatsächlich ein Schiff vorzufinden. Es hätte ihn jedenfalls nicht überrascht, wenn es tatsächlich da gewesen wäre. Doch hier standen sie nun und zwischen ihnen und Rinland lag das Meer. Und hinter ihnen verlassene Klöster, ausgestorbene Dörfer. Es würde sehr schwer werden, zurückzugehen. Sehr, sehr schwer. Und es gab nichts, was der junge Riese angreifen und aus dem Weg räumen konnte, für die, die er hergeführt hatte.

Er fand es äußerst unangenehm, gestrandet zu sein. Ein König, dem sie vertrauten, und der selbst nicht weiter wusste.

»Wir kehren nicht um«, verkündete Aire. Der Wind riss ihr die Haube vom Kopf und ihre schwarzen Haare flatterten. Auf einmal sah sie nicht aus wie eine Nonne, sondern wie eine Kriegerin, eine kampferprobte Amazone von der Insel. »Wir warten.«

Sorayn wandte sich ihr zu. »Hier ist nichts«, sagte er. »Kein Dorf, kein Unterschlupf. Der Wind dringt durch die Kleidung und frisst die Kraft und die Hoffnung. Ich weiß nicht, was ich den Leuten sagen soll, aber wir können hier nicht ausharren. Sie würden alle erfrieren.«

»Wir werden hier warten.« Die kleine Frau funkelte ihn an, als wollte sie ihn herausfordern, ihr zu widersprechen, damit sie ihm erst recht die Meinung sagen konnte. »Genau hier. Wir gehen keinen Schritt weiter. Hier ist die Flut, wir sind ihr entgegengegangen. Nun werden wir auch durch die Angst gehen. Auch das wurde von uns verlangt. Wir bleiben.«

Der Riesenprinz seufzte. Ihm ging es gegen den Strich, sich von ihr herumkommandieren zu lassen, doch außer seiner eigenen Ratlosigkeit hatte er nichts anzubieten.

»Dazu brauchen wir Schutz gegen den Wind und die Kälte. Ihr müsst Bäume fällen und eine Wand errichten, um den Wind abzuhalten.« Furchtlos und entschlossen erteilte Aire Befehle, ohne Sorayn zu fragen. Die Riesen, die den Blick ihres Königs suchten, um zu erfahren, ob er damit einverstanden war, mussten sich damit zufrieden geben, dass von ihm kein Zeichen kam.

Der Riesenprinz hatte sich abgewandt und starrte aufs Wasser hinauf, dorthin, wo Meer und Himmel sich trafen und im Blau miteinander verschmolzen. Als könnte er das Schiff zwingen, dort zu erscheinen.

»Wir haben kein Brennholz mehr, aber wir brauchen Feuer. Ihr«, die Nonne wandte sich an die Menschen, »sammelt Reisig. Es wird feucht sein, aber wir kriegen es schon irgendwie zum Brennen. Was haben wir zu essen? Nicht mehr als das? Egal, verteilt es. Das Schiff wird bald kommen. Wir müssen nur diese Nacht überstehen.«

Die Riesen brauchten nicht lange, um aus grob behauenen Baumstämmen Palisaden zu errichten. Sorayn half ihnen nicht. Er stand auf dem Hügel und wartete und fühlte den Schmerz in sich brennen, einen neuen Schmerz. Keine Wut, keine Rachegelüste flackerten in ihm, sondern so, wie das feuchte Holz qualmte und rauchte und sie alle in dunkle Schwaden einhüllte, stieg aus seinem Herzen der bittere Qualm der Enttäuschung und der Scham. Er hatte sein Volk geführt und hatte es falsch geführt. Er hatte die Worte vorgelesen, welche die Menschen sich so zu Herzen genommen hatten, und irgendwie waren es seine eigenen Worte geworden, obwohl er sie nicht mochte, und er hatte sich dafür verantwortlich gefühlt, dass sie eintrafen. Aber sie waren nicht eingetroffen, sie hatten ihn im Stich gelassen.

Liebend gern hätte er gegen hundert und gegen tausend Riesen gekämpft, aber er konnte nichts tun. Es gab niemanden, den er niederschlagen konnte, um ein Schiff zu gewinnen. Die Menschen würden erfrieren und verhungern.

»Das ist mein Königreich«, sagte er leise zu den Wellen unter der kalten Wintersonne, »das sind meine Untertanen. Bin ich hergekommen, um sie auszulöschen? Bin ich hergekommen, um alles zu vernichten, was Zukata übriglässt? Wie kann das sein? Wo bist du, der du diese Dinge verfügst?« Er sandte den Ruf aus über die glitzernde Wasserfläche vor ihm, über das endlose Meer, dessen leises Plätschern ihm genauso unerträglich selbstgefällig vorkam wie sein eigener Versuch, halb Salien an die Küste zu führen, dem Untergang entgegen. »Wo bist du?«, fragte er noch einmal. »Hast du dich aus dem Staub gemacht, nachdem du uns getäuscht und hergelockt hast? So sieht es also aus, wie? Mit falschen Versprechungen und leeren Drohungen und falschen Zeichen und unter der Führung eines falschen Königs reißt du diese Menschen ins Verderben? Das sind meine Untertanen! Meine!«

Sorayn rang nach Luft, aber er konnte nicht atmen. Der dunkle Rauch füllte seine Lungen mit ätzender Pein, er hustete, Tränen schossen ihm in die Augen, er bückte sich und hob eine Handvoll Schnee auf, mit dem er sich über das Gesicht wusch. Die Kälte wirkte nicht lindernd, im Gegenteil, sie kam ihm vor wie eine kalte Umarmung, eine Zurückweisung ohnegleichen.

Der Wind frischte auf, trieb die Wellen zwischen dem versunkenen Wald hindurch, Eisschollen brachen sich an den kahlen Baumstämmen. Ihm war, als hätte er nie etwas Trostloseres gesehen. Er wollte sich umdrehen und laufen, laufen ohne Ende, bis er irgendwann zusammenbrach. Laufen, vielleicht bis nach Kirifas, zu Maja, um sie in seine Arme zu reißen und festzuhalten und ihre Stimme zu hören, die seinen Namen sprach: Sorayn, mein Geliebter.

Er lief nicht. Er stand da und atmete den Wind, der die Rauchschwaden vertrieb, der den Geruch von Salz und Fisch und Algen mit sich brachte und dahinter, ganz schwach, kaum merklich, einen Hauch von Süße und Wärme, als wäre dort irgendwo, weit hinter dem Horizont, ein anderes Land, in dem kein Winter herrschte.

»Sorayn?« Aire rief ihn mit leiser Stimme, als könnte sie ihn aus einem Traum wecken, der ihm mehr bedeutete als die Wirklichkeit. »Kommst du zu uns? Wir haben ein paar Feuer zum Brennen bekommen. Wir haben eine Ziege geschlachtet, kannst du es riechen? Komm, setz dich zu uns.«

»Nein«, antwortete er, ebenso leise. »Ich werde nichts essen.«

Sie seufzte und ging. Aber er blieb stehen und starrte weiterhin aufs Meer, während die Dunkelheit über ihm aufzog. Wolken segelten heran, schneller als eine Flotte, der Wind wurde immer noch stärker, aber der Prinz blieb stehen.

»Hier sind wir«, sagte er zu dem Sturm. »Wir haben die Worte gehört und sind gekommen. Wo ist das Schiff?«

Mit eisigen Fingern zauste der Orkan ihm die Haare, berührte seine Wangen mit Fingerspitzen wie Nadeln, fuhr ihm unter den

Mantel, streckte die Hände nach seinem brennenden Herzen aus. Doch Sorayn gab den Groll nicht auf und die Enttäuschung und die Scham, all das, was ihn hier statt Erleichterung und Jubel empfangen hatte. So hätte es kommen müssen: die Küste voller Schiffe und lachende Menschen, die an Bord gingen und dabei lauter sangen als melgianische Pilger. Und nicht dies hier: Kälte und Elend und Enttäuschung und das Gefühl, verraten worden zu sein.

»Wo ist das Schiff? Ich bleibe hier stehen.« Es klang wie eine Drohung, auch wenn es niemanden gab, dem er hätte drohen können. »Ich bleibe hier. Wenn sie hier frieren und krank werden und sterben, dann ich auch. Wenn sie begreifen, dass es keinen Rückweg gibt, dass ihnen die Kraft fehlt, um zurückzukehren, dann trifft das auch mich. Du kannst nicht einen König erschaffen und ihn dann zusehen lassen, wie sein Volk stirbt. Du gabst mir den Segen? Ha! Nun, dann wirst du leider erleben müssen, wie der Segen mit mir untergeht. Stell dir vor, dies wäre ein Schiff. Ja, stell es dir vor, auch wenn du darüber lachen musst. Bin ich der Kapitän? Wir gehen gemeinsam unter. Alle. Hörst du das? Wir alle. Wenn du mir kein Schiff gibst, werde ich so tun, als wäre dies hier eins, dieser Wald, und alles, was darin ist.«

»Mit wem redet er?« Er hörte, wie sie hinter seinem Rücken tuschelten. Aire. Die Leute aus den Dörfern, die anderen Nonnen, die Priester. Er hörte die Stimme des Jägers, der ihnen sagte, dass es in diesem Wald kein Wild mehr gab, dass er nichts jagen konnte, dass sie umkehren mussten oder ausharren. Er drehte sich nicht zu ihnen um. Er hörte, wie die Riesen die Leute wegscheuchten, hörte, wie sie sagten: »Lasst ihn in Ruhe. Er ist der König. Er wird schon wissen, was er tut.« Und die Riesin, etwas lauter: »Verrückt? Wer ist hier verrückt! Soll ich dir zeigen, wie es sich anfühlt, wenn man einen Schlag auf den Kopf kriegt? He?«

Es begann zu regnen, die Tropfen verwandelten sich auf ihrem Weg nach unten in Eiskristalle. Sorayns dunkler Mantel wurde immer schwerer, riss an seinen Schultern, verwandelte sich in einen Panzer aus Eis, in eine schimmernde Rüstung. Wenn er sich bewegte, brach das Eis knisternd; wenn er die Arme ausstreckte, die

Hände offen, als erwartete er, irgendein Riese, noch größer als er, würde das Schiff hineinlegen.

Die Nacht war sehr dunkel und kalt. Er hörte die Kinder weinen. Ein Mann hustete, immer wieder, mitleidslos mit denen, die sich in den Schlaf flüchten wollten. Zwischen seinen Anfällen hörte der junge Riese ihn erschöpft atmen. Eines der Maultiere schlug mit den Hufen gegen die Palisaden, immer wieder, als könnte es so eine Stalltür öffnen und in einen warmen Raum voll Stroh und duftendem Heu treten, mit gefüllten Raufen und Tränken.

Sorayn schlief nicht, dachte nicht einmal daran. Dies war nicht die erste Nacht, in der er kämpfte, ohne seine Müdigkeit zu spüren. Nicht die erste Nacht, in der er mit einem Gegner rang, der sich stärker glaubte und doch irgendwann aufgeben musste. So musste auch der irgendwann aufgeben, der für all dies verantwortlich war, musste sich irgendwann herauswagen aus der Deckung und ihm entgegentreten und sich anhören, was Sorayn zu sagen hatte.

»Warum sind wir hier? Warum hast du uns hergelockt? Was für ein Riese bist du denn – noch schlimmer als Zukata? Noch schlimmer als ich? So nicht! Mach mit mir, was du willst, aber das hier betrifft alle diese Menschen. Sind sie mir gefolgt? Habe ich sie begleitet? Es macht keinen Unterschied. Hier sind wir. Und ich lasse nicht zu, dass du uns so behandelst! Ich lasse es nicht zu!«

Und wieder stand er da und horchte in die Stille. In den Regen und den Wind und die Nacht, die erbarmungslose Winternacht, in der das Eis und das Wasser sich knirschend durch den Hügel fraßen und die Bäume über ihnen stöhnten.

»Ich bin immer noch hier«, flüsterte er mit blaugefrorenen Lippen. »Ich gehe nicht weg. Ich warte.«

Irgendwann tauchte der Morgen aus dem Wasser auf und färbte die Welt grau. Grau und blass war die Luft, zu dünn zum Atmen, durchlöchert von den schwarzen Gerippen der Bäume.

Hinter ihm begann sich das Lager zu regen. Aire kam und blickte neben ihm hinaus aufs Wasser und ging wieder fort, ohne etwas zu sagen. Er hörte, wie sie Anweisungen erteilte. Wie die Leute das Feuer fütterten, mit allem, was sie mitgebracht hatten: Die Riesen zertrümmerten die kleinen Wagen, und nicht nur die Kinder weinten um ihre Wägelchen und Karren und um den Hausrat, den sie dort verbrannten. In den Kochtöpfen schmolzen sie Schnee und nannten es Wintersuppe. Nannten es Wie-lange-halten-wir-durch-Tee. Die Riesin brachte Sorayn einen Krug dieses heißen Wassers. Nach Metall roch es und nach Armut und es floss wie glühendes Eisen durch seine Kehle.

»Und was«, fragte er, »wird daraus in mir geschmiedet? Welche Worte könnten daraus werden, bissig wie Dolche und Schwerter und nicht zum Schweigen zu bringen?« Seine Stimmc wurdc lautcr. »Kreuz deine Klinge mit mir!«, rief er hinaus übers Meer. »Du musst mich schon töten, wenn du willst, dass ich verstumme!«

Die Riesin zog sich zurück, leise, sie trat vorsichtig auf, als hätte sie es mit einem Kranken zu tun, doch dann hielt sie noch einmal inne. »Mein König«, sagte sie, »diese Leute wollen ihre letzten Tiere schlachten. Sogar die Esel.«

»Nein!«, rief er aus. »Ich verbiete es!«

»Dann sollen sie mit ihren Eseln zusammen sterben? Soll ich ihnen das sagen?«

Und dabei waren die Riesen am hungrigsten. Er wusste das. Brauchten sie nicht von allem am meisten? Brauchten sie nicht ganze Tiere zum Essen und Teiche zum Trinken und ein Königreich zum Wohnen und ein Kaiserreich als Garten?

»Sag ihnen, sie werden nicht sterben.«

Sie zögerte immer noch, und ihre steingrauen Augen unter dem flachsblonden Haar verrieten, wie viel sie zu ertragen vermochte.

»Das kannst du ihnen versprechen, mein König?«

Er umklammerte die kleine Rolle, die sie hierhergeführt hatte. Das brüchige Papier zerbröselte in seinen Fingern.

»Das Meer tritt über die Ufer«, sagte er. »Wie wir mit eigenen Augen sehen. Dann wird auch das Schiff kommen.«

»Ja.« Sie lächelte, aber nicht froh. »Doch wird es rechtzeitig da sein?«

Er konnte ihr nicht sagen, wie lange es dauern würde. Mit einer Handbewegung scheuchte er sie fort, der Kampf war noch nicht zu Ende, der Gegner noch immer nicht besiegt. Sorayn stand da und suchte nach dem richtigen Wort, nach dem einen Wort, das

das Schiff herbeirufen würde, nach dem einen Wort, mit dem er die Welt und den Himmel bezwingen konnte und Rin selbst dazu brachte, sein Versprechen zu halten.

»Lachst du über mich?«, flüsterte er. »Lachst du, während du zusiehst, wie ich mich abmühe? Dann bist du kein wahrer Riese. Ein wahrer Riese würde einem Kampf niemals ausweichen. Er würde nicht hinnehmen, dass man ihn beleidigt und beschimpft. Und das tue ich!«, schrie er. »Verdammt, genau das tue ich hier. Zeig dich, du Feigling! Antworte mir! Wo ist das Schiff? Wo, verdammt noch mal, ist das Schiff?«

Der Tag glühte über dem Wald auf und verströmte sein Licht über dem Wasser. Er hörte, wie die Riesen sich im Lager mit den Menschen über das Schicksal der Esel und Maultiere stritten, hörte, wie sie zu brüllen begannen und das Weinen einer Frau ihnen antwortete.

Aber ihm antwortete niemand.

Die Stunden huschten vorbei auf leisen Sohlen, der Nachmittag schlich auf Zehenspitzen. Es war, als ob der Tag sich scheute, an ihm vorbeizugehen, ohne eine Antwort mitzubringen. Als ob Rin selbst sich fürchtete, einzugestehen, dass er keine Antwort hatte, und als sei es ihm peinlich, dass er nicht für das Schiff gesorgt hatte.

Sorayn holte alle seine Worte heraus und warf sie an den Himmel, warf sie über das Meer. Dunkle, rauchschwarze Worte voller Wut und Anklage, kleine, zerbrechliche Worte, die in seinem Mund zersplitterten und ihn in die Zunge stachen, Worte wie harte Kieselsteine, bei denen ihm war, als würden, wenn er sie ausspuckte, alle seine Zähne mit herausfallen. Er war so erschöpft, dass er kaum noch stehen konnte, geschweige denn genug Worte fand, um Rin herauszufordern, doch dann kam jemand – Aire oder einer der Riesen – und brachte ihm wieder einen Becher des nach Eisentöpfen schmeckenden Wassers, und Sorayn wurde wieder der Schmied, der Schwerter schmiedete und mit seinem Hammer das Metall bearbeitete, wieder und wieder, in der Gluthitze der Schmiede.

Dann wieder kam das Schweigen über ihn, manchmal müde und manchmal als eine andere Art der Herausforderung, als Gelegenheit für wen auch immer, ihm zu antworten.

»Vielleicht war alles Betrug«, hörte er Aire hinter sich zu irgendjemandem sagen. »Es soll in manchen Klöstern, die keine echte Schriftrolle abbekommen haben, durchaus vorgekommen sein, dass sie sich dort selbst einen Rinlandbrief ausgedacht haben. Die Äbtissin hätte es gewusst. Kamen uns diese Worte nicht von Anfang an merkwürdig vor und irgendwie falsch? Wir haben uns von einer Fälschung narren lassen. Wie können wir von Rin ein Versprechen einfordern, das er nie gegeben hat?«

»Aber das Zeichen passte zu dem Brief«, sagte jemand anders; Sorayn erkannte darin den alten Mann, der ihm das Päckchen mit der abgehauenen Tatze gegeben hatte.

»Wir wollten, dass es so ist.«

Der Alte hustete. Auch er war krank, sehr krank. Sorayn geriet in die Versuchung, sich umzudrehen und den Saliner noch einmal zu sehen, ihm Mut zuzusprechen, aber der Zeitpunkt war ungünstig. Er kämpfte hier – sahen sie das denn nicht?

»Mir fällt nichts mehr ein, was ich dir sagen könnte, Rin«, flüsterte er. »Warum antwortest du mir nicht?«

Er wartete. Und die Nacht fiel über ihn, eine düstere, trostlose Nacht. Windstill, fast reglos lag sie da wie ein erschossenes Tier, in dem noch die Pfeile des Jägers steckten. Sie atmete nicht. Es kam ihm vor, als hätten selbst die Menschen im Lager aufgehört zu atmen. Als seien sie bereits alle tot, dahingerafft von Fieber, Husten und Hunger, von Erschöpfung und Kälte und der Enttäuschung, hier am Ende der Welt nichts vorzufinden als Wasser. Und keine Insel. Und keine Brücke. Und kein Schiff.

Welch eine Nacht. Wortlos. Ihm fielen die Augen zu. Seine Träume wurden von der Verzweiflung umschlungen wie Bäume von Efeuranken, die ihnen die Kraft aussaugten. Er schwankte, er merkte kaum, wie die Riesen ihn festhielten, als sei die Hoffnung nicht ganz verloren, solange er aufrecht stand, ihr König.

Der Morgen begann blutrot. Seine Getreuen ließen ihn los und verschwanden lautlos. Selbst der geschmolzene Schnee schmeckte nach nichts und hinterließ ein taubes Gefühl in seinem Mund.

»Wo bist du?«, fragte Sorayn leise. »Wovon willst du mich hier eigentlich überzeugen? Von deiner Abwesenheit? Von deiner

Gleichgültigkeit? Ich bleibe hier. Ich höre nicht auf. Du wirst mich nicht los.« Er wiederholte es, immer wieder. Die goldenen Worte waren alle fort, auch die dunklen, schweren Worte, nur noch das war übrig: seine Entschlossenheit. Es fühlte sich nicht so an, eher wie Sturheit. Hier stand er, stur und trotzig wie ein Esel, aber hier stand er.

Einen zweiten Tag und eine zweite Nacht. Einen dritten Tag und eine dritte Nacht. Die Riesen stützten ihn, obwohl er sie nicht darum bat. Machte es einen Unterschied, ob er dort stand oder nicht? Aber sie hielten ihn fest, wenn die Nacht ihn zu Boden zu drücken versuchte, die dunkle, kalte Nacht. Einen vierten Tag und eine vierte Nacht. Krähen und Möwen kamen und pickten in seine Füße, um ihn wachzuhalten, und schrien ihm in die Ohren, um ihn aufzumuntern.

»Du wirst mich nicht los, Rin. Du bist ein sturer Riese? Ich auch. Wo ist das Schiff?«

»Da«, flüsterte Aire ungläubig irgendwann im Laufe des fünften Tages. »Da. Nicht bloß eins. Es sind fünf. Eine ganze Flotte. Wo kommen sie nur alle her?«

Sorayns Augen tränten, zunächst sah er gar nichts. Dann nahm er die dunklen Schatten auf den rotgoldenen Wellen wahr, die weißen Tupfer der Segel. Die Flaggen an ihren Masten.

»Es sind Piraten«, rief die Riesin. »Zukatas Schiffe.«

Der Prinz hörte sich selbst lachen, es kam ihm selbst fremd vor, dieses Lachen, als hätte er seit vielen Jahren nichts mehr komisch gefunden.

»Sie haben in Wenz gekämpft«, sagte er. »Blitz kam mit ihnen dorthin ... Wie es aussieht, machen sie sich lieber aus dem Staub, als König Oka in die Hände zu fallen.«

»Dann kommen sie nicht zu uns?«, fragte Aire erschrocken. »Es sind gar nicht unsere Schiffe?«

»Oh doch«, widersprach Sorayn grimmig. »Und ob das unsere Schiffe sind.«

Er blickte zum Horizont. »Fünf Tage. Für jeden Tag ein Schiff? Hätte es nicht auch ein Schiff sein können, für einen Tag? Hat dir schon mal jemand gesagt, dass du einen merkwürdigen Humor hast, über den nicht jeder lachen kann?«

»Sorayn!«, keuchte die Nonne. »Sprichst du so mit Rin?«

»Das musste einmal gesagt werden. Er kann es vertragen, er ist ein Riese.« Er drehte sich um, schaute in die gespannten Gesichter der Riesen. »Eins für jeden von uns«, sagte er. »Seid ihr bereit zum Entern?«

»Was habt ihr vor?«, fragte Aire verwirrt. »Ihr schwimmt hinüber und erobert diese Schiffe? Jeder eins? Du bist viel zu geschwächt. Das wird doch ...«

»... ein großer Spaß«, ergänzte Sorayn. »Und ganz genau das, was wir tun werden.«

25. Hinunter

SOBALD ER IN die Augen des fetten Mönchs blickte, wusste Blitz, dass er in eine Falle geraten war. Er hatte keinen Zweifel, sobald er die Mischung aus Scham und Gier und Angst darin sah.

»Du hast gewusst, dass ich komme«, sagte er. »Woher?«

Der Priester verzog das Gesicht, als hätte er Schmerzen. »Es tut mir leid«, murmelte er, »ich hoffe nur ...« Und er machte einige Schritte rückwärts, als fürchtete er, der Besucher könnte ihn jeden Moment angreifen.

»Ihr habt keine Briefe hier?«, fragte Blitz, obwohl jeder Augenblick kostbar war, obwohl er sich vielleicht noch retten konnte, wenn er kehrt machte, durchs Fenster sprang und versuchte, das Stadttor zu erreichen. »War es eine Lüge, die mich herlocken sollte? Nun sag schon, ich warte. Wo ist euer Rinlandschatz und worin besteht er?«

Der Mönch warf einen hilfesuchenden Blick in die Runde, aber sie waren allein im Gang des kleinen Klosters. Doch schon war das Klirren von Waffen, das Stampfen zahlreicher Stiefel zu hören.

»Habt ihr solche alten Rollen oder nicht? Was denn nun?«

»Ich kann nichts dafür«, jammerte der Mann. »Sie haben mir gesagt, ich muss es melden. Ich kann wirklich nichts dafür!«

»Die Briefe!« Er verlor langsam die Geduld. Gleich würden die Soldaten an der Tür sein.

»Wir haben einen Schatz, aber ...«

Die Tür sprang auf, von einem derben Fußtritt aufgestoßen. Der Krieger wartete keine Sekunde länger. Er hechtete los, um den Gang hinunterzurennen und irgendeinen Hinterausgang zu finden, aber er kam nicht weit. Der Angriff kam aus einer Richtung, die er nicht erwartet hatte: Der Mönch streckte seinen Fuß vor und brachte ihn zu Fall; bevor Blitz aufspringen konnte, hatte der dicke Kerl sich auf ihn gesetzt.

Im nächsten Moment waren schon die Wachen da, rissen den Arimer hoch und fesselten ihn, dann wurde er abgeführt, in einem ganzen Pulk schwerbewaffneter Schergen. Konnte Zukata erfahren haben, dass er sich in Salien befand? Noch war er am Zweifeln, ob er auf das Zeichen auf seinem Arm hinweisen sollte oder nicht. Er beschloss, erst einmal abzuwarten.

Die Soldaten brachten ihn geradewegs über die breiteste Straße der Stadt zur Burg. Sie behandelten ihn recht grob, aber das musste nichts heißen. Wenn er erst mit dem Fürsten gesprochen hatte, konnte sich noch alles ändern.

»Was wird mir eigentlich vorgeworfen?«, fragte Blitz, während sie ihn auf das große Burgtor zu führten. »Ich bin noch nicht lange in dieser Stadt. Ich glaube kaum, dass ich ...«

Ein Stoß in den Rücken, der ihm den Atem verschlug. Noch wollte er die Hoffnung nicht aufgeben, dass das Ganze ein Missverständnis war. Dass er nicht Norha in die Hände geraten war.

Nicht Norha, dachte er die ganze Zeit, während sie ihn die vielen Stufen zur Burg hoch schleppten, bitte nicht Norha. Ich trete jedem entgegen, ich sehe jedem in die Augen ... aber nicht Norha.

Seine Bitte wurde erfüllt. Fürst Odad, der in Tamru residierte, war viel älter; ein weißhaariger Greis mit wässrigen Augen.

»Das ist er?«, fragte er mit zittriger Stimme.

»Die Klosterbrüder haben uns informiert«, erklärte einer der Soldaten. »Die Beschreibung passt, und der Kerl hat nach irgendwelchen Briefen gefragt. Das ist der Mann, vor dem Ihr gewarnt wurdet, kein Zweifel.«

Der Alte richtete seinen trüben Blick auf Blitz. »Ein hochrangiges Mitglied des kaiserlichen Hofes hat uns darum gebeten, dich festzunehmen und bis zu seiner Ankunft zu verwahren. Ärger mit dem

Kaiser wollen wir hier nicht haben. Schafft ihn ins Verlies, bis der Fürst kommt.«

»Wartet!« Der Krieger stemmte die Füße in den Boden. »Herr, bitte wartet! Gibt es diese Briefe? Sind sie hier in der Burg?«

Der Herr von Tamru richtete seinen wackelnden Kopf auf ihn aus. »Was für Briefe? Wovon faselt der Mann? Ist er ein Spion? Für wen? Was weiß er? Das frage ich mich, ja, das scheint mir seltsam.«

»Briefe aus Rinland, Herr«, erklärte Blitz. »Sie werden üblicherweise in kleinen Holzkästen aufbewahrt. Manche von ihnen sind viele hundert Jahre alt. Sie enthalten sehr wichtige Botschaften, die von manchen Würdenträgern über alles gefürchtet werden.« Wieder brannte die Hoffnung in ihm auf, denn Odad hörte tatsächlich zu. »Sicher gibt es auch hier in Tamru einen solchen Brief, entweder hier in der Burg oder im Kloster.«

Die blassen Augen des Fürsten waren einen Moment lang erstaunlich scharf. Aber dann sagte er: »Wir werden Zukata keinen Grund geben, an unserer Loyalität zu zweifeln. Wenn sein Kaiserganger befiehlt, müssen wir gehorchen.«

»Der Bote, der herkam und uns die Befehle überbrachte, hat das Zeichen mit eigenen Augen gesehen«, bestätigte der Soldat.

»Kaisergänger?«, wiederholte Blitz leise. Sie sprachen zweifellos von Norha. Aber dieser kannte ihn nicht wirklich, hatte nur miterlebt, wie der Arimer Edmondas Festnahme und das Fest in Talen gestört hatte. Norha wusste jedoch nicht, wie viel dieser Störenfried Zukata wert war. Jetzt von seinem eigenen Zeichen zu sprechen, konnte mehr Aufmerksamkeit auf ihn lenken, als ihm lieb war; besser war es, eine günstige Gelegenheit abzuwarten, um zu fliehen.

Er ließ sich von den Soldaten mitführen. Doch als es eine Treppe hinunterging, ins Dunkle, war mit einem Schlag alles anders.

Eine Zelle in einer schwarzen Burg über dem Meer ...

»Nein. Nein, nicht da hinunter. Nein, lasst mich. Jetzt lasst mich doch los!« Er konnte sich nicht fügen, obwohl er eben noch überlegt hatte, dass er so wenig Aufmerksamkeit wie möglich auf sich lenken wollte. Er konnte nicht zulassen, dass sie ihn dort hinunterbrachten. Plötzlich entwickelte er ungeahnte Kräfte; trotz seiner gefesselten Hände entwand er sich den zupackenden Soldaten und stürmte los, auf das Licht zu, auf die Fenster und Türen nach draußen. Er kam nur wenige Meter weit, bevor sie sich auf ihn stürzten.

»Ach, noch einer.« Die anderen Gefangenen in der dunklen, unterirdischen Höhle begrüßten ihn ohne große Begeisterung. Blitz unterdrückte den Impuls, sich schreiend gegen die Tür zu werfen, und sah sich um. Im Licht der Fackeln, die draußen im Gang hinter der Gittertür brannten, erkannte er etwa vierzig, fünfzig Gestalten, die im Stroh saßen oder lagen, an der Wand lehnten oder in gebückter Haltung durch die Zelle wanderten.

Wenigstens war er nicht allein. Er wusste nicht, was er getan hätte, wenn sie ihn allein in eine finstere Kammer gesperrt hätten.

»Sei willkommen, Bruder.« Der Mann, der mit den Händen auf dem Rücken seine Runden drehte, hielt kurz vor ihm an, nickte ihm zu und marschierte mit schlurfenden Schritten weiter.

»Bruder? Ich bin kein Priester.« Die meisten Gefangenen trugen lange, dunkle Gewänder, die er erst jetzt als Kutten erkannte. Andere dagegen sahen eher wie Kaufleute aus oder Handwerker, und der Mann mit der Adlernase, der nahe der Tür im Stroh saß und sorgfältig seine Fingernägel reinigte, war bestimmt kein gewöhnlicher Städter, eher der Sohn eines Fürsten. »Was ist das denn hier für eine Versammlung?«, fragte er. »Wie Räuber seht ihr nicht aus.« Damit kannte er sich aus, oft genug hatte er erlebt, von jemandem angestarrt zu werden, der sich überlegte, ob er ihn ausrauben oder gleich umbringen sollte. »Wo bin ich hier hingeraten?«

»Fürst Odad von Tamru hat große Angst, dass der Kaiser in ihm einen aufmüpfigen Geist erkennen könnte«, sagte der Adlige, der mit der Pflege seiner Hände fertig war. »Deshalb hat er einen Kompromiss gefunden. Er sperrt alle ein, die Zukata nicht genug ehren, aber er behandelt uns nicht allzu schlecht. Entweder wird er dafür selbst hier unten landen, oder er schafft es, sich bis zu seinem nicht mehr allzu fernen Tod in der Burg zu halten. Du kannst dich an unseren Wetten beteiligen, wenn du magst.«

»Ich habe nichts, was ich setzen könnte.« Blitz suchte sich einen freien Platz in einer dunklen Nische. Er fragte sich, wie die Männer es hier aushielten. Die Luft war von unerträglichem Gestank erfüllt. Er schlug die Hände vor das Gesicht und versuchte, so wenig wie möglich davon einzuatmen.

»Mönche, die nicht gewillt waren, ihm Informationen zu liefern«, zählte der Adlige auf, »Händler, die sich geweigert haben, Steuern zu bezahlen an einen Fürsten, der sich als König aufspielt und den guten alten König Rubar verdrängt hat. Wer wollte schon die hundertste Perlenkette einer unersättlichen Liadett bezahlen? Und du, Fremder? Weder Mönch noch Kaufmann – womit hast du den allgegenwärtigen Abgesandten aus Kirifas verärgert?«

»Ich sammle die Briefe aus Rinland.«

»Du bist das?« Einer der Mönche richtete sich auf, offensichtlich hatte er schon davon gehört. »Das konnte ja nicht mehr lange dauern, bis sie dich erwischen, das war dir hoffentlich klar?«

Er nickte nur, eigentlich wollte er gar nichts mehr dazu sagen. Es fiel ihm schwer, sich auf die Fragen der anderen zu konzentrieren.

Eine kleine Kammer. Ein Bett. Ein Messer. Nur ein Messer, aber niemanden, gegen den man kämpfen könnte. Und draußen steigt das Meer, steigt die Flut, unaufhaltsam. Bald kommt die Dunkelheit durchs Fenster herein ... Er versuchte nicht zu atmen, ihm wurde schwindlig, der Schweiß brach ihm aus. Dass er das Bewusstsein verloren hatte, merkte er daran, dass sich mehrere Gesichter über ihn beugten, als er die Augen aufschlug.

»Ich muss hier raus«, flüsterte er. »Ich muss hier raus, unbedingt. Ich kann hier nicht bleiben, hier unten.«

»Tja, du sprichst uns aus der Seele. Aber bis jetzt hat sich noch niemand gefunden, der uns die Tür öffnet.«

Blitz legte den Kopf zurück, atmete und fühlte doch, wie er erstickte an dieser Luft. Schuld war nicht nur der Gestank. Sondern alles zusammen: die Enge und die Dunkelheit und das Gitter. Eine Tür mit einem Schloss.

»Erzähl mir mehr von den Briefen«, forderte der Adlige ihn auf.

Wie leicht flossen ihm sonst die Worte von den Lippen. Die meisten Rollen, die er und Sorayn aufgespürt hatten, kannte er auswendig. Die Worte begleiteten ihn und trieben ihn an und waren sein Schatz, wie ein ganzer Sack voller goldener Münzen, doch jetzt mochte er nicht einmal den Mund öffnen, hier unten, so als könnte das Dunkle, Enge, Erstickende die Gelegenheit ergreifen und in ihn hineinkriechen.

Er wollte, dass sie ihn in Ruhe ließen, aber hier unten gab es nicht viel zu tun, und fast alle hatten schon davon gehört, Gerüchte um Schätze, die ein Dieb aus den Klöstern stahl, Lieder vom Wasser, das näherkam, und manch einem zuckte der Fuß. Gehen? Nicht gehen? Was war das für ein Wahn, der ein ganzes Land erfasste und die Mächtigen erbleichen ließ?

Nein, sie ließen ihn nicht in Ruhe. Und Blitz war gezwungen, nach den Worten zu graben, die aus seiner Stirn ins Stroh zu sickern schienen, dort im Unrat und in der Finsternis. Einen Brief nach dem anderen zogen sie aus ihm heraus, hin und wieder eine Drohung und dann wieder ein Wort von der Hoffnung und der Verheißung, bis die Sehnsucht nach Rinland wie ein ungewohnter Duft durch den Kerker wehte, ein vertrauter Duft. Man musste nur die Augen schließen und konnte sie fast sehen, die glücklichste aller Inseln, und konnte das Frühlingsgras unter den bloßen Füßen fühlen und die Sommeräpfel in der gewölbten Hand mit ihrer dünnen, gepunkteten Schale und das Aroma der Herbstblumen am Weg, der ins Gebirge hinaufführte. Als hätte jemand in einem düsteren Vorratskeller ein Glas geöffnet und die Jahreszeiten stiegen daraus auf und breiteten sich im ganzen Raum aus, Frühling und Sommer und Herbst, wie Früchte, prall und saftig, eingezuckert im eigenen Saft.

Der gefangene Krieger brachte ihnen die Briefe, ohne einen einzigen davon in der Hand zu halten. Jedem, der sich über ihn beugte, gab er einen davon, mit dem derjenige sich murmelnd in eine Ecke verzog, als könnte er so jedes Wort, jede Silbe, jeden Laut festhalten. Blitz wollte nicht, aber sie ließen nicht locker, bis er alles, was er selbst gelesen und was er Sorayn hatte sagen hören, über seine Lippen zwang, alles, was schön war und golden, was scharf war wie der Wind über dem Meer, salzig und frisch. Und unter dieser Schicht von Silben und Sätzen fand er andere Geschichten, fand er Träume. Hatte Liravah, seine alte Lehrerin, ihm nicht davon erzählt, vom Kaiserreich und seinen Wundern? Und hatte er mit Mino nicht in ihrem Versteck im Wald davon geschwärmt, wie es wäre, eines Tages aufzubrechen und alle diese Orte zu sehen? Städte zu bewundern und vor dem Palast von Kirifas zu stehen mit großen Augen. Fürsten zogen an ihm vorbei, Räuber streiften durch die Wälder, und einer von ihnen stand drohend über ihm und richtete seinen blauen Blick auf ihn ohne Gnade.

»He. He, du.« Er zwang sich, die Augen zu öffnen. Die Träume stoben davon. Immer noch war er im Kerker, und der Mann, der vor ihm kniete, war einer der Kaufleute, ein Mann, dessen fröhliches Gelächter zwar die Ratten vertrieb, aber nicht die Dunkelheit. »Stimmt es, dass du die Rinlandschätze gestohlen hast? Stimmt es, dass du ein Dieb bist? Wenn ich mich recht entsinne, hast du auf diese Frage nie eine Antwort gegeben.«

Blitz zögerte. Unter all diesen rechtschaffenen Männern über seine dunkle Vergangenheit zu sprechen, vor Leuten, die Zukata hassten, sich als sein ehemaliger Lieblingsdieb zu bekennen, das musste nicht sein. Und war es wirklich besser, was er und Sorayn getan hatten – Tore einzuschlagen und Mönche einzuschüchtern?

Der Kaufmann wartete nicht auf seine Antwort. »Hier«, sagte er. »Kannst du damit etwas anfangen?« Er zeigte ihm einen Draht, stark und zugleich fein. »Das Schloss hängt am Gitter«, flüsterte er, »man kann von dieser Seite herankommen, wenn man durch die Stäbe hindurchgreift.«

Sofort setzte der Arimer sich auf. Er überprüfte schnell die Lage: Die meisten Gefangenen im Gewölbe schliefen. Im Gang flackerte die Fackel. Keine Wachen. Sie schauten nur hin und wieder vorbei, hielten es nicht für nötig, vor der geschlossenen Tür Wache zu schieben. Der nächste Patrouillengang stand kurz bevor.

Blitz nahm den Draht aus der Hand seines Mitgefangenen, hielt dessen fragendem Blick stand, war auf einmal wieder voll da. Tausend Schrecken fielen von ihm ab, als er aufstand. Seine Finger ertasteten das Metall, erinnerten sich an tausend Dinge. Nicht Zukata hatte ihm beigebracht, wie man ein Schloss öffnen konnte, Zukata, der auf Riesenart alles niederwalzte, was ihm im Weg stand. Aber seine Mitstreiter, seine Bande, bestand nicht umsonst aus zum Tode verurteilten Verbrechern, aus Männern, die in dunklen Geschäften Meisterschaft erlangt hatten.

Die Hoffnung war wie eine Hand, die ihn aufrichtete, war wie Raum zum Atmen, wie Luft, die seine Lungen füllte. Er kniete sich ans Gitter, fasste nach dem Vorhängeschloss, fühlte. Die anderen setzten sich auf, einer nach dem anderen, wechselten Blicke, starrten und schauten dann weg, als könnten sie sich und den anderen glaubhaft versichern, dass sie nichts von solchen Dingen wussten.

Der Draht wurde zum Schlüssel, kratzte leise über das Eisen.

»Die Wache«, flüsterte einer. Sie legten sich ins Stroh, Blitz irgendwohin in die Nähe der Tür, er zuckte nicht einmal zurück, als eine Ratte daraus hervorkrabbelte. Der Wachmann blieb kurz am Gitter stehen, verschwand wieder. Sofort war Blitz wieder an der Tür. Er war aus der Übung, aber seine Hände hatten nichts von dem verlernt, was sie jemals gekonnt hatten.

Mit einem leisen Knacken öffnete sich der Riegel. Er stand auf, sein Herz klopfte schneller. Die Tür schwang auf. Er hatte gar nicht gemerkt, dass die anderen alle hinter ihm standen. Dort waren sie, und ihm war, als könnte er auch ihre Herzen hören, ein wildes Gehämmere wie in einem Wald voller Spechte.

Sie schlichen durch den Gang, er vorneweg, in seiner Hand keine andere Waffe als den Draht. Sie wagten nicht einmal zu flüstern. Dort die Treppe. Hinauf. Ein weiterer Gang, eine Halle. Die Wachen, dort, auf Patrouille.

Ein Schrei. Laut, aber noch nicht sehr laut, noch zu ungläubig, um die Wahrheit lauthals herauszuschreien.

»Alarm! Die Gefangenen fliehen!«

Blitz sprang auf den nächsten Soldaten los, der versuchte, ihnen den Weg abzuschneiden. »Lauft!«, rief er. »Lauft!«

Die Mönche, die Händler, der Fürstensohn. Sie liefen, blickten sich nicht um, während Blitz wie ein Sturm zwischen die Reihen der Wächter fuhr und sie durcheinanderwirbelte. »Lauft!« Er, nur mit dem Draht bewaffnet, spitz und scharf, er, Amazonenschüler, Zukataschüler, in dessen Händen alles zur Waffe wurde, selbst die Luft und selbst die Feinde und ihre Überraschung. Aber es waren zu viele. Einen Wächter hätte er überwältigen können, mit bloßen

Händen, nur durch Geschick und Schnelligkeit, vielleicht zwei, vielleicht sogar fünf. Aber sie warfen sich auf ihn und erstickten ihn mit ihrer bloßen Überzahl, als hätte sich eine Kerkerzelle über ihn gestülpt. Dunkelheit. Keine Luft zum Atmen. Ein Schrei brach aus ihm heraus, gellend wie ein Blitz in der Finsternis. Aber sie schlugen ihn einfach nieder.

»Was mach ich nur mit dir?« Fürst Odad kraulte seinen Bart mit zitternden, von Altersflecken übersäten Händen. »Ich weiß nicht, was du getan hast, will es auch gar nicht wissen. Aber die Häuser in meiner Stadt werden leer. Fuhrwerke, gefüllt mit Kindern und Kranken, verstopfen die Straßen. Lieder werden gesungen, die noch nie jemand gehört hat. Das Meer kommt? Welch ein Unsinn.« Aber er blickte den Gefangenen nicht unfreundlich an, und Blitz fragte sich, ob er ihn vielleicht mit Absicht zu einem Haufen aufmüpfiger Zukata-Gegner gesteckt hatte, sobald er das Wort »Briefe« ausgesprochen hatte. »Kann dich nicht laufen lassen. Kann dich nicht hier behalten. Bald ist niemand mehr da, verstehst du? Das Land ist leer. Und dann? Wann ist das Kaiserreich leer? Über wen soll ich denn dann noch regieren? Und die anderen, die Zukata die Füße küssen, über wen? Verrate mir das.«

»Lasst mich gehen, Herr«, bat der Krieger. »Bitte. Steckt mich nicht wieder ins Verlies. Bitte, tut das nicht.«

Der Fürst runzelte die Stirn. »Kann dich nicht hier behalten. Oh, ein gefährlicher Mann, ich weiß. Die Soldaten möchten dich hängen sehen, für das, was du unter ihnen angerichtet hast. Ich kann dich nicht lange beschützen. Aber gehen lassen? Wird nicht lange dauern, bis Norha das erfährt. Bis der Fürst des Kaisers das erfährt und der Kaiser selbst, dass ich einer bin, der ihre Feinde laufen lässt.«

Seine Blicke stolperten über Blitz' Gesicht.

»Schick dich fort, ist besser für uns beide«, meinte er schließlich. »Salien geht unter. Schick dich über die Grenze, in Sicherheit. Und wenn er kommt, der Kaisergänger, schicke ich ihn dir hinterher und bin ihn los.«

»Norha?«

»Erion heißt er, Fürst Erion. Kaiserlich, sehr kaiserlich. Dir wird nichts zustoßen, bis er kommt.«

»Erion?« Erion hatte dafür gesorgt, dass er verhaftet wurde, nicht Norha? In die Erleichterung, dass Minos Mann nichts von seinem Schicksal wusste, mischte sich tiefe Besorgnis. Erion, Zukatas neuer Liebling, fast schon sein Sohn, war hier in Salien? Das war nicht gut. Das war gar nicht gut.

»Du wirst auf ihn warten«, bestimmte Odad, »aber nicht hier, nicht hier in meiner Burg.«

Blitz wünschte sich, er hätte kämpfen können. Er wünschte sich, er hätte besser gekämpft und er hätte mehr für sich selbst gekämpft als für andere, als sie ihn fesselten und mitnahmen. Aber erst, als er eine neue Treppe sah und ein weiteres Hinunter und einen finsteren Gang, in dem das Tageslicht längst dahingesiecht war und seinen üblen Leichengestank hinterlassen hatte, vergaß er alle anderen Wünsche, die er jemals gehabt hatte.

Norha hatte es auf der Rückbank der Kutsche nicht sonderlich bequem. Der Schnee auf der Straße war gefroren und die Pferde mühten sich durch die weiße Schicht hindurch, in der sie immer wieder einbrachen.

Seine Gemahlin Liadett, in ihren Pelz gewickelt, jammerte in einem fort, was seine Kopfschmerzen noch verschlimmerte. »Wir sind viel zu lange hier geblieben. Wir sollten längst im Schloss sein. Du hättest dich krönen lassen sollen, bevor das ganze Durcheinander angefangen hat! Manchmal nennst du dich noch Fürst, manchmal schon König – man wird ja ganz wirr im Kopf davon.«

»Ich habe auf Zukatas Nachricht gewartet«, gab er ungeduldig zurück. »Die Tauben fliegen schnell. Ich weiß nicht, warum die Ernennung nicht kommt. Es erreicht uns ja überhaupt nichts mehr aus Kirifas.«

»Hier ist kein Durchkommen«, rief der Kutscher. »Die Wagenräder stecken in einer Schneewehe fest!«

»Dann grab uns frei«, befahl Norha barsch. »Und beeil dich.« Er hatte keine Zeit, hier länger als nötig zu warten. Wenn es schon so lange dauerte, konnte er die Gelegenheit nutzen, um sich kurz auszuruhen; er hatte in den letzten Wochen zu wenig Schlaf bekommen. Die Kopfschmerzen, die er seit dem Kampf mit Erion mit sich herumschleppte, ließen ihm selten Ruhe. So ganz verstand er immer noch nicht, was damals passiert war. Ein Fehler, der nicht hätte vorkommen dürfen.

Nun, er bemühte sich stets, so wenig Fehler wie möglich zu machen.

Im Halbschlaf merkte er, dass es auf einmal einen Ruck gab. Die Pferde zogen wieder an, die Räder drehten sich. Norha nickte zufrieden. Man musste die Bediensteten genauso antreiben wie die Pferde, sonst gaben sie bei der geringsten Schwierigkeit auf.

»Herr«, flüsterte der Kutscher.

»Was ist? Es geht doch wieder.« Dann wurde ihm auf einmal bewusst, dass der Kutscher neben ihm saß. Was sollte das nun wieder? Seit wann fuhr sein Personal mit ihm mit und setzte sich unaufgefordert neben ihn? Liadett zuckte nur die Achseln. Er war ganz wach, als ihm die nächste Frage einfiel.

»Wer lenkt denn dann die Pferde?«

»Räuber.«

Jetzt bereute Norha, dass er seine Soldaten fortgeschickt hatte, um die Dörfler, denen sie am vergangenen Tag begegnet waren, in ihr Dorf zurückzubringen. Er hatte nicht genug Leute, um diesen Wahnsinn, der hier tagtäglich vor sich ging, zu beenden. Auf die Riesen, die Zukata ihm geschickt hatte, war auch kein Verlass. An einem Tag befahl er ihnen, die Grenze zu bewachen oder die Küste oder eine Stadt, am nächsten waren sie auf und davon und trieben wer weiß was. Die Menschen daran zu hindern, ihre Dörfer zu verlassen und dem Meer entgegenzugehen, war, als würde man die Hand auf den Riss im Holz eines angeschlagenen Fasses legen, um den Wein am Auslaufen zu hindern.

»Es gibt keine Räuber in Salien«, sagte er. »Es sei denn, Zukata hätte ihnen die Genehmigung dazu erteilt. Ich werde mit ihnen reden und das klären.«

Er pochte laut gegen die Kutschwand. »He! He, ihr da! Anhalten! Ihr macht da einen großen Fehler!«

Der Wagen hielt. Schritte knirschten im Schnee. Der Mann, der den Verschlag öffnete, hätte durchaus ein Wegelagerer sein können. Sein langer, dunkler Mantel hatte mit Sicherheit schon bessere Tage gesehen, seine schneeverkrusteten Stiefel verrieten, dass er es nicht gewöhnt war, in Kutschen zu fahren. Schneeflocken lagen auf seinem schwarzen Haar. Norha hatte ihn schon einmal gesehen, diesen merkwürdigen Kerl – in Talen, als er die Massen dazu aufgestachelt hatte, das Land zu verlassen. Das war kein Räuber in Zukatas Sold, sondern etwas viel Schlimmeres. Ein Aufrührer. Ein Rebell. Ein Mann, der auf seiner Zunge die Worte tanzen ließ, bis jeder Zuhörer mittanzte.

Norha warf dem Kutscher einen gebieterischen Blick zu.

»Äh, das ist König Norha, in Gnaden eingesetzt von Kaiser Zukata über das Königreich Salien«, leierte der Diener herunter. Er schien sich vor dem Fremden zu schämen und senkte den Kopf.

»Wer bist du, dass du es wagst, mich und meine edle Gemahlin aufzuhalten?«, fragte der Fürst, so streng und selbstsicher wie möglich.

»Ihr fahrt in die falsche Richtung«, erklärte der Schwarzhaarige freundlich. Seine erstaunlich blauen Augen lächelten nicht mit. Norha fühlte das Unbehagen, das ihn unter diesem durchdringenden Blick beschlich, wie eine Schwertwunde.

»Hände weg von meiner Kutsche«, knurrte er.

»In Salien ist kein Platz mehr für Euch«, sagte der Fremde. »Verlasst das Land in südlicher Richtung.«

»Was ist das denn für eine Unverschämtheit?«, keifte Liadett. »Wie kannst du es wagen?«

»Ich werfe Euch hinaus«, sagte der Mann mit den blauen Augen in einem Ton, der keine Widerrede duldete. »Euch und Eure Soldaten. Ich habe es satt, dass mein Volk von ihnen belästigt wird. Ihr dürft Euch entfernen. Das gestatte ich Euch. In Richtung Süden ist die Straße für Euch frei.«

»Aber wir sind unterwegs zum Schloss!«, jammerte die Fürstin. »Norha soll dort zum König gekrönt werden!«

»Das erinnert mich an etwas.« Der ungewöhnliche Wegelagerer griff in seine Manteltasche und holte eine winzige Papierrolle heraus. »Ich habe einen Brief für Euch. Er steckt schon etwas länger in meiner Tasche, aber die Worte darauf sind wie neu.«

»Du fängst unsere Briefe ab?«, rief Liadett empört. »Die Briefe an den Fürsten, äh, den König?«

»Eine Botschaft aus Rinland, was?«, spottete Norha. Das hier war einer der Unruhestifter, die in Salien ihr Unwesen trieben, kein Zweifel. Dennoch streckte der Fürst die Hand aus und nahm die Rolle entgegen. Ein unerklärliches Zögern befiel ihn, während er sie zwischen den Fingern drehte. Ein Rinlandschatz, für ihn? Waren diese nicht zu kostbar, zu alt, zu wichtig für diese Wahnsinnigen, um sie einem wie ihm auszuhändigen? Was glaubte dieser Mann – dass der König von Salien es lesen und weinend auf die Knie sinken würde? Dass Norha den Überbringer anbetteln würde, ihn doch nach Norden fahren zu lassen, dem Meer entgegen?

Der Fremde nickte dem Kutscher zu, der eilig ausstieg und sich wieder auf den Bock setzte, dann gab er dem Wagen einen kleinen Stoß, und die Pferde zogen an. Fürst Norha fiel auf seinen Sitz zurück.

»Das lässt du dir nicht bieten«, meinte Liadett. »Wir rufen alle unsere Soldaten, damit sie den Kerl festnehmen. Wir schreiben einen Brief an Zukata. Wir ...«

»Dieser Brief ist von Zukata.« Norha ließ das Schreiben sinken. »Er hat mich nicht zum König von Salien gemacht. Er hat verfügt, dass man mir das Zeichen aus dem Arm schneiden und mich aufhängen soll.«

Seine Frau schlug die Hand vor den Mund. »Oh nein! Wenn das einer deiner Würdenträger gelesen hätte, irgendeiner!« Sie streckte den Kopf aus dem Fenster, zog ihn aber gleich wieder zurück. »Er ist schon weg. Das gibt es doch nicht, er hat dir das Leben gerettet!«

Norha biss zornig die Zähne aufeinander. Er dachte nach, während das Gefährt über die holprige Straße rumpelte.

»Du musst untertauchen«, weinte die Fürstin. »Es gibt keine andere Möglichkeit. Du bist ein Verurteilter!«

»Aber es weiß keiner«, sagte er schließlich. »Ich habe einflussreiche Freunde in Laring, die uns helfen werden – solange sich *das* nicht herumspricht. Es hat auch seine Nachteile, wenn man alle

Tauben abfängt. Dieser seltsame Mann hält sich für so schlau ... Aber ich werde dafür sorgen, dass ihm das Lachen vergeht.«

Die Soldaten standen am Wegesrand und sahen zu, wie der Zug der Dorfbewohner vorüberging, bis sämtliche Karren und Esel und Kinder vorbei waren. Unwillkürlich legte einer die Hand an seinen Gürtel, wo sonst das Schwert gesteckt hatte.

»Es ist skandalös«, murmelte er. »So etwas dürfte es nicht geben.«

Der gesamte Trupp war von Riesen entwaffnet worden. Sie konnten froh sein, dass sie noch lebten. Froh sein, dass man ihnen die Wahl gelassen hatte – sich den salinischen Einwohnern anzuschließen und an die Küste zu pilgern, um die Schiffsreise nach Rinland anzutreten, oder nach Süden zu gehen. Aber sie konnten sich ausrechnen, dass sich dieses Spiel in absehbarer Zeit in Laring wiederholen würde. Zeiten wie diese hatte es in ihrem ganzen Soldatenleben nicht gegeben.

Zwischen den Soldaten stand eine Frau in einer glänzenden Rüstung, eine Frau, die ihr weißblondes Haar unter einem Helm verbarg. Sie schaute eine Weile zu, dann fasste sie ihren Entschluss.

»Das ist nicht Euer Ernst, Prinzessin Ilinias«, sagte der Mann neben ihr, ein Hauptmann, dem die Riesen die Abzeichen von der Brust gerissen hatten. »Ihr plant doch nicht etwa eine Schiffsreise?«

Die Amazone funkelte ihn zornig an. »Was ich plane, geht dich nichts an«, schnappte sie. »Aber wenn es gelingt, könnt ihr bald wieder zurückkommen. Haltet euch bereit, irgendwann wird es Neuigkeiten geben.«

Der Hauptmann zuckte die Achseln. »Wenn Ihr meint. Wenn Ihr wirklich eine gute Idee habt, wie dieser Wahnsinn gestoppt werden kann, dann nur zu.«

Ilinias verschwand im Gebüsch. Dort legte sie ihre Rüstung ab. Und zog die Sachen an, die sie in einem Bündel mit sich getragen hatte, ohne zu wissen, wofür sie sie noch einmal brauchen konnte: einen langen, bunten Rock, einen Mantel mit unzähligen Taschen. Minos Kleider. Ein wenig war es, als würde sie in eine neue Haut schlüpfen. Tatsächlich, als sie in dieser Verkleidung wieder aus dem Wald kam und sich dem Zug der Meerespilger anschloss, warf kaum jemand ihr mehr als einen Blick zu.

Sie steckte die Hände in die Taschen. Etwas knisterte; überrascht holte sie eine kleine Briefrolle hervor. Hastig warf sie Blicke nach links und rechts; wenn jemand sie beim Lesen ertappte, glaubte er womöglich nicht mehr, dass sie eine einfache Frau aus dem Volk war. Erst als sie sicher war, dass niemand auf sie achtete, widmete sie sich den Worten. Worte, abgeschossen wie Pfeile, um sie ins Herz zu treffen. Alte, fast vergessene Worte. Ein Brief, den ein weißer Vogel brachte, als er auf einem Tisch in einem Garten landete, auf einer Tafel, an der die Könige speisten.

Ein Brief. Ihr Brief. Und fiel ihr schon wieder unverhofft in die Hände. In Minos Mantel. Woher? Unwillkürlich blickte sie sich um, als wäre irgendwo noch der weiße Vogel zu sehen, sein Flügelschlag zu erahnen.

Grüße an den einzigartigen Kaiser. Wie ein Ruf aus einer Zeit nahezu ungetrübten Glücks. Die Zeit vor Sorayn. Wahrscheinlich war sie schon schwanger gewesen, an jenem Tag im kaiserlichen Park, hatte davon aber noch nichts gewusst und noch nichts gespürt, von diesem Monster, das in ihr wuchs. Das sie nicht los wurde. Das immer noch sein Unwesen trieb.

Sie wusste, wer der Verursacher »dieses Wahnsinns« war, wie die Massenbewegung unter den Soldaten genannt wurde. Wusste es, wenn Hauptmänner sich darüber wunderten, warum die Riesen, die ihnen auf Zukatas Geheiß dienen sollten, sich plötzlich gegen sie wandten. Wusste es, wenn von einem Mann die Rede war, dessen Stimme abwechselnd mit Glocken und mit Schwertern verglichen wurde. Wenn Frauen davon schwärmten, wie ungewöhnlich gut er aussah, wie groß er war, wie schön sein Gesicht mit den blauen Augen, wie königlich sein Gang, wie anhänglich die Vögel des Meeres auf seiner Schulter.

Sorayn. Eigentlich, das wusste sie, war es ihre Pflicht, Zukata darüber zu informieren, was Sorayn hier trieb. Seltsamerweise hatte er nichts darüber gehört; es kamen einfach keine Briefe mit Anweisungen aus Kirifas. Ob Sorayn auch hier seine Hände mit im

Spiel hatte? Jemandem, der den Tieren befehlen konnte, musste auch der Flug der Brieftauben kein Hindernis sein, er konnte sie sich aus der Luft greifen und mit ihren Botschaften verfahren, wie er wollte. Nein, es hatte keinen Zweck, eine Nachricht zu schicken. Und nach Kirifas reiten und Zukata sagen, was hier ablief, was brachte das? Was würde es ihr einbringen außer seiner Wut und der Frage, warum sie zugesehen und nicht gehandelt hatte?

Sie musste etwas tun. Etwas, was nur sie konnte. Die anderen Soldaten brachten es nicht fertig, ihren Stolz aufzugeben und sich den Salinern anzuschließen, aber sie schon. Sie ging mit ihnen, nickte lächelnd, und wenn man sie ansprach, erfand sie rührende Geschichten darüber, wo sie herkam und wo sie hinwollte. Rinland. Ja, nach Rinland, sagte sie, wohin sonst?

Der Zug näherte sich der Küste. Sie konnte das Meer noch nicht sehen, aber sie fühlte es, seinen schweren Schlag gegen das Ufer, wie jemand, der Türen eintrat, das Haus zum Beben brachte, der bereit war, alles einstürzen zu lassen. So war das Meer. So war Sorayn. Er hatte alles zerstört und er hörte nicht damit auf. Er konnte es nicht, er war dazu geboren, den Schmerz in diese Welt zu tragen. Ihr das Herz zu brechen und die Welt um sie herum einstürzen zu lassen. Er hatte alles vernichtet, was sie jemals gehofft und geliebt hatte. Er hatte Blitz von ihrem Herzen weggerissen. Sie dachte an Sorayn nicht wie an einen Sohn. So wie damals, als er in ihrem Leib gewachsen war und sie von innen her gequält hatte, war es auch jetzt. Ein Fremder, der wie ein Sturm alles dem Erdboden gleich machte und nichts von ihren Träumen übrigließ.

Wenn Ilinias darüber nachdachte, wie sie ihn töten konnte, war ihr eines klar: Sie würde nur eine einzige Gelegenheit dazu bekommen. Der Junge war so unglaublich stark, dass jedes kleinste Zögern ihren Plan vereiteln würde. Sobald er sie erkannte, würde er auf der Hut sein. Dazu durfte es nicht kommen; sie musste ihn überraschen, so dass er sie erst erkannte, wenn es zu spät war.

Wenn sie es dann getan hatte und dem Kaiser die Nachricht überbrachte, würde sie endlich den Platz einnehmen, der ihr gebührte. Sie war Zukatas Nachfolgerin, seine Tochter, sie war seine Zukunft. Sie und niemand sonst. Sie wusste, dass es so war, auch wenn ihre

Träume davon seltsam farblos blieben. Es war für sie kaum vorstellbar, dass es ein Danach gab, dass irgendetwas noch in ihrem Leben geschehen konnte, nachdem sie Sorayn getötet hatte. Und trotzdem musste sie es tun, war es der einzige Weg, um diesen Albtraum zu beenden.

Die Küste. Und das Meer, ja, dieses Meer, das sie schon immer gehasst hatte, vielleicht ebenso sehr, wie Blitz es liebte. Endlos. Öde. Gewalttätig.

Sorayn war da. Er ließ sich nicht mit seinem Namen anreden, wahrscheinlich fürchtete er doch, Zukata könnte davon erfahren, irgendeine Taube könnte seinen Krähen entkommen. Den »König« nannten sie ihn. Als ob sie irgendeine Ahnung davon gehabt hätten, wer er war und wie groß sein Anrecht war auf diesen Titel!

Sie zog den Mantel enger um ihre Schultern, während sie zwischen den Bäumen hindurchschlenderte, um einen Blick auf das Schiff zu werfen, das diese Leute aufnehmen würde. Es kam aus Wenz, hatte sie von den anderen erfahren, aus Wenz, von wo massenweise Schiffe in See stachen, eins nach dem anderen, und auf jedem war noch Platz.

Und dort stand er. Sie zuckte zusammen, als sie ihn etwas weiter vorne stehen sah, wie er aufs Meer hinausblickte. So groß, so fremd, so unangreifbar. Er sprach mit einer kleinen, dunkelhaarigen Nonne ohne Haube, die dabei eifrig die Hände bewegte. Es würde schwierig werden, sich von hinten an ihn heranzuschleichen, wenn er nicht alleine war. Sie musste warten. Ob er wohl jemals schlief? Aber auch Riesen brauchten Schlaf. Zukata schlief, unruhig, von Albträumen geplagt, und schrie den ganzen Palast zusammen bei seinen Träumen, so wie Sorayn als Kind alle geweckt hatte mit seinem Geschrei.

Sie würden nie wissen, wie ähnlich sie sich waren, diese beiden, ihr Sohn und ihr Vater.

Die Nonne schaute etwas zu lange in Ilinias' Richtung, bevor sie ins Lager zurückkehrte. Die Amazone tat unauffällig. Drehte die Briefrolle in ihrer Manteltasche, konzentrierte sich auf das glatte Papier.

Sorayn wanderte am Ufer entlang. Stundenlang hätte sie ihm dabei zusehen können, wie er ging oder wie er sich niederkniete und die Hände ins Wasser tauchte. Und wie ein großer Vogel zu ihm kam – eine Gans? – und er mit ihr zu sprechen schien, ihre grauen Flügel berührte, schließlich etwas an ihrem Bein befestigte.

Wem er wohl Botschaften schickte?

Im Lager lauschte Zukatas Tochter den Gesprächen der Leute, die sich über die bevorstehende Reise unterhielten, beobachtete die vorbeiziehenden Wolken. Die Nacht fiel sanft herab. Nach und nach verstummten alle. Selbst die Riesen hörten auf, sich in die Seiten zu boxen und derbe Witze zu erzählen.

Ilinias stellte sich schlafend und zog sich ihr großes Kopftuch bis über die Nase, als Sorayn durch die Reihen der Leute ging. Er betrachtete die Menschen nachdenklich, als wären es seine Kinder. Schließlich setzte er sich an eins der Feuer, weit genug von ihr entfernt, aber so, dass sie ihn von ihrem Platz aus gut beobachten konnte. Er hatte das Kinn in die Hände gestützt und starrte in die Flammen. Der Lichtschein tanzte über sein Gesicht.

Er sah aus wie Blitz. So sehr wie Blitz, ein so wunderbarer, herrlicher, junger Blitz, dass sie ihn umarmen wollte, lachend und froh und stolz: Mein Sohn!

Es dauerte lange, bis er sich endlich zum Schlafen hinlegte, dort am Feuer. Ilinias wartete, alle ihre Sinne nach vorne gerichtet. Irgendwo wimmerte ein Kleinkind. Sie umklammerte ihr Messer, rollte sich auf die Knie, richtete sich auf, schlich zwischen den Schlafenden hindurch. Und plötzlich war alles nass. Nass und kalt, und sie schnappte nach Luft, und jemand lachte leise, eine Stimme, die ihr irgendwie bekannt vorkam.

»Das wollte ich schon mein ganzes Leben lang tun!« Die Nonne, die vor ihr stand, einen Eimer in beiden Händen, lachte. »Du dachtest wohl, niemand würde dich erkennen, wie? Ilinias.«

Die Amazone wischte sich das nasse Haar aus dem Gesicht. Sie schüttelte sich, die kalte Dusche bewirkte, dass sie am ganzen Körper fror. »Aire?« Das Messer in ihrer Hand wirkte auf einmal äußerst unpassend, sie steckte es fort. »Was tust du denn hier?«

»Ich habe dich schon den ganzen Tag beobachtet«, sagte ihre alte Freundin. »Wie du um Sorayn herumschleichst und dich nicht traust, ihn anzusprechen. Warum eigentlich? Mensch, Ilinias, er ist dein Sohn!«

Ihr Sohn. Der sich im Schlaf rührte und leise seufzte, wie ein Kind.

Ilinias schmeckte Salz auf ihren Lippen. Meerwasser, kalt und salzig, als hätte ein Priester es über ihr ausgeschüttet, unzählige Tropfen, der Bund ihrer Vermählung oder ein anderer Bund. Das Entsetzen kam über sie mit einer solchen Macht, dass es ihr wie ein Pfeil durchs Herz fuhr. Sie sprang auf, stieß Aire zur Seite, die mit lachendem Gesicht die Arme ausgestreckt hatte, rannte zwischen den Schläfern hindurch, hinaus aus dem Lager, fort, nur fort, während das Salzwasser in ihren Augen brannte.

26. Nach dem Winter

»WIR LEBEN NOCH. Wir haben es überstanden.« Als Keta aus seinen Fieberträumen erwacht war, kniete Use neben ihm. »Wir sind am Leben. Alle!« Er schrie es, er riss die Arme hoch, aber die Anstrengung warf ihn buchstäblich um. Verwirrt strich er sich über die Stirn. »Das wird schon ... bald.«

»Das hat nichts zu bedeuten.« Mühsam richtete Keta sich auf. Der Durst verwandelte seine Kehle in eine trockene, staubige Wüste. »Wie geht es ihr?« Das Riesenmädchen war nirgends zu sehen, er wusste nicht, ob das ein gutes oder ein schlechte Zeichen war.

»Wir leben alle«, wiederholte Use. Er stand auf und torkelte über den Platz am Bachufer. »Wir sind gesund. Jetzt werden wir Sorayn suchen.«

»Wir werden alle sterben«, widersprach Keta. »Und bis dahin müssen wir hier bleiben, damit wir niemanden anstecken.«

»Ein Mensch!«, rief einer der Riesen, ein junger Bursche mit einem vernarbten Gesicht. »Ein Mensch kommt her!«

Rona, die Frau aus dem Dorf, erwies sich als eine der erstaunlichsten Überraschungen, die Keta je erlebt hatte. Das Mädchen hatte sie geholt, war in ihrer Verzweiflung wieder zu derselben Tür gerannt wie schon einmal, und diesmal, als Rona hörte, dass auch der Heiler Remanaine unter den Kranken war, wurde sie nicht abgewiesen. Mit einer unglaublichen Tatkraft übernahm Rona die Versorgung der kranken Riesen.

Sie brachte ihnen zu essen und zu trinken, sie baute sogar mit Hilfe der Männer aus dem Dorf ein stabiles Dach zwischen zwei Felsen, unter dem die Riesen wenigstens ein wenig vor dem Wetter geschützt waren. Das Angebot, sie in verschiedenen Häusern unterzubringen, nahmen sie jedoch nicht an.

»Wenn wir schon sterben müssen, dann draußen, die Stirn an den Steinen«, beharrte Use, den die Krankheit zwischendurch so weit losließ, dass er wild jubelnd durch den Wald torkelte, nur um danach um so schwächer wieder auf sein Lager zurückzukriechen. »Draußen, wo es nach Schnee riecht und nach Erde.«

Keta lag zwischen ihnen, ohne sich von ihnen zu unterscheiden. Ein Riese unter Riesen. Er sehnte sich nicht nach einem Haus. Unvorstellbar, sich freiwillig zwischen Mauern zu begeben. Doch wenn er die Augen schloss, sah er Variti vor sich. Der bunte Rock wirbelte um ihre Beine. Variti, jung, mit zwei langen schwarzen Zöpfen, wie sie ums Feuer tanzte. Er würde nicht mehr zu ihr zurückkehren. Mehr als alles bedauerte er, dass er sein Leben getrennt von ihr verbracht hatte, dass er durch die Länder gezogen war in dem Glauben, er könnte für die Menschen von Deret-Aif etwas Gutes bewirken, und dabei war nur sie es, mit der er zusammen sein wollte.

Und Möwe. Wie hatte er seine Tochter, dieses feine, weiße Mädchen, auf Arima zurücklassen können, dort, wo das Glück endete?

Zukata. Auch sein Gesicht erschien ihm, als blickte er in einen Spiegel, als hätte er sein eigenes Antlitz vor sich. Ein harter Zug um den Mund, Augen wie Saphire. Es tat unerwartet weh, dass sein Bruder allein unter Menschen in einem Palast hockte, während er selbst fiebernd und schläfrig, gebeutelt von Schwäche und immer neuen Anfällen, zwischen den Riesen lag und es genoss. Keta war angekommen, sterbend, in seiner wahren Familie. Dieses Wunder schien ihm wie etwas, für das er sich bei Zukata entschuldigen musste, als hätte er auch dieses Recht geraubt, bei den Riesen zu sein, ein Recht, das eigentlich seinem älteren Bruder zustand.

Und Sorayn. Diesem Namen konnte er nicht entgehen. Die anderen Riesen flüsterten ihn, murmelten ihn in ihren wirren Träumen. Sorayn. Und er sah ihn wieder vor sich, den jungen Mann mit dem himmelblauen Blick, mit den stahlharten Fäusten, diesen Schmied, der es gewagt hatte, aus Remanaine, dem heilenden Prinzen, einen Besiegten zu formen. Sorayn. Keta hatte ihn gehen lassen, war froh gewesen, ihn wieder los zu sein; nicht einmal im Traum war er auf die Idee gekommen, dass es seine Pflicht gewesen sein könnte, ihm zu helfen, seinen Weg zu finden. Erst jetzt, wo es zu spät war, kam dieser Gedanke zu ihm und hinterließ einen bitteren Geschmack auf seinem Gaumen.

Sorayn, Möwe, Variti, Zukata, auch Kanuna, sein verstorbener Vater ... Niemandem war er gerecht geworden, keinem dieser Menschen oder Riesen war er so begegnet, wie er es hätte können und müssen. Ein großartiger Heiler? Schon immer war er der Besiegte gewesen, lange vor Sorayn, besiegt von seinem eigenen Wunsch nach Freiheit und Ruhm, und er hatte die Dankbarkeit der Menschen gesammelt wie kleine Edelsteine, die ihn reich machen sollten, reicher als jeden anderen Riesen vor ihm. Der Segen, den er sich erobert hatte, hatte allen gedient, außer denen, die ihm etwas bedeuteten. Oh Rin ... Er warf diesen Namen empor, schleuderte ihn gegen das Dach aus festen Balken, durch die Schindeln, die Regen und Schnee von den Kranken fernhalten sollten. Was habe ich daraus gemacht ... Und wartete auf den Trost, auf irgendjemanden, der ihn an der Schulter berührte und ihm etwas sagte, was diesen Schmerz heilen konnte.

»Remanaine.« Rona reichte ihm einen Teller mit dünnem Getreidebrei. Das Essen, das sie den Riesen brachte, wurde immer karger und geschmackloser. Er hätte fragen können, wie lange das Dorf die vielen Mäuler noch durchfüttern konnte, tat es jedoch nicht, vielleicht, weil er sich vor der Antwort fürchtete, vielleicht, weil er sie nicht dazu zwingen wollte, Dinge auszusprechen, die sie nicht sagen mochte.

»Wir werden nie vergessen, was du für uns getan hast.«

War das der Trost, den er erhofft hatte? Die Worte, um die er Rin gebeten hatte? Es genügte nicht. Nichts von dem, was Rona ihm an Dank bringen konnte, reichte aus, um die Krankheit zu heilen, die ihn ans Bett fesselte.

Oh Rin ...

Tausend Dankesbekundungen hätten nichts gebracht. Keine der unzähligen Erinnerungen an Menschen, denen er geholfen hatte, linderten das Fieber, das ihn zwischen den anderen Riesen auf den Tod warten ließ. Auf den Tod und auf noch etwas, von dem er selbst nicht wusste, was es sein könnte. Eine warme Hand, die seine Stirn bedeckte, das Zittern vertrieb, eine Hand, wärmer als das rauchende Feuer. Ein Trank, wärmender als Tee, nahrhafter als Ronas verdünnte Gerichte ... Worte, die jemand flüsterte, die mehr waren als Dank. Mehr als die leuchtenden Augen von Menschen, denen er beigestanden hatte. Was konnte mehr sein als das? Er wusste es nicht, er fühlte nur, dass es so etwas geben musste. Dass es so nicht enden konnte, in Elend und Übelkeit. Wie ein Tier zu sterben, im Wald, auf einem Lager aus Zweigen und Blättern, feucht und kalt ... Immerzu frieren. Seine Zähne schlugen aufeinander. Der Winter zog vorbei wie ein hartherziger Landesfürst, der Tribut verlangte und sich mit nichts, was man ihm anbot, zufriedengab. Seine Hände wollten nicht heilen. Am Anfang hatte Rona sie ihm verbunden und hin und wieder die blutigen Stoffstreifen gewechselt, doch es hatte keinen Zweck, es schmerzte ihn mehr, als dass es ihm half. Wund, wie sie waren, konnte er nichts damit berühren. Er lag da, die Handflächen nach oben, als wollte er etwas empfangen, das niemals zu ihm kam. Etwas, das er sowieso hätte loslassen müssen, aufheulend vor Schmerz.

Irgendwann flüsterten die Riesen nicht mehr von ihrem König. Sie wurden stiller, während der Winter vom Dach tropfte und das Schmelzwasser die Felsen hinabrann. Sie lagen da und warteten. Das Riesenmädchen watete schreiend durch den Bach, heulend zerstampfte es das brüchige Eis, sie hörten es durch den Wald toben, während seine Stimme sich mit dem vorsichtigen Gesang der Amseln mischte. Ein Konzert, in dem die wilde Trauer des Mädchens sich mit dem zaghaften Jubel der kleinen Meisen biss. Keta lag da und hörte das Stampfen und Platschen der großen Riesenfüße, während sie barfuß tanzte und sang, als könnte sie den Frühling niedertrampeln, ihn in den Boden stampfen und verhindern, dass der Duft, der überall aus der Erde stieg, etwas Neues ankündigte, von dem sie nicht wollte, dass es kam.

Keta wusste, was es sein würde. Sie alle wussten es, die sie unter dem Holzdach lagen und dem Rieseln und Raunen des Wassers lauschten. Er merkte, dass er sich leicht fühlte, so als wäre der Trost, nach dem er so verlangt hatte, doch noch gekommen. Wie ein Floß, das ihn über die Untiefen trug. Wo war die Brücke? Er schloss die Augen und konnte nichts sehen. Er fühlte nur das Wasser, das durch seine Kleider drang, das den Geruch von Meer und Algen mit sich brachte, den scharfen Duft von See und Sturm. Das Geschrei der Möwen überschrillte das Zwitschern und Piepsen der Waldvögel.

Die Brücke hätte da sein müssen. Er wartete auf ihren Anblick, aber nur das Wasser war da, umspülte seine Beine, schlug mit sachtem Wellenschlag gegen seine Arme. Es fühlte sich warm an, so als würde er an einem heißen Sommertag am Strand liegen und die Wellen schwappten über seine Füße und Beine. Warm wie die Strömung, die den Glücklichen Inseln ihre guten Ernten einbrachte, warm wie der Sommer, der nie endete, warm, unendlich warm und wohltuend. Es stieg höher, berührte seine Wange, floss ihm in die Ohren. Neben sich hörte er die Riesen prusten, eine laute Stimme lachte, irgendjemand rief: »Das Feuer ist ausgegangen. Na, kein Wunder ...«

Versuchsweise öffnete er die Augen.

Da war kein Meer. Keine Brücke. Nichts, was er im Sterben hätte sehen können, denn anscheinend war er nicht gestorben, so wenig wie die anderen. Dennoch konnte das, was er sah, nicht sein: Sie alle lagen und saßen im Wasser.

Der Bach ist über die Ufer getreten, war sein erster Gedanke, mit dem er versuchte, einen Teil seines Verstandes zu retten, aber Schmelzwasser hätte nicht so warm sein können. Er leckte an seinen nassen Fingern und schmeckte Salz. Dann fiel ihm auf, dass seine Hand dabei nicht schmerzte. Die Haut, die die Innenfläche seiner Hand bedeckte, war hell und neu, nicht wie rotes Narbengewebe, sondern wie die Haut eines Neugeborenen, jung und zart. Erstaunt blickte er auf und sah die Riesen, die eben noch im Sterben gelegen hatten, durchs Wasser tanzen. Es reichte ihnen kaum über die Knöchel; sie rannten umher wie die Kinder, spritzten sich damit nass und schrien so laut, wie es Riesen sonst nur tun, um im Kampf ihre Feinde zu erschrecken. Fria hatte ihre blonden Zöpfe aufgelöst und sah aus wie ein Löwe mit mächtiger, buschiger Mähne; mit gerafftem Rock sprang sie durchs Wasser und war in diesem Moment so wunderhübsch, dass sie den Vergleich mit einer Menschenfrau nicht zu scheuen brauchte. Selbst die Möwen, die über den Bäumen kreisten, verstummten, zumindest für eine Weile, bevor sie ihren wilden Meeresgesang wieder aufnahmen.

»Das ist Salzwasser«, sagte er, obwohl diese Bemerkung völlig überflüssig war. »Das ist das Meer. Was um alles in der Welt tut es hier?«

Variti kam ihm entgegen, nachdem die Hunde seine Ankunft mit überschlagendem Gebell angekündigt hatten. Zum ersten Mal fiel ihm auf, wie schön ihr Gesicht war, trotz der Falten. Die grauen Haare standen ihr gut, sie verliehen ihr etwas Würdevolles, das schon immer dagewesen war und erst jetzt, im Alter, sichtbar wurde.

»Manaine!« Seine Frau schlang die Arme um ihn und er hielt sie fest und atmete ihren Duft, atmete ihre Gegenwart. »Wir haben uns solche Sorgen gemacht, weil du nicht kamst. Und sie warten doch schon so sehr auf dich!«

»Wer wartet?«, fragte er. Ein paar Meter hinter ihr stand ein fremdes Kind, ein blondes Mädchen. »Und wer ist das?«

Er hatte so viel zu erzählen, aber das konnte warten. Was geschehen war, ließ sich nicht flüchtig in einigen Sätzen berichten. Davon, dass er wochenlang im Sterben gelegen hatte, niedergestreckt von einer Krankheit, er, der immer gesund gewesen war ... Und was er gefühlt hatte, als das Wasser kam, warm und heilsam wie ein Frühling, wie es noch nie einen gegeben hatte ... das ließ sich nicht sagen, während bellende Hunde um ihn herumsprangen. Später, wenn es dunkel war und still und wenn es dem Mond gelang, durch die Wolkendecke zu spähen, würde er vielleicht Worte finden.

»Das ist Ori«, erklärte Variti, »die hier bei uns gelandet ist, nachdem ...«

Später würde er zuhören. Jetzt gab es nur eins. »Möwe!« Er sah sie herankommen, lächelnd. Seine Möwe, seine Tochter, sein Ein und Alles.

»Wir wollten dich suchen«, sagte Mino. »Aber dann sind wir zuerst auf die Sippe gestoßen. In diesem Winter ist kaum jemand bis in den Süden gekommen. Sie sind hier, ein kleines Stück hinter uns im Wald.«

»Ich nehme an, Jamai und Kroa sind auch da?«, fragte er, und ein kleines Funkeln in ihren Augen verriet ihm, dass es noch mehr zu erzählen gab, dass er nicht der Einzige mit wichtigen Nachrichten war.

»Nun«, meinte Variti fröhlich, »dann steht der Hochzeit ja nichts mehr im Wege.«

»Du willst heiraten?« Keta hob die Brauen. »Kaum habe ich dich wieder, willst du dich mit einem fremden Mann aus dem Staub machen?«

»So fremd ist er nicht«, widersprach Mino. Sie senkte den Blick, um das strahlende Lächeln darin zu verbergen, aber er sah es trotzdem.

»Kroa? Sag nicht, du heiratest Kroa«, schmunzelte er.

Variti rief die Hunde zu sich. Bevor sie den Arm um Oris Schultern legte und ging, schenkte sie ihrem Mann noch ein Lächeln, so warm, so einladend, so voller Innigkeit, dass ihn schwindelte.

»Das ist es, was ich mir für dich wünsche, Möwe«, sagte er zu der weißhaarigen Frau, die für ihn immer noch ein junges Mädchen war, das ohne Gedächtnis durch die Welt irrte. Er liebte sie so sehr, und natürlich wäre es am schönsten gewesen, sie hier zu behalten. Variti und Möwe, seine kleine Familie. »Und wenn du das nicht haben kannst, kannst du immer noch hier bei uns bleiben, das weißt du.«

Mino lachte. »Ach, Vater. Ich bin schon groß, weißt du. Und gerade du sprichst von Bleiben?«

»Diesmal bin ich gekommen, um zu bleiben«, versprach er leise, und der Ernst in seiner Stimme ließ sie aufhorchen.

»Was ist passiert? Es gab Gerüchte ... Seuchen breiten sich aus, Riesen ziehen durchs Kaiserreich, und das Meer holt sich die Küstengebiete und treibt ganze Völker in die Flucht. Was davon ist wahr? Hast du es gesehen?«

Er setzte sich auf einen umgestürzten Baumstamm und wartete, bis sie es sich in einer Astgabel bequem gemacht hatte. In ihrem langen bunten Rock sah sie aus wie ein Zinta-Mädchen. Gleich würde sie anfangen zu tanzen. Glück war wie eine Sonne über ihr aufgegangen und verlieh ihrem Gesicht etwas Neues, eine Ausstrahlung, die sie Variti so ähnlich machte, als sei sie wirklich ihre Tochter. Zugleich ließ es sie jedoch sehr verletzlich wirken.

»Es stimmt«, sagte Keta. »Die Riesen sind unterwegs; Sorayn wird sich noch wundern, wenn sie ihn alle gefunden haben. Das Meer kommt. Wie eine warme Hand, heilend und segnend, die sich nach uns ausstreckt und an die wir uns schmiegen können.«

»Ich habe es anders gehört«, meinte sie nachdenklich. »Ich hörte von fürchterlichen Stürmen, von Unwettern und Sturzbächen, die ganze Dörfer mit sich reißen.«

»Und trotzdem willst du heiraten, Möwe?«, fragte er.

»Ja«, antwortete sie. »Ich möchte endlich ankommen, verstehst du? Ganz gleich, was vielleicht noch geschieht, was da über uns kommt ... Ich möchte einmal in meinem Leben das Gefühl haben, dass ich wirklich zu Hause bin. Du hast mich immer Möwe genannt, Vater, aber manchmal glaube ich, das ist der falsche Vogel. Ich bin nicht wie eine Möwe. In meinem Herzen folge ich den Schiffen, die übers Meer fahren, das ja ... und vielleicht ist das, was ich vorhabe, so, als würde ich ein Nest auf den Klippen bauen, im Angesicht der Stürme. Aber ich komme mir eher vor wie ein Mauersegler. Ein Vogel, der fliegt, immerzu, und nie irgendwo landet. Er schläft im Flug, er heiratet im Flug, er lebt im Wind ... Ich bin so müde geworden davon. Ich wünsche mir nichts sehnlicher, als endlich dort anzukommen, wo ich hingehöre.«

Keta blickte sie liebevoll an. Sein Herz krampfte sich zusammen bei dem, was sie ihm da klagte, denn er war es gewesen, der sie gelehrt hatte, zu wandern, er war es gewesen, der sie zu den Ziehenden gebracht hatte.

»Wen wirst du heiraten?«, fragte er schließlich, die Stimme rau und aufgekratzt von seinen Gefühlen.

»Weißt du das denn nicht?« Und dann, fast als hätte sie Angst, er könnte etwas Falsches sagen, fügte sie schnell hinzu: »Jamai. Hast du das nicht längst kommen sehen? Ich und Jamai. Jamai und ich.« Sie schaute ihn erwartungsvoll an. Nach einer Weile wurde ihm bewusst, dass sie seine Meinung hören wollte, sein Ja, seinen Segen.

»Jamai«, wiederholte er. »Dann habt ihr euch also endlich gefunden. Ganz schön viel Zeit habt ihr euch gelassen, findest du nicht?«

Fast ängstlich hatte sie ihn angeblickt, aber jetzt entspannte sie sich wieder. Sie lächelte, während ihre Finger über die glatte Rinde des Baumes strichen. »Wir werden einen Wagen unser Eigen nennen. Welche Farbe soll ich wählen? Ich kann mich einfach nicht entscheiden. Aber ich glaube, er wird rot sein. Rot wie jener Wagen, mit dem wir Zukata an der Nase herumgeführt haben.«

»Dann gehst du also doch mit auf Wanderschaft?«, fragte Keta. »Einen Augenblick dachte ich, du wolltest ein richtiges Haus in einem richtigen Dorf.«

»Aber das wird es sein«, meinte Mino. »Die Sippe bleibt hier. Wir haben keine Wahl, Vater. Die Landesfürsten wüten entsetzlich unter den Zintas. Wer irgendeinen Ort gefunden hat, an dem man ihn in Ruhe lässt, wird dort bleiben. Es gibt keine Ziehenden mehr. Wir haben uns gewehrt, wir haben es hinausgezögert, wie wir nur konnten ... aber solange Zukata Kaiser ist, können wir dieses Leben nicht mehr führen. Die anderen leiden darunter, aber ich bin froh. Muss ich mich deswegen schuldig fühlen? Ich bin froh.«

Wir werden alle gehen müssen – vielleicht schon bald, wollte er sagen, aber er sagte es nicht. Zu Variti würde er davon sprechen, was er gesehen hatte, was er wusste, aber Minos Glück war zu zart, um sie jetzt schon damit zu konfrontieren. Und wusste sie es nicht? Sie wünschte sich nicht viel. Einen Augenblick Bleiben, nicht mehr. Auch wenn es keine langen Jahre sein würden, kein erfülltes Leben bis zu einem Ende im Greisenalter, wollte er ihr doch wenigstens diesen Augenblick gönnen.

Die Zintas hatten die Lichtung für die Hochzeitsfeier geschmückt. Bunte Bänder in allen Farben hingen in den Bäumen. Es sah aus, als hätte der Wald selbst auf diesen Tag hingearbeitet. Die grünen Spitzen, die langsam aus den Zweigen gekrochen waren, entfalteten sich nun Schlag auf Schlag, und der Wald, der gestern noch kahl und winterlich gewirkt hatte, feierte einen grandiosen Frühling, ein berauschendes Fest, in dem die Düfte lauter schienen als die Musik. Weiße und gelbe Blüten bedeckten den Waldboden wie einen Teppich und schmückten die noch vor kurzem schmutzig braune Wiese. Hinter den farbig gestrichenen Wagen stand der neue für das Hochzeitspaar, an dem die Männer seit Wochen werkelten. Wie er aussah, sollte für Mino eine Überraschung sein, weshalb es ihr streng verboten war, dort hinzugehen. Große Tücher hingen an den Leinen zwischen den anderen Wagen, um das Geheimnis zu verbergen, nur manchmal, wenn der Wind hindurchfuhr, erhaschte sie einen Blick auf etwas Leuchtendes und wandte sich schnell ab, lächelnd.

Die Frauen hatten Tische und Bänke aufgebaut. Ori bestreute alle Tische mit Blüten und frischen grünen Blättern. Über den Feuern wurde der Braten gedreht, die Suppe umgerührt. Die Zinta-Kinder sprangen auf dem Festplatz umher und übten die Kunststücke, die sie aufführen wollten. Bälle und Keulen wirbelten durch die Luft, zwei größere Jungen mit weiß bemalten Gesichtern führten einen Schaukampf auf, der größtenteils aus Hinfallen und Saltos bestand, und der Reigen, den eine Gruppe halbwüchsiger Mädchen einübte und der einer der Höhepunkte der Darbietungen werden sollte, war bereits nahezu perfekt, wenn sich die Mädchen nicht gerade solchen störenden Dingen wie Lachanfällen hingaben.

Stundenlang kämpfte Keta gegen seinen Drang an, wieder einmal zu verschwinden, und stand allen so lange im Weg, bis Variti ihn entschieden wegschickte. Unruhig wie ein Wolf, dessen Rudel gefangen wurde und der alleine übrig geblieben war, schlich er danach durch den Wald und umkreiste das Lager.

Auch von Mino sah man nichts. Sie saß in einem der Wagen und ließ sich Blumen ins Haar flechten: blassblaue Blüten mit einem Duft, so lieblich, dass einem schwindlig werden konnte, rosa Tupfer und die kleinen strahlenden Sonnen der Gänseblümchen.

»Ich habe das Gefühl, mir wächst eine Blumenwiese auf meinem Kopf!«, protestierte die schöne Heilerin, als immer mehr Grünzeug angeschleppt wurde. »Was wollt ihr aus mir machen, einen wandelnden Garten?«

Aber die drei Zinta-Frauen, die auserwählt waren, die Braut zu schmücken, kannten kein Erbarmen. »Beweg dich nicht. Du wirst es nicht wagen, aufzustehen!«

»Und was«, fragte Mino, »wird mit Jamai gemacht? Vermutlich gar nichts. Könntet ihr nicht lieber ihn so quälen statt mich?«

»Hört, hört, so spricht die zukünftige Ehefrau.«

»Dein Liebster wird genug gequält werden, das versichere ich dir.«

»Ihr beide werdet so froh sein, uns alle los zu sein, dass ihr euch tagelang in eurem neuen Wagen verstecken werdet.«

Sie lachten, während Mino nur ein säuerliches Lächeln zustande brachte. Vor einer Hochzeit wurde das Brautpaar immer mit Sprüchen und Anzüglichkeiten geneckt, manchmal recht derber Natur. Ihr gegenüber hielt man sich noch zurück, das wusste sie, und dennoch wünschte sie sich, die ganze Aufregung wäre endlich vorbei. Es war schlimm genug gewesen, auf Keta zu warten, doch seit das große Fest vorbereitet wurde, war das Leben im Zinta-Lager manchmal geradezu unerträglich. Sie konnte nur hoffen, dass sich die jungen Leute bald zur nächsten Hochzeit durchrangen und man darüber sie und Jamai vergessen würde.

Vom langen Stillhalten taten ihr die Gelenke weh, als sie endlich aus dem Wagen herausgelassen wurde. Die Art, wie alle ihr entgegenblickten, erinnerten sie an jenen Moment auf Arima, als sie zur Königin gekrönt wurde; doch damals hatte sich alles falsch angefühlt. Dies hier dagegen war genau so, wie es sein sollte. Dort war schon Jamai, mit verbundenen Augen; Kroa führte ihn aus einem anderen Wagen heraus. Man hatte ihn in neue Kleider gesteckt, die seine Zugehörigkeit zu dieser Sippe deutlich machten. Ihr Blick wanderte von ihm zu Toris, dem Vater ihrer Tochter. Er nickte ihr zu, freundlich lächelnd, ohne Bitterkeit. So viele Jahre war es her, dass diese beiden um ihre Gunst gestritten hatten ... und Jamai hätte sich damals wohl nie träumen lassen, dass er einmal ein Mitglied ihrer Familie werden würde. Dass sie eines Tages hier stehen würden, sie beide.

Keta, dem Variti eilig Rindenstücke und Pollenstaub aus Haar und Kleidern gebürstet hatte, löste die Augenbinde, und alle warteten gespannt darauf, was Jamai sagen würde, wenn er seine geschmückte Braut zum ersten Mal sah. Die kuriosesten Aussprüche überdauerten im Gedächtnis der Sippe viele Jahrzehnte, doch Jamai hatte zu dieser Sammlung nichts beizutragen. Er sah sie an und seine Lippen formten die Worte, die nur ihr gehörten, nicht den Zuschauern.

Ich liebe dich.

Er bot ihr den Arm und führte sie zur Tafel. Die beiden besaßen als Einzige Stühle mit Rückenlehne, während alle anderen auf Bänken Platz nahmen, daher war nicht schwer zu erkennen, wo das Brautpaar zu sitzen hatte. Keta baute sich ihnen gegenüber auf; es war seine Aufgabe, eine Rede zu halten. Mino hatte nicht die Befürchtung, dass sie allzu lang werden könnte, denn ihr Riesenvater sah mindestens so aufgeregt aus, wie sie sich fühlte.

»Meine liebe Tochter. Möwe.« Er räusperte sich, schon dieser Beginn kostete ihn sichtlich viel Kraft.

Sie nickte ihm aufmunternd zu. Sie konnte ihn so gut verstehen, auch ihr Mund fühlte sich trocken an, ihr Herz schlug schnell, wollte vorauseilen, dem Ende des Festes entgegen. Sie warf Jamai einen raschen Blick zu und da er anscheinend von Ketas Auftritt gebannt war, betrachtete sie sein schönes Profil. Das stehe ich durch, dachte ich. Dafür, für ihn ... Das ist kein zu hoher Preis dafür, dass ich ihn bekomme.

Ihr Vater setzte noch einmal an und fand rasch in seine Rede hinein. Obwohl sie ihm sonst immer gerne zuhörte, konnte sie sich heute nicht wirklich auf ihn konzentrieren. Jamai drückte ihre Hand. Warm, leicht verschwitzt. Ein Teil von ihr registrierte diese Einzelheiten, während der andere sich vergeblich bemühte, der Ansprache zu folgen. Keta musste etwas Komisches gesagt haben, die Zintas lachten. Hatte er nicht gerade noch davon erzählt, wie sie gemeinsam unterwegs gewesen waren und sie bei ihm gelernt hatte, Salben anzurühren und Blumen an ihrem Duft zu erkennen?

Der Duft. Betäubend strömte er aus ihrem Haar. Bald würden sie tanzen und die Kinder würden versuchen, ihr die Blüten aus den Zöpfen zu pflücken ...

Jamai lächelte sie an. Warum steckte ein Pfeil in seiner Schulter?

Sie starrte darauf. Es gab keine Erklärung dafür. Erst als er vom Stuhl ins Gras stürzte mit schmerzverzerrtem Gesicht, wurde ihr klar, dass dies kein Hochzeitsscherz war. Nicht so, nicht mit diesem Blutfleck, der sich rasch ausbreitete. Und das Geschrei, das plötzlich überall gellte, war genauso wenig ein Streich. Sie wollte an ein Missverständnis glauben, an eine Sinnestäuschung, wollte daran glauben, dass sie sich in einem Rausch befand, in den die duftenden Frühlingsblumen sie hineingezogen hatten. Es durfte nicht wahr sein, dass dies geschah, an ihrem Hochzeitstag, dass die Gäste von ihren Bänken fielen, und dass eine Schar Soldaten aus dem Wald herausgestürzt kam, die Schwerter drohend erhoben. Es konnte nicht sein, dass Keta, der ihnen mit wehendem blonden Haar entgegenstürmte, auf eine Wand aus Riesen prallte, auf bärtige, wild aussehende Riesen, die ihn einkreisten und im wütenden Kampf zu Boden rissen.

»Lauf!«, rief Kroa und zerrte an ihrem Arm. »Komm, Möwe, lauf!«

Aber sie konnte nicht weglaufen. Sie war hier, um anzukommen, um einmal an einem Ort zu sein, der sich wie Zuhause anfühlte. Sie sank auf die Knie, neben Jamai, und hatte keinen Blick für die Soldaten, die Bänke und Tische umwarfen, Frauen aus dem Weg stießen und Männern blitzenden Stahl in den Leib rammten.

»Und hier bleibe ich nun«, flüsterte sie, als der Angriff wie ein Sturm über sie hinwegfegte und sie mit sich riss.

Soweit Mino es beurteilen konnte, war sie die einzige Gefangene. Die Lage ließ sich nicht gut überblicken, wenn man wie ein Mehlsack über der Schulter eines Riesen hing, der mit langen Schritten durch den Wald stampfte. Die berittenen Soldaten, die sich lautstark zu dem gelungenen Überfall gratulierten, hätten eine größere Anzahl von Entführten bestimmt erwähnt, aber sie lobten sich nur gegenseitig dafür, dass ihre Mission so erfolgreich gewesen war. Der Riese schwieg dazu. Genauso gut hätte man sie gefesselt auf ein Pferd schnallen können.

Es fiel ihr nicht einmal schwer, nicht zu weinen, denn sie fühlte sich wie betäubt. So plötzlich war alles gekommen, so unwirklich schien es ihr immer noch. Jeden Moment musste Keta auftauchen und die Soldaten von den Pferden stoßen. Kroa und Jamai würden kommen und die Herausgabe der Gefangenen verlangen, ihre Stimmen scharf und kalt, wie es sich für unbesiegbare Feinde geziemte. Aber niemand kam. Niemand hielt die Soldaten auf, niemand schmetterte seine stahlharte Faust ins Gesicht des fremden Riesen. Sie sprachen über ihren Herrn, aber seinen Namen erwähnten sie nicht.

Hatte Zukata sie am Ende doch noch gefunden? Sie wusste nicht, was sie glauben sollte. Noch konnte sie keine Angst empfinden. Wie ein Tier fühlte sie sich, das man in die Ecke getrieben und mit harten Stöcken verprügelt hat, aber es ist ein zahmes Tier und es kann nicht verstehen, warum dies auf einmal geschieht, und seine Hoffnung, dass das Gute zurückkehrt, hört nicht auf.

Minos Hoffnung endete in dem Moment, als sie sah, wem die Soldaten dienten, für wen der fremde Riese seine Kräfte einsetzte. Sie brachten sie in eine Burg, in ein hohes, dunkles Gemäuer, die Steine vom Alter so dunkel, als bestünden sie aus schwarzer Erde und könnten in jedem Moment zu Staub zerfallen. Die Gefangene erkannte die Burg des Königs von Laring; auf ihren Wanderungen mit Keta war sie hier vorbeigekommen, ohne jemals das Vergnügen zu haben, hier einzukehren und an der Tafel des Königs zu speisen. Damals hatte sie immer den Eindruck gehabt, die Burg sei mit Menschen angefüllt, denn sie fielen förmlich aus den Toren und ergossen sich auf die Straße, ein Kommen und Gehen herrschte hier, das sie schon damals recht beeindruckend gefunden hatte.

Doch jetzt war alles still. Dafür, dass hier ein König residierte, war die Burg seltsam verlassen und machte den Eindruck, als würde sie schon seit hundert Jahren nicht mehr bewohnt. Die Schritte der Soldaten hallten durch die Eingangshalle. Der Riese setzte die Menschenfrau ab und ging davon, als hätte er nichts mehr mit alldem zu tun.

»Schau zu Boden«, zischte einer der Männer. »Sieh den König erst an, wenn er es dir erlaubt.«

Gehorsam senkte sie den Kopf und schaute auf ihre Schuhe, während sie zwischen zwei Wächtern über den dunklen Marmorboden ging. Ihre Schuhe aus feinem, weichen Leder, mit bunten Bändern geschnürt. Neu. Ihre Hochzeitsschuhe, über denen ihr langer Rock bei jedem Schritt hin und her schwang. Blut war darauf getropft – Jamais Blut? Minos Gedanken rasten im Kreis. War der König von Laring nicht einer von Zukatas Getreuen? Hatte der Kaiser nicht einen seiner schlimmsten Räuber über dieses große Königreich gesetzt, das vom Meer bis an die Grenzen Aifas reichte?

Einer der Soldaten stieß sie von hinten, so dass sie auf die Knie fiel. Und von dort blickte sie empor und sah Norha.

Den König, der daneben auf dem erhöhten Podest saß, nahm sie gar nicht wahr. Norha. Deswegen war sie hier, nur wegen Norha. Wegen Norha hatte ihre Hochzeit in einem Blutbad geendet.

»Was willst du?«, fragte sie. »Du hast eine neue Frau, oder nicht? Wir haben nichts mehr miteinander zu tun.«

Er musterte Mino mit kalten Augen. Dann lächelte er. »Du siehst aus wie eine Zinta. Gesindel aus dem Wald, schmutzig und stinkend.« Er wandte sich an den Soldaten zu ihrer Rechten. »Habt ihr es so gehalten, wie ich es euch befohlen habe?«

»Wir haben genau zu dem Zeitpunkt eingegriffen, den Ihr Euch gewünscht habt«, antwortete der Mann selbstgefällig. »Wenn die Festlichkeiten in vollem Gange sind. Das war eine Überraschung, das kann ich Euch sagen.«

»Nun ist Euer Wunsch erfüllt, Fürst Norha«, mischte König Settan sich ein. »Was werdet Ihr mit ihr tun? Wollt Ihr sie mitnehmen?«

Norha antwortete nicht sofort. Er starrte in Minos Gesicht, um sich keine Regung entgehen zu lassen, um ihr Entsetzen auszukosten. Deshalb verbannte sie die Angst aus ihrem Herzen. Für sich selbst konnte sie ohnehin nichts fühlen. Nur wenn sie an die Lichtung zurückdachte und sich fragte, wer den Überfall wohl überlebt hatte und wer nicht, griff die Furcht nach ihr, ein Zittern, das sie von Kopf bis Fuß durchlief. Jamai. Jamai, den Pfeil in der Schulter ... Aber daran würde er nicht sterben, wenn nicht ein Soldat mit einem Schwert auf ihn zugesprungen war und ihn niemand beschützt hatte. Sie dachte an Keta, an die anderen Riesen. Was war mit Kroa geschehen? Er war schon seit langem nicht mehr so schnell und so wendig wie früher.

Mino hielt Norhas Blick stand, sah ihm zornig in die Augen, bis er sich schließlich abwandte.

»Ich verzeihe nie«, sagte er streng. »Du hast dich gegen mich entschieden, Mino, und stattdessen ein erbärmliches Leben gewählt, beim Abschaum der Gesellschaft. Du, die Königin von Arima! Aber ich lasse nicht zu, dass du meinen Namen mit hinunter in den Schmutz ziehst und mit dem Gestank besudelst, in dem du dich so wohlfühlst.«

»Ich kann sie köpfen lassen«, schlug der König freundlich vor und besah sich seine Fingernägel. »Oder wir schicken sie nach Kirifas und fragen den Kaiser, was er mit der Brut seines Bruders zu tun gedenkt.«

»Nein«, widersprach Norha sofort. »Das eine geht zu schnell und das andere – nein, wir wollen den großen Zukata doch nicht mit unseren kleinen Problemen behelligen. Habt Ihr vielleicht noch eine andere Idee, König Settan?«

»Dann«, meinte der Herr von Laring und ließ seinen trägen und gänzlich unbeteiligten Blick über die geschmückte, zerzauste Braut gleiten, »fällt mir noch der Verrückte ein, den ich in meinen Kerker gesperrt habe. Er greift jeden an, der es wagt, auch nur einen Schritt durch die Tür zu tun. Aus irgendeinem Grund ist er anscheinend bewaffnet und niemandem ist es gelungen, ihm seine Waffe abzunehmen. Aber vielleicht bildet er sich sein Schwert auch nur ein und lässt alle anderen an seinem Glauben teilhaben. Wir nennen ihn den König des Wahnsinns. Er tobt und schreit dort unten herum. Es ist kaum möglich, ihm etwas zu essen zu geben, sobald sich auch nur die kleine Klappe in der Kerkertür öffnet, muss man um sein Leben fürchten. Von dem bisschen, was er bekommt, müsste er mittlerweile ganz zahm und friedlich sein, aber er ist zäh; der Kerl ist einfach nicht kleinzukriegen. Ich könnte ihn natürlich auch ganz verhungern lassen, aber dass die Wärter ihn so fürchten, finde ich irgendwie amüsant. Man weiß nie, wozu man jemanden noch brauchen kann.«

»Wie sieht er aus?«, fragte Norha, sofort sehr an dem tobenden Gefangenen des Königs interessiert. »Wild und bärtig und schmutzig?«

»Sehen diese Kerle nicht immer so aus? Ich habe ihn übrigens nie gesehen«, fügte Settan gleichmütig hinzu. »Glaubt Ihr, ich steige in die Verliese hinab, um mir Verbrecher anzuschauen?«

»Der passende Bräutigam unserer blumengeschmückten Braut«, sagte Norha und lächelte. »Was sagst du dazu, Mino? Ich habe dir deine Hochzeit verdorben. Aber nun gibt es ein neues Fest. Ein wunderschönes Fest! Die Königin der Bettler und Gaukler vermählt sich mit dem wilden König des Wahnsinns!«

»Du bist krank«, flüsterte Mino. »Ich weiß nicht, ob ich dich verachten oder Mitleid mit dir haben soll. Es ist erbärmlich, was aus dir geworden ist, Norha.«

»Das heißt, sie ist einverstanden, oder?« Norha wandte sich dem König zu, aber dieser interessierte sich schon nicht mehr für die Angelegenheit. Der Fürst wartete einen Moment und wandte sich dann schließlich selbst an die Soldaten.

»Gebt das Hochzeitsmahl in Auftrag«, befahl er. »Lasst es an nichts fehlen. Einen Krug Wein, Braten und Kuchen und Früchte ... Sorgt dafür, dass ein großer gefüllter Korb bereitsteht, den sie mit ins Verlies hineinnehmen kann. Niemand soll behaupten, ich behandelte meine erste Frau schlecht und würde knausern, wenn es um ihre Hochzeit geht. Und einen Priester, ja, ihr könntet einen Priester auftreiben, der etwas Salzwasser verspritzt ... nein? Na gut, dann nicht. Ach, Mino, hast du es eigentlich noch geschafft, deinem dunkelhäutigen Liebhaber das Jawort zu geben, bevor meine Leute kamen?«

Ihr war, als könnte sie kein einziges Wort mehr ertragen, als wäre alles besser, als ihm zuzuhören, seiner kalten, spöttischen Stimme. Vielleicht war sogar ein schreiender Wahnsinniger besser als das. Und trotzdem lief es ihr kalt den Rücken hinunter. Denk an Jamai, an Keta, an Variti, an Kroa ... Sie wollte nicht ihr eigenes Schicksal bedauern, aber es gelang ihr nicht mehr.

Norha lächelte. »Also nicht. Das ist gut. Vielleicht wäre es mir doch schwergefallen, eine verheiratete Frau zu einem fremden Mann zu schicken. Wir beide wissen doch, wie viel eine Ehe bedeutet, nicht wahr? Aber da haben wir anscheinend beide Glück gehabt. Du bist frei, wenigstens in dieser Hinsicht. – Halt sie fest!«, schnauzte er den Soldaten an. »Sie fällt gleich um, siehst du das nicht? So zittern ihr die Knie. Aber, aber, mein weißes Täubchen, wer wird sich denn fürchten?«

Er stieg die Stufen vom Podest hinunter, bis er vor ihr stand, und zupfte eine Blume aus ihrem Haar. »Da sind dunkle Flecken an deinen Zöpfen, ist das wohl Blut? Wenn du schwarze Haare hättest, würde man es gar nicht sehen. Aber mir hast du immer so gefallen, wie du bist. Leb wohl, meine Schöne.«

»Du bist hier der Wahnsinnige«, brachte sie heraus. »Du! So wahnsinnig wie du kann niemand sein!«

Er lächelte nur. »Der König des Wahnsinns«, sagte er und führte die Blume an seine Lippen, eine blassblaue Frühlingsblüte, »der König des Todes ... der König des dunklen Verlieses ... Welchen Namen wirst du ihm geben, meine weiße Taube, deinem allerletzten Bräutigam?«

Die Soldaten führten Mino die Treppe hinunter. Die Stufen gingen steil hinab in die tiefer gelegenen Stockwerke, ins Kühle, Feuchte, in eine Welt, in die der Frühling niemals kommen würde. Mehrere Male stolperte sie über ihren langen Rock und wurde von dem Soldaten, der vor ihr ging, aufgefangen.

»Pass doch auf«, sagte er mit rauer Stimme, aber selbst ihm war anzumerken, wie beklommen ihn diese Aufgabe machte.

Der Soldat hinter ihr trug die Fackel. In ihrem Schein wurde der vor ihnen liegende Gang sichtbar, die zu beiden Seiten eingelassenen Türen. Merkwürdige Geräusche kamen aus den dahinterliegenden Zellen. Das Klirren und Rasseln stammte von Ketten, doch das tiefe Stöhnen schien nicht aus dem Mund von Menschen zu kommen. Dann wehte ihnen ein schauerliches Geheul entgegen, aber zu ihrer

Erleichterung gingen sie auch an dieser Tür vorüber. Der Gang zog sich endlos lange dahin. Einige Türen standen auf; im Vorbeigehen sah Mino nichts als Dunkelheit.

»Gibt es keine Fenster?«, fragte sie zaghaft.

»Schächte sind vorhanden, für Licht und Luft«, gab einer der Soldaten zur Antwort. »Aber im Moment ist draußen Nacht, da kommt hier unten erst recht nichts an.«

Der andere drehte sich um und blickte in die Richtung, aus der sie gekommen waren. »Wo bleibt der Korb? Ich hab keine Lust, hier stundenlang zu warten.«

Sie waren vor einer Tür stehengeblieben, die sich von den anderen nur nach längerem Hinsehen unterschied. Das kleine Türchen in Augenhöhe war zugenagelt worden, so dass niemand mehr nachsehen konnte, was der Gefangene machte.

»Hat einem das Auge ausgestochen«, erklärte der Soldat leise.

»Da kommt der Korb«, rief der andere, als das schwankende Licht einer weiteren Fackel auf sie zuwanderte.

Er hatte den Satz kaum ausgesprochen, als ihm von drinnen ein Schrei antwortete, so laut und qualvoll, als würde in der Zelle gerade jemand umgebracht. Mino trat unwillkürlich einen Schritt zurück, als der fürchterliche Laut sich wiederholte.

»Hier, das Mahl.« Der dritte Soldat wurde im Lichtschein sichtbar und reichte Mino den Korb.

Sie wollte ihn nehmen, aber auf einmal konnte sie ihre Hände nicht mehr bewegen. Denn wieder ertönte ein Schrei, etwas polterte von drinnen gegen die Tür, als würde jemand sich mit aller Macht dagegenwerfen.

»Also, ich mach jetzt nicht auf«, meinte der neu hinzugekommene Soldat und stellte den Korb zu Minos Füßen ab. »Dem Kerkermeister hat er die Rippen gebrochen, als der ihn anketten wollte. Die Nase hat er ihm auch eingedrückt. Und als man ihm das letzte Mal Brot gebracht hat, wäre beinahe ...«

»Halt die Klappe«, befahl der mit der Fackel. »Wir öffnen die Tür und schicken sie rein, so wie's der Herr befohlen hat. Wir müssen nur schnell genug sein. Nimm den Korb, Frau, bringen wir es hinter uns.«

»Im Moment ist er ja recht ruhig«, flüsterte der andere. »Vielleicht haben wir Glück.«

»Vielleicht heißt das aber auch nur, dass er hinter der Tür kauert und lauscht und sich bereit macht, sobald er hört, wie der Schlüssel umgedreht wird.«

»Wir könnten sie auch einfach in eine andere Zelle sperren«, schlug einer vor. »Niemand braucht davon zu erfahren.«

»Und wenn Settan das rauskriegt? Nein danke.«

Sie horchten. Nichts.

»Na los, nimm den Korb.«

Mino kam der Gedanke, ob sie es wohl schaffen könnte, gegen alle drei zu kämpfen. Auf der Hochzeitsfeier hatte der plötzliche Angriff sie völlig überrumpelt, aber jetzt, wo sie nichts mehr zu verlieren hatte ... Letztendlich kam es nicht einmal darauf an, zu siegen. Im Kampf zu sterben war mit Sicherheit besser, als zu dem Grauen gesperrt zu werden, das hinter dieser Tür auf sie wartete. Aber in ihren Händen war keine Kraft, nachdem sie so lange gefesselt gewesen waren, vielleicht auch, weil die Kälte und die Furcht sie lähmten. Sie presste den Korb an sich wie ihren größten Schatz, als die Soldaten mit beeindruckender Geschwindigkeit das Schloss öffneten, die Tür einen Spalt aufzogen und sie ins Verlies stießen. Bevor sie irgendetwas erkennen konnte, war es schon wieder dunkel, aber ihr war, als hätte sie eine Bewegung wahrgenommen.

Sie blieb stehen, ihr Herz schlug so heftig, dass es schmerzte.

Sie stand da, wartete, horchte ins Dunkel. Alle ihre Sinne waren geschärft. Mino hatte damit gerechnet, dass unbeschreiblicher Gestank ihr entgegenschlagen würde, aber in der Zelle roch es bloß nach Feuchtigkeit und Stroh. Erst als das Blut in ihren Ohren aufhörte zu rauschen, hörte sie den Atem des Gefangenen. Sie konnte ungefähr einordnen, wo er sich befand. Hörte, wie er sich langsam näherte, leise, kaum hörbar auf dem raschelnden Stroh, als würden seine Füße es kaum berühren.

»Ich will dir nichts tun«, sagte sie rasch. Sie erkannte ihre eigene Stimme fast nicht wieder, so trocken und raschelnd kam sie ihr vor, genau wie das Stroh, über das er zu ihr kam. »Ich bringe dir zu essen. Bitte ...«

Ein plötzlicher Stoß warf sie zurück, sie taumelte rückwärts, und auch der Schrei, den sie ausstieß, schien nicht von ihr zu kommen, so fremd in der Dunkelheit. Sie landete in einem Strohhaufen und merkte, dass sie Norhas Geschenk immer noch mit beiden Armen hielt, als wäre es ein kleines Kind, das sie um jeden Preis festhalten musste. Und wieder das leise Knistern der Halme. Sie konnte nicht anders, als darauf zu lauschen, wie es näherkam.

Nur mit Mühe schaffte sie es, ihre Hände vom Henkel zu lösen. Sie zwang sich, den Korb ganz sanft auf den Boden zu stellen, obwohl sie versucht war, die Gaben durch die Gegend zu schleudern, in der Hoffnung, den Verrückten zu treffen. Aber ihm würde es nicht weh tun, und falls sie diese Nacht tatsächlich überlebte, würde sie die Lebensmittel brauchen.

Solange, bis Jamai kam und sie hier herausholte. Kroa und Jamai, würden sie nicht kommen? Doch hier, in der Finsternis, schien es wie ein halb vergessener Traum, dass sie mit ihren Freunden durch die Wälder gezogen war. Wie ein Traum, dass sie von einem Fest kam. Tanzende Mädchen ... alles ein Traum. So als hätte sie ihr ganzes Leben hier verbracht, in der Dunkelheit einer mondlosen Nacht, eingesperrt mit dem König des Wahnsinns.

Plötzlich war er da. Sie wehrte ihn ab, mit Händen und Füßen, keuchend versuchte sie ihn von sich wegzuschieben, während seine Finger sie betasteten. Unvermittelt ließ er von ihr ab, und während sie sich weinend aufrichtete, hörte sie seine Stimme aus der Dunkelheit.

»Du hast keinen Schlüssel. Wo hast du ihn versteckt? Ich finde ihn nicht.«

»Ich hab keinen Schlüssel!«, rief sie aus. »Ich bin keine Wärterin, ich bin eine Gefangene wie du! Glaubst du, ich wäre noch hier, wenn ich einen Schlüssel hätte?«

»Du hast gesagt, du bringst mir zu essen«, sagte er. »Wenn die Soldaten sich fürchten, schicken sie die Frauen vor ... Nun gut, es wäre auch zu schön gewesen.« Er lachte leise. Seine Stimme klang zugleich rau und sanft und seltsam vertraut, eine Stimme wie aus einem Traum. Sie hatte vergessen, wann sie ihn geträumt hatte und wovon er handelte, ein Traum von der Dunkelheit.

Mino strich ihren Rock glatt. Sie bebte immer noch am ganzen Körper, ihre Haut schauderte, immer noch fühlte sie seine Berührungen auf sich. Nach einem Schlüssel hatte er sie durchsucht? Dadurch kam er ihr nicht mehr ganz so wahnsinnig vor, aber wer konnte sagen, was in seinem zerrütteten Geist vor sich ging? Seine Ruhe konnte sie nicht beruhigen, vielmehr fühlte sie sich sehr wachsam und auf der Hut. Alle ihre Sinne waren so scharf nach vorne gerichtet, in die Finsternis, dass es wehtat. Und seine Stimme ... jeder Laut fühlte sich an wie winzige Nadelstiche in ihrer Haut ...

Wieder lachte er. »So schicken sie meine Träume zu mir. Der Wahnsinn kommt auf leisen Sohlen durch die Nacht, wie die Geliebte, barfüßig und im Nachthemd. Du duftest nach Wald und Blumen, so wie sie. Alles wie damals, wir beide im Dunkeln. Rieche ich Wein? Welche Düfte hast du mir mitgebracht, einen Korb, gefüllt mit Deret-Aif, mit dem Süßen und dem Bitteren und den langen Wegen, die Steine unter den Schuhen, bis die Füße blutig werden? So wate ich durch den Schnee und ich warte auf das Wasser. Und diesmal wird die Strömung mich mitreißen und es gibt kein Entkommen. Manchmal fällt der Mond durch den Schacht, so als würde er in einen Brunnen stürzen, und glänzt wie das Auge eines Vogels. Ja, manchmal dachte ich, ich könnte fliegen. Gib mir den Wein, den Traumwein, mit deinen Traumhänden und sprich zu mir mit deiner Traumstimme, meine Liebe ...«

Durch sein wirres Gerede hindurch griff ihr Verstand nach dem einen Satz, der für sie einen Sinn ergab.

Alles wie damals, wir beide im Dunkeln.

Zwei Kinder in einer Hütte, die in die starken Äste eines knorrigen Baumes gebaut war, zwei Kinder, die dort lagen und flüsterten. Ein Junge und ein Mädchen. Im Dunkeln. Und nur das Flüstern. Sie konnten sich nicht sehen. Und die Gerüche wurden stärker in der Nacht, der Duft des Waldes und der Blumen. Und das Meer, das der Wind mit sich trug, über die Insel trug ...

»Blitz?«

»Im Traum kennen alle meinen Namen«, sagte er. »Sie wispern ihn, sie singen ihn, sie tanzen ihn sogar. Dabei muss ich ihn behüten wie einen Sohn, damit der Feind nicht davon erfährt. Muss ihn verstecken, hier im Stroh, im Finsteren, damit ihn keiner sieht.«

»Blitz, bist du das?« Sie richtete sich vorsichtig auf. Und welchen Namen, hatte Norha gefragt, wirst du dem König der Wahnsinnigen geben, dem König des Todes? »Blitz?«

Der Traum hatte sich über sie geworfen wie ein Gegner, der aus dem Hinterhalt hervorbrach. Ihr war, als wäre er über sie gekommen wie eine Flut und nun watete sie hindurch, durch das schwere Traumwasser, über ein Feld, das nicht endete, und als könnte sie ihn, der da sprach, nicht erreichen. Sie tastete sich vorwärts, auf die Stimme zu, eine Stimme, mit der etwas nicht in Ordnung war, wie ein Glas mit einem Sprung ... und doch so vertraut. Jahrelang hatten sie im Dunkeln miteinander geflüstert. Jahrelang hatte sie weitergeflüstert, schon als sie ihn längst verloren hatte. Wenn du nur da wärst ... Alles würde ich geben, wenn du nur da wärst ...

»Blitz?«

Sie konnte ihn nicht sehen, nicht einmal den Umriss eines Schattens. Als er aufhörte zu reden, wusste sie nicht, wo er war, doch sie tastete sich weiter voran, bis sie etwas berührte, und eine Hand schnellte vor und umklammerte ihre mit festem Griff. Sie schluckte den Schrei hinunter.

»Ich bin es, Mino. Bitte glaub mir, ich bin kein Traum. Ich bin wirklich hier.«

Er hielt ihre Hand, so fest, dass es wehtat.

»Mino«, flüsterte er. »Mino ... Ich heiße diesen Traum willkommen. Ja, Wahnsinn, komm, komm!« Er rief so laut, dass sie zurückfuhr, aber er ließ sie nicht los, sondern zog sie ganz eng an sich heran und sie spürte seinen Kuss auf ihrer Stirn, ihrer Wange. Sie bewegte sich nicht, als er so verharrte, lange Zeit. Dann seufzte er schließlich und zog sie hinunter ins Stroh, streckte sich lang aus, ohne die Arme um sie zu lockern, und bald darauf kam der Schlaf zu ihnen beiden und führte sie noch ein paar Stockwerke tiefer in noch dunklere Räume.

Als Mino erwachte, war die Zelle von einem trüben, verschwommenen Licht erhellt, als hätte die Dämmerung angefangen und wäre dann irgendwie steckengeblieben. Der andere Gefangene saß nicht weit von ihr entfernt an der Wand und beobachtete sie. Wild sah er aus; Norha wäre zufrieden gewesen. In seinen Haaren steckten Strohhalme, ein kurzer dunkler Bart wucherte in seinem Gesicht, und auch in seinen schwarzen Augen lag etwas Gefährliches, eine solche Intensität, das ihr schwindelte. Selbst in diesem Zustand, abgemagert und zerlumpt, hatte Blitz eine Ausstrahlung, die niemanden daran zweifeln ließ, dass er kein gewöhnlicher Gefangener war. Kein Verbrecher oder Bettler, den man wegsperrte und vergaß. Dieser intensive, alles einnehmende Blick hatte sie geweckt, und sie dachte daran, dass er sie mit diesen Augen schon immer aus allem herausgerissen hatte, aus ihrem Leben ohne Gedächtnis genauso wie aus dem hoffnungslosen Versuch, sich an Norha zu gewöhnen.

»Ich möchte nicht aufhören, dich anzusehen«, sagte er. »Gestern dachte ich wirklich, dass ich mir dieses Wunder nur einbilde. Wie soll man glauben, dass Träume in Erfüllung gehen, während man hier im Dunkeln hockt und mit den Kräften kämpft, die einem den Verstand rauben wollen?«

Mino wusste nicht, was sie sagen sollte. So schrecklich viel lag ihr auf der Zunge, dass sie nichts davon aussprechen konnte.

»Ich wollte mit dem Frühstück auf dich warten«, sprach er weiter. »Wenn du nichts dagegen hast, könnten wir gleich anfangen? Die Kost war hier in letzter Zeit etwas karg.«

Sie setzte sich auf. Es kam ihr immer noch so unwirklich vor, dass sie ihn hier gefunden hatte. Aber alles andere war unzweifelhaft echt. Strohhalme stachen ihr in die Haut, sie fühlte die blauen Flecke, wo der Riese sie gepackt hatte. Und immer noch waren es Blitz' Augen, die auf ihr ruhten.

»Du hast hier nicht zufällig eine Waschschüssel? Ich würde mich vor dem Frühstück gerne etwas frisch machen.«

»Das Wasser wird kommen. Später«, versprach er und grinste.

»Sie haben Angst, dir etwas zu bringen«, meinte sie. »Könnte es sein, dass du selbst daran schuld bist? Oder übertreiben alle?«

Er verzog das Gesicht. Und auch dieses Lächeln kannte sie, so vertraut, so jungenhaft, ein Lächeln aus einem anderen Leben.

»Sie bringen mir selten etwas«, gab er zu. »Manchmal höre ich sie auf der anderen Seite. Ich höre die Stimmen. Wie sie flüstern und tuscheln. Aber sie machen die Tür nicht mehr auf. Nur manchmal, des Nachts, wenn ich schlafe, ich glaube, dann kommen sie. Deshalb schlafe ich kaum noch, ich liege da und lausche auf die Stimmen.«

Angst befiel sie, eine plötzliche Kälte, die sie aus seinen Worten heraus anwehte.

»Blitz«, fragte sie, sie bemühte sich, die Tränen zurückzuhalten, »Blitz, wie lange bist du schon hier?«

»Ich weiß nicht«, flüsterte er. »Manchmal kommt es mir vor wie zwanzig Jahre ... die Jahreszeiten gehen vorüber und ich bin hier gefangen, immer, und niemand öffnet die Tür. War es ein Winter, ein einziger, eine Handvoll Tage?« Er fasste sich ans Kinn. »Nein, bis zum Boden reicht der Bart noch nicht, ich schätze, die zwanzig Jahre sind weit übertrieben. Vielleicht hundert?« Er schlug die Hände vors Gesicht. »Ich kann nicht allein sein«, klagte er. »Ich kann nicht allein sein, in einer dunklen Kammer, ich kann's nicht ... Jeden Tag kam Tinek und brachte mir Pfirsiche. Sie dufteten nach Sommer und nach Alikas Garten.«

Mino versuchte, daraus schlau zu werden. »Du warst auf Neiara? Du warst bei Tinek, der Fürstin?«

»Fürstin?«, fragte er zurück. »Alt war sie und müde und ging immer langsamer. Aber hier kommt niemand. Sie glauben, ich habe ein Messer. Ich hab keins. Wenn ich eins hätte ...« Er seufzte. »Ich habe versucht, durch die Tür zu brechen und durch die Wand, und wenn ich wirklich ein Vogel wäre, ich wäre längst durch den Schacht davongeflogen. Aber ich kann es nicht. Ich bin hier und kann nicht hier sein, verstehst du? Ich bin hier und bringe es nicht fertig, hier zu sein.« Plötzlich sprang er auf und warf sich mit voller Wucht gegen die Tür. »Ich kann nicht hier sein!«, schrie er. »Die Schiffe sollen warten ... nur noch ein bisschen, nur noch ein bisschen!«

»Blitz! Blitz, hör auf!« Sie schlang die Arme um ihn, sie hielt ihn so fest, wie sie nur konnte. »Nicht, lass die Tür! Komm. Komm her.« Sie fühlte, wie sich seine Muskeln anspannten, und einen Moment lang fürchtete sie, er würde sie wegstoßen, mit einer Kraft, die sie gegen die Wand schmetterte, aber er atmete tief durch und ließ sich von ihr in die Mitte des Raumes führen, unter den Lichtschacht, aus dem der Tag tropfte.

Er weinte in ihr Haar, und sie tat nichts, als seinen Rücken zu streicheln.

»Komm«, bat sie schließlich, »komm, iss etwas. Sie haben mir ein Festmahl mitgegeben, um sich über mich lustig zu machen. Lass uns unser Wiedersehen feiern.«

Gehorsam setzte er sich wieder ins Stroh. »Du bist so schön«, sagte er, während sie den Korb auspackte, als würden sie auf einer grünen Wiese ein Picknick machen, unter den blühenden Bäumen. »Läufst du immer so herum? Oder haben sie dich extra für mich geschmückt und dir Blumen ins Haar geflochten?«

»Die Wachen waren davon überzeugt, du würdest mich umbringen.« Sie reichte ihm Brot und einen Apfel, ohne auf seine Frage zu antworten. Jamai. Ich war gerade dabei, Jamai zu heiraten. Sie wusste nicht, was sie mit diesem Wissen anfangen sollte, mit dieser Tatsache, die ihr fremd vorkam, wie etwas, das jemand über sie in ein Buch geschrieben hatte und das sie las, ohne zu merken, dass es um ihr eigenes Leben ging. Ich war dabei, zu heiraten. Seltsam, nicht?

»Mit dem Messer, das ich angeblich habe? Keine Ahnung, wie sie darauf gekommen sind.«

»Der eine Soldat sagte, du hättest jemandem ein Auge ausgestochen.«

»Ach, das!« Blitz lachte unbekümmert. »Das war bloß ein Strohhalm. Er war recht spitz. Und ich war schneller, als sie erwartet hatten.«

»Du bist erstaunlich.« Sie grinste anerkennend. »Ich nehme an, du könntest mit bloßen Händen und einer Handvoll Stroh einen ganzen Trupp zurückschlagen.«

»Jedenfalls konnte ich sie nicht daran hindern, mich gefangen zu nehmen«, erinnerte er und lächelte sie an, trotz der Bitterkeit seiner Worte. So warm, so berückend, so innig, dass ihr Herz schmolz.

»Nun sag schon. Warum die Blumen in deinem Haar?« Hartnäckig. Oh ja, auch das war er immer gewesen. »Du bringst den

Frühling mit. Ich wusste nicht, dass er dort oben so weit vorangeschritten ist. Wie weit ist das Wasser schon gekommen? Oh nein, warte, eine Frage nach der anderen. Zuerst du. Was hast du getan, als sie dich holten? Ein Fest gefeiert? Habt ihr ein Schiff ausgestattet und es geschmückt und gesungen, so wie die Pilger immer singen?« Er blickte sie erwartungsvoll an.

»Eine Hochzeit«, antwortete sie. »Kein Abschied, nur eine Hochzeit. Eine Zinta-Hochzeit, das sind die besten.«

»Tatsächlich? Das wusste ich nicht. Mich hat nie jemand zu so einer Feier eingeladen.« Er streckte die Hand aus und zog eine Blüte aus ihrem Haar, so wie auch Norha es getan hatte. Sie war verwelkt und duftete noch immer, vielleicht noch eine Spur intensiver, nach einer Welt, die hier unten nur wie ein Traum schien.

Das Licht wurde unmerklich schwächer, als würde es sich abkühlen, und sie zuckte zurück, als ein Tropfen auf ihre Schulter fiel. »Was ist das? Es regnet?«

»Das«, Blitz sprang auf und wies mit beiden Händen auf die jetzt schneller fallenden Tropfen, »ist mein Leben. Ich nenne es meinen Segen. Das erste Mal dachte ich, die Flut würde kommen und es wäre zu spät, ich glaubte, ich würde hier unten sitzen und zusehen müssen, wie das Wasser steigt, steigt und steigt, ohne entkommen zu können. Aber dann habe ich es auf der Zunge geschmeckt. Regen, meine Liebe. Der Schacht endet irgendwo oben, außerhalb der Burg. Ich nehme an, früher haben die Angehörigen der Gefangenen ihnen zu essen gebracht und sie durch diese Schächte versorgt. Warum auch nicht? Um jemanden mit einem Seil nach oben zu ziehen, ist es zu eng. Leider habe ich keine Angehörigen da draußen, die mich besuchen und mir Briefe und Lebensmittel nach unten werfen. Nur den Regen. Er kommt jeden Tag. Habe ich dir nicht versprochen, du würdest Wasser bekommen?«

Mino trat zur Seite, um nicht nass zu werden, und sah sich suchend in der dämmerigen Zelle um. »Fließt es irgendwo ab?«

»Dort drüben in der Mauer ist ein Abfluss. Ich weiß nicht, seit wie vielen Jahren das Wasser schon über diesen Boden fließt, jedenfalls hat es schon eine Rinne hineingegraben. Diese Rinne benutze ich – nun, du weißt schon, wofür. Wenn der Regen kommt, spült er alles weg.«

Sie wandte den Blick nicht von dem Regen, der aus einer winzigen Wolke zu kommen schien, die genau über ihren Köpfen hing. Er prasselte auf den Steinfußboden und spritzte hart gegen ihre Hände, als sie sich vorbeugte und die Finger ausstreckte. Sie benetzte ihr Gesicht. Das Wasser war kalt, aber nicht eisig, und für eine, die lange Zeit ihres Lebens Wasser aus Bächen und Flüssen benutzt hatte, ohne es jedes Mal über dem Feuer zu erwärmen, gab es nichts Besseres.

Sie wollte gerade unter den Schauer treten, als Blitz sie zurückzog. »Es dauert sehr lange, bis die Kleider hier unten trocknen«, warnte er. »Du wirst frieren, wenn du das tust.«

»Aber ich muss mir wenigstens die Haare waschen.«

Sie wusste, dass sie auf dieses Wasser nicht verzichten konnte, auf das Gefühl der kühlen Tropfen auf ihrer Haut. Den Schweiß und die Angst wollte sie abwaschen, den Schrecken des gestrigen Tages, die Bilder, die immer wieder in ihre Augen sprangen – Keta, von Riesen überwältigt. Jamai am Boden. Kroa, der an ihrem Arm zerrte. Gestalten in bunten Kleidern, die wild durcheinanderstürzten ... Sie musste das Blut aus ihrem Haar haben, unbedingt. Mino löste den ersten Zopf auf, zog Blumen und Strohhalme heraus, strich die gewellten Strähnen glatt.

»Warte«, meinte er, »ich helfe dir.« Er öffnete die Bänder, die ihr Haar schmückten, eins nach dem anderen, mit sanften Bewegungen, so zärtlich, als hätte er sein Leben in den Ankleideräumen vornehmer Damen verbracht und ihnen die Haare auseinandergeflochten. Schließlich breitete er die ganze Fülle ihres schneeweißen Haares über ihrem Rücken aus.

»Wessen Blut ist das?«, fragte er leise. »Wer ist gestorben, um dich zu schützen?«

»Viele«, flüsterte. »Zu viele. Ich weiß nicht, wer entkommen ist.«

»Das tut mir so leid. Ich will nicht, dass du die Bilder siehst, von denen deine Augen sprechen. Sie waren noch nie so dunkel ... Ich will, dass du, wenn du die Augen schließt, etwas anderes siehst.

Arima. Denk an unsere Insel und an die Gärten. Denk an die Brandung ...«

Sie schloss die Augen und fühlte seine Lippen auf ihren Lidern. Denk nicht an das Zinta-Kind mit dem Pfeil in der Brust ... Denk nicht daran, wie die Soldaten aus dem Wald kamen mit erhobenen Schwertern, und denk nicht an die Riesen ...

Arima. Arima war da, im Plätschern des Regens auf den Steinen, in der Gischt, die ihr ins Gesicht schlug. Der Ruf des Meeres. Es lockt, es singt, es wartet ... worauf? Auf den Tag, an dem ich an Bord gehen werde, auf das kleine Schiff mit den weißen Segeln?

Blitz' Hände gruben sich in ihr Haar, als sein Mund ihren fand. Und nur flüchtig, nur ganz flüchtig, dachte sie an Jamai, dachte mit plötzlichem Erstaunen daran, dass er nie versucht hatte, sie zu küssen, auch nicht nach ihrer Verlobung. Er hatte nie mehr gewagt, als ihre Hand zu berühren. Vielleicht hatte er mehr über sie gewusst, als sie selbst hatte wissen wollen. Wie Geschwister waren sie nebeneinander gegangen, Hand in Hand, und obwohl sie sich auf die Hochzeit gefreut hatte, so hatte sie doch nie das Gefühl gehabt, sie könnte es nicht mehr aushalten. Ihre größte Sehnsucht war gewesen, anzukommen.

Und hier war sie. Angekommen. Ein einziger Kuss genügte, um es zu wissen. Ein einziger Kuss genügte und alles war so klar, so selbstverständlich. Nichts anderes hätte das hier ersetzen können, niemand sonst durfte es sein. Nur Blitz.

Der Kuss riss ihnen den Boden unter den Füßen weg.

Blitz wusch ihr Haar im Regen.

Ihre Kleider wurden nicht nass. Wie auch, hatte sie diese doch dicht an der Wand abgelegt, dort, wo das Wasser nicht hinkam.

Blitz wusch ihr Haar. Sie standen im Regen. Der Regen spülte die Bilder fort und das Blut. Zurück blieb Arima. Ein neues Arima, in einer kleinen Zelle tief unter der Erde, ein Arima aus Stroh und Stein, sonnenlos, meerlos, ohne Gärten und ohne kleine Häuser, in denen jemand auf sie wartete. Aber war es nicht schon immer so gewesen – sie beide allein im Dunkeln? Damals hatten sie es nicht gewusst. Jetzt wussten sie es. Und deshalb war dieses Arima so viel süßer und köstlicher und wunderbarer, als es das alte je gewesen war.

Blitz warf sich gegen die Tür, bis seine Schulter schmerzte. Es war vollständig finster, eine Nacht, die ihn einhüllte, die ihn verschlang. Er konnte ihre Zähne spüren, die Zähne der Finsternis, spitz und reißend. Der Schrei brach aus ihm heraus. So kam die Dunkelheit zu ihm, jede Nacht, jede Nacht ... Keine Sterne, kein Mond, nur Schatten. Schatten, die im Stroh wisperten, die mit winzigen Mäusefüßchen dort trippelten ... Er war nicht auf dem Schiff. Der Boden schwankte wie unter hohem Seegang, aber er war nicht auf dem Schiff. Er konnte das Meer nicht riechen – hätte er es nicht riechen müssen, so weit draußen auf See? Nein, er war in der Erde. Eingefasst in Erde und Stein, tief unten. Sein Bruder hatte ihn die Kellertreppe hinuntergestoßen und nun war er hier und wartete vergeblich darauf, dass sie ihn wieder hinauf ließen, dass Alika die Luke öffnete und ihn rief. Komm! Komm hinauf in den Sommer!

Sein Hilfeschrei hatte keine Worte. Es gab keine Worte dafür, in die Finsternis getaucht zu sein, wie ein Ertrinkender, den die Flut mit sich riss, den die Wellen hin und her warfen, dem Schlingpflanzen sich um die Beine legten und ein Netz flochten, in dem sie ihn fingen. Ein Netz, unzerreißbar, das ihn hier unten gefangen hielt. Nicht das Meer. Sondern die Dunkelheit selbst. Er hatte die Augen geöffnet, aber er konnte nichts sehen. Da war keine Brücke. Nichts war da, gar nichts ...

Er schrie zum dritten Mal, als er fühlte, wie Arme sich um ihn legten, als wollten sie ihn aus dem Wasser ziehen.

»Blitz, nicht! Blitz, ich bin da. Ich bin da.«

Ihr Haar roch nach feuchten Steinen, aber er klammerte sich an sie. Der Schmerz wollte nicht vergehen. Er wartete darauf, aber es blieb dunkel, als wäre er erblindet.

»Die Nacht«, stammelte er, »ich bin tot in der Nacht.«

»Nein. Nein!« Die Frau hielt ihn fest. Eine Frau, als wäre sie leibhaftig einem Traum entstiegen, ein Mädchen mit weißem Haar. Er konnte sie nicht sehen, aber sie berührte sein Gesicht mit zarten Fingerspitzen.

»Morgen wird es hell werden. Das verspreche ich dir. Es wird nicht immer dunkel bleiben. Morgen kommt das Licht durch den Schacht. Und der Regen. Er wird kommen. Glaub daran.«

»Die Brücke ist nicht da ...«

»Blitz. Ach, Blitz.« Er hatte nicht gehört, dass sie weinte, aber er schmeckte ihre Tränen, als er sie küsste. Salzig. Sie hatte ihm das Meer gebracht. Er kostete davon, sein Hunger wuchs und begegnete einem anderen Hunger, ebenso stark wie seiner. Die Nacht verwandelte sich, als die Frau ihn aus der Finsternis herausliebte, und aus dem dunklen Gefängnis, in dem seine Seele sich auflöste, wurde ein Garten unter Regenwolken, und die Wölfe schwiegen hinter den Bäumen.

Der Morgen kam ihm neblig vor. Das Licht fiel zu ihnen hinunter wie durch einen tiefen Teich. Dort, am Grund dieses Teichs, richtete er sich auf und sah, wie Mino den Tisch deckte. Sie schob das Stroh zur Seite und breitete ihre helle Schürze auf den Steinen aus. Sorgfältig hob sie aus dem Korb, was noch übrig war: ein wenig trocken gewordenes Brot, ein paar letzte gedörrte Früchte. Sie waren sparsam gewesen mit dem, was sie mitgebracht hatte.

»Heute trinken wir den Wein«, sagte sie, als sie sah, dass er wach war. »Wir können ihn mit Wasser verdünnen, wenn der Regen kommt. Oder möchtest du ihn lieber pur?«

Es gab so viele Fragen, die er ihr stellen wollte und die er doch nicht über die Lippen brachte. Bist du noch frei? Wessen Blut habe ich aus deinem Haar gewaschen? »Diese Hochzeit, aus der sie dich herausgerissen haben«, sagte er. »Das war deine.« Er versuchte zu lachen. »Ich hätte es ahnen können, aber ich wollte nicht fragen. Ist es nicht merkwürdig, wie unsere Wege sich immer dann kreuzen, wenn es zu spät ist? Wer ist der Glückliche, der auf dich wartet?«

»Glücklich?«, fragte sie zurück. »Nein, nicht glücklich genug. Keta wird seine Wunden heilen, aber mehr kann niemand für ihn tun. Auch ich nicht. Ein Leben mit mir, das ich ihm aus Mitleid schenke, wird Jamai nicht wollen. Dazu ist er zu stolz. Es hat lang genug gedauert, ihn glauben zu lassen, dass ich dich vergessen hätte. Wie kannst du bloß denken, ich würde zu irgendetwas oder irgendjemandem zurückkehren wollen, wenn ich dich habe?«

»Mich? So wie ich jetzt bin? Es tut mir leid«, sagte er und strich sich über die Stirn. »Dass ich dir Angst mache.«

»Du machst mir keine Angst.« Sie sah ihn an. Ihre Augen kamen ihm vor wie die hellen Blüten, die sie mit in die Gefangenschaft gebracht hatte. »Blitz, du brauchst dich wirklich nicht zu entschuldigen.«

»Ich wecke dich jede Nacht.« Er lachte unfroh. »Jeden Abend nehme ich mir vor, dass es nicht geschieht. Dass ich, wenn ich nachts aufschrecke, daran denke, dass du bei mir bist und dass es nur noch ein paar Stunden bis zur Dämmerung sind. Aber ...« Seine Stimme brach, er wandte das Gesicht ab. »Du hast etwas Besseres verdient als das.«

Sie kam über das Stroh zu ihm, sie hielt den Krug an seine Lippen. »Trink.«

»Ich wollte nie, dass du mich so siehst.«

Sie ließ es nicht zu, dass er sich abwandte. Sie wartete, bis er trank, bis der rote Wein seine Zunge berührte. So sauer, dass er das Gesicht verzog. Und sie lachte. »Du kannst die Braut jetzt küssen, *Ahinehl*«, sagte sie, Mino, die Herrliche, sein weißes Mädchen. Wann immer er von ihr geträumt hatte, war er ihr als jemand begegnet, der stolz sein konnte auf das, was aus dem jungen Herumtreiber von damals geworden war. Blitz, der Held von Arima. Schüler der Amazonen von Salien, ein Krieger, schnell und tödlich, Leibwächter der Tochter des Kaisers. So viel gab es, was er mit ihr hätte teilen mögen, so viel, was er ihr gerne gegeben hätte. Verwöhnen wollte er sie, das zarte, schöne Mädchen, beschenken mit allem, was er hatte, mit allem, was Ilinias nicht wollte.

»Ich wünsche mir, ich hätte früher herkommen können«, sagte sie. »Ich wünsche mir, ich hätte dich den Winter über festhalten können, Nacht für Nacht. Mir tut es leid, dass ich nicht eher gekommen bin. Dass ich nichts davon geahnt habe, wie es dir geht, und dass ich meine Träume in mir eingeschlossen habe, damit du mir darin nicht nahe kommen kannst. Das ist es, was für mich unerträglich ist, dass du hier ausharren musstest, jede dieser schweren Nächte, allein. Trink noch einen Schluck.«

»Er schmeckt nicht«, beschwerte er sich, und wieder lachte sie.

»Na und? Wen kümmert es? Das ist unser Hochzeitswein und es ist egal, dass er uns nicht schmeckt. Dieser Ort ist vollkommen, Blitz. Wir haben hier alles, was wir brauchen. Wir haben Stroh zum Schlafen und wir haben zu essen und bald wird es regnen. Ich wünsche mir nur, ich hätte heilende Hände und könnte dich damit berühren. Ja, das wünsche ich mir sehr.«

»Du hast sie«, sagte er, denn ihre Hände zogen ihn jede Nacht aus der Dunkelheit, und ihr Mund küsste den Schrei von seinen Lippen, und ihr warmer Leib rief ihn zurück ins Leben. Nacht für Nacht. Er wusste nicht, wie viele Nächte es noch gedauert hätte, und nichts hätte ihn mehr herausholen können aus dem Keller, in dem es keine Brücke gab und keine Leiter und wo der Boden mit Scherben bedeckt war, die es unmöglich machten, auch nur einen Schritt ohne Schmerzen zu gehen. Er wollte schreien, wenn dieses Bild zu ihm kam und so viel stärker war als das Gefühl von Stroh unter den Fußsohlen, wenn die Dunkelheit so viel stärker war als der Raum, in dem er sich tatsächlich befand und der ihm nach und nach verloren ging. Viele Nächte, dachte er, wären es nicht mehr gewesen.

»Es wird heilen«, sagte Mino leise. »Alles. Glaub mir.«

»Ich weiß nicht, ob es das kann«, entgegnete er. »Jede Nacht belehrt mich eines Besseren. Die Wachen nennen mich den König des Wahnsinns, wusstest du das? Und von all den Namen, die ich getragen habe, scheint dies derjenige zu sein, der mir am Schluss bleiben wird. Ja-laieng, der schwarze Held ... und nun hat mich die Schwärze gefunden und von dem Helden ist nichts übrig geblieben. Wer hätte das gedacht? Ein Blitzstrahl, und danach wird die Nacht dunkler sein als je zuvor.«

Er trank wieder von dem Wein. In seinem Mund zog sich alles zusammen, aber er schluckte ihn herunter und spürte ein Gefühl in seinem Körper aufsteigen, als würden Tausende kleiner Luftbläschen an seiner Haut vorüberperlen, innen wie außen.

»Es gehört nicht viel dazu, jemanden, der so wenig isst wie wir, betrunken zu machen«, beschwerte er sich. »Vielleicht sollten wir tanzen, solange es in meinen Ohren dermaßen dröhnt, dass ich mir vorstellen kann, Musik zu hören.«

Er stand auf und verbeugte sich vor ihr, und sie gab ihm lächelnd ihre Hände. Mit langsamen, wiegenden Schritten tanzte er mit ihr durch das Stroh, zu einer Musik, die er in sich selbst fand, die ihn an das Meer erinnerte und an die Wellen, die an die Steine schlugen. »Den Fuß vor und den Fuß zurück und eine kleine Drehung, meine Dame. Und siehe da, der Regen, wer hätte gedacht, dass er heute zu Besuch kommt?« Sie tanzten um ihren eigenen, kleinen Regen herum, immerzu im Kreis, bis ihnen beiden schwindlig wurde.

27. Der Thron des Riesenkaisers

KETA LEGTE DEN Arm um Varitis Schultern. »Ich werde zu ihm gehen«, versprach er. Dort war die Stadt, wunderbar und hell erhob sie sich aus den grünen Hügeln. Kirifas. Dort, wo sein Bruder herrschte, von wo aus er Deret-Aif vernichtete.

Variti schluckte. »Tu es nicht«, bat sie. »Zukata wird dir keine Antwort geben. Und es sind so viele Riesen in der Stadt, die ihm dienen. Du hast doch gesehen ... Oh bitte, tu das nicht. Bleib bei mir.«

Keta wusste, dass seine Frau recht hatte. Ja, und doch hatte sie unrecht. Wie sonst sollte er herausfinden, was mit Mino geschehen war, wenn nicht hier? Von wem sonst sollte er die Auskunft erhalten, ob sie lebte oder wohin man sie verschleppt hatte? Seine Nachforschungen in Laring hatten nichts ergeben; es hatte einfach zu lange gedauert, bis er sich genug erholt hatte, um sich auf die Suche zu machen. Er hatte so viele Menschen heilen müssen, dass seine eigene Kraft mehr und mehr geschwunden war, bis davon nichts mehr übrig war als eine Handvoll Segen. Es reichte kaum dazu, auf den Beinen zu stehen und weiterzuleben. Wie konnte er Zukata so gegenübertreten – geschwächt und traurig, gequält von einem Durst, den er niemandem erklären konnte? Seit das milde Meerwasser ihn geheilt hatte, sehnte er sich danach. Und seine Heilkräfte schwanden. Ihm war, als würde der Segen, je näher das Wasser kam, um so schwächer werden, weil niemand mehr Heilung durch seine Hände benötigte. Das stimmte ihn froh, aber der Schmerz, Mino verloren zu haben, dämpfte seine Freude, dämpfte alles in ihm. Er stand da und wartete auf das Wasser, wartete darauf, dass es seine Füße umspülte und seine eigenen Wunden heilte.

»Geh nicht«, sagte Variti. »Nicht auch noch du. Lass uns warten.«

»Worauf?«, fragte er. »Auf Sorayn? Glaubst du wirklich, Sorayn legt sich mit Zukata an, nur damit wir erfahren, wo unsere Tochter begraben liegt?«

»Du kannst jetzt nicht fort.« Aire schaute ihn entsetzt an, schüttelte den Kopf. »Du wirst uns doch nicht mit den Riesen hier allein lassen?«

Sorayns Füße zuckten, er war schon fast auf dem Sprung. »Ich muss«, entgegnete er. »Du hättest mich gleich nachts wecken sollen.«

»Wusste ich denn, dass sie wegrennen würde? Ich dachte, sie kommt wieder. Bei Rin, sie ist deine Mutter, warum sollte sie vor dir weglaufen?«

Wenn er jetzt sofort aufbrach, würde er Ilinias bald einholen. Die Tiere des Waldes und die Vögel mussten ihm helfen, sie zu suchen, und dann würde er sie finden und – nein, er wusste nicht, was er mit ihr tun sollte, wie ihr gegenübertreten. Er durfte nur nicht zulassen, dass sie nach Kirifas zurückkehrte und Zukata erzählte, was sie hier gesehen hatte.

Nicht nur Aire würde sich unwohl fühlen, wenn er nicht mehr hier war, um auf die Riesen aufzupassen. Immer mehr von ihnen waren gekommen, worüber nicht jeder sich so freute wie Sorayn. Auch Fria war da. Eine strahlende Fria, jung und stark und voller Energie, sie lachte über sein Erstaunen.

»Kennst du mich noch, mein Lieber?«

»Was machst du denn hier?«, fragte er überrascht. »Ein weiter Weg vom Gebirge des Südens hierher.«

»In der Tat«, sagte sie, »weiter und schwerer, als du ahnst. Aber hier sind wir. Gib uns etwas zu tun.«

»Wir brauchen mehr Flöße.« Es gab keinen Mangel an Aufgaben. »Und ich habe Kunde von einer ganzen Flotte aus Wenz, die hier demnächst vorüberziehen wird.«

Der Prinz überließ es den Riesen, die Schiffe aufzuhalten, doch er war lieber dabei, wenn es darum ging, mit der Mannschaft zu reden, damit es kein Blutvergießen gab. Mehr als sonst freute er sich, dass er mitgekommen war, als sich ein bekanntes Gesicht an der Reling zeigte.

»Lasst uns passieren, oder ... Sorayn? Prinz Sorayn?«

König Oka höchstpersönlich befehligte die Flotte, ein ziemlich wütender Oka, fest entschlossen, gegen alle Riesen und Piraten zu kämpfen, die es wagten, sich ihm in den Weg zu stellen. Aber Sorayn ließ er natürlich sofort an Bord kommen, auch wenn dieser, flankiert von Fria und dem gewaltigen rothaarigen Use, nach dem Anführer eines Schlägertrupps aussah.

»Seid Ihr unter die Piraten gegangen?«, fragte Oka. »Das hätte ich eher nicht von Euch erwartet.«

»In gewisser Weise«, gab Sorayn zu. »Dort an der Küste warten Hunderte auf eine Mitfahrgelegenheit nach Rinland. Falls der Kapitän ein anderes Ziel anstrebt, haben wir ihn auch schon einmal durch jemand anders ersetzt.«

Der Wenzer schüttelte verwundert den Kopf. »Angesichts Eurer Riesen klingt das nicht gerade freundlich. Da kann ich wohl von Glück sagen, dass ich sowieso schon nach Rinland fahre.«

Diesmal war es an Sorayn, überrascht zu sein, vor allem, als der König eine kleine Papierrolle vor seinen Augen schwenkte. »Ein Rinlandbrief? Woher habt Ihr einen dieser alten Briefe?«

»Alt? Dieser nicht. Edmonda hat ihn geschrieben«, erklärte Oka und grinste. »Das hättet Ihr jetzt nicht gedacht, wie? Ein großer weißer Vogel hat ihn mir eines Tages gebracht. Meine Tochter wartet auf mich – auf dieser geheimnisvollen Insel im äußersten Westen. Was bleibt mir anderes übrig, als hinzufahren und mir anzusehen, was sie in ihrem Brief beschreibt? Da stehen jede Menge Dinge, bei denen man einfach nicht begreift, was damit gemeint ist!«

Deshalb waren sie hier, die stolzen Wenzer, und steuerten ein Schiff nach dem anderen durch die stürmische See. Sorayn konnte es nicht den Riesen überlassen, dafür zu sorgen, dass alle Saliner sicher an Bord gelangten. Immer noch blieb genug Zeit, um Ilinias abzufangen, bevor sie das Land verließ.

Er hatte Zeit, immer noch ausreichend Zeit. Ilinias konnte noch nicht in Aifa sein, selbst wenn sie sich ein schnelles Pferd besorgt hatte. Er würde sie einholen, wenn er jetzt aufbrach. Und sich durch nichts beirren ließ. Auch nicht von diesen Soldaten, die am Schlagbaum eine Gruppe Reisender aufgehalten hatten – waren es Ziehende? Oder Pilger ans Meer? Er reihte sich hinter ihnen ein, horchte auf das, was sie redeten. Entfernte die Soldaten von der Straße.

Eine Tagesreise weiter fand er ein paar Hütten, in denen gefangene Arbeiter froren, wenn sie nicht gerade für den Landesherrn schufteten. Auch dafür musste noch Zeit sein: sie von ihrer Freiheit in Kenntnis zu setzen und ihre Wachen anderweitig zu beschäftigen – zum Beispiel damit, sich die Beulen zu kühlen. Den Geretteten mitzuteilen, dass das Meer kam, dass sie ein Schiff brauchten.

Auch wenn die Eile in ihm brannte.

Maja wusste nicht so recht, ob sie sich darüber freuen sollte, dass ihre Schwiegermutter wieder da war. Sie kam wie eine Fremde zurück, abgehetzt, ausgezehrt, um mindestens ein Jahrzehnt älter. Ihr helles Haar wirkte wie das Haar einer Greisin. Sie schlich durch den Palast wie ein Geist, still und grimmig. Manchmal sah man in ihrer Hand einen Brief, eine kleine Rolle, die sie zerdrückte und wieder glatt strich, zerdrückte und glatt strich, immer wieder, als wäre ihre Hand ein schlagendes Herz.

»Soll ich dir etwas vorspielen?«, fragte Maja. »Etwas, was dich aufmuntert?«

»Nein«, wehrte Ilinias schroff ab, aber das Mädchen setzte sich trotzdem vor ihre Tür und spielte auf der Flöte. Die Wachen im Gang schauten sie mit verklärten Gesichtern an, während das Lied, froh und hell wie der Frühling, der das Land mit grünen Knospen überzog, im Wettstreit mit den Gartenvögeln jubilierte.

Irgendwann riss die Amazone ihre Tür auf. »Verschwinde!« Hatte sie, während sie fort gewesen war, ihre Stimme verloren, so dass nur dieses heisere Krächzen übriggeblieben war? »Ich will dich nicht sehen.« Und sie fügte hinzu: »Reiz mich nicht, Mädchen.«

»Sag es ihm nicht«, flüsterte Maja. »Bitte. Ich werde jeden Tag für dich spielen, bis es dir besser geht, aber sag es ihm nicht. Um Sorayns willen.«

Ilinias hob die Brauen. »Du weißt es? Du weißt, dass ich Sorayn gesehen habe? Dass ich gesehen habe, wie er den Kaiser hintergeht und seine eigenen Pläne verfolgt? Woher?«

Darauf antwortete Maja nicht. Sie hatte Ilinias' Ankunft schon Wochen erwartet, mehrere bange Wochen, so lange, wie es dauerte, bis man von Salien nach Kirifas reisen konnte, im Winter. Es hatte in einem von Sorayns Briefen gestanden: *Meine Mutter war hier im Lager. Aire hat sie erkannt, aber sie hat nicht mit mir gesprochen, sie ist einfach wieder verschwunden. Wenn sie mich verrät, bist du in größter Gefahr, Liebste. Ich werde kommen, sobald ich kann.*

»Verschwinde, bevor ich mich vergesse«, zischte die Kriegerin.

Aber es fiel dem Mädchen schwer, einfach fortzugehen. Sie hatte selten jemanden gesehen, der so sehr litt.

»Er wird mich umbringen«, sagte sie. »Hasst du mich wirklich so sehr?«

»Zukata bringt dich nicht um«, widersprach Ilinias. »Das ist nur seine Art zu versuchen, die Oberhand zu behalten. Er droht, aber er hat dich viel zu sehr ins Herz geschlossen. Ich muss es ihm sagen. Wie soll ein Herrscher regieren, wenn man ihm alles verschweigt?« Aber trotz ihrer entschiedenen Worte war ihr Gesicht voller Angst und Sorge.

Im Speisesaal jedoch, wenn Zukata zugegen war, war Ilinias wie ausgewechselt. Sie scherzte und lächelte und schaute auf ihren Vater, als könnte er sie vor einer Gefahr retten, die niemand außer ihr kannte.

»Willst du dir den Thron herbeilächeln?«, fragte der Kaiser eines Abends schroff.

»Erion ist nicht zurückgekommen. Du kannst Aifa mir geben, Vater.«

»Warum sollte ich? Du hast mir Manina nicht gebracht. Du hast mir gar nichts gebracht, was irgendwie von Nutzen ist.«

Das Mädchen erschrak vor dem wilden Funkeln in Ilinias' Augen. Da war etwas, was in der Amazone brannte, unaufhörlich. Majas Lippen formten nur ein einziges Wort: Bitte. Bitte. Oh bitte.

Ihre Augen begegneten sich. Bitte! Und Ilinias? Nein, nicht kalt, nicht berechnend, abwägend, nachdenklich. Nur dieses wilde, verzweifelte Brennen. Die Kriegerin biss die Zähne zusammen, aber ihre Hand tastete suchend nach Zukatas Arm.

Warum gab es nur so viele Soldaten? Überall. Sorayn wollte laufen, aber die Uniformierten standen ständig im Weg. Mit Menschen beschäftigt, die mit verzagten Gesichtern vor ihnen zurückwichen oder sich fluchend oder weinend Fesseln anlegen ließen. Überall waren die Soldaten, die Zukata aus einem Krieg entlassen hatte, der nicht aufhören wollte.

Maja. Der Name schrie in ihm, laut: Oh bitte!

Und vielleicht – auch diese Hoffnung starb nicht – würde Ilinias ihn nicht verraten. Vielleicht hatte sie es nie vorgehabt. Vielleicht war sie gekommen, um ihn zu sehen, um etwas zu ihm zu sagen, Worte wie: Mein Sohn.

Er hielt an dieser Hoffnung fest, während er ein paar alten Frauen die schweren Gestelle voller Brennholz vom Rücken nahm und dem Soldaten, der sie antrieb, seine Meinung darüber kundtat.

»Was geht dich das an?«, fragte dieser, bevor er begriff, in welcher Gefahr er schwebte. »Was kümmert es dich?«

Genau diese Frage stellte er sich, wenn seine Sorge um Maja ihn vorwärtstrieb und er doch stehenblieb, weil er Dinge sah, die nicht geschehen durften. Nicht in seinem Kaiserreich, nicht seinen Menschen, für die er verantwortlich war.

Seine Füße schienen in Flammen zu stehen, jedes Mal, wenn er innehielt, statt weiterzulaufen und die Augen zu verschließen.

»Schmeckt es dir?«, fragte Zukata. Er selbst drückte das Messer durch die knusprige Haut und die Knochen des gebratenen Vogels, häufte Fleisch auf Majas Teller, lächelte, lächelte zu viel. Und Ilinias war weiß wie die Wand, weißer, als Mino je gewesen war, der wandelnde Winter, der nichts von dem jauchzenden Frühling vor den Fenstern wusste.

Dem Mädchen wurde kalt und heiß. Sie bohrte die kleine, silberne Gabel in das helle Fleisch des Bratens, führte sie zum Mund und ließ sie wieder sinken, ohne zu probieren.

»Warum schaut Ihr mich so an?« Ihre Hand zitterte und man sah es, und obwohl sie doch immer so sehr darauf bedacht gewesen war, ihre Furcht nicht zu zeigen, bebte Maja so sehr, dass sie nichts festhalten konnte.

»Isst du keine Vögel?«, erkundigte sich der Kaiser. »Was könnte man sonst mit ihnen tun? Sie im Park treffen und einen Brief an ihren Fuß binden? Nur zu. Willst du nicht sehen, ob dieser Vogel eine Botschaft für dich hat?«

Ilinias' Lippen wurden zu einem schmalen Strich, als Maja zu ihr sagte: »Ich hatte so sehr gehofft, dass du das nicht tust. So sehr.«

Zukata schaute sie sehr ernst an, viel ernster, als es sonst seine Art war. Er sprang nicht auf, er brüllte nicht, tobte nicht, er schaute sie nur an. Seine Augen kamen ihr dunkler vor, so stark wurden sie vom Bedauern gefärbt. Aber vielleicht hoffte sie nur, dass es Bedauern war.

»Sorayn ist nicht Euer Feind«, sagte sie. Aber ihre Stimme zitterte, so wie ihre Hand gezittert hatte, und machte die Wirkung der Worte zunichte. »Das Meer kommt wirklich. Er sorgt nur dafür, dass die Leute sicher die Schiffe erreichen. Das ist nicht gegen Euch gerichtet. Er tut nur, was er tun muss.«

Der Riesenkaiser nickte langsam. »Und ich«, kündigte er an, »ich muss tun, was ich tun muss. Ich muss halten, was ich versprochen habe. Wenn er mich hintergeht, muss er bestraft werden, das weiß er. Er wusste, was er riskiert. Dachtet ihr wirklich, ihr könntet hinter meinem Rücken Nachrichten austauschen? Dachtest du, du könntest an meiner Tafel speisen und dabei eine Spionin sein in meinem Haus?«

»Ich bin nicht ...«, begann Maja, aber er unterbrach sie sofort.

»Dachtest du, du könntest mich einlullen mit deinen Liedern und ich würde nichts davon mitbekommen, was in meinem Reich vor sich geht? Ihr habt versucht, mich blind und taub zu machen! Schon seit Monaten erreichen mich keine Nachrichten mehr und alle meine Fragen und Befehle werden missachtet. Ich habe Riesen in den Norden geschickt und es kommt mir vor, als würden sie vom Winter verschluckt. Meine Getreuen schweigen. Ich dachte, dass alle mich verraten und verlassen haben, aber es war nur einer. Sorayn. Sorayn, der sich benimmt, als wäre er der Kaiser, als wäre dies sein Kaiserreich. Das lasse ich ihm nicht durchgehen.« Zukata beugte sich über den Tisch. »Es tut mir leid, Maja, für dich.« Er klang ungewohnt leise, ungewohnt gefasst. Das Zittern breitete sich in ihr aus, von Kopf bis Fuß, die Kälte, die von ihr Besitz ergriff, fühlte sich nicht wirklich an wie Angst, eher wie Fieber.

»Wenn Ihr mich tötet, werdet Ihr ihn vernichten«, sagte sie.

»Genau deshalb werde ich es tun.« Er hob den Kopf, sah sich um. Die Fürsten flüsterten über ihrer Mahlzeit. Da er nicht brüllte, waren sie nicht beunruhigt, erwarteten sie nichts Böses.

»Raus!«, sagte der Riesenkaiser laut. »Ilinias, führ sie alle nach draußen.«

»Vater«, flüsterte sie, »Vater, tu das nicht. Schick deine Riesen aus, um Sorayn zu bestrafen. Tu etwas, irgendetwas, aber nicht das! Nicht das!«

»Raus hier«, befahl er. »Es ist zu spät. Für alles. Geh.«

Die schöne Amazone, bleich und still wie überfrorenes Schilfrohr, erhob sich, und vielleicht erkannten die Fürsten an ihrem versteinerten Gesicht, was bevorstand, welche Schrecken dieser Abend und diese Nacht noch beinhalteten. Vorsichtig auftretend huschten sie aus dem Saal, ließen ihre Teller stehen, ihre Becher, Wein und Braten und Früchte.

Nur der Kaiser blieb sitzen und vor ihm Maja mit den zitternden Händen.

»Iss«, befahl er. »Hier, trink. Ich werde es dir nicht schwerer machen als nötig. Trink, so viel du kannst.«

Sie schaute in den Becher, in die schimmernde Glut des Weins. »Und für Euch?«, fragte sie. »Wird es für Euch davon leichter?«

Er stopfte sich das Gänsefleisch in den Mund, schüttete Wein hinterher, wischte mit dem Handrücken über seine Lippen. »Ich bin ein Riese. Es gibt nichts, was es für mich leichter machen würde. Manchmal muss ein Kaiser Dinge tun, die ihm schwerfallen. Glaubst du, ich habe kein Herz? Ich habe ein Herz wie ein Riese. Ich hatte vor, Sorayn an meiner Seite herrschen zu lassen, mit mir zusammen über dieses große Reich ... aber er hat mich verraten.«

»Das hattet Ihr tatsächlich vor?« Maja schüttelte den Kopf. »Das glaube ich nicht. Neben Euch, ihn, den gesegneten Erben? Ihm gehört dieses Land. Er hat Euch diesen Thron geliehen, für eine Weile. Wenn Ihr mich umbringt, wird Sorayn nichts davon abhalten, Euch die Krone zu entreißen.«

»Oh, aber ich habe Vorsorge getroffen«, hielt Zukata dagegen. »Wenn er das tut, werden meine Könige Mord und Schrecken über alles Volk bringen. Kann er darüber hinwegsehen? Ich bezweifle es. So sehr er dich auch liebt – ich weiß, dass ihm die Menschen da draußen am Herzen liegen. Er ist gebunden, so wie ich gebunden bin. Trinkst du nichts, mein liebes Mädchen? Dann spiel. Ich will noch einmal dein Lied hören, noch ein letztes Mal.«

Ihre kleine Flöte. Hilflos, leblos lag sie in ihrer Hand, ein totes Ding, wie ein Knochen, den man aus einer geschlachteten Gans herausgerissen hatte. Unmöglich, jemals wieder zu fliegen, zu singen, die Sonne im Gefieder zu spüren.

»Weine nicht«, flüsterte der große Kaiser, strich ihr mit unbeholfenen Fingern eine Träne von der Wange. »Weine nicht. Spiel.«

Die ersten Töne. Zittrig. Kraftlos. Voller Angst, ein einziges Flehen, eine Klage, die sich von dem kleinen Instrument löste wie Nebel, der aus den Wiesen aufstieg, der über den Feldern lag und über dem Fluss. Durch den Nebel hindurchzugehen war, wie durch Wolken zu fliegen, die feinen Tröpfchen im Gesicht feuchteten die Wangen. Als stünde man an der steinigen Küste, gegen die die Wellen schlugen. Sie zerbarsten schäumend, krachend, und Gischt stieg auf und netzte das Haar. Salz auf den Lippen. Kam ein Sturm? Vielleicht, die Wolken hingen schwer, aber der Wind hatte keine Kraft, um zu wehen. Das Lied der Brandung, endlos. Der Horizont war nicht zu sehen, verschmolz mit Wolken und Wellen. Grau, endlos.

»Sei nicht traurig«, sagte Zukata. »Bitte, sei nicht traurig. Spiel etwas anderes, etwas Fröhliches, Mutiges, das unser Herz aus dem Wasser hebt.« Als hätten sie ein gemeinsames Herz, das gemeinsam im Meer versank. Sie wusste, dass das stimmte. Wenn Zukata ihr etwas antat, würde Sorayns Wut grenzenlos sein. Er würde den Kaiser töten und sich auf den Thron setzen, und dann würden die grausamen Räuberkönige Zukatas letzten Willen erfüllen und sich fürchterlich an ihren Völkern rächen. Daraufhin musste Sorayn, der das nicht dulden konnte, zurückschlagen, und so würde Deret-Aif in Blut und Zorn untergehen, bis irgendwann das Meer kam und die Leichen wegspülte.

»So wird es enden?«, fragte er, denn ihr Lied malte die Bilder in die Luft und dort hingen sie wie Sonnenstrahlen im Staub, funkelndes Nichts. »In Schmerz und Gewalt?«

»Das nehmt Ihr in Kauf?«, fragte Maja. »Ihr, der Riesenkaiser, Herrscher und Vater des Volks?«

»Wenn ich Deret-Aif nicht haben kann«, sagte Zukata, »dann wird Sorayn es auch nicht bekommen.« Er stand auf.

Sie sollte stillhalten. Würde bewahren und stolz sein und ihn mit dunklen, festen Augen daran erinnern, dass er keine Macht über sie hatte, dass er es niemals schaffen würde, ihr Angst einzujagen. Aber das alles verschwand, als er vor ihr aufragte. Sie sprang zurück, warf ihren Stuhl dabei um, und rannte zur Tür.

Dort war schon die Stadt, dort erhoben sich die Dächer und Türme in den bewölkten Frühlingshimmel, ins milde Grau. Sorayn hatte Ilinias nicht gesehen, sie musste schon längst dort eingetroffen sein. Im Palast. Bei Zukata. Majas Schicksal in ihren Händen, und immer noch wusste er nicht, wie seine Mutter sich entscheiden würde, entschieden hatte. Vielleicht kam er zu spät. Viel zu spät. Ein banges Gefühl krallte sich um sein Herz.

»Ich darf nicht zu spät kommen«, murmelte er. »Nicht zu spät. Oh bitte!«

Am Stadttor stellten sich ihm zwei Riesen in den Weg, doch bevor sie ihn nach dem Wer und Wohin fragen konnten, schritt er einfach zwischen ihnen hindurch.

»Wer war das denn?«, fragte der eine Riese ungläubig. »Er hat uns nicht einmal beachtet!«

»Das war Sorayn«, sagte der andere. »Hast du ihn nie gesehen? Sorayn, der König.«

»Dann sollten wir entweder verschwinden, so weit, dass er uns nie findet, oder ihm nachgehen und ihm unsere Dienste anbieten.« Der Mann schüttelte verwundert den Kopf. »Komisch, aber ich hatte mir Sorayn immer viel größer vorgestellt. Größer als jeder von uns. Nach allem, was man so gehört hat, wenn es denn wahr ist.«

»Alles«, gab der zweite Riese zurück. »Und verschwinden hat keinen Zweck. Wir sollten ihm lieber so schnell wie möglich versichern, dass wir ihm gehören.«

»Und Zukata?«, fragte der Erste.

»Zukata bekommt Ärger. Wir können von Glück sagen, dass es nicht unser Ärger ist.«

Der Riesenkaiser holte Maja an der Tür ein. Sie hielt krampfhaft die Klinke fest, und als er sie zurückriss, schwang die Tür auf und gab den Blick auf eine schimmernde Gestalt in Rüstung frei.

»Mein Vater«, sagte Ilinias mit einer Stimme, fest und königlich wie eine Amazone, »ich kann nicht glauben, dass du das wirklich tun willst.« Über der Rüstung trug sie einen langen, bunten Mantel mit unzähligen Taschen.

»Ach?« Zukata hob die Brauen, sah sie an wie eine Fremde. »Seit wann liegt dir etwas an diesem Mädchen? Seit wann liegt dir irgendetwas an der Frau deines verräterischen Sohnes? Hoffst du nicht Tag und Nacht, dass ich vergesse, wer ihm das Leben geschenkt hat?«

»Du hattest nie vor, mir ein Königreich zu geben«, sagte sie. »Du hattest nicht vor, mir irgendetwas zu geben. Wozu? Sie sind alle fort, an denen dein Herz hing. Blitz hat dich verraten. Erion ist nicht wiedergekommen. Mich dagegen hast du nie gebraucht, immer wolltest du nur einen Sohn, keine Tochter.«

Die Amazone hielt das Schwert vor sich, einen glänzenden Streifen Metall. »Und spielt es noch eine Rolle? Ich sah das Meer über die Ufer treten, ich sah den Sturm und die Wellen. Was nützen mir ein Thron und eine Krone und ein Königreich? Was? Ich stehe hier und es ist mir gleich, dass nichts davon jemals mir gehören wird.«

»Geh aus dem Weg, Ilinias«, knurrte Zukata.

Sie blinzelte. Tränen rannen über ihre Wangen, aber sie wischte sie nicht fort, sie hielt das Schwert fest. »Dafür bin ich eine Kriegerin geworden«, sagte sie. »Dafür. Damit ich es mit einem Riesen aufnehmen kann. Komm hinter mich, Maja.« Sie griff schon an, während Maja sich an ihrem Schwert vorbei auf den Gang flüchtete.

Das Tor zum Palast. Sorayn lief zu schnell, um anzuhalten, um darauf zu warten, dass jemand es ihm öffnete. Er lief und merkte nicht, wie die Wachen ihm aus dem Weg sprangen, und er hörte die Riesen nicht, die hinter ihm hergerannt kamen und riefen: »Lasst ihn durch! Platz da für den König der Riesen!«

Ilinias tanzte. Sie sprang vor und zurück, das Schwert fuhr auf und nieder wie eine Verlängerung ihres Arms, wie ein seltenes Requisit einer Tänzerin, als würde sie wie eine Zinta-Frau auf dem Marktplatz eine Vorstellung geben, für die sie ihr ganzes Leben lang geübt hatte.

Zukata lachte laut. »Bravo, meine Liebe, bravo! Doch nun hören wir auf zu spielen.« Er griff unter ihrem Schwertarm hindurch, packte sie, ohne auf die Wunde zu achten, die sie ihm gleichzeitig zufügte, und während ihm das Blut über die Augen rann, schleuderte er sie beiseite. Dann stürzte er Maja hinterher, die gerade das Ende des Ganges erreichte, behindert von ihrem langen Kleid mit den Perlenschnüren, und wie eine Flutwelle, deren Gewalt niemand entkommt, war er bei ihr, riss sie hoch und schmetterte sie gegen die Wand.

Der Schrei, der den Palast erschütterte, kam aus einer anderen Kehle.

»Nein!« Sorayn kam förmlich die breite Treppe hinaufgeflogen, wie ein wildgewordener Stier stürmte er auf Zukata los. Unter der Wucht seiner Fausthiebe ging der Riesenkaiser zu Boden, ächzend; er wehrte sich, aber es sah aus, als würde er sich nicht wehren, sondern seinen Feind umarmen und willkommen heißen, so wenig konnte er mit seinen Schlägen und Hieben ausrichten.

»Nicht! Bring ihn nicht um! Sorayn, nicht!«

Sorayn hörte nichts, sah nichts anderes, nichts außer Majas regloser Gestalt auf dem Fußboden, nichts als Zukatas Gesicht, die Fratze des Mörders. Aber jemand fiel ihm in den Arm, und deshalb hob er die Hand, um diese neue Störung beiseite zu fegen, die ihn daran hindern wollte, weiterzumachen.

»Sorayn! Bitte! Sieh mir in die Augen, sieh mich an!«

Er tat es. In seiner Raserei fiel es ihm schwer, sie sofort zu erkennen. Augen, blau wie Zukatas Augen. Ein Gesicht, schön wie der Morgen, und doch waren da die kleinen Fältchen um die Augen, die Linien des Zorns und der Bitterkeit um die Mundwinkel. Seine Mutter, Prinzessin Ilinias. Er hatte sie sich nie weinend vorgestellt, nie so, wie sie jetzt an ihm hing, voller Verzweiflung.

»Nicht«, wiederholte sie. »Tu das nicht, er ist es nicht wert. Den Kummer und den Schmerz, die danach kommen werden ... Maja hätte es nicht gewollt. Das weißt du. Sie hätte es nicht gewollt.«

Sorayn atmete tief durch. Es gab nicht genug Luft für diesen Atemzug, für diesen Versuch, die Wut loszulassen. Zukata lag unter ihm und lebte noch, das war unerträglich ... Aber da war Ilinias und nahm seine Hände, beide, und hielt sie fest. Sie hatte so kleine, weiße Hände, und er dachte daran, dass er sich an keine Berührung erinnern konnte, an gar nichts.

»Vergiss nicht, wer du bist«, beschwor sie ihn. »Vergiss es nicht!«

»Warum beschützt du ihn?«, fragte er. Er kämpfte immer noch mit seinem Zorn, mit dem wilden Strudel, der ihn hinabreißen wollte in einen Rausch, aus dem es keinen Ausweg gab. »Stehst du immer noch auf seiner Seite? Seit wann interessiert es dich, was ich tue und wer ich bin?«

Er erwartete, sie unter diesen Worten zusammenzucken zu sehen, zurückweichen, aber sie nickte langsam. Dann griff sie in ihre Manteltasche und zog eine kleine Papierrolle hervor. »Das fand ich in dieser Tasche«, sagte sie. »Seit Wochen denke ich über nichts anderes nach. *Gruß dem gewaltigen Herrscher, dem gesegneten, dem einzigartigen. Dem größten Riesen, der je über die Menschen regiert hat.*« Seine Mutter sah ihn an. »Damals dachten wir alle, das gilt Kanuna. Wir dachten, er sei es, der aus Rinland gegrüßt wurde. Aber damals trug ich dich schon in meinem Leib, und dieser Gruß galt dir. Ich weiß es schon lange, schon als ich dich in Salien gefunden habe, wusste ich es ... Kannst du dir vorstellen, wie schwer es mir fällt, zuzugeben, dass ich mich mein Leben lang geirrt habe?« Sie senkte den Kopf vor ihm.

Ihn schwindelte. Alles drehte sich in ihm und um ihn, als er aufstand und zu Maja hinüberwankte, als er sich neben ihr auf die Knie fallen ließ und seine Hand nach ihr ausstreckte ...

Er hörte Zukata auf sich zustürmen, bevor er den Blick hob. Doch bis Sorayn aufgesprungen war, warf sich Ilinias dem Riesen in den Weg. Er trampelte über sie hinweg, ohne sie wahrzunehmen, und dann war er schon da. Der Prinz sprang ihm entgegen, packte ihn, wirbelte ihn herum und ließ ihn gegen die hohe Fensterscheibe krachen, die mit einem Krachen zersplitterte. Ein zweiter Schlag kündete von Zukatas dumpfem Aufprall unten im Hof.

Einen kurzen Moment lang herrschte Stille, dann hörte er Zukatas Schmerzensschreie. Hörte Ilinias stöhnen. Hörte Maja wispern: »Sorayn?«

Sorayn hielt sie in seinen Armen. Ihr Kopf fiel gegen seine Brust, ihre Lider flatterten. Er küsste ihre Wangen, ihre Stirn, ganz sanft, vielleicht spürte sie es nicht einmal. Aber sie lächelte, ein Lächeln wie ein Zaunkönig, der im Buschwerk umherhüpfte, klein und fast unsichtbar.

»Hast du Schmerzen?«, fragte er leise. Er verschloss die Ohren gegen Zukatas Gebrüll draußen, gegen alles, verschloss Augen und Ohren, und selbst sein Herz wollte aufhören zu schlagen, um sie nicht zu erschrecken.

»Nein, gar nicht.« Er wollte sich schon freuen, aber dann fügte Maja hinzu: »Halt mich fest, Sorayn. Halte mich.«

Er hielt sie, fest in seinen starken Armen, aber sie schien nichts davon zu wissen.

»Es ist, als würde ich fliegen«, flüsterte sie. »Leicht, so leicht ist alles ... Merkwürdig, findest du nicht? Alles Schwere ist fort.«

Er hielt sie, wiegte sie sanft in seinem Arm wie ein Kind. So sehr hatte er sich gewünscht, ihre Hände in seinem Haar zu spüren und ihre Arme um seinen Nacken, aber sie lag schlaff auf seinem Schoß wie eine mit Sand gefüllte Puppe.

»Da ist keine Brücke«, flüsterte sie. »Nur das Meer, aber keine Brücke. Warum ist sie nicht da?«

Sorayn konnte nicht sprechen, fand keine Worte, kein einziges. Seine Lippen an ihrem Haar, an ihrer Wange.

»Gib sie mir.«

Eine andere Stimme, leise und zärtlich. So würde Zukata nie sprechen, und doch war er da, vor ihm, und streckte die Hände nach Maja aus. Der Prinz brauchte einen Moment, bis er begriff, dass das Heulen von draußen nicht aufgehört hatte. Dies hier war Keta, sein Großonkel, der Riese mit den heilenden Händen.

»Hilf ihr«, flehte Sorayn. Nur widerstrebend gab er Maja fort, seinen zerbrochenen Schatz. »Bitte!«

Keta legte die Verletzte auf den Boden und strich ihr das dunkle Haar aus der Stirn.

»Hab keine Angst«, sagte er zu ihr. »Ich werde tun, was ich kann.«

»Und Ilinias?«, flüsterte Maja. »Und Zukata?«

Der blonde Riese schüttelte den Kopf. »Meine Kraft wird gerade so für dich reichen, meine Liebe, doch dann ... Nicht heute. Ich kann nicht drei an einem Tag heilen.«

»Dann gib jedem von uns ein bisschen«, bat das Mädchen. »Sonst erlaube ich nicht, dass du mich berührst.«

»Nein«, widersprach Sorayn. »Nein, nein! Du musst sie gesund machen, Keta, ich verlange es! Du musst sie völlig wiederherstellen!«

Der Wanderarzt schüttelte nachdenklich den Kopf. »Gegen ihren Willen? Ich kann niemanden heilen, der sich in seinem Innersten sträubt.« Er legte seine Hände auf ihre Wangen, ihre Schultern, ihre Arme. »Ich halte dein Leben fest«, sagte er leise, und Maja lächelte ihn an. Sorayn erwartete, dass sie sich aufsetzen und die

Arme nach ihm ausstrecken würde, aber sie blieb liegen. Nur ihr Lächeln wurde strahlender, ein Vogel, der unter den Wolken flog, weithin sichtbar.

»Danke«, flüsterte sie.

Keta stand auf, mit schweren Schritten ging er zu Ilinias hinüber. Der Riesenprinz wollte aufspringen, ihn festhalten, ihn zurückzwingen, aber Maja hielt ihn fest, nicht mit ihrer Hand, nur mit ihrer sanften Stimme.

»Sorayn, sie ist deine Mutter. Sie hat versucht, mich zu beschützen.«

»Sie hat uns verraten!« Er schrie es fast heraus, aber sogleich dämpfte er seine Stimme wieder und zwang all seine Gefühle zurück hinter die Fassade seines schönen Gesichts.

Blass und müde sah der Heiler aus, als er Ilinias aus seinen Händen entließ. Aber in ihren Augen lag etwas Neues; der Gram, den sie mit sich herumgetragen hatte, war daraus entwichen.

Keta ging die Treppe hinunter und durch den Saal. Der Palast war wie leergefegt, niemand zeigte sich, niemand wagte es, durch einen Türspalt zu spähen oder gar herauszukommen. Im Hof zeigte sich kein einziger Wachposten. Nur ein paar Riesen standen da und flüsterten miteinander, während sich ein paar Meter vor ihnen eine Gestalt auf dem Pflaster wand und krümmte. Zukatas Augen standen weit offen, er stierte seinen Zwilling an, als würde er ihn nicht kennen.

»Kommt er nicht, um es zu Ende zu bringen?«, stieß er hervor. »Schickt er dich?«

»Sorayn hat mich nicht geschickt«, entgegnete Keta. »Er sieht nur Maja, alles andere geht ihn im Moment nichts an. Es kümmert ihn nicht, ob du lebst oder stirbst und wie lange du dafür brauchst.«

»Mach schnell«, befahl Zukata. Er hustete, erbrach einen Schwall Blut auf das Pflaster, hustete wieder, aber sein Blick hielt den seines Bruders fest, als könnte er ihn damit binden und bezwingen und hier, am Ende aller Tage, besiegen.

Nachdenklich sah Keta auf ihn herunter. »Mein ganzes Leben lang habe ich dich gehasst«, sagte er. »Und jetzt kann ich es nicht mehr. Du hast alles zerstört, was ich jemals geliebt habe. Du hast mein Volk vernichtet. Du hast deinen Räubern Macht gegeben, die sie schmählich missbraucht haben. Du hast deine Diener und deine Riesen ausgeschickt, um ...« Seine Stimme brach. Er war so müde, eine Erleichterung war es, auf die Knie zu sinken. Mino. Seit Minos Hochzeit in einem Blutbad geendet hatte, hatte er keine Kraft mehr.

»Wo ist meine Tochter?«, fragte er. »Sag mir, wo sie ist.«

Aber Zukata antwortete nicht. Er verdrehte die Augen vor Schmerzen, er rang nach Luft. Ein Mensch wäre schon längst an diesen Verletzungen zugrunde gegangen, aber ein Riese starb schwer, so als hätte der Schöpfer der Sterngeborenen vorgesehen, dass ein Riese den anderen nur im Kampf töten konnte und nicht, indem er ihn aus dem Fenster warf.

Der Heiler würde keine Antwort bekommen. Es hatte auch keinen Zweck, dem qualvoll Sterbenden einen Tausch anzubieten: seine Heilung gegen eine Erklärung, was mit Mino geschehen war. Welche Soldaten sie wohin gebracht hatten, wie der Auftraggeber hieß, was und wohin und warum ... Zukata würde auf diesen Handel nicht eingehen. Und Keta hatte sowieso nichts, was er ihm anbieten konnte. Vollständige Heilung? Das Meer kam näher und der Segen tropfte von seinen Fingern in die Erde.

Maja hatte sich geweigert, seine Stärke voll anzunehmen, er hatte es gespürt, als er seine Hände auf sie legte und sie zurückholte von jener Küste, an der sie bereits das Meer sehen konnte. Aber Ilinias hatte gierig und verzweifelt genommen, was er ihr bot, mehr, als er vorgehabt hatte, ihr zu geben. Keta wusste nicht, ob er jetzt noch überhaupt irgendetwas für Zukata tun konnte. Er wusste ja nicht einmal, ob er es wollte. Er würde zu Variti zurückkehren müssen, ohne eine Antwort erhalten zu haben. Sie würde ihn umarmen und drücken und sagen: Es ist gut. Lass unser Kind los. Sie ist alt genug, lass sie gehen ... Merkwürdig, dass Variti immer recht hatte, selbst wenn er sich nur vorstellte, was sie sagen würde.

Keta streckte die Hände aus und legte sie auf die Schultern seines Bruders. Horchte, wie sein Stöhnen aufhörte, wie sein rasselndes Atmen sich beruhigte.

»Ist er tot?« Der Schatten der Riesen fiel auf ihn, und er sah die bange Erwartung in ihren Gesichtern.

»Nein, er ist nicht tot. Aber ich kann ihn auch nicht heilen. Ich habe einen Teil seiner Schmerzen von ihm genommen, mehr kann ich nicht tun. Was mit ihm geschieht, muss Sorayn entscheiden.«

Zukata wirkte so friedlich, so entspannt, und wäre nicht das Blut in seinen Mundwinkeln und an seiner Stirn gewesen, der grotesk verdrehte Körper, man hätte meinen können, er schliefe einfach.

»Mehr kann ich nicht tun«, sagte Keta leise. »Zeit, zu gehen.«

Er nickte den anderen Riesen; in ihrer Nähe war ihm unbehaglich zumute. Seit ihn jene Riesen auf Minos geplatzter Hochzeit zusammengeschlagen hatten, war das Zusammengehörigkeitsgefühl, das er in Sitra empfunden hatte, eher einer erhöhten Vorsicht gewichen. Dass diese Wächter ihn heute hergebracht hatten, ohne ihn zu fragen, konnte er ihnen nicht wirklich übelnehmen; sie hatten einfach gehandelt, um sich Sorayns Wohlwollen zu sichern, ohne sich um die Gefühle anderer Leute zu scheren.

Woher sie wussten, dass er und Variti vor den Toren von Kirifas weilten, war ihm ein Rätsel, aber irgendwie mussten sie es erfahren haben. Sie waren gekommen und hatten gesagt: »Komm mit. Sofort.«

Keta hatte Variti angesehen und sich stumm von ihr verabschiedet. Als er mit den Riesen zum Palast ging, hatte er nicht daran gezweifelt, dort einem wütenden Zukata zu begegnen, dem zwanzig Riesen oder noch mehr dienten. Bis er den Kampflärm gehört hatte. Und das Weinen. Und bis er Sorayn gesehen hatte und die unendliche Verzweiflung in seinen Augen. Und die Frau mit dem weißen Haar, die er im ersten Moment für Mino gehalten hatte: Dort ist sie ja! Mino, meine liebe Möwe!

Vielleicht hatte er Ilinias deswegen am meisten von seiner Kraft gegeben. Als er sie im Arm hielt und sich wünschte, sie wäre seine Tochter Möwe. Nicht Zukatas Kind, sondern seins. Sein Herz und seine Hoffnung und alles, wofür es sich lohnte zu leben.

Dort war schon das Palasttor. Auf den Straßen gingen die Leute und wussten nichts davon, was geschehen war. Aber ihre Blicke streiften ihn furchtsam, und als er an sich heruntersah, wusste er auch, warum. Seine Hände waren voller Blut, seine ganze Kleidung war verschmiert. Wessen Blut war es? Er wusste es nicht. Keta ging schneller, er träumte davon, wie Variti ihn in den Arm nehmen würde.

»Halt! Bleib stehen!«

Der Wanderheiler drehte sich um. Riesen, die auf einen zugelaufen kommen, sehen nie aus wie rennende Kinder. Er wappnete sich innerlich, suchte eine Stärke in sich, die er nicht hatte. »Was ist?«, rief er. »Was wollt ihr denn noch?«

»Du sollst zurückkommen.«

»Ich kann niemanden mehr heilen«, sagte er müde. »Ich habe getan, was ich konnte. Alles, was ich konnte. Warum lasst ihr mich nicht einfach gehen?«

Aus den Augenwinkeln sah er, wie die Menschen auf der Straße sich eilig zurückzogen, als fürchteten sie einen Kampf, bei dem alle Häuser in der Nähe zu Bruch gehen könnten. Er hatte keine Wahl; selbst in seinen besten Tagen wäre er nicht gegen vier wilde Riesen auf einmal angekommen. Gehorsam ging er mit ihnen zurück.

Der Riesenthron war verwaist. Er war nichts als ein Stuhl, schön geschnitzt aus dunklem Holz, mit Samt gepolstert, in die Lehne eine Krone eingefügt aus Gold und bunten Steinen. Zu beiden Seiten lief er in spitzen Flügeln aus, so dass er an einen Kahn erinnerte. Groß und breit war dieser Stuhl, ein Mensch hätte darauf ausgesehen wie ein Kind, dessen Füße nicht bis auf die Erde reichten.

Sorayn saß auf den Stufen vor dem Thron, den Kopf in die Hände gestützt, das dunkle Haar wild und zerzaust. Er sah so aus, wie Keta sich fühlte, durcheinander und traurig, aber als er den Kopf hob und ihm entgegensah, erkannte der blonde Riese darin eine Stärke, die ihm selbst völlig fehlte, ein Brennen, das nicht auszulöschen war. Oben auf dem Podest stand Ilinias, die Amazone, wie eine Wächterin. Es freute den Heiler zu sehen, dass sie frisch und gesund aussah, aber das war auch der einzige Grund zur Freude.

»Du bist gekommen«, begrüßte Sorayn ihn.

»Man hat mich nicht gefragt«, knurrte Keta. Er konnte nicht umhin, sich zu ärgern. War es Ärger? Er war zu verwirrt, um zu wissen, was er fühlte. Der leere Thron war wie ein blinder Fleck in seinem Auge. »Ich wurde herzitiert. Von dir, Sorayn. Hast du mich gerufen, damit ich vor dir auf die Knie falle und deine Herrschaft anerkenne? Oder wirst du den Rest, der von Zukata übrig ist, auf diesen Thron häufen und im Hintergrund die Fäden ziehen?«

»Dann weißt du es?«, fragte der Riesenprinz ernst. »Du weißt, warum Zukata weiterherrschen muss?« Ketas Verwirrung war ihm wohl anzusehen, denn Sorayn erklärte: »Er hat seinen Räubern, die er zu Königen gemacht hat, befohlen, im Fall seines Todes das Land zu verwüsten. Sobald sie erfahren, dass das Ende ihrer Macht gekommen ist, werden sie sich im Land austoben, wie sie nur können. Das war Zukatas Art, vorzusorgen, damit ich ihm nie zu nahe trete.«

»Dann ist Zukata also tot?«, fragte Keta.

»Er liegt nebenan«, sagte Sorayn. »In einem breiten Riesenbett, aus dem er nicht aufstehen kann. Ich weiß nicht, wie groß seine Schmerzen sind, aber er lebt. Mir wurde berichtet, dass du dafür gesorgt hast. Maja«, er schluckte, »Majas Bett steht neben seinem. Sie hat darauf bestanden, bei ihm zu sein und aufzupassen, dass ihm nichts geschieht. So liegen sie dort beide ... Nein, Zukata ist nicht tot, aber er wird diesen Thron nie wieder besteigen.«

»Dann wird es also geschehen?«, fragte Keta. »Seine Getreuen werden – oh Rin, was werden sie tun, bevor deine Riesen eingreifen können? Das Kaiserreich ist so groß ... Ich will mir nicht ausmalen, was für ein Blutvergießen das gibt. Und dort liegt er und freut sich seiner Bosheit ... Es ist unerträglich.« Er machte einen Schritt in Richtung der Tür, hinter der der Kranke lag, die beiden Kranken, und hielt wieder inne. Er hatte die Gelegenheit gehabt, seinen Bruder umzubringen, und hatte es nicht getan. Er konnte niemanden töten, der am Boden lag oder in einem Bett und sich nicht wehrte, der darüber lachte, dass das Ende zu ihm kam.

»Begreifst du denn nicht?«, fragte Ilinias auf einmal. Sie schaute ihn an, ernst und fragend, als ob sie versuchte, etwas in ihm zu erkennen, von dem sie nicht wusste, ob es da war. »Zukata muss weiterregieren. Und du bist sein Zwillingsbruder. Du musst regieren, in seinem Namen.«

Keta stand da, wie vom Donner gerührt. »Was?« Und draußen vor dem Stadttor wartete Variti. Er würde sie an die Hand nehmen und mit ihr gehen, fort, dem Meer entgegen ... »Das ist nicht mein Thron, das ist doch ...«

»Du musst«, sagte Sorayn. »Das ist deine Verantwortung. Du bist der gesegnete Erbe von Kanuna El Schattik. Deine Stunde ist da, Prinz Keta, es gibt keine Ausflüchte mehr. Niemand darf erfahren, was ich Zukata angetan habe. Niemand darf wissen, was heute hier geschehen ist. Nur ein paar Riesen wissen davon, sie werden schweigen. Es wird Gerüchte geben von einem Kampf, aber man wird dich sehen, auf dem Thron von Deret-Aif, und damit zufrieden sein.«

»Nein«, widersprach der Wanderheiler, »nein, nein, das ist nicht ... Ich wollte das nie!« Er suchte nach Worten, nach Argumenten. »Ich habe keine Kraft dafür. Ich bin ein Ziehender, ich kann hier nicht leben. Wie soll ich denn tun, als wäre ich Zukata? Wer würde so eine ungeheure Lüge glauben? Ich kann nicht meinen Bruder spielen, ich kann nicht ...« Leise fügte er hinzu: »Möwe ist fort. Ich muss sie suchen.« Als hätte er nicht bereits eingesehen, dass er sie niemals finden würde. »Ich kann nicht hier bleiben.«

»Du musst«, befahl Ilinias. Und dabei sah sie aus wie Mino. Ja, so wie Mino ihm entgegengetreten wäre, streng wie eine erboste Fürstin, wie eine empörte Lehrerin, so trat Zukatas weißhaarige Tochter ihm entgegen. »Du hast keine Wahl.« Doch dann wurden ihre Züge weicher und sie sah ihn an und sagte: »Ich danke dir so sehr, Keta. Was würde ich dafür geben, dass du mein Vater wärst und nicht er ... Vielleicht wäre dann alles anders gekommen. Ich werde Mino für dich finden und ...«

»Jamai forscht nach ihr«, unterbrach Keta sie, »und Kroa. Ihr Bräutigam und ihr Freund. Was kannst du tun, was sie nicht tun können?«

»Vielleicht nichts«, gab die Amazone zu, »aber ich werde versuchen, ein paar Schulden zu begleichen. Für einen Mann, den ich einmal mehr als alles geliebt habe, und doch nicht genug.«

Sie kam die Stufen herunter und nahm seine Hand. Mit sanfter Gewalt führte sie ihn hinauf, zum Thron, und obwohl er sich sträubte und niemals ein Mensch einen Riesen zu etwas zwingen kann, das er nicht will, vermochte Keta es nicht, sich gegen sie zu wehren, denn sie hielt ihn fest, so wie Möwe ihn festgehalten hätte, und sie drückte ihn gegen die Stuhlkante, wie Möwe ihn dort hingestoßen hätte, auf den Thron.

Und da saß er nun und versuchte, etwas zu fühlen, aber er wusste nicht, was dieser Situation angemessen wäre. Wenn er sein Leben lang davon geträumt hätte, hier zu sitzen, vielleicht wäre er innerlich still und feierlich gewesen oder voller Jubel oder vielleicht hätte ihn eine tiefe Befriedigung empfunden. Aber nichts davon kam über ihn. Er saß da, ratlos, und blickte zu Ilinias hoch. Strahlend blaue Augen unter Wimpern wie Rabenflügel. »Kannst du vielleicht gehen und meine Frau herholen?«, fragte er. »Ich will ungern die Riesen schicken, damit sie nicht erschrickt.«

»Das kann ich«, sagte Ilinias, als hätte sie ihr Leben lang nichts anderes getan, als ihm zu dienen. »Und dann mache ich mich auf die Suche nach deiner Tochter.«

Sorayn saß immer noch auf den Stufen, dieses erschreckende Brennen in sich, dem er nicht entfliehen konnte, das niemand löschen konnte. Vielleicht, wenn das Meer bis nach Kirifas kam ... Vielleicht, wenn der Frühling sich entfaltete und der Duft der blühenden Bäume in der Luft hing, vielleicht dann ... Aber selbst dann würde Maja in dem anderen Zimmer liegen und sich nicht bewegen können, mit nichts als ihrem kleinen Lächeln und ihren wachsamen Augen.

Der Riese auf dem Thron streckte die Hand aus und legte sie auf Sorayns Schulter. »Geh ruhig zu ihr«, sagte er. »Ich mache das. Geh nur.«

28. Sorayns Schiff

»DU DARFST NICHT sterben.« Sorayn saß an Majas Bett. Er hielt ihre schmale Hand, die den Druck der seinen nicht erwiderte.

»Das habe ich nicht vor.« Sie lächelte. Wie sie lächeln konnte, immer noch, wie all das in ihr, das stark war und lebendig und lebhaft und froh, sich in dieses Lächeln hineingab. »Aber wenn es geschieht ...«

»Es darf nicht«, beharrte er. »Es darf einfach nicht. Du kannst jetzt nicht gehen.« Er biss sich auf die Lippen, der Doppelsinn der Worte schnitt in seine Zunge, als hätten alle Worte sich in Schlangen verwandelt oder in schneidendes Gras oder in Kiesel, die knirschend zermalmten. Es lag kein Goldstaub mehr auf ihnen. Es gab keine Briefe mehr, die er irgendjemandem schreiben oder vorlesen wollte. Außer dem einen, den Ilinias ihm gegeben hatte. Den er wieder und wieder gelesen hatte, während er neben Maja wachte, während er nicht hinsehen wollte zu dem Feind in der anderen Ecke des Zimmers.

»Die Brücke sollte irgendwann verschwinden«, sagte Sorayn. »Es war nie vorgesehen, dass sie für immer unser Land mit Rins Insel verbindet, dass er bis in alle Ewigkeit auf dem Grund des Meeres steht und sie für uns festhält. Wir hätten hoffen sollen, dass es nicht uns trifft, aber wir haben nichts davon geahnt, und hätten wir davon erfahren, hätten wir nur darüber gelacht. Und nun ist die Brücke nicht mehr da. Weißt du denn nicht, was das bedeutet, dass du sie nicht sehen konntest, als du an der Schwelle des Todes warst, bevor Keta dich zurückrief? Man kann nicht mehr nach Rinland gehen. Nicht auf diesem Weg. Rin ist aufgestanden, verstehst du? Er ist aus dem Meer gestiegen. Und das Wasser strömt über seine Schultern und überflutet unsere Küsten. Du darfst nicht sterben; du würdest niemals ankommen. Keiner von uns darf jetzt sterben.« Er wiederholte es noch einmal, leiser: »Du würdest gehen und nirgendwo ankommen.«

»Dann brauchen wir ein Schiff, nicht wahr?«

Sorayn nickte. »Ja, wir brauchen ein Schiff. Ich habe schon darüber nachgedacht. Wir hätten viel früher damit beginnen sollen, ausreichend viele zu bauen. Wie konnten wir nur so viel Zeit vertrödeln? Kanuna hätte den Befehl dazu geben sollen, als dieser Brief hier ihn erreichte, aber nicht einmal er hat seine Bedeutung erkannt. Ja, Maja, wir brauchen Schiffe, viele Schiffe. Ich werde ein Schiff bauen, groß wie dieser Palast, für uns alle hier, für ganz Kirifas.«

Maja lachte leise. »Nimm dir nicht zu viel vor, Sorayn. Ein kleines Boot würde es auch tun. Was nützt dir ein riesiges Schiff, wenn es nicht fertig wird? Du würdest Jahre dafür brauchen, um so etwas zu bauen, nein, Jahrzehnte.« Sie sagte nicht, dass sie nicht so viel Zeit hatte. Aber sie fügte hinzu: »Das Meer hat es eilig, hast du es nicht selbst gesagt? Wann wird es herkommen? Vielleicht in diesem Sommer, vielleicht im nächsten. Keta wartet darauf. Wenn niemand im Raum ist, zieht er seine Schuhe aus und geht barfuß über den kalten Marmor, als würde er im flachen Wasser waten. Ich kann ihn hören, wenn die Tür aufsteht, wie er dort watet und tanzen will. Er braucht Musik dazu. Was würde ich dafür geben, wenn ich ihm aufspielen könnte! Er würde tanzen, wie er noch nie getanzt hat, dass der Boden wackelt und der Palast bebt!«

Sorayn küsste sie sanft. Dann ging er hinaus und trug seinen Schmerz nach draußen, aus dem Palast und aus der Stadt und bis in den Wald, und umarmte dort einen Baum, in dem der junge Sommer brodelte, eine Buche, schlank und hoch, die grünen Blätter leuchtend in den Himmel getaucht. Er presste seine Stirn gegen die glatte, silberne Rinde.

»Ein Schiff«, flüsterte er. »Ich brauche ein Schiff.«

»Herr?« Hinter ihm standen die Riesen. »Sollen wir ihn für dich fällen?«

Sie verstanden nicht, warum er diesen Baum berührte, würden es nie verstehen. Dass überall Worte waren und Antwort, in den Bäumen, in den Tieren. Dass sie bereit waren, mit ihm seinen Schmerz zu tragen. Er sah an der Buche hoch, dann wandte er sich um zu den Riesen.

»Ich weiß nicht«, sagte er. »Mit Schiffen kenne ich mich nicht aus. Ich hätte Bootsbauer werden sollen statt Schmied, doch dafür ist es nun zu spät.«

Zukata lag still da. Über seinem Gesicht lag die Dunkelheit wie eine zweite Decke, obwohl das Mittagslicht durch das große Fenster flutete. Am Tag trugen sie Majas Bett in sein Zimmer, und wenn sie den Kopf drehte, konnte sie ihn sehen, wie er dort lag, noch viel regloser als sie. Viele Tage lang sprach er kein Wort.

»Du musst mir nicht Gesellschaft leisten«, sagte er schließlich mit rauer Stimme. Seine Stimme kam ihr vor wie ein Lied, in das der Tod seine eigenen Noten eingefügt hatte, dunkel und schwer.

»Wir passen schon irgendwie zusammen, nicht wahr?«, meinte sie schmunzelnd. »Wenigstens lassen sie mich in Ruhe, wenn ich hier bei Euch bin. Ich kann es nicht ertragen, wenn alle um mich herumstehen und bemüht tun. Hierher kommt nur Variti. Ich vermisse nur eins.«

Maja hörte, wie er heftig die Luft anhielt, deshalb sagte sie nicht, was sie eigentlich hatte sagen wollen. Sie sagte nicht: Ich wünschte, ich hätte Hände, um Sorayn zu umarmen, und ich wünschte, ich könnte ihn lieben, wie ich ihn eine kurze Zeit meines Lebens geliebt habe, nicht nur mit meinem Herzen, sondern mit meinem Leib. Stattdessen sagte sie: »Meine Flöte. Jetzt würde ich gerne spielen, ein Lied, das mich aufmuntert. Würdet Ihr nicht auch gerne eins hören?«

»Ja«, brummte Zukata.

»Wollt Ihr es nicht versuchen? Bitte!«

»Ich?«, fragte er überrascht. »Ich kann nicht!«

»Ihr habt es nie versucht.«

»Es geht nicht«, beharrte er. »Meine Hände sind zu groß für das kleine Ding.«

»Wenn das Eure einzige Sorge ist! Dann lassen wir eine größere Flöte für Euch schnitzen. Ist dies nicht der Palast des mächtigsten Mannes von ganz Deret-Aif? Es wird sich doch wohl eine Flöte für Euch finden lassen!«

»Der mächtigste Mann«, wiederholte Zukata düster. Er fiel in sein dumpfes Schweigen zurück, aber Maja bestand darauf, dass man nach dem Vorbild ihrer kleinen Flöte ein Instrument für ihn anfertigte, groß genug für seine Riesenfinger.

»Werft sie nicht fort«, warnte sie ihn, denn als Variti ihm die Flöte brachte, zuckten seine Hände. »Ich kann nicht auf dem Boden herumkriechen und sie für Euch suchen.«

Zukata wartete, bis die Zinta-Frau gegangen war. Und noch länger; an diesem ersten Tag rührte er die Flöte nicht an. Auch am zweiten nicht. Er drehte sich fort und sprach nicht mit dem Mädchen. Schweigend lagen sie in ihren Betten, aber ihre Bitte war immer noch zu spüren, war immer noch im Raum: Spiel!

Der erste Ton entglitt ihm, wie ein lauter Pfiff schrillte er durch das Gemach. Keta steckte besorgt den Kopf durch die Tür.

»Verschwinde!«, bellte Zukata erbost. »Willst du dich daran weiden, wie ich hier hilflos herumliege?« Jeden schrie er so an, alle, außer Variti, der er zähneknirschend erlaubte, ihn zu pflegen. »Das wird nichts!«, rief er Maja zu.

»Ihr habt genug Luft, wie ich höre.«

Die Musik – schrill und schräg, verzweifelte, abgehackte Töne, als würde jemand gequält. Aber Maja lächelte. »Ja«, sagte sie. »Genauso fühle ich mich.«

»Ich auch«, knurrte er. Und er gab seinen Schrei und seinen Zorn und seine wilde Verzweiflung in die Flöte, die mit ihm und für ihn schrie.

Später kam Sorayn ins Zimmer und setzte sich zu Maja. Er kam ihr traurig und gedrückt vor.

»Ich will dieses Schiff bauen«, meinte er. »Aber ich weiß nicht, wie. Ich träume von einem Schiff, groß wie eine ganze Stadt. Woher kommt dieser Traum?«

Zukata lachte, er hustete, lachte wieder. »Ein Schiff, groß wie eine Stadt?«, fragte er. »Und ich dachte schon, niemand würde jemals danach fragen.«

»Wonach?«, fragte Sorayn alarmiert.

»Ein Brief«, flüsterte der Kranke. »Ein Brief in diesem Palast. Ein Plan. Ich hab mich lange gefragt, was das sollte, wer so verrückt sein könnte, so etwas bauen zu wollen. Der Plan liegt hier. Ich hab ihn gesehen, als ich ein Kind war, und da war er schon alt. Was gibst du mir, Sorayn, wenn ich dir verrate, wo du ihn finden kannst?«

Sorayns Gesicht verfinsterte sich, obwohl es sich eben noch erhellt hatte, aufgestrahlt war.

»Gib ihm einen Platz auf deinem Schiff«, bat Maja.

»Nein!«, rief Zukata. »Nein, ich will keinen Platz auf deinem verdammten Schiff. Ich will nur, dass es endlich zu Ende ist!«

»Darum bittest du mich?«, fragte Sorayn und hob die Brauen. »Um den Tod? Was glaubst du, was ich bin – ein Mörder wie du?« Und er fügte hinzu, leise und hastig: »Glaub nicht, dass ich es nicht gern tun würde. Jeden Tag, wenn ich hier hereinkomme und Maja hier liegen sehe. Jede Nacht, wenn ich sie auf den Balkon trage und ihr die Sterne zeige. Dass ich hier bin und deine Gegenwart ertrage, das ist nur für sie. Nur für dich, Maja.« Er küsste sie auf die Stirn und ging hinaus.

»Er verzichtet lieber auf sein Schiff?«, fragte Zukata verwundert und empört, er packte die Flöte und zwang ihr sein Lied auf, dunkel, so dunkel, und als er sie sinken ließ, hörte er Maja leise weinen.

Er schwieg, lange. Er war es nicht gewöhnt, jemanden zu trösten.

»Ich hätte es nicht tun sollen«, sagte er schließlich. »Aber ihr habt mich alle verraten. Sogar du.«

Offenbar waren es die falschen Worte; sie weinte immer noch.

»Ich hätte es nicht tun sollen«, sagte er noch einmal. »Maja, meine Kleine. Ich dachte, ich hätte keine Wahl. Ich wollte nicht, dass ihr über mich lacht und dass Sorayn kommt und ich anfangen muss, mich zu fürchten … Aber ich hätte es nicht tun sollen.« Und er fügte hinzu: »Sag ihm, sie sind im Zepter. Sag ihm, man kann den großen Diamanten abschrauben und im Inneren des Stabes sind die Rollen. Es sind ein Dutzend, zusammen ergeben sie den Bauplan.«

Manina stieg aus dem Bett und stand mit den Füßen im Wasser. Schon in den letzten Tagen hatte sie das Gefühl, dass der Schnee zu rasch schmolz, doch dass er jetzt sogar in die Hütte hereinkam!

Sie tastete sich zur Tür und öffnete sie. Das Glitzern blendete sie zunächst, das tausendfache Funkeln und Hüpfen der Lichtpunkte auf dem Wasser, durchzogen von gleißenden Inseln aus Schnee und Eis.

»Der ganze Wald steht unter Wasser«, sagte sie erschrocken. »Mindestens knöcheltief.«

»Dann ist der Frühling endlich da«, meinte Erion. Mit den beiden Ästen, die ihm als Krücken dienten, bewegte er sich recht schnell auf die Tür zu. »Wird auch Zeit.«

Sie hatten den Winter überstanden. So oft hatte Manina gedacht, dass sie ihn nicht überleben würden. Dass sie kein Brennholz mehr finden würde. Dass sie kein Bärenfleisch mehr essen mochte. Dass sie es nicht mehr ertrug, sich um einen Mann zu kümmern, der dazu imstande war, mit Messern bespickte Gruben herzurichten, einen Mann, der nicht einsehen wollte, dass er auf der falschen Seite stand. Aber sie konnte nicht fort. So wenig wie Erion ihr entkommen konnte. In einer Gegend, in der sie die einzigen Menschen weit und breit waren, wo die Wölfe vor ihrer Tür heulten, ging es nur noch darum, durchzuhalten. Irgendwie. Und sie fand diese Kraft in sich: jeden Tag aufzustehen. Jeden Tag das Feuer zu bewahren, jeden Tag Schnee zu schmelzen und ein Stück vom gefrorenen Bärenfleisch zu säbeln. Und zu hoffen. Jeden Tag darauf zu hoffen, dass etwas geschehen würde.

Manina bückte sich und tauchte die Hand ins Wasser. Es war nicht so kalt, wie sie erwartet hatte, nicht eisig, es roch nicht wie der Schnee, den sie jeden Morgen in den Kessel häufte. Es brachte einen anderen Duft mit – nach Sommer, nach Sand und Felsen und dem Lied der Möwen.

»Das ist Meerwasser«, sagte sie verblüfft. »Nicht der Frühling kommt, sondern das Meer. Das ist die Flut, von der Blitz gesprochen hat. Ich wollte ihm nicht glauben. Ich wollte nicht aufs Schiff gehen. Aber jetzt wäre es schön, wenn ich eins hätte.«

Erion lachte ungläubig. »Meerwasser? Wir sind hier mitten in Salien.«

»Wir werden ertrinken«, erkannte sie, »ohne ein Boot.«

»In dem bisschen Wasser? Ihr übertreibt, Prinzessin.« Eine Welle schwappte heran, und auf einmal reichte das Wasser ihnen bis zu den Knien. Ein gequältes Lächeln stahl sich in sein Gesicht und wischte die Überheblichkeit daraus fort. »Wir sollten aufs Dach klettern, was meint Ihr?«

Sie hatten keine Zeit zu verlieren. Manina holte die Leiter aus dem Schuppen und stieg rasch hinauf. Erion brauchte länger. Immer noch konnte er seinen Fuß nicht benutzen, denn die Knochen waren nicht richtig zusammengewachsen. Deshalb musste er sich umständlich mit den Knien abstützen. Sie hielt ihm ihre Hand entgegen: »Kommt, schneller!« Das Wasser stieg mit der nächsten Woge noch höher, schlug gegen die Leiter und brachte sie zum Rutschen. Manina umklammerte Erions Arm, während er schon mitsamt der Leiter schwankte, aber es gelang ihr, ihn halb aufs Dach zu ziehen, bevor er ganz den Halt verlor. Ächzend kroch er neben sie.

»Ihr solltet Euch retten«, sagte er. »Irgendwie. Es kann Euch gelingen, das weiß ich, Ihr seid stark und mutig. Ihr könntet versuchen, zum Kloster zu schwimmen, das ist bestimmt der einzige Ort weit und breit, der dem Ansturm der Flut standhalten wird.«

»Und Ihr?«

Er lachte leise. »Ich kann leider nicht schwimmen, Prinzessin. Keine Chance, es jetzt noch zu lernen.«

Manina hatte ihn den ganzen Winter lang umsorgt. Manchmal hatte sie es sogar geschafft, nichts zu fühlen. Sie waren überein gekommen – ohne je darüber gesprochen zu haben –, sich mit freundlicher Zurückhaltung zu begegnen, höflich, ohne sich in Gefühlen zu verstricken. Hin und wieder hatte Erion versucht, sich zu rechtfertigen, seine Ergebenheit gegenüber Zukata in Worte zu fassen, und sie hatte abgewunken. Doch jetzt hörte sie ihm zu, als er sagte: »Ich bin auf einer Insel aufgewachsen. Vielleicht hätte ich das Schwimmen doch irgendwann gelernt, wenn Zukata mich dort nicht weggeholt hätte.« Und er fügte hinzu: »Wenn man sich denn je einen Vater aussuchen kann, habe ich mir ihn ausgesucht. Er hat mich nie ausgelacht und ich konnte ihn stolz machen. Das habe ich mein Leben lang versucht. Und vielleicht wird er sich an mich erinnern. Vielleicht ...« Er sah sie an, aber sie schüttelte heftig den Kopf.

»Nein. Glaubt Ihr wirklich, ich rette mich und lasse Euch zurück?«

»Man kann nicht jeden retten«, sagte er ernst. »Prinzessin, ich hätte es Euch schon längst sagen sollen. Aber ich hatte Angst vor dem, was auf mich zukommen könnte. Doch nun ist es soweit, und ich würde mich selbst nur noch verachten, wenn ich es Euch nicht sage: Geht. Versucht Euch zu retten.« Er sah ihr in die Augen, mit Wärme. »Rette dich, Manina«, sagte er. »Bitte.«

Sie rückte näher, neben ihn. Nach einer Weile legte er den Arm um ihre Schulter. Sie sahen zu, wie das Wasser stieg. Und stieg. Und dann erreichte es die Dachkante.

»Ist es zu früh, um Lebewohl zu sagen?«, flüsterte sie.

»Was ist das denn?«, fragte er.

Etwas trieb auf sie zu. Breit und flach und grün gestrichen, die Farbe blätterte teilweise ab.

»Das ist eine der Türen, die ich über die Grube gelegt hatte«, antwortete sie.

»Wie praktisch.« Erion griff nach seinen Krücken, reckte sich, soweit er konnte – Manina hielt ihn fest –, und zog die große Tür damit ans Dach heran. Es war gar nicht so einfach, auf ihr neues Floß umzusteigen, aber schließlich konnten sie beide darauf Platz nehmen. Wasser schwappte über das Holz, feuchtete ihre Kleider, aber da es angenehm lauwarm war, machte ihnen das nichts aus.

Aus den Wipfeln der Bäume wurden Inseln. Das Kloster ragte aus dem Wasser wie ein fremdartiger Berg. Die grüne Eingangstür schaukelte auf den Wellen, trieb vor und zurück. Als sie über einen Strudel hinwegtrieb, der über irgendeinem versunkenen Haus entstanden war, drehte sie sich einige Male um sich selbst.

»Sie ist ja geradezu verspielt, unsere Tür«, meinte Erion.

Die Strömung zog sie mit sich, eine Weile nach Osten, dann, Manina merkte es am Stand der Sonne, nach Westen, aufs offene Meer hinaus.

»Eine Tür«, sagte sie. »Wie sollen wir jemals irgendwo ankommen, nur mit einer Tür?«

Erion streckte sich lang aus, er hielt sein Gesicht in die Sonne. »Das lass nicht unsere Sorge sein«, sagte er. »Sieh, der Himmel über uns, klar und blau. Wie merkwürdig, wenn ich an mein Leben zurückdenke ... als hätte ich immer nur dies gewollt. In der Sonne zu liegen und nicht zu wissen, was geschehen wird, und nicht zu planen und mich um nichts kümmern zu müssen. Was werden wir essen und trinken? Was, wenn ein Sturm kommt? Seltsam, aber ich habe mich daran gewöhnt, dass ich nichts zu tun brauche und jemand anders für mich sorgt.«

»Aber das kann ich nicht«, sagte Manina. »Was soll ich denn hier noch tun?«

»Nichts«, gab er zurück. Er lächelte. Und sie lächelte zurück und legte sich neben ihn, den Kopf auf seinem Arm, und schaute mit ihm hoch in den blauen Himmel.

Die Riesen brachten die Baumstämme. Im Plan stand sogar, welches Holz sich für ein Schiff eignete, fest und hart. Sie sägten, sie hämmerten, sie beugten ihre Rücken unter der Frühlingssonne. Während Maja dort in ihrem Zimmer lag, in der Dunkelheit von Zukatas Gegenwart, in der Dunkelheit seiner wilden Töne, die sich in keine Melodie fügen wollten. Aber Sorayn fügte die Bretter zusammen, nannte sie Spanten, formte einen Rumpf.

Draußen vor den Toren der Stadt. Die Leute wagten nicht, laut zu lachen. Die Riesen flößten ihnen Respekt ein, die vielen Riesen mit den grimmigen Mienen. Aber selbst hundert Riesen oder zweihundert sind ein Anblick, an den man sich gewöhnt. Ein mutiger Mensch lachte und wurde dafür nicht gleich in den Staub gestampft, jemand grinste breit und schüttelte den Kopf, und die Riesen rissen ihm nicht Arme und Beine aus.

»He, Sorayn?« Seine Schiffsbauer hofften auf seine Erlaubnis für eine nette Schlägerei zwischendurch, aber der Prinz lachte nur.

»Sollen sie zuschauen und sich wundern. Das hier ist für sie.«

Ein Mann blieb stehen und schaute ihnen kopfschüttelnd zu, als hätten sie den Verstand verloren. »Das wird doch nicht ein Schiff, oder? Hier, wo weit und breit kein Wasser ist? Ach, der Fluss, den hätte ich beinahe vergessen! Aber dieses Schiff wird breiter als der Strom! Seid Ihr sicher, dass das nicht ein Palast wird? Ein zweiter Palast vor Zukatas Haustür?«

»Ja«, sagte Sorayn nur. Er hatte keine Zeit, sich mit Leuten auseinanderzusetzen, die nichts davon hören wollten, dass das Meer kam. »Das wird ein Palast. Glaub, was du willst.«

Hatte er etwa bedauert, Schmied zu sein? Er hatte nicht gewusst, wie viel Eisen so ein Schiff benötigte. Wie viele lange Nägel in das Holz geschlagen werden mussten. Und wie wohl es tat, wenn etwas unter seinen Händen wuchs, wenn etwas unter ihnen entstand, auch wenn es zunächst wie das Gerippe eines riesigen, verendeten Tieres aussah, dessen Knochen in der Sonne blichen. Er hatte nicht gewusst, dass die Wonne, sich zu prügeln oder Tore einzutreten, nichts war gegen dies: zu bauen. Wenn Majas Unglück nicht gewesen wäre, wenn sie dies mit ihm zusammen hätte erleben können, er wäre wahrhaft glücklich gewesen.

»Mach dir um mich keine Sorgen«, flüsterte sie, wenn er nach Hause kam, müde und verschwitzt und es doch immer noch in seinen Hände spürte, das Brennen, das sich von seinem Herzen dorthin verlagert hatte. Mein Schiff. Es trieb ihn zu seiner Liebsten und zu der Baustelle; zu dem Schiff ging er gerne, weil er die Arbeit daran liebte, und doch mit wehem Herzen, weil er Maja alleine im Palast wusste. Zu ihr gerne, mit seiner ganzen Liebe und Zärtlichkeit, und doch mit wehem Herzen, weil sie so still im Bett liegen musste und jedes Mal tat, als würde sie trotzdem froh sein. Als hätte sie, wenn man sie gefragt hätte, kein anderes Schicksal gewählt als dieses: Zukata zu lehren, wie man Flöte spielte.

Dessen Musik, so zögerlich sie auch begonnen hatte, hörte nun gar nicht mehr auf. Er blies seinen ganzen Zorn in das schlanke Holz hinein, und noch dunklere Töne mischten sich mit hinein, traurig und schlammschwer, als würde der Riese durch ein tiefes Moor waten, durch Morast, der sich an seine Füße heftete.

»Sehnst du dich auch so danach, zu fliegen?«, fragte Maja. »Einfach aufzusteigen und sich in den Wind zu werfen und den Himmel zu begrüßen?«

»Nein«, knurrte er, »bin ich eine Taube oder was?«

Aber sein Lied griff ihre Worte auf, das Lied war ihm ungehorsam und begann, Flügel auszubreiten, vorsichtig, wie die Schwingen eines noch nicht ganz flüggen Kükens. Zukata schimpfte, drohte, die Flöte fortzuwerfen, und Maja, die eine geduldige Lehrerin war, bewog ihn dazu, es noch mal zu versuchen. Dort war das Lied, ihr Lied, in diesem fremden Instrument, das fremde Hände hielten. Tiefer als ihre eigene Stimme, ein voller, reicher Klang wie aus der Kehle eines Riesen.

»Spiel es«, sagte sie, »für mich. Spiel davon, wie meine Insel grünt und wie die Gärten blühen, und spiel von meiner Mutter, die Blumen pflegt und das Schwert schwingt, und von meinem Vater, der aus den Plantagen heimkommt und meine Mutter küsst. Spiel von Mino, die meine Haare kämmt und duftende Kräuter in den Händen zerreibt. Von den Briefen, vergiss nicht, von ihnen zu spielen, die Briefe, die ich überall fand, auf den Wegen und in den Bäumen, und von meinem Bruder und ...«

»Ja, ja«, brummte Zukata missmutig. »Ich versuch's ja.« Und er fügte hinzu: »Ich wollte immer ein Kind haben. Aber an so etwas wie dich habe ich dabei eigentlich nicht gedacht. Gibst du jemals Ruhe?«

»Spiel«, bat sie.

Und er spielte. Aber sein Lied war nicht ihres, noch lange nicht, sein Lied war größer und tiefer und voller und wilder. Hass und Wut verdarben die Melodie, und er seufzte und begann von neuem, immer wieder, damit Maja sich nicht beschwerte und weinte, damit sie nicht ausrief: »Warum habe ich keine Hände mehr?« Sie sollte nicht so fragen, und so spielte er gegen diese Frage an, tat das, was sie nicht mehr konnte, für sie und auch für sich selber. Denn allmählich, in den Wochen, die vergingen, während der Sommer Einzug hielt und das Schiff vor den Toren von Kirifas wuchs, keimte eine neue Melodie in seinen mühsamen Versuchen, zaghaft und vorsichtig, als würde nicht ein Riese brüllen, sondern ein Vogel fliegen oder ein Mädchen tanzen oder ein Kind einen goldenen, edelsteinbesetzten Reifen über den Fußboden rollen lassen.

Das Wasser war immer noch nicht gekommen. Man erzählte sich Geschichten über die überschwemmten Königreiche im Norden und im Süden, aber kaum jemand in Kirifas glaubte daran, dass es bis hierher kommen könnte, ins Herz des Kaiserreichs. Der verregnete Sommer war vorüber und der Herbst kündigte sich mit noch mehr Regen an, mit so viel Wasser, dass es zum geflügelten Wort wurde: »Da kommt das Wasser für Sorayns Schiff.«

Imposant war es auf alle Fälle, ein gigantisches Bauwerk, von Pfählen gestützt, weithin sichtbar. Die Riesen betrachteten es voller Stolz und nickten zufrieden und begannen, sich Zimmer darin auszusuchen, doch Sorayn rief sie zur Ordnung.

»Die Riesen brauchen kein Schiff«, sagte er. »Wir können den Menschen nicht zumuten, auf einem Floß die große Reise anzutreten, aber für unsereins sollte das kein Problem sein. Lasst den Platz auf dem Schiff für die Menschen.« Er sah an seinem Werk hoch. Wie lange würde es dauern, bis alle an Bord gegangen waren? Er wusste nicht, ob die Flut, wenn es so weit war, wie eine gewaltige Woge kam und alles mit sich riss, rasch und tödlich, oder ob der Wasserspiegel allmählich steigen würde, so wie es in den Küstengebieten geschehen war.

»Besser, wir machen uns bereit«, meinte er. Zu Keta sagte er es, der seinen Ausführungen nachdenklich lauschte.

»Du willst, dass sie an Bord gehen, bevor das Wasser kommt?«

»Erteile den Befehl und sie werden es tun.«

Der Riese auf dem Thron runzelte die Stirn. »Es hat sich schon manch einer gefragt, was aus dem alten Zukata geworden ist. Aber wenn ich das anordne, könnte mehr als einer misstrauisch werden ... Bist du sicher, dass es nötig ist? Jetzt schon? Wollen wir nicht warten?«

»Das Schiff ist fertig. Worauf willst du denn warten?« Sorayn wies aus dem Fenster. »Dort ist es. Bereit. Ich habe den anderen

Riesen gesagt, dass sie sich Flöße bauen sollen, aber du könntest den Menschen mit gutem Beispiel vorangehen und dich an Bord begeben. Tu es, Keta, und sei es Variti zuliebe.«

Sein Großonkel blickte ihn an, fragend. »Wer ist der Kaiser, Sorayn?«, fragte er. »Bin ich es oder bist du es? Wer regiert und wer entscheidet?«

Sorayn wich seinem Blick nicht aus, aber er versuchte nicht, Keta mit seinen Augen in die Knie zu zwingen. Er lächelte.

»Ich habe Zukata den Thron geliehen«, antwortete er. »Und er musste ihn dir leihen. Und ich – glaubst du, ich würde darauf bestehen, dass er mir gehört? Auch mir wurde das Kaiserreich nur geliehen. Und nun ist die Zeit, es ihm zurückzubringen. Dafür habe ich dieses Schiff gebaut, nur dafür.« Und für Maja, fügte er im Stillen hinzu.

»Ihm?«, fragte Keta.

»Weißt du es wirklich nicht?« Sorayn schien nicht gewillt, das Rätsel zu lösen. »Mein Vater sagte einmal, was ich bekommen habe, wird um so kleiner, je größer es wird. Ich brauchte lange, um das zu verstehen. Das ist mein Deret-Aif, Keta. Aber es gehört mir nur dann, wenn ich bereit bin, es wieder abzugeben. Je mehr ich davon abgebe, um so mehr gehört es mir. Und nun musst du dasselbe tun.«

Dann ging er nach nebenan, dorthin, wo Maja Zukatas verkrampftem Spiel lauschte.

»Die Stunde ist da, meine Liebe«, sagte Sorayn zu ihr. »Ich trage dich auf mein Schiff.«

Er hob sie hoch. Sie war so leicht, dass er ihr Gewicht kaum spürte.

Mino lehnte den Kopf gegen Blitz' Brust.

»Schlägt dein Herz wirklich so laut?«, fragte sie.

Er horchte. »Dieses Krachen da? Damit habe ich nichts zu tun. Das kommt von draußen. Im Gang? Nein, dazu ist es zu weit entfernt.«

»Ein Gewitter«, schlug sie vor. »Ein Sommergewitter. Der Regen wird stärker, siehst du? Das ist der Donner. Bei Rin, ich wusste nicht, wie er sich anhört, wenn man so tief in der Erde steckt.«

»Nein«, widersprach er. »Das ist kein Donner.« Er horchte. Ein Dröhnen, ein Krachen, das näherkam ... ja, wie ein Gewitter, wie ein Sturm, der bald über ihnen sein würde. »Das klingt anders. Das sind Riesen, Mino. Kämpfende Riesen.«

Sie sah ihn groß an. »Aber ...« Und wieder ging ein Beben durch den Boden, auf dem sie standen, und winzige Tiere huschten erschrocken durchs Stroh. »Der König von Laring hat Riesen in seinem Dienst. Gegen wen sollten sie kämpfen? Wer würde das wagen? Keta? Glaubst du, er ist es, der herkommt, um mich zu retten?«

Über Blitz' Gesicht zog ein Leuchten. »Hörst du, wie es näherkommt? Schlag für Schlag. Da öffnet jemand die Kerkertüren auf Riesenweise.« Er zog sie rasch zur Seite, gerade rechtzeitig, denn im nächsten Moment flog die schwere Tür aus den Angeln. In der Öffnung erschien eine Riesin mit blonden Zöpfen.

»Möwe, Ketas Tochter? Ja? Dann bin ich hier richtig.« Ihr Lächeln war sehr zufrieden. »Ich hoffe, ich störe nicht? Ich kann gerne auch später wiederkommen.«

»Ach nein«, meinte Blitz, »später klingt nicht so gut. Früher wäre noch besser gewesen.«

Die Riesin nickte. »Dann kommt. Keta hat uns geschickt. Da oben warten ein paar Leute, die sich Sorgen gemacht haben.«

»Keta ist da?«, fragte Mino froh.

»Ach nein, der kann nicht, der sitzt auf dem Thron in Kirifas. Wir haben die Amazone auf ihrer Reise bis hierhin begleitet.«

Sie folgten der Riesin durch den Gang, in den aus den geöffneten Zellen nebliges Licht wallte. Über ihnen war alles ruhig, nahezu gespenstisch. Mino schritt neben Blitz einher, ruhig und mit erhobenem Kopf, als sei sie eine Königin, die auf dem Weg war, ihr Reich zu begutachten und ihren Untertanen zu begegnen. Er wollte keinen einzigen Moment auf ihren Anblick verzichten, seine Königin in dem langen bunten Rock und den bunten Bändern an ihrer Bluse und ihrem hellen Haar. Schnell zupfte er ihr noch ein paar

Strohhalme aus dem Zopf, diese hartnäckigen Strohhalme, die sich nicht abschütteln ließen.

Die Treppe nach oben. Diese Treppe hatte er vergessen. Die Erinnerung daran, wie die Soldaten ihn hier heruntergeschleift hatten, ins Dunkle, war vollständig aus seinem Gedächtnis verschwunden. Er versuchte, sich daran zu erinnern, aber da war nur der Schrei. Wahrscheinlich hatten sie da schon begonnen, ihn den Wahnsinnigen zu nennen, als er sich dagegen gewehrt hatte, nach unten gebracht zu werden.

Oben dann ein Saal. Mehr wusste er nicht, denn das Licht blendete ihn so, dass er nur den Eindruck von Größe hatte, von unendlichem Raum, der sich um ihn her auftat. Er beschirmte seine Augen mit seiner Hand. Aber seine Ohren konnte er nicht schützen. Und der Ruf: »Möwe! Möwe!«, der ihm entgegenschallte, war so hell und unerträglich wie das Licht.

Ein Mann. Ein fremder Mann, der Mino umarmte, sie in einer wilden Drehung mit sich riss, ein Mann, der lachte. »Du lebst! Möwe, du lebst!«

»Hab ich es dir nicht gesagt?«, kam eine Stimme von weiter unten, eine noch tiefere Stimme, fröhlich wie ein Kind. »Ich sagte: unsere Möwe ist am Leben. Ich würde es fühlen, wenn es nicht so wäre. Du hattest Recht, Ilinias, dass Norha sie niemals einfach so umgebracht hätte. Unsere Suche hat sich gelohnt. Und hier ist sie.«

Blitz hob den Kopf und sah Ilinias dastehen, zwischen den Riesen. Sie starrte ihn ungläubig an, ihn und Mino und wieder ihn, und biss die Zähne zusammen und stieß hervor: »Wir haben getan, wozu wir hergekommen sind. Sie lebt. Du hast Glück, Norha.«

Etwas weiter entfernt, zwischen den Trümmern eines zerbrochenen Throns, hing Norha im Griff eines Riesen, aber keine Erleichterung erhellte sein Gesicht.

»Du hast großes Glück. Und ich halte ein, was ich dir versprochen habe: dein Leben für ihr Leben. Lasst ihn laufen.«

Norha warf einen gehetzten Blick in die Runde und rannte, rannte durch den Saal und durch die zerschlagene Tür, deren Stücke auf dem Boden verteilt lagen wie ein Mosaik, das jemand zusammensetzen will und dann aufsteht und weggeht und alles so lässt, wie es war, in Bruchstücken.

»Jamai, bitte.« Mino löste sich von ihm.

»Du Armer«, murmelte Ilinias leise.

Da bemerkte der Zinta endlich, wer der andere befreite Gefangene war. Er wurde bleich. Hastig trat er ein paar Schritte zurück und senkte den Kopf.

»Damit hat keiner von uns gerechnet«, sagte Ilinias. »Dich hier zu finden, Blitz. Nach all den Jahren.« Sie wollte noch mehr sagen, aber sie konnte nicht. Ungewohnt hilflos wirkte die Amazone, als sie zögerte, die Arme nach ihm ausstreckte und sie wieder sinken ließ.

So standen sie da, zwei, die gerettet waren, und ihre Rettung trieb alle anderen in die Niederlage. Aber Ilinias schluckte und warf ihr Haar zurück und atmete tief durch. »Der Kaiser wartet auf dich, Mino. Wir sollten aufbrechen, der Boden war nass und durchgeweicht, als wir hergekommen sind, wir sollten uns beeilen.«

Jamai lachte auf, so bitter, dass sein Schmerz hörbar wurde, als wäre es möglich, einen Schmerz, wenn er nur groß genug war, in ein Lachen zu verwandeln und damit auf dem Marktplatz aufzutreten, bis die Zuhörer auseinanderstoben. »Komm, Kroa. Wir werden hier nicht länger gebraucht.«

Er marschierte durch den Saal, kickte ein paar zerbeulte Rüstungen fort, die dort lagen, erreichte den Ausgang. Und blieb stehen. Sein Aufschrei klang so laut und erschrocken, dass alle anderen zusammenzuckten.

»Was ist *das*?«

Norha stürzte aus der Burg und lief zu seiner Kutsche, die draußen vor den Toren wartete. Aufstöhnend ließ er sich auf das Polster fallen.

»Nun?«, fragte Liadett. »Sie war doch sowieso tot, oder nicht?«

»Nein«, quetschte er mürrisch hervor. »War sie nicht. Aber König Settan ist tot. Seine Leiche lag noch im Saal. Es sah aus, als wäre er zwischen die kämpfenden Riesen geraten.«

»Und diese Amazone hat dich gehen lassen? Wie dumm kann man nur sein? Weiß sie nicht, dass wir schnurstracks nach Kirifas fahren und uns beim Kaiser beschweren werden? Uns zu zwingen, bis hierher mit ihr und diesem ganzen Riesenpack mitzukommen – und der Zwerg erst und ...«

Norha unterbrach ihr endloses Geplapper. »Hast du vergessen, dass wir uns vor Zukata nicht mehr blicken lassen können? Wir fahren nicht nach Kirifas. Fahr, Kutscher«, rief er laut, »fahr zu! Irgendwohin! Nur fort von hier!«

Die Pferde zogen an.

»Mir wird schon noch etwas einfallen, wie ich mich an diesem Pack rächen kann«, murmelte Norha.

Aber ihm blieb keine Zeit mehr, sich etwas einfallen zu lassen. Eine riesige Wand aus Wasser rauschte auf sie zu und riss Kutsche und Pferde, Diener, Herr und Herrin mit.

»Wo kommt das ganze Wasser her?«, fragte Kroa.

Wie eine Insel erhob sich die Burg aus dem Wasser. Es schlug bereits gegen die obersten Stufen. Die Bäume des nahen Waldes ragten Schilfhalmen gleich aus den Wellen.

»Wenn wir nur ein wenig später gekommen wären«, murmelte Ilinias, »nur ein kleines bisschen später ...« Sie sprach nicht aus, was geschehen wäre, mit den Gefangenen unten im Verlies. »Und was jetzt?«

Das Wasser stieg. Sie stiegen mit ihm; Treppen hinauf, höher in die Türme, auf hochgelegene Mauern und Kammern, bis sie wie im Mastkorb eines Schiffes saßen. Mino und Blitz. Jamai und Kroa. Ilinias. Und ein paar Riesen, die darüber berieten, ob sie in die Berge schwimmen sollten – ein Katzensprung für einen Riesen. Sie pflügten durch das Wasser und verschwanden. Und ließen die Menschen zurück.

Die Wipfel der Bäume versanken wie untergehende Inseln.

Vor dem Steg warteten Keta und Variti auf Sorayn, hinter ihnen ein Dutzend aufgeregter Fürsten. Der Riesenprinz ging an ihnen vorbei, hoch hinauf, so hoch, als würde er einen Turm besteigen.

»Sidini wird auch dort auf der Insel sein, wenn sie es nicht schon ist. Sie ist eine wahre Königin, sie sollte nicht vergeblich auf ihren

Mann warten müssen« sagte Maja, als er sie auf ihr neues Lager bettete. »Gib Zukata einen Platz auf deinem Schiff.«

»Zukata?«, fragte er. »Glaubst du, das wird er wollen? Glaubst du nicht eher, dass er in seinem Bett liegt und sich sehnsüchtig wünscht, das Wasser möge schneller steigen? Ich habe die Lieder gehört, die er spielt.«

»Dann hast du nicht richtig zugehört«, sagte sie. »Etwas war da, wie ein Ruf.«

»Das reicht nicht«, entgegnete Sorayn.

»Und wenn doch?«, fragte Maja. »Wenn es reicht, nur zu rufen, selbst wenn man nicht weiß, ob irgendjemand da ist, der zuhört?«

»Ich werde ihn fragen«, versprach er. Dabei wollte er nur bei ihr sein, nichts anderes. Bei ihr sein und ihre Hand halten.

Aber die anderen warteten auf ihn. Die vielen leeren Räume mussten erst noch gefüllt werden und Sorayn freute sich wie ein Kind auf die Reaktion der Leute, die das Schiff nur von außen kannten und keine Ahnung davon hatten, wie schön es innen war.

»Ihr könnt jetzt an Bord gehen!«, lud er die zahlreichen Zuschauer ein. »Alles ist bereit.«

Doch die Leute schienen unfähig, ihre Füße zu bewegen. Sie standen herum und redeten sehr viel, und fast war er versucht, sie mit Gewalt hineinzuschleppen, sie mit einer Gerte anzutreiben, nur damit sie in Sicherheit waren. Ein Schiff mit singenden Pilgern konnte nicht sinken, so hieß es allgemein. Aber ein Schiff mit widerspenstigen, verärgerten Bürgern, die versuchten, sich an Strickleitern herunterzulassen?

»Nun, Prinzlein«, fragte jemand in der Menge, »etwas trocken unterm Kiel, wie?«

Er schluckte und wandte sich ab, damit sie seine Enttäuschung nicht sahen und darüber spotteten. Auf dem Weg zurück in den Palast hörte er sie hinter sich herrufen: »Nun, werdet Ihr Euch jetzt auf den Thron setzen, wo Ihr doch den Kaiser in dieses Holzgefängnis gelockt habt?«

Zukata drehte das Gesicht zur Wand, als Sorayn ins Zimmer trat.

»Das Meer wird kommen«, sagte der kranke Riese. »Ich höre sein Rauschen. Mein Gehör ist sehr gut, und ich spüre, wie die Erde vom Ansturm der Flut erschüttert wird. Du wolltest mir meinen Wunsch nicht erfüllen, Sorayn. Aber das Meer wird es tun.«

»Es gibt keine Brücke mehr. Wenn du stirbst, wirst du immer an der Küste stehen. Vor dir wird sich keine Brücke erheben. Du wirst warten und warten, und nur das Wasser wird dir um die Füße spülen. Dein Wunsch wird sich nicht erfüllen, Zukata.« Er wollte noch mehr sagen, aber Zukata schwieg ihn hinaus.

Der Riesenprinz trat vor den Palast, vor die Stadt, und wunderte sich über die grenzenlose Traurigkeit, die ihn erfüllte. Er konnte Maja nicht ihren größten Wunsch erfüllen. Wenn er wenigstens in der Lage gewesen wäre, mitreißend zu reden! Worte zu verkünden, die die Menschen ebenso auf dieses Schiff trieben, wie es eine Peitsche getan hätte, so dass sie liefen, dass sie nicht schnell genug an Bord kommen konnten!

Vielleicht lag es an den Ziehenden. Die Einwohner von Kirifas hatten miterlebt, wie ein ganzer Haufen bunt gekleideter Zintas an Bord gegangen war, den Steg hinaufgeschritten, nein, nicht geschritten, getanzt hatten sie! Rad schlagend und jonglierend war Ketas Sippe ihm ins Schiff gefolgt.

Wie konnte er den Städtern klar machen, dass sie nun auch zu Ziehenden werden mussten, auch wenn sie keine Saltos schlagen konnten?

Er hatte keine Worte mehr. Keine Briefe zum Vorlesen, außer diesem einen, dem Plan zum Bau eines Schiffes. Und das lag vor ihnen, weithin sichtbar, größer und gewaltiger, als es Worte sein konnten.

»Und jetzt?«, fragte er. »Und was jetzt? Sie wollen nicht. Sie halten es für einen grandiosen Scherz. Für wen habe ich das Schiff gebaut, wenn nicht für sie?«

Der Wald war merklich ausgedünnt. Hier arbeiteten die Riesen an ihren Flößen, fügten Baumstämme zusammen, ohne sich besonders viel Mühe zu geben. Er sah sie lachen dabei; auch sie hatten Gefallen am Bauen gefunden. In einem Schiff eingesperrt zu sein, unter Deck, wäre ihnen furchtbar vorgekommen. Lieber hielten sie ihre Gesichter in den Wind, lieber fühlten sie das Peitschen des Regens und das Wüten des Orkans und schmeckten das Salz auf den Lippen. Wilde Riesen.

Sorayn nickte ihnen zu, ging zwischen ihnen hindurch, dorthin, wo die Bäume noch etwas dichter standen. Wo ihn der Wald willkommen hieß, wo die Wipfel über ihm ihr Grün schwenkten wie unzählige Fahnen. Ein Fuchs strich ihm um die Beine, durchs Strauchwerk spähten große schwarze Augen.

»Sollte es so einfach sein?«, fragte er leise. »Für euch? Denn auch ihr seid das Kaiserreich. Und ihr vertraut mir, nicht wahr?« Er streckte die Arme aus, und ein Hirsch schob seine Nüstern in die Wölbung der gesegneten Riesenhand.

»Geht auf das Schiff. Rettet euch. Kommt, meine Freunde.«

Der Hirsch folgte ihm ohne zu zögern. Der Fuchs kreuzte seinen Weg wie eine Katze, ohne darauf zu achten, dass er ihn zum Stolpern bringen könnte. Die Riesen hörten auf zu arbeiten und sahen mit offenem Mund zu, wie Sorayn die Tiere zum Schiff führte. Die Leute von Kirifas hatten sich in ihre Häuser zurückgezogen, hinter die Stadtmauern, aber die Kinder waren geblieben und jubelten über den seltsamen Zug, der sich hinter dem Prinzen bildete. Nicht nur ein Hirsch war es, der hinter ihm mit wackeligen Schritten die steile Rampe betrat, nicht nur ein Fuchs, der über die Bohlen huschte. Luchse und Wildkatzen kamen und verlangten, dass er sie streichelte, bevor sie nach oben sprangen, Hasen und Kaninchen hielten ihre zitternden Nasen in die Luft.

»Hier«, sagte er zu Maja und setzte ihr ein Eichhörnchen aufs Kopfkissen. »Sie sind nicht zahm, aber sie werden so tun, als ob.«

Sie lächelte ihn an. »Und Zukata? Ich vermisse sein schreckliches Flötenspiel.«

»Die Vögel werden für dich singen«, versprach er. »Und es sind ein paar darunter, die nicht mit herrlichen Stimmen ausgestattet sind und die euch gehörig auf die Nerven gehen werden. Passt gut auf den Specht auf.«

Danach ging er wieder in den Wald. Und seine Stimme, die keine Macht über die Menschen besaß, lockte alle zu ihm, die ihn schon immer geliebt hatten, die nur bei ihm sein wollten oder dort, wo er sie hinbestellte. Bären kamen und Wölfe und schüchterne Rehe, Mäuse trippelten den Steg hinauf und schnüffelnde Dachse, Marder, die es eilig hatten, und Igel, die beinahe über die Kante stürzten, und die Pferde aus den kaiserlichen Stallungen, die edlen Köpfe erhoben und zierlich ausschreitend, während die Fürsten sich die Haare rauften und ein paar Fürstinnen zögerlich meinten: »Vielleicht sollten wir doch ...?«

Die jüngeren Kinder aus der Stadt jauchzten entzückt, wagten aber nicht, näherzutreten, da ihre älteren Geschwister die Hände fest auf ihre Schultern gelegt hatten. Bis ein kleines Mädchen rief: »Kann man die streicheln?«, die Hand ihres Bruders abschüttelte und den Tieren nachlief, nach oben ins Schiff. Als hätte sich eine Schleuse geöffnet, strömten die anderen Kinder nach. Aus den Wolken fielen bereits dicke, schwere Tropfen, besorgt sah Sorayn nach oben.

»Kommt es denn von allen Seiten über uns und aus allen Richtungen?«, fragte er leise. Er wünschte sich so sehr, dass noch mehr Menschen mitkamen, dass ihm die Tränen in die Augen traten. Wenn es nur möglich gewesen wäre, eine einzige Person mit der Macht seines Willens und seines Herzens auf den Steg zu zwingen, er hätte es getan, doch seine Stärke nützte ihm diesmal nichts. Gar nichts.

»Sie beißen nicht, oder?« Fürstin Kanija, heute mit einer besonders kunstvoll hochgesteckten Frisur und Schuhen, so fein und zierlich, als bestünden sie aus Porzellan, raffte ihre Röcke und machte sich an den Aufstieg. Schon auf dem ersten Meter stolperte sie, Sorayn sprang eilig hinzu, um sie aufzufangen. Aber sie lachte, zog ihre Schuhe aus und warf sie, so weit sie konnte. Leichtfüßig lief sie die Planke hinauf und verschwand oben im Schiff.

Adler kamen herbeigeflogen und grüßten ihn mit majestätischem Nicken. Geier. Steinböcke und Gämsen, Biber und ein ganzer Spatzenschwarm. Ein Stier, der aus irgendeiner Weide ausgebrochen sein musste, tänzelte herbei.

Es waren viel mehr Tiere als Menschen.

Und irgendwann waren alle Kammern voll, irgendwann hätte nicht das kleinste Goldhähnchen, nicht die winzigste Spitzmaus mehr hineingepasst.

»Sorayn?« Keta beugte sich besorgt über die Reling. »Und du? Bist du sicher, dass du den Steg wegnehmen willst? Maja wartet auf dich.«

»Ich werde niemandem den Platz wegnehmen«, rief Sorayn nach oben. »Ich komme nach, mit den anderen Riesen. Sie wird das verstehen.«

Er zog die langen Bretter fort, die als Steg gedient hatten.

Eine Weile war alles still, erwartungsvoll still. Kein Meer in Sicht, nichts.

»Wann?«, fragte einer der Riesen.

»Bald«, flüsterte Sorayn. »Sehr bald.«

Es regnete allmählich stärker, der Schlamm spritzte an ihren Beinen hoch. Sie blickten gemeinsam hoch in die schwarzen Wolken. Gewitterwolken. Sturmwolken. Wind fuhr durch die Bäume.

Sie arbeiteten die ganze Nacht, während der Regen auf sie herabprasselte. Keiner der Riesen wollte zurückgelassen werden, und sie hatten noch nicht genug Flöße. Sie brauchten noch eine Nacht. Noch einen Tag.

Doch dann hatten sie keinen Tag mehr. An diesem Morgen wurde es nicht hell, so tief kamen die Wolken herunter. Als wollten sie das Meer begrüßen. Denn da war es. Schäumend, rauschend, singend, ja, aber sein Lied war das Lied des Sturms. Es kam und riss die Bäume aus, die in dem gelichteten Wald noch standen, riss an den Stützpfeilern des Schiffs, brach sich an der Stadtmauer, als hätte es nie gegen andere Felsen an einer anderen Küste geschlagen. So rasch stieg es, dass die Riesen kaum Zeit hatten, auf ihre Flöße zu klettern.

Aus der Stadt wateten die ersten Menschen und winkten mit den Armen, kaum sichtbar in der Dunkelheit eines Morgens, der nicht anbrechen wollte. Sorayn, schon auf dem Floß, sprang noch einmal herunter und kämpfte sich durch die Strömung, ihnen entgegen. Zwei Frauen brachte er zu den Riesen und mahnte sie, die beiden festzuhalten, einem Mann half er hinauf auf die Baumstämme, dann stand das Wasser schon so hoch, dass er schwimmen musste.

Die Wolken öffneten ihre Schleusen, Regen fiel in Sturzbächen herab, der Wind verwirbelte ihn in alle Richtungen. Wasser überall. Sorayn sah sein Floß in der Dunkelheit davontreiben, so schnell, als würde es einen Gebirgsbach hinunterfahren. Die anderen Flöße waren längst verschwunden.

Das Wasser stieg so schnell, dass es schon über die Stadtmauer hinwegrauschte. Vor Sorayns Augen hob sich das große Schiff, schnitt durch die Wellen, glitt an ihm vorüber. Sein Glück darüber, dass es schwamm, war so groß, dass es seine Traurigkeit über die vielen, die nicht mit an Bord waren, fortschwemmte. Um sich selbst machte er sich keine Sorgen. Das Wasser war sein Element, war es schon immer gewesen. Wenn er keine andere Wahl hatte, als zu schwimmen, dann musste er das eben tun. So wie die alten Riesen damals, hieß es nicht so in den alten Geschichten? Auch sie waren schwimmend über das weite Meer gekommen.

Der Riesenprinz versuchte, sich in der Dunkelheit und dem tosenden Wasser zu orientieren. Wo ging es nach Westen? Er strebte in die Richtung, die sein Gefühl ihm wies. Durch das Wasser, durch den Sturm. Von Flößen oder Schiffen war nichts zu sehen, er war allein mit dem Meer, allein mit seiner Kraft, die ihn dazu befähigte, durch die wilden, aufgewühlten Wogen zu schwimmen. Lange Zeit kämpfte er sich durch einen Hexenkessel aus Wasser und Finsternis, dann wurde es endlich heller und ruhiger, und irgendwann brachen die Wolken auf und der Wind legte sich.

Um ihn her war die glatte, sanft gekräuselte Oberfläche der endlosen See. Sehr, sehr weit entfernt am Horizont sah er das Schiff. Aber er wusste, dass es unmöglich war, es einzuholen. Er musste sich darauf konzentrieren, über Wasser zu bleiben, seine Kraft einzuteilen. Wie die Fischschwärme auf ihren langen Wanderungen durchs Meer, wie die Zugvögel, die sich dem Wind anvertrauen auf ihrer langen, langen Reise.

Mino lehnte ihren Kopf an Blitz' Schulter. »Hast du Angst?«, fragte sie.

»Dort unten hatte ich Angst«, gestand er. »Unten in der Dunkelheit und der Einsamkeit. Aber hier, wo der Wind uns um die Nase weht? Hier, wo die Wellen schon fast unsere Füße berühren? Ich weiß, wie gefährlich das Meer ist und dass es keine Gnade kennt. Aber ich kann mich nicht fürchten. Nicht hier, wo ich wie ein Vogel fliegen werde.«

»Dort!« Ilinias war aufgestanden und wies mit der Hand nach Westen. »Etwas Helles, ein weißes Segel. Ein Boot!«

Sie verfolgten, wie es näherkam, ein Segelboot, getragen von Wind und Strömung, ein kleines, schlankes Boot.

»Nein«, flüsterte Mino. »Das glaube ich nicht. Ich träume. Sag mir, dass ich träume, Blitz. Kneif mich.«

»Sie ist es«, sagte Blitz ehrfürchtig. »Die *Weiße Möwe*. Sie hält genau auf unseren Turm zu. Kannst du erkennen, wer dort steht? Nicht Lexan. Das ist völlig unmöglich. Nicht Lexan und Bajad und Jußait.«

An Bord des Segelbootes stand ein junger Mann und winkte ihnen. Er war so jung, so unglaublich jung, als sei er erst gestern aus ihren Träumen gestiegen und heute wiedergekommen, lachend und winkend.

»Wir dachten, wir holen euch lieber«, rief er. »Auf alle Fälle.«

Ein anderer junger Mann warf ihnen die Leine zu, die Blitz um eine der Turmzinnen wickelte. Mino weinte, als sie vom Turm auf das Boot hinüberstieg, als sie ihrem Bruder in die Arme fiel. Bajad und Jußait halfen Jamai und Kroa an Deck. Als Letztes kam Ilinias, zögernd.

»Ich passe nicht hierher«, sagte sie traurig. »Ich bin nicht wie ihr. Vielleicht war ich es einmal ...«

Lexan grinste. Dieser vertraute Fremde. Dieser fremde Vertraute. Mino konnte nicht anders, als ihn unentwegt anzustarren.

»Die Freunde meiner Schwester sind auch meine Freunde«, sagte er. »Wir nehmen sie doch mit, Mino?«

»Ja«, bestätigte Mino. »Wir nehmen sie mit.«

Sorayn schwamm, froh und dankbar für die Stärke, die ihm das ermöglichte, dafür, dass er ein Riese war. Das Licht malte rote und goldene Streifen auf den Himmel. Eine Strömung trug ihn eine Zeitlang mit sich und wärmte ihn. Dann waren es ein paar Delfine, die um ihn hersprangen und ihm erlaubten, sich an ihnen festzuhalten. Sie zogen ihn mit sich, so lange sie konnten, bis er merkte, wie sie müde wurden, da gab er sie wieder frei. Und schwamm. Vor ihm versank die Sonne im Meer und lockte ihn zu sich, komm, komm! Sehr weit entfernt war etwas Dunkles im Wasser – vielleicht ein Floß? Aber als er darauf zuhielt, konnte er es nicht finden. Schwärme bunter Fische begleiteten ihn eine Zeitlang, verschwanden wieder lautlos in der Tiefe.

Er schwamm. Er glaubte nicht, dass er müde werden könnte, zu müde – es musste weitergehen. So wie die alten Riesen. Bald schon musste die Insel am Horizont auftauchen, die ersehnte, das Ziel seines Lebens. Das Flimmern und Glitzern auf den Wellen blendete ihn, und er konnte nur hoffen, dass er die Umrisse der Insel deshalb nicht sah. Denn er schwamm und schwamm und kam doch nicht an. Das Meer war viel größer, als er gedacht hatte. Und seine eigene Kraft viel größer, als er geahnt hatte. Er schwamm immer noch, während die Nacht sich wie eine dunkle Schale über die Weite wölbte, während der Mond gelassen auf ihn herabblickte.

War es nicht so, dass ein Schiff voller Pilger nicht untergehen konnte? Galt das auch für einen Riesen, der alles gab, der noch das letzte Restchen Kraft aus sich herausholte? Sorayn schwamm. Einige Tage und Nächte vergingen, bis er begriff, dass einige Tage und Nächte nicht ausreichten. Seine Bewegungen wurden langsamer. Sein Durst größer, als er sich je vorgestellt hätte. Die Sonne brannte auf ihn herunter, gnadenlos, und in der Nacht begann er zu träumen, bekam Wasser in die Nase und musste sich gewaltsam aus dem Schlaf reißen. Maja. Er träumte, er war auf dem Schiff. Dort war er, bei ihr, und konnte schlafen und musste sich nicht anstrengen, konnte sich ausstrecken und träumen ...

Schwer wurde es. Immer schwerer. Und immer noch keine Insel am Horizont, lange noch kein Land in Sicht. Es war eine Qual, den Kopf über Wasser zu halten. Eine unvorstellbare Qual, Arme und

Beine zu bewegen. Und keine Insel. Und keine Insel! War Rinland nicht da? Gab es dieses Land gar nicht, aus dem die Briefe kamen? Oder war es so weit weg, dass es unmöglich war, es zu erreichen? Unmöglich, selbst für einen Riesen. Unmöglich, ohne ein Boot.

Er lachte laut, seine trockenen Lippen sprangen auf, seine geschwollene Zunge behinderte die Worte, und doch waren sie da, brüchige Worte, wie Holzsplitter in seinem Mund.

»Ich werde es nicht schaffen. Ich habe mich überschätzt. Ich brauche ein Schiff, ein Floß, wenigstens einen Balken!« Hatte er nicht allen, die ihm zuhörten, und auch denen, die nichts davon wissen wollten, erzählt, sie brauchten ein Schiff? Warum war er so dumm gewesen, für alle anderen zu sorgen und selbst nicht an Bord zu gehen? Warum hatte er, während er den letzten Menschen aufs Floß half, zu lange gezögert, sich selbst in Sicherheit zu bringen? Er hatte doch tatsächlich gedacht, dass er, er allein von allen, kein Schiff brauchte. Dass seine Kraft ausreichen würde.

Aber sie reichte nicht aus. Sorayn warf sich nach vorne, in die Wogen, und merkte, dass er nur träumte, zu schwimmen, dass die Bewegung sich in seine Arme und Beine eingegraben hatte, aber dass er nicht mehr in der Lage dazu war, sie auch auszuführen. Er träumte, dass er schwamm, dass er immer weiterschwamm, bis zum Horizont, bis sich eine Insel dort erhob, felsig und grün, und er glaubte schon die Wolken zu sehen, die sich um die Gipfel der Schneeberge schmiegten. Aber in Wirklichkeit sank er. Er fiel durch die immer schwärzer werdenden Schichten des Wassers, in immer tiefere, trübere, immer dunklere Bereiche, fiel endlos ... In seinem Geist, wie eine kleine Kerze, der Name der Geliebten: Maja. Du wirst dort auf mich warten, vergebens. Es tut mir so leid ... Und ein anderer Name kam ihm in den Sinn: Zukata. Und nun, mein Herr und mein Kaiser, wer hat besser gewählt? Statt dich so zu quälen, hättest du dich auch gleich ergeben können ...

Zukata hörte die Schreie. Er lauschte dem Getrappel von Füßen überall im Palast. Draußen heulte der Sturm, stieß das Fenster auf und fuhr zu ihm herein ins Krankenzimmer, bis in sein Haar, als wäre er extra gekommen, um den alten Kaiser zu zerzausen und zu necken. Die Wellen brausten gegen die Mauern des Palastes, die schlagenden, schäumenden Wogen, die den Duft der Küste hierher nach Kirifas brachten. War das das Lied, das Maja sich gewünscht hatte, das Lied vom Meer? Er setzte die Flöte an die Lippen und spielte. Setzte sie wieder ab und horchte ...

Hörte, wie sie einander zuriefen: »Ich nehme die Waschwanne, nimm du den Zuber!« Oder: »Der Tisch, der große Tisch hier! Wenn wir ihn umdrehen? Schlag die Scheiben ein, dann setzen wir ihn aufs Wasser!«

Zukata hätte sich am liebsten die Ohren zugehalten. Er spielte gegen den Lärm an, spielte und spielte, bis es irgendwann still wurde, bis er allein war mit dem Rauschen des Meeres. Er fühlte, wie das Beben den Palast bis in seine Grundfesten erschütterte. Es gluckste und rauschte und sprudelte. Dann kam das Wasser unter der Tür hindurch, vorsichtig, eine Pfütze, die Erkundungen einzog, den Ort für gut befand, mutiger hereinrauschte. Es drückte die Tür ganz auf und kam zu Besuch. Stieg an seinem Bett empor. Er spielte dagegen an, aber das Lied war nicht stark genug, um das Wasser zurückzudrängen. Es stieg, kroch über die Bettkante und spülte um seinen verletzten Körper, der nicht richtig leben und nicht richtig sterben konnte. Der Riese zog seine Beine zurück, setzte sich auf, wunderte sich darüber, dass er das wieder konnte und es bis jetzt nicht gemerkt hatte. An die wunderbare Heilkraft des Meereswassers, von der sein Bruder erzählt hatte, dachte er gar nicht. Mühsam, unendlich langsam, ließ er sich ins Wasser gleiten und watete wie ein uralter Mann zur Türöffnung.

Der Thronsaal. Der Riesenthron stand auf dem Podest, über dem Wasser, dort würde er in Sicherheit sein. Zukata schleppte sich die Stufen hinauf und ließ sich auf den Sitz fallen, todmüde. Als er dort saß, merkte er, dass er die Flöte immer noch in der Hand hielt. Das Wasser schien erst einmal zufrieden zu sein, es stieg nicht weiter, hatte Respekt vor dem großen Symbol der Macht. Er lachte, aber dann sah er, dass er sich geirrt hatte.

Es hatte sich wieder anders entschieden, berührte seine Füße wie mit gierigen Fingern. Krabbelte an seinen Waden empor, streichelte seine Kniekehlen. Hob den Sitz in die Höhe, wirbelte ihn herum, trug ihn mit sich in der Strömung. Zukata stieß sich von der Wand ab, an die es ihn drücken wollte, und der Thron glitt ins Krankenzimmer hinein, wo die weit geöffneten Flügel des Fensters wie ausgebreitete Arme warteten. Hinaus aus dem Palast auf seinem wilden Ritt. Sein Stuhl wackelte und schaukelte und drehte sich. Wogen gingen über den Riesenkaiser hinweg, krampfhaft krallte er sich an die Lehnen. Sein wildes Lachen gellte durch den Sturm. Lange genug hatte er im Bett gelegen, dies erinnerte ihn endlich daran, wer er war: ein Riese, ein echter Riese! Wild und unerschrocken und ohne Angst vor dem Tod!

Es ging die Wellenberge hinauf und hinunter und mitten hindurch. Zukata schluckte Wasser, atmete Wasser und fühlte sich immer lebendiger.

»Komm!«, schrie er, »ja, Tod, komm! Ich bin hier! Komm und hol mich!« Er lachte dem Tod ins Gesicht. Doch als der Wind sich legte und die Wolken aufrissen und ihm bewiesen, dass die Nacht nicht endlos war, als er um sich herum die spiegelnde See sah, erkannte er, dass der Tod nicht zu ihm gekommen war, dass er ihn nur gestreift hatte mit scharfen Krallen wie eine zum Spielen aufgelegte Katze.

Es würde dauern, bis er starb. Lange. Ob er hier saß oder im Bett lag – was machte es für einen Unterschied? Warten. Sitzen und warten. Wenn er sich denn nicht traute, es selbst zu Ende zu bringen.

Zukata beugte sich über die Lehne, blickte hinunter ins dunkle Wasser. Überrascht stellte er fest, dass er bis zum Grund sehen konnte. Auf Häuser und Bäume, Karren, umgestürzt auf der wilden Flucht. Schaudernd wandte er sich ab. Sein Reich. Sein Deret-Aif. Und er, schaukelnd auf einem Holzstuhl, glitt darüber hinweg. Wieder wurde er von einem Lachkrampf geschüttelt, der ihn fast hinunterwarf, wieder konnte er nicht anders, als sich festzuhalten.

Irgendwann begann er zu weinen, Tränen der Scham und der Verzweiflung und der Müdigkeit, Tränen, er wusste nicht, weshalb und wofür und um wen.

»Lasst mich mit ihm reden.«

Er kannte diese Stimme. Lange hatte er sie nicht gehört, so viele Jahre. Er tauchte die Hände ins Wasser und drehte den Stuhl herum und sah ein kleines Schiff mit weißem Segel, eher noch ein Fischerboot.

»Komm. Reich mir die Hand, ich zieh dich hoch.« Blitz streckte ihm die Hand entgegen.

»Danke«, knurrte Zukata, »aber ich habe alles, was ich brauche.«

»Wir sind einen weiten Umweg gefahren«, sagte Blitz, »nur um zu sehen, ob noch irgendjemand übrig ist. Ein paar haben wir noch aufgegabelt, die in merkwürdigen Gefäßen auf dem Wasser trieben, aber das hier, Zukata, das ist wirklich einmalig. Bist du sicher, dass du dort sitzen bleiben möchtest?«

Der Riese ließ den Blick über die Leute auf dem Boot gleiten. Ilinias war auch da, seine unnütze Tochter. Und ein paar Zintas. Und drei Fremde mit unverschämt fröhlichen Gesichtern. Ein paar Schiffbrüchige, man erkannte sie an ihren erschöpften Mienen. Sollte er sich dort einreihen, zu diesen trübseligen Gestalten, den Geschlagenen, den Geretteten? Er, der Kaiser, und ein nasser, müde lächelnder Haufen? »Kümmert euch nicht um mich«, sagte er schroff. »Fahrt, lasst mich in Ruhe.«

Blitz' dunkle Augen ließen ihn nicht los, der Blick eines Mannes, der die Nacht gesehen hatte. »Nein«, sagte er, »wir fahren nirgendwohin. Wir warten.«

»Ach«, meinte Zukata. »Worauf denn, bitteschön? Willst du warten, bis ich so schwach bin, dass ich ins Wasser falle, und dann wirfst du ein Netz aus und fischst mich heraus?«

»Genau so stelle ich mir das vor.« Blitz lächelte nicht. In seinen Augen war eine Stärke, die Zukata bislang nur in den Augen eines anderen Riesen gesehen hatte, des einzigen, den er fürchtete.

»Das würdest du nicht wagen!«

»Warum nicht? Ich werde dich an den Mast fesseln, wenn es sein muss. Wer hat mir denn beigebracht, dass man sich nehmen kann, was man haben will?«

Zukata musste husten, er schmeckte Blut in seinem Mund. »Lass gut sein«, sagte er leise, vielleicht konnte der andere ihn nicht einmal hören. »Ich werde sterben. Du kannst nichts daran ändern.«

»Ich denke an einen Tag ... Die Schlinge lag schon um meinen Hals. Und du hast es geändert und dem Tod ein Schnippchen geschlagen. Komm, alter Mann, sag dem geschnitzten Stuhl Lebewohl und gib mir deine Hand.«

»Wer ist der Kapitän?«, fragte Zukata. »Er wird mich nicht wollen auf seinem Schiff.«

»Er hat Minos Freunde zugelassen und er wird auch meine Freunde zulassen.«

»Und dort, wo immer ihr hinfahrt – dort soll ich etwa auch willkommen sein? Ha, ich wusste es! Du hast keine Ahnung! Also hör endlich auf, Blitz. Sei ein Vogel und flieg. Aber die Riesen sind zu schwer zum Fliegen.« Leiser fügte er hinzu: »Die Riesen sind zu schwer.«

Blitz drehte ihm den Rücken zu. Und das war es nun, dachte Zukata. Habe ich es nicht gewusst? Sie sind alle gegangen, alle. Und nun wird mein Sterben beginnen. Langsam, sehr langsam ... und es wird sein, wie Sorayn gesagt hat. Ich werde am Meeresstrand stehen und warten. Immer. Endlos. Wie auf den Tod, der nicht kommt, der einfach nicht kommen will, so wie niemand jemals zu mir kommen wollte. Werde ich bis in alle Ewigkeit durch dieses endlose Meer treiben?

Dann waren auf einmal unzählige Hände da. Irgendjemand hatte ein Seil um die hölzerne Lehne des Stuhls geschlungen. Sie hievten ihn in die Höhe wie ein Netz voller Fische, keuchend und lachend, er dachte: Wie können sie es wagen, zu lachen? Er sah nur noch, wie sie den Thron zurück ins Meer warfen. Dann lag er auf den glattgescheuerten Bohlen und schaute hoch in den wolkenlosen Himmel und musste wieder husten. Er krümmte sich. Presste die Wange an das warme Holz.

»Du kommst mit«, befahl Blitz streng. »Spring ins Wasser, wenn du kannst. Schrei, wenn du willst. Aber so, wie du mich entführt hast, entführe ich jetzt dich.«

»Ja, ja«, knurrte Zukata. »Ich hab's verstanden.«

Er spürte das Sonnenlicht durch das Holz hindurch, aufgeladen mit Licht und Wärme unter Jahrzehnten eines endlosen Sommers. Irgendwann setzte er sich auf, lehnte sich ächzend gegen den Mast, holte die Flöte hervor und begann zu spielen.

Sorayn sank. Er wollte sich noch nicht ergeben. Er ruderte mit den Armen, seine Beine zuckten. Nein. Nein!

Doch das Wasser zog ihn weiter mit sich, tiefer, noch tiefer, in noch größere Finsternis. Und dort, in der Tiefe, war etwas, dort unten in der Stille. Kannte er es nicht schon? Hatte er es nicht immer gewusst? Etwas wohnte dort unten und war schwärzer als die lichtloseste Dunkelheit, und obwohl er es nicht sah, konnte er seine Gegenwart spüren. Es öffnete sein Maul, ein riesiges Maul, groß wie ein Abgrund.

Nein! Aber er hatte keine Kraft, um sich zu wehren, um auch nur einen Schwimmstoß nach oben zu machen. Keine Kraft, um nach den Fischen zu greifen, die um ihn tanzten, um sich zum zweiten Mal von ihnen nach oben ziehen zu lassen. Er fiel der Dunkelheit entgegen, dem Schlund, und selbst für einen inneren Schrei fehlte ihm die Kraft, selbst sein Nein wurde schwächer und schwächer, so wie sein Atem aus ihm herausströmte, wie sein Herz langsamer und langsamer schlug.

Er gab auf. Und er fiel. Und die Dunkelheit schloss sich um ihn.

Wie ein Schweben im Nichts. Kein Oben und kein Unten, kein Licht, aber auch kein Schmerz. Sorayn hing dort, wie in einem Raum, der kein Raum war. Er hatte nicht mehr das Gefühl zu ertrinken, er hatte gar kein Gefühl mehr. Es war nicht kalt und nicht warm, nass vielleicht, aber seine tauben Hände konnten nichts mehr spüren. Nur ein merkwürdiger Geruch umwehte ihn, nach Meer und Salz und Algen, nach Blumen, die in der Tiefe wuchsen und auf langen Stengeln hin und her schwangen.

War er tot? Die Brücke war nicht zu sehen. Auch nicht die Küste, nichts. Er war blind, gefangen im Nichts. Die Angst sprang ihn an, umschlang ihn und umhüllte ihn und stach wie mit Nadeln in seine Haut. Konnte es so enden? Dass er tot war und keine Brücke da, über die er nach Rinland gehen konnte? Und kein Schiff? Und kein Weg, die rettende Insel zu erreichen, gar keiner, und niemals mehr? Er schnappte nach Luft, er keuchte, er sog die würzige Meeresluft ein, die sich ihm hier bot – Todesluft für einen Todesleib, der davon träumte, zu atmen?

Kein Rinland. Nicht für ihn.

»Nein«, flüsterte er. »Nein, nein, nein! Ich will dorthin! Ich auch! Oh bitte, bitte, ich auch!« Er hob die Hände, er tastete in die Dunkelheit. »Oh Rin. Rin, bitte.« Er saß da – saß er? Er wusste es nicht – und fühlte nur den Verlust, so grenzenlos, so unerträglich, dass sich keiner der Schmerzen, die er je gefühlt hatte, damit messen ließ. Ein Durst, unerträglich, ein Hunger, stärker als alles, größer, als seine Riesenkraft je gewesen war. Keine Brücke. Kein Schiff. Und seine Stärke hatte nicht gereicht. Und niemand war da, der ihm half. Und hier nun, am Ende, gab es nichts mehr, was er fühlte oder wollte oder tun konnte, nur noch die Verzweiflung, nur noch den brennenden Wunsch, anzukommen, nur noch das.

Und dann wurde es auf einmal hell. Er fühlte sich nach vorne geschleudert und Wasser spritzte ihm ins Gesicht und er tauchte in Sand und kleine Steine, und als er sich umdrehte, sah er das Ungeheuer, das ihn ausgespien hatte, zurück ins Meer tauchen.

Sorayn wandte sich nach vorne.

Er stand an einem Strand, dort hinter den Dünen erhoben sich grüne Hügel, er sah die dunkelgrünen Wipfel von Bäumen, darüber die Ahnung von Bergen im Schnee. Vor ihm stak merkwürdigerweise eine alte, verwitterte Tür, mitten im Sand. Sogar die Tür war grün. Ein lautes Lachen ließ ihn den Kopf drehen: dort lag das riesige Schiff, schräg auf der Seite. Ein Mädchen und ein junger Mann tollten durch das seichte Wasser, dass es nur so spritzte. Als seine Augen sich an die Helligkeit gewöhnt hatten, erkannte er Maja und ihren Bruder Tamait, die große bunte Muscheln aus dem Wasser hoben und wieder hineinwarfen. Sorayn wagte nicht, sich zu rühren, als könnte jede Bewegung den Traum zerplatzen lassen. Sie spielten, ausgelassen wie Kinder, und erst als das dunkelhaarige Mädchen den Kopf hob und ihn sah und auf ihn zustürmte, erst als er seine Maja in den Armen hielt und an sich drückte, erst als sie sagte:

»Endlich bist du angekommen«, wusste er, dass es kein Traum war, sondern dass dies wirklicher war als alles, was er je zuvor erlebt hatte.

»Komm«, sagte sie und nahm ihn bei der Hand. »Rin wartet schon auf dich.«

Drittes Buch – Der Thron des Riesenkaisers